BASTEI
LÜBBE

DIE ›SOLDATEN-SAGA‹ von W. E. B. GRIFFIN
im BASTEI-LÜBBE-Programm:

13 173 Buch 1: Lieutenants

W.E.B. GRIFFIN

SOLDATEN SAGA

Buch 2
Captains

Ins Deutsche übertragen von
Joachim Honnef

Militärtechnische und -historische Beratung
Oberstleutnant Hermann Grünwald

BASTEI
LÜBBE

BASTEI-LÜBBE-TASCHENBUCH
Allgemeine Reihe
Band 13 181

Erste Auflage: März 1989

Deutsche Lizenzausgabe 1989
Bastei-Verlag Gustav H. Lübbe GmbH & Co., Bergisch Gladbach
Originaltitel: Brotherhood of War II/Captains
Lektorat: Rainer Delfs
Titelillustration: Jove Publications, Inc.
Umschlaggestaltung: Quadro Grafik, Bensberg
Satz: VID Verlags- und Industriedrucke GmbH & Co. KG,
Villingen-Schwenningen
Druck und Verarbeitung:
Brodard & Taupin, La Flèche, Frankreich
Printed in France
ISBN 3-404-13181-9

Der Preis dieses Bandes versteht sich einschließlich der gesetzlichen Mehrwertsteuer.

I

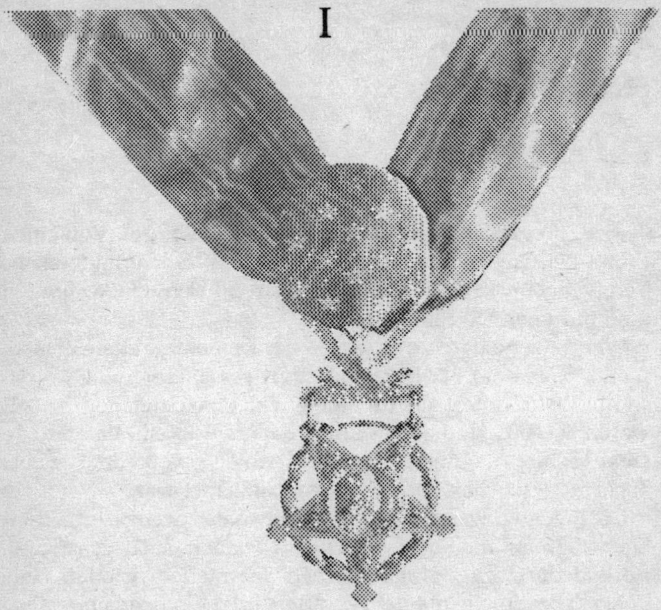

Am Sonntag des 25. Juni 1950 gegen fünf Uhr weckten Koreaner Major George D. Kessler, USA, Berater der Korean Military Advisory Group beim 10. Regiment in Samtschok und meldeten ihm, daß am 38. Breitengrad ein schwerer nordkoreanischer Angriff stattfand.

U.S. Army in the Korean War, Band I, Seite 27
Office of the Chief of Military History,
U.S. Army, Washington, D.C., 1961

1

Seoul, Korea

25. Juni 1950

Der 38. Breitengrad teilt die koreanische Halbinsel. Von einem Punkt bei Ongdschin am Gelben Meer zu einem anderen bei Yangyang am Japanischen Meer erstreckt sich der 38. Breitengrad auf über 320 Kilometern.

Wenn die Soldaten der Armee der Demokratischen Volksrepublik Korea am 38. Breitengrad gleichmäßig verteilt worden wären, hätte es fast alle drei Meter einen Soldaten gegeben. Es waren 90 000. Und jeder dritte davon war ein Veteran der chinesischen kommunistischen Armee, vor der soeben Tschiang Kai-schek nach Formosa geflüchtet war.

Die Soldaten waren natürlich nicht an der Grenze aufgereiht. Sie waren in militärischen Organisationen nach russischem Vorbild formiert. Es gab sieben Infanteriedivisionen, eine Panzerbrigade, die mit dem russischen T 34-Panzer ausgerüstet war, ein selbständiges Infanterieregiment, ein Kradschützenregiment und eine Brigade Grenzpolizei, die Bo An Dae, Nordkoreas Version der deutschen Waffen-SS.

Es gab insgesamt 150 Panzer, 200 Flugzeuge, große Mengen 76-mm-Haubitzen auf Selbstfahrlafetten und noch mehr 122-mm-Haubitzen, die von Lastwagen gezogen wurden. Die Einheiten wurden von einem großen Kontingent russischer Offiziere und Techniker »beraten« und waren mit russischen Handfeuerwaffen ausgerüstet.

Sie hatten ebenfalls Boote, und sie machten zwei amphibische Landungen hinter den südkoreanischen Linien zwischen Samtschok und dem 38. Breitengrad am Japanischen Meer, koordiniert mit einem Angriff der 5. Infanteriedivision auf das 10. Regiment der 8. Infantieriedivision der Republik Korea (ROK).

Die 2. und 7. nordkoreanische Infanteriedivision griffen bei Tschuntschon die zahlenmäßig schwächere 6. südkoreanische

Division an. Die 3. und 4. nordkoreanische Infanteriedivision, verstärkt durch das 14. Panzerregiment, griffen die 7. südkoreanische Division der bei Uijongbu an. Die nordkoreanische 1. und 6. Infanteriedivision, verstärkt durch das 203. Panzerregiment, griffen die 1. »Capitol«-Division bei Käsong auf der Route Seoul–Intschon an. An der äußersten Linken der Front griffen an diesem bis dahin friedlichen Sonntagmorgen die nordkoreanische Grenzpolizei-Brigade und das 14. Infanterieregiment das 17. Infanterieregiment der Republik Korea an, das die Halbinsel Ongdschin am Gelben Meer hielt.

2

Die Ongdschin-Halbinsel, Korea

4 Uhr, 25. Juni 1950

Als ohne Vorwarnung die Stellungen und das Hauptquartier des 17. Infanterieregiments der Capitol-Division unter Beschuß von Artillerie, Mörsern und schweren Automatikwaffen der Grenzpolizei der Demokratischen Volksrepublik Korea genommen wurden, schliefen die drei amerikanischen Offiziere – ein Captain und zwei Lieutenants – der U.S. Army Korean Military Advisory Group (KMAG) in ihren Quartieren auf einem Hügel in einem Sandsackbunker.

Ihr Quartier, jetzt so komfortabel wie möglich hergerichtet, war einst ein Bauernhaus gewesen. Der Boden bestand aus festgestampftem Lehm, in den im Winter Wärme durch Öffnungen eingelassen wurde, eine Vorrichtung, die angeblich das erste Zentralheizungssystem der Welt war. Die dicken Wände waren aus Steinen gemauert, und das Dach bestand aus fußdickem Stroh.

Weil sie die Notwendigkeit erkannten, versuchten die drei Militärberater tapfer, so zu leben wie ihre koreanischen Kollegen, doch es gab Dinge in dem ehemaligen Bauernhaus, die nirgendwo sonst im 17. Infanterieregiment zu finden waren. Da waren ein Kühlschrank von General Electric, ein Zenith-Radio mit Plattenspieler, ein Elektroherd von Sears Roebuck mit drei Heizplatten, und das alles wurde mit einem Dieselgenerator von General Motors betrieben. Außerdem gab es ein Collins-BC-610-Funkgerät und einen RCA-AR-88-Empfänger, die zur Kommunikation mit der Zentrale der KMAG in Seoul, etwa 80 Kilometer ostwärts von hier, diente. Praktisch befand sich das 17. Infanterie-Regiment (unter dem Kommando von Colonel Paik In Yup) auf einer Insel, obwohl die Ongdschin-Halbinsel natürlich mit der Halbinsel Korea verbunden ist. Als die Großmächte Korea nach dem Zweiten Weltkrieg geteilt hatten, war der 38. Breitengrad die Trennlinie geworden. Die von den Russen und Chinesen unterstützte Volksrepublik lag nördlich, die von Amerika unterstützte Republik Korea südlich davon.

Der 38. Breitengrad durchzieht die Ongdschin-Halbinsel sehr nahe bei der Stelle, an der sie mit der koreanischen Halbinsel verbunden ist; die Linie war auf beiden Seiten mit befestigten Stellungen verstärkt, und es gab keinen Landweg zwischen der Ongdschin-Halbinsel und dem Rest Südkoreas. Aller Handel (der wenige, den es gab) und alle Versorgung des 17. Infanterie-Regiments mußten über See abgewickelt werden.

Es herrschte die einhellige Meinung bei den drei amerikanischen Offizieren, die dem 17. Infanterie-Regiment zugeteilt waren, daß sie ohne ein Paddel den Bach runtergehen würden, wenn die »Gooks« nördlich des 38. Breitengrads etwas anfingen.

Sekunden nach dem ersten Artilleriebeschuß aus Nordkorea folgte weiteres Feuer. Gleichzeitig waren das Pfeifen schweren Mörserfeuers und in der Ferne das dumpfe Hämmern schwerer Maschinengewehre zu hören.

Die drei amerikanischen Offiziere kleideten sich hastig mit frisch gestärkten Kampfanzügen und auf Hochglanz polierten Kampfstiefeln an (Wäsche und Stiefelputzen kosteten nur drei Dollar pro Monat oder den Gegenwert in Waren aus dem PX, dem Laden der amerikanischen Streitkräfte). Die drei Offiziere nahmen ihre persönlichen Waffen. Als Ausbilder des 17.

Infanterie-Regiments sollten sie im Grunde unbewaffnet sein. Doch die Norkoreaner waren zu einer Infiltration fähig, und die Südkoreaner neigten dazu, alles zu stehlen, was nicht fest einzementiert war. So waren persönliche Waffen zur Verteidigung in beiden Fällen zum Überleben so nötig wie die Pillen zum Desinfizieren von Wasser und wie das Toilettenpapier (1000 Blatt pro Rolle), die Dinge, die in unregelmäßigen Abständen durch die südkoreanische Navy herantransportiert wurden.

Der älteste Militärberater des Trios umklammerte einen US-Karabiner Kaliber .30 und kündigte an, daß er zum Gefechtsstand hinübergehen werde, um festzustellen, was zur Hölle los war. Seine beiden Untergebenen, einer mit einem Karabiner bewaffnet, der andere mit einem Smith & Wesson .357 Magnum Revolver aus seinem Privatbesitz, schalteten den Dieselgenerator ein (der während der Schlafenszeit wegen des schrecklichen Lärms abgeschaltet wurde) und ließen die BC-610- und AR-88-Funkgeräte warmlaufen.

Als der Generator lange genug in Betrieb war und die Funkgeräte funktionsfähig waren, kehrte der Ranghöchste der drei Offiziere vom Gefechtsstand zurück.

»Glück gehabt?« fragte der Captain den Lieutenant am Mikrofon. Der Lieutenant schüttelte den Kopf. »Nein.« Der Captain nahm das Mikrofon entgegen.

»Victor, Victor, hier ist Tahiti, Tahiti«, rief er ins Mikro. Und er wiederholte es eine Viertelstunde lang immer wieder, während Artilleriegeschosse heranpfiffen und ohrenbetäubend explodierten, daß weißglühende Stahlfragmente von den dicken Steinwänden des ehemaligen Bauernhauses abprallten, bis der Funker vom Dienst bei der KMAG von seinem heimlichen Schläfchen zurückkehrte, das er sich in dem sicheren Gefühl gegönnte hatte, daß absolut nichts um vier Uhr an einem Sonntagmorgen im Land der Morgenruhe passieren würde.

»Tahiti«, ertönte schließlich eine gelangweilte Stimme aus dem Lautsprecher des AR-88-Funkgeräts. »Hier ist Victor. Ich höre Sie. Kommen!«

»Wo zum Teufel waren Sie?« fragte der Captain wütend. Und

dann fuhr er fort, ohne eine Antwort abzuwarten: »Victor, nehmen Sie dringende Alarmmeldung auf.«

Die Stimme des Funkers klang nicht mehr gelangweilt. »Victor bereit für dringende Alarmmeldung. Kommen!«

»Von Tahiti Six an KMAG Six, 17. ROK seit vier Uhr unter schwerem Artilleriebeschuß und unter Feuer von schweren Automatikwaffen. Sturmangriff wird vermutlich in Kürze folgen. Alles KMAG-Personal beim Gefechtsstand. Weisung erbeten. Unterzeichnet Delahanty, Captain. Haben Sie das?«

»Verstanden, Tahiti«, bestätigte Victor und wiederholte den Text.

3

Hauptquartier Korean Military Advisory Group (KMAG) Seoul, Korea

25. Juni 1950

Der befehlshabende General der KMAG war am Tag zuvor in Pusan an Bord eines Schiffes gegangen, um heimzukehren; sein Nachfolger hatte noch nicht offiziell das Kommando übernommen. Für den Posten war ein Brigadegeneral erforderlich, und keiner der Ein-Sterne-Generäle in der Army hatte sich darum gedrängt, das Kommando zu übernehmen. Korea wurde allgemein als der ›Arsch der Welt‹ betrachtet, und der Dienst als höchster Berater bei dieser vergammelten Army wurde nicht gerade als wünschenswert erachtet.

Da ein neuer General erforderlich war, hatte man das Kommando vorübergehend dem KMAG-Stabschef übertragen, einem Colonel der Artillerie. Als er die Nachricht von der nordkoreanischen Invasion erhielt und als offenkundig wurde, daß es kein ›Zwischenfall‹, sondern eine echte Invasion Südkoreas durch einen Landangriff mit vier Angriffsspitzen über den 38. Breitengrad und durch zwei Amphibien-Angriffe an der Ostküste war, hatte der Colonel ernsthafte Zweifel daran, daß irgend etwas getan werden konnte, um die Invasion zu stoppen. Die einzigen amerikanischen Soldaten in Südkorea waren seine, und sie waren in keinerlei militärischer Formationen organisiert, die ins Gefecht geschickt werden konnte. Und wenn der Colonel auch glaubte, daß die südkoreanische Armee kämpfen würde, so wußte er besser als jeder sonst, daß sie nicht viel hatte, mit dem sie kämpfen konnte.

So war eine Evakuierung oder ein Rückzug – oder wie immer man es bezeichnen wollte, wenn man höllisch schnell aus Seoul verschwinden mußte – das einzig Vernünftige. Doch das war nicht so leicht, wie es klang. Es mußten auf die schnelle tausende Probleme gelöst werden, und dazu zählte, was man mit diesen drei armen Bastarden anfing, die beim 17. Infanterie-Regiment auf der Ongdschin-Halbinsel festsaßen.

Die einzige sichere Möglichkeit war, sie dort mit Stinson L-5 herauszuholen, den einmotorigen Flugzeugen, die von der Army eingesetzt wurden, um Artilleriefeuer aus der Luft zu leiten, um Bewegungen von Panzer- und Nachschubkolonnen zu beobachten und um als eine Art Luft-Jeep zu dienen. Aber es würden entweder drei L-5-Maschinen oder drei Flüge mit einer L-5 erforderlich sein, weil die kleinen Flugzeuge nur jeweils einen Passagier aufnehmen konnten. Darüber hinaus wurde dem Colonel klar, daß er Besseres mit seinen L-5-Maschinen zu tun hatte. Sie waren nicht nur die besten ›Augen‹, die er hatte, sondern sie waren unbedingt erforderlich zur Übermittlung von Nachrichten. Die Kommunikation, nie sehr zuverlässig, begann bereits auszufallen, vermutlich durch Sabotage. Der Colonel befürchtete, daß er seine drei KMAG-Berater ihrem Schicksal überlassen mußte.

Und dann erinnerte sich der Colonel, daß es eine L-17 Supreme Commander Allied Powers (SCAP) auf dem Flugplatz Kimpo gab. Einer von MacArthurs Palastwache, ein Colonel der Militärregierung, war verknallt in eine zivile Lady des State Department bei der Botschaft und hatte einen Flug von Tokio aus arrangiert, um die Lady zu besuchen. Die L-17 war eine viersitzige Maschine, groß genug, um die drei Offiziere vom Gefechtsstand des 17. ROK-Infanterieregiments aufzunehmen.

Der Colonel erwog, die Benutzung der Maschine vom SCAP-Colonel zu erbitten, entschied sich dann jedoch dagegen. Der SCAP-Colonel, vermutlich noch schlafend in den Armen der Liebe, konnte sich gut sagen, daß der große Knall seine sofortige Rückkehr zum Dai Ichi Building in Tokio erforderte. Der Colonel sagte sich, daß Zeit genug war, um diese armen Bastarde auf Ongdschin mit der L-17 zu retten und dann erst den SCAP-Colonel auszufliegen.

Er winkte einen Master Sergeant zu sich.

»Nehmen Sie einen Jeep und fahren Sie nach Kimpo raus. Suchen Sie den Piloten der SCAP L-17 und bitten Sie ihn, die Offiziere beim 17. ROK abzuholen«, sagte der Colonel. »Wenn er es nicht tun will, schaffen Sie ihn mir her. Mit Waffengewalt, wenn es sein muß.«

4

Kimpo Airfield
Seoul, Korea

25. ~~September~~ 1950

Captain Rudolph G. ›Mac‹ MacMillan hatte eine der SCAP L-17-Maschinen am Vortag von Tokio nach Seoul geflogen und war nach einem zweitägigen 1000-Meilen-Flug erst am Mittag gelandet.

MacMillan war schottisch-irischer Abstammung und in Mauch Chuck, Pennsylvania, aufgewachsen. Er hatte sich vor zehn Jahren bei der Army verpflichtet, im Alter von 17 Jahren, nachdem er zwei Jahre in den Kohlenbergwerken gearbeitet hatte, wo sich jeder sonst, den er kannte, zu Tode schuftete. MacMillan hatte keine Ahnung gehabt, wie es in der Army sein würde, aber es konnte nicht schlimmer sein als die Arbeit im Bergwerk. Es war ihm nie in den Sinn gekommen, daß er ein Offizier und Gentleman werden könnte. Sein vager Traum war gewesen, daß er in vier Jahren bis zum Corporal aufsteigen würde, seine geliebte Roxy heiraten und vielleicht bis 30 Staff Sergeant werden könnte. Mit der Pension eines Staff Sergeant, so hatte er geträumt, könnte er genug Geld sparen, um eine Kneipe zu kaufen, und dann würden er und Roxy so gut wie ausgesorgt haben.

So hatte er gedacht.

Der Zweite Weltkrieg hatte all das geändert.

Es gab drei L-17, die der US-Besatzungsarmee in Japan zugeteilt worden waren. Der Kommandeur der 8. US-Army, der Besatzungsarmee in Japan, war Lieutenant General Walton H. Walker. Über ihm stand als General of the Army Douglas MacArthur. Der Brauch, nicht die Vorschrift, diktierte den Dienstrang der Offiziere, die einem Fünf-Sterne-General direkt unterstellt waren. Als General Dwight D. Eisenhower der Kommandeur der Besatzungsarmee in Deutschland war und sein Hauptquartier im IG-Farben-Gebäude in Frankfurt hatte, war sein Stabschef ein Vier-Sterne-General, der seinerseits einen Lieutenant General mit drei Sternen als Stellvertreter gehabt hatte. Fünf andere Lieutenant Generals waren in der Personalstruktur des Kommandos verstreut.

Als Fünf-Sterne-General Douglas MacArthur einen passenden Offizier als seinen Stabschef im Dai Ichi Building in Tokio angefordert hatte, konnte das Pentagon nur einen Major General zum Dienst bei dem Oberbefehlshaber finden. Edward M. Almond, dessen ausgeprägtester Dienst zuvor das Kommando über eine Division in Italien gewesen war, deren Truppen fast völlig aus Schwarzen bestanden hatte.

MacArthur setzte sich über diese wohlüberlegte Beleidigung hinweg wie über anderes, einschließlich der ungerechten Verteilung von L-17-Maschinen. Das Oberkommando Europa bekam 13 der fliegenden »Buicks«, und das Oberkommando Ferner Osten erhielt nur drei. MacArthur machte die drei L-17 für jeden verfügbar, der immer Luftbeförderung rund um Japan und nach Korea brauchte.

Für die unteren Ränge, die Brigadegeneräle und Colonels im Dai Ichi Building und besonders für das kleine Korps der

Heeresflieger wurde die Benutzung der L-17 zu einer Sache des Prestiges, des Privilegs, der Ehre.

Der Heeresfliegerkommandeur des SAC (Supreme Allied Commander), ein Colonel, und sein Stellvertreter, ein Lieutenant Colonel, flogen die meisten der Missionen mit der L-17. Mit Ausnahme von Captain Rudolph G. ›Mac‹ MacMillan waren die anderen Piloten, die mit der Miniflotte von L-17-Maschinen fliegen durften, Lieutenant Colonels und ein paar besonders gut angesehene Majors.

MacMillan, der häufig eine der L-17-Maschinen flog, war ein besonderer Fall. Er hatte einiges für sich, obwohl er erst vor vier Jahren das Fliegen gelernt hatte und ein Neuling als Army-Pilot war. Zum einen hatte Rudy MacMillan 1940 dem Department der Philippinen Ehre gemacht, als er Armeemeister im Halbschwergewicht geworden war. Die Boxmeisterschaft hatte in jenem Jahr in Fort Kinley, in der Nähe von Manila, stattgefunden, und MacArthur, zu dieser Zeit Feldmarschall der Philippinischen Armee und ein Boxfan, hatte MacMillans Training verfolgt und ihm später persönlich den Goldenen Gürtel überreicht.

Während des Krieges war MacMillan nicht bei MacArthur auf den Philippinen gewesen – was immer als besonderes Gütesiegel galt –, aber er hatte das Zweitbeste erreicht: die Verleihung der Tapferkeitsmedaille. Wenn es eine kleine Clique um General MacArthur gab, bei der er seine Anerkennung nicht zu verhehlen versuchte, dann waren es die wenigen, die wie Douglas MacArthur berechtigt waren, die Tapferkeitsmedaille zu tragen, das zollange, viertelzollbreite Stück blaue Seide, das mit weißen Sternen gesprenkelt ist.

MacMillan hatte die Tapferkeitsmedaille für seinen »heldenhaften Mut angesichts einer Übermacht feindlicher Kräfte« erhalten. MacMillan war während der Operation Market-Garden auf der falschen Seite des Rheins bei seinem fünften Kampfabsprung mit der 82. Luftlandedivision gefangengenommen worden. Von seiner Front-Beförderung zum Second Lieutenant und Offizier und Gentleman und der Verleihung der Tapferkeitsmedaille erfuhr er erst einige Monate später. Einen Teil dieser Zeit verbrachte er in einem deutschen

Kriegsgefangenenlager in Polen und einen Teil auf der Flucht aus dem Lager, als er 22 andere in einer Odyssee in die Freiheit führte, wonach er das Distinguished Service Cross (DSC) zusammen mit den neuen Goldbalken und der Tapferkeitsmedaille erhielt.

So war niemand wirklich überrascht, als Colonel Jasper B. Downs, Generalstabsdienst, Stab Supreme Commander Allied Powers (SCAP), den Befehl erhielt, nach Seoul zu fliegen und mit der KMAG zu konferieren, daß ihm Captain MacMillan als Pilot zugeteilt wurde. Ein Flug nach Seoul war ein gutes Geschäft.

MacMillan war mit Anweisungen von Mrs. Roxanne »Roxy« MacMillan nach Seoul geflogen, der 28jährigen rothaarigen Frau, mit der er seit zehn Jahren verheiratet war. Er sollte ihr acht Meter grüne Brokatseide besorgen. Roxy wollte sich ein Kleid schneidern und den Rest der Seide ihrer Schwester in Mauch Chuck, Pennsylvania, schicken.

Im riesigen PX in Tokio gab es eine Anzahl von Dingen zu kaufen, die in Korea nicht zu bekommen waren. Wenn man Bescheid wußte, konnte man mit einem unauffälligen, zusätzlichen Seesack, gefüllt mit den richtigen Artikeln, nach Seoul fliegen und mit einem leeren Seesack und einem hübschen Stapel Army-Zertifikaten oder grünen Dollarscheinen zurückkehren. Oder, wenn man wollte, mit einem Seesack voller Brokatseide, in die vielleicht eine 300 Jahre alte Vase eingewikkelt war.

Als der Master Sergeant vom Hauptquartier der KMAG in MacMillans Zimmer im Hotel beim Kimpo-Flugplatz stürzte, war die Brokatseide in MacMillans Seesack, und darin eingehüllt befand sich ein Teeservice aus fast durchsichtigem Porzellan, das mindestens 300 Jahre alt sein sollte, wie man MacMillan ernsthaft versichert hatte.

In seinem Bett lag eine vollbusige Blondine, die er nicht eingeplant hatte, die aber in der Bar des Naija-Hotels gewesen war, wo er etwas getrunken hatte, und ihm bald ihre Wünsche nahegebracht hatte. MacMillans Philosophie war, daß er einem Abenteuer nicht nachlief, aber zugleich auch keine Frau aus dem Bett warf. Er trug stets seinen Ehering. Wenn er einen kleinen Seitensprung machte, dann war es seiner Meinung nach besser, das mit einer amerikanischen Mieze aus der Botschaft oder mit einer der Zivilangestellten zu machen, die genausoviel zu verlieren hatte wie er, als mit einer Nutte in Tokio oder den Huren hier.

MacMillan war verlegen, als der Master Sergeant in sein Zimmer stürmte und ihn mit der Blondine im Bett erwischte.

»Was zur Hölle soll das?« sagte er und setzte sich im Bett auf. »Verdammt, Sergeant, hat Ihnen keiner beigebracht, anzuklopfen?«

»Captain, die Nordkoreaner greifen am ganzen 38. Breitengrad an.«

Die Blondine schaute ihn einen Augenblick lang ungläubig an, erkannte, daß er es ernst meinte, und schlug eine Hand vor den Mund.

»O mein Gott!« stieß sie hervor.

»Jesus Christus!« variierte MacMillan, stieg aus dem Bett und hob seine Unterhose auf, wo er sie auf den Boden fallen gelassen hatte.

»Kommen sie bis hierher?« fragte die Blondine und hielt das Laken vor ihre Brüste, jetzt mehr ängstlich als verlegen oder zornig.

»Es ist kein Überfall«, sagte der Sergeant. »Es ist Krieg!«

»Jesus Christus!« sagte MacMillan von neuem. Er zog seine Uniformhose Klasse »A« an, griff in den nächsten seiner beiden Seesäcke und zog eine Colt Automatic Kaliber .32 heraus. Er stieß das Magazin aus, vergewisserte sich, daß es Patronen enthielt, setzte es wieder ein und steckte die Pistole in die Gesäßtasche.

»Der Colonel schickt mich«, sagte der Master Sergeant. »Ich soll Sie bitten, drei Offiziere von Ongdschin abzuholen.«

»Warum?« fragte MacMillan, während er sein Hemd anzog.

»Weil sie abgeschnitten sind, darum«, erklärte der Sergeant.

»Ich habe Sorgen genug mit meinem eigenen Colonel«, erwiderte MacMillan.

»Wenn Sie die drei nicht abholen, dann werden sie überrannt«, sagte der Master Sergeant.

»Ich habe nicht gesagt, daß ich sie nicht hole«, entgegnete

MacMillan. »Ich habe gesagt, daß ich genug Sorgen mit meinem eigenen Colonel habe.«

»Und was wird aus mir, Mac?« fragte die Blondine. Sie stieg aus dem Bett, wandte den Männern den Rücken zu und hob ihre Unterwäsche auf, wo sie die Sachen am Abend zuvor fallen gelassen hatte.

»Der Sergeant wird dich in Seoul in die Botschaft bringen, oder wohin du sonst willst«, sagte Mac. »An deiner Stelle würde ich als erstes zur Botschaft gehen.«

»Also gut«, sagte sie, als hätte sie sich eine Entscheidung abgerungen.

»Wissen die Jungs auf Ongdschin, daß ich sie hole?« erkundigte sich MacMillan.

»Wir sagten ihnen, daß wir versuchen, jemand dorthin zu schicken«, antwortete der Master Sergeant.

»Das habe ich nicht gefragt«, sagte MacMillan ärgerlich.

»Ihr Funkgerät ist ausgefallen.«

»Was bedeutet, daß sie bereits überrollt sein können, nicht wahr?«

»Wir müssen es versuchen«, sagte der Master Sergeant.

»*Wir*?« sagte MacMillan. »Ah, Scheiße!«

Draußen war ein besonderes Pfeifen zu hören. MacMillan lauschte angespannt, um es zu identifizieren. Dann schwoll der Propellerlärm eines tief fliegenden Flugzeugs an.

»Verdammt, sie nehmen den Flugplatz unter Beschuß!« MacMillan lief zum Fenster und zog den Vorhang zur Seite. Er sah ein russisches YAK-Kampfflugzeug, das nach einem Angriff auf das Terminal-Gebäude auf der anderen Seite des Flugplatzes hochzog. »Scheiße, wenn sie die L-17 erwischen, können wir alle zu Fuß gehen.«

Die Blondine, die gar nicht bemerkte, wieviel Schenkel sie zeigte, hakte ihre Strümpfe an die Strapse, zog ihr Kleid über und schlüpfte in die Schuhe. MacMillan setzte sich und zog Socken und Schuhe an.

»Sehen wir nach, ob ich noch ein Flugzeug habe.« Er nahm seine Seesäcke und verließ das Zimmer.

Die L-17 war unbeschädigt. MacMillan legte die Seesäcke hinein, einen ins Gepäckabteil, den anderen auf den Rücksitz, und wandte sich dann zu der Blondine und dem Master Sergeant um, die ihm gefolgt waren.

»Ich möchte, daß Sie meinen Colonel suchen«, sagte er. »Colonel Downs. Er ist im Naija-Hotel. Sagen Sie ihm, was ich mache und daß ich in einer Stunde wieder hier bin, wenn ich bis hier durchkomme. Wenn nicht, dann fliege ich runter nach Tschuntschon.«

»Jawohl, Sir.« Der Master Sergeant hatte soeben den »Fruchtsalat« auf MacMillans Uniformrock gesehen. Er hielt nicht viel von Army-Piloten, und er fragte sich, ob dieser Mann wirklich berechtigt war, das blaue Band mit den weißen Sternen zu tragen.

»Du wirst schon zurechtkommen«, sagte MacMillan zu der Blonden. »Es gibt einen Evakuierungsplan für einen solchen Fall.«

Sie hob das Gesicht und wartete darauf, geküßt zu werden. Es wurde eine leidenschaftliche Umarmung. MacMillan war äußerst verlegen. Sie hängt sich nicht so an dich, weil sie geil ist, sondern weil sie Angst hat, dachte er.

Er löste sich mit sanfter Gewalt von ihr, kletterte auf die Tragfläche der L-17 und stieg in die Kabine. Er beschäftigte sich mit der Checkliste und blickte erst auf, als er einen Jeep fortfahren hörte.

Dann stieg er aus, ging um die Maschine herum und machte die Kontrollen vor dem Flug. Zehn Minuten später begann der Flug zur Ongdschin-Halbinsel.

5

MacMillan näherte sich im Sturzflug dem Gefechtsstand des 17. ROK-Infanterie-Regiments. Er hatte zwei Möglichkeiten. Wenn er die Amerikaner sah, die er holen wollte, dann konnte er Gas wegnehmen und zur Landung ansetzen. Wenn er die Amerikaner nicht sah oder statt dessen Nordkoreaner, dann konnte er hochziehen und höllisch schnell verschwinden.

Niemand war in Sicht, als er über den Gefechtsstand flog, und er sagte sich gerade, daß die Einheit überrollt worden war, als er plötzlich drei Gestalten entdeckte, die heftig die Arme schwenkten. Die Leute trugen offenbar Feldjacken und standen am anderen Ende der kurzen Rollbahn. Er war schon zu weit über der Landebahn, um noch landen zu können, und so drehte er ab und ging von neuem in Landeanflug. Sekunden später setzte er auf dem Streifen festgestampfter Erde auf und bremste, sobald er es wagen konnte.

Als er auf die drei Männer zurollte, konnte er erkennen, daß es Amerikaner waren. Er fragte sich, wo alle anderen waren. Im selben Moment gab es eine Explosion. Die Maschine erbebte, und Dreck und Splitter flogen darauf. Er war beim 17. ROK-Regiment gelandet, und 30 Sekunden später wurde der Befehlsstand in die Luft gejagt!

Der erste der drei Amerikaner kletterte auf die Tragfläche der Maschine, bevor MacMillan die Drehung beendet und die Kanzel geöffnet hatte. MacMillan stoppte und öffnete die Kanzel. Die drei amerikanischen Offiziere kletterten in fast verzweifelter Hast nacheinander ins Cockpit.

MacMillan war erfreut, als der Ranghöchste der drei Offiziere einstieg. Der Ranghöchste war höchstwahrscheinlich der letzte. Aber es konnte nicht schaden, zu fragen.

»Sind das alle?« brüllte MacMillan gegen den Motorenlärm an.

Der Offizier neben ihm nickte heftig. »Ja.«

Eine Minute später war die Maschine über dem Wasser und in Sicherheit.

MacMillan dachte daran, daß Roxy wirklich sauer sein würde, wenn ihre Brokatseide und das 300 Jahre alte Teeservice zusammengeschossen werden würden.

»Captain«, sagte der Major neben MacMillan. »Ich danke Ihnen.«

»War mir ein Vergnügen«, erwiderte MacMillan.

Es war ihm klar, daß es gleich nach der Landung in Seoul zu einer Konfrontation mit Colonel Jasper B. Downs kommen würde.

Colonel Downs würde gewiß auf »seine« L-17 warten und

mehr als verärgert sein, weil »sein Pilot« die ihm zugeteilte Maschine für einen Flug ohne Erlaubnis benutzt hatte. Colonel Downs war sich sehr seines Status als ein ranghöheres Mitglied des SCAP-Stabs bewußt. Im augenblicklichen Notfall würde dieser Hurensohn von Sesselfurzer seine Pflicht ganz klar sehen: Er würde sich verpflichtet fühlen, sofort zu seinem sicheren Hauptquartier zurückzukehren.

Zur Hölle mit ihm!

Nicht, daß Captain MacMillan die Angewohnheit hatte, die Wünsche seiner Vorgesetzten zu enttäuschen oder auch nur insgeheim irgendeinen Befehl in Frage zu stellen, den er erhielt. Er betrachtete sich einfach als Kämpfer, und er hielt Colonel Downs für einen Schreibtischsoldaten des rückwärtigen Stabs. Zum ersten Mal seit seiner Ankunft im Fernen Osten – was das anbetraf, zum ersten Mal seit er in den letzten Tagen des Zweiten Weltkriegs in einem Graben in Belgien gelegen hatte – war sich MacMillan darüber im klaren, was er tat.

Seiner Meinung nach gab es nur zwei Arten von Soldaten. Diejenigen, die bei feindlichem Feuer den Kopf verloren, und diejenigen, bei denen das nicht der Fall war. Die Kämpfer und die Sesselfurzer. MacMillan betrachtete sich als Kämpfer, trotz seines gegenwärtigen Status als Army-Pilot. Er hatte die Tapferkeitsmedaille als Fallschirmjäger erhalten. Und was vielleicht noch wichtiger war, General Douglas MacArthur, der Supreme Commander Allied Powers, war ein Kämpfer. Er hatte die Medaille im Ersten Weltkrieg erhalten, und es gefiel MacArthur, Leute mit der Medaille um sich zu haben.

All das führte bei Captain MacMillan zu der Überzeugung, daß er sich keine ernsthaften Sorgen wegen Colonel Jasper B. Downs zu machen brauchte, selbst wenn der Hurensohn von Sesselfurzer voller Wut auf dem Flugplatz Kimpo wartete.

MacMillan hatte recht mit seiner Annahme, daß Colonel Downs ungeduldig und sogar wütend wartete. Darüber hinaus war Colonel Downs in der Begleitung von Miß Genevieve Horne, einem Mitglied des Auswärtigen Amts und zugeteilt der US-Botschaft Seoul, dem er – natürlich mit Erlaubnis des

Botschafters – den Transport aus Korea hinaus angeboten hatte. Offensichtlich würde es in naher Zukunft nur wenig Kulturaustausch geben (Miß Horne war stellvertretender Kulturattaché), und so war ihre Anwesenheit nicht nur unwichtig für die Führung der Botschaftsgeschäfte, sondern sogar ein Hindernis. Sie mit der L-17 nach Tokio auszufliegen würde nicht nur ihre Sicherheit gewährleisten, sondern dem Colonel und Miß Horne ebenfalls die Möglichkeit bieten, einige Zeit zusammen in Tokio zu verbringen, bevor die Dame nach dem Zwischenfall mit den Nordkoreanern wieder nach Seoul zurückkehren würde.

Colonel Downs war deshalb mehr als nur ein wenig ärgerlich, als er und Miß Horne und ihr Gepäck auf dem Kimpo-Flugplatz eintrafen und die L-17 verschwunden war. Es wäre eine Übertreibung zu sagen, daß Colonel Downs in Panik geriet, als er weder die L-17 noch jemand finden konnte, der wußte, was aus ihr geworden war, doch es wäre keine Übertreibung zu sagen, daß er zornig wurde, als er endlich erfuhr, wo die L-17 war. Und als die Maschine landete, war der Colonel darauf vorbereitet, Captain MacMillan zu sagen, was er von ihm hielt.

Ebenfalls warteten auf Kimpo zwei Offiziere der KMAG, die einen Befehl auf einem Formblatt bei sich hatten, den der Kommandeur der KMAG geschrieben hatte und mit dem er sie ermächtigte, jedes KMAG-Flugzeug zu beschlagnahmen, um damit einen Aufklärungsflug in der Umgebung von Seoul durchzuführen. Obwohl sie wußten, daß die L-17 nicht der KMAG zugeteilt war, näherten sie sich sofort der Maschine, als sie vor dem Hangar ausrollte. Wenn der Pilot nicht beeindruckt von ihren Vollmachten war, dann würde er vielleicht auf die Stimme der Vernunft hören.

Genau das tat MacMillan, trotz der heftigen Proteste Colonel Downs, die sowohl eine Aufzählung der dringenden Gründe für seinen frühestmöglichen Flug nach Tokio als auch einen direkten Befehl an Captain MacMillan einschlossen, sofort ihn und Miß Horne dorthin zu fliegen.

»Teilen wir die Chose in der Mitte«, sagte MacMillan zu dem KMAG-Captain. »Ich nehme einen von euch Jungs mit auf einen Aufklärungsflug. Eine Stunde. Nicht länger. Der andere bleibt hier und setzt sich auf diesen Tanklastwagen. Ich will nicht, daß jemand den Sprit in die Luft bläst, während ich weg bin.«

»Gottverdammt, MacMillan«, sagte Colonel Downs mit einer Mischung von Unglauben und Zorn. »Ich habe Ihnen einen Befehl gegeben, und ich erwarte, daß Sie ihn ausführen!«

»Während ich weg bin, Colonel«, erwiderte MacMillan, »sollten Sie die Lady bitten, die Sachen, die sie wirklich braucht, in einen dieser Koffer zu packen. Wir können nicht alle Koffer mitnehmen.«

Colonel Downs widerstand der Versuchung, MacMillan zu erzählen, was er mit ihm tun würde, wenn sie in Tokio waren.

Wenn er das ausführte, war es nämlich durchaus denkbar, daß MacMillan nicht zurückkehrte und ihn überhaupt nicht abholte. Die Abrechnung mußte bis Tokio warten. Tapferkeitsmedaille oder nicht, Captains konnten sich nicht erdreisten, direkte Befehle von Colonels zu verweigern.

MacMillan gewährte dem KMAG-Offizier in Wirklichkeit einen zweistündigen Erkundungsflug. Es dauerte solange, und damit hatte es sich. Um Viertel nach eins landete er wieder in Kimpo, und es dauerte eine weitere Dreiviertelstunde, bevor die L-17 aufgetankt war und nach Pusan fliegen konnte.

In Pusan tankte MacMillan dreißig Gallonen Treibstoff, mehr als genug für die Strecke Pusan-Kokura und den Flug über die Koreastraße, aber nicht genug, um die Tanks zu füllen. Er hatte bereits mehr als maximales Gewicht geladen. Wenn er die Tanks ganz füllte, hätte er die Maschine nie in die Luft bekommen.

Als er auf der Itazuke Air Force Base bei Kokura landete, bemerkte er ungewöhnliche Aktivität und hatte Mühe, jemand zum Auftanken zu finden. Das Bodenpersonal war zu beschäftigt mit Kampfflugzeugen der Air Force, um sich mit einem kleinen Verbindungsflugzeug der Army zu befassen.

Es war fast 15 Uhr, als MacMillan auf dem Flugplatz Tachikawa bei Tokio landete. Der lange Flug hatte nicht dazu beigetragen, Colonel Downs Zorn zu mildern, und möglicherweise hatte er sich auf der letzten langen Etappe Itazuke-

Tachikawa, während er auf einem ziemlich engen Rücksitz hatte sitzen müssen, noch gesteigert. Miß Horne hatte darum gebeten, vorne sitzen zu dürfen, und das hatte er ihr natürlich nicht abschlagen können. Ebensowenig hatte er sich an den langen Unterhaltungen beteiligen können, die Miß Horne mit MacMillan geführt hatte, denn sie waren durch Kopfhörer und Mikrofone verbunden, während der Rücksitz damit nicht ausgestattet war. Colonel Downs wäre sogar noch ärgerlicher geworden, wenn er das Gespräch hätte belauschen können.

»Kann ich eine persönliche Frage stellen?« fragte Miß Horne MacMillan über die Bordsprechanlage.

»Gewiß.«

»Ist das nicht die Tapferkeitsmedaille des Kongresses?«

»Ja«, erwiderte MacMillan und wurde tatsächlich rot.

»Ich weiß wirklich nicht, was ich sagen soll«, erklärte Miß Horne. »Ich habe noch niemals jemand kennengelernt, der die Tapferkeitsmedaille hat.«

»Davon gibt es jede Menge«, sagte MacMillan.

»O nein, das stimmt nicht!« Miß Horne berührte MacMillans Arm, um ihre Worte zu bekräftigen.

»Doch, die gibt es«, beharrte MacMillan.

»Ich fühle mich viel besser, das kann ich Ihnen sagen, seit jemand wie Sie bei mir ist. In Kimpo hatte ich richtig Angst.«

»Es gab keinen Grund zur Sorge«, sagte MacMillan. »Ich hätte die Jungs von der KMAG nicht auf diesen Erkundungsflug mitgenommen, wenn ich der Meinung gewesen wäre, daß keine Zeit blieb, um das zu erledigen und Sie anschließend abzuholen.«

»Jasper, ich meine Colonel Downs, war äußerst besorgt.«

MacMillan sagte nichts.

»Ich nehme an, daß jemand wie Sie unter Streß einen klaren Kopf behält«, sagte Genevieve Horne. »Ich meine, ich wünsche, ich hätte gewußt, wer Sie sind, bevor Sie uns auf dem Flugplatz stehenließen.«

»Ich habe meine Prinzipien«, sagte MacMillan. »Ich lasse schöne Frauen niemals im Stich.«

Sie lachte leise vor Freude über das Kompliment.

»Ich wette, Ihre Frau muß Sie bei anderen Frauen genau im Auge behalten«, sagte Genevieve.

»Sie bemüht sich sehr.«

»Und – hat sie immer Erfolg?«

»Nicht immer«, bekannte MacMillan. »Ich habe mal einen Kursus in Ausweichmanövern absolviert.«

»Wenn es nicht unter diesen Umständen wäre, würde ich sagen, daß es äußerst reizend war, Sie kennenzulernen, Captain MacMillan.«

»Hält der Colonel Sie sehr genau im Auge?« erkundigte sich MacMillan.

»Ich glaube nicht, daß er viel Zeit dazu haben wird.«

»Sie bleiben im Hotel für Durchreisende des State Department?«

»Und werde mich vermutlich schrecklich langweilen.«

»Vielleicht könnte ich für Abhilfe sorgen.«

»Ich bin selbst ziemlich gut in Ausweichmanövern«, sagte Genevieve Horne.

Colonel Downs wußte nur, daß eine Unterhaltung stattfand, hatte jedoch keine Ahnung, was gesprochen wurde. Er verbrachte die Zeit damit, die Worte zusammenzufassen und zu formulieren, die er MacMillan sagen würde, sobald sie in Tachikawa und aus der Maschine waren.

»Captain MacMillan, betrachten Sie sich unter Hausarrest. Sie werden sofort Ihr Quartier aufsuchen und dort bleiben, bis Sie weitere Befehle erhalten.«

Später würde er Genevieve Horne erklären, wie schwer Captain MacMillan gegen Ordnung und Disziplin verstoßen hatte; das konnte er einfach nicht hinnehmen.

Colonel Downs hatte jedoch keine Gelegenheit, Captain MacMillan wegen Nichtbefolgen eines direkten Befehls zu bestrafen. Die L-17 wurde von einem halben Dutzend Offizieren erwartet, wovon der Ranghöchste der Assistent des SCAP-Stabschefs war, ein Colonel, der dienstälter als Colonel Downs war und mit dem er vor kurzem eine persönliche Auseinandersetzung gehabt hatte.

Der Assistent des SCAP-Stabschefs informierte sie, daß sie

sich sofort in den G-3-Konferenzraum im Dai Ichi Building zu begeben hätten, um aus erster Hand zu berichten, was sie in Korea gesehen hatten; sie waren die ersten zur Verfügung stehenden Augenzeugen. Die L-17 würde sofort mit drei SCAP-Stabsoffizieren nach Kokura zurückgeflogen werden.

Zu Colonel Downs großer Überraschung war im Dai Ichi Building (es war 16 Uhr 15, als sie dort eintrafen) der Oberbefehlshaber in der G-3-Operationszentrale und studierte eine Karte. MacArthur trug eine Lederjacke mit Reißverschluß, ein altes, verwaschenes Khakihemd und eine Khakihose.

»Was sagen Sie, Mac«, wandte sich der Oberbefehlshaber an MacMillan. »Höre ich da das ferne Krachen von Musketen jenseits des Hügels?«

»Ich denke, wir haben einen Krieg, General«, sagte MacMillan zu MacArthur. »Man setzt keine Panzer bei einem Grenzzwischenfall ein.«

»Aber *wissen* wir, daß dort *tatsächlich* Panzer eingesetzt werden? Oder will das nur jemand gehört haben und hat es mit dramatischer Übertreibung wiederholt?«

»Ich habe selbst 112 Panzer gezählt, General«, erwiderte MacMillan. »An nur zwei Stellen.«

»Bitte seien Sie so nett, MacMillan«, sagte der Oberbefehlshaber, legte die Hand auf MacMillans Ellenbogen und führte ihn zu der riesigen Landkarte von Korea, »und zeigen Sie mir die genauen Positionen.« Und dann erinnerte er sich an Colonel Downs oder kam wenigstens nahe an eine Erinnerung heran. »Sie sind Howard, nicht wahr?«

»Downs, Sir«, korrigierte Colonel Downs.

»Ich nehme an, Sie waren mit Mac zusammen, Colonel Downs?«

»Nein, Sir«, sagte MacMillan. »Ich bat den Colonel, in Kimpo zurückzubleiben und dafür zu sorgen, daß wir Treibstoff für den Flug hierhin haben würden.«

»Haben Sie mit dem KMAG-Stab konferiert, Colonel?« fragte MacArthur.

»Nein, Sir. Dazu war keine Zeit, Sir.«

»Dann haben Sie also nichts beizutragen?« MacArthur wartete nicht auf die Antwort. Er wandte Colonel Downs einfach den Rücken zu und schaute auf die Landkarte, während MacMillan ihm zeigte, wo er die in Rußland gebauten T 34-Panzer gesehen hatte.

II

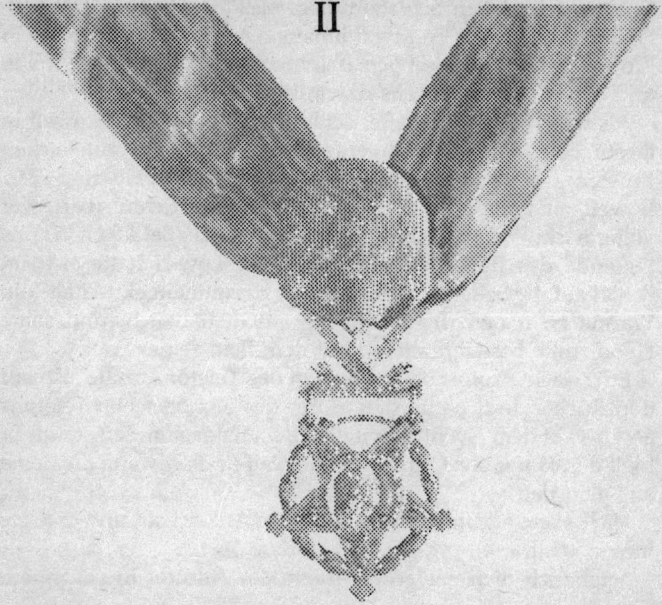

1

Hotel Continental
Paris

28. Juni 1950

Mr. und Mrs. Craig W. Lowell, deren dreijähriger Sohn Peter-Paul und Mrs. Lowells Vater, Graf Peter-Paul von Greiffenberg (der erst vor ein paar Tagen aus einem sibirischen Gefangenenlager freigelassen worden war), waren in einer Suite aus vier Zimmern im vierten Stock des Hotels untergebracht. Die

Fenster des großen Schlafzimmers blickten zur Rue de Castiglione und der Rue de Rivoli hinaus. Die anderen Zimmer, ein Wohnzimmer und zwei Schlafzimmer, lagen zur Rue de Rivoli und den Tuilerien jenseits davon hinaus.

Als das Telefon klingelte, schliefen Mr. und Mrs. Lowell in ihrem Bett. Mrs. Lowell, eine blonde 21jährige mit kecken Brüsten, war nackt bis auf ein blaßblaues dünnes Höschen. Mr. Lowell, ein großer, muskulöser 23jähriger mit Schnurrbart, war völlig nackt. Während der Nacht hatte er das Bettlaken bis ans Fußende des Betts getreten, und Mrs. Lowell hatte sich im Schlaf auf die Seite gedreht und sich zusammengekuschelt, um Wärme zu haben. Ihr Mann lag auf dem Bauch, und seine Hand ruhte besitzergreifend auf dem Bein seiner Frau.

Er erwachte sofort beim Klingeln des Telefons, rollte sich auf den Rücken und nahm den Hörer des altmodischen Telefons ab, das auf dem Nachttisch neben dem Baldachin-Bett stand. Er hielt den Hörer ans Ohr, setzte sich auf und schwang die Beine aus dem Bett.

»Ja?« sagte er, und dann fiel ihm ein, wo er war, und er fügte hinzu: *»Oui?«*

»Habe ich dich geweckt?« fragte der Anrufer in besorgtem Tonfall.

»Bleib dran, Sandy«, sagte Lowell. »Ich lasse das Gespräch auf den anderen Apparat legen. Ilse schläft.«

Lowell legte den verzierten Hörer leise auf den Nachttisch, stand auf, durchquerte das Zimmer und ging zur Chaiselongue, wo das Zimmermädchen seinen Morgenrock ausgelegt hatte. Der Morgenrock war aus Seide, und ein großes Monogramm war auf die Brust gestickt. Es war jedoch nicht sein Monogramm. Der Morgenrock hatte Lowells Vater gehört. Wie das fünfteilige, zusammenpassende Kofferset, das bei der Tür darauf wartete, von einem Hotelpagen in den Aufbewahrungsraum getragen zu werden, war der Morgenrock zu gut, um ihn der Heilsarmee zu schenken.

Zu Hause trug er nie einen Morgenrock oder Bademantel. Seiner Meinung nach war ein Mann entweder bekleidet oder nackt, und es gab keinen Grund für ein Zwischending. Ilse hatte den Morgenmantel für ihn eingepackt, damit seine barbarischen Ansichten nicht den Hotelangestellten bekannt wurden. Er war zu dem Schluß gelangt, daß Ilse nicht besorgt war, weil es ihr etwas ausmachte, was jemand über sie dachte, sondern weil sie befürchtete, man könnte schlecht über *ihn* denken.

Als er jetzt den Morgenmantel seines Vaters anzog, war Craig Lowell froh darüber, daß Ilse das verdammte Ding eingepackt hatte. Denn sonst hätte er sich ankleiden müssen, bevor er zum Telefon im anderen Zimmer hätte gehen können. Entweder ankleiden oder das Risiko eingehen müssen, Mademoiselle Sowieso den Schock ihres jungen Lebens zu verpassen, der Kinderschwester, die zu ihnen ins Hotel geschickt worden war.

Nicht, daß er annahm, Mademoiselle Sowieso hätte noch nie einen nackten Mann gesehen. Es waren die Narben (die er als zusätzliche Arschlöcher bezeichnete, weil sie so aussahen), deren Anblick die Leute schockierte, wenn sie ihn zum erstenmal sahen.

Die Narben waren das Resultat dessen, was in den offiziellen Krankenberichten lautete: ›Mittlere bis schwere Wunden an Oberkörper und Oberarm, verursacht durch Granatsplitter von Artillerie und/oder Mörsergeschossen, und zwei (2) Ein- und Ausschußwunden im oberen linken Arm und der oberen linken Brustseite, verursacht durch Geschosse von Handfeuerwaffen, entweder von Gewehr oder leichtem MG.‹

Die Wunden waren längst verheilt, doch sein Körper war für immer gezeichnet.

Lowell wandte sich zur Tür, verharrte jedoch. Er kehrte zum Bett zurück und zog sanft das Laken über seine Frau. Er dachte wieder wie beim ersten Mal, als er sie schlafend in seinem Bett gesehen hatte, daß sie wie ein Kind aussah, viel zu jung, zu unschuldig, um mit einem Mann im Bett zu sein.

Er ging ins Wohnzimmer und war überrascht und fast entsetzt, als er seinen Schwiegervater mit seinem Sohn auf dem Boden sitzen sah. Der alte Mann trug eines der Hemden, die er ihm gestern gekauft hatte. Der Kragen stand offen, und die Ärmel waren hochgekrempelt.

Allmächtiger, dachte Lowell, er sieht aus wie ein verdammter Kadaver!

»Guten Morgen«, sagte er.

»Ich hoffe, wir haben dich nicht geweckt«, entgegnete sein Schwiegervater.

Der kleine Peter-Paul, P.P. genannt, lächelte seinen Vater an.

Du brauchst gar nichts zu sagen, du Pimpf, dachte Lowell. Bei deinem charmanten Lächeln würden glatt einem Messingaffen die Eier abfallen.«

»Nein, ich habe einen Anruf«, sagte Lowell. »Ich nehme ihn hier an.«

Er setzte sich auf eine der beiden gegenüberstehenden Couches, nahm den Hörer vom Telefon, das auf dem Kaffeetisch dazwischen stand, und bat die Vermittlung, das Gespräch auf den Apparat im Wohnzimmer durchzustellen.

»Wo bist du, Sandy?« fragte er dann.

Der Anrufer sagte es ihm.

»Okay, das ist ganz in der Nähe. Schau aus dem Fenster, und du kannst die Oper sehen. Von dort aus ist es nur ein Katzensprung.« Lowell beschrieb den Weg und fügte hinzu: »Ich bestelle Frühstück.«

Dann legte er den Hörer auf.

»Captain Felter«, erklärte er seinem Schwiegervater. »Er ist bei American Express.«

Der Schwiegervater nickte. Lowell ging ins Schlafzimmer, legte dort den Telefonhörer auf. Dann kehrte er ins Wohnzimmer zurück und wählte über den Nebenanschluß die Rezeption.

»Hier ist Lowell«, sagte er. »Captain Felter und seine Familie werden gleich eintreffen. Sie sind meine Gäste. Ich will nicht, daß ihnen irgend etwas in Rechnung gestellt wird, einschließlich Trinkgelder. Haben Sie verstanden?«

Als er den Hörer auflegte, sagte der Schwiegervater: »Du bist sehr großzügig. Vielleicht sogar *zu* großzügig.«

»Ich bin reich«, sagte Lowell. »Es ist leicht, großzügig zu sein, wenn man reich ist.«

Sie lächelten einander an.

»Außerdem schulde ich Sandy viel, und der Junge läßt sich nicht gern etwas zurückzahlen.«

»Ich verdanke ihm auch viel«, sagte der Schwiegervater.

Lowell ging zur Tür und untersuchte einen Kasten mit fünf Porzellanknöpfen. Er wählte einen Knopf aus und drückte darauf, um den Zimmerkellner zu rufen.

Dann wandte er sich um und schaute seinen Sohn und seinen Schwiegervater an. P.P. war vom Boden aufgestanden, stand neben seinem Großvater und hatte die Arme um dessen Nacken gelegt.

»Da hast du einen neuen Spielgefährten gefunden, nicht wahr, Hüpfer?«

»Großpapa«, sagte das Kind auf deutsch.

Der alte Graf lächelte.

»Ja«, sagte Lowell. »Großpapa.« Er schaute seinen Schwiegervater an. »Wie soll ich dich nennen?«

»Wie immer du willst«, erwiderte der Graf.

»Für Ilse bist du Papa«, sagte Lowell. »Für den Hüpfer bist du Großpapa. Aber wie ist es mit uns? Ich würde mich ein wenig unbehaglich mit Pa fühlen, und ich nehme an, du nennst mich nicht gern Sohn.«

»Sag, was du möchtest«, meinte sein Schwiegervater.

»Wie wäre es mit Colonel?« fragte Lowell.

»Colonel wäre fein. Und wie soll ich dich anreden?«

»Wie wäre es mit Craig?«

»Wie du willst«, sagte der alte Mann und fügte hinzu: »Craig.«

»Großpapa«, sagte P.P.

»Er ist der Papa deiner Mama«, erklärte Lowell. »Und dein Großpapa. Und für mich ist er der Colonel. Hast du das kapiert?«

»Er ist Mamas Papa?« fragte der Junge überrascht.

»So ist es.«

»Und *mein* Großpapa«, sagte der Junge besitzergreifend.

Oberst von Greiffenberg war den Tränen nahe.

Der Zimmerkellner klopfte diskret an die Tür und wurde zum Eintreten aufgefordert.

»Guten Morgen, Gentlemen«, sagte er.

»Ich möchte in etwa einer Viertelstunde Frühstück für – lassen Sie mich rechnen . . .«, er zählte an den Fingern ab, » . . . für fünf Personen. Plus zwei Kinder. Ein amerikanisches Frühstück. Die Felters sind Juden, also lassen wir Speck und Schinken weg. Wie wäre es mit Rumpsteaks? Pommes frites, Spiegeleier, Steaks. Orangensaft. Milch für die Kinder. Brot und Croissants. Und natürlich Kaffee. Bringen Sie bitte gleich schon etwas Kaffee und Croissants, ja?«

»Wird sofort erledigt, Sir«, sagte der Zimmerkellner, verneigte sich und ging.

Lowell warf einen Blick zu seinem Schwiegervater. Von Greiffenberg hatte Tränen in den Augen, und eine Träne rann über seine Wange.

»Nimm's nicht so schwer, Colonel«, sagte Lowell sanft.

»Es ist alles zu schnell passiert«, sagte der Oberst.

»Ja«, murmelte Lowell unbehaglich.

»Ich frage mich, ob ich den Verstand verloren habe. Oder ob ich aus einem Traum aufwachen werde.«

»Es gibt einen blöden amerikanischen Spruch, Colonel«, sagte Lowell. »Ende gut, alles gut.«

»Blöde?« fragte der Oberst.

»Trivial«, sagte Lowell.

»Man lernt, seine Erwartungen hinunterzuschrauben«, sagte der Oberst. »Bis man sich freut, daß der Traum, nicht zu frieren oder zu hungern, Wirklichkeit geworden ist.«

»Ja, das glaube ich«, sagte Lowell beklommen.

»Ich wollte nicht, daß du dich unbehaglich fühlst, Craig.«

»Sei nicht albern.«

»Ich träumte in der Gefangenschaft in Sibirien von Essen«, sagte der Oberst. »Von Rindfleisch und Butter. Von richtigem Kaffee.«

Lowell schwieg.

»Ich habe Hunger!« verkündete P.P. »Wann essen wir?«

»Hast du wirklich Hunger?« fragte Lowell.

»Ich habe wirklich Hunger.«

»Wir essen feine Leber in ein paar Minuten«, sagte Lowell.

»Nein! Ich habe gehört, was du gesagt hast. Du sagtest Steak!«

»Magst du Steak zum Frühstück, P.P.?« fragte der alte Mann.

»Ja, das ist in Ordnung«, sagte das Kind nach kurzem Überlegen.

»Steak zum Frühstück«, stieß der Oberst hervor. »Mein Gott!«

Lowell schwieg.

»Als ich aus der Kriegsgefangenschaft zurückkam«, sagte der Oberst zu Lowell, »stieg ich in Bad Hersfeld aus dem Zug und sah einen alten Kameraden von mir. Er erzählte mir, daß sich meine Frau das Leben genommen hatte und daß er glaubte, meine Tochter sei nach Ostdeutschland gegangen, um nach Verwandten zu suchen. Er versuchte mir Mut zu machen, indem er sagte, das Rote Kreuz sei sehr gut im Ermitteln von Leuten unter solchen Umständen.«

»Nun, das liegt alles hinter dir, Colonel«, warf Lowell ein.

»Ich sagte mir, daß ich alles in meiner Macht Stehende tun würde, um Ilse zu finden, und daß ich alles für sie tun würde, was ich konnte«, fuhr der Oberst fort. »Und dann das – Ilse ist deine Frau – und . . .«

»Ja, ah, was soll's«, sagte Lowell.

Er war erleichtert, als der Zimmerkellner einen Servierwagen mit einem Kaffeeservice, Kaffee und einer Platte mit Croissants hereinrollte.

»Du bekommst ein Croissant, P.P.«, sagte Lowell zu seinem Sohn. »Damit du es bis zum Frühstück aushältst.«

»Warum kann ich nicht gleich essen?«

»Weil Onkel Sandy und Tante Sharon kommen und wir auf sie warten.«

Er schaute zu, als sein Schwiegervater sehr sorgfältig ein Croissant butterte, es mit winzigen Bissen aß und jeden Happen genoß.

Dann klopfte es wieder an der Tür.

»*Entrez!*« rief Lowell.

Die Tür wurde geöffnet.

Ein kleiner, schmächtiger Mann mit schütterem Haar schob die Tür auf und spähte vorsichtig ins Zimmer.

»Komm rein, Sandy«, sagte Lowell, ging ihm entgegen und legte den Arm um seine Schulter.

»Guten Mogen, Herr Oberst«, sagte der kleine Mann in fließendem Deutsch mit leichtem Berliner Akzent.

Als Peter-Paul von Greiffenberg nach fünf Jahren in sowjetischer Gefangenschaft nach Marburg an der Lahn zurückgekehrt war, hatte Sanford Felter auf ihn gewartet. Nicht, wie der Graf zuerst gedacht hatte, als ein Polizist in Zivil, der ihm die Freiheit wieder nehmen wollte, sondern um ihn zu seiner Tochter und einem Schwiegersohn und einem Enkel zu bringen, von denen er nichts gewußt hatte.

Lowell ging an Sandy Felter vorbei, küßte dessen Frau Sharon auf die Wange und nahm Sanford T. Felter junior, den Zweijährigen, von den Armen seiner Mutter.

»Gott sei Dank sieht er aus wie du, Schatz«, sagte er zu Sharon.

»Craig!« sagte Sharon Felter. Sie war eine schwarzhaarige, hellhäutige, zierliche Frau mit großen, dunklen Augen.

»*Ein* häßlicher Kahlkopf in der Familie reicht«, sagte Lowell.

Felter überging das. »Herr Oberst«, sagte er. »Darf ich Ihnen meine Frau vorstellen?«

»Sie müssen mein Aussehen entschuldigen, Mrs. Felter«, sagte der alte Mann, reichte Sharon die Hand und verneigte sich. »Es ist mir eine Ehre, Sie kennenzulernen.«

»Oh, wir haben soviel über Sie gehört«, sagte Sharon. »Verzeihen Sie, daß ich das vergessen habe; willkommen daheim!«

»Danke«, sagte er bewegt.

»Ilse schläft«, erklärte Lowell. »Geh und wirf sie mit ihrem faulen Arsch aus dem Bett, Sharon.«

»Das werde ich nicht!« sagte Sharon. »Craig, wirklich, manchmal bist du ein Scheusal!«

Er ging zur Schlafzimmertür.

»Hey, Ilse! Aufstehen! Sandy und Sharon sind hier!«

»Das brauchtest du nicht zu tun!« sagte Sharon und eilte zur Schlafzimmertür. »Ilse, ich hab' ihm gesagt, daß er das sein lassen soll.«

Und dann ging sie ins Schlafzimmer und schloß die Tür hinter sich.

»Das Frühstück ist unterwegs«, sagte Lowell. »Oder sollte es wenigstens sein. Bedien dich mit Kaffee, Sandy.«

»Wir haben gefrühstückt, bevor ich anrief«, sagte Felter.

»Nun, dann wirst du noch mal frühstücken müssen. Ich weiß, was du unter Frühstück verstehst. Ein hartgekochtes Ei und ein Brötchen.«

Felter schüttelte den Kopf und öffnete eine Aktentasche. Er nahm einen Aktenhefter heraus und reichte ihn Lowell.

»Was ist das?«

»Die Dienstakte des Colonels«, erklärte Felter. »Jedenfalls eine beglaubigte Kopie und der Befund des Entnazifizierungs-Gerichts.«

»Ich verstehe nicht«, sagte der Oberst.

»Das amerikanische Gesetz verbietet die Einwanderung von Nazis, Colonel«, sagte Felter. »Sie müssen entlastet sein. Hiermit wird bestätigt, daß Sie sauber sind.«

»Wie zur Hölle hast du das über Nacht beschafft?« fragte Lowell.

»Ich habe das nicht über Nacht beschafft. Ich habe jahrelang an diesem verdammten Ding gearbeitet.«

»Hey, Junge, danke!«

»Keine Ursache.«

»Captain Felter hielt es schon einige Zeit für möglich, daß du lebst, Colonel«, erklärte Lowell seinem Schwiegervater. »*Er* hat dich in Wirklichkeit dort rausgeholt.«

»Wie kann man seine Dankbarkeit für so etwas ausdrücken?« fragte der Oberst.

»So kurz wie möglich, bitte«, sagte Felter mit einem Lächeln.

»Zieh deinen Mantel aus und bleib eine Weile«, sagte Lowell.

»Deine Gangster schnappten sich sofort unser Gepäck, kaum daß wir draußen gehalten hatten«, sagte Felter. »Ich hoffe jedenfalls, daß es *deine* Gangster waren.«

»Was meinst du damit?«

»Ich meine damit, daß ich hoffe, du weißt, wo wir unser Gepäck wiederfinden, in welchem Zimmer wir sind und so weiter.«

»Telefonier doch und frag an der Rezeption nach.«

»Und was soll ich sagen? Hier ist Mr. Felter, wo bin ich?« Felter kicherte.

Lowell lachte. Felter zog seinen Mantel aus und hängte ihn über einen Sessel. Dann, so diskret wie er konnte, griff er in seine Gesäßtasche, zog eine .45er Colt Pistole heraus, verstaute sie in der Aktentasche und stellte die Tasche neben der Couch auf den Boden.

»Hast du schon von der Mafia gehört, Colonel?« fragte Lowell seinen Schwiegervater.

»Von der Mafia?«

»Die ›ehrenwerte Familie‹ sizilianischer Gangster. Die Mafiosi schleppen immer Waffen mit sich herum.«

»Ich glaube nicht, daß Captain Felter ein Gangster ist«, sagte Oberst von Greiffenberg.

»Captain Felter ist ein Geheimdienstoffizier«, sagte Lowell mit gespielter Ehrfurcht. »Ein *intelligence officer*. Was nicht das gleiche wie ein intelli*gent* officer ist.«

»Mann, Craig!« stieß Felter hervor.

»Ich glaube, du machst den Captain verlegen, Craig«, warf Oberst von Greiffenberg ein.

»Daran bin ich gewohnt, Colonel«, erklärte Felter. »Er ist mir praktisch vom ersten Tag an auf den Geist gegangen.«

»Sie müssen verzeihen, daß ich fast gar nichts über meinen Schwiegersohn weiß«, sagte der Oberst. »Wann haben Sie ihn kennengelernt?«

»Wir waren auf dem Weg nach Griechenland«, erzählte Lowell. »1946. Ich wurde dorthin praktisch strafversetzt, weil mich meine Einheit loswerden wollte. Felter, um zu demonstrieren, daß er in West Point war, hatte sich freiwillig gemeldet.«

»Sie sind West Pointer, Captain?« Der Oberst musterte Felter überrascht.

»Ja, ich war dort eine Zeitlang. Zwei Jahre, um genau zu sein.«

»Und du auch, Craig?«

Lowell lachte. »Guter Gott, nein. Ich war Wehrpflichtiger. Jeder, der Bescheid weiß, wird dir sagen, daß ich ein ganz mieser Soldat war, der nur auf das Ende der Dienstzeit wartete.«

»Nun, einige mögen den Beruf des Soldaten und andere nicht«, sagte der Oberst freundlich.

»Das militärische Establishment atmete erleichtert auf, als man mich endlich mit einem Tritt in den Hintern aus dem Kasernentor befördern konnte.«

Felter schaute von Lowell zu dessen Schwiegervater und sah, daß Oberst Graf Peter-Paul von Greiffenberg – drei Verwundetenabzeichen, Träger des Ritterkreuzes mit Schwertern und Brillanten, der elfte in seiner Familie, der für sein Land in den Krieg gegangen war – für bare Münze nahm, was Craig Lowell über seinen Militärdienst gesagt hatte.

»Tut mir leid, Craig«, sagte Felter. »Das muß ich klarstellen.«

»Was?«

»Colonel, als Ihr Schwiegersohn mit 19 Jahren der griechischen Armee als Berater zugeteilt war, wurde die Einheit, bei der er diente . . .«

»Hör auf, Sandy!« unterbrach Lowell.

»Die Einheit, bei der er diente«, sprach Felter schonungslos weiter, »die 12. Kompanie der 27. Royal Hellenic Mountain Division, wurde von einem verstärkten Regiment albanischer und griechischer Soldaten angegriffen, die von Russen ausgebildet worden waren. Alle griechischen Offiziere fielen. Dieser ›ganz miese Soldat‹, den Ihre Tochter heiratete, übernahm das Kommando, obwohl er zu diesem Zeitpunkt voller Löcher geschossen war. Als die Entsatztruppen seine Stellung erreichten, lebten nur noch zwölf Mann der 12. Kompanie. Aber sie behaupteten ihre Position, angespornt von diesem ›miesen‹ Soldaten. Er ist ein so ›mieser‹ Soldat, daß ihm die Griechen ihren zweithöchsten Orden verliehen.«

»Du hattest schon immer ein großes Maul, du kleiner Scheißer«, sagte Lowell.

»Craig!« rief Ilse von Greiffenberg-Lowell schockiert, als sie ins Zimmer kam. »Was ist los mit dir? Wie kannst du es wagen, so mit Sandy zu reden, nach allem, was er für uns getan hat?«

»Schon gut, Ilse«, sagte Sandy Felter. »Es klang schlimmer, als es ist.«

»Sie sagen immer Schreckliches zueinander«, warf Sharon Felter ein. »Manchmal macht mich das krank. Man könnte fast glauben, daß sie sich nicht mögen, wenn sie so miteinander reden.«

»Oh, Scheiße«, sagte Lowell. Er ging schnell zu Felter, schlang die Arme um den kleineren Mann, hob ihn vom Boden hoch und drückte ihm einen feuchten und schmatzenden Kuß auf die Stirn.

»Laß mich runter, du übergroßer Kindskopf!« forderte Felter.

»Sag ›bitte, bitte‹, du kleiner Scheißer.« Lowell drückte Felter in seinen Armen, bis Felter nachgab.

»Bitte, bitte, du großer Bastard!«

Lowell ließ ihn lachend herunter und gab ihn frei.

»Nun, wenn das nicht beweist, daß ich ihn liebe, was denn sonst?« fragte Lowell.

»Du solltest dich schämen, Craig«, sagte Ilse, aber sie lächelte.

Der Zimmerkellner, gefolgt von drei Pagen, traf mit dem Frühstück ein und deckte den Frühstückstisch.

Felter schaute zu, und dann sagte er unvermittelt: »Da wir gerade vom Krieg sprechen, ich hörte soeben über AFN, daß diese Sache in Korea kein Grenzzwischenfall, sondern eine richtige Invasion ist.«

»Was ist kein Grenzzwischenfall?« fragte Lowell.

»Laut AFN . . .«, begann Felter und unterbrach sich, um zu erklären. »AFN ist der US-Radiosender in Deutschland, Colonel, und er brachte in den Nachrichten, die ich soeben hörte, daß das, was man erst als Grenzzwischenfall meldete, jetzt eine richtige Invasion ist.«

»Schönen Krieg, Sandy«, bemerkte Lowell.

»Wie kann man so etwas Entsetzliches sagen!« fuhr Ilse ihren Mann an.

»Er meint es nicht so«, sagte Felter. »Er meint höchstens die Hälfte von dem, was er von sich gibt. Wenn du das verstehst, Ilse, dann kannst du lernen, mit ihm zurechtzukommen.«

»Können wir jetzt essen?« fragte der kleine P.P.

2

Washington, D.C.

5. Juli 1950

Auf Anforderung des Präsidenten wurden 2500 Offiziere der verschiedenen Waffengattungen und Dienste des Heeres, die bis dahin auf der Liste der inaktiven Reserve geführt wurden, für die Dauer des Einsatzes in Korea zum aktiven Dienst einberufen.

Das Offizierskorps des Heeres der Vereinigten Staaten besteht aus drei Komponenten. Das ist die *regular Army*, das Berufsheer, deren Offiziere Berufssoldaten sind, die den Kriterien entsprechen, die vom Kongreß für das Berufsheer aufgestellt wurden, und die bis zu ihrem Ruhestand dienen. Die Zahl der Berufssoldaten der *regular Army* wird vom Gesetz bestimmt. Vor dem Zweiten Weltkrieg war die Zahl der Offiziere im aktiven Dienst, die keine Berufssoldaten waren, sehr klein. Während des Zweiten Weltkriegs kehrte sich der Prozentsatz ins Gegenteil um, und nur wenige Offiziere konnten – aufgrund der kürzeren Kennummer – als Angehörige der *regular Army* erkannt werden.

Der Großteil der Berufsoffiziere kam von der US-Militärakademie West Point und von den anderen Akademien: dem Virginia Military Institute, Norwich, der Citadel, Texas A & M und einigen wenigen anderen. Aber es ist möglich für einzelne Reserveoffiziere im aktiven Dienst, um Aufnahme in die *regular Army* zu ersuchen, und einige werden akzeptiert.

Der zweite Bestandteil des Offizierskorps der US-Army ist das Offizierskorps der National Guard. Diese Offiziere werden praktisch von den Gouverneuren der verschiedenen Staaten ernannt, da die National Guard in Friedenszeiten den verschiedenen Gouverneuren unterstellt ist. Diese Offiziere zählen gleichzeitig zur Reserve der US-Army.

Die dritte Komponente ist das Reserveoffizierskorps, das seinerseits wiederum aus vier Teilen besteht:

1) Reserveoffiziere mit verlängerter aktiver Dienstzeit; diejenigen, die bis zu ihrer Pensionierung die Uniform tragen wollen. Diese Offiziere dienen nach dem Ermessen des Kongresses, und sie haben keine garantierte Dienstzeit bis zur Pensionierung (wie es die Offiziere des Berufsheeres haben).

2) Reserveoffiziere in aktivem Dienst; im allgemeinen unfreiwillig bei der Army, wie zum Beispiel die Offiziere, die nach Absolvieren eines Reserve Officer Training Corps Program (Lehrgang an einem College oder einer Universität) zum aktiven Dienst eingezogen werden. Sie dienen eine festgesetzte Zeit in aktivem Dienst.

3) Reserveoffiziere der organisierten Reserve; diese Offiziere sind einer Reserveeinheit zugeteilt, die sich an einem Abend pro Woche oder an einem Wochenende pro Monat zur Ausbildung trifft. Sie haben außerdem zwei Wochen aktiven Dienst bei einer Übung im Sommer. Diese Offiziere erhalten Tagessold und Zulagen für jede Übungszeit und haben Anspruch auf ein Ruhegeld für solchen Dienst.

4) Inaktive Reserveoffiziere; diejenigen Reserveoffiziere, die ein Offizierspatent haben, aber kein Mitglied des aktiven Heeres, der National Guard oder der organisierten Reserve sind. Sie nehmen an keiner Übung teil und erhalten keine Bezahlung.

Die Offiziere, die die Army für den Dienst bei der koreanischen Friedensaktion einberufen wollte, waren Offiziere der letztgenannten Kategorie, der inaktiven Reserve.

Wann immer das möglich war, wurden solche unfreiwillig einberufenen Offiziere 30 Tage vor ihrem Dienstantritt benachrichtigt, damit sie noch ihre persönlichen Angelegenheiten regeln konnten. Diese Frist konnte jedoch angesichts der kritischen Lage im Fernen Osten nicht immer eingehalten werden.

In den Kampfeinheiten gab es einen kritischen Mangel an Offizieren im Dienstgrad Leutnant bis Hauptmann. Wegen des Mangels an Offizieren, die kürzlich die verschiedenen Akademien und Schulen absolviert hatten und den Einheiten zugeteilt werden konnten, wurde beschlossen, daß aus den

Dienstgraden der inaktiven Reserveoffiziere ein Pool gebildet wurde, dessen Mitglieder folgende Kriterien erfüllen sollten:

(a) Passender Dienstgrad und Alter (man brauchte junge Männer in den Fronteinheiten).

(b) Kampferfahrung. (Jemand, der schon im Feuer gewesen ist, kann am besten Soldaten in den Kampf führen; es gibt keinen Ersatz für Kampferfahrung.)

Es wurde eingewandt, daß die Einberufung solcher Offiziere zum aktiven Dienst – besonders wenn es nicht möglich war, ihnen 30 Tage für die Erledigung ihrer persönlichen Angelegenheiten einzuräumen – nicht fair für die Betreffenden sei. Zum einen war bereits auf sie geschossen worden. Zum anderen hatten sie nicht den Sold wie die anderen Offiziere der Reserve und National Guard erhalten (einen Tagessold für zwei Stunden »Ausbildung« pro Woche), und man hatte ihnen besonders versichert, wenn sie in der inaktiven Reserve blieben, würden sie nur im Fall eines totalen Kriegs eingezogen werden, und das auch nur, wenn zuvor die National Guard und die aktive Reserve einberufen worden waren.

Der Oberbefehlshaber war zu einer harten Entscheidung gezwungen. Er traf sie aufgrund seiner eigenen Erfahrung als ehemaliger Captain der Artillerie. Es war ein verdammt schmutziger Trick gegenüber den betreffenden Offizieren, und das wußte er. Aber da war die andere Seite der Medaille. Es war unentschuldbar, Soldaten unter unerfahrenen Offizieren in den Kampf zu schicken, wenn erfahrene Offiziere verfügbar waren. Die höchste Verantwortung des Offizieres – ob Lieutenant, Captain oder Oberbefehlshaber – besteht gegenüber den Unteroffizieren und Mannschaften. Das ist das Grundprinzip der Führung. Er konnte es nicht rechtfertigen, auf die am besten qualifizierten Offiziere zu verzichten, nur weil sie bereits ihre Pflicht getan hatten. Sie wurden wieder gebraucht. Sie konnten Leben retten. Es war ein schmutziger Trick diesen Offizieren gegenüber, aber es ging nicht anders.

3

Kokura, Japan

7. Juli 1950

Der betagte, aber makellos gepflegte Jeep von First Lieutenant Philip Sheridan Parker IV, dem Zugführer des 3. Zugs der Panzerkompanie des 24. Infanterieregiments der 24. Infanteriedivision, fuhr vor der Kaserne vor, in dem sein Zug untergebracht war.

Der Lieutenant, dessen Haut schwarz war und dessen Gesichtszüge an die eines Arabers erinnerten, war über zwei Meter groß und brachte 112 Kilo auf die Waage, ohne überflüssiges Fett zu haben. Er stieg aus dem Jeep und ging schnell zum Kasernengebäude. Parker IV trug einen gestärkten Arbeitsanzug und eine sehr kleine Arbeitsmütze. Um die Hüfte war ein Gurt aus dem Ersten Weltkrieg geschnallt, und aus dem Holster am Gurt ragte ein Colt .45 ACP Revolver Modell 1917.

Lieutenant Parker hatte soeben erfahren, daß sein Zug nicht sofort mit dem Rest der Kompanie nach Korea geschickt wurde, sondern zuerst ein paar neue Panzer übernehmen sollte. Der Offizier der Feldzeugtruppe hatte von dem Vorhandensein von acht M4A3-Panzern im Feldzeugdepot in Osaka erfahren, wo sie von der Bewaffnung mit 75-mm-Kanonen auf die neuen 76-mm-Hochgeschwindigkeitskanonen umgerüstet wurden. Darüber hinaus wurden die Panzer überholt, so daß sie in den beweglichen Teilen praktisch zu neuen Panzern wurden.

Der Kompaniechef hatte entschieden, daß diese Panzer dem dritten Zug übergeben werden sollten. Zum einen war Lieutenant Parker vor kurzem zum First Lieutenant befördert worden, nachdem er die erforderliche Dienstzeit für diesen Rang erfüllt hatte. Zum anderen war der Kompaniechef der Meinung, daß Lieutenant Parker der beste seiner drei Zugführer war. Und schließlich hatte Parker Erfahrung mit der 76-mm-Kanone in Fort Knox gesammelt. Nachdem der Kompaniechef seine Entscheidung getroffen hatte, ließ er Parker zu sich holen und informierte ihn darüber.

Parker stieß die Tür des Kompanieblocks auf und ging eilig die Treppe hinauf. Sein Zug war im dritten Stock in zwei 25-Betten-Räumen untergebracht. Parker klopfte an die Tür der Privatstube des Zug-Sergeanten. Sergeant First Class Amos Woodrow kam aus seiner Stube und folgte Parker zum nächsten der beiden Großquartiere.

»Aach-tung!« rief Sergeant Woodrow, und die Soldaten, die widerwillig ihre persönlichen Dinge in verschließbare Kisten gepackt hatten (sie würden während ihres Einsatzes in Korea in der Kaserne gelagert werden), nahmen Haltung an.

»Gehen Sie nach nebenan und holen Sie die anderen Jungs«, befahl Woodrow und wies auf den Soldaten, der am nächsten bei ihm stand. Der Panzerschütze, der eine Mischung aus Furcht und Ehrfurcht vor seinem Zugführer und seinem Sergeant hatte, wiederholte den Befehl, salutierte, machte zackig kehrt und eilte aus dem Raum.

Parker fand, daß Sergeant Woodrow ein guter Mann war, auf den er sich verlassen konnte. Von vielen seiner Soldaten war er nicht sonderlich beeindruckt, und einige machten ihm ernsthaft Sorgen, aber Woodrow war offenbar ein erstklassiger Unteroffizier.

Sergeant First Class Amos Woodrow schätzte seinerseits Lieutenant Parker. Woodrow war 38 Jahre alt und Soldat seit 1942. Er hatte beim 393. Panzerjäger-Bataillon gedient, war in der Normandie verwundet worden und ins Lazarett gekommen und hatte dann eine Dienstzeit bei der einzigen Schwarzen-Einheit, dem 175. Panzerartillerie-Bataillon in der Besatzungsarmee in Deutschland verbracht, wo er Geschützführer einer 105-mm-Haubitze auf Selbstfahrlafette gewesen war.

Sergeant Woodrow mochte Lieutenant Parkers Art. Er fand, daß Parker Klasse hatte. Es hatte ihn nicht überrascht, schließlich zu erfahren, daß Parkers Vorfahren bereits Soldaten gewesen waren, bis zurück zu den Büffel-Soldaten bei den Indianerkriegen.

Andere Soldaten, allesamt Schwarze von ebenholzschwarz

wie Parker bis zu hellbraun, kamen in den Raum und versammelten sich im Halbkreis um Lieutenant Parker.

»Stillgestanden!« rief Woodrow.

Parker ließ dann gleich rühren. »Hört mal zu. Ich habe einige Neuigkeiten.«

Die Panzerschützen schien das nicht sonderlich zu interessieren. Parker sah, daß mindestens vier ziemlich betrunken waren.

»Hey, Lieutenant«, rief einer der Panzerfahrer. »Woher haben Sie diesen alten Sechsschüsser?«

»Mein Großvater trug ihn in Frankreich«, erwiderte Parker. »Im Ersten Weltkrieg.«

»Während er Schiffe auslud?« ertönte eine Stimme hinten aus der Gruppe. Parker erkannte den Jungen. Staff Sergeant Sidney, ein relativ hellhäutiger Unruhestifter.

»Stillgestanden!« sagte Parker sanft. Langsam, fast trotzig, nahm der Staff Sergeant Grundstellung ein.

»Ihre Unwissenheit ist offenkundig, Sergeant Sidney«, sagte Parker sanft. »So werde ich mir die Zeit nehmen, die wir eigentlich mit wichtigeren Dingen verbringen sollten, und Ihnen Sachen erzählen, die Sie eigentlich wissen sollten. Mein Großvater diente als Captain beim 369. Infanterie-Regiment. Er kämpfte bei Chateau Thierry. Mein Großvater erhielt von der französischen Regierung das ›Croix de guerre‹. Das Regiment, dessen Soldaten allesamt Schwarze waren, erhielt eine Belobigung. Das Regiment bestand aus Soldaten, nicht aus Schauerleuten. Ich will nicht, daß diese Soldaten von jemandem verleumdet werden, besonders nicht von jemandem wie Ihnen. Habe ich mich klar ausgedrückt?«

Sergeant Sidney gab keine Antwort.

»Habe ich mich klar ausgedrückt?« wiederholte Parker. Obwohl er nicht die Stimme hob, klang sein Tonfall jetzt drohend.

»Jawohl, Sir«, sagte Staff Sergeant Sidney nach kurzem Zögern.

»Machen Sie den Mund erst wieder auf, wenn ich Ihnen das erlaube.« Parker legte eine lange Pause ein. Dann sagte er: »Sie können rühren.«

Es herrschte jetzt Totenstille.

»Es gibt acht M4A3-Panzer mit der 76-mm-Hochgeschwindigkeitskanone in Osaka«, sagte Parker. »Man hat mir gesagt, daß der dritte Zug die Panzer haben kann, wenn ich garantiere, daß wir auch damit umgehen können. Wer hier außer Sergeant Woodrow hat irgendwelche Erfahrung mit dem M4A3?«

Ein Dutzend Hände wurden gehoben. Auch Sergeant Sidney zeigte auf.

»Wie gut kennen Sie den M4A3, Sergeant Sidney?«

»Ich wurde in Knox daran ausgebildet«, sagte Sidney.

»Okay. In einer Stunde steht ein Bus vor der Unterkunft. Machen Sie eine Liste der anderen, die Erfahrung mit dem M4A3 haben. Und sorgen Sie dafür, daß sie bereit sind, wenn der Bus eintrifft.«

»Sir«, wandte Sergeant Sidney ein, »man sagte uns, wir hätten die Nacht frei, bis wir morgen aufs Schiff gehen.«

»Sie werden morgen in Osaka sein«, sagte Parker. »Wir marschieren heute abend ab.«

»Ich muß mich von meinem Mädchen verabschieden, Lieutenant«, sagte Sergeant Sidney.

»Tut mir leid. Dafür wird keine Zeit sein. Wir müssen nach Osaka, die Panzer übernehmen, sie an Bord bringen und uns dem Rest des Regiments in Korea anschließen.«

Sergeant Sidney sagte nichts. Da war ein Ausdruck in seinem Gesicht, der Parker ärgerte, ja sogar erzürnte. Aber er konnte nichts dagegen tun.

»Wir übergeben unsere M 24 an die anderen beiden Züge«, fuhr Parker fort. »Die M 24 werden als Reserve dienen. Wenn jemand Fragen hat, werde ich sie beantworten, aber ich warne schon vor, daß ich nicht viel mehr weiß, als ich Ihnen gesagt habe.«

Sergeant Sidney war nicht vor der Unterkunft, als der Bus eintraf, und konnte nirgendwo gefunden werden.

»Lochen Sie den Hurensohn wegen unerlaubten Entfernens von der Truppe ein, Lieutenant«, sagte Sergeant Woodrow. »Verpassen Sie ihm sechs Monate Bau.«

»Ich finde, Sergeant Sidney würde lieber sechs Monate im Bau verbringen, als in Korea erschossen zu werden«, sagte

Parker. Er war verlegen, weil er nicht vorausgedacht und nicht dafür gesorgt hatte, daß Woodrow Sidney im Auge behielt.

»Was würde er uns in Korea nutzen?«

»Er ist am M4A3 ausgebildet worden«, sagte Parker. »Glauben Sie, daß Sie ihn finden können, Sergeant?«

»Jawohl, Sir. Ich weiß, wo ich suchen muß.«

»Ich möchte nicht, daß die Karriere eines guten Soldaten wie Sergeant Sidney ruiniert wird, weil er einen Transport versäumt, Sergeant. Glauben Sie, daß Sie ihm gut zureden können?«

»Hat der Zug-Sergeant die Erlaubnis des Zugführers, formlos zu sprechen, Sir?« fragte Sergeant Woodrow.

»Ja«, sagte Lieutenant Parker.

»Ich werde diesen Scheißkerl von einem Nigger auf dem Schiff haben, und wenn ich dem Bastard beide Beine brechen muß.«

»Weitermachen, Sergeant«, sagte Parker.

III

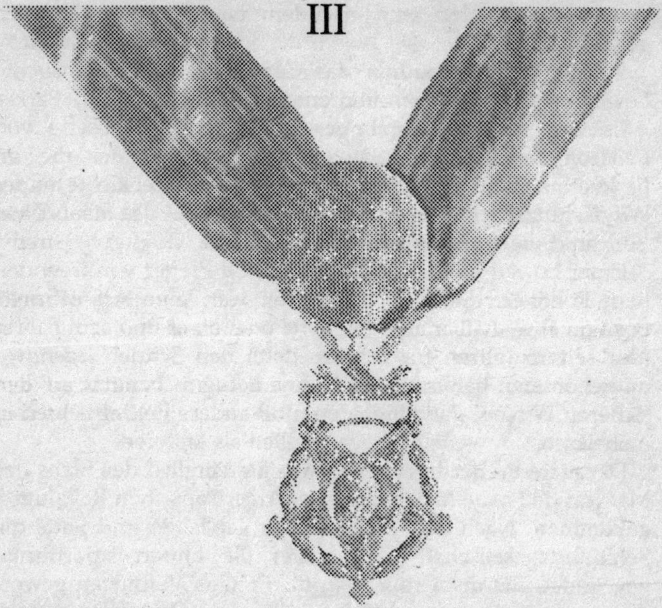

1

New York City, New York

10. Juli 1950

Craig W. Lowell war nicht überrascht, als Andre Pretiers Chauffeur ihn am LaGuardia Airport erwartete, aber es überraschte ihn, daß der Chauffeur ihm erklärte, Pretier warte draußen im Wagen.

Andre Pretier war der zweite Mann seiner Mutter. Sie hatten geheiratet, als Craig Anfang 1946 zum Wehrdienst eingezogen worden war, nachdem man ihn von Harvard gefeuert hatte.

Während der Chauffeur das Gepäck einsammelte, suchte Lowell nach dem Wagen und entdeckte ihn.

Es war ein Chrysler Imperial mit einer Karosserie von LeBaron, eine lange, glänzende Luxuslimousine, die im Parkverbot stand. Ein offiziell aussehender Zettel klebte an der Windschutzscheibe. Er trug den Amtsstempel des Staats New York und die Aufschrift OFFICIAL.

Craig Lowell hatte sich oft gefragt, ob Pretier von irgendeinem Politiker, der ihm verpflichtet war, eine Art offizielle Position ehrenhalber erhalten hatte oder ob er und sein Fahrer (der seit 25 Jahren für ihn arbeitete) den Schrieb irgendwo mitgenommen hatten und ihn ohne Befugnis benutzt, in dem sicheren Wissen, daß Flughafen- und andere Polizei Leuten in Nobelkarossen weniger Fragen stellen als anderen.

Der erste Pretier in Amerika war als Mitglied des Stabs des Marquis de Lafayette während der Amerikanischen Revolution gekommen. Nach dem Krieg war er geblieben und hatte die Schiffahrtsgesellschaft (und später die Import-Exportfirma) gegründet, die der Grundstein für Pretiers Vermögen geworden war. Pretier war mit Lowells Vater in Harvard gewesen, und dort hatte er sich – unglaublich – in die Frau verliebt, die Craig Lowells Mutter werden sollte, eine Vernarrtheit, die sein Leben lang bleiben würde. Genau ein Jahr nach der Beerdigung von Lowells Vater hatte Pretier um die Hand von Craig Lowells Mutter angehalten.

Andre Pretier neigte sich über den mit Velours bezogenen Sitz des Chrysler und reichte Lowell die Hand, als er einstieg.

»Daß du mich abholst, habe ich nicht erwartet«, sagte Lowell. »Danke, Andre.«

»Wir mußten deine Mutter nach Hartford bringen«, eröffnete Pretier.

O verdammt, das hat mir gerade noch gefehlt! dachte Lowell.

Hartford war die beschönigende Bezeichnung für eine private Psychiatrische Anstalt in Hartford, Connecticut.

Pretier reichte Lowell eine kleine gefüllte Kristallschale, einen Brandyschwenker ohne Stiel.

»Schlimm?« fragte Lowell.

Pretier hob die Hände in einer Geste der Resignation.

»Sie kann einfach keinen Streß oder Aufregung vertragen«, sagte Pretier.

»Was hätte ich denn tun sollen, Andre?« fragte Lowell scharf. »Hätte ich meinen Schwiegervater auffordern sollen, in Sibirien zu bleiben?«

»Ich glaube nicht, daß es irgend etwas damit zu tun hat«, erwiderte Pretier, ohne wegen Lowells Ausbruch beleidigt zu sein. Lowell hatte oft gedacht, daß er den Mann seiner Mutter nicht mochte, weil Andre Pretier selten, fast nie, wegen irgend etwas beleidigt war, ganz gleich, wie groß die Provokation auch sein mochte.

»Was hat sie denn aufgeregt?«

Von neuem hob Pretier die Hände. »Ich weiß es wirklich nicht. Sie hatte einen – äh – Rückfall in der Stadt.«

»Einen aufsehenerregenden Rückfall?«

»Ich befürchte, ja«, sagte Pretier. »Man brachte sie ins Bellevue Hospital.«

»Geht es ihr jetzt besser?«

Pretier nickte. »Ich dachte, du hast genug am Hals. Sonst hätte ich dich angerufen.«

»Sie hat nicht nach mir gefragt?«

»Sie stand bis heute unter starken Beruhigungsmitteln«, erklärte Pretier.

»Aus medizinischen Gründen oder weil ich komme?«

»Beides.«

»Und du meinst, ich sollte nach Hartford?«

»Ich wäre dir sehr dankbar, wenn du hinfahren würdest«, sagte Pretier. »Die Ärzte meinen, es wäre gut für deine Mutter, wenn du die Zeit finden kannst.«

Wie zur Hölle kann man das ablehnen, wenn es einem so serviert wird? dachte Lowell. Welcher anständige, waschechte amerikanische Junge kann sich weigern, seine verrückte Mutter in der Klapsmühle zu besuchen, wenn ihr das nach Meinung der Ärzt guttun und ihren lange leidenden Mann mit großer Dankbarkeit erfüllen würde?

»Natürlich besuche ich sie«, sagte Lowell. »Wann?«

»Ich dachte mir, du möchtest nicht mit dem Zug fahren. Deshalb habe ich ein Flugticket reservieren lassen.«

»Das war sehr freundlich von dir, Andre.« Lowell nahm sich noch einen Cognac.

Lowells Mutter, eine große, ziemlich dünne Frau mit silbrigem Haar, wirkte nicht besonders erfreut darüber, daß er nach Hartford geflogen war, um sie zu besuchen, und sie stellte nur oberflächlich und interessenlos ein paar Fragen über das, was er in Deutschland und Frankreich erlebt hatte.

»Du sagtest, er war ein Graf, nicht wahr? Habe ich das nicht irgendwo gehört?«

»Ja, von Greiffenberg ist ein Graf.«

»Und er hat natürlich alles im Krieg verloren, so daß wir ihn unterstützen müssen?«

»Nein, Mutter«, sagte er. »Die von Greiffenbergs sind aus Hessen, und das liegt in der amerikanischen Besatzungszone. Sein Besitz wurde nicht konfisziert.«

»Wir werden sehen«, sagte sie und beendete das Thema. Sie wollte nichts davon hören, daß der Vater des ausländischen Flittchens, das ihr Sohn aus Europa angeschleppt hatte, nicht hinter ihrem und seinem Geld her war.

Craig Lowell schämte sich ein bißchen (Mutter war trotz allem eine kranke Frau in einer Klinik), doch er brachte es nicht fertig, das Thema fallenzulassen.

»Weißt du, Mutter, eigentlich bin ich hier, weil er mir eine Vollmacht erteilt hat, hier einen Anspruch auf seinen Besitz zu erheben.«

»Welchen Besitz hier?«

»Die Regierung hält die Hand auf seinen Besitz gemäß dem Enemy Alien Property Act. Etwas Geld, einige Wertpapiere, sogar einige Kunstsachen.«

»Und du glaubst tatsächlich, daß die Regierung das herausgibt?«

»Das haben die Anwälte gesagt.«

»Wir werden sehen«, sagte sie.

Es war schon nach 22 Uhr, als er endlich bei seinem New Yorker Haus an der Washington Mews eintraf, einer Privatstraße in der Nähe des Washington Square in Greenwich Village. Andre hatte vorgeschlagen, in Broadlowns auf Long Island zu übernachten, dem gewaltigen Herrensitz, den Craig von seinem Vater geerbt hatte und den jetzt die Pretiers gemietet hatten, weil sich Andre Pretier geweigert hatte, dort kostenlos zu wohnen. Lowell wollte jedoch in das Stadthaus gehen, das Ilse eingerichtet hatte, in ihrem gemeinsamen Bett schlafen, um wenigstens auf diese Weise näher bei ihr zu sein.

Niemand war zu Hause. Die Bediensteten hatten frei, während er, Ilse und P.P. in Europa waren. Er schaltete die Alarmanlage aus und erinnerte sich dann, daß er einige Post auf dem Boden in der Diele gesehen hatte, die der Briefträger durch den Briefschlitz in der Tür geschoben hatte.

Es waren fünf Briefe, die er ungeöffnet auf den Tisch in der Diele legte, und das gelbe Kuvert eines Telegramms.

Er öffnete das Kuvert und las das Telegramm.

Darin wurde ihm mitgeteilt, daß er sich bis spätestens 24 Uhr am 12. Juli 1950 in Fort George G. Meade, Maryland, zu melden habe, um auf unbestimmte Zeit in Zusammenhang mit der Koreanischen Friedensaktion in den aktiven Dienst einzutreten.

2

Pusan, Korea

12. Juli 1950

Der dritte Zug der Panzerkompanie des 24. Infanterieregiments ging in Pusan von Bord des Navy-Schiffs *Private Albert Ford,* vier Tage nachdem die Masse der Kompanie eingetroffen war.

Lieutenant Parker ahnte, daß er sehr viel allein bei dieser »Polizeiaktion« sein würde, bei dieser Demonstration der

Stärke oder was immer es war. Diese Aussichten beunruhigten ihn und jagten ihm sogar Angst ein. Er hatte noch nie einen Schuß im Ernstfall gehört und nie einen Befehl erteilt, bei dem es um Leben und Tod ging. Parker war ebenso unschuldig – so jungfräulich – in punkto Krieg wie die meisten der Soldaten seines Zuges.

Andererseits hatte er viel über den Krieg gehört, über die Unvorhersehbarkeit menschlicher Reaktionen darauf. Er hatte oft gehört, daß sich manchmal gerade die scheinbar Starken als unfähig erwiesen, mit ihrer Furcht fertig zu werden; daß sie nicht mehr klar denken konnten und regelrecht unter feindlichem Feuer zusammenbrachen, so daß sie keine vernünftigen Entscheidungen treffen konnten. Er fragte sich, ob es bei ihm so sein würde.

Er bezweifelte nicht, daß er so gut wie jeder andere junge Panzeroffizier ausgebildet war. Er hatte – wie zuvor sein Vater – die Norwich University absolviert, ein kleines Institut, das außerhalb von Vermont und bei der Army wenig bekannt war. Über ein Jahrhundert lang hatte Norwich die Army mit Berufs-Kavallerieoffizieren versorgt. Second Lieutenants von Norwich wurden »zufällig« am selben Tag ernannt wie die Absolventen von West Point, und »zufällig« war der Präsident von Norwich ein West Pointer, ein General i. R. der Kavallerie; und »zufällig« gab es eine Fakultät nach den gleichen militärischen Kriterien wie die von West Point.

Nachdem Parker Norwich absolviert hatte und in den aktiven Dienst eintrat, besuchte er den Basic Armor Officer's Course in Fort Knox, Kentucky. Er schloß den Lehrgang als Lehrgangsbester ab, aber Fort Knox war nicht ganz der Beginn, den er sich von seiner Karriere erhofft hatte. Gesellschaftlich war es eine Katastrophe.

Er hatte sein Quartier (zwei »Apartments« aus jeweils zwei Zimmern und dazwischen einer gemeinsamen Dusche und Toilette) mit einem Second Lieutenant geteilt, der sich den Zorn des militärischen Establishments zugezogen hatte, wie ein Magnet Eisenspäne anzieht. Der Mann war kein West Pointer, nicht mal jemand, der aus dem Reserve Officer's Training Corps oder von der Officer Candidate School aus zum Offizier ernannt worden war. Der Mann war Second Lieutenant Craig W. Lowell.

Parker hatte oft an Lowell gedacht, seit diese Sache in Korea angefangen hatte. Lowell war in New York, ein Zivilist, und arbeitete im Geschäft der Familie, das bescheiden als Investment- und Bankgesellschaft bezeichnet wurde. Parker hatte sich gefragt, ob Lowell wieder einberufen werden würde, und sich gesagt, daß das unwahrscheinlich war. Und er hatte sich ernsthaft gefragt, ob er, Parker, sich jetzt im Krieg so gut bewähren würde, wie es bei Lowell in Griechenland der Fall gewesen war.

Niemand hätte gedacht, daß Lowell ein so guter Soldat sein würde, ein guter Offizier, aber er hatte die zweithöchste Tapferkeitsmedaille bekommen, die von der griechischen Regierung verliehen wurde. Andererseits würde jeder erwarten, daß ein Absolvent von Norwich wenigstens »seine Pflicht erfüllte« und möglicherweise eine Auszeichnung erhielt – besonders, wenn er der Sohn eines Norwich-Absolventen war, der ein Panzerjäger-Bataillon in Nordafrika und Europa befehligt hatte, wenn er der Enkel eines Colonels war, der als Captain das Kommando über eine Kompanie des 369. Infanterieregiments im Ersten Weltkrieg gehabt hatte, und wenn er der Urenkel eines Master Sergeants war, der mit der 9. Kavallerie gegen Indianer und mit Teddy Roosevelt in Kuba gekämpft hatte.

Philip Sheridan Parker IV sagte sich, daß er zufrieden sein würde, wenn er sich beim ersten feindlichen Beschuß nicht in die Hosen machte und davonrannte.

3

Als sich der Zug auf Pier Eins in Pusan sammelte, war Staff Sergeant Sidney anwesend, obwohl er über Schmerzen von einer Verletzung klagte, die er sich bei einem Sturz im Duschraum zugezogen hatte. Vielleicht war der »Sturz im

Duschraum« der Grund, weshalb Sidney bereit zu sein schien zu tun, was man von ihm erwartete, und Parker schickte ihn an die Arbeit. Bis auf weiteres sollte Sidney die MGs auf den M4A3-Panzern und die Handfeuerwaffen überprüfen.

Es dauerte zwei Stunden, bis die Panzer vom Schiff an Land gebracht worden waren, und eine weitere Stunde, um sie zu betanken und einsatzbereit zu machen.

Parker fand in einem Depot gleich gegenüber vom Pier einen Vorrat an 76-mm-Munition, und weil er annahm, daß der Munitionsnachschub ein Problem werden würde (soweit er wußte, hatte er die einzigen M4A3-Panzer in Korea) befahl er, daß so viele Munitionskisten wie möglich außen an den Panzern mitgeführt wurden.

Während des Ladens verschwand Sergeant Woodrow für eine halbe Stunde und kehrte mit einem General-Motors-Truck und einem Dodge-Sanitätswagen zurück, an dem das Rote Kreuz an den Seiten fehlte. Die Markierungen auf den Stoßstangen der Fahrzeuge verrieten, daß sie zur Stabs- und Versorgungskompanie des 25. Infanterie-Regiments gehörten. Die Stoßstangen wurden mit Schmierfett bestrichen und mit Dreck vom Pier getarnt, damit die Markierungen nicht zu lesen waren. Als der Zug aufbrach, waren beide Wagen vollbeladen mit 76-mm-Munition und fuhren in der Kolonne hinter den ersten beiden Panzern.

Fünf Stunden später, jenseits einer Biegung einer schmalen, geteerten Straße, stieß Lieutenant Parker auf den Gefechtsstand des Regiments. Er bestand aus Zeltplanen, die neben der Straße aufgespannt waren, um dem Stab Schatten in der heißen Sonne zu spenden und den Stabsfahrzeugen, die nur halbherzig getarnt am Rand der Straße standen.

Da stand ebenfalls ein M24-Panzer. Als Parker ihn sah, glaubte er, Glück zu haben; es war möglich, daß der Kompaniechef im Gefechtsstand war.

Das war er nicht. Und der M24 war alles, was vom ersten und zweiten Zug der Panzerkompanie übriggeblieben war.

»Ich habe an die Division gemeldet, daß Captain Meadows und die anderen verschollen und vermutlich tot oder in Gefangenschaft sind«, sagte der Regimentskommandeur bitter.

»Ich habe jedoch die zuverlässige Information, daß der Captain zusammen mit einigen seiner Offiziere und ungefähr 70 Männern gesehen wurde, zu Fuß und auf dem Weg in Richtung Pusan.«

»Ich kann Ihnen nicht ganz folgen, Sir.«

»Ich meine, sie sind abgehauen, Lieutenant. Sie zogen den Schwanz ein und flüchteten vor dem Feind. Ist das klar genug?«

»Wie lauten meine Befehle, Sir?«

»Unterstützen Sie das 3. Bataillon, so gut Sie können«, sagte der Colonel und zeigte die Position auf einer Landkarte, die er auf der Haube eines Jeeps ausgebreitet hatte. »Nach meiner letzten Information waren sie etwa in dieser Gegend.« Er zeigte es auf der Karte.

Der Colonel war offensichtlich verzweifelt. Und es war ebenso offenkundig, daß er zwar nicht gerade damit rechnete, Parker und seine Männer würden vor dem Feind fliehen wie die anderen, daß er jedoch nicht schockiert oder überrascht sein würde, wenn sie es taten.

»Ich nehme an, Sir, die Befehle lauten, diese Linie zu halten?«

»Ja, das sind meine Befehle, Lieutenant«, sagte der Colonel.

Parker ging zur Straße zurück und kletterte in den Turm seines M4A3. Er setzte den Helm auf und rückte das Kehlkopfmikrofon vor die Lippen.

Er betrachtete seine Streitmacht; ein paar Panzer, bemannt von furchtsamen, unerfahrenen, unzureichend ausgebildeten Schwarzen. Und sie sollten es mit der gesamten nordkoreanischen Armee aufnehmen? Das war absurd. Mit großer Wahrscheinlichkeit würden sie alle sterben – es sei denn, sie flüchteten.

Doch dann kam ihm ein anderer Gedanke. Dies war nicht das erste Mal, daß eine Handvoll Schwarzer sich einem zahlenmäßig überlegenen und vermutlich auch erfahreneren Feind stellte. Master Sergeant Parker von der 9. Kavallerie hatte gegen die Chiricahua-Apachen gekämpft und sie besiegt, und er hatte überlebt und sich bei Kettle Hill und den San Juan Hills mit den Rauhen Reitern Teddy Roosevelts bewährt.

Parker machte sich keine Illusion. Als kalte Tatsache blieb, daß all seine Männer ums Leben kommen würden, wenn er nicht das Richtige tat, wie es sein Erbe und seine Ausbildung erforderten.

Besser im Kampf sterben als auf der Flucht vor dem Feind, dachte er.

Er drückte auf den Mikrofonknopf.

»Kampfbereit machen«, hörte er sich sagen. »MGs laden. Kanonen mit Panzergranaten laden. Die bösen Jungs sind etwa eine Meile entfernt.«

Parker hatte Angst. Er legte die Hand auf den Holzgriff des Colt Revolvers Modell 1917. So war das also: nicht zu wissen, was zur Hölle man tun muß oder wie man es tun soll.

Hatten sein Vater und Großvater so etwas ebenfalls durchgemacht?

»Abmarsch«, sagte er ins Mikrofon. Der M4A3 ruckte unter ihm an.

Nach der nächsten Kurve sah Parker Männer zu Fuß, die sich auf beiden Seiten der Straße näherten. Als er näher heran war, befahl er dem Fahrer, das Tempo zu drosseln. Er hielt seinen Feldstecher an die Augen. Da war nichts zu sehen außer Dunst, der zerfasernder Rauch von eingeschlagenen Geschossen sein konnte – oder auch nur das Flimmern eines Hitzeschleiers.

Ein Lieutenant forderte ihn mit Handzeichen zum Halten auf. Parker befahl dem Fahrer zu stoppen. Als der Panzer stand, kletterte der Lieutenant mit Mühe über die befestigten Kisten mit 76-mm-Munition.

»Kehren Sie um«, sagte er. »Der Feind ist direkt hinter mir.« Die Augen des Lieutenants spiegelten Entsetzen wider.

»Ich sehe keinen hinter Ihnen«, sagte Parker.

Der Lieutenant schaute über die Schulter.

»Der Colonel befahl mir, Ihnen zu sagen, daß Sie ihre Positionen sichern sollen«, sagte Parker. »Verstärkung ist unterwegs. Wir sind die ersten davon.«

»Ich gehe nicht dorthin zurück.«

»Befehlen Sie Ihren Männern, auf meine Panzer zu klettern«, sagte Parker. »Sie werden mir den Weg zeigen müssen.«

Der Lieutenant starrte ihn mit weit aufgerissenen Augen an.

»Geben Sie den Befehl«, wiederholte Parker sanft. »Alles wird in Ordnung kommen.«

Einen Augenblick lang glaubte er, gewonnen zu haben.

»Scheiße«, sagte der Lieutenant, und es klang keineswegs ärgerlich. Ein Mann, der seine Entscheidung getroffen hatte. Er sprang vom Panzer.

Seine Männer versammelten sich um Parkers Panzer und beobachteten. Der Lieutenant ignorierte sie völlig und ging weiter am Panzer vorbei. Parker zog den Colt aus dem Holster, richtete ihn gegen den Himmel und drückte ab.

Das Krachen war überraschend und schmerzte in den Ohren.

Der Lieutenant wandte sich um und schaute Parker an.

»Befehlen Sie Ihren Männern, auf die Panzer zu klettern«, befahl Parker.

Der Lieutenant schaute ihn lange Sekunden stumm an, drehte sich dann um und ging weiter.

Ich werde eine Kugel neben ihm in den Boden setzen, dachte Parker, doch schon als er den Revolver hob, wußte er, daß es nicht wirken würde. Er entschied sich anders. Er visierte den Rücken des Lieutenants an. Dann drückte er ab. Der alte Revolver bäumte sich in seiner Hand auf. Der Lieutenant schlug der Länge lang zu Boden, versuchte sich aufzurappeln, sank wieder nieder und regte sich nicht mehr.

Parker schaute zu den Männern, die sich um seinen Panzer versammelt hatten. Sein Blick fiel auf einen Sergeant.

»Lassen Sie Ihre Männer auf die Panzer steigen, Sergeant«, rief Parker. »Sie stehen jetzt unter meinem Kommando.«

Der Sergeant regte sich nicht. Parker wollte den Revolver ins Holster schieben. Er verfehlte das Leder. Der Colt fiel polternd in den Panzer. Er hoffte, daß sich kein Schuß aus der Waffe löste. Parker umfaßte mit zitternden Händen das MG Kaliber .50 und richtete es linkisch auf die Infanteristen hinunter.

»Lassen Sie Ihre Männer auf die Panzer steigen, Sergeant!« befahl Parker.

»Okay«, erwiderte der Sergeant leise. Dann hob er die Stimme. »Auf die Panzer! Alle aufsteigen!«

Parker schob sein Kehlkopfmikrofon zurecht.

»Wenn jemand abspringt, erschießen Sie ihn«, befahl er dem Sergeant. »Abmarsch!«

Einen Dreiviertelkilometer weiter stieß Parker auf die Verteidigungsstellungen. Sie waren mit 20 Männern besetzt. Ein anderer Sergeant rannte aus der Stellung, als sich die Panzer näherten.

»Ist hier ein Offizier?« fragte Parker.

»Nein, Sir, der ist abgehauen«, antwortete der Sergeant.

»Haben Sie jetzt das Kommando?«

»Das nehme ich an, Lieutenant.«

»Setzen Sie diese Männer ein«, befahl Parker. »Wenn einer ohne meinen besonderen Befehl versucht, sich zu entfernen, erschießen Sie ihn.«

Der Sergeant, ein kleiner, drahtiger Schwarzer mit Aknenarben im Gesicht, stand still und salutierte.

»Jawohl, Sir.«

»Ich werde dafür sorgen, daß Sie eine Auszeichnung erhalten, Sergeant«, sagte Parker. Dann sprach er ins Kehlkopfmikrofon. »Woodrow, bringen Sie die Panzer in Verteidigungsstellung.«

»Jawohl, Sir, Panzer in Verteidigungsstellung«, antwortete Sergeant Woodrow.

Parker sagte zu seinem Fahrer: »Wir fahren weiter die Straße rauf und sehen uns mal um.«

Keine Antwort. Parker schaute in den Panzer hinab. Der Fahrer reichte den alten Colt zu ihm herauf.

»Haben Sie den Bastard wirklich erschossen, Lieutenant?« fragte der Fahrer.

Parker schaute ihn einen Moment lang an und nickte dann.

»Zurück in den Sattel«, befahl er. »Ich will sehen, was vor uns auf der Straße ist.«

»Jawohl, Sir.« Der Fahrer verschwand im Panzer. Sekunden später ertönte seine Stimme über die Bordsprechanlage. »Okay, Lieutenant.«

»Späher, vorwärts«, sagte Parker wie im Selbstgespräch.

»Die verdammte Straße rauf, Lieutenant?« fragte der Fahrer, als sich der M4A3 in Bewegung setzte.

»Die verdammte Straße rauf«, bekräftigte Parker.

Nach einem weiteren halben Kilometer stießen sie auf sechs M24-Panzer. Fünf standen in Fahrtrichtung, einer stand anders herum. Sie bildeten einen Halbkreis.

»Vielleicht sind sie in eine Falle geraten«, sagte der Fahrer und sprach damit Parkers Gedanken aus.

»Ja, und vielleicht auch nicht«, entgegnete Parker. »Vielleicht wurden sie einfach hier zurückgelassen.« Er überlegte kurz. Dann sprach er wieder ins Mikrofon. »Wenn jemand auf mich schießt, erwidern Sie das Feuer. Ich schaue mir das an.«

Parker stemmte sich aus dem Turm, kletterte über die Kette hinab und lief zum nächsten der M24, dem Panzer, der ihm zugewandt hinter den anderen stand. Die Luken waren offen, aber es gab überhaupt kein Anzeichen auf Beschädigung. Er kletterte auf den Rumpf, spähte hinab auf den Fahrersitz, stieg höher hinauf und blickte in den Turm. Schließlich kletterte er in den Turm. Da war Munition für die Kanone, und die Maschinengewehre waren feuerbereit. Nur um sicherzugehen, ließ Parker sich auf den Fahrersitz fallen und versuchte zu starten. Der Anlasser orgelte, doch der Motor sprang nicht an, und einen Augenblick lang glaubte Parker, der M24 hätte keinen Treibstoff mehr. Doch laut Anzeige mußten die Kraftstoffbehälter noch halbvoll sein. Vielleicht ein Schaden an der Benzinleitung. Parker fragte sich, ob er sich genug an das erinnern konnte, was er gesehen hatte, als er Mechanikern bei der Beseitigung von Leitungsschäden zugeschaut hatte.

Und dann sprang die Maschine an. Der Motor stotterte ein paarmal und lief dann regelmäßig. Parker legte den Gang ein, fuhr zu dem M4A3, stoppte und kletterte aus dem M24.

Er rief den Richtschützen und Ladeschützen aus seinem Panzer. Dann befahl er dem Richtschützen, in den M24 zu steigen, ihn zum Rest des Zugs zurückzufahren und Sergeant Woodrow zu sagen, daß er vier Mann schicken sollte, jeden, der glaubte, einen M24 fahren zu können.

»Sie wollten immer Panzer-Kommandant sein«, sagte er anschließend zu dem Ladeschützen, dem Rangniedrigsten in der Hierarchie der Panzerbesatzung. »Holen Sie sich einen dieser M24, und er gehört Ihnen – als Kommandant.«

»Allmächtiger, Lieutenant!« stieß der Ladeschütze hervor.

»Los, los«, sagte Parker. »Ich sehe nicht ein, weshalb wir unsere Panzer dem Feind schenken sollten, oder sind Sie da anderer Meinung?«

»Nein, Sir.« Der Ladeschütze rannte zu den Panzern.

Parker kletterte in den M4A3 und nahm die Position des Richtschützen ein. Er streifte sich das Kehlkopfmikrofon über.

»Sie sind der Kommandant«, sagte er zu dem Fahrer. »Bis wir einige Leute zur Verstärkung hier haben, werde ich die Kanone bedienen müssen.«

Er spähte durch das gummiumhüllte Okular und schwenkte den Turm von einer Seite zur anderen. Da war nichts dort draußen außer einem strahlenden Sommertag in Korea.

Nach einer Viertelstunde trafen Besatzungen von seinen M4A3-Panzern ein und stiegen auf den M24, den Parker übernommen hatte. Fünf Minuten später war der letzte der M24-Panzer an ihm vorbeigefahren und auf dem Weg zu den Verteidigungsstellungen. Er schaute dem letzten nach und spähte noch einmal durch das Visier.

Er sah eine Bewegung, und dann nahm er ziemlich deutlich geduckte Gestalten wahr, die in einem rechten Winkel von links zur Straße kamen. Dann folgten sie der Straße in seiner Richtung in den Gräben zu beiden Seiten.

»Ich schieße«, sagte er ins Kehlkopfmikrofon zum Fahrer. »Sobald es gekracht hat, wenden Sie und geben Gas.«

»Verstanden, Lieutenant«, sagte der Fahrer und wiederholte den Befehl. Parker stellte die Kanone ein. HEAT-Geschosse – *H*igh *E*xplosive *A*nti-*T*ank – sind nicht sehr wirksam im Einsatz gegen Personen. Er hätte Sprenggeschosse gebraucht. Aber die hatte er nicht.

Er zielte auf den Zementstützpfeiler eines Abwassergrabens und feuerte. Das Geschoß pfiff darüber hinweg und explodierte harmlos etwa 500 Meter entfernt. Sofort wendete der Fahrer und fuhr so schnell es ging zurück.

Wütend kletterte Parker tiefer in den Turm des schlingernden Panzers und schürfte sich die Haut an Händen und Knien auf. Er stellte sich auf den Sitz, packte die Griffe des MGs Kaliber .50 und schwenkte den Turm herum nach hinten. Als der Turm hinten war, bogen sie um eine Kurve, und es gab nichts mehr, auf das er feuern konnte.

Sie stießen zu Woodrow und dem Zug, und Parker wußte nicht, was er mit den M24-Panzern anfangen sollte. Der Gefechtsstand des Regiments war über keine der Frequenzen der Funkgeräte in den Panzern zu erreichen.

Parker ging zu Sergeant Sidneys M4A3. Sidney saß mit gespreizten Beinen auf dem Kanonenrohr.

»Sidney«, sagte Parker, »übernehmen Sie einen dieser M24 und fahren Sie zurück zum Regiment. Sagen Sie dem Colonel, daß wir sechs davon haben, und fragen Sie ihn, was wir damit machen sollen. Und besorgen Sie uns eine Funkfrequenz.«

Sidney schaute ihn an wie ein sehr müder Mann. Er nickte wortlos und kletterte behäbig vom Kanonenrohr. Parker sagte sich, daß jetzt nicht der richtige Zeitpunkt war, um Sidney daran zu erinnern, daß Sergeants »jawohl, Sir« zu sagen hatten, wenn ihnen von einem Offizier ein Befehl gegeben wurde.

Zwanzig Minuten später tauchte der Regimentskommandeur auf. Er fuhr selbst einen Jeep.

Parker kletterte aus seinem Panzer, ging zum Jeep und salutierte.

»Woher haben Sie die Panzer, Lieutenant?« fragte der Colonel.

»Ich fand sie auf der Straße, Sir«, sagte Parker. »Sie sind offenbar aufgegeben worden. Ich brauche Besatzungen dafür.«

»Wer sind diese anderen Männer?« entgegnete der Colonel, ohne auf den Wunsch einzugehen.

»Ich nehme an, sie sind von der Item Company, Sir.«

»Das könnte stimmen«, sagte der Colonel. »Ich erkannte die Leiche des Chefs der Item Company auf der Straße, als ich hier rauf fuhr.«

Parker brauchte einen Augenblick, bis ihm klar wurde, daß der Colonel von dem Lieutenant sprach, den er erschossen hatte.

»Ist hier kein anderer Offizier?« fuhr der Colonel fort.

»Nein, Sir.«

»Nun gut«, sagte der Colonel. »Ich habe keinerlei Befehle,

die ich an Sie weitergeben könnte, aber ich werde versuchen, Sie zu benachrichtigen, wenn es einen weiteren Rückzug gibt.« Er korrigierte sich: »*Sofern* es einen weiteren Rückzug gibt.«

»Jawohl, Sir.«

»Unterdessen tun Sie Ihr Bestes«, sagte der Colonel. »Sie haben freie Hand.«

»Sir, was ist mit den Besatzungen für die M24-Panzer?«

»Das ist Ihr Problem, Lieutenant. Sie sind der Kompaniechef.«

»Sir?«

»Sie haben richtig gehört. Sie sind jetzt der Chef der Panzerkompanie, und wenn das alles ist, was von der Item Company übriggeblieben ist, dann sind Sie auch Commander der Item Company. Ihre Befehle sind dieselben wie meine. Tun Sie, was Sie können, mit dem, was Sie haben.«

»Jawohl, Sir.«

»Ich würde nicht viel Zeit mit Eingraben verschwenden«, sagte der Colonel, als er den Motor des Jeeps anließ. »Offenbar sind wir nicht die einzigen, die darunter zu leiden haben, daß sich das Verpisser-Fieber ausbreitet.«

Als der Colonel davonfuhr, salutierte Parker im Reflex. Der Colonel war zu sehr mit anderen Dingen beschäftigt, um den Gruß zu erwidern.

»Sergeant Woodrow!« rief Parker. Woodrow eilte herbei.

»Ich bin soeben zum Kompaniechef ernannt worden«, erklärte Parker. »Dies ist offenbar die Kompanie.«

»Jawohl, Sir.«

»Das macht Sie zum First Sergeant«, sagte Parker. »Von unseren Leuten und diesen Infanterie-Typen. Die Panzer gehören uns, aber wir werden Besatzungen dafür finden müssen.«

»Ich werde mich sofort darum kümmern, Lieutenant.« Woodrow salutierte. Es war ein lässiger Gruß, doch zugleich eine Ehrenbezeigung voller Respekt von einem First Sergeant seinem Kompaniechef im Feld gegenüber. Ihre Blicke trafen sich.

»Danke, First Sergeant«, sagte Lieutenant Parker, und eine Spur von Emotion war in seiner Stimme. »Weitermachen.«

4

Tokio, Japan

18. Juli 1950

Die Zuweisung von Offizieren im Captain-Rang kommt nur wenigen ranghöheren Offizieren zu Ohren. Aber es gibt Ausnahmen.

»Sonst noch etwas, VanAntwerp?« fragte Oberbefehlshaber MacArthur einen seiner Colonels, der noch verweilte, nachdem die anderen Offiziere den SCAP-Konferenzraum verlassen hatten, in dem das tägliche Kommuniqué verlesen worden war.

»Sir«, sagte der Colonel, »ich mache mir Sorgen wegen MacMillan.«

»So? Wo ist er? Ich habe ihn in letzter Zeit nicht mehr gesehen.«

»Er ist in Korea, Sir. Fliegt eine L-5.«

»General«, zitierte der SCAP, was Captain MacMillan nach seiner Rückkehr sofort nach dem Beginn der Feindseligkeiten gesagt hatte, »ich glaube, wir haben einen Krieg.« Der Supreme Commander Allied Powers (SCAP) lächelte. »MacMillan ist ein Kämpfer, Colonel. Er hält Winterschlaf wie ein Grizzly, bis er das Schmettern der Trompete und den Trommelwirbel hört, und dann erwacht er zum Leben.«

»General, MacMillan hat die Tapferkeitsmedaille«, sagte der General.

»Was wollen Sie damit sagen?«

»Die Presse würde sich überschlagen, wenn Captain MacMillan fallen oder vermißt werden oder dem Feind in die Hände fallen sollte.«

Der SCAP dachte darüber nach.

»Ja«, stimmte er zu und nickte. »Vorschlag?«

»Captain MacMillans Beitrag als L-5-Pilot zur taktischen Lage ist nicht größer als der irgendeines anderen Piloten. Sein Verlust zu diesem Zeitpunkt würde unglückliches Aufsehen in der Presse und der Öffentlichkeit zur Folge haben.«

»Vorschlag?«

»Ich schlage vor, daß er zu anderem Dienst eingeteilt wird.«

»Vorschlag?«

»Daß er in die Staaten zurückkehrt und als Hubschrauber-Pilot ausgebildet wird. Augenblicklich, besonders, wenn der General es für angebracht hält, ihn für seine Verdienste auszuzeichnen, besonders für die Rettung der drei KMAG-Offiziere von der Ongdschin-Halbinsel, unter feindlichem Feuer, würde er einen großen propagandistischen Wert haben.«

»Befehlen Sie ihn heim, Colonel«, sagte der SCAP. »Silberstern, denken Sie?«

»General of the Army Douglas MacArthur«, zitierte der Colonel von der Bildunterschrift, die er veröffentlichen würde, »selbst Träger der Tapferkeitsmedaille, verleiht Captain Rudolph G. MacMillan den silbernen Stern. Es ist die dritte Verleihung des Silbersterns an MacMillan, der sich die Tapferkeitsmedaille im Zweiten Weltkrieg verdiente. MacMillan wurde ausgezeichnet für seinen heroischen Dienst als Heeresflieger in den ersten Tagen des Koreakriegs . . .«

»Ja«, sagte General MacArthur, »arrangieren Sie das sofort, Colonel.«

»Jawohl, Sir.«

IV

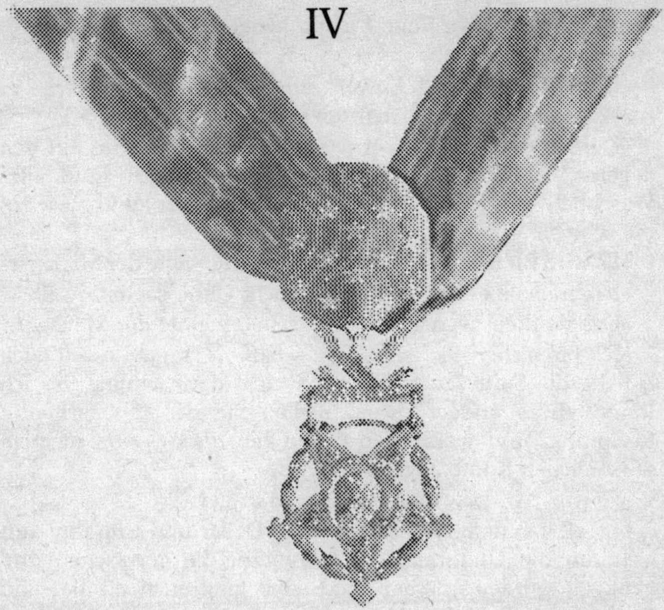

1

Captain Craig W. Lowell, der sich am 12. Juli 1950 bis 24 Uhr in Fort George G. Meade, Maryland, für unbefristeten aktiven Dienst im Zusammenhang mit dem Korea-Konflikt zu melden hatte, war mit seinem Jaguar XK 120 von New York City nach Baltimore gefahren und hatte sich im Lord Baltimore Hotel einquartiert. Jemand von seinem Büro hatte vorher angerufen, und als Lowell an der Rezeption seinen Namen nannte, kam der Manager nur Sekunden später, stellte sich vor, erklärte, welch eine Ehre es wäre, ihn als Gast des Hauses begrüßen zu dürfen, und eröffnete, daß er eine schöne, ruhige Suite für ihn habe, und wenn er irgendwelche Wünsche habe . . .

»Danke«, unterbrach Lowell, »die habe ich.«

»Wie können wir zu Diensten sein?«

»Der ist voller Uniformen«, sagte Lowell und wies auf den Segeltuchsack zu Füßen des Hotelpagen. »Ich muß alles Waschbare gewaschen und alles gebügelt haben, und zwar auf die schnelle.«

»Es wird für Sie morgen früh bereit sein«, sagte der Manager.

»Ich brauche es bis heute abend acht Uhr«, sagte Lowell.

»Das wird ein wenig schwierig sein«, meinte der Manager.

»Ich bin sicher, Sie werden es schaffen«, sagte Lowell. »Ich behalte die Suite, auch wenn ich nicht darin wohne, bis ich Ihnen etwas anderes sage. Stellen Sie das der Firma in Rechnung, und weisen Sie darauf hin, daß es von meinem persönlichen Konto abgebucht wird.«

»Gewiß, Mr. Lowell«, sagte der Manager.

Lowell gab dem Hotelpagen zehn Dollar und trug ihm auf, sich um die Uniformen zu kümmern, die gewaschen und gebügelt werden mußten. Und dann ging er in die Bar und trank etwas. Er hoffte, genug Mut zu sammeln, um im Hotel D'Anglaise in Monte Carlo anzurufen, wo Ilse, P.P. und der Schwiegervater auf ihn warteten, und Ilse zu sagen, was passiert war.

Seit seiner Rückkehr in die Vereinigten Staaten hatte er dreimal mit Ilse telefoniert und war nicht in der Lage gewesen, es ihr zu sagen. Er wußte, daß das ein weiteres Problem heraufbeschwor: Ilse würde gekränkt sein.

Er entschloß sich von neuem zu warten, bis er etwas Genaueres wußte. Als ihm klar wurde, daß er bald blau sein würde, wenn er weiterhin den Scotch in sich hineinkippte, verließ er die Bar, schlenderte die Baltimore Street hinunter und ging in das erstbeste Kino.

Er schlief im Kino ein und erwachte mit steifem Nacken und eingeschlafenem rechtem Bein.

Lowell kehrte zum Hotel zurück, ging ins Restaurant, trank ein Glas kalifornischen Wein zu einer dicken Scheibe Roastbeef und ging dann zur Rezeption, um den Schlüssel zur Suite zu holen.

Zwei Nachrichten waren unter der Tür hindurchgeschoben worden. In beiden stand das gleiche. Ein Anruf von Porter Craig aus New York City. Porter Craig war sein Cousin und Aufsichtsratsvorsitzender der Investmentgesellschaft Craig, Powell, Kenyon & Dawes. Porter Craig war zehn Jahre älter als Craig Lowell. Er hatte Groton und Harvard besucht. Er hatte nicht soviel Zeit, um sich fit zu halten, wie er sich wünschte, und war ein wenig korpulent. Sein Haar lichtete sich, und der Ansatz von Hängewangen war zu sehen, die er in späteren Jahren haben wurde. Wenn nicht die Kälte in seinen Augen gewesen wäre, hätte Porter Craig freundlich gewirkt.

Porter Craigs Reaktion auf Lowells Telegramm, in dem er ihm die Einberufung mitgeteilt hatte, war verächtlicher Zorn. Er werde ein Wort mit dem Senator sprechen, und damit sei der Fall erledigt. Es sei unerhört, ihn wieder zum Dienst einzuziehen. Er habe seinen Beitrag geleistet.

Lowell wußte, daß es in Wirklichkeit eine Überreaktion von Porter war. Im Grunde seines Herzens würde Porter es vorziehen, wenn Craig Lowell von Craig, Powell, Kenyon & Dawes fort war. Doch das hatte er verborgen, indem er Lowell angeboten hatte, seinen ganzen Einfluß für ihn geltend zu machen.

»Laß mich das für dich erledigen, Craig, bevor du dich bei der Army meldest. Wenn du dich erst einmal zum Dienst gemeldet hast, wird es unendlich schwerer werden, dich wieder herauszuholen. Verstehst du das?«

»Ich werde dich wissen lassen, wenn ich dich brauche, Porter«, hatte Craig ihm geantwortet.

Jetzt reagierte er nicht auf Porters Anrufe.

Er zog sich aus, duschte und rasierte sich und zog seine Uniform mit Ausnahme der Jacke an; die Sachen waren inzwischen gewaschen und gebügelt auf sein Zimmer gebracht worden. Er legte sich aufs Bett und heftete die Doppel-Silberbalken des Captains auf die Schulterstücke und die US- und Panzer-Insignien auf die Aufschläge. Er schaute seine Ordensbänder an und legte sie wieder in die lederne Schatulle mit den Insignien zurück. Dann nahm er aus der Schatulle eine kleinere, unerlaubte und deshalb sehr populäre Version des »Expert Combat Infantry«-Abzeichens und heftete sie über die Brusttasche.

Er zog den Uniformrock an, knöpfte ihn zu und setzte die Mütze auf. Dann musterte er sich im Spiegel. Er salutierte vor seinem Spiegelbild.

»Captain Lowell«, sagte er. »Meldet sich zum Dienst, Sir.« Und dann fügte er hinzu: »Scheiße!«

Er rief bei der Rezeption an und gab Anweisung, seinen Wagen vorfahren zu lassen und einen Pagen auf sein Zimmer zu schicken. Nachdem er schon aufgelegt hatte, rief er von neuem an und bestellte eine Flasche Haig & Haig Pinch, die der Page mitbringen sollte.

Als der Hotelboy kam, wies Lowell ihn an, die Uniform auf die Kleiderbügel zu hängen und sie entweder in den Kofferraum des Jaguars oder auf den Rücksitz zu legen, damit sie nicht verknittert wurde, und den Segeltuchsack und die Aktentasche auf den Beifahrersitz zu legen.

»Ich bin in der Bar zu finden«, sagte Lowell. »Ich kaufe mir etwas flüssigen Mut.«

»Mein Schwager wurde auch eingezogen«, sagte der Page. »Armer Bastard.«

»Meinen Sie mich oder Ihren Schwager?« erkundigte sich Lowell.

»Sie beide.«

Lowell dachte wieder daran, Ilse anzurufen, und entschied sich dagegen. Er trank zwei Scotch in der Bar, ging dann in die Hotelhalle und ließ sich den Weg nach Fort George G. Meade beschreiben. Danach stieg er in den Jaguar und fuhr los.

Der Militärpolizist am Tor kam zum Jaguar und salutierte.

»Aufnahmezentrum«, sagte Lowell.

»Bleiben Sie auf dieser Straße, Sir«, sagte der MP. »1,3 Meilen. Sie werden das Schild sehen.«

»Danke.«

»Das ist aber ein wirklich nobler Wagen, Captain«, sagte der MP und salutierte von neuem.

Es war Lowells zweiter Besuch in Fort George G. Meade,

Maryland. Er hatte sich damals hier gemeldet, nachdem er per Postkarte informiert worden war, daß seine Freunde und Nachbarn ihn für eine Einberufung in die Army empfohlen hatten. Das war Blödsinn. Er war einberufen worden, weil er von Harvard geflogen war, wodurch seine Freistellung vom Wehrdienst hinfällig geworden war.

Beim erstenmal war er nach einer Zugfahrt von New York in einem Bus in Fort Meade eingetroffen. Lowell erinnerte sich an den Sergeant, der die Wehrpflichtigen im Meldezentrum erwartet hatte. Dem Mann hatte mißfallen, wie langsam Private Lowell aus dem Bus ausgestiegen und angetreten war. Ein Sprühregen von Speichel war auf Private Lowells Gesicht niedergegangen, als der Sergeant ihm ins Ohr gebrüllt hatte, er bezweifle, daß aus einem solchen Haufen Scheiße jemals ein Soldat gemacht werden könnte.

Als Lowell sich diesmal meldete, erhob sich sofort ein Sergeant und lächelte ihn an. Dann befahl er einem Corporal, Captain Lowell zum Offiziersquartier zu bringen. Der Corporal kassierte fünf Dollar Gebühr, wovon der Bursche bezahlt wurde, der das Bett gemacht hatte und der ausfegen und die Toilette reinigen würde, die Lowell mit den drei anderen Offizieren in dem Quartier teilen mußte, das aus zwei Schlafräumen und der Toilette bestand.

Am nächsten Morgen blies kein Hornist, und ebensowenig amüsierte sich ein bulliger Kretin, indem er das Bettende anhob und auf den Boden krachen ließ. Keiner brüllte aus Leibeskräften: »Laß den Schwanz los und nimm deine Socken! Das ist das Wecksignal!«

Der Sergeant trat ein und schaltete das Licht an.

»Um 8 Uhr zum Orientierungskurs antreten, Gentlemen«, sagte er. »Wenn Sie frühstücken wollen, die Offiziersmesse ist ab jetzt geöffnet. Das große weiße Gebäude auf der anderen Seite des Exerzierplatzes.«

Aber es gab andere schmerzliche Ähnlichkeiten. Die unpersönliche körperliche Untersuchung durch gelangweilte Ärzte. Der Arm steif von der Tetanusspritze wie nach sieben anderen, die einem verpaßt wurden, ob nötig oder nicht, weil das die Prozedur beschleunigte.

Die Formulare, die ausgefüllt werden mußten.

Die falschen Hoffnungen: »Sie können uns nicht alle nach Korea schicken. Wenn diese Scheiße vorbei ist, werden wir irgendwo zum Zählen von Verpflegungsrationen eingeteilt werden.«

»Scheiße, ich hab' seit fünf Jahren nichts mehr von der Army gesehen. Ich bin gar nicht qualifiziert, um einen Zug, geschweige denn eine Kompanie zu führen.«

»Ich habe für die Chase Manhattan Bank gearbeitet. Ich wäre von viel größerem Nutzen als Finanzoffizier als in einer Frontkompanie. Ich weiß überhaupt nichts mehr über eine Frontkompanie.«

»Dieser verdammte Krieg wird in fünf, sechs Monaten vorüber sein. Sobald Truman den Mumm hat, die A-Bombe einzusetzen.«

Als der Captain des Adjutant General's Corps (der Captain, der Lowell befragen und ihn einer Einheit zuteilen würde) Lowell sah, dachte er als erstes, daß man ihn für einen Berufsoffizier halten konnte, wenn er nicht die Schulterklappen der 28. Infanterie-Division der Pennsylvania National Guard getragen hätte. Er sah wie ein Soldat aus, nicht wie die meisten anderen wieder Einberufenen, die im allgemeinen in einer Uniform kamen, die aussah, als hätte sie ein halbes Jahrzehnt lang in einem Koffer gesteckt – wenn sie überhaupt in Uniform kamen.

Captain Lowells Uniform war makellos und saß perfekt. Er trug keine Ordensbänder, nur eine kleinere, unerlaubte Version des »Expert Combat Infantry«-Abzeichens.

»Sie sind einer der Unglücklichen, Captain Lowell«, sagte der AGC-Captain mit erzwungener Jovialität. »Ihre Personalakte ist anscheinend zwischen Fort Benjamin Harris und hier fehlgeleitet worden.«

In Fort Benjamin Harrison, in Indiana, lagert die Army in gewaltigen Lagerhäusern die Akten von Offizieren und Unteroffizieren und Mannschaften, die nicht im aktiven Dienst sind.

»Was bedeutet das für mich?« fragte Captain Lowell.

»Nun, wir werden für Sie und die anderen Betroffenen eine provisorische Personalakte anlegen und später korrigieren, wenn die echte auftaucht. Sie haben natürlich Ihre 201-Akte nicht behalten?«

»Doch, das habe ich«, sagte Lowell. Er nahm seine Aktentasche aus feinstem Leder, in die seine Initialen in Gold eingeprägt waren. »Darf ich?« fragte er, legte die Aktentasche auf den Schreibtisch des Captains und öffnete sie. Er nahm zwei dicke Aktenhefter heraus. »Da ist alles drin.«

Der AGC-Captain blätterte die Akten schnell durch.

»Darf ich die Akten haben? Das wäre gewiß eine Hilfe.«

»Sie können Kopien von allem machen, wenn Sie wollen«, sagte Captain Lowell, »aber Sie können die Akten nicht haben.«

Das gefiel dem AGC-Captain überhaupt nicht. Er verbrachte die nächste Viertelstunde damit, die Akten zu lesen.

»Sie hatten eine sehr *interessante* Karriere, nicht wahr?« sagte er schließlich.

Lowell gab keine Antwort.

»Captain, wie würde Ihnen eine Zuteilung zur Infanterie gefallen?« fragte der AGC-Offizier.

»Überhaupt nicht, Captain«, erwiderte Lowell.

»Sie sollten das nicht so eng sehen. Es gibt nicht so viele freie Stellen für Panzeroffiziere Ihres Dienstgrads.«

»Großartig, dann schicken Sie mich nach Hause.«

»Sie hatten Dienst als Berater einer Infanterie-Einheit. Laut Akte haben Sie sich bei diesem Dienst mit Auszeichnung bewährt. Und wir brauchen Infanterie-Kompaniechefs. Sie haben das Infanterie-Kampfabzeichen . . .«

»Hören Sie mit dem Scheiß auf«, unterbrach Captain Lowell ärgerlich.

»Moment mal!«

»Ich lasse mich nicht zur Infanterie einteilen. Wenn man mich zur Infanterie einteilt, dann werde ich einen Stunk machen, wie Sie ihn nicht für möglich halten. Ich bin ein qualifizierter Panzeroffizier.«

»Nicht als Captain. Sie haben nicht den Fortgeschrittenenkursus für Panzeroffiziere absolviert.«

»Ebensowenig habe ich den Fortgeschrittenen-Kursus für Infanterie-Offiziere absolviert«, erwiderte Lowell.

»Ich brauche wirklich nicht Ihr Einverständnis, wissen Sie.«

»Doch, das brauchen Sie, Sie sesselfurzender Hurensohn, denn sonst hätten Sie mich nicht herbestellt, um mir Ihren Scheiß zu erzählen.«

»Nehmen Sie Platz, Captain Lowell«, sagte der Lieutenant Colonel, der verantwortlich für die Klassifizierung und Zuteilung wiedereinberufener Offiziere war, und dann wandte er sich an den AGC-Captain. »Ich regele das, Tom.«

Er verbrachte eine Viertelstunde mit der Lektüre von Captain Lowells Akten.

»Sie sind sehr jung für einen Captain, wissen Sie«, sagte er schließlich.

»Jawohl, Sir, das bin ich wohl«, sagte Lowell.

»Wir brauchen Infanterie-Kompaniechefs«, erklärte der Lieutenant Colonel.

»Ich hoffe, Sie finden sie, Sir«, sagte Lowell.

»Was haben Sie als Zivilist gemacht, Captain?«

Lowell zögerte mit der Antwort. Der Colonel schaute zu ihm auf.

»Ich bin Investment-Bankier«, sagte Lowell.

»Ich bin mir nicht ganz sicher, was das bedeutet. Haben Sie irgendeinen Titel?«

»Stellvertretender Aufsichtsratsvorsitzender.«

»Der Name der Gesellschaft?«

»Craig, Powell, Kenyon & Dawes.«

»Kenne ich nicht«, sagte der Colonel.

Lowell schwieg.

»In New York City?«

»Wall Street 23«, sagte Lowell.

»Ziemlich gut bezahlter Posten, nehme ich an?«

»Ist das eine offizielle Frage, Colonel?« fragte Lowell.

»Ja. Ich denke, das ist eine offizielle Frage.«

»Ich bekomme hunderttausend.«

»Captain«, sagte der Colonel mehr resigniert als ärgerlich, »wenn es sein muß, dann sage ich es Ihnen: Es ist eine Straftat, mit der Sie vors Kriegsgericht kommen, wenn Sie auf eine offizielle Befragung falsche Antworten geben. Laut Ihrer eigenen 201-Akte absolvierten Sie erst vor ungefähr einem Jahr die Wharton School of Business. Und jetzt wollen Sie mir erzählen . . .«

Lowell neigte sich vor und schob das Telefon auf den Colonel zu. »Geben Sie meinen Namen an und führen Sie ein R-Gespräch, Colonel. Sie stellten eine Frage, und ich gab Ihnen die Antwort. Ich erbte die Hälfte der Gesellschaft von meinem Großvater.«

Der Colonel schaute Lowell an.

»Sie waren ursprünglich zum Offizier des Finanzkorps ernannt worden. Geht es Ihnen darum? Wollen Sie wieder ins Finanzkorps?«

Lowell lachte. »Colonel, ich wäre eine Katastrophe im Finanzkorps.«

»Aber Sie wurden doch zum Offizier des Finanzkorps ernannt.«

»Das war einfach ein Trick, um mir eine Offiziersuniform zu verpassen«, erklärte Lowell. »Ich hatte nie etwas mit dem Finanzkorps zu tun.«

»Sie haben eine Ernennung im Kampf erhalten?«

»Nein, zuerst wurde ich zum Offizier ernannt. Der Kampf kam später.«

»Ich finde, das bedarf einer Erklärung«, sagte der Lieutenant Colonel.

Lowell zögerte einen Augenblick mit der Antwort.

»Sie wissen vermutlich, wer General Porky Waterford war, Colonel?«

»Ja, natürlich. Er war Kommandeur der 40. Panzerdivision, des sogenannten ›Hell's Circus‹ während des Zweiten Weltkriegs. Sie waren beim ›Hell's Circus‹?«

»Ich war nicht im Zweiten Weltkrieg«, entgegnete Lowell. »Ich wurde nach dem Krieg eingezogen und zur Besatzungsarmee nach Deutschland geschickt. Zur Militärpolizei, die unter dem Kommando von Porky Waterford stand.«

»Und?«

»Es war wichtig für den General, daß sein Polo-Team gegen die französische Besatzungsarmee spielte und gewann.«

»Ich kann Ihnen nicht ganz folgen«, sagte der Lieutenant Colonel.

»Ich spiele Polo, Colonel«, erklärte Lowell. »In jenen Tagen hatte ich die Handicap-Zahl 3. Der General wollte, daß ich in seinem Team gegen die Franzosen spiele. Das war jedoch nicht möglich, weil französische Offiziere nicht mit Unteroffizieren und Mannschaften spielen. Ich war Private First Class.«

»Und Sie wollen mir erzählen, daß Sie zum Offizier ernannt wurden, damit Sie Polo spielen konnten?«

»Ich traf eine Abmachung mit Waterfords Adjutanten, einem Captain namens MacMillan. Ich sollte mich zum Second Lieutenant des Finanzkorps ernennen lassen und Polo spielen, und als Gegenleistung versprach er mir, daß ich nach einem halben Jahr aus der Army ausscheiden dürfte.«

»Da gab es einen Offizier namens MacMillan, der die Tapferkeitsmedaille erhielt«, sagte der Lieutenant Colonel.

»Den gibt es immer noch. Das ist Mac. Aber der gut ausgetüftelte Plan klappte nicht ganz, wie er sollte.«

»Welcher Plan?«

»Mich aus der Army herauszubekommen«, sagte Lowell. »Als wir in Baden-Baden gegen die Franzosen spielten, fiel General Waterford tot vom Pferd. Er hatte einen Herzanfall, als er ein Tor erzielte. Damit endete das Polo und ebenso meine Chancen, aus der Army genauso herauszukommen, wie ich zum Offizier ernannt wurde – mit anderen Worten, auf eine krumme Tour.«

»Ehrlich gesagt, Captain, wenn Ihre unglaubliche Geschichte wahr ist, dann verstehe ich nicht, warum die Army nicht glücklich war, sich von Ihnen zu trennen. So schnell wie möglich.«

»Ich war noch nicht lange genug Offizier für eine offizielle Beurteilung meiner Leistungen«, fuhr Lowell fort. »So schob man mich ab. Man schickte mich zur USAMAG in Griechenland. Man war offenbar der Ansicht, wenn das Glück ausblieb und ich am Leben blieb, hätte die militärische Beratergruppe das Problem am Hals, wie sie mich aus der Army werfen konnte.

»Was haben Sie in Griechenland gemacht?«

»Ich wurde Berater einer griechischen Infanterie-Kompanie. In der Praxis erhielt ich das Kommando über die Kompanie.«

Der Lieutenant Colonel musterte ihn eingehend. Lowell hielt seinem Blick stand.

»Dann wurde ich verwundet«, sagte Lowell, »und man schickte mich heim. Zum Basic Armor Officer's Course, wo Offiziere, die nie einen feindlichen Schuß gehört hatten, mir erzählten, was mich erwartet, wenn ich je in einem Kampf sein sollte. Aber ich kam aus Knox heraus, aus der Army heraus, ausgebildet als Panzeroffizier.«

»Was wollen Sie, Captain?« fragte der Lieutenant Colonel.

»Wenn ich wieder in den Krieg muß, dann will ich dass als Panzeroffizier.«

»Sie waren lange genug in der Army, um zu wissen, daß nicht zählt, was der einzelne gern hätte, sondern das, was die Army braucht.«

»Ich habe nicht die Absicht, Sir, eine Infanterie-Einheit zu übernehmen.«

»Was haben Sie gegen die Infanterie?«

»Augenblicklich wird die Infanterie in Korea geopfert. Ich habe nicht vor, zu den Opfern zu zählen.«

»Das könnte als ein Eingeständnis von Feigheit ausgelegt werden.«

»Ich bin bereit, zuzugeben, daß ich ein Feigling bin«, sagte Lowell. »Aber ich bin nicht blöde.«

»Captain Lowell«, sagte der Colonel. »Infolge der Lage in Korea ist die Personalsituation folgende: Es gibt einen Überschuß an Panzeroffizieren und einen Mangel an Infanterieoffizieren. Um den Mangel an Infanterieoffizieren in Korea zu beseitigen, teilt die Army eine Anzahl von Panzeroffizieren der Infanterie zu und wählt diejenigen aus, die Infanterie-Erfahrung haben und deren Dienst als Panzeroffizier nicht zwingend erforderlich ist. Sie sind als einer dieser Offiziere ausgewählt, Captain Lowell. Das ist alles. Wegtreten!«

2

Fairfax, Virginia

15. Juli 1950

Lieutenant Colonel Robert F. Bellmon (Panzertruppen, Generalstab-Referatsleiter »Panzer und Schützenpanzer« in der Abteilung »Kettenfahrzeuge« beim Stellvertretenden Stabschef für Einsatzplanung) hatte sich dabei ertappt, in zwei Stunden Dienst in seinem Büro im Pentagon sechs dumme Fehler gemacht zu haben, und sich gesagt, daß es für heute genug sei.

Er klopfte an die Tür zum Büro seines Chefs, und als er eintrat, blickte der Brigadier General auf, sagte jedoch nichts.

»Mit Ihrer Erlaubnis, Sir, höre ich für heute mit der Arbeit auf«, sagte Bellmon. »Ich vergeude mehr Zeit mit dem Korrigieren von Flüchtigkeitsfehlern als mit nützlicher Arbeit.«

»Sie haben wieder mal meine Gedanken gelesen, Bob«, sagte der Brigadegeneral. »Ehrlich gesagt, ich wollte Sie gerade heimschicken. Sie haben sich völlig überarbeitet.«

»Danke, Sir«, sagte Bellmon. »Dann bis morgen, General.«

»Nein, Colonel. Bis *Freitag*morgen. Sie nehmen sich morgen und übermorgen frei.«

»Morgen werde ich wieder okay sein, General«, wandte Bellmon ein.

»Beherzigen Sie meinen Rat, Bob«, sagte der General. »Nehmen Sie sich zwei Tage frei. Betrinken Sie sich. Laden Sie Ihre Batterien auf.«

»Ich werde wirklich morgen wieder fit sein, General.«

»Fein«, sagte der General. »Dann werden Sie auch Ihren morgendlichen Ritt durch die Hügel Virginias genießen können oder Ihr Golfspiel oder was immer Ihnen sportlich draußen und drinnen Spaß macht. Verdammt, ich sagte *Freitag*!«

»Jawohl, Sir. Guten Tag, General.«

»Erzählen Sie Barbara, was ich gesagt habe.« Der General lächelte.

»Über den Sport, der mir drinnen Spaß macht, General?« fragte Bellmon mit einem Grinsen.

»Hauen Sie ab, Colonel!« Der General wies zur Tür.

Bellmon ging zum Parkplatz A64-B des Pentagon, stieg in sein 1948er Buick-Kabrio (das letzte der guten, wie er fand) und fuhr nach Hause.

Er begann zu planen, denn er war von Natur aus ein Planer. Der Kern des Problems war, daß er erschöpft war, körperlich und, noch wichtiger, geistig. Seit er aus Europa zurückgekehrt und aus dem Urlaub zurückgerufen worden war, als es in Korea zum Knall gekommen war, hatte er einen 18-Stunden-Tag mit logistischen Planspielen gehabt. Er hatte versucht, alles für die Inspektionen und Reparaturen von genügend Panzern zu arrangieren, um die gegenwärtigen Streitkräfte in Korea auszurüsten, auch diejenigen, die in Japan waren und nach Korea sollten, diejenigen, die auf Hawaii waren und nach Japan und/oder Korea transportiert werden sollten, diejenigen in den Vereinigten Staaten, die für Hawaii, Japan und/oder Korea bestimmt waren, und diejenigen, die erst aufgestellt werden sollten.

Bellmon liebte die Herausforderung. Natürlich nicht so sehr, wie er das Kommando eines Panzerbataillons geliebt hätte, aber als nächstbestes. Es war eine intellektuelle Herausforderung, sogar faszinierender als Schach, weil die verfügbaren Bestände und die Anforderungen daran sich buchstäblich stündlich änderten.

Er hatte seine Sache gut gemacht, und nicht nur Panzer und Mannschaftstransporter im Wert von Milliarden Dollars hin und her geschoben, sondern auch die dazugehörigen Menschen und das entsprechende Material. Das hatte ihn erschöpft. Er hatte seine Grenzen erreicht.

Morgen früh würde es ihm bessergehen, aber der General war todernst gewesen. Bellmon würde sich erst am Freitag zum Dienst zurückmelden.

Mit ein wenig Glück konnte er heute die Kinder früh ins Bett bringen, dann Barbara ein paar Martinis geben und anschließend eine heiße Nacht mit ihr verbringen. Das war es, was er brauchte. Doktor Bellmon verordnete dem erschöpften Colonel Bellmon drei Martinis und Sex.

Zwanzig Minuten nach dem Verlassen des Pentagons gelangte Bellmon auf den Schotterweg, der an der Mauer der »Farm« entlangführte. Es gab keinen Briefkasten und kein Schild am Zufahrtstor, nur einen alten, schwarz angemalten Pflug, der von einem steinernen Maultier gezogen wurde und auf der Steinmauer thronte.

Es war eine Frage der Diskretion. Die Farm war weitaus zu luxuriös für einen Lieutenant Colonel. Es konnte Gerede geben, wenn man nicht die näheren Umstände kannte. In Wahrheit war es tatsächlich eine Farm. Der Besitzer war in finanzieller Not gewesen, als Bellmons Großvater 1909 als Major im Kriegsministerium die Farm gekauft hatte. Major (später Lieutenant General) Thomas Wood Bellmon hatte in dem Anwesen ein gutes Investitionsobjekt erkannt. Das Land konnte verpachtet oder vermietet werden, und von den Einkünften konnte die Hypothek bezahlt werden. Letzten Endes hatte er mietfreies Wohnen, wenn er in Washington stationiert war, und brauchte nur eine Stunde Fahrt von und zur Pennsylvania Avenue beim Weißen Haus in Kauf zu nehmen.

Die Farm war längst bezahlt (sie hatte zweimal durch Erbschaft den Besitzer gewechselt) und hatte jetzt 480 Morgen mehr Land als beim Ankauf durch Major Bellmon. Jetzt trug sich die Farm nicht nur selbst, sondern brachte Gewinn. Alles Land außer sieben Morgen ums Haus herum, überwiegend Waldland, war verpachtet.

Wenn ein Bellmon (Bellmons beide älteren Brüder waren Generäle) oder ein Waterford (Bellmons Frau war die Tochter des verstorbenen Major General Peterson K. Waterford, und sie hatte zwei Brüder, die Offiziere waren, einer bei der Army und einer – Gott verzeihe ihm – bei der Air Force) in Washington und Umgebung stationiert war, wurde es an alte Freunde vermietet. Es war eine Miete zum Freundschaftspreis, aber damit konnten Reparaturarbeiten, Steuern und Unterhaltskosten bezahlt werden, und was noch wichtiger war, es war jemand im Haus, der sich darum kümmerte, daß die Wasserleitungen nicht einfroren und die Einrichtung nicht gestohlen wurde.

Das Haus war inzwischen drei- oder gar viermal so groß wie das ursprüngliche Farmhaus, das Major Bellmon vor 40 Jahren gekauft hatte. Es war angebaut worden. Das ursprüngliche Haus, nun der linke Flügel, war in ein Studio umgebaut worden. Es gab jetzt neun Zimmer, vier Bäder, einen Swimming-pool, eine Garage, ein Nebengebäude, in dem die Kinder spielten, und sogar eine Wurftaubenanlage, die Aussicht auf ein Tal gewährte.

Es existierte ein ähnliches Anwesen in Carmel, Kalifornien, das der Familie gehörte – die Casa Manana. Es gab keine Vorschrift, die besagte, daß man als Offizier seine Familie in den wirklich schrecklichen Familienquartieren unterbringen mußte, die es in den meisten Camps und Garnisonen gab. Es war ein ungeschriebenes Gesetz, daß man komfortabel – im Einklang mit seinen Möglichkeiten – und diskret leben konnte. Deshalb gab es kein Schild am Tor zu diesem Anwesen, nur einen alten, schwarz angestrichenen Pflug.

Bob Bellmon hupte, als er sich dem Haus näherte. Das ärgerte Barbara sehr, aber die Kinder mochten es. Er parkte den Buick neben Barbaras Ford-Kombi und dem Jeep und stieg aus. Er war überrascht und erfreut, als Barbara und die Kinder, ein Junge und ein Mädchen, an der Tür auf ihn warteten.

Wie ein Kitschbild in der *Saturday Evening Post* mit der Unterschrift »Wenn Papi heimkommt« dachte er, und dann ärgerte er sich über seinen Zynismus.

»Du und die verdammte Huperei«, sagte Barbara, als sie ihm die Wange zum Kuß darbot. Er zog Barbara an sich und streichelte schnell über ihre Pobacken.

»Ich habe den Befehl erhalten, mir zwei Tage freizunehmen«, sagte er.

»Es wird auch Zeit, daß dein Chef sieht, wie überarbeitet du bist«, meinte Barbara.

»Ich weiß nicht, ob er das sieht oder nicht«, sagte Bellmon. »Ich habe um den Urlaub gebeten.«

Sie gingen ins Haus. Er zog den Uniformrock aus und hängte

ihn sorgfältig auf einem Bügel in den Schrank in der Halle und legte die Mütze auf das Regal darüber.

»Mach mir einen sehr kühlen, sehr großen Martini, während ich mich umziehe«, sagte Bellmon.

»Jetzt trinken und später umziehen?«

»Nein, jetzt umziehen und später trinken.«

»Soll es wie einer dieser freien Tage werden?« Sie lächelte sinnlich.

»Freut dich das nicht?«

»Doch, doch. Und rate mal, wer heute zur Chorprobe muß?«

»Gott meint es gut mit mir«, sagte Bellmon und ging nach oben, um sich umzuziehen. Was kann ein Mann mehr verlangen, fragte er sich rhetorisch, als zwei freie Tage, einen kalten Martini, eine Frau, die herumalbert, und einen Priester der Episkopalkirche, der die Proben für den Kirchenchor genau zur richtigen Zeit ansetzt?

Als er umgezogen hinunterging, waren die Kinder und Barbara verschwunden. Sie hat sie entweder früher zur Chorprobe gebracht oder eine andere Möglichkeit gefunden, um sie loszuwerden, sagte er sich. Du mußt dir deinen Martini selbst machen. Aber das ist nur ein kleiner Preis, den du dafür zahlen mußt.

Zehn Minuten später hörte er ein Auto auf der Straße bremsen und sagte sich, daß Barbara zurückkehrte. Wenn er vorausgeplant hätte, dann hätte er sie jetzt im Adamskostüm an der Tür begrüßen und mit ihr auf dem Teppich im Wohnzimmer Tarzan und Jane spielen können.

Vielleicht ist es besser so, dachte er. Zieh es ein bißchen in die Länge. Um so größer ist der Genuß.

Die Türglocke – eine echte, altmodische, handgearbeitete – läutete.

»Allmächtiger!« murmelte er. »Wer zur Hölle mag das sein?«

Er öffnete die Tür.

Craig W. Lowell stand draußen. Mit grauem Flanellanzug, weißem Hemd und Krawatte. Wie ein englischer Duke auf dem Land.

Das mußte ja passieren! dachte Bellmon. Irgend etwas – wie

zum Beispiel Craig W. Lowells Auftauchen aus dem Nichts – mußte dir ja den Spaß verderben!

»Hallo, Craig«, sagte er und zwang sich zu einem Lächeln. »Was führt Sie zu meiner bescheidenen Hütte?«

»Ich hörte, daß man Bettlern was zu trinken anbietet«, erwiderte Lowell.

»Kommen Sie herein.« Bellmon legte ihm die Hand auf den Arm.

Bellmon konnte Craig W. Lowell nicht leiden. Barbara dagegen mochte ihn. Aus Gründen, die er einfach nicht verstehen konnte, verzieh sie Lowell Dinge, derentwegen sie eine lebenslange Freundschaft mit jemand anderem beendet hätte. Barbaras Vater, General Waterford, und Lowells Schwiegervater, Oberst von Greiffenberg, der soeben aus der Kriegsgefangenschaft zurückgekehrt war, hatten vor dem Zweiten Weltkrieg gemeinsam die französische Kavallerieschule Saumur besucht.

Lowells Schwiegervater, Oberst Graf Peter-Paul von Greiffenberg, war der Kommandant des Kriegsgefangenenlagers gewesen, in dem Bellmon gefangen gewesen war. Von Greiffenberg und Bellmon waren Freunde geworden, ohne etwas von der Beziehung zwischen dem Oberst und General Waterford zu wissen.

Bis von Greiffenberg vor einem Monat in Marburg aufgetaucht war, hatte Bellmon ihn für tot gehalten. Bellmon war hocherfreut, daß von Greiffenberg überlebt hatte, nicht nur um seinetwillen, sondern auch wegen von Greiffenbergs Tochter. Bellmon mochte Ilse von Greiffenberg-Lowell sehr.

Nur Craig W. Lowell mochte er nicht.

»Was kann ich Ihnen einschenken?« fragte Bellmon.

»Scotch«, sagte Lowell. »Bitte. Ist Barbara hier?«

»Im Augenblick nicht«, sagte Bellmon und ging zur Bar im Wohnzimmer, um Scotch für Lowell einzuschenken. »Wie geht es dem Oberst?«

»Er macht eine Kur in Monte Carlo, während ich an seinen finanziellen Angelegenheiten arbeite«, sagte Lowell.

»Wann sind Sie zurückgekehrt?«

»Am 7. Juli.«

»Und wann fliegen Sie nach Europa zurück?«

»Ich wünschte, ich wüßte das.« Lowell nahm das Glas mit Scotch von Bellmon entgegen und prostete ihm zu. »Zum Wohl, Herr Oberstleutnant«, sagte er auf deutsch.

»Wer ist hier?« rief Barbara von der Haustür her.

»Komm und sieh ihn dir an«, rief Bellmon zurück.

Barbara kam ins Wohnzimmer, schaute Craig W. Lowell an und stieß einen Freudenschrei aus. »Sie sehen wie aus einer Reklame für die Zigaretten aus, die auch die Lords rauchen«, sagte sie, ging zu ihm und küßte ihn auf die Wange. »Ich dachte, Sie wären in Südfrankreich.«

»Das bin ich offensichtlich nicht.« Lowell lächelte. »Ich habe das sonderbare Gefühl, daß ich mitten in Bobs Tag der ehelichen Pflichten geplatzt bin.«

Du Hurensohn, dachte Bellmon wütend. Wie kannst du es wagen, mir so etwas mitten in meinem Wohnzimmer zu sagen?

Barbara brach in Gelächter aus, was ihren Mann noch mehr erzürnte.

»Wie kommen Sie darauf?«

»Er scharrte ungeduldig mit den Pfoten, als er die Tür öffnete«, sagte Lowell. »Und dann freute er sich anscheinend nicht so wahnsinnig über meinen Anblick wie sonst.«

Barbara lachte hell.

»Was führt Sie den weiten Weg her?« fragte sie dann. »Ich freue mich natürlich über Ihren Besuch, und wir bestehen darauf, daß Sie zum Abendessen und die Nacht über bleiben . . . (Gottverdammt, ich wußte, daß sie das sagen wird, dachte ihr Mann) . . . aber ich bin überrascht.«

»Ich kann nicht über Nacht bleiben«, sagte Lowell. »Trotzdem vielen Dank.«

»Sagen Sie mir, warum nicht«, beharrte Barbara, nahm ihrem Mann das gefüllte Glas aus der Hand und nippte am Martini.

»Das würde Bob in die kitzlige Lage bringen, einen Deserteur zu beherbergen«, sagte Lowell.

Sie schauten ihn verdutzt an.

»Wenn das ein Witz sein soll, dann habe ich die Pointe nicht verstanden«, sagte Barbara.

»Es ist kein Witz. Ich bin desertiert.«

»Was?« Bellmon starrte ihn ungläubig an.

»Ich bin nach Benning befohlen worden«, sagte Lowell. »Zu einem Schnellkurs für Reserveoffiziere, die zum Abschlachten nach Korea geschickt werden, und ich habe mich entschieden, nicht nach Benning zu gehen.«

»Ist das Ihr Ernst?« Barbara musterte ihn prüfend.

»Zu Hause erwartete mich ein Telegramm«, erklärte Lowell.

»In dem Sie nach Benning befohlen wurden?«

»Nein, nach Fort Meade, wo mir irgendein Bleistiftstemmer sagte, daß ich jetzt in der Infanterie bin.«

»Es gibt einen Mangel an Infanterie-Offizieren.«

»So sagte man mir.«

»Sie wollen sich tatsächlich nicht in Benning melden?« fragte Bellmon.

Lowell zog das Ticketheft einer Fluggesellschaft aus der Tasche.

»10 Uhr 45 nach London mit Verbindung nach Monte Carlo«, sagte er.

»Man wird Sie vor das Kriegsgericht stellen, ist Ihnen das klar?«

»Schon möglich.«

»Was meinen Sie mit *schon möglich*?« fuhr Bellmon ihn an. »Das ist Nichterscheinen zu gefährlichem Dienst. Dafür kann man Sie erschießen.«

»Nun mal halblang, Bob«, sagte Lowell. »Zugegeben, ich bin kein besonders guter Soldat, aber ich weiß es besser. Man hat keinen erschossen, jedenfalls nicht offiziell, seit dieser Pole Slovik abgeknallt wurde.«

Lowell schaute zu Barbara und reicht ihr sein Glas. »Ich könnte noch einen gebrauchen.«

»Sicher«, sagte sie. »Verzeihung, daß Sie fragen mußten.«

»Warum erzählen Sie mir all das, Craig?« fragte Bellmon. »Sie glauben doch nicht, daß ich Ihnen irgendwie helfen kann, oder?«

»Doch, da Sie es sagen, Colonel, das glaube ich«, sagte Lowell.

»Und wie stellen Sie sich das vor?«

»Sie könnten telefonieren, eine Ad-hoc-Versammlung der

Vereinigung zum Schutz von West Pointers einberufen und jemanden finden, der meine Zuteilung zur Infanterie rückgängig macht.«

»Wie kommen Sie auf die Idee, daß ich so etwas könnte, selbst wenn ich das wollte?« fragte Bellmon ärgerlich.

»Weil ich andernfalls großen Stunk machen werde.«

»Das klingt wie eine Drohung.«

»Keine Drohung. Eine Absichtserklärung.«

»Ich versuche, mein Temperament zu beherrschen«, sagte Bellmon. »Ich glaube, Sie gehen besser, bevor ich nicht länger dazu in der Lage bin.«

»Hör ihn doch zu Ende an«, sagte Barbara. Sie reichte Lowell den Scotch, um den er gebeten hatte, und als ihr Mann schwieg, fügte sie hinzu: »Was möchten Sie von Bob, Craig?«

»Ich will nicht als Infanterie-Offizier nach Korea geschickt werden und fallen.«

»Das Fallen von Offizieren bringt der Krieg nun mal mit sich, Lowell«, sagte Bellmon eisig.

»Fallen und Abgeschlachtet werden sind zweierlei«, erwiderte Lowell.

»Welche Art Stunk wollen Sie denn machen?« fragte Barbara mit unverhohlener Neugier.

»Craig W. Lowell, New Yorker Bankier, als Deserteur angeklagt«, sagte er. »Der mit der Tapferkeitsmedaille ausgezeichnete Held erklärt, daß er nicht als unausgebildetes Kanonenfutter nach Korea will.«

»Das würden Sie tun, Lowell, nicht wahr?« fragte Bellmon, und es klang so verächtlich, daß sogar seine Frau schockiert war.

»Worauf Sie Ihren Arsch verwetten können«, sagte Lowell.

»Ich muß gestehen, daß ich Ihre Denkungsweise nicht begreifen kann«, sagte Bellmon. »Wie kommen Sie darauf, mich in diese Sache hineinzuziehen?«

»Das ist gar nicht so schwer zu verstehen«, erwiderte Lowell. »Es wurde mir auf der Fahrt zwischen Fort Meade und Washington klar. Ich war verdammt nahe daran, in Griechenland zu krepieren.«

»Und Sie sind als hochdekorierter Held zurückgekehrt«, sagte Bellmon.

»Ich hätte nicht auf diesem verdammten Hügel sein sollen, Robert«, sagte Lowell. »Einer eurer Berufssoldaten hätte dort sein sollen.«

»Ein Punkt für Sie, aber was soll das?«

»Einmal reicht mir«, sagte Lowell. »Ich habe das überlebt. Aber ich bringe mich nicht noch einmal in eine Lage, in der ich unqualifizierte Soldaten führe, die keine richtige Ausbildung haben, und mich zusammenschießen lasse.«

»Ich verstehe allmählich Ihre verborgene Denkungsart«, sagte Bellmon. »Aber Sie sollten sich klarmachen, Lowell, daß die Army größer ist als Sie oder ich und daß persönliche Wünsche nicht zählen. Sie sollten in Ihren Wagen steigen und nach Benning fahren, wie befohlen.«

»Sie weigern sich nicht, nach Korea zu gehen, Craig?« fragte Barbara.

»Als Infanterieoffizier weigere ich mich.«

»Er blufft«, sagte Bellmon. »Er ist verzweifelt und blufft. Sie sind wirklich verabscheuungswürdig, Lowell.«

»Gewiß bin ich verzweifelt und vermutlich verabscheuungswürdig, aber ich bluffe nicht.« Lowell trank sein Glas leer und stellte es auf die Bar. »Tut mir leid, daß ich Sie da mit hineingezogen habe, Barbara.«

»Wohin wollen Sie?« fragte Barbara.

»Ich werde eine Ansichtskarte von der Riviera schicken«, sagte Lowell.

Barbara drückte auf eine Taste des Telefonverzeichnisses.

»Was soll das?« fragte Bellmon.

Sie wählte eine Nummer.

»Colonel Bellmon möchte mit General Davidson sprechen«, sagte sie. Dann reichte sie ihrem Mann den Hörer. »Du kannst ihm entweder sagen, daß er die MPs zum Washington National schicken soll, um einen desertierenden Captain zu stoppen. Oder du sagst ihm, du hast festgestellt, daß die Bürokratie einen Panzeroffizier erwischt hat, der dringend in Korea gebraucht wird, jedoch der Infanterie zugeteilt wurde.«

Bellmon nahm den Hörer, ohne zu denken.

»Ich werde nichts dergleichen tun.«

»Wer ist Davidson?« erkundigte sich Lowell.

»Stellvertretender Stabschef Personal. Er war der Zimmergenosse meines Bruders auf der Akademie«, erklärte Barbara Bellmon.

»General«, sagte Lt. Col. Bellmon am Telefon. »Ich behellige Sie wirklich ungern persönlich mit dieser Sache, aber ich weiß nicht, wie ich sie sonst in den Griff bekomme. Und sie ist darüber hinaus delikat, weil der betreffende Offizier ein enger Freund meiner Frau ist. Es geht darum, daß das Netz, das Sie auswarfen, um Infanterie-Offiziere zu fangen, einen Panzeroffizier gefangen hat, den wir wirklich brauchen.«

Barbara Bellmon und Lowell beobachteten Bob Bellmon, während er sprach. Schließlich sagte er: »Einen Augenblick bitte, Sir«, und wandte sich an Lowell. »Geben Sie mir Ihre Befehle, Lowell.«

Lowell reichte ihm die Befehle. Bellmon las sie am Telefon vor.

»Vielen Dank, Sir«, sagte Bellmon nach einer Weile und gab Lowell die Befehle zurück. »Ich werde Captain Lowell in Fort Meade lassen, bis die Schreibarbeit erledigt ist und die entsprechende Zuteilung erfolgt.«

»Und jetzt«, sagte Barbara Bellmon, »sollten wir freundschaftlich einen trinken.«

3

Am Naktong, Südkorea

24. Juli 1950

Lowell fuhr mit der Pennsylvania Railroad nach New York, flog mit einer TWA Lockheed Constellation nach San Francisco, mit einer United DC-6 nach Honolulu und einer PanAm DC-6 via Wake Island nach Tokio.

Er rief Ilse von New York aus an und erzählte ihr, was geschehen war. Seine Versetzung zur Infanterie war rückgängig gemacht worden. Statt dessen wurde er dem 73. Panzerbataillon der 8. US Army in Korea zugewiesen. Nach dem Anruf bei Ilse ging Lowell in die VIP-Lounge und betrank sich vor dem Weiterflug. Als er Ilse wieder aus San Francisco anrief, zehn Stunden später, hatte ihr Vater offenbar mit ihr gesprochen, denn sie war nicht hysterisch, sondern weinte nur und bemühte sich, tapfer zu sein. Er bekam den Oberst an die Strippe, und von Greiffenberg sagte ihm, daß er sich keine Sorgen um Ilse und den kleinen Peter-Paul zu machen brauche. Er würde sich um sie kümmern. Der Oberst sagte: »Gott sei mit dir.«

Lowell rief Porter Craig an, erzählte ihm, was los war, und bat ihn, persönlich dafür zu sorgen (was einen Flug nach Europa erforderte), daß Craig, Powell, Kenyon & Dawes alles nur Mögliche tat, um die Angelegenheiten von Oberst von Greiffenberg so schnell wie möglich zu erledigen. Er bat Porter, Ilse zu informieren, daß sein Sold bei der Army mehr als genug für seine Bedürfnisse war und daß sein Gehalt von der Firma weitergezahlt werden würde.

»Ich will nicht, daß sie sparen und knausern muß, Porter, verstehst du?«

»Lieber Himmel, Craig, mach dir keine Sorgen. Sie gehört doch zur Familie!«

Aus irgendeinem Grund beruhigte ihn diese Äußerung von Porter Craig, den er sonst für einen Widerling und Armleuchter hielt.

»Ja, Porter, sie gehört zur Familie«, sagte er mit belegter Stimme.

»Paß nur auf dich selbst auf, alter Junge«, sagte Porter. »Da du darauf bestehst, die Sache durchzuziehen, kann ich dir nur alle Sorgen bezüglich deiner Frau und deines Kindes nehmen. Andre kommt sehr gut mit deiner Mutter zurecht. *Du* bist derjenige, um den wir uns alle Sorgen machen.«

»Ja, gut. Und du hältst deine langen Finger aus der Kasse, Pausbäckchen«, sagte Lowell und hängte ein, weil er befürchtete, heulen zu müssen.

Ein Bus der Army holte die Soldaten am Tachikawa-Flughafen bei Tokio ab und fuhr sie durch stinkende Reisfelder und verrußte Industriegebiete zu der Militärbasis Camp Drake. Dort wies man Lowell ein Quartier zu, und er erhielt einen verschließbaren Kasten für seine Ausgehuniform und für die Khaki-Uniform (sie würden während seiner Zeit in Korea in Camp Drake gelagert werden) und bekam einen Stahlhelm, eine .45er-Colt-Pistole mit Gurt und Holster, drei Magazine, einen Magazinhalter, ein Erste-Hilfe-Set und – aus Gründen, die er nicht verstand – einen Kompaß. Man erklärte ihm, daß er am Morgen neue Kampf- und Arbeitsanzüge und Kampfstiefel erhalten werde und zum Schießplatz gebracht werden würde, wo er mit der .45er schießen könne. Unterdessen durfte er sich nur in seinem Quartier und der Offiziersmesse aufhalten.

In der Messe gab es eine Telefonzentrale, und er meldete ein weiteres Telefonat mit Ilse an. Während er auf die Verbindung wartete, kam ein Sergeant zu ihm, der ihn offenbar gesucht hatte.

»Ich dachte, Sie hätten sich über den Zaun davongemacht, um Tokio bei Nacht zu erleben, Captain, als ich Sie nicht in Ihrem Quartier finden konnte.«

»Ich versuche, meine Frau anzurufen«, sagte Lowell.

»Ich habe draußen einen Wagen, Captain«, sagte der Sergeant mit sichtlichem Unbehagen. »Eine C-54 fliegt um 4 Uhr, also in einer Stunde, nach K 1 – das ist Pusan. Da in Ihren Befehlen steht, daß man Sie dringend braucht, müssen Sie mit dieser Maschine fliegen.«

Die C-54 war ein altes Frachtflugzeug. Lowell flog damit zum K1-Flugplatz an der südlichen Spitze der koreanischen Halbinsel.

Niemand holte ihn ab, und die Typen der Air Force im überfüllten Terminal hatten nur eine vage Vorstellung davon, wo er das 73. Panzerbataillon finden konnte.

»Wenn Sie die nicht ans Telefon bekommen, dann kann man verdammt nicht sagen, wo das verdammte Bataillon ist.«

Lowell nahm seinen jetzt fast leeren Seesack (er enthielt nur vier Paar Arbeitsanzüge, Unterwäsche, ein zweites Paar

Panzerstiefel, sein Toilettenzeug und die 9-mm-Pistole-08, die deutsche Luger, die er in Griechenland getragen hatte) und verließ das Flughafengebäude.

Sein erster Eindruck war, daß Korea stank. Später erfuhr er, daß es stank, weil die Koreaner ihre Reisfelder mit menschlichem Kot düngten. Sein zweiter Eindruck war, daß die US-Army in Korea in ebenso beschissener Verfassung war wie die Reisfelder. Da war eine Aura von Verzweiflung, heller Aufregung und sogar Furcht. Die Jungs hatten Muffensausen, und das war zu sehen.

Er fuhr per Anhalter mit einem Munitionstransporter nach Pusan und fragte einen MP nach dem Weg zum 73. Panzerbataillon.

»Die Jungs sind irgendwo oben beim Naktong, glaube ich«, sagte der Militärpolizist. »Bei dieser Scheiße blickt man kaum noch durch.«

Der MP stoppte für Lowell einen MP-Jeep, und man brachte ihn über die Haupt-Nachschubstraße, eine zweispurige, einst asphaltierte Straße, die durch Panzer, Lastwagen und Artillerie so in Mitleidenschaft gezogen worden war, daß man sie kaum noch als Straße bezeichnen konnte, zum Stadtrand.

Dort versuchte Lowell vergebens mit erhobenem Daumen, als Anhalter mitgenommen zu werden, und schließlich stoppte er einen anderen Munitionstransporter, indem er sich mitten auf die Fahrbahn stellte und die Arme hob wie ein Verkehrspolizist.

Zwei Stunden später war er im Gefechtsstand des 73. Panzerbataillons am Südufer des Naktong.

Der Gefechtsstand wurde gerade neu bezogen, und er war noch nicht einmal voll eingerichtet. Soldaten, nackt bis zur Hüfte und schweißbedeckt, füllten Sandsäcke mit sandigem Dreck und stapelten sie an einem Holzgebäude, das in den Hang eines flachen Hügels gebaut war.

Das noch nicht betriebsbereite Gebäude wurde jedoch bereits benutzt. Als Lowell eintrat, markierte ein sehr großer Sergeant mit einem Fettstift auf einer mit Zelluloid überzogenen Karte die Lage. Ein GI saß an einer Feldvermittlung, und ein drahtiger Lieutenant Colonel und ein stämmiger Major standen an einem kleinen, zusammenklappbaren GI-Feldschreibtisch und untersuchten etwas, was vermutlich irgendwie zum Inventar zählte.

Lowell ging zu dem Schreibtisch und wartete, bis man auf ihn aufmerksam wurde. Der Major sprach als erster.

»Was gibt es, Captain?«

Lowell schlug die Hacken zusammen, salutierte und sagte: »Captain C.W. Lowell meldet sich zum Dienst, Sir.«

Der drahtige, kleine Lieutenant Colonel erwiderte den Gruß. »Haben Sie Ihren Marschbefehl, Captain?« Lowell reichte ihm die Papiere. Der Lieutenant Colonel las sie sorgfältig und gab sie dann dem Major.

»Haben Sie eine Kopie, Captain?«

»Jawohl, Sir.«

»Lassen Sie uns einen kleinen Spaziergang machen«, sagte der Lieutenant Colonel. Er erhob sich vom Schreibtisch und streckte Lowell die Hand hin. »Ich bin Paul Jiggs«, sagte er. »Kommandeur dieser wundersam kämpfenden Streitmacht.«

Lowell gab ihm die Hand.

»Major Charley Ellis«, fuhr Jiggs fort und nickte zu dem Major hin. »S-3. Wir haben zur Zeit keinen Stellvertretenden Kommandeur. Er wurde in die Luft geblasen, bevor er hier eintreffen konnte.« Lowell bemerkte, daß Colonel Jiggs ihn musterte, um seine Reaktion auf diese etwas kaltschnäuzige Erklärung zu sehen. Er bemühte sich um eine ausdruckslose Miene. Major Ellis reichte Lowell die Hand und lächelte ihn an.

»Wir werden nicht lange wegbleiben, Charley«, sagte Colonel Jiggs. »Tun Sie, was Sie für richtig halten.«

»Jawohl, Sir«, erwiderte Major Ellis. Colonel Jiggs legte die Hand auf Lowells Arm und führte ihn aus dem halbfertigen Unterstand, darum herum und zur Kuppe des Hügels, in dessen Hang der Gefechtsstand gebaut war.

»Das ist der Naktong«, sagte Colonel Jiggs und wies auf den Fluß. »Wenn der Feind da rüberkommt, wird es wieder wie in Dünkirchen sein, mit der Ausnahme, daß wir keine zwanzig Meilen von den weißen Klippen von Dover entfernt sind. Es wird ein etwas längeres Schwimmen durch das Japanische Meer sein.«

»Wird der Feind über den Fluß kommen?« fragte Lowell.

»Natürlich nicht«, antwortete Jiggs sarkastisch. »Denn aus keinem anderen Grund verschanzt sich meine großartige Streitmacht – um den Feind zurückzuschlagen. Ich sage *großartig*, Captain, weil das 73. Bataillon vor einem Monat noch gar nicht existierte. Es entsprang auf wundersame Weise dem Boden, um für Gott und das Land zu kämpfen, bemannt mit Ausgemusterten, Büroangestellten, Gentlemen aus verschiedenen provisorischen Militärgefängnissen der Besatzungsarmee und ausgerüstet mit Schund aus verschiedenen aufgegebenen Feldzeugdepots. Haben Sie verstanden?«

»Jawohl, Sir, ich glaube, ja«, sagte Lowell.

»Sie werden mir verzeihen, Captain«, sagte Colonel Jiggs. »Es ist nicht persönlich gemeint. Aber ich muß zugeben, daß ich ein wenig enttäuscht bin über das, was ich auf mein dringendes Gesuch um erfahrene Kompaniechefs bekomme. In meiner Unschuld hoffte ich, einen kampferfahrenen Kompaniechef zu erhalten. Und was schickt man mir? Einen von der National Guard, nach Ihrem Abzeichen auf dem Ärmel zu schließen. Und – verzeihen Sie mir, Captain – einen Captain, der weder alt genug für einen Captain aussieht noch den Eindruck macht, als hätte er sich diese Medaille verdient, die er trägt.«

Lowell schoß das Blut in die Wangen, doch er schwieg.

»Und einen Captain, der darüber hinaus, nach seinen Papieren zu urteilen, entweder Freunde an hohen Stellen hat oder ein Versager ist und höchstwahrscheinlich beides.« Als Lowell immer noch schwieg, fuhr Colonel Jiggs fort: »Ich bitte um Ihre Stellungnahme, Captain. Und bitte verplempern Sie nicht meine Zeit.«

»Was möchten Sie hören, Colonel?« fragte Lowell.

»Zum Beispiel, wie alt Sie sind.«

»23, Sir.«

»Wie zum Teufel können Sie mit 23 Captain sein?«

»Die Wahrheit ist, Colonel, daß ich eine Abmachung mit einem Regimentskommandeur der Pennsylvania National Guard traf. Ich versprach ihm, seine M46-Panzer am Laufen zu halten, wenn er mich dafür zum Captain macht. Ich hielt mein Wort, und er hielt seins.«

»So was hätte ich mir denken können«, sagte Colonel Jiggs. »Die verdammte National Guard hat M46er, und ich habe hier eine buntgemischte Sammlung von vergammelten M4-Panzern.« Er musterte Lowell. »Wie wurden Sie ein Experte für den M46?«

»Ich wurde der Panzer-Erprobungstruppe zugeteilt. Dort war ich Projekt-Offizier an dem Projekt 90-mm-Kanone.«

»Wie zur Hölle kamen Sie zu einer solchen Verwendung?«

Lowell gab keine Antwort.

»Nicht wichtig. In diesem Punkt genügt mir Ihr Wort. Man hat mir versprochen, in – äh – unbestimmter Zukunft – M46er zu schicken. Wenn das Wunder geschehen sollte und wenn wir dann beide noch am Leben sind, werden wir sehen, ob Sie ein Experte sind oder nicht. Erzählen Sie mir von dieser Auszeichnung, die Sie tragen. Haben Sie die im Zweiten Weltkrieg erhalten? Das würde bedeuten, daß Sie mit 23 Jahren wirklich ein sehr junger Veteran des Zweiten Weltkriegs sind.«

»Ich kam 1946 zur Army«, sagte Lowell. »Die CIB-Medaille habe ich in Griechenland erhalten.«

»Was haben Sie da gemacht?«

»Ich war Berater der 27. Mountain Division.«

»In Griechenland hatten sie keine Panzer«, sagte Jiggs.

»Das habe ich auch nicht behauptet, Colonel.«

»Möchten Sie erklären, wie es zu Ihren faszinierenden Papieren kommt? Wie kommt es, daß der stellvertretende Stabschef Personal ein persönliches Interesse an Ihrer Zuteilung hat?«

»Nein, Sir, das möchte ich nicht erklären«, sagte Lowell.

»Sind Sie ein Mann mit Beziehungen, Lowell, oder ein Versager?«

»Beides, Sir«, sagte Lowell.

Zum ersten Mal lächelte Colonel Jiggs ihn an.

»Halten Sie sich für qualifiziert, eine Panzerkompanie zu führen, Lowell?«

»Nein, Sir«, antwortete Lowell. »Ich kann vielleicht einen

Zug richtig führen, aber eine Kompanie wäre mehr, als ich verkraften kann.«

»Tatsächlich? Sind Sie bescheiden, Captain Lowell.«

»Ich bin Realist, Sir.«

»Sie sind Captain. Zugführer sind Lieutenants.«

»Sie können die Eisenbahnschienen* haben«, sagte Lowell. Ich glaube, ich wäre mit einem Zug zufrieden, wenn Sie mir einen geben.«

»So geht das nicht, Lowell«, sagte Colonel Jiggs. »So geht das überhaupt nicht, Captain. Sie erhalten mit sofortiger Wirkung das Kommando über die Baker Company. Bewegen Sie Ihren Hintern dorthin, schauen Sie sich um, gewöhnen Sie sich ein, und ich komme entweder noch heute oder morgen rauf, und wir werden einen weiteren kleinen Plausch haben.«

»Jawohl, Sir.«

»Ist das alles, ›jawohl, Sir‹?« fragte Colonel Jiggs.

»Jawohl, Sir«, sagte Lowell.

4

B-Kompanie, 73. Panzerbataillon
Am Naktong, Südkorea

24. Juli 1950

Der Jeepfahrer, der von der Baker Company kam, um Lowell abzuholen, war ein Staff Sergeant, der eine Rasur brauchte und dessen Arbeitsuniform unter den Achseln, zwischen den Beinen und am Rücken grauweiße Flecken aufwies. Sie nehmen wenigstens Salztabletten, dachte Craig Lowell. Sie *haben* wenigstens Salztabletten.

---

* Captain-Balken sehen aus wie Eisenbahnschienen. Lieutenants haben nur einen Balken (silber für Oberleutnant, gold für Leutnant).

Er bemerkte, daß der Staff Sergeant ihn mit Verachtung und Resignation musterte. Der Sergeant hatte das Abzeichen der 28. Infanteriedivision der Pennsylvania National Guard gesehen, das auf Lowells nun schweißgetränktes Hemd genäht war.

»Sie übernehmen die Kompanie, Captain?« fragte der Sergeant. Wenn Unteroffiziere und Mannschaften Offiziere nicht leiden konnten, dann sprachen sie sie mit ihrem Dienstgrad an und vermieden die Anrede »Sir«.

»Ja, ich übernehme die Kompanie«, sagte Lowell.

»Gerade aus den Staaten gekommen?«

»Gerade aus den Staaten gekommen, *Sir*«, korrigierte Lowell. »Ja, Sergeant. Ich komme soeben aus den Staaten, und ich bin ein Scheißer von der National Guard, der euch bis zum Private hinunter den Arsch aufreißt, wenn ihr das nächste Mal versäumt, mich mit ›Sir‹ anzusprechen. – ›Captain‹ genügt mir nicht.«

»Scheiße«, sagte der Sergeant, und Lowell, der sich schon abgewandt hatte, drehte sich um und starrte ihn finster an. Der Sergeant grinste ihn an. »Können Sie Gedanken lesen, Captain, Sir?«

»Darauf können Sie Ihren Berufssoldaten-Arsch wetten«, sagte Lowell.

»Die meisten der Offiziere, die uns als Ersatz geschickt werden, kommen in brandneuer Uniform«, sagte der Sergeant. »Hat man drüben auch kein Zeug mehr?«

»Weiß ich nicht. Man hat mir keine ausgeteilt.«

Der Sergeant nickte verstehend. Er hatte soeben den »Sir« weggelassen, aber sein Tonfall hatte nicht mehr respektlos geklungen. Lowell ließ ihm den fehlenden »Sir« durchgehen.

»Die Kompanie hat Mangel an Bekleidung?« fragte Lowell, als sie im Jeep über eine schmale, holprige Felsstraße fuhren.

»Uns fehlt es an allem«, sagte der Sergeant, und diesmal erinnerte er sich und fügte »Sir« hinzu.

»Was machen Sie?« fragte Lowell.

»Panzerfahrer«, sagte der Sergeant. »Verlor meinen Panzer, Sir.«

»Was passierte?«

»Der Hurensohn ging an Altersschwäche ein. Die Maschinen

halten diese verdammte Hitze nicht aus. Nichts hält lange diese verdammte Hitze aus.«

»Was macht die Kompanie?«

»Die sitzt am Naktong und wartet auf den Vorstoß der Gooks.«

»Und benutzt die Panzer als Bunker?«

»So ungefähr, Sir.« Der Sergeant war offensichtlich überrascht, daß der neu geschickte Offizier genug wußte, um solch eine Frage zu stellen.

»Sind die Ketten in Schuß? Werden sie laufen, wenn es sein muß?« fragte Lowell.

»Einige schon«, erwiderte der Sergeant. »Und einige nicht.«

»Wartung?«

»Scheiße!« Abscheu und Verzweiflung klangen aus diesem einen Wort heraus.

Sie gelangten zum Gefechtsstand. Wie beim Bataillon war ein Sandsackbunker an einem Hügelhang errichtet, und dahinter ragte ein Streifen hoher, dünner Pappeln auf. Dort gab es einen gewaltigen Haufen von 75-mm-Geschoßhülsen und daneben einen ebenso großen Haufen von Kartons und Holzkisten, in denen die Munition aus den Depots herantransportiert worden war. Drei Acht-Mann-Zelte waren auf dem kahlen, hartgebakkenen Boden errichtet, und durch Sandsäcke verstärkte Schützenlöcher – Ein-Mann-, Drei-Mann-Schützenlöcher und ein Schützengraben, der groß genug für acht Mann war – waren ringsum gegraben. Sie sollen Schutz während Mörser- und Artillerie-Sperrfeuer bieten, erkannte Lowell, aber sie sind an den falschen Stellen.

Die Erkenntnis, einen Fehler entdeckt zu haben, erfreute ihn. Es war ein Hinweis darauf, wenn auch ein schwacher, daß er mehr denn je wußte, wer jetzt hier das Kommando übernahm.

»Der Lieutenant ist vermutlich drinnen, Captain«, sagte der Staff Sergeant. Lowell schaute ihn an. Als Lowell fragend die Augenbrauen hob, fügte der Staff Sergeant das erforderliche »Sir« hinzu.

»Sie lernen«, sagte Lowell lächelnd. »Sie lernen.«

Der Staff Sergeant hatte auf den Sandsackbunker gewiesen, als er von dem Lieutenant gesprochen hatte, aber Lowell ging nicht dorthin, nachdem er aus dem Jeep gestiegen war. Zuerst ging er zu den Acht-Mann-Zelten und steckte in eines nach dem anderen den Kopf hinein. In jedem lagen schlafende Männer auf zusammenklappbaren Segeltuchfeldbetten. In jedem Zelt stank es nach Schweiß.

Lowell stieg den sanften Hang des Hügels hinauf, an dem der Gefechtsstand errichtet worden war.

Auf dem militärischen Gipfel (kurz unterhalb der tatsächlichen Hügelkuppe) waren acht M4A3-Sherman-Panzer so postiert, daß ihre Kanonen auf die ferne Seite des Hügels hinabgerichtet werden konnten, der sanft zum Ufer des Naktong hin abfiel. Etwa 400 Meter zur Linken sah Lowell eine Brücke – sowohl für die Bahnlinie und Straße –, die in den Fluß gestürzt war.

Er ging zum nächsten M4A3. Die schweißgetränkte Besatzung saß oder lag am Boden im Schatten des Panzers. Zwei der Soldaten trugen kein Hemd, und alle waren dreckig, müde und unrasiert. Keiner regte sich, als Lowell sich näherte. Er schaute auf einen Soldaten der Panzerbesatzung hinab, bis der Mann sich widerstrebend erhob.

»In welchem Zustand ist das Ding?« fragte Lowell und nickte zu dem M4A3.

»Überhitzt«, sagte der Mann der Besatzung. Lowell schaute ihn fragend an, als verstünde er nicht.

»Überhitzt«, wiederholte der Mann. »Heißgeworden. Die verdammten Filter sind versaut und ebenso der Kühler.«

»Von jetzt an sprechen Sie mich mit ›Sir‹ an, Soldat«, sagte Lowell.

»Das Scheißding ist überhitzt, *Sir*«, sagte der Soldat. »Sind Sie 'ne Art Inspekteur oder so was, *Sir*?«

»Ich bin Ihr Kompaniechef«, sagte Lowell. »Was planen Sie, um die Filter zu reinigen? Wie wollen Sie den Kühler in Schuß bringen?« Lowell ging zu dem Panzer, stellte sich auf die Kette und fuhr mit der Hand über die Belüftungsschlitze über dem Motor. »Und wie haben Sie sich gedacht, den Dreck und verkrusteten Schlamm hieraus zu entfernen?«

»Wenn man in dieser Hitze daran arbeitet, *Sir*«, sagte der Mann der Panzerbesatzung ungeduldig, als erkläre er einem

Schwachsinnigen etwas ganz Offensichtliches, »dann verbrennt man sich entweder die Hand oder bekommt einen Hitzschlag.«

»Haben Sie heute das Wasser in den Batterien überprüft?« fragte Lowell.

»Jawohl, Sir.«

»Dann könnte man annehmen, daß man starten kann?« fragte Lowell.

»Ja, das könnte man, Sir.«

Lowell stieg in den Panzer und ließ sich auf den Fahrersitz sinken. Im Panzer, der den ganzen Tag der Sonne ausgesetzt gewesen war, herrschte glühende Hitze. Sofort war Lowells Körper schweißnaß. Die Batterien waren offenbar schwach. Der Anlasser orgelte. Als der Motor ansprang und endlich rund lief, war der Schalthebel, der durch die offene Luke den direkten Sonnenstrahlen ausgesetzt war, zu heiß, um ihn zu halten. Lowell schlängelte sich auf dem engen Sitz herum, zog ein Taschentuch aus der Tasche und wickelte es um die Hand, um sich nicht zu verbrennen.

Dann gab er Gas als Signal dafür, daß er den Panzer bewegen würde, blockierte die linke Kette und schaltete für die rechte den Rückwärtsgang ein. Der M4A3 drehte sich aus seiner Position. Als er ihn in der gewünschten Richtung hatte, fuhr er den Hügel hinunter, vorbei an der Feldküche und durch zehn Meter Pappeln, die er unter dem Panzer zermalmte. Dann hielt er und stieg aus.

Als er zur Feldküche ging, war seine Anwesenheit dem amtierenden Kompaniechef gemeldet worden, der ihn erwartete. Es war ein First Lieutenant in Arbeitsuniform, die große salzverkrustete Flecken aufwies. Der Lieutenant brauchte eine Rasur.

»Sind Sie Captain Lowell, Sir?« fragte er. »Ich . . .«

»Rasieren Sie sich und ziehen Sie sich eine saubere Uniform an, Lieutenant«, sagte Lowell und schnitt ihm das Wort ab. »Und dann melden Sie sich ordentlich bei mir.«

Er wandte ihm den Rücken zu und schaute zum Hügel hinauf, von wo aus er den M4A3 fortgefahren hatte.

Die Besatzung stand jetzt auf und schaute herab, um zu

sehen, was los war. Lowell wies auf sie, Arm und Finger ausgestreckt, und dann gab er das Signal »Sammeln«. Zuerst zögernd und schließlich schneller kam die Besatzung des M4A3 den Hang herunter.

»Ja, Sir?« sagte der Mann, mit dem Lowell auf dem Hügel gesprochen hatte.

»Sie sind der Panzerkommandant?«

»Jawohl, Sir.«

»Wissen Sie, in welchem dieser Zelte der Küchen-Sergeant schläft?«

»Jawohl, Sir«, sagte der Panzerkommandant, verblüfft von der Frage.

»Sagen Sie bitte dem Küchen-Sergeant, daß er sich bei mir melden soll, Sergeant«, sagte Lowell. »Und dann brechen Sie diese Zelte ab, schlitzen die Nähte auf und richten einen Sonnenschutz her, wo ich Ihren Panzer abgestellt habe. Anschließend bringen Sie den Kühler und die Filter in Schuß. Wenn Sie das erledigt haben, können Sie und Ihre Mannschaft schlafen.«

»Das Zelt abbrechen und die Nähte aufreißen?« fragte der Panzerkommandant ungläubig.

»Ein einsatzfähiger Panzer könnte uns allen beim Überleben helfen, Sergeant«, sagte Lowell. »Das hat mehr Sinn für mich, als dem Küchen-Sergeant ein Plätzchen zum Pennen zu verschaffen.«

»Jawohl, Sir!« Der Panzerkommandant war äußerst erfreut, weil sein neuer Kompaniechef den Küchenbullen mit seinem fetten Hintern aus dem Feldbett schmeißen ließ.

Der Küchen-Sergeant, ein dicker, stark schwitzender, fast kahlköpfiger Mann Mitte Dreißig, kam ein paar Minuten später mit nicht zugeknöpftem Hemd und in Kampfstiefeln ohne Schnürsenkel zu Lowell und brachte seinen Zorn unter Kontrolle, als Lowell den Blick auf ihn heftete.

»Der Captain muß wissen, daß auch andere Leute, ich meine nicht nur die Köche, die Zelte benutzen.«

»Jetzt nicht mehr«, entgegnete Lowell. »Was haben Sie Kühles zu trinken, Sergeant?«

»Wir haben kein Eis oder irgend so etwas, Captain«, sagte der Küchen-Sergeant, »wenn Sie so etwas wollen.«

»Besorgen Sie mir bitte, was Sie haben«, erwiderte Lowell kühl.

Der Küchen-Sergeant watschelte davon und kehrte einen Augenblick später mit einer Feldflasche voller Wasser zurück.

Lowell nahm die Flasche, probierte einen Schluck Wasser und spuckte ihn aus.

»Das kommt von den Pillen zum Entkeimen, Captain«, sagte der Küchen-Sergeant. »Daran kann ich nichts ändern.«

»Sie können Wasser entkeimen, indem Sie es kochen«, sagte Lowell. »Die Tabletten sollen nur benutzt werden, wenn es keine andere Möglichkeit gibt. Weshalb sehe ich kein kochendes Wasser?«

Darauf gab es kein Argument mehr. Der Küchen-Sergeant blickte Lowell gekränkt an.

»Sie wissen, wie man ein GI-Erdbeersoda macht, oder?« fragte Lowell.

»Sir?« Der Küchen-Sergeant war völlig verwirrt.

»Sie erhitzen Erdbeeren aus Dosen und geben nach und nach Wasser hinzu, das abgekocht ist«, erklärte Lowell. »Das ist nicht viel, aber wesentlich besser als diese chemisch schmekkende Pferdepisse, die Sie austeilen. Lassen Sie sofort jemand an diese Arbeit gehen.«

»Sir, ich weiß nicht, ob wir irgendwelche Dosen mit Erdbeeren haben«, sagte der Küchen-Sergeant.

»Dann nehmen Sie die Früchte in Dosen, die Sie haben«, sagte Lowell kühl. »Und wenn Sie keinerlei Konserven haben, dann klauen Sie welche.«

Der bisherige Kompaniechef kehrte zurück – in sauberer, ungebügelter Arbeitsuniform. Er blutete, weil er sich beim Rasieren geschnitten hatte. Der Lieutenant ging zu Lowell, salutierte und meldete: »Sir, Lieutenant Sully, Thomas J. Ich – war der amtierende Kompaniechef.«

Lowell erwiderte sehr lässig den Gruß.

»Mein Name ist Lowell, Lieutenant. Ich übernehme hiermit das Kommando. Bitte sorgen Sie dafür, daß ein entsprechendes Papier für meine Unterschrift vorbereitet wird.«

»Captain, wir haben nie eine Schreibmaschine zugeteilt bekommen«, sagte Lieutenant Sully.

»In diesem Fall, Lieutenant, suchen Sie jemand, der eine gute Handschrift hat. Wo ist der First Sergeant?«

»Captain, wir hatten Schichtdienst, zwölf Stunden Dienst und zwölf Stunden frei. Er schläft.«

»Wo?«

»Im Bunker, Sir.«

»Haben wir einen First Sergeant im Feld?«

»Staff Sergeant Williams, Sir. Der Mann, der Sie vom Bataillon abholte.«

»Ah, ja.« Lowell schaute sich um und entdeckte Staff Sergeant Williams. Er gab ihm das Signal »Antreten!«

»Ja, Sir?« fragte Sergeant Williams, als er heran war.

»Sie haben gehört, was ich mit den Zelten will?«

»Jawohl, Sir. Sie sollen zu Sonnenschutzplanen zerrissen werden.«

»Colonel Jiggs wird entweder noch heute oder morgen früh herkommen«, sagte Lowell. »Bis dahin will ich, daß die Zelte verschwunden sind und daß diese Latrinenlöcher, die jemand bei den Zelten gegraben hat, aufgefüllt sind. Verstanden?«

»Jawohl, Sir.«

»Und jetzt werde ich mit dem First Sergeant sprechen«, sagte Lowell. »Unter vier Augen. Ich bin neugierig, ob er ebenso vergammelt ist wie jeder, den ich hier gesehen habe.«

Er ging zum Sandsackbunker und verschwand darin.

»Jesus Christus!« stieß Lieutenant Sully hervor. »Für wen zur Hölle hält der sich? Für Patton?«

»Ich weiß nicht, Lieutenant«, erwiderte Staff Sergeant Williams nachdenklich. »Ich habe das Gefühl, der Mann weiß, was er tut. Vielleicht ist ein richtiger Anschiß genau das, was diesem disziplinlosen Sauhaufen hier gefehlt hat.« Dann wurde ihm klar, was er gesagt hatte. »Nichts für ungut, Lieutenant.«

Der Küchen-Sergeant kam zurück.

»Lieutenant«, sagte er, »die einzigen Obstkonserven, die ich habe, sind kleine Obstsalatdosen, jeweils eine zu jeder 10-in-1-Ration. Wollen Sie wirklich, daß ich all die Rationen aufmache, wie er sagte?«

»Was ich will, interessiert nicht, Sergeant Feeny«, sagte Lieutenant Sully. »Es zählt nur, daß der Kompaniechef Ihnen befohlen hat, Wasser abzukochen und Drinks aus Konservenobst zu machen. Nach dem, was ich von unserem neuen Kompaniechef gesehen habe, würde ich an Ihrer Stelle meinen Arsch retten und tun, was er befohlen hat.«

Beim ersten Tageslicht am nächsten Morgen kam Lt. Col. Paul T. Jiggs in einem Jeep zur B-Kompanie.

Die Soldaten der B-Kompanie waren rasiert (sie hatten ihre Stahlhelme als Waschbecken benutzt), trugen alle ihre Arbeitsjacken und hatten ihre .45er-Pistolen in den Schulterholstern. Segeltuchplanen schützten alle Panzer vor der Sonne.

Von Captain Lowells Uniform war das Abzeichen der Pennsylvania National Guard verschwunden. Captain Lowell stand in der Feldküche und schaute dem Küchen-Sergeant (dem Sergeant persönlich, nicht irgendeinem der Köche) beim Rühren von Pulver-Eiern zu. Lowell war barhäuptig. Eine deutsche Luger steckte in seinem Hosenbund. Der Captain paffte eine große, schwarze Zigarre.

Als er Colonel Jiggs sah, nahm Lowell die Zigarre aus dem Mund, lächelte breit und grüßte ihn so übertrieben forsch, daß es schon fast eine Anmaßung war.

»Guten Morgen, Sir«, sagte Lowell. »Möchte der Colonel frühstücken?«

»Ich habe gefrühstückt, danke«, sagte Jiggs.

»Wie wäre es dann mit einem Glas GI-Erdbeersoda? Ich bedaure, daß wir keinen Orangensaft haben, aber der Sergeant arbeitet noch daran, diesen Mangel zu beheben.«

»GI-Erdbeersoda wäre sehr nett«, sagte Colonel Jiggs. Und er dachte: Ich will verdammt sein, wenn dieser Junge nicht genau weiß, was er tut.

V

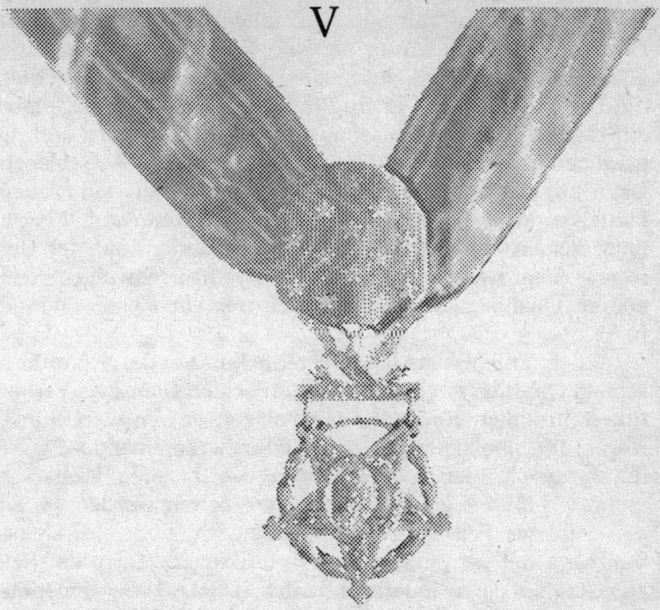

1

Frankfurt am Main

30. August 1950

Der schwarze Buick Roadmaster bog von der Autobahn zur Tankstelle an der Ausfahrt Frankfurt am Main ab.

Der Fahrer ließ den Wagen langsam ausrollen und hielt vor einer der Zapfsäulen. Der Fahrer, ein bereits kahl werdender, jedoch noch junger Mann, betätigte den Knopf für die elektrisch versenkbaren Fensterscheiben und wies den Tankwart an, den Tank mit Super zu füllen und den Ölstand zu kontrollieren. Nachdem er per Knopfdruck die Haube entriegelt hatte, setzte der Fahrer seine Uniformmütze auf, öffnete die Tür und stieg aus. Er trug die Doppelbalken des Captains auf den Schulterstücken seiner grünen Uniformjacke und die gekreuzten Gewehre der Infanterie auf den Aufschlägen. Dazu auf der Schulter das flammende Schwert auf blauem Hintergrund, die Insignien des European Command. Aber er hatte keinen »Fruchtsalat« von Ordensbändern auf der Uniform, ebensowenig die Fallschirmspringerschwingen oder andere Qualifikationsabzeichen. Er war ein kleiner, dünner Jude.

All der »Fruchtsalat« lag in einer Schublade des Schranks in seinem Quartier: ein Bronzestern für seinen Dienst als Verhörführer in einem Kriegsgefangenenlager, ein zweiter Bronzestern für seine Beteiligung beim Sonderkommando Parker, durch das in den letzten Tagen des Zweiten Weltkriegs mehrere hundert gefangene Offiziere befreit worden waren, das silberne Fallschirmspringerabzeichen und ein kleines Stoffband mit dem gestickten Wort »Ranger«. Dazu ein Ring aus Gold um einen Amethyst, in den »USMA 1946« eingeprägt war und den er für seinen Dienst als US-Militärberater in Griechenland erhalten hatte.

Der Captain war im Geheimdienst, und ein kahl werdender kleiner Junge mit einem Ranger- und Fallschirmspringerabzeichen, einem West-Point- und USMA-Ring und Bronzesternen wäre zu sehr aufgefallen. Nachrichtenoffiziere bemühen sich sehr, nicht aufzufallen.

Eine Frau, die sogar noch kleiner als der Captain war, öffnete die Wagentür und stieg mit einem Baby auf den Armen aus. Sie trug schwarze Pumps, einen kleinen schwarzen Hut und ein schlichtes schwarzes Kleid. Sie trug eine Brosche am Busen, und ein goldener Davidstern hing an einer dünnen Goldkette um ihren Hals.

Der Captain öffnete die rechte vordere Tür des Roadmasters und nahm einen kleinen Jungen von dem Kindersitz, der über den Autositz gehakt war. Der Captain schnüffelte.

»Er hat nicht gewartet«, sagte er.

»Er ist noch ein Baby, Sandy«, sagte die Frau. »Und es war eine lange Fahrt.«

Sie nahm ihm den Jungen ab, und mit einem Kind auf jedem Arm ging sie zur Damentoilette. Der Captain nahm eine Tasche aus Segeltuch und Gummi aus dem Kofferraum, in der schmutzige Windeln aufbewahrt wurden. Sharon hielt nichts von den neuen Wegwerfwindeln. Sie fand sie nicht nur »kriminell teuer«, sondern sie glaubte auch, daß sie der Haut des Babys schadeten. Sie würde die Windeln auf der Toilette auswaschen und dann in der Windeltasche mit nach Hause nehmen. Der Captain würde nach der Entnahme der Windeltasche den Kofferraum mindestens eine Stunde offen lassen und dann mit einem Geruchsvertilger aussprühen.

Der Captain trug die Windeltasche zur Tür der Damentoilette. Er stellte sie an der Tür ab und klopfte an, um Sharon wissen zu lassen, daß die Windeltasche da war, und dann ging er auf die Männertoilette. Als er herauskam, schlenderte er zur Tankstelle, schaute dem Tankwart beim Überprüfen von Öl, Wasser für die Scheibenwaschanlage und Kühler und der Bremsflüssigkeit zu. Er nahm ein Notizbuch mit einem daran befestigten Bleistift aus dem Handschuhfach und trug sorgfältig ein, was an dem Buick gewartet wurde, einschließlich des Spritverbrauchs auf den gefahrenen Kilometern (auf zwei Stellen hinter dem Komma).

Sharon kehrte mit dem Baby und dem älteren Kind zurück, und während sie im Auto Platz nahm, bezahlte der Captain mit Besatzungszertifikaten der US-Forces und mit Benzin-Rationsgutscheinen. Dann setzte er sich hinter das Lenkrad, und sie fuhren nach Frankfurt am Main.

Der Parkplatz hinter der Kapelle der Frankfurter US-Kaserne war voller Wagen. Viele davon hatten (wie der Buick Roadmaster mit dem Kennzeichen einer Münchener militärischen Einrichtung) auswärtige Nummernschilder wie Nürnberg, Heidelberg, Bad Tölz, Berlin, Stuttgart und sogar Salzburg und Wien.

Es fand eine Versammlung von Juden der amerikanischen Armee statt, die regelmäßig jeden Monat und von jeder Gruppe von Juden ausgerichtet wurde, die groß genug war, um zu den Diensten eines eigenen Rabbis berechtigt zu sein.

Es gab natürlich Gottesdienste und Besichtigungsfahrten in der Gegend, in der die Versammlungen jeweils stattfanden, aber der eigentliche Grund war die Pflege der Freundschaft, das Zusammensein mit seinesgleichen. Der Captain hatte seiner Frau gesagt, daß der wahre Grund eine Gelegenheit zur Völlerei war. Sharon hatte sich schockiert gegeben, aber gekichert, denn der Captain kam nahe an die Wahrheit heran. Jede »Kongregation« versuchte vergebens, die andere im Programm und natürlich in der Qualität des Essens zu übertrumpfen, das bei dem zweieinhalbstündigen Beisammensein aufgetragen wurde. Im Augenblick war Stuttgart der unbestrittene Sieger. Beim Stuttgarter Treffen gab es zu Brathähnchen, gegrillter Leber, gefülltem Fisch und allem anderen frischen Orangensaft und Fruchtsalat und zwei Sorten Wein – alles importiert aus Israel.

Nach dem Festmahl, das ihm vermutlich eine Magenverstimmung bis zum Rest der Woche bescheren würde, sonderte sich Felter von der Gruppe ab, die den soeben wieder aufgebauten Tempel Beth Sholem besuchte. Vor Hitler (und jetzt wieder) war es die schönste Synagoge in Frankfurt.

Ein Taxi tauchte auf, und Felter winkte. Der Fahrer hielt und kurbelte die Scheibe herunter.

»Bringen Sie mich zum IG-Farben-Gebäude?« fragte Felter auf englisch.

»Steigen Sie ein.« Der Fahrer fuhr in Richtung IG-Farbengebäude, doch dann bog er links, anstatt rechts ab.

»Wie ist es Ihnen ergangen, mein Freund?« fragte der Fahrer auf deutsch.

»Bis zum Essen ganz gut«, erwiderte Felter in akzentfreiem Deutsch. »Und Ihnen, Helmut?«

»Wir sind gerade aus dem Urlaub zurückgekehrt«, sagte der Fahrer. »Waren in einem kleinen Landhotel bei Salzburg. Haben ein bißchen frische Luft getankt.«

Das Taxi fuhr zu einem kürzlich renovierten Bürogebäude am Main in eine Tiefgarage und hielt. Felter stieg schnell aus und ging in den Aufzug. Er drückte den Knopf zur 8. Etage, und als sich der Lift in Bewegung setzte, sagte Felter ziemlich laut: »Der Bäckerjunge ist unterwegs.«

Eine weibliche Stimme ertönte aus einem verborgenen Lautsprecher. »Guten Tag. Ist es nicht schön draußen?«

Der Aufzug hielt, und die Tür ging auf. Felter sah eine sympathisch aussehende, grauhaarige Frau hinter einem Empfangspult. Auf einem Schild an der Wand hinter ihr stand: »Westdeutsche Gesellschaft für Agronomie.«

»Gehen Sie gleich rein«, sagte die Frau. »Er erwartet Sie.«

Sie drückte auf einen Knopf unter ihrem Schreibtisch und löste einen elektrischen Impuls aus. Als Felter eine Stahltür öffnete, die mit Holz furniert war, gab sie mühelos nach, gewährte ihm Einlaß und schloß sich mit einem Einrasten wie die Stahltür eines Tresorraums. Drinnen gab es zwei andere Türen, ebenfalls mit Holz verkleidet. Als er sich einer der Türen näherte, ertönte ein Surren. Jenseits der Tür war ein großer, heller Raum, der mit Eiche getäfelt war.

Ein kahlköpfiger, stämmiger, gütig aussehender Mann mit aufgekrempelten Hemdsärmeln durchquerte den Raum, schüttelte Felter die Hand und bot ihm etwas Alkoholisches oder Kaffee an.

»Ich habe vorhin etwas von dem ersten ungarisch-israelischen Sliwowitz getrunken, der je exportiert wurde«, sagte Felter. »Ich brauche eine Alka-Seltzer.«

»Wie wäre es mit einem Pfefferminzschnaps?«

»Um Gottes willen. Das würde es nur noch schlimmer machen.«

»Probieren Sie den Schnaps, Sandy«, sagte der kahlköpfige Mann. »Er wird Ihnen guttun.«

Er ging zu einer Schrankbar, schenkte Pfefferminzschnaps in ein langstieliges Glas ein und reichte es Felter.

»Es wird einige Zeit dauern«, sagte der kahlköpfige Mann. »Möchten Sie Ihre Jacke ausziehen?«

Felter schnallte den Gurt ab, knöpfte die Jacke auf, zog sie aus und hängte sie auf. Der kahlköpfige Mann forderte ihn mit einem Wink auf, in einem Sessel Platz zu nehmen, und reichte ihm eine Fernbedienung mit zwei Knöpfen.

»Links stoppt den Projektor«, erklärte er, »und der rechte Knopf setzt das Diktiergerät in Gang.«

»Ich erinnere mich«, sagte Felter. Er nahm auf dem Sessel Platz, erhob sich jedoch wieder, zog die .45er-Automatik hervor und legte sie auf den Tisch neben das Diktiergerät.

»Der kleine Captain und die große Kanone.« Der kahlköpfige Mann kicherte. »Brauchen Sie wirklich so einen großen Ballermann, Sandy?«

»Mit einem kleineren treffe ich kein Scheunentor«, erwiderte Felter. »Und wenn man was mit einer .45er trifft, dann hat sich's.«

Der kahlköpfige Mann ging zu seinem Schreibtisch und drückte auf einige Knöpfe. Schwere Vorhänge schlossen sich vor den Fenstern, und der Lichtstrahl eines Projektors fiel auf die Wand. Das Bild eines Bahnhofs erschien auf der Wand.

»Sie sind dran, Sandy«, sagte der Kahlköpfige. Felter drückte auf einen der Knöpfe der Fernbedienungsanlage. Das erstarrte Bild begann sich zu bewegen. Die Kamera richtete sich auf einen Mann, der aus dem Bahnhof kam. Felter stoppte das Bild und schaute es einen Augenblick lang an.

»Das ist er«, sagte er dann, »keine Frage.« Er nannte den Namen des Mannes und ließ das Bild weiterlaufen. Es dauerte eine halbe Stunde für den ganzen Film, obwohl normalerweise nur Abschnitte von sechzig oder neunzig Sekunden gezeigt wurden.

»Sehr interessant«, sagte Felter, als der Projektor erlosch und die Vorhänge aufschwangen. »Was zur Hölle ist das Ihrer Meinung nach?«

»Eigentlich hatte ich gehofft, Sie könnten mir das sagen.«

»Mal so dahergesagt, sieht das für mich aus, als müßte jemand überzeugt werden, daß er mit den großen Jungs spielt. Und wenn man bereit ist, ihn zu überzeugen, dann muß es jemand sein, der das wert ist. Das gefällt mir nicht.«

»Was denken Sie von Karl Neimayer?« fragte der kahlköpfige Mann.

»Ich befürchtete schon, daß Sie den Namen zur Sprache bringen«, sagte Felter.

»Haben Sie jemand auf ihn angesetzt?«

»Das würde die feste Vereinbarung zwischen den USA und der Bundesrepublik Deutschland verletzen«, sagte Felter.

»Haben Sie jemand auf ihn angesetzt, Sandy?«

»Die nächste Frage, Gunther.«

»Ich habe gezögert, ihn wirklich zu beschatten«, erklärte der kahlköpfige Mann. »Besonders seit ich weiß, daß er von anderen ebenfalls beobachtet wird. Ich kann es mir nicht erlauben, ihn von einer Prozession verfolgen zu lassen. Und ich behaupte, daß Sie das ebensowenig können. Wir haben hier gewisse gemeinsame Interessen, Sandy.«

»Natürlich nicht zugegeben, daß ich jemand auf Neimayer angesetzt habe – was schlagen Sie vor?«

»Einfach, daß es mehr Sinn ergibt, einen Ihrer Leute abwechselnd mit einem von meinen auf ihn anzusetzen, anstatt beide gleichzeitig.«

»Es könnte Sie den Kopf kosten, wenn wir auffliegen«, sagte Felter. »Das wissen Sie.«

»Ich kann meinem Mann vertrauen«, sagte der Kahlkopf. »Können Sie Ihrem völlig vertrauen?«

Felter dachte kurz nach.

»Ja. Er berichtet, daß er die Beschattung mehrmals abbrechen mußte, weil er befürchtete, Neimayer mißtrauisch zu machen. Ich könnte ihn über die neue Lösung des Problems informieren. Die beiden müßten sich dann kennen.«

»Abgemacht?« fragte der kahlköpfige Mann. »Sie können ihn abwechselnd beschatten?«

»Abgemacht«, sagte Felter.

Er schrieb einen Namen und eine Telefonnummer auf einen Zettel und gab ihn dem dicken Mann. »Er kennt meine Handschrift. Ihr Mann soll ihm das geben.«

»Mein Mann ist Dieter Stohl.«

»Allmächtiger, darauf wäre ich nie gekommen.«

»Danke«, sagte der kahlköpfige Mann. »Ich dachte, Sie wären leicht darauf gekommen. Oder versuchen Sie wieder, mich zu überzeugen, wie unfähig Sie sind?«

»Gunther . . .« Felter hob die Hände in gespielter Hilflosigkeit.

»Sie hätten mich fast geblufft«, sagte der kahlköpfige Mann.

»So lange ich in diesem Geschäft bin – und es theoretisch kennen müßte –, muß ich mir ständig in Erinnerung rufen, daß Sie im allgemeinen dreimal mehr wissen, als Sie mir weismachen wollen.«

»Sie überschätzen mich«, sagte Felter. »Ich bin nur ein amerikanischer Schlemihl, der Spion spielt.«

»Gewiß sind Sie das.« Gunther lächelte. »Und ich bin die Jungfrau Maria.«

»Wenn sonst nichts ist, muß ich zurück«, sagte Felter. »Besorgen Sie ein Taxi?«

»Da ist noch etwas«, sagte Gunther. Er legte einen rosafarbenen Aktenhefter auf Felters Schoß. Felter las die Akten.

»Oh, verdammt!« sagte er.

Es war ein Auszug aus Akten der Kriminalpolizei vom Kreis Marburg und Kreis Bad Nauheim und dem Land Hessen. Es wurden die Verhaftungen wegen Belästigung zum Zweck der Prostitution und der häufige Besuch von Räumlichkeiten aufgeführt, die bekanntermaßen für die Prostitution benutzt wurden. Der Name der betreffenden Person war Ilse von Greiffenberg, auch bekannt als Ilse Berg.

»Es gibt keine Akte über eine Verurteilung wegen Prostitution«, sagte Felter. »Das alles hier bedeutet nur . . .«

Der kahlköpfige Mann unterbrach ihn. »Daß sie aufgegabelt wurde, als sie sich bei der Tannenburg-Kaserne in Marburg und dem Offiziershotel in Bad Nauheim herumtrieb, wo sie versuchte, nicht zu verhungern. Die Gräfin hatte soeben Selbstmord begangen. Das Mädchen war 16. Ich verdamme sie nicht, Sandy.«

»Ja«, sagte Felter, »mehr bedeutet es nicht.« Dann sah er auf und begegnete dem Blick des dicken Deutschen. »Sie schulden mir etwas, Gunther. Ich will, daß diese Akten und auch die letzte verdammte Kopie davon vernichtet werden.«

»Das ist die vorletzte Kopie«, sagte Gunther.

Er nahm Felter die Akte ab, ging zu einem der Schränke an der Wand, schob eine Schiebetür auf und warf die Akte in den offenen Schlund einer kleinen grauen Maschine. Es gab ein Surren und Rascheln, und dann strömten winzige Papierfetzen unten aus der Maschine in einen Beutel, auf dem in großen roten Lettern »ZUM VERBRENNEN« stand.

»Sie sagten, die vorletzte Kopie.« Felter sah ihn fragend an. »Wo ist die letzte?«

»Die haben Sie, Sandy.«

»*Ich*?«

»Die Amerikaner. Es wurde ein Gesuch auf den Namen der betreffenden Lady auf Anerkennung als bevollmächtigte Familienangehörige gestellt.«

»Das habe ich gemacht«, sagte Felter. »Oder machen lassen. Ihr Mann, der zufällig mein bester Freund ist . . .«

»Dann kann er sich glücklich preisen«, warf Gunther ein.

» . . . ist Reserveoffizier«, fuhr Felter fort. »Er wurde fast mit den ersten wieder einberufen und nach Korea geschickt.«

»Das hörte ich«, sagte Gunther.

Felter schaute ihn überrascht an.

»Ich muß bekennen – und seien Sie nicht ärgerlich, Sandy –, daß ich aus der Art, wie Sie den Grafen aus Deutschland herausholten und aus der Schnelligkeit, in der er ein Einreisevisum für Frankreich erhielt, zu der Folgerung kam, daß Sie etwas über ihn wissen, was uns nicht bekannt ist.«

»Ich habe Ihnen das erklärt, Gunther«, sagte Felter. »Er hat Freunde an hohen Stellen. Meine Beteiligung an der Sache war persönlich, nicht geschäftlich.«

»So sagten Sie. Aber Sie müssen zugeben, daß es ziemlich ungewöhnlich ist, wenn jemand, der aus einem russischen Kriegsgefangenenlager freigelassen wird und um 16 Uhr die ostdeutsche Grenze überquert, um 17 Uhr 30 am nächsten Tag im Hotel Continental in Paris ist.«

»Wissen Sie ebenfalls, wann ich eintraf?« fragte Felter trocken.

»Um 8 Uhr 20 am nächsten Morgen.«

»Ich bin beeindruckt«, sagte Felter. Dann fügte er hinzu: »Ilses Mann ist sehr wohlhabend und mächtig, ein Mann, der für gewöhnlich bekommt, was er will. In diesem Fall wollte er seine Frau mit ihrem Vater in entspannten Verhältnissen wiedervereinigen, und das konnte er arrangieren. Das ist schon alles. Wir sind nicht interessiert an dem Colonel, Gunther, wirklich nicht.«

»*Wir* sind aber interessiert«, sagte Gunther.

»Warum? Sagen Sie mir das?«

»Er war so gut wie der einzige aktive Teilnehmer bei der Verschwörung gegen Hitler, der nicht einmal verdächtigt wurde. Ein sehr cleverer Mann, dieser Oberst Graf von Greiffenberg.«

»Warum sind Sie interessiert?« fragte Felter. Er war überrascht. Er hatte nicht gewußt, daß von Greiffenberg an dem Anschlag auf Hitler beteiligt gewesen war. Wenn er jetzt darüber nachdachte, überraschte es ihn nicht mehr. Aber es überraschte ihn, daß er nichts davon gewußt hatte.

»Leute wie Sie und ich und der Graf sind immer gefragt, mein Freund«, sagte Gunther.

»Ich glaube nicht, daß er interessiert wäre.«

»Doch genau können Sie das erst sagen, wenn Sie ihn gefragt haben, nicht wahr? Ich glaube nicht, daß er nach fünf Jahren Sibirien mit einer tiefen Bewunderung für Marx, Lenin oder Frieden durch Sozialismus heimkehrte.«

»Wie Sie schon sagten – man kann nie wissen.«

»Nur als Vorsichtsmaßnahme haben wir die Akte des Grafen markiert«, sagte Gunther, »und veranlaßt, daß wir von jeglicher Aktivität in Kenntnis gesetzt werden. Wir haben einen zuverlässigen Mann im Kreisamt in Marburg an der Lahn. Einen treuen Pensionär.«

»Und das ist der Hurensohn, der das aus dem Abfall zog?«

»Ihre Army, mein Freund«, widersprach Gunther. »Ihre CID, die Criminal Investigation Division, ist anscheinend fasziniert von Prostitution und Laster. Ihre CID forderte Akten zur Überprüfung von Frau von Greiffenberg-Lowell an.«

»Und Ihr Hurensohn gab sie selbstgerecht heraus.«

»Nein, mein Hurensohn kam dahinter, schickte mir die Kopie, die wir soeben vernichteten, und ermittelte sorgfältig, um herauszufinden, worum es ging.«

»Verzeihung«, sagte Felter. »Ich dachte . . .«

»Ich denke, wenn der Graf seine Angelegenheiten in Ordnung hat, wird er feststellen, daß der Mann, der so zuvorkommend gegenüber Ihrer CID war, sich die Akten unter den Nagel gerissen hat, während der Graf in Sibirien war. Sein Beweggrund war offenbar, zu verhindern, daß der Graf strafrechtlich verfolgt und daß die schändliche Vergangenheit seiner Tochter bekannt wird.«

»Können wir sicher sein, daß es nur noch eine Kopie gibt?«

»Es gibt nirgends Kopien davon in deutschen Akten«, sagte Gunther entschieden.

»Jetzt stehe ich in Ihrer Schuld, Gunther.« Felter nahm die .45er-Automatik und steckte sie ein. Dann zog er seinen Uniformrock an, setzte die Mütze auf und schüttelte dem kahlköpfigen Mann die Hand. »Nochmals vielen Dank, Gunther.«

Der kahlköpfige Mann sagte: »Es ist immer ein Vergnügen, mit Ihnen zusammenzuarbeiten.« Er legte herzlich einen Arm um Felters Schultern und führte ihn durch die beiden Stahltüren zum Aufzug.

3

Das Mercedes-Taxi brachte Captain Felter zur ehemaligen Zentrale des IG-Farben-Chemiekonzerns, die sorgfältig von einer Bombardierung im Krieg verschont worden war, damit sie als amerikanisches Hauptquartier benutzt werden konnte. Ein Sergeant am Besucherschalter wies Felter den Weg zum Büro des Kommandeurs der Militärpolizei des europäischen Oberkommandos.

An der entspannten Art des Personals im Vorzimmer zum Büro des Generals spürte Felter, daß der Kommandeur nicht in seinem Büro war.

»Ich möchte bitte mit dem Kommandeur sprechen«, sagte Felter zu dem Lieutenant Colonel des Militärpolizeikorps.

»Ich glaube nicht, daß Sie angemeldet sind, Captain«, erwiderte der Lieutenant Colonel fast fröhlich. »Der General macht nur Termine ab, wenn er vorhat, hier zu sein.«

Felter nahm ein Lederetui aus der Brusttasche und hielt es dem Lieutenant Colonel vors Gesicht.

»Wer ist der ranghöchste Offizier, den ich sprechen kann?« fragte er.

»Ich sehe hier nicht sehr viele davon«, sagte der Lieutenant Colonel. Unbewußt erhob er sich und nahm fast Haltung an. »Wenn Sie mir sagen, worum es geht, kann ich Ihnen vielleicht helfen.«

Zehn Minuten später brachte ein rotgesichtiger Mann in Uniform, jedoch mit den Insignien eines Zivilangestellten der Army, einen dicken Aktenordner ins Vorzimmer des Kommandeurs.

»Ist das die gesamte Akte?« fragte Felter. Der rotgesichtige Mann blickte ratsuchend zu dem Lieutenant Colonel.

»Antworten Sie«, sagte der Lieutenant Colonel. »Der Mann hat Gründe für seine Frage.«

»Nein, Sir«, sagte der rotgesichtige Mann. »Das ist nicht alles. Das ist alles, was wir bis jetzt haben. Ich meine, wir sind noch nicht fertig.«

»Holen Sie den Rest«, sagte Felter. »Alles. Und wenn Sie eine Empfangsbescheinigung vorbereiten lassen, werde ich sie unterzeichnen, Colonel.«

»Sie wollen die Akte mitnehmen?« fragte der rotgesichtige Mann überrascht.

»Ja, das werde ich«, sagte Felter.

»Colonel«, sagte der rotgesichtige Mann, »das ist eine Arbeitsakte.« Er schaute Felter an. »Sie wissen, was darin steht?«

»Ja, ich weiß, was darin steht. Deshalb bin ich hier.«

»Nun, sehen Sie, es ist nicht nur eine Routinesache, bei der wir dieser Dame keine Unbedenklichkeitsbescheinigung und PX-Karte geben. Der Knabe, der sie heiratete, ist ein Offizier. Wir müssen den CIC einschalten. Sie werden diese Akte ebenfalls sehen wollen. Um ihre Entscheidung zu treffen. Falls er eine Unbedenklichkeitserklärung als Geheimnisträger braucht.«

»Und die Jungs vom CIC würden sie ›zu gegebener Zeit‹ über die Entscheidung informieren«, sagte Felter. »Das Problem ist jedoch, daß ›zu gegebener Zeit‹ viel zu spät für uns sein wird, um für uns noch von Nutzen zu sein.«

»Ich verstehe, was Sie meinen«, sagte der Lieutenant Colonel ernst.

»Und wie wollen wir begründen, wenn wir ihr keine PX-Karte geben?« fragte der rotgesichtige Mann.

»Wenn es Ihnen die Dinge erleichtert, dann gebe ich Ihnen eine Aktennotiz – vorausgesetzt, Sie haben jemand hier, der sie tippen kann . . .«

»Natürlich«, sagte der Lieutenant Colonel.

»Ich bestätige Ihnen in der Aktennotiz, daß ich die Akte habe und nichts Nachteiliges darin steht, was die Ausfertigung von Ausweispapieren ausschließt«, fuhr Felter fort.

»Und Sie erledigen das mit dem CIC?« fragte der Lieutenant Colonel.

»Ja, natürlich.«

»Aber die Akte *enthält* nachteiliges Material«, beharrte der rotgesichtige Mann.

»Nein«, sagte Felter langsam und geheimnisvoll. »Das enthält sie nicht.«

»Um Himmels willen, Dannelly«, sagte der Lieutenant Colonel, »können Sie denn nicht begreifen, daß an diesem Fall mehr dran ist als irgendein Fräulein, das seine Pflaume verkauft hat, bevor es irgendeinen Blödmann dazu brachte, es zu heiraten?«

Felter schaute Dannelly ins gerötete Gesicht und nickte mit ernster, gewichtiger Miene.

»Ich hole die Notizen und das Material«, sagte Dannelly.

Später vernichtete Felter die Akten im Reißwolf im Kellergeschoß des IG-Farben-Gebäudes.

Und so verschwand die Akte über Lowell, Ilse Elisabeth (gebürtige von Greiffenberg) für immer.

Felter ging zur Kirche hinüber, setzte sich in den Buick und wartete auf Sharon und die anderen, die bald von ihrer Besichtigung der wiederaufgebauten Synagoge und der anderen kulturellen Sehenswürdigkeiten von Frankfurt am Main zurückkehren würden.

4

Tschindschu, Südkorea

11. September 1950

Der Kompanieschreiber der Panzerkompanie des 24. Infanterieregiments der 24. Infanteriedivision betrat das Büro des Kompaniechefs und legte zwei beschriebene Seiten vor ihm auf den Schreibtisch, Original und Kopie der täglichen Meldung ans Regiment.

»Das hätten wir, Sir«, sagte der Schreiber.

»Nehmen Sie Platz«, befahl der Kompaniechef. »Ich will das lesen. Wenn es keine Fehler, nichts Durchgestrichenes und keine anderen Beweise Ihrer großen Unfähigkeit als Kompanieschreiber gibt, dann bekommen Sie vielleicht ein Bier wie die anderen, die ordentlich und tüchtig ihre Pflichten erledigen.«

Der junge, hellbraune Sergeant lächelte seinen riesigen Kompaniechef an. Der Kompaniechef wußte, wie sehr er es haßte, als Schreiber eingeteilt worden zu sein.

»Sie verstehen natürlich«, fuhr der Kompaniechef fort, »warum Sie auf Ihr Bier warten müssen? Wenn Sie schon nüchtern nicht schreiben können, wie wird es dann erst werden, wenn Sie einen gepichelt haben und . . .«

»Diese Meldung ist perfekt, Sir«, sagte der junge Sergeant.

Der Kompaniechef las sehr sorgfältig. Schließlich blickte er auf.

»Ich erstarre vor Ehrfurcht«, sagte er.

»Danke, Sir.«

»Aber kein Bier«, fügte Captain Parker hinzu.

»Kein Bier?«

Captain Parker griff in einen Matchbeutel.

»Ein gebildeter Mann der schreibenden Zunft wie Sie verdient mehr als gewöhnliches Bier. Er zog eine Flasche Scotch hervor und überreichte sie ihm.

»Ah, Hölle, das kann ich nicht annehmen, Captain. Ich weiß, daß Sie nur drei Flaschen erhalten haben.«

»Streiten Sie nicht mit mir, Sergeant«, blaffte Parker. »Ich bin jetzt Captain, wissen Sie.«

Während dieses Wortwechsels waren die Offiziere, die unter anderem in der Meldung ans Regiment als Ersatz angefordert waren, im S3-Geschäftszimmer des 24. Infanterie-Regiments versammelt.

»Ich möchte noch mit Ihnen sprechen, Gentlemen, bevor Sie abgeholt werden«, sagte der Regimentskommandeur zu den Lieutenants Stevens, Dubroc, Porterman und Withers.

Die vier Lieutenants trugen nagelneue Uniformen, die noch Falten von der Verpackung aufwiesen. Dazu hatten sie ebenfalls neue Kampfstiefel an, und jeder des Quartetts trug eine .45er-Colt-Automatikpistole Modell 1911 A1 in einem Schulterholster.

»Ich möchte vorausschicken, daß in diesen vier Wänden bleiben muß, was ich zu sagen habe.« Die besagten Wände waren die eines dreistöckigen Gebäudes, das noch vor vier Monaten eine Schule gewesen war.

»Ein Offizier dient während seiner Laufbahn in vielen Aufgabenbereichen, die eine Herausforderung für ihn sind. Nichts ist eine größere Herausforderung als der Dienst mit farbigen Einheiten. Ich kann mir keinen besseren Test für Führungsqualitäten eines Offiziers denken. Sie können sich glücklich preisen, weil Sie zu diesem Dienst eingeteilt wurden, ganz gleich, was Sie auch im Augenblick noch denken mögen.

Sie werden vielleicht gewisse Gerüchte über die Kampfkraft dieses Regiments gehört haben. Leider entspricht das meiste, was Sie gehört haben, abgesehen von unvermeidlichen Übertreibungen, nur zu sehr der Wahrheit.

Einige unserer Soldaten sind vor dem Feind davongelaufen. Einige unserer Soldaten haben ihre Stellungen aufgegeben, ihre Ausrüstung zurückgelassen und sich von Panik übermannen lassen. Es hat Fälle von Feigheit gegeben. Ich leugne nicht, daß die Regimentsfarben in den Schmutz gezogen wurden.

Was uns zu der grundsätzlichen Frage bringt – warum? Die

Antwort darauf, Gentlemen, um es mal ganz deutlich zu sagen, ist *mangelhafte Führung.* Dieses Regiment wurde schlecht geführt, vom Zugführer angefangen bis zur Kommandospitze. Ich bin der vierte Kommandeur dieses Regiments, seit es in diesem Krieg eingesetzt ist, und so fallen die Fehler der Führung ebenso schwer auf die ranghohen Offiziere wie auf die niedrigeren Ränge.

Es ist meine feste Absicht, Gentlemen, den guten Namen dieses Regiments wiederherzustellen. Ich betrachte meine Aufgabe hier als eine Herausforderung, fast als ein Kompliment für mich. Meine Vorgesetzten sind offenbar der Meinung, daß ich fähig bin, dieses Regiment so zu führen, daß das, was bis jetzt geschah, von den Historikern auf die Verwirrung zurückgeführt werden wird, die ein unvermeidliches Nebenprodukt ist, wenn man eine Garnisonseinheit in eine Kampfeinheit umwandelt.

Das Regiment hat in den Anfangstagen dieses Kriegs ganz schön was mitmachen müssen. Die durchschnittliche Einheitsstärke ist ungefähr sechzig Prozent der Sollstärke. Bis vor kurzem wurden Gesuche um Personalverstärkung nicht erfüllt.

Sie, Gentlemen, sind die Vorhut der neuen und wiederbelebten 24. Infanterie. Die Tatsache, daß die Einheit, der Sie zugeteilt werden, völlig neue Offiziere und mehr als fünfzig Prozent seiner Stärke als Ergänzung erhält, mag als Vorteil betrachtet werden, denn Sie werden Gelegenheit haben, die Einheit nach Ihren Vorstellungen zu formen, Gentlemen. Ich bin überzeugt, daß Sie dieser Herausforderung gewachsen sein werden. Haben Sie noch irgendwelche Fragen?«

»Sir, Sie sagten, eine völlig neue Zusammensetzung von Offizieren?« fragte Lieutenant Stevens. Er hatte sich bereits ausgerechnet, daß er der dienstälteste der vier Offiziere war. Daraus hatte er geschlossen, daß er stellvertretender Kompaniechef werden würde, aber bei »völlig neuen Offizieren« konnte er vielleicht Kompaniechef werden. Wenn man bei einer Frontkompanie dreißig Tage eine Position innehatte, die höher als der Dienstgrad war, dann konnte man zu diesem Rang befördert werden.

»Das war ein Versprecher«, sagte der Colonel. »Da ist

gegenwärtig ein Offizier der Panzerkompanie zugeteilt. Ich bin sicher, daß wenigstens einer von Ihnen dienstälter ist als er. Er wurde im Mai First Lieutenant.«

Lieutenant Stevens fand, daß das wirklich eine faszinierende Information war.

Der Divisionskommandeur hatte vorgehabt, den Regimentskommandeur anzurufen und ihn über seine Entscheidung zu informieren, daß er Parker zum Captain befördert hatte, was diesem erlaubte, das Kommando über die Kompanie zu behalten. Nach allem, was der Divisionskommandeur über Parker gehört hatte, war der Mann ein erstklassiger Offizier und verdiente nicht nur die Beförderung, sondern war offensichtlich als Führer qualifiziert (er hatte die letzten beiden Monate überlebt). Aber jedesmal wenn der Divisionskommandeur dem Regimentskommandeur seine Entscheidung telefonisch hatte mitteilen wollen, war irgend etwas dazwischengekommen.

Lieutenant Stevens saß während der Fahrt auf dem Beifahrersitz des Sanitätswagens ohne Rot-Kreuz-Markierungen und fragte sich, ob das nicht irgendwie illegal war. Ein Sanitätsfahrzeug ist und bleibt ein Sanitätsfahrzeug, dachte er. Eines zu nehmen – vermutlich zu stehlen –, das Rote Kreuz zu überpinseln und den Wagen als Transporter zu benutzen, das ist typisch für eine Horde Nigger.

Wenn er das Kommando übernehmen würde, dann würde als erstes der Wagen verschwinden. Wenn die Nigger wie Weiße behandelt werden wollten, dann war es an der Zeit, sich auch wie solche zu benehmen.

Die Panzerkompanie war etwa zehn Kilometer vom Gefechtsstand des Regiments entfernt in einem Dorf namens Chinhae. Lieutenant Stevens war einen Augenblick lang erfreut, als er den First Sergeant sah, einen großen, aufrechten Farbigen in frisch gestärkter Uniform, der sich dem Sanitätswagen näherte, die Hacken zusammenschlug und salutierte.

»Sir, darf ich Sie bei der Panzerkompanie willkommen heißen?« sagte der First Sergeant. »Wir haben lange auf Sie, Gentlemen, gewartet.«

»Danke, Sergeant«, sagte Lieutenant Stevens. »Befehlen Sie

bitte jemandem, sich um unsere persönliche Ausrüstung zu kümmern. Geht es dort zur Schreibstube?«

»Jawohl, Sir«, antwortete der First Sergeant.

Stevens wußte, daß er ihn kurz abgefertigt hatte. Gut. Das wichtigste war, die Leute unter Kontrolle zu bekommen, ihnen klarzumachen, wer hier das Sagen hatte. Dann konnte man freundlicher sein. In vernünftigem Rahmen, natürlich. Wenn man einem Nigger den kleinen Finger gibt, dann nimmt er die ganze Hand und vielleicht den Arm dazu, sagte sich Stevens.

Die Panzerkompanie hatte offensichtlich eine Art koreanisches Landgasthaus übernommen, ein Gebäude wie ein Hotel. Der Boden war aus geflochtenem Stroh. Ein Schild hing an der Wand und trug die mit Wachskreide geschriebene Aufschrift: SCHUH-GRENZE. VON HIER AB NACKTE FÜSSE.

Der verrückte Humor irgendeines Niggers, dachte Stevens. Vermutlich eine Verspottung des Schilds an den Regimentsgrenzen, an dem darauf hingewiesen wurde, daß ab dieser Stelle das Tragen des Helms vorgeschrieben war. Nun, er hatte nicht die Absicht, diesem Blödsinn Beachtung zu schenken.

Stevens marschierte über den mit Strohgeflecht bedeckten Boden, bis er zu einem anderen Schild gelangte: CP – Command post.

Er schob eine Schiebetür auf. Ein Nigger-Sergeant saß vor einer Schreibmaschine, und seiner Miene war deutlich anzusehen, daß er mit der Maschine nicht zurechtkam. Er blickte zu Lieutenant Stevens und den anderen Offizieren auf, und seine Augen weiteten sich.

»Kommen Sie nicht auf die Füße, Sergeant, wenn Sie einen Offizier eintreten sehen?« fragte Lieutenant Stevens. Er war sehr zufrieden mit sich. Er hatte nicht gedacht, daß er so schnell eine Gelegenheit haben würde, seine Position hervorzukehren und den Männern zu zeigen, wer hier der Chef war.

Der Sergeant sprang auf. »Verzeihung, Sir«, sagte er. »Der Chef hat das verboten, und wir hatten hier nicht viele Offiziere.« Er legte eine Pause ein, lächelte und fügte hinzu: »Wir waren auch nicht so oft hier drinnen.«

»Denken Sie in Zukunft daran, Sergeant«, sagte Lieutenant

Stevens mit genau der richtigen Mischung aus Strenge und Väterlichkeit, wie er glaubte. »Wo ist Ihr Offizier?«

»In seinem Büro, Sir«, sagte der Sergeant und nickte zu einer anderen Schiebetür.

Lieutenant Stevens zog die Schiebetür auf. Er sah einen sehr großen, sehr schwarzen Mann, der nackt bis zur Hüfte und schweißglänzend am Fenster stand und hinausschaute. Der große Schwarze hielt eine Dose Bier in der Hand. Er wandte sich um.

»Ah, Sie müssen die Ersatz-Offiziere sein«, sagte er. »Kommen Sie herein und trinken Sie ein Bier.« Er wies zu einer Metallkiste, die am Boden stand. Sie trug auf allen sichtbaren Seiten das Rote Kreuz, und die Aufschrift: BLUTKONSERVEN.

»Was zur Hölle geht hier vor?« fragte Lieutenant Stevens.

»Wie bitte?« Der halbnackte Neger fragte das in diesem nachgeäfften, affektierten Harvard-Tonfall, in dem nach Lieutenant Stevens Erfahrung viele Nigger sprachen.

»Sind Sie zufälligerweise Offizier?« fragte Lieutenant Stevens.

»Ja, das bin ich«, erwiderte der Nigger belustigt. »Und wer sind Sie?«

»Ich bin Lieutenant Stevens.«

Der halbnackte Mann mit der Bierdose in der Hand lächelte auf einmal nicht mehr. Er musterte Stevens von oben bis unten und schaute dann an ihm vorbei zu den anderen Offizieren.

»Ist das da ein West-Point-Ring an Ihrer Hand, Lieutenant Stevens?«

»So ist es. Aber ich fragte, wer zur Hölle Sie sind.«

»Ich kann es kaum glauben«, sagte der halbnackte Nigger mit seinem Harvard-Akzent, »daß ein Offizier, dem auf der US-Militärakademie West Point alle Möglichkeiten zum Lernen geboten wurden, nicht in der Lage ist, sich dem Protokoll entsprechend bei seiner neuen Einheit zu melden. Ich nehme deshalb an, daß es irgendeine Entschuldigung für Ihren Mangel an militärischen Umgangsformen geben muß.«

»Ich glaube, ich habe hier das Kommando, Lieutenant Parker«, sagte Stevens.

»Oh?« sagte Parker, und sein Tonfall verriet leichtes Interesse. »Man hat mich nicht über meine Entlassung informiert.«

»Ich informiere Sie jetzt«, sagte Stevens.

»Verstehe«, sagte Parker. »Und wohin werde ich versetzt? Zum Regiment? Haben Sie zufällig eine Kopie meiner Befehle?«

»Sie werden hierbleiben, soweit ich das weiß«, sagte Stevens. »Ich weise nur darauf hin, daß ich hier der Dienstälteste bin, Lieutenant.«

»Ich wurde heute zum Captain befördert«, sagte Parker. »Wurden Sie vorher zum Captain befördert?«

Stevens hatte plötzlich das Gefühl, einen Stein im Magen zu haben, der schmerzhaft auf die Magenwände drückte.

»Da – da muß irgend etwas schiefgelaufen sein«, stammelte er.

»*Sir*«, sagte Parker.

»Sir«, sagte Stevens.

»Nun, da das geklärt ist, lassen Sie diese Offiziere Platz nehmen und das Schuhwerk ausziehen. Draußen hängt ein Schild, das Sie hätten lesen sollen.«

Stevens und die anderen Lieutenants starrten ihn an.

Der Sergeant, der vorhin vor der Schreibmaschine gesessen hatte, kam ins Büro, ohne anzuklopfen.

»Hier ist Ihr Hemd, Captain«, sagte er.

»Eine Dose Bier war gefroren«, sagte Parker im Plauderton. »Sie explodierte.« Er wandte den anderen den Rücken zu, zog das Hemd an und schob es in die Hose. »Und wenn Sie die Schuhe ausgezogen haben, Gentlemen«, fuhr er fort, »dann können Sie rausgehen und versuchen, sich bei Ihrem neuen Vorgesetzten zu melden, wie es die militärischen Sitten vorschreiben.«

Stevens hörte den Nigger-Sergeant kichern. Das Blut schoß ihm in die Wangen. Er setzte sich auf das Strohgeflecht und zog seine Stiefel aus. Zutiefst gedemütigt ging er mit den Stiefeln in der Hand über den Gang bis hinter die SCHUH-GRENZE und stellte die Stiefel ab.

Als alle vier Lieutenants die Stiefel ausgezogen hatten, marschierte Stevens mit den Männern in Parkers Büro.

»Sir«, sagte er und salutierte. »Lieutenant Stevens und drei Offiziere melden sich zum Dienst.«

Parker salutierte lässig.

»Rühren, Gentlemen. Willkommen bei der Panzerkompanie der 24. Infanterie.« Er blickte einen der Männer nach dem anderen an. »Wie wir soeben festgestellt haben, bin ich Captain Philip Sheridan Parker IV, der Kompaniechef. Da gibt es einige Dinge, die Sie wissen sollten. Zuallererst etwas über mich. Ich bin nicht nur Berufssoldat, sondern ein Army-Kind aus der vierten Generation. In den letzten beiden Monaten war ich der einzige körperlich taugliche Offizier, der für den Dienst zur Verfügung stand. Ich lebe noch und habe das Kommando, und das sollte Sie als Beweis beeindrucken, daß ich für die Führung dieser Einheit qualifiziert bin.

Zweitens, die Panzerkompanie hat sich dadurch ausgezeichnet, daß sie die einzige Einheit ist, bei der keiner vor dem Feind flüchtete – jedenfalls seit ich das Kommando habe. Durch eine Phase des Abnutzungskriegs war unsere Stärke bis auf einen Offizier, 16 Unteroffiziere und 102 Mannschaften geschrumpft, bis uns die Armee heute Ersatz schicken konnte. Jeder dieser Männer und besonders die Mannschaften haben sich im Kampf bewährt und als wertvoll erwiesen. Der First Sergeant wies mich heute morgen darauf hin, daß keiner unserer Zug-Sergeants oder Panzerkommandanten bei unserem Eintritt in den Kampf einen höheren Rang als Corporal hatte. Die Mehrzahl der Männer war Private First Class.

Ich habe keine Möglichkeit, die Qualität der Offiziere und Unteroffiziere und Mannschaften, die uns als Ersatz geschickt werden, zu beurteilen. Ich habe volles Vertrauen in die Männer, die ich hatte, bevor Sie und die Mannschaften als Ersatz eintrafen. Da ich hier erlebt habe, was die Auswirkungen schlechter Führung sind, habe ich nicht vor, zuzulassen, daß die Kampfkraft dieser Einheit zerstört wird, indem ich irgendeinen Offizier mit Führungsaufgaben betraue, bevor ich völlig davon überzeugt bin, daß er tatsächlich qualifiziert ist.

Deshalb werde ich Sie vier jeweils einem Zug-Sergeant unterstellen. Sie, Lieutenant Stevens, werden First Sergeant Woodrow zugeteilt. Bis die Sergeants Sie als qualifiziert beurteilen, werden Sie ohne die Insignien Ihres Dienstrangs Mitglied einer Panzerbesatzung sein und diese und andere Pflichten ausführen, zu denen Sie eingeteilt werden.«

»Das können Sie nicht tun!« protestierte Stevens.

»Jeder Offizier, der seinen Aufgaben nicht gewachsen ist, wird abgelöst. Es gibt in Pusan einen Haufen von abgelösten Offizieren. Ich hörte, daß sie als Schauerleute Schiffe ausladen«, fuhr Parker fort.

Er schaute noch einmal einen nach dem anderen an. »Mit Ausnahme von Lieutenant Stevens sind Sie entlassen.«

Verwirrt, betroffen und ärgerlich salutierten sie und marschierten aus dem Büro. Stevens blieb.

»Ich nehme an, Lieutenant«, sagte Parker, »daß Sie Berufssoldat sind.«

»Jawohl, Sir«, sagte Stevens.

»Ihre Karriere wäre im Eimer, wenn ich Sie ablösen lassen würde, Lieutenant«, sagte Parker. »Oh, ich bin sicher, daß sich die ›Schutzgemeinschaft der West Pointer‹ Ihrer annehmen würde. Man würde Ihre Akten ändern. Aber Sie und ich wissen, Lieutenant, daß man Sie für immer als den Knaben erkennen würde, der aus der Nigger-Panzerkompanie gefeuert wurde, nicht wahr? Und Offiziere, die während des Dienstes bei einer Nigger-Panzerkompanie gefeuert wurden, werden sehr selten General, Lieutenant.« Parker ließ das einen Moment einwirken und fuhr dann fort: »Wenn Sie mich verärgern, dann werden Sie Glück haben, wenn Sie in zwanzig Jahren Colonel werden. Ich kenne die Regeln dieses Spiels, und zwar besser, als Sie sie kennen.« Parker legte eine Pause ein. »Ich erwarte keine Erwiderung, Lieutenant. Wegtreten!«

VI

1

B-Kompanie, 73. Panzerbataillon
Pusan, Südkorea

2. September 1950

Der Kompaniechef – auch bekannt als ›Der Duke‹ und manchmal als ›Meisterschütze‹ (keinen dieser Spitznamen sagte man ihm ins Gesicht, aber er wußte genau, wie die Soldaten ihn nannten, und zwar ziemlich erfreut darüber) – ging durch den Schützengraben zum Gefechtsstand. Er hatte eine Zigarre im Mundwinkel und trug ein M1-Garand-Gewehr in der Armbeuge wie ein Jäger, der auf nachmittägliche Jagd geht.

Eine Dreiviertelstunde zuvor hatte ein LKW Ersatz für die Kompanie gebracht – einen Lieutenant, zwei Sergeants und zwei Private First Class –, und sie warteten jetzt nervös im CP darauf, ihren neuen Kompaniechef kennenzulernen.

Die B-Kompanie war in den Hügeln nordwestlich von Pusan eingesetzt, ihre M4A3-Panzer waren in die Berghänge eingegraben und mit Sandsackbarrikaden umgeben. Wo möglich, war ein Dach aus Stämmen und Sandsäcken über ihnen errichtet worden. Sie dienten praktisch als Bunker. Sie sollten die Linie mit direktem Feuer ihrer 75-mm-Kanonen und ihrer MGs schützen.

Die M4A3-Panzer änderten selten ihre Positionen. Die Motoren wurden regelmäßig laufengelassen, und sie wurden ständig gewartet und ein oder zweimal am Tag ein Stück bewegt, um die Ketten zu schmieren, aber die Soldaten hatten mehr als Infanteristen statt als Panzersoldaten gekämpft; der Unterschied bestand hier hauptsächlich darin, daß die Infanteristen regelmäßig abgelöst wurden, wenn auch nur für kurze Zeit, während die Panzerbesatzungen die Stellung noch nicht verlassen hatten. Die Hitze war unerträglich, und es gab nur wenig Eis.

Staff Sergeant William H. Emmons junior:

Wir hatten Eis. Gott weiß, wo der Duke es auftrieb, aber er beschaffte es, und wir hatten genug, um unser Trinkwasser zu kühlen und ebenso das GI-Erdbeersoda und die tägliche Alkoholration. Es war so verdammt heiß, daß manchmal die Bierdosen explodierten, bevor wir sie kühlen konnten. Es gab Essen von C- und 10-in-1-Rationen, stark proteinhaltig, aus dem Zweiten Weltkrieg übriggeblieben und im allgemeinen ungenießbar. Als der Duke das Kommando übernahm, litt die Kompanie unter Ruhr, Hitzeausschlag, anderen Hitzeschäden und Demoralisierung, hauptsächlich, weil wir rund um die Uhr unter feindlichem Beschuß lagen (nicht ständigem, sondern gerade genug, um unsere Nerven in Spannung zu halten oder uns über den Rand unserer Nervenkraft hinaus zu treiben), und unsere einzigen Zukunftsaussichten waren weiterhin solche Qualen.

Als der Duke in den Bunker des Gefechtsstands kam, rief der First Sergeant »Aach-tung!«, und die Neuen standen stramm.

»Rühren«, sagte der Duke, und dann: »Was haben wir denn hier? Besucher?«

»Sir«, sagte der Lieutenant und salutierte. »Lieutenant Monahan meldet sich mit vier Männern zum Dienst.«

Der Duke erwiderte den Gruß.

»Was sagen Sie dazu, First Sergeant?« sagte der Duke. »Der Lieutenant hat Manieren.«

»Jawohl, Sir«, erwiderte der First Sergeant. »Das habe ich bemerkt.«

»Aber Sie haben keine«, sagte der Duke. »Sie haben diesen Gentlemen keinen Erfrischungsschluck angeboten, oder? Schämen Sie sich!«

»Ich bitte den Captain um Verzeihung, Sir«, sagte der First Sergeant, und es klang, als wäre er schockiert wegen der Kritik. Dann wandte er sich an die Neuen. »Darf ich den Gentlemen einen Drink anbieten?«

Ich gebe zu, daß ich ziemlich baff war. Wer hätte gedacht, daß ein First Sergeant irgendwo Alkohol ausschenkt, noch dazu in einem Bunker gerade fünfzig Meter von der verdammten Front entfernt.

»Sir?« fragte der Lieutenant ebenso verdutzt.

»Wir haben Martinis, Scotch, Bourbon und ziemlich schrecklichen Rum«, sagte der Duke.

»Nicht für mich, danke, Sir«, sagte der Lieutenant. Er wollte sich nicht zum Narren machen lassen. Die Unteroffiziere und Mannschaften schüttelten den Kopf und murmelten: »Nein, danke, Sir.«

»Ich werde einen Martini trinken, First Sergeant, wenn Sie so nett sein wollen«, sagte der Duke.

»Ich habe zufällig soeben einen gemixt, Sir«, erklärte der First Sergeant. »Und mit der Erlaubnis des Captains werde ich ebenfalls einen trinken.«

»Natürlich«, sagte der Duke.

Dann fragte er die Neuen nach ihren Befehlen, und unterdessen hatte der Sergeant eine Blutkonserve aus einem Kühlbehälter des Medical Corps genommen. Er entnahm dem Kühlbehälter ebenfalls zwei Martini-Gläser. In dem Behältnis, das eigentlich Blut enthalten sollte, war eine fast klare Flüssigkeit. Der Sergeant schenkte sie sorgfältig in die Martini-Gläser ein.

Die Neuen schauten mit großen Augen zu.

»Ich bedaure, Sir«, sagte der Sergeant wie ein englischer Butler, »daß uns anscheinend sowohl die Oliven als auch die Zwiebeln ausgegangen sind.«

»Das sind die Notlagen des Militärdienstes, First Sergeant«, sagte der Duke.

Sie hoben die Gläser und prosteten sich zu.

»Auf die Baker Company«, sagte der Duke.

»Man spurt bei der Baker Company«, erwiderte der First Sergeant.

»Oder es wird einem der Arsch aufgerissen«, ergänzte der Duke. Sie tranken ihre Martinis.

Der Duke wandte sich an die Neuen.

»Sie haben hier eine Wahl, Gentlemen. Sie bekommen zwei Schnaps oder zwei Bier pro Tag. Sie können auch weniger haben, aber nicht mehr. Möchten Sie wissen, was mit jemand passiert, besonders mit Offizieren und Unteroffizieren, die mehr als ihre tägliche Ration nehmen?«

»Jawohl, Sir«, erwiderte der Lieutenant, weil er zu wissen glaubte, welche Antwort von ihm erwartet wurde.

»Sagen Sie es bitte dem Lieutenant, First Sergeant«, forderte der Duke.

»Er bekommt den Arsch aufgerissen«, sagte der First Sergeant feierlich. Und dann war es zuviel, und der Duke mußte lachen, und der First Sergeant lachte, und wir alle fielen in das Gelächter ein.

»Willkommen bei der Baker Company«, sagte der Duke. »Ich bin der Generalissimus von diesem rollenden Zirkus. Mein Name ist Lowell. Sie dürfen mich ›Sir‹ nennen.«

Der verdammte Duke hatte zweifellos Klasse. Diese Schau, den Neuen einen Drink zu geben (einige nahmen ihn und einige wußten nicht, was das zu bedeuten hatte, und verzichteten darauf), bewirkte so einiges. Es gab ihnen das Gefühl, hier heimisch zu sein; das Gefühl, in einer besonderen Einheit zu sein; und der Duke machte nebenbei klar, daß sich keiner erlauben konnte, sich zu betrinken.

Dieses verdammte M1, das er trug, war ein weiterer Beweis für seine Klasse.

Da kam der Duke geradewegs von der verdammten National Guard, und genauso schnell, wie er das Zelt des Küchenbullen abreißen ließ, um daraus einen Sonnenschutz für die Panzer machen zu lassen, nimmt er einem der Armleuchter in der Feldküche das Garand-Gewehr ab und gibt ihm statt dessen seins.

Und dann schießt er sich auf das Ding ein, als wäre er auf irgendeinem Schießplatz daheim im Land des großen PX, legt sich auf den Bauch und schießt Löcher in eine 75-mm-Geschoßhülse, die er keine 200 Meter hinter der Front aufgestellt hat.

Da ist die Kompanie, reißt Zelte ab, zerreißt sie und füllt die Latrinen und Schützenlöcher, die irgendwo gegraben wurden, wo es ihm nicht gefiel, und da kocht der Küchen-Sergeant einen riesigen Topf Wasser und rührt Konservenerdbeeren darin herum, und praktisch jeder sonst arbeitet an den Panzern (und die verdammten Gooks werden uns mit Sicherheit nach Einbruch der Dunkelheit angreifen), und da liegt der Duke auf dem Bauch wie ein Ausbilder in der Grundausbildung und schießt ein verdammtes Garand-Gewehr ein.

Aus Gründen, die nur der Feind kennt, griff er uns nicht in dieser ersten Nacht nach der Übernahme des Kommandos durch den Duke an. Die Gooks schlugen in der nächsten Nacht zu.

Kurz nach Einbruch der Dunkelheit taucht der Duke in den Stellungen auf. Er pafft eine seiner großen, schwarzen Zigarren, hält sein verdammtes Garand in der Armbeuge und hat ein paar zusätzliche Ladestreifen am Gurt und, Christus, eine Handgranate in jeder Tasche seiner Kampfjacke. Und er schleppt Lieutenant Sowieso mit, wie heißt er noch? Der kleine Armleuchter, der zwei oder drei Tage später weggeblasen wurde. Der Typ, der vorübergehend Kompaniechef war, nachdem es Captain Dale erwischte und bis der Duke auftauchte. Sully, hieß er. Thomas J. Sully.

Jedenfalls hat der Duke Sully bei sich, und Sully erklärt, was für gewöhnlich bei einem Angriff der Gooks passiert, und der Duke hört zu und stellt ein paar Fragen, und dann sagt Sully, daß es eine gute Idee wäre, in den Gefechtsstand zurückzukehren, bevor der Feind angreift.

Der Duke schaut mich an – wir standen bei meinem Panzer, weißt du – und sagt: »Funktionieren die Funkgeräte in dieser rostigen Kiste?« und ich sage ihm: »Jawohl, Sir, meistens.« Dann fragt er mich, ob ich genügend Kabel für einen Anschluß zwischen der Anlage im Panzer und dem Bunker des Zugs habe, und ich sage ihm: »Klar.«

»Dann stellen Sie eine Verbindung her«, sagt der Duke, und zu Sully sagt er, daß er hierbleiben werde und daß Sully in den CP zurückkehren können, wenn er wolle. Sully denkt darüber nach, sagt sich, daß der Duke bescheuert sein muß, und verpißt sich über den Hügel.

Dann sitzen wir herum und warten auf die Gooks. Der Duke erkundigt sich bei uns, woher wir kommen, ob wir verheiratet oder ledig sind, das übliche Offiziersgelaber, und dann, vielleicht dreißig oder vierzig Minuten später bepfeffern uns die Gooks mit Mörserfeuer, wie wir es erwartet hatten.

Es dauert fünf oder zehn Minuten, und dann hört es auf. Und als es nicht mehr kracht, ist der Duke weg! Ich denke mir, er hat sich doch noch wie Sully verpißt. Ich hatte ein BC-Scherenfernrohr, du weißt, was ich meine? Das ist so was wie ein Fernglas und Periskop in einem. Du kannst über den Rand von etwas wegsehen, ohne deine Rübe zu zeigen. Ich glaube, BC steht für Battery Commander. Wie auch immer, jedenfalls hatte ich ein BC-Fernrohr, und ich schaute hindurch. Es war Vollmond, oder der Hurensohn war fast voll, und so konnte ich ziemlich gut sehen.

Und was sehe ich? Da kommen sie ihren Hügel herunter, zuerst einer, dann zwei Jungs, vielleicht zehn Schritte dahinter. Und noch einmal vier oder fünf andere. In einer Art Keilformation kommen die Gooks auf uns zu.

Der Kerl an der Spitze war gut 300 Meter, vielleicht sogar 350 Meter, von uns entfernt.

Und dann höre ich über mir drei Schüsse. Peng! Peng! Peng! Kaliber .30, aber zu lange auseinander, um von einem MG zu stammen. Ich frage mich gerade, was zur Hölle unser neuer Kompaniechef von der National Guard treibt, als ich sehe, daß der erste Gook und einer der beiden Jungs dahinter am Boden liegen.

Das nervt die Gooks natürlich, und alle werfen sich hin und feuern über den Fluß hinweg, übers Ufer, meine ich, gleich vor ihnen, wo sie einen versteckten Vorposten vermuten. Sie feuern ihre Handfeuerwaffen leer und fordern sogar noch Mörserunterstützung an. Ich weiß aber, daß wir keinen dort unten haben. Folglich muß es der Duke sein. So gehe ich nach draußen, und da ist er, sitzt oben auf dem Bunker mit dem M1 und grinst mich von einem Ohr zum anderen an.

»Ich glaube, die sehen Gespenster, Sergeant«, sagt er. »Besser, sie bekämpfen Gespenster als uns, finden Sie nicht?«

So sage ich ihm, daß er mächtig gut mit dem M1-Garand ist, und er sagt: »Mächtig gut? Sergeant, ich bin hervorragend!« Verstehst du, was ich mit »Klasse« meinte?

Danach wählten wir den besten Schützen von jedem Zug aus und setzten ihn als Scharfschützen aus dem Hinterhalt ein, und später kam der Duke tatsächlich mit richtigen Scharfschützengewehren an, mit 'O3A4 Springfields und M1Cs – das sind M1 mit Schulterstütze am Schaft und Zielfernrohr. Und anschließend spazierten die Gooks nicht mehr durch den Naktong, als wäre es eine verdammte Straße. Sie kamen immer noch, aber bei Gott, sie kamen sehr, sehr vorsichtig, das kann ich dir sagen!«

Sergeant Jared Mansfield:

Der Kompaniechef war zum Bataillon befohlen worden, und sie sprachen über die Lage, obwohl er mindestens einmal am Tag zum Bataillon befohlen wurde. Der Duke war praktisch der S-3 (Planungs- und Ausbildungs-Offizier des Bataillons). Der eigentliche S-3 war ein unfähiger alter Furzer, der seinen Arsch mit beiden Händen nicht finden konnte. Wenn ihm der Duke nicht gezeigt hätte, wie man Pisse aus einem Stiefel schüttet, wäre die Einheit so vergammelt gewesen, wie es diese Nigger-Division gewesen war. Die Jungs sprachen darüber, daß der Duke wieder im Bataillon war, weil es nichts sonst zu reden gab. Sie fragten sich, ob er wieder Bier klauen konnte oder ob es Post geben würde.

Um 15 Uhr 30 kehrte der Duke vom Bataillon zurück. In seinem Jeep waren drei Postsäcke, sechs Kartons Bier und ein Karton Coca-Cola. Er trug persönlich einen der Kartons in den Gefechtsstand, und der First Sergeant und der Funker holten den Rest.

Der Duke ging zum Stellvertretenden Kompaniechef, der auf einer Luftmatratze schlief, die mit Funkkabeln befestigt zwischen den Baumstämmen hing, welche als Stützen des Dachs dienten. Der Duke berührte ihn am Arm.

»Die Post ist da«, sagte er. Der Stellvertretende Kompaniechef schwang die Beine von seiner Schlafstelle und erhob sich.

»Lassen Sie von Boten die Post abholen«, sagte der Duke. »Und

dann haben wir eine Offiziersbesprechung. Unteroffiziere sind eingeladen, aber ich will, daß wenigstens ein Sergeant bei jedem Zug bleibt.«

»Jawohl, Sir.«

»Da sind etwas Bier und ein Karton Coke«, sagte der Duke.

Die Boten von den Zügen trafen schnell ein und warteten ungeduldig, während der Stellvertretende Kompaniechef die Post aus dem ersten Postsack nach Zügen aussortierte.

Die drei Zugführer und der Chief Warrant Officer trudelten im Gefechtsstand ein, nachdem sie bei den Zügen festgestellt hatten, ob für sie Post eingetroffen war oder nicht.

»Sie, Tommy«, sagte der Duke zum Führer des zweiten Zugs, »sind eine verdammte Schande für das Offizierskorps.«

»Jawohl, Sir«, erwiderte der Zugführer, »das bin ich. Heißt das, wie ich hoffe, daß der Captain mit dem Gedanken spielt, mich in Unehren nach Hause zu schicken?«

»Wo haben Sie überhaupt gesteckt? Was haben Sie getrieben?«

»Wir haben am Motor von Panzer 22 gearbeitet, Sir. Er verlor Öl.«

»Schaden behoben?«

»Jawohl, Sir!«

»Läuft sonst alles?« Der Duke schaute jeden der Offiziere und schließlich den Chief Warrant Officer an, der für die Instandsetzung verantwortlich war. Der Chief Warrant meldete, daß alle Panzer einsatzbereit waren und daß er es geschafft hatte, drei komplette, noch original verpackte Ersatzmotoren und drei Sätze Ketten zu beschaffen.

»Keine einzelnen Ketten, Captain. Komplette Sätze! Zwei komplette Ketten pro Kiste. Der Himmel weiß, wo sie die gefunden haben.«

»Die Ketten passen nicht zufällig auf einen M46?« erkundigte sich der Duke leichthin.

»Nein, Sir«, erwiderte der Warrant Officer und blickte neugierig.

»Okay«, sagte der Duke, »dann ziehen Sie die Ketten auf diejenigen Panzer auf, die Sie am meisten brauchen.«

»Das dachte ich mir schon, Sir. Ich wollte warten, bis wir eine Kette verlieren. Es hat keinen Sinn, eine Kette zu wechseln, die noch zu gebrauchen ist.«

»Entscheiden Sie, bei welchen Panzern Sie die Kette wechseln wollen, aber ich will, daß sie auf die Panzer kommen, die es am

nötigsten haben, und zwar so schnell wie möglich. Wie steht es mit den Jeeps?«

»Die Jeeps laufen und sind in gutem Zustand. Beide«, sagte der Warrant Officer. Es gab vier Jeeps in der B-Kompanie. Zwei waren genehmigt. Zwei waren »ausgeliehen« worden, als ihre Fahrer sie vorübergehend unbeaufsichtigt gelassen hatten. Der Duke wußte offenbar von den gestohlenen Jeeps, aber er verlor kein Wort darüber.

»Wir werden abgelöst«, verkündigte der Duke unvermittelt.

»Jesus, es wird auch Zeit«, stieß einer der Zugführer hervor.

»Sobald es dunkel wird«, fuhr der Duke fort, »wird ein koreanischer Zug mit einem Captain und einem Zugführer herkommen. Sie werden eingeschmuggelt. Die bösen Jungs sollen nicht wissen, daß wir von Koreanern abgelöst werden. Morgen wird ein zweiter Zug folgen, übermorgen ein dritter. Sobald sie sich hier zu meiner Zufriedenheit eingerichtet haben, können unsere Züge, einer nach dem anderen, vom Hügel runter.«

»Und was ist mit der Ausrüstung, Captain?« fragte der Chief Warrant Officer.

»Wir übergeben ihnen unsere Panzer.«

»Und müssen alles wieder einigermaßen in Schuß bringen? Warum zur Hölle können die Koreaner nicht ihre eigenen Panzer mitbringen und uns unsere lassen?«

»Ich hielt Colonel Jiggs den gleichen leidenschaftlichen Vortrag«, sagte der Duke. »Er hörte mich an, und dann sagte er: ›Okay, wenn Sie so scharf darauf sind, dann können Sie Ihre Panzer behalten, und ich werde den Koreanern die M46er geben.«

»Die M46er? O verdammt!«

»So sagte ich: ›Jawohl, Sir‹. Ich weiß, daß die unerschütterlichen Männer der Baker Company ihre makellosen und glänzenden M4A3-Panzer den dreckigen neuen M46ern vorziehen.«

Gelächter setzte ein, und dann fragte der Lieutenant, den der Duke vorhin angemotzt hatte:

»Wo ist der Haken, Captain?«

»Meine Befehle lauten, dafür zu sorgen, daß alle in die M46er umsteigen und sich auf einen Angriff vorbereiten«, sagte der Duke.

»Angriff? Wer hat denn diese blöde Idee? Walker?«

Es war die Rede von Lieutenant General Walton »Bulldog« Walker, dem Kommandeur der 8. Army, der den Nachnamen mit dem Koch der

B-Kompanie teilte. »Die Idee kam ihm, als er die Ration kreuzweise schnitt«, sagte der Duke (das Fleisch der Feldration ist in vier Portionen unterteilt, die nach Belieben abgeschnitten werden können).

Wieder lachten die Männer.

»Verdammt, Captain, jedes Schlitzauge der Welt ist dort draußen. Und was haben wir an Unterstützung? Man hat sogar die Marines von dort abgezogen.«

»Ich werde Ihre ernste Einschätzung der Lage dem Colonel vortragen«, sagte der Duke. »Aber einstweilen, und mindestens bis er seinen Fehler einsieht, wird uns wohl nichts anderes übrigbleiben, als seine Meinung zu teilen.«

Abermals Gelächter.

»Informieren Sie die Männer«, sagte der Duke. »Aber machen Sie ihnen ebenfalls klar, daß ich beurteilen werde, ob die Koreaner fähig sind, uns abzulösen oder nicht. Das ist alles.«

2

Sie verließen den Bunker. Der Duke gab dem Schreiber, der hinter der Schreibmaschine saß, einen Wink.

»Ja, Sir?«

»Ich wäre äußerst dankbar für ein Blatt Papier und einen Umschlag«, sagte der Duke.

Der Schreiber gab ihm einige Blätter, auf die in Goldschrift *Officer's Open Mess, Fort Shafter, Hawaii* gedruckt war. Der Kompaniechef spannte ein Blatt in die Schreibmaschine ein, übertippte sorgfältig »Fort Shafter, Hawaii«, mit X und schrieb dann *Fort Lowell, South Korea* darüber.

Dann tippte er sehr schnell, als hätte er sich lange überlegt, was er mitzuteilen hatte.

Mein Liebling Ilse,

ich habe einen Augenblick zwischen Golfspielen und der Cocktailstunde frei und möchte ihn nutzen, um Dir zu schreiben, anstatt mit den Ladies zu tanzen, obwohl ich weiß, daß es ihnen das Herz brechen wird.

Es gab heute keine Post von Dir, und ich könnte den Bürokraten mit Wonne grillen, der entschieden hat, daß es nicht nötig ist, irgendwelche Briefmarken herzuschicken, da wir Briefe von hier aus portofrei nach Amerika schicken können. Wie Du gemerkt hast, muß ich meine Briefe erst an die Firma schicken, damit sie frankiert und an Dich weitergeschickt werden können. Gott allein weiß, was mit Deinen Briefen an mich passiert ist. Ich habe nur einen erhalten, seit ich hier bin, den aus Fort Lawton. Die anderen sind vielleicht noch auf dem Seeweg unterwegs, via Suez-Kanal und geheimnisvolles Indien.

Abgesehen davon ist meine Moral ziemlich gut, so gut, wie sie für einen sein kann, der auf die Gesellschaft seiner Frau und seines Sohns verzichten muß. Ich habe eine feine Kompanie, wie ich schon schrieb, gute Offiziere, gute Unteroffiziere und ein paar komplette Hurensöhne.

Offensichtlich kommt endlich der Nachschub in Gang, denn heute informierte man mich, daß wir morgen mit M46-Panzern ausgerüstet werden. Dein Vater kann Dir erklären, daß sie eine 90-mm-Kanone haben, im Gegensatz zu der 75-mm-Kanone der M4A3-Panzer, ein niedrigeres Profil, und daß sie ganz allgemein weitaus bessere Panzer sind.

Ich muß Dir etwas bekennen, Liebchen, und mißverstehe mich bitte nicht. Obwohl die Trennung von Dir und P.P. sehr schmerzlich ist, ich bin lieber hier als in der Firma. Auf eine sonderbare, perverse Art (und das würde ich keinem außer Dir sagen) fühle ich mich, als gehöre ich hierhin, in die Sandsackstellungen, umgeben von Waffen und dem manchmal wirklich gräßlichen Gestank der Army.

Ich bin ein guter Offizier. Das sage ich in aller Bescheidenheit. Ich glaube nicht, daß es mein Verdienst ist. Ich bin anscheinend in der Lage, das System zu verstehen, ebenso die Leute, aus denen es besteht, und das ganze Ding passend zusammenzusetzen wie ein Puzzle oder ein gut geöltes Uhrwerk. Für mich steht fest (und ebenfalls für den Colonel, wie er mir gesagt hat), daß meine Kompanie die tüchtigste des Bataillons ist. Wir arbeiten wie ein Team zusammen. In der Kompanie ist Leben. Ich bin stolz auf sie und darauf, daß ich ein Teil davon bin, und vor allem, weil ich weiß, daß sich die Kompanie so gut unter meiner Verantwortung entwickelt hat.

So, Liebchen, ich werde Dein Angebot annehmen, das Du mir in Philadelphia gemacht hast, als Du sagtest, ich könne in die Army zurückkehren. Wir werden etwa ein Jahr hier sein, schätze ich, und dann komme ich heim zu Dir. Ich werde einen Monat Urlaub nehmen und ihn mit euch in Deutschland verbringen.

Ich schreibe nicht, wie sehr Du und P.P. mir fehlen, weil ich jetzt ein großer Junge bin und weil große Jungen nicht heulen sollten. Aber es wird Dir nichts ausmachen, wenn ich Dir schreibe, wie sehr ich Dich liebe, oder?

Mit all meiner Liebe

Er schrieb mit Fettschrift »Craig« darunter, leckte das Kuvert an und erinnerte sich erst jetzt daran, daß er es nicht adressiert hatte. Die Anschrift wühlte ihn immer noch auf.

Mrs. Craig W. Lowell
Schloß Greiffenberg
Marburg an der Lahn, Germany

Schloß! Das klang, als würde der Postbote auf einem Pferd und in glänzender Rüstung reiten.

Er faltete den adressierten Umschlag kleiner, damit er in das Kuvert paßte, das er an die Firma schickte, von wo aus der Brief nach Deutschland weitergeschickt werden würde.

»Ich muß um noch einen Umschlag bitten«, sagte er zu dem Schreiber. »Haben Sie noch einen für mich, Stu?«

»Was ist die Gebühr für Germany, Captain?« fragte der Kompanieschreiber.

»Keine Ahnung.«

»Ich schrieb meiner Mutter, Captain, und teilte ihr mit, welche Probleme Sie haben, wenn Sie Mrs. Lowell schreiben. Meine Ma schickte mir Briefmarken für Sie. Es sind 15-Cent-Marken. Ich werde zwei draufkleben, um sicherzugehen.« Er streckte die Hand aus, um Lowells Brief entgegenzunehmen.

»Ah, vielen Dank«, sagte der Duke. »Und danken Sie bitte

auch Ihrer Mutter von mir, Stu.« Der Duke wandte sich schnell ab, damit der Schreiber nicht sehen konnte, daß seine Augen aus irgendeinem Grund feucht wurden.

3

Washington, D.C.

6. September 1950

Der Hubschrauber-Lehrgang 50-4 (Special) fand in Fort Sam Houston, Texas, statt. Damit sollten die dringendsten Anforderungen für die Eight US-Army, Korea (EUSAK), erfüllt werden. Von den ersten Tagen des Koreakriegs an war ziemlich klar, daß Hubschrauber, besonders die Maschinen Bell H13 und Hiller H23, ideal geeignet für die Benutzung als Verwundetentransporter auf dem Gefechtsfeld waren. Sie retteten Leben.

Zwei Wochen nach Ausbruch des Kriegs hatten findige Army-Piloten in die wenigen verfügbaren Hubschrauber Bahren eingebaut und sie so in Luft-Ambulanzen verwandelt.

Technisch waren solche Abänderungen aerodynamisch unsicher, denn mit dem Piloten und zwei Verwundeten war das zulässige Maximalgewicht überschritten. Diese umgebauten Maschinen waren ebenfalls illegal, weil sie nicht von der Air Force genehmigt waren, die nach dem Key West Agreement von 1948 die alleinige technische Verantwortung für Army-Flugzeuge hatte.

Die Luft-Ambulanzen funktionierten. Zur Hölle mit den Technikern und der verdammten Air Force.

Es bestand ein Risiko, aber wenn ein Verwundeter schnell und mit minimalem Komfort zu einem Mobile Army Surgical Hospital (MASH) geflogen werden konnte, dann konnte in 95 von 100 Fällen sein Leben gerettet werden. Statistisch stand fest: Wenn ein verwundeter Soldat lebend in einem Mobilen

Feldlazarett eintraf, dann standen seine Überlebenschancen bei 95 : 5.

Zu viele Verwundete waren nach stundenlanger Fahrt über holprige Straßen tot in einem MASH eingetroffen.

Man hatte eilig Hiller-H23-Maschinen der Army weltweit abgezogen und in den Fernen Osten gebracht, zum Einsatz in Korea. Sie sollten laut Plan durch Bell-H13-Maschinen ersetzt werden, die verstärkt produziert wurden.

Ein größeres Problem waren die Piloten. Es gab bei Kriegsausbruch nur wenige Hubschrauber-Piloten in der Army, und das Reservoir von Hubschrauber-Piloten in der Reserve war unwesentlich. Ein ungewöhnlich gut qualifizierter Pilot wurde als Ausbilder gebraucht, und die wenigen hochqualifizierten Piloten, die zur Verfügung gestanden hatten, waren schnell nach Korea befohlen worden.

Die relativ kleine Zahl der zivilen Hubschrauber-Piloten wurde vertraglich als Ausbilder verpflichtet, und Bewerbungen für die Ausbildung zum Hubschrauber-Piloten wurden schnell bearbeitet und gebilligt, wobei die Kriterien im wesentlichen die körperliche Flugtauglichkeit der Bewerber waren.

Das Medical Corps hatte ein Verwaltungskorps errichtet, ein Medical Service Corps, um seine Sanitäter und Ärzte von administrativen Aufgaben zu befreien, und Insignien mit den Buchstaben MSC ausgegeben. Als dem Medical Service Corps die ersten Sanitäts-Hubschrauber zugeteilt wurden, kamen zugleich die ersten Piloten mit ihnen.

Dann betrat das Medical Corps, das stets bewundert wurde, jedoch kein besonders hohes militärisches Ansehen hatte, die politische Arena. Der Surgeon General, der Inspekteur des Sanitätswesens, erhielt die Genehmigung, im Army Medical Center in Fort Sam Houston eine ausreichende Zahl von Hubschrauber-Piloten zusammenzuziehen, die *andere* Offiziere des Medical Service Corps als Hubschrauber-Piloten ausbildeten. Ebenfalls wurde die Zahl der Offiziere des MSC erhöht. Der Versorgung von Verwundeten war in der Army stets die höchste Priorität eingeräumt worden, und so war es auch hier.

Es wurde jedoch schnell offenkundig, daß Hubschrauber-Piloten für andere Aufgaben fehlten, wenn alle Gesuche des

Medical Corps erfüllt wurden. So entschied man, die Ausbildung der Piloten wieder der Artillerie zu überlassen, die vor Korea dafür zuständig gewesen war, und dem Medical Corps in den Klassen so viele Plätze wie möglich zu reservieren.

Die Ausbildung in Fort Sam Houston sollte weitergehen, bis die Artillerie-Schule in Fort Sill auf den massiven Andrang von Pilotenanwärtern vorbereitet war. Unterdessen würde eine kleine Zahl von Offizieren anderer Waffengattungen nach Fort Sam Houston geschickt und beim Medical Corps als Piloten ausgebildet werden.

Im Gegensatz zu dem, was man Captain Rudolph G. MacMillan im Fernen Osten gesagt hatte (daß er heimgeschickt wurde, um die Hubschrauberschule zu besuchen), erfuhr er schnell, was die Armleuchter im Pentagon wirklich mit ihm vorhatten. Als erstes wollten sie ihn für ein paar Monate als Helden zur Schau stellen. Dann würden sie vielleicht ernsthaft überlegen, ob sie einen freien Platz in einem Hubschrauber-Piloten-Lehrgang finden konnten.

Zur Hölle damit! MacMillan wollte zurück in den verdammten Krieg, bevor er vorüber war.

MacMillan fuhr nach Washington zu Lt. Colonel Robert F. Bellmon. Bellmon war mit ihm zusammen in dem deutschen Kriegsgefangenenlager in Stettin gewesen und arbeitete im Büro des Stellvertretenden Stabschefs. Wenn Bellmon nichts für ihn tun konnte, dann gab es noch andere Leute. Bevor er für die Arschlöcher vom Pentagon ein sprechendes Aushängeschild spielte, würde er sich bis zur Spitze hin beschweren, wenn es nötig war, bis zum Stabschef hinauf.

Bellmon erklärte MacMillan, was er vermutete. Sie wollten ihn wegen der Tapferkeitsmedaille aus dem Fernen Osten weghaben. Sie wollten nicht, daß jemand mit der Medaille dort fiel. Ein toter Held ist – von der Öffentlichkeitsarbeit her – schlimmer als ein normaler toter Soldat. Er war heimgeschickt worden, weil man ihn aus der Feuerlinie haben wollte, und nicht weil er Hubschrauber-Pilot werden sollte.

»Ich kann dich vielleicht aus den Händen der PR-Leute herausbekommen, Mac«, erklärte Bellmon. »Aber du solltest dich mit dem Gedanken vertraut machen, daß du den Rest dieses Krieges aussitzen mußt. Man wird dich nicht zurück in den Fernen Osten schicken.«

Colonel Bellmon ging mit MacMillan durch das Labyrinth der Flure des Pentagons zum Büro eines ehemaligen Klassenkameraden, der im Büro des Stellvertretenden Stabschefs Personal arbeitete. Er stellte Mac als einen alten und lieben Freund vor, der zusammen mit ihm im Kriegsgefangenenlager gewesen war, der im Fernen Osten gedient hatte und jetzt in den Fängen der Leute von der Öffentlichkeitsarbeit war.

Bellmon bat selten um einen Gefallen. Sein ehemaliger Klassenkamerad war bereit, alles in seiner Macht Stehende zu tun, um einem alten und lieben Freund Bellmons zu helfen, besonders einem mit *der* Medaille – kurz gesagt, er wollte alles tun, um MacMillan in den Fernen Osten zurückzuschicken.

Es war überhaupt kein Problem. Ein Infanterie-Captain in Benning würde eine Meldung erhalten, daß wegen der begrenzten freien Ausbildungsplätze seine Befehle, in Fort Sam Houston den Hubschrauber-Piloten-Lehrgang zu besuchen, aufgehoben waren und daß er für einen späteren Lehrgang eingeplant werde. Einzelheiten würden folgen.

Captain Rudolph G. MacMillan würde Befehle erhalten, sich zur Hubschrauber-Piloten-Ausbildung im U.S. Army Medical Center, Fort Sam Houston, San Antonio, Texas, zu melden.

Anschließend bestand Bob Bellmon darauf, daß Mac den Abend auf der Farm verbrachte. Barbara, erklärte er, würde es Mac nicht verzeihen, daß er seine Frau Roxy nicht nach Washington mitgebracht hatte, aber darüber werde er schon hinwegkommen.

Als sie auf der Farm Steaks grillten, kam das Gespräch auf General Waterford, der mit Vorliebe gegrillt hatte, jedoch trotz all der Übung vermutlich der schlechteste Steak-Griller der Welt und für die Vernichtung von mehr gutem Fleisch verantwortlich gewesen war als sonst jemand; Waterfords Steaks waren stets verbrannt und ungenießbar gewesen, doch er hatte sich dadurch nie entmutigen lassen.

»Allmächtiger, Mac!« sagte Bellmon plötzlich. »Du weißt nichts über Oberst von Greiffenberg, oder?«

»Was ist mit dem Colonel?«

»Er ist zurück.«

»Ich dachte, er wäre tot«, sagte MacMillan. »Ich hörte – *du* sagtest mir das –, daß die Russen ihn kurz vor deiner Befreiung erschossen.«

»Das dachte ich nur. Wie jeder sonst. Aber er tauchte lebend auf. Die Russen hatten ihn in Sibirien gefangengehalten.«

»Nun, da will ich doch verdammt sein«, sagte MacMillan erfreut. »Das ist eine wirklich gute Nachricht.« Dann verfinsterte sich seine Miene. »Und was ist mit Lowell?«

Craig W. Lowell zählte nicht zu MacMillans liebsten Leuten. Abgesehen davon, daß Lowell tapfer in Griechenland gedient hatte, war er für MacMillan ein großkotziger Playboy, der niemals zum Offizier hätte ernannt werden sollen.

»Ich habe ihn in letzter Zeit zweimal gesehen«, sagte Bellmon und signalisierte seiner Frau mit einem Blick, den Mund zu halten.

»Und?« fragte MacMillan.

»Einmal in Deutschland«, sagte Bellmon. »Lowell war natürlich dort, um den Oberst zu begrüßen, als er über die Grenze kam.«

»Das freut mich für Ilse«, sagte MacMillan. »Roxy und ich konnten sie immer gut leiden. Es war mir immer schleierhaft, was sie an Lowell fand, aber sie ist in Ordnung.«

»Und dann sahen wir Captain Lowell«, warf Barbara ein. »Als er auf dem Weg in den Fernen Osten hier vorbeikam.«

»*Captain* Lowell?« fragte Mac ungläubig.

»Was hältst du davon?« erkundigte sich Bellmon.

»Wie zur Hölle hat er das hingekriegt? Er kann nicht älter als 24 oder 25 sein, oder?«

»Er ist 23«, korrigierte Bellmon. »Er ging in die National Guard und schaffte es, befördert zu werden. In solchen Dingen ist er gut, wie du schon bemerkt haben wirst.«

»Ah, das macht mich krank! Er hat nicht mehr Recht, Captain zu sein, als Roxy. Was treibt er? Spielt er Golf in Camp Drake?«

»Da gibt es einen Haufen von mißratenen, abgelösten, unfähigen Offizieren in Pusan«, sagte Colonel Bellmon. »Sie werden zum Be- und Entladen von Schiffen eingesetzt, hörte ich. Ich hoffe sehnlichst, daß Lowell dabei ist.«

»Wie kannst du so etwas Gemeines, Verkommenes sagen!« brauste Barbara auf.

»Dein Freund Lowell ist ein gemeiner, verkommener Mann.«

»Du hast kein Recht, so was zu sagen.« Barbara sah ihren Mann zornig an.

»Nach seinem Besuch hier habe ich das Recht«, sagte Bellmon wütend.

»Weißt du, warum du Craig nicht leiden kannst, mein Lieber?« fragte Barbara eisig. »Weil er den Mut hat, Dinge zu tun, die du nicht wagst. Er wird sich nicht von dem System kaputtmachen lassen und das als ›fröhliches Gehorchen von Befehlen‹ bezeichnen. Du magst Craig nicht, mein Lieber, weil du durch ihn und sein Verhalten erkannt hast, daß du ein kleineres Rädchen in der Maschinerie der Army bist, als du zugeben möchtest.«

Barbara sprang auf, wobei sie ihren Brandy verschüttete, und stürmte ins Haus.

»Was hat das alles zu bedeuten?« fragte MacMillan.

»Mir kam soeben in den Sinn, daß meine Frau wirklich ganz auf ihren Vater kommt, wenn sie zornig ist.«

»Das stimmt«, pflichtete MacMillan bei. »Das klang gerade nach einem Wutanfall des Generals, nicht wahr?«

»Ich gebe ihr ein paar Minuten, um sich abzukühlen«, sagte Bellmon. »Und dann hole ich sie zurück.«

Zur Hölle mit diesem Bastard Lowell, dachte er. Der kann einem sogar Ärger machen, wenn er zehntausend Meilen weit weg ist.

4

Brooke U.S. Army Medical Center Fort Sam Houston, Texas

10. September 1950

Als MacMillan sich in Fort Sam Houston zum Dienst meldete, trug er keine Ordensbänder und Qualifikationsabzeichen außer den Pilotenschwingen. Er wollte keinerlei Aufmerksamkeit erregen und diesen Blödsinn hier so schnell und glatt wie möglich hinter sich bringen. Wenn ihn seine Papiere nicht als im Instrumentenflug qualifizierten Flugzeugpiloten ausgewiesen hätten, dann hätte er nicht einmal das Pilotenabzeichen getragen.

Flugzeugpiloten hatten hier nichts zu sagen, das wurde ihm bald nach seiner Ankunft klar. Sie würden Hubschrauber-Flugschüler sein, bis sie als fähig beurteilt wurden, den Anforderungen als Hubschrauber-Piloten zu entsprechen, oder bis sich herausstellte, daß sie nicht das Zeug zum Hubschrauber-Piloten hatten.

Die Qualifikation als Pilot im allgemeinen ist überhaupt kein Hinweis auf die Fähigkeit als Hubschrauber-Pilot. Hubschrauber fliegen ist hinsichtlich der Koordination die schwierigste Art des Fliegens für einen Piloten, und viele ausgezeichnete Flugzeugpiloten haben niemals den Wechsel auf Hubschrauber geschafft.

MacMillans Ausbilder hatte seit langem die Erfahrung gemacht, daß es nötig war, das Ego und Selbstvertrauen eines Flugzeugpiloten zu erschüttern, damit er bei der Ausbildung zum Hubschrauber-Piloten richtig aufpaßte. Die schnellste und sicherste Möglichkeit, das zu erreichen, war ein Orientierungsflug für ihn, damit er sehen konnte, wie schwierig das Hubschrauberfliegen war und wie peinlich unfähig er war.

Captain MacMillans Ausbilder verbrachte eine halbe Stunde damit, dem Schüler die mechanische Konstruktion des Bell H13 zu erklären. Dann kletterten sie in die Kanzel, wo der Ausbilder eine weitere Viertelstunde lang die Kontrollanzeigen und die Anordnung der Instrumente erklärte. Er sagte sich, daß bei diesem Knaben, der ziemlich großspurig wirkte, eine halbstündige Demonstration genügte, um ihn davon zu überzeugen, daß er sich noch einen abbrechen würde, bevor er einen Hubschrauber fliegen konnte.

MacMillan befolgte Schritt für Schritt die Anweisungen über die Bordsprechanlage und ließ den Motor an. Er überprüfte alle Instrumente, um sich zu vergewissern, daß alle Zeiger im Sicherheitsbereich (»im Grün«) waren.

»Und jetzt«, sagte der Ausbilder, »wird das Ding unter Ihnen wegwollen. Das Gefühl haben Sie jedenfalls. Rechnen Sie damit. Versuchen Sie, Ruhe zu bewahren. Versuchen Sie, einzuschätzen, ob Sie unter- oder überreagieren.« MacMillan nickte. »Steigen Sie sanft, sehr sanft.« Er wiederholte, was er zuvor über das Starten erklärt hatte.

MacMillan nickte von neuem und befolgte die Anweisungen. Er zog den Vogel kerzengerade hoch. Das Gefühl gefiel ihm nicht, und so ging er noch ein Stück höher. Er probierte die Ruder-Pedale aus, um festzustellen, wie empfindlich sie reagierten. Dann schaute er zu dem Ausbilder, ohne sich bewußt zu sein, daß er perfekt genau in der richtigen Höhe schwebte.

»Was jetzt?« fragte er den Ausbilder.

»Wie oft haben Sie schon heimlich Hubschrauber geflogen, MacMillan?« fragte der Ausbilder. Er ließ sich nicht gern zum Narren machen.

»Keinmal«, erwiderte MacMillan. »Ich hatte immer Angst vor den verdammten Dingern. Kann ich versuchen, die Kiste zu fliegen?«

»Nur zu, verdammt noch mal!« sagte der Ausbilder. Er hatte bis jetzt nicht geglaubt, daß es so was wie naturbegabte Hubschrauber-Piloten gibt. MacMillan senkte den Bell H13, flog in zehn Fuß Höhe über das Flugfeld, und dann stieg er hoch auf, und ein Grinsen purer Freude war auf seinem Gesicht.

5

Diesmal war Bellmons ehemaliger Klassenkamerad im Büro des Stellvertretenden Stabschefs Personal nicht so zuvorkommend. Es gab absolut keine Möglichkeit, MacMillan als Hubschrauber-Pilot in den Fernen Osten zu schicken, geschweige denn nach Korea.

»Zum einen sind Sie ein aus dem Krieg Heimgekehrter«, erklärte der Lieutenant Colonel. »Sie müssen ein Jahr lang in den Staaten bleiben.«

»Darauf verzichte ich«, sagte MacMillan. »Jesus Christus, verstehen Sie doch, Colonel, man will mich zum Ausbilder von Hubschrauber-Piloten machen. Das könnte ich nicht ertragen.«

Der Lieutenant Colonel zeigte ihm einen Brief vom Oberbefehlshaber aus dem Dai Ichi Building, der an »meinen lieben Kamerad Ellsworth«, den Personalchef der Army, adressiert war und den unumstößlichen Entschluß des SCAP enthielt, daß Captain MacMillan in Verwendungen, »die ihn den Gefahren der gegenwärtigen Lage in Korea aussetzen würden«, nicht im Interesse der Army war.

Weiter hieß es in dem Brief:

»So schmerzlich es gewiß für einen Kämpfer von MacMillans Kaliber sein wird, nicht das Schmettern der Trompete auf dem Gefechtsfeld hören zu können, so bin ich doch sicher, daß er, wenn man ihm die Lage erklärt hat, seinen Ausbildungs- oder Verwaltungsdienst mit der gleichen Hingabe erfüllen wird, die er so oft unter feindlichem Feuer bewiesen hat.«

»Scheiße«, sagte MacMillan. »Ich höre mit dem Fliegen auf, bevor ich mich zum Ausbilder für Hubschrauber-Piloten machen lasse.«

»Der General gibt Ihnen die Wahl zwischen hier und Fort Polk«, sagte der Lieutenant Colonel.

»Polk? In Louisiana? Was zur Hölle ist da los?«

»Das wird soeben reaktiviert als Grundausbildungs-Zentrum.«

»Oh, Allmächtiger.«

»Wo Sie Adjutant von General Black würden.«

»Black ist ein guter General«, sagte MacMillan. »Was zur Hölle hat er verbrochen, daß er in *Polk* gelandet ist?«

»Der Koreakrieg ist ein Infanterie-Krieg«, erklärte der Lieutenant Colonel. »Es werden keine Panzerdivisionen dorthin geschickt. Ich nehme an, man sagt sich, wenn es zum Knall kommt – in Europa, meine ich –, kann General Black die Panzerdivision in Polk aktivieren.«

»Was würde ich dort tun?« fragte MacMillan. »Ich hab' schon fast Angst, zu fragen.«

»Sie würden zum Presidential Flight Detachment kommen«, sagte der Lieutenant Colonel, »und Hubschrauber fliegen.«

»Davon habe ich schon gehört«, sagte MacMillan. »Und es heißt, man braucht dort mindestens tausend Stunden unfallfreie Flugzeit.«

»Um den Präsidenten oder die VIPs zu fliegen, ja«, stimmte der Lieutenant Colonel zu.

»Was würde ich also tun?«

»Sie würden sich sehr dekorativ rings ums Weiße Haus machen«, sagte der Lieutenant Colonel. »Besonders in einer blauen Ausgeh-Uniform oder einer Kasino-Uniform. Dazu Ihre Medaillen, nicht die Ordensbänder.« Er legte eine Pause ein und fügte trocken hinzu: »Sie wären wirklich beeindruckend in einem Kasino-Anzug, MacMillan.«

Der Kasino-Anzug war eine pompöse formelle Ausgeh-Uniform für gesellschaftliche Ereignisse am Abend. Die meisten Offiziere haßten sie.

»Hat jemand meinen Namen bei General Black zur Sprache gebracht?« fragte MacMillan.

»Er ist einverstanden, wenn Sie das meinen. Er sagte, wenn Sie erst ein wenig mehr Erfahrung sammeln, wird er sich von Ihnen sogar in Ihrem Hubschrauber herumfliegen lassen.«

VII

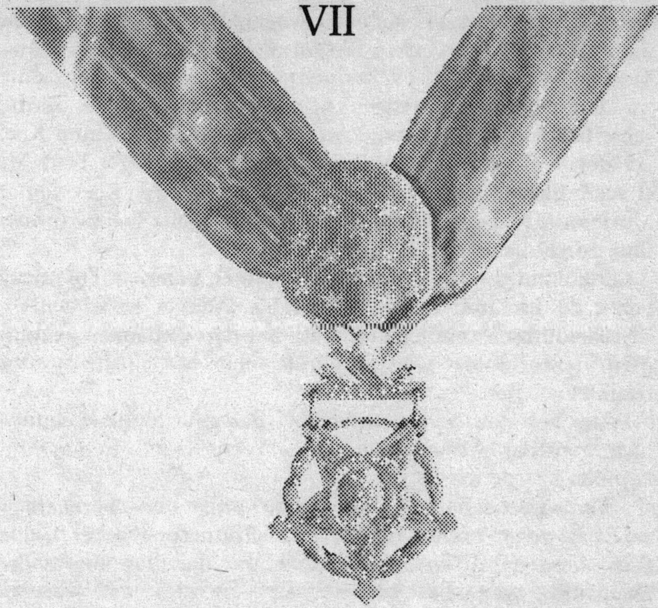

1

Schloß Greiffenberg
Marburg an der Lahn

12. September 1950

Peter-Paul Lowell klammerte sich halb scheu und halb ärgerlich an den Rock seiner Mutter und zog ihn zur Seite, so daß sich der kleine Slip darunter abzeichnete, und schaute zu der Frau auf, die von seiner Mutter liebevoll umarmt wurde.

»Bekomme ich einen Kuß?« fragte Sharon Felter und ging in

die Hocke, um mit P.P. auf einer Augenhöhe zu sein. P.P. barg das Gesicht in der vertrauten Wärme des Tweedrocks seiner Mutter.

»Tante Sharon kennt dich, seit du ein winziges Baby warst«, sagte Ilse von Greiffenberg-Lowell. »Gib ihr einen Kuß.«

Peter-Paul von Greiffenberg-Lowell, bekannt als P.P., streckte Sharon Felter die Zunge heraus, ließ den Rock seiner Mutter los, wirbelte herum und flitzte die flache Treppe hinauf und durch die Tür in die große Villa.

»Er kommt ganz auf seinen dickköpfigen Vater«, sagte Sandy Felter zu Ilse und küßte sie auf die Wange. Felter war in Zivilkleidung. Kaum jemand wäre auf den Gedanken gekommen, daß er Soldat war. Er wirkte mehr wie ein Jurist oder Beamter.

Felter hob den Blick zum Schloß, das gewaltig war, jedoch nicht ganz das, was einem bei dem Wort »Schloß« in den Sinn kommt.

»Wann wechseln die Palastwachen?« fragte er scherzhaft.

»Es ist sogar größer, als ich es in Erinnerung habe«, sagte Ilse. »Und da ist es doppelt schlimm, daß das meiste der Einrichtung weg ist.«

»Was ist damit passiert?« fragte Sharon unschuldig.

Ilse war verlegen. »Habe ich etwas Falsches gesagt?«

»Ich nehme an, Ilse hat herausgefunden, daß die Möbel von den Amerikanern ›befreit‹ wurden«, sagte Sandy.

»Es ist nicht wichtig«, sagte Ilse. »Was stehen wir hier herum? Kommt herein, ich werde euch etwas zu essen und trinken machen.«

»Ich muß mal zu dem gewissen Örtchen«, sagte Sharon. »Die lange Fahrt über die Holperstraßen ist meinen Nieren nicht bekommen.«

Ilse führte sie und die Felter-Kinder zur Toilette. Sandy Felter blieb allein in dem Raum, der offenbar einst die Bibliothek gewesen war. An den Wänden standen leere Regale, und in einer Ecke lehnte eine Stehleiter.

»Mein lieber Captain Felter«, ertönte eine Männerstimme auf englisch. »Verzeihen Sie meine schlechten Manieren. Hat man Sie ganz allein gelassen?«

Felter wandte sich um. »Es ist schön, Sie wiederzusehen, Graf von Greiffenberg.«

»Sie sind unser erster Gast«, erklärte der Graf. »Was unter den gegebenen Umständen und trotz der Verfassung des Hauses sehr angemessen ist.«

»Es ist sehr freundlich, daß Sie uns empfangen«, sagte Felter.

Von Greiffenberg hatte sich bemerkenswert verändert, seit Felter ihn zum letzten Mal gesehen hatte.

Die fünf Jahre in einem Kriegsgefangenenlager in Sibirien waren ihm zwar noch anzusehen, aber jetzt, drei Monate nach seiner Heimkehr, war der Graf nicht mehr so schlimm unterernährt und ausgezehrt. Seine Augen waren nicht mehr so tief eingesunken oder blutunterlaufen, und er duftete nach teurer Seife oder nach einem Rasierwasser, war gut gekleidet, gepflegt und sah gesund aus. Geld kann tatsächlich Wunder bewirken, dachte Felter, und dann schämte er sich und verbannte den Gedanken.

Der Graf schaute sich um und wies zu den leeren Regalen.

»Meine Bücher vermisse ich am meisten«, sagte er. »Sie fehlten mir in Sibirien, und sie fehlen mir jetzt. Möbel kann man ersetzen, Wände kann man neu anstreichen, Fußböden erneuern. Aber hier waren Bücher, die man einfach nie mehr wieder . . .« Er unterbrach sich und ging zu einer Kommode unter den leeren Regalen, öffnete sie, holte einen großen, ledergebundenen Band hervor und reichte ihn Felter. »Die Nazis, dann die Amerikaner und schließlich die demokratisch gewählte Regierung von Land und Kreis Marburg ließen mir das«, sagte er. »Eine Ironie, nicht wahr?«

Felter nahm das Buch und schlug es auf.

»Russisch«, sagte der Graf. »Die russischen Bücher haben sie nicht genommen.«

»Erinnerungen an den Krim-Krieg«, übersetzte Felter. »Von Generalmajor Großherzog Alexander Alexandrowitsch.«

»Ein Verwandter meiner verstorbenen Frau«, sagte der Graf. »Urgroßonkel, glaube ich.« Er sprach Russisch, und dann sagte er auf englisch, was er dachte: »Ihr Russisch, mein lieber Felter, ist besser als meins.«

»Mein Ururonkel«, erwiderte Felter lächelnd, »war vermutlich ein Wehrpflichtiger bei der Infanterie des Großherzogs.«

»Und finden Sie Ihre Russischkenntnisse wertvoll für Ihre militärische Karriere, mein lieber Felter?«

Felter begegnete seinem Blick und zögerte, bevor er antwortete: »Manchmal sehr wertvoll.«

»Ich kenne keinen mehr, mit dem ich Kontakt aufnehmen könnte«, sagte der Graf. »Aber ich habe im Laufe der Jahre immer gedacht, daß meine Kenntnisse und meine Erfahrung von Nutzen sein könnten.«

»Dessen bin ich sicher«, sagte Felter. »Wenn Sie wieder auf beiden Füßen stehen und sich herumspricht, daß Sie daheim sind, wird sich vielleicht etwas ergeben.«

»Vielleicht«, sagte der Graf. »Verzeihen Sie die Zumutung nach allem, was Sie für uns getan haben, aber ich hatte gehofft, daß Sie vielleicht etwas für mich . . .«

»Ich habe Grund zu der Annahme, daß Sie nicht um Arbeit zu bitten brauchen, Oberst«, sagte Felter.

Der Graf war erfreut. Er nickte und wechselte das Thema. Er war entschlossen gewesen, das Thema bei Felter zur Sprache zu bringen, der Nachrichtenoffizier war, aber er hatte befürchtet, zu begierig zu wirken und für einen antikommunistischen Fanatiker gehalten zu werden. Auf den oberen Ebenen, auf denen er arbeiten wollte, war kein Platz für Fanatiker. Er fragte sich, was Felter wußte, aber es war ihm klar, daß er nicht fragen sollte und konnte. Er würde warten müssen, bis man auf ihn zukommen würde.

»Ilse erhielt heute einen Brief von Craig«, sagte der Graf. »Der Brief wurde vor fünf Tagen in Korea aufgegeben und heute hier ausgeliefert. Die Welt wird immer kleiner.«

»Was schreibt Craig?« fragte Felter.

»Seine Einheit wird neu mit M46-Panzern ausgerüstet. Die – wie heißt das phantastische Wort, das ihr Amerikaner benutzt? Ah, *pipeline*. Craig schreibt, daß die *pipeline* offenbar endlich in Gang ist und eine Fülle von Material ausspuckt.«

»Craig hätte vor hundert Jahren geboren werden sollen«, murmelte Felter.

»Warum sagen Sie das?«

»In den Tagen, in denen Adlige ihre eigenen Regimenter aufstellten.«

»Ja«, sagte der Graf und lächelte.

»Colonel Duke von Lowells Dragoner-Schwadron.« Felter lachte. »Diese Reiter wären unversehrt bei Balaclava* durch das Tal des Todes geritten.«

Der Graf stimmte in das Lachen ein.

»So nennen sie ihn jetzt«, erklärte Felter. »Sie nennen ihn Duke, und das gefällt ihm.«

Der Graf lachte laut auf. »Das wußte ich nicht, doch es überrascht mich überhaupt nicht.«

Sharon Felter und Ilse Lowell tauchten an der Tür zur Bibliothek auf und hörten die beiden Männer lachen. Sie tauschten einen Blick und stimmten wortlos darin überein, die beiden nicht zu stören. Sie machten leise kehrt und gingen über den breiten Flur zurück. Ilse Lowell warf einen Blick in die Küche (auch dort wurde renoviert, wie Werkzeuge verrieten, die übers Wochenende in die Ecke gestellt worden waren) und bat eine rundliche, grauhaarige Frau, Tee zu machen. »Und bitten Sie Rosa, ihn im Garten zu servieren«, fügte Ilse hinzu.

Dann gingen die beiden Frauen in den Garten und setzten sich an den neuen, schmiedeeisernen Tisch unter einen gestreiften Sonnenschirm und plauderten miteinander. Beide freuten sich darüber, daß Sandy und der Oberst so gut miteinander zurechtkamen, und Sharon hielt es für eine himmelschreiende Schande, daß Craig so weit fort in Korea sein mußte.

---

* Balaclava = Schlachtenort aus dem Krimkrieg (Nov. 1854, Niederlage der englischen Kavallerie).

2

Pusan, Korea

12. September 1950

Der Hafen von Pusan war voller Schiffe. Da ankerten graue Kriegsschiffe, Truppentransportschiffe und Versorgungsschiffe der US-Navy und eine bunte Mischung von zivilen Schiffen – Frachtschiffe, Tanker, sogar zwei Passagierschiffe. Und das weiß angestrichene Lazarettschiff USS *Consolation*.

Ein stetiger Strom von Leichtern bewegte sich zwischen den unzureichenden Piers und den Schiffen, und die Besatzungen luden allen möglichen Nachschub aus. Nur wenn etwas an Bord war, das nicht in einen Leichter umgeladen werden konnte, erhielt ein Schiff Platz an der Pier.

Lieutenant Colonel Paul T. Jiggs, Kommandeur des 73. Panzerbataillons, stand auf Pier I und schaute zu, während die M46-Panzer ausgeladen wurden.

Ein M46 wog 44 Tonnen. Das Schiff, das die Panzer von San Francisco aus transportiert hatte, war zwar riesig, neigte sich jedoch jedesmal zur Pier, wenn ein Panzer über die Rampe auf die Pier gefahren wurde. Unteroffiziere der Technischen Truppe stiegen in die Panzer, bevor die Stahltrossen gelöst wurden, und starteten die Motoren. Wenn die Trossen gelöst und eingeholt waren, fuhren die Unteroffiziere die M46-Panzer von der Pier.

Die Panzer waren frisch angestrichen. Sie sahen neu aus. Sie *rochen* neu. Sie kamen frisch aus Feldzeugdepots in den Vereinigten Staaten. Aber sie waren in Wirklichkeit nicht neu. Es waren M26er, die umgebaut und mit einer 90-mm-Hochgeschwindigkeitskanone, mit einer neuen Lenkung und einem starken Continental-12-Zylinder-Motor ausgerüstet worden waren.

Der M26 mit der neuen Hochgeschwindigkeitskanone, der neuen Maschine und der neuen Lenkung war als der M46 wiedergeboren, als Patton-Panzer, benannt nach dem General.

Colonel Jiggs war zur Pier I gekommen, um sich davon zu überzeugen, daß die M46-Panzer tatsächlich zur Verfügung waren und nicht ein hoffnungsvolles Hirngespinst irgendeines G-3-Planers, denn die M46er, die dort entladen wurden, waren jetzt seine.

Er war von einer Besprechung mit dem Stellvertretenden Stabschef und dem G-1 (Personal), dem G-3 (Planung und Ausbildung) und dem G-4 (Nachschub) im vorgeschobenen Gefechtsstand der 8th US-Army gekommen. Er hatte erfahren, daß mit Wirkung von 0001 Uhr dieses Morgens das 73. Medium Tank Bataillon (Separate) zum 73. Heavy Tank Bataillon (Reinforced) geworden war.

Anstatt über drei Kampfkompanien und eine Stabs- und Versorgungskompanie würde er von jetzt an das Kommando über fünf Panzerkompanien haben, alle ausgerüstet mit M46-Panzern mit dieser hervorragenden 90-mm-Kanone; einer Panzeraufklärungskompanie, ausgerüstet mit 105-mm-Haubitzen auf Selbstfahrlafette (die Haubitzen waren auf M4-Fahrgestell montiert); einen Munitionszug; einen Instandsetzungszug; eine Transport-Kompanie; einen Fernmeldezug; eine Sanitätsgruppe, abkommandiert vom 805. MASH; und zwei Kompanien Panzergrenadiere.

Die Männer, die jetzt die Panzer vor seinen Augen über die Pier fuhren, gehörten zu ihm, obwohl sie es noch nicht wußten.

Das 73. Medium Tank Bataillon war bis auf den Namen zu einer Kampfgruppe geworden. Seine Größe erforderte einen Full Colonel als Kommandeur, möglicherweise sogar einen Brigadier General. Aber man übergab ihm, Jiggs, das Kommando.

»Ich werde nicht hier herumsitzen, Däumchen drehen und abwarten«, hatte er erklärt. »Behalte ich diese herrliche Division im Taschenformat, die Sie mir geben, oder werde ich abgelöst, nachdem ich alles organisiert habe?«

»Wenn Sie sie einen Monat lang zusammenbekommen und zusammenbehalten«, hatte der Stellvertretende Stabschef gesagt, »dann gehört sie Ihnen.«

Jiggs hatte sich gesagt, daß der stellvertretende Stabschef keine leeren Worte machte. Er hatte beim 73. Bataillon verdammt gute Arbeit geleistet, und das wußte man. Er hatte ein Anrecht auf die Chance mit dieser Miniatur-Division, die aufgestellt wurde.

»Möchten Sie einige Stabsoffiziere kommandiert haben?« hatte der Stellvertretende Stabschef gefragt. »Das sind allerhand Spaghettis für eine Gabel.«

»Nein, Sir, danke«, hatte Jiggs erwidert. »Mein Stab ist so in Ordnung.«

»Wenn Sie etwas brauchen, Paul«, hatte der G-3 gesagt, »dann sagen Sie es, und bitte schnell.«

»Danke, Sir.«

3

Als der letzte der 42 M46-Panzer auf der Pier 1 ausgeladen war, fuhr Lieutenant Colonel Paul T. Jiggs langsam zurück zum Gefechtsstand. Er wußte, was er zu tun hatte, und er fragte sich, ob es das Richtige war und ob er es hinkriegen konnte.

Als er schon fast beim CP war, wendete er auf der Hauptnachschubstraße und fuhr einen Kilometer zurück zum Mobile Army Surgical Hospital. Er fand den kommandierenden Offizier, einen alten Bekannten, jedoch kein alter Freund, in einer der Stationen und bat ihn um ein paar Minuten seiner Zeit.

Es gab kein Problem. Der MASH-Kommandeur war ein so alter Soldat, wie er Arzt war. Er stellte nicht mal Fragen. Er nickte nur und erklärte sich bereit, Jiggs' Bitte zu erfüllen. Es war die netteste Art, eine häßliche Sache zu tun, die zum Wohl der Army getan werden mußte.

Jiggs fuhr dann zum CP und ging zur Abteilung S-3 (Planung und Ausbildung). Der S-3, der etwas abgespannt aussah, war über einen dicken Papierstapel auf seinem Schreibtisch gebeugt. Es dauerte einen Augenblick, bis er Jiggs wahrnahm.

»Ja, Sir?« sagte er. »Verzeihung, Colonel. Ich war ziemlich vertieft.«

»Ich möchte Sie auf eine Spazierfahrt mitnehmen, Charley«, sagte Colonel Jiggs.

Jiggs fuhr mit Charley Ellis über die Hauptversorgungstraße in Richtung Pusan, dann bog er auf eine Landzunge ab, von wo aus man auf die Schiffe im Hafen von Pusan hinabblicken konnte. Es war ein trister, regnerischer Tag und dennoch so warm, daß der Gestank von den mit Kot gedüngten Reisfeldern schwer in der Luft hing. Ein Scheißgestank, dachte Colonel Jiggs, der zu einem Scheißjob an einem Scheißtag paßt.

»Charley«, sagte er, als er den Jeep angehalten hatte und sich auf dem Sitz drehte, um den S-3 anzusehen. »Wie viele Dienstjahre haben Sie?«

»Sechzehn Jahre, Colonel.«

»Ich möchte mit Ihnen über Sie sprechen«, sagte Jiggs.

»Ja, Sir?« Eine Spur von Unruhe und Besorgnis klang aus Major Ellis' Stimme heraus.

»Seit ein Uhr heute morgen sind wir außer dem Namen eine Kampfgruppe. Die Stärke, die wir morgen melden, wird zweieinhalbmal so groß sein, wie sie es heute war.«

»Das klingt nach einer sehr guten Neuigkeit, Sir.«

»Nicht für Sie, Charley«, sagte Jiggs und dachte: Verdammt, bring es hinter dich. »Sie können damit nicht zurechtkommen.«

»Ich bedaure, daß Sie das so sehen, Colonel«, sagte Ellis. »Ich habe versucht, mein Bestes zu geben.«

»Das war nicht gut genug«, sagte Jiggs. »Wir beide wissen, daß Lowell Sie gefördert hat.«

»Ich befürchte, das kann ich nicht akzeptieren, Sir«, sagte Ellis. »Gewiß, Captain Lowell war eine große Hilfe für mich, aber . . .«

»Lassen Sie mich meine Position klarmachen«, unterbrach Jiggs. »Sie werden abgelöst. Das ist bereits entschieden. Die einzige Frage ist, wie das über die Bühne geht.«

»Sir«, sagte Ellis, »ich werde gegen eine Ablösung protestieren.«

»Sind Sie so dumm?« Jiggs bemühte sich, ärgerlicher zu wirken, als er es war. In Wirklichkeit fühlte er sich mies, nicht ärgerlich.

»Es gefällt mir nicht, Sir«, sagte Ellis.

»Es mag Ihnen mißfallen, aber Sie sollten sich im klaren sein, daß ich darüber entscheide. Drohen Sie mir nicht mit einer offiziellen Beschwerde.«

Ellis erwog offensichtlich verschiedene Antworten, schwieg dann jedoch.

»Was ich wirklich im Sinn habe, Major, ist das Wohl der Einheit. Das steht über allem. Und ich weiß, daß Sie die gleiche Art Soldat sind und auch für Sie die Einheit an erster Stelle kommt.«

»So denke ich auch über mich, Colonel.«

»Nun, ich kann Sie mit sofortiger Wirkung ablösen lassen, und Sie können sich bei Walton Walker persönlich beschweren, aber Sie bleiben abgelöst. Wenn Sie darüber nachdenken, werden Sie erkennen, daß ich recht habe.«

»Sie haben dieses Vorrecht, Sir.«

»Um das zu tun, müßte ich eine Beurteilung über Sie schreiben, die zur Folge hätte, daß Sie keinen anderen verantwortungsvollen Posten bekommen, und höchstwahrscheinlich würden Sie Ihre zwanzig Jahre als Sergeant beenden.«

Ellis sah ihn an, begegnete seinem Blick, fand offenbar keine Worte. Schließlich sagte er: »Ich habe versucht, mein Bestes zu tun, Colonel.«

»Ich weiß, daß Sie Ihr Bestes gaben, und ich bin Ihnen dafür dankbar. Aber Ihr Bestes war einfach nicht gut genug.«

»Sie reden natürlich über Lowell«, sagte Ellis. »Colonel, er ist Absolvent der Wharton School of Business. Er hat einen Verstand wie eine verdammte Rechenmaschine. Ich muß mir alles erarbeiten, mich in die Dinge vertiefen. Er hat alles in Erinnerung.«

»Ich habe nie bezweifelt, daß Sie Ihr Bestes geben, Charley«, sagte Jiggs. »Aber ich muß es leider wiederholen – es hat nicht gereicht.«

»Ich weiß zu schätzen, daß Sie mir das so freundlich wie möglich beibringen, Colonel«, sagte Major Ellis nach einer Weile. »Ich werde mich nicht beschweren. Sie wußten, daß ich das nicht tun würde.«

»Ich bin noch nicht fertig, Charley«, sagte Jiggs. »Ich will mehr von Ihnen. Und ich werde Ihnen sagen, was ich für Sie als Gegenleistung tun werde.«

»Was wollen Sie sonst noch von mir? Ich habe bereits zugestimmt, mir die eigene Kehle durchzuschneiden.«

»Ich will Lowell als meinen S-3«, sagte Jiggs.

»Wenn Sie mich ablösen lassen, wird der G-1 gleich einen Ersatz schicken. Und wenn man die Stärke der Einheit mehr als verdoppelt hat, dann wird man Ihnen vermutlich einen Colonel schicken. Zwei Colonels, einen als Ihren Stellvertreter. Sie könnten durch einen Dienstälteren Ihre Position verlieren.«

»Man hat mir den Posten für 30 Tage versprochen. Man hat es mir nicht gesagt, aber wenn ich die nächsten 30 Tage durchstehe, werde ich den Adler bekommen und Full Colonel sein. Wenn nicht – bin ich den Bach runter.«

»In keinem Fall gibt es eine Möglichkeit, Lowell zu Ihrem S-3 zu machen«, sagte Ellis.

»Wenn mein S-3 krankgeschrieben im Hospital ist, kann ich Lowell den Posten vorübergehend geben. Und nach 30 Tagen kann ich ihn befördern.«

»Ist das der Grund für alles? Eine Beförderung für Lowell zu erreichen? Himmel, der ist nicht mal alt genug, um Captain zu sein.«

»Der Grund für alles ist die Tatsache, daß ich den besten S-3 für die Einheit bekomme«, sagte Jiggs ziemlich kühl.

»Verzeihung«, sagte Ellis. »Ich bin ein bißchen durcheinander. Mit so etwas hatte ich nicht gerechnet, Mist, was soll ich nur meiner Frau sagen?«

»Wenn Sie wollen, können Sie ihr sagen, daß Sie ein wenig Probleme mit Ihrem Rücken haben und deshalb im Lazarett sind. Geben Sie mir einen Monat im Lazarett, Charley, und ich gebe Ihnen eine gute Beurteilung und lasse Sie heimschicken.«

»Das wird nicht klappen«, sagte Ellis. »Man wird mich nicht im MASH behalten, wenn ich gesund bin. Entweder schickt man mich hierhin zurück oder nach Japan.«

»Das habe ich geregelt«, sagte Jiggs. »Ich kenne den MASH-Kommandeur.«

»Wissen Sie, was lustig ist, Colonel?« sagte Ellis. Er wartete nicht auf eine Antwort. »Jetzt, da alles heraus ist, schäme ich mich nicht. Gottverdammt, ich habe mein Bestes getan.«

»Ja, das haben Sie«, sagte Jiggs. »Und dies wäre mir wesentlich leichter gefallen, Charley, wenn Sie es nicht getan hätten.«

4

Wieder im MASH, befahl Colonel Jiggs einem Sergeant, den MASH-Kommandeur zu holen.

»Dies ist Major Charley Ellis, Howard«, sagte Jiggs. »Behandeln Sie ihn gut.«

»Wir werden die Behandlung mit einem medizinischen Bourbon einleiten«, sagte der MASH-Kommandeur. »Anschließend ein warmes Bad, und dann sehen wir uns an, was mit seinem Rücken nicht in Ordnung ist.«

Ellis reichte Jiggs die Hand, bevor er aus dem Jeep stieg. Jiggs schaute ihm nach, als er zum Aufnahmezelt ging. Ellis wandte sich um und schaute ihn an. Jiggs salutierte schneidig. Ellis erwiderte den Gruß ebenso zackig, und dann ging er ins Zelt.

Jiggs wendete mit dem Jeep und fuhr zum Gefechtsstand.

Er sah den Sergeant Major.

»Packen Sie Major Ellis' Rasierzeug und seine anderen persönlichen Dinge ein und bringen Sie ihm die Sachen persönlich zum MASH. Dann bitten Sie Captain Lowell zu mir.«

»Er ist beim S-3, Colonel«, sagte der Sergeant Major.

»Na prima«, sagte Colonel Jiggs. »Dann brauchen wir ihn nicht herkommen zu lassen, nicht wahr?«

Jiggs ging zur Abteilung S-3 und informierte Captain Lowell, daß er jetzt amtierender S-3 des 73. Schweren Panzerbataillons (verstärkt) war.

VIII

1

Pusan, Südkorea

12. September 1950

Der S-3 Sergeant des 73. Medium Tank Battalion war Technical Sergeant Prince T. Wallace. Prince Wallace stammte aus Athens, Georgia, und war ein großer, stämmiger und schwergewichtiger Mann von 31 Jahren. Während des Zweiten Weltkriegs war er als Wehrpflichtiger eingezogen worden, hatte in Nordafrika und Frankreich gedient und war Kommandant des dritten Panzers beim Sonderkommando unter Colonel Creighton W. Abrams beim Entsatz von Bastogne gewesen. Als Master Sergeant, mit vielen Punkten für langen Überseedienst und Auszeichnungen wegen Tapferkeit und dreimaligen Verwundungen, war er einer der ersten gewesen, die nach dem Krieg in die USA zurückgebracht und entlassen wurden.

Er besuchte ein Jahr das College in seiner Heimat Georgia, doch dann gelangte er zu dem Schluß, daß er gar nicht Lehrer werden wollte, wie er es vorgehabt hatte, und daß er drei weitere Jahre Studium nicht ertragen konnte. Außerdem fehlte ihm irgendwie die Army, und so verpflichtete er sich neu.

Sergeant Prince Wallace hatte nicht viel von seinem Vorgesetzten Ellis gehalten. Der Mann hatte sich bemüht, doch er war einfach nicht fähig, schnelle und klare Entscheidungen zu treffen. Ohne die Unterstützung seines Sergeants wäre Ellis auf die Nase gefallen. Colonel Jiggs hatte sich sehr bemüht, ihn ablösen zu lassen, bevor das 73. Bataillon nach Korea ging, aber es war einfach kein anderer als S-3 zur Verfügung gewesen.

Jetzt war Sergeant Wallace froh, daß Ellis durch Captain Lowell ersetzt worden war.

Zuerst war Wallace nicht sehr beeindruckt von Captain Lowell gewesen (abgesehen natürlich von seinem blendenden Äußeren; Wallace fand, daß er schon fast zu gut aussah – wie ein verdammter Playboy-Filmstar). Lowell gab seiner Meinung nach kein gutes Beispiel als Offizier, besonders nicht als Kompaniechef, wenn er ohne Helm herumlief, mit einem Garand-Gewehr über der Schulter wie ein gewöhnlicher Schütze und einer deutschen Luger im Hosenbund, anstatt der .45er in einem Schulterholster, wie man es von einem Panzeroffizier einer Kampfkompanie erwarten konnte. Darüber hinaus tat Captain Lowell eine Reihe von Dingen entweder ohne Erlaubnis oder entgegen den Dienstvorschriften.

Sergeant Wallace wußte ganz genau, daß die B-Kompanie Luxus-Rationen bezog (Zigaretten, Toilettenpapier, Schreibpapier, Bier, Coca-Cola, Rasierklingen und Rasierseife), und zwar sowohl von der 8th Army (woher sie eigentlich bezogen werden mußten) als auch aus dem Depot der Koreaner in der Verbindungszone (das die rückwärtigen Gefechtsstände der

Truppen versorgte, die nicht der 8th Army zugeteilt waren). Captain Lowell hatte einen koreanischen Versorgungsoffizier davon überzeugt, daß seine Kompanie nichts von der 8th Army erhielt.

Wallace hatte später erfahren, daß die Unteroffiziere der B-Kompanie sich aktiv am Schwarzmarkthandel beteiligten, fast sicher mit Captain Lowells stillschweigender (und vermutlich sogar aktiver) Erlaubnis. Der für die Versorgung zuständige Sergeant brachte regelmäßig Ladungen von leeren 75-mm-Geschoßhülsen nach Pusan, und anstatt die Messinghülsen zur Wiederverwertung beim Feldzeugdepot abzuliefern, tauschte er sie bei einem koreanischen Schwarzmarkthändler ein. Dafür erhielt er koreanische Handarbeiten der einen oder anderen Art (oftmals Dinge wie die billigen Baumwollhemden mit der gestickten Aufschrift ›Ich weiß, daß ich in den Himmel komme, weil ich in der Hölle gedient habe – Korea 1950‹) oder Bilder von Frauen mit überdimensionalen Busen, auf schwarzen Samt gemalt, aber auch einige wirklich schöne kunstvolle Messingteller, Schalen und Aschenbecher (natürlich aus dem Messing der Patronenhülsen hergestellt). Dann wurden die Handarbeiten selbst getauscht. Das Ergebnis war, daß die B-Kompanie stets Eis vom Quartiermeister, einen eigenen Filmprojektor und ständigen Nachschub an 16-mm-Filmen hatte und – was das empörendste für Sergeant Wallace war – ein eigenes rollendes Bordell, das hinten in einem Sanitätswagen betrieben wurde. Die Mädchen wurden den Panzerbesatzungen an der Front zugeführt und übten ihr Gewerbe im Sanitätswagen aus, der mit einer Matratze, Laken und Wasser zum Waschen ausgerüstet und mit dem roten Nachtlicht aus einem Panzer beleuchtet war.

Andererseits mußte Sergeant Wallace zugeben, daß die B-Kompanie den höchsten Prozentsatz an jeweils einsatzfähigen Kettenfahrzeugen im Bataillon hatte, die niedrigste Quote von Hitzeschäden, eine fast unerhebliche Quote an Geschlechtskrankheiten und – was am wichtigsten war – die beste Kampfstärke. Captain Lowell verlor weniger Männer – ob durch Verwundung oder Tod im Kampf – als irgendein anderer Kompaniechef des Bataillons, und die B-Kompanie tötete stets mehr Feinde, als es bei irgendeiner anderen Kompanie der Fall war, weil ihre Panzer starteten, wenn es erforderlich war, und liefen, wenn alle anderen entweder wegen Überhitzung oder Überalterung ausfielen, und immer feuerten, wenn gefeuert werden mußte.

All das sprach für Captain Craig W. Lowell, und nachdem er Major Ellis als S-3 abgelöst hatte, sah Sergeant Wallace ihn mit anderen Augen: Der Mann war einfach fähig.

»Sir«, sagte Sergeant Wallace, »darf ich dem Captain eine persönliche Frage stellen?«

»Nur zu«, sagte Captain Lowell.

»Ich habe mich gefragt, warum der Captain kein Holster für die Luger benutzt, Sir.«

»Aus einem guten Grund.« Lowell lächelte. »Weil sie nicht in ein .45er Holster passen würde. »Ich weiß, daß es Ihren Sinn für Korrektheit verletzt, Sergeant Wallace, aber ich habe keine Ahnung, was ich dagegen machen soll.«

»Ich habe einen äußerst bemerkenswerten Boy, Sir, Kim Lee Song«, sagte Sergeant Wallace. Er sah, daß Lowell ihn scharf musterte, und dachte: *Er hat einen Verdacht*. Doch er sprach weiter: »Er hat Verbindungen und kann Ledersachen besorgen, Sir. Ich meine nicht den Schund, den man am Straßenrand kauft. Ich meine Qualitätswaren.«

»Sie meinen, er kann ein Holster für die Luger anfertigen lassen?« fragte Lowell.

»Dessen bin ich sicher, Sir.«

Lowell zog die Luger aus dem Hosenbund und reichte sie Wallace mit dem Griff voran.

»Es ist eine Patrone in der Kammer«, sagte Lowell. »Gehen Sie vorsichtig mit der Waffe um.« Dann griff er in die Tasche und zog ein rechteckiges Stück Messing hervor. »Ich möchte, daß dies irgendwo auf dem Holster angebracht wird.«

Wallace schaute darauf und erkannte nach einem Augenblick, daß es die Gurtschnalle eines deutschen Armeekoppels war. Die Worte GOTT MIT UNS waren darin eingeprägt.

»Ich erhielt es mit der Pistole«, sagte Lowell, »und ich möchte es auf dem Holster haben.«

Sergeant Wallace erkannte, daß es ein Punkt war, über den Lowell nicht sprechen wollte.

»Jawohl, Sir«, sagte Wallace. »Ich verstehe.«

2

Bei Chinhae, Südkorea

13. September 1950

Captain Philip S. Parker IV lenkte seinen Jeep in eine Senke, die fast kreisförmig von flachen Hügeln umgeben war, und hielt an.

Er spähte über den Rand der Senke und überprüfte die Positionen der Panzer seiner Kompanie. Sie waren in mehr oder weniger regelmäßiger Entfernung voneinander längs des Höhenrandes, zusammen mit der Infanterie, in Stellung gegangen. Da und dort waren MGs Kaliber .50 als Vierling-Fliegerabwehr-MGs auf Halbkettenfahrzeugen, bemannt von Artilleristen, die bei ihrem Eintreffen in Korea damit gerechnet hatten, irgendwo auf einer Hügelkuppe auf feindliche Flugzeuge zu warten, nicht aber damit, jetzt zwischen Panzern und Infanteristen an der Front zu sein.

Parker spähte ebenfalls zu den unbefestigten Straßen, die zu seinen Panzern und den Halbkettenfahrzeugen führten, wie er es fast jeden Tag tat. Er suchte nach einer Verschlechterung der Straßen. Er wollte sicher sein, daß sie befahrbar waren, wenn die Fahrzeuge abfahren mußten – mit anderen Worten, wenn sie den Rückzug antreten mußten.

Er war ein unwichtiger Kompaniechef, der keine Vorstellung vom Gesamtbild hatte, aber er hatte das üble Gefühl, daß die Dinge nicht so weitergehen konnten, wie sie waren. Entweder würden die Nordkoreaner eine Offensive starten und durch die Pusan-Linie durchbrechen, oder die Amerikaner würden wirklich zum Gegenangriff starten.

Es gab keinen Grund zur Annahme, daß letzteres der Fall sein würde. Es hatte einigen Ersatz und Nachschub gegeben. Er war erstaunt und erfreut gewesen, als er eine Kolonne neuer M46-Panzer durch Pusan hatte rollen sehen. Wenn M46-Panzer da waren, konnte ein Gegenangriff gestartet werden. Einen Augenblick lang hatte er die wilde Hoffnung gehabt, daß man seine Einheit mit den M46-Panzern neu ausrüsten würde, doch dann hatte er sich der Realität gestellt. Die 24. Division – und sein Regiment – war auf der schwarzen Liste der 8th Army. Sie galten als unzuverlässig.

Die 8th Army würde die M46er nicht den Niggern übergeben. Die Nigger würden sie höchstwahrscheinlich den Nordkoreanern überlassen, wie es der Fall gewesen war, als er, Parker, hier eingetroffen war.

Selbst die Panzerkompanie des 24. Infanterieregiments hatten die meisten ihrer Panzer aufgegeben, bevor Parker das Kommando übernommen hatte. Daran würde man sich erinnern, nicht daran, daß die Panzerkompanie des 24. Infanterieregiments seit Parkers Übernahme des Kommandos keinen einzigen Panzer mehr verloren hatte und keinen Zoll zurückgewichen war, ohne einen entsprechenden Befehl erhalten zu haben.

Das nennt man alle über einen Kamm scheren, dachte Parker bitter, und ich kann nichts dagegen tun.

Er war Soldat in der vierten Generation, und er war überzeugt davon, daß er ebensogut gekämpft hatte und ein genauso guter Offizier war, wie es seine Vorfahren gewesen waren. Für die 8th Army war er jedoch nur ein weiterer Nigger.

Sein Vater hatte ihn gewarnt, daß er damit rechnen müsse. Er hatte darauf hingewiesen, daß die Bezeichnung »Büffelsoldaten«, wie die 9. und 10. (Schwarze) Kavallerie in den Indianerkriegen genannt wurden, nichts mit den Büffeln zu tun hatte, die über die Prärien zogen, sondern eine abfällige Anspielung auf das kurze, krause, büffelartige Haar der Negersoldaten war.

Parker war überrascht, als ein einschlagendes Artilleriegeschoß etwa siebzig Meter vom Jeep entfernt explodierte. Für gewöhnlich konnte man sie vorher hören. Dieses hatte er erst wahrgenommen, als es eingeschlagen war. Es war vermutlich ein einziges Geschoß, das mehr dazu diente, jeden nervös zu halten, als zu irgendeinem anderen Zweck. Aber man konnte nie wissen, und Vorsicht hatte noch nie geschadet. Bis jetzt war er ohne einen Kratzer davongekommen, obwohl die Dinge eine Zeitlang wirklich brenzlig gewesen waren. Er hatte die Hälfte der Leute verloren, mit denen er nach Korea gekommen war.

Parker startete den Jeep und hob das rechte Bein, um aufs Gaspedal zu treten. Er spürte etwas Feuchtes.

Was zur Hölle ist das? dachte er. Worauf sitze ich da?

Er blickte hinab und sah, daß der Sitz mit etwas Rotem bedeckt war, das ebenfalls sein Hosenbein tränkte. Im nächsten Augenblick erkannte er, was es war. Er war getroffen worden; das Rote war sein Blut.

Er wollte es nicht wahrhaben. Ich spüre nichts, sagte er sich. Wie kann ich getroffen worden sein, wenn ich überhaupt nichts gespürt habe und auch jetzt nichts spüre? Aber es bestand kein Zweifel: Das war Blut.

Parker drehte wieder den Zündschlüssel im Schloß. Es schmerzte ihn nicht, das Bein zu bewegen. Er legte den Gang ein und fuhr zu einem Sanitätsposten des Bataillons, der an einen Hügelhang gebaut war, eine mit Sandsäcken verstärkte Hütte, an der ein Schild mit dem Roten Kreuz hing.

Parker drückte auf die Hupe, und ein Sanitäter kam aus der Hütte. Parker winkte ihn zum Jeep.

»Ja, Sir?«

Parker wies auf den Sitz und auf sein blutbedecktes Gesäß.

»Was zur Hölle ist passiert?« fragte der Sanitäter.

»Ich will verdammt sein, wenn ich das weiß«, sagte Parker.

»Sie sind verwundet, Captain«, stellte der Sanitäter fachmännisch fest.

»Was Sie nicht sagen!«

»Sieht nach einem Granatsplitter aus«, sagte der Sanitäter. »Tut es sehr weh?«

»Nein«, erwiderte Parker.

»Das wird es noch«, sagte der Sanitäter nüchtern. »Ich denke, wir werden Sie besser auf eine Bahre legen und Sie zum

MASH rübertransportieren. Sie bluten so stark, daß Sie zum MASH müssen.«

Es schmerzte nicht mal, als Parker aus dem Jeep ausstieg und in den Sanitätsposten ging. Er lag jedoch kaum bäuchlings auf einer Bahre, und der Sanitäter hatte gerade die Hose von Parkers Gesäß weggeschnitten, als es zu schmerzen begann, und zwar höllisch.

Der Stabsarzt des Bataillons, der geschlafen hatte, wurde geholt, und er warf einen Blick auf Parkers Gesäß und erklärte, daß er nicht in irgendeiner Gefahr war. Er würde vermutlich in einem Monat oder sechs Wochen wieder diensttauglich sein, vielleicht sogar früher. Doch unterdessen müsse er mit schlimmen Schmerzen rechnen.

»Geben Sie ihm einiges Blut«, sagte der Stabsarzt zum Sanitäter. »Und verbinden Sie ihm den Hintern. Den Rest können die im MASH erledigen.«

Parker hätte dem Stabsarzt mit Wonne in die Eier getreten.

Welche Verwundung hattest du im Krieg, Daddy?

Nun, mein Sohn, deinen heldenhaften Vater erwischte es am Arsch.

O verdammt!

3

Pusan, Südkorea

14. September 1950

Es überraschte weder Lt. Colonel Paul T. Jiggs noch Sergeant Prince C. Wallace, daß Captain Lowell die »Task Force Bengal«, wie die »verstärkte Kompanie« nun genannt wurde, um die B-Kompanie herum aufstellte. Lowell war offiziell immer noch der Kompaniechef, trotz seiner »vorübergehenden« Ernennung zum S-3 des Bataillons (»bis zur Rückkehr von Major Ellis aus dem Lazarett«), und er hoffte offensichtlich, das Kommando über diesen Kampfverband zu bekommen. Wenn »Task Force Bengal« um seine Kompanie herum aufgebaut wurde, dann erhöhte das natürlich seine Chancen.

»Sie werden feststellen, Sergeant Wallace«, sagte Lowell, »daß das Wort ›verstärkt‹ in bezug auf die zu verstärkende Kompanie nicht genau definiert ist. Die Menge der Verstärkung bleibt in unserem Ermessen, das heißt, in meinem. Ich habe vor, mich zugunsten der Großzügigkeit zu irren.«

Befehle wurden erteilt, daß die B-Kompanie durch einen Zug M46-Panzer von der A-Kompanie, einen weiteren Zug von der C-Kompanie und einen Zug leichter M24 zur »Aufklärung« verstärkt wurde.

»›Aufklärung‹, das ist ein Witz«, sagte Lowell. »Wir werden sie einsetzen, um die Treibstoff- und Munitions-LKWs zu schützen. Wir erkunden mit Wespen.«

»*Wespen*?« Sergeant Wallace sah Lowell verständnislos an.

»Sie rüsten die Waffentransporter hinten mit einem weiteren MG Kaliber .50 aus«, erklärte Lowell. »Und Sie bauen aus Sandsäcken und alten Benzinfässern für das MG vorne und für das hinten eine Art Gefechtsturm. Dann brausen Sie die Straße entlang und schießen auf alles, was sich bewegt oder aussieht, als könnte es eine MG- oder Artilleriestellung sein. Die natürliche Reaktion von Leuten, die beschossen werden, ist doch klar, Wallace – sie schießen zurück. Und während sie auf die Wespen feuern, blasen wir sie mit den M46-Panzern weg.«

»Und was passiert mit den Leuten in den Wespen?«

»Sie rennen beim ersten Schuß davon, als wäre der Teufel hinter ihnen her«, sagte Lowell. »Das macht sie zu einem miesen Ziel, und gleichzeitig hält ihr Ablenkungsmanöver die bösen Jungs davon ab, an unsere Panzer zu denken, und diese können sie dann fast gemächlich wegputzen.«

»Weiß der Colonel über diese Wespen Bescheid?« fragte Wallace.

»Noch nicht«, sagte Lowell.

»Was wird er Ihrer Meinung nach sagen, wenn Sie ihm davon erzählen?«

»Er wird vermutlich genauso begeistert über die Wespen

sein, wie ich es über den übertrieben melodramatischen Namen bin, den er für unseren kleinen Ausflug gewählt hat.«

»Ich weiß nicht, Captain«, sagte Wallace zweifelnd.

»Verstehen Sie, was hier wirklich vorgeht?« fragte Lowell.

»Vielleicht wäre es besser, wenn Sie mich aufklärten«, erwiderte Wallace.

»Nun, werfen Sie einen Blick auf die Landkarte. Da ist kein Endbahnhof in Tschosan. Es ist kein Hauptstraßenknotenpunkt. Den Fluß kann man zu dieser Jahreszeit durchfurten, und es besteht keine echte Notwendigkeit, die Brücke einzunehmen. Folglich stellte sich die Frage, warum zur Hölle sollen wir überhaupt nach Tschosan?«

»Verzeihen Sie, Captain. Weil wir den Befehl erhalten haben?«

»Das auch, natürlich. Aber warum haben wir den Befehl erhalten?«

Wallace zuckte zum Eingeständnis seiner Unwissenheit mit den Schultern.

»Um festzustellen, was die 8th Army hinter der Front erwartet«, sagte Lowell. »Wir werden losgeschickt, um festzustellen, wie weit wir kommen, bevor wir weggeblasen werden.«

»Sie wollen damit doch nicht sagen, daß man uns opfern will, oder?«

»So bezeichnen die das nicht, aber glauben Sie nicht, daß es sie juckt, was aus uns wird. Die wollen nur die Informationen, die sie für nötig halten.«

»Das ist eine brutale Einschätzung.«

»Man nennt dies Krieg, wissen Sie«, sagte Lowell trocken. »Es ist aus ihrer Sicht eine völlig vernünftige Sache. Die Frage ist, was wir tun, nachdem wir getan haben, was man uns befohlen hat.«

»Ich komme nicht mehr mit«, gab Wallace zu.

»Okay. Wir haben den Befehl, nach Tschosan vorzustoßen. Also stoßen wir nach Tschosan vor. Und dann?«

Wallace schaute ihn verwirrt an.

»Sehen Sie es so«, fuhr Lowell fort. »Die 8th Army ist bereit, uns zu opfern, um herauszufinden, wie stark die Nordkoreaner zwischen hier und Tschosan sind. Okay, also tun wir das. Schneller als die 8th Army denkt. Folglich bleiben wir in Tschosan. Warum sollten wir zurück? Das ergäbe keinen Sinn. Sofort zurückzukehren, meine ich. Bleiben wir hinter der Front und lassen wir die Hölle los, bis wir zurückkehren müssen.«

»Wir müßten aus der Luft versorgt werden.«

»Nur mit Munition. Wir können genug Kraftstoff und Verpflegung mitnehmen. Stellen Sie eine Anforderung an Munition für zwei Tage zusammen. Dreifacher Satz für alle Waffen. Normaler Satz für alle Handfeuerwaffen, mit Ausnahme für Kaliber .50. Davon will ich eine Menge.«

»Jawohl, Sir«, sagte Sergeant Wallace. »Aber dem Colonel wird das nicht gefallen.«

»Stellen wir ihn vor vollendete Tatsachen. Dann kann er immer noch ablehnen.«

»Jawohl, Sir.« Sergeant Wallace war froh, daß er keine Entscheidungen zu fällen brauchte. Es wäre unmöglich für ihn gewesen, so etwas auch nur vorzuschlagen, geschweige denn auszuführen. Und Captain Lowell tat es einfach. Wallace fragte sich, warum er sich nicht ganz sicher war, daß Colonel Jiggs Captain Lowell abschmettern würde.

Während Wallace die Listen für die Munitionsanforderung vorbereitete, studierte Lowell die Landkarten. Dann legte er triumphierend eine Karte mit einer vorgeschlagenen Route vor Wallace hin.

»So werden wir es machen«, sagte Lowell. »Das kostet uns nur die 24 Stunden, vielleicht weniger, die wir brauchen würden, wenn wir auf unserer ursprünglichen Vormarschroute zurückkehren würden. Wir können die Munition entweder bei Tschosan vom Flugzeug abwerfen lassen oder noch besser in diesem Gebiet hier.«

»Jawohl, Sir«, sagte Sergeant Wallace, der einerseits nicht widersprechen, andererseits auch nicht zustimmen wollte.

»Dies wird Task Force Bengal – Jesus, welch ein mieser Name – in einen wahren Tiger verwandeln«, sagte Lowell.

Er lachte laut über seine Worte, und Wallace mußte ebenfalls lachen.

»Ich dachte«, sagte Colonel Jiggs, »daß die Bezeichnung Task

Force Bengal ein gewisses Flair hat.« Sie hatten sein Eintreten nicht bemerkt.

Captain Lowell war verlegen, wie Wallace sah, aber keineswegs zum Schweigen gebracht.

»Ich hatte soeben einen faszinierenden Plausch mit Sergeant Wallace, Sir«, sagte Lowell. »Er hat einige sehr interessante Ideen.«

»Tatsächlich?« sagte der Colonel. Wallace hatte keine Ahnung, wovon Captain Lowell sprach.

»Der Sergeant«, fuhr Lowell fort, »zeigte mir auf der Karte, wie wir aus dieser Erkundungsmission einen echten Kavallerie-Angriff wie in alten Zeiten machen können.« Inzwischen hatte Colonel Jiggs erkannt, wessen Ideen Lowell zum besten geben wollte, aber er zwinkerte Wallace zu und ließ Lowell gewähren.

»Ich habe Sie unterschätzt, Sergeant Wallace«, sagte Lt. Colonel Jiggs. »Wenn ich es nicht besser wüßte, würde ich denken, daß diese Ideen aus dem fiebernden Hirn von jemand stammen, der die Wharton School of Business besucht hat.«

»Ich habe auch ein, zwei Ideen, Colonel«, sagte Lowell.

»Dessen bin ich sicher«, sagte Lt. Colonel Jiggs trocken. »Einfach, damit Wallace nicht alle Lorbeeren einheimst.«

»Wespen«, sagte Lowell.

»Wie bitte?«

»Dreivierteltonnen-LKWs mit .50er MGs ausrüsten«, erklärte Lowell.

»Und Sie haben die Vision, in der ersten, wie sagten Sie, ›Wespe‹ zu fahren? Sozusagen diese große und gloriose Kavallerie-Attacke anzuführen?« Die sarkastischen Worte des Colonels ärgerten Lowell. Er erkannte, daß Jiggs ihn verspottete, und hielt den Mund.

Dann sagte der Colonel: »Es könnte klappen. Aber haben Sie Zeit, um so etwas vorzubereiten?«

»Die Baker Company hat fünf solcher LKWs einsatzbereit, Colonel.«

»Sie werden in einem Panzer fahren«, sagte Colonel Jiggs. »In einem M46, keinem M24, und Sie werden nicht näher an der Spitze der Kolonne sein als im vierten Fahrzeug.«

»Darf ich daraus schließen, daß der Colonel entschieden hat, mir das Kommando über den Kampfverband zu übertragen?« fragte Lowell.

»Captain Lowell, wo sonst finde ich jemand, der fest glaubt, die kombinierte Wiedergeburt von George Armstrong Custer und George Smith Patton zu sein? Oder der dumm genug ist, um zu versuchen, was Sie offenbar versuchen wollen?«

»Danke, Colonel!« sagte Lowell.

»Warum ›Wespen‹?« fragte Colonell Jiggs.

»Sie stechen, wissen Sie, wie Wespen.«

»Welch eine melodramatische Bezeichnung«, sagte Lt. Colonel Jiggs trocken. »Nun, fast so schlecht wie Task Force Bengal.«

»Ich neige beschämt den Kopf, Sir.«

»Ich kam her, um einen Punkt zu besprechen«, sagte Lt. Colonel Jiggs. »Jetzt sind es drei Punkte. Erstens, wenn Sie wirklich denken, daß Sie weiter und schneller vorankommen als jeder sonst, dann sollten Sie sich Gedanken machen, welchen Nachschub Sie brauchen werden, der aus der Luft abgeworfen werden muß.«

»Sergeant Wallace hat die Liste des Erforderlichen fast fertig, Sir.«

»Ich kann sie Ihnen in einer Stunde komplett übergeben, Sir«, sagte Wallace.

»Okay. Das bringt uns zu Punkt zwei. Planen Sie nicht, mit zum Little Big Horn zu reiten, Wallace. Wenn die Indianer unseren Custer erledigen, werde ich Sie hier brauchen.«

»Ich würde wirklich gern mitfahren, Sir. Ich war Panzerkommandant und . . .«

»Verdammt, ich würde auch wirklich gern mitkommen«, fuhr Colonel Jiggs ihn an. »Sie bleiben, Wallace, und damit hat sich's.«

»Jawohl, Sir«, sagte Wallace.

»Punkt drei.« Colonel Jiggs zog eine Nachricht aus der Tasche und reichte sie Lowell. Lowell las und gab das Blatt an Wallace weiter.

Lieutenant General Walker, Generalstab der 8th Army, gab den Befehl, daß Task Force Bengal am 15. September 1950 um 4 Uhr 25 nach einem halbstündigen Sperrfeuer der Artillerie durch die Front brechen und auf der Linie Tschosan-Suwon den Feind angreifen sollte, wenn sich die Gelegenheit ergab, jedoch vorrangig so schnell wie möglich Tschosan erreichen sollte.

4

Pusan, Südkorea

4 Uhr 15, 15. September 1950

Task Force Bengal formierte sich eigentlich erst, als das Sperrfeuer der Artillerie um 3 Uhr 55 begann. Die verschiedenen Bestandteile – ein Dutzend Panzer hier, die Haubitzen auf Selbstfahrlafette da, die Lastwagen, die Fahrzeuge des Funktrupps, die Munitionstransporter, die Tankwagen – waren separat gebildet worden. Und als das Sperrfeuer begann, sammelten sich alle am Ablaufpunkt.

Captain Lowell war natürlich bereits da, und der First Sergeant der B-Kompanie (der mitfuhr) und Sergeant Wallace (der blieb) standen wie Verkehrspolizisten auf der Straße und wiesen die Fahrzeuge in ihre Positionen in der Kolonne ein.

Als das Sperrfeuer der Artillerie begonnen hatte, war der Himmel dunkel, und das Mündungsfeuer der Kanonen war fast wie Gewitterblitze gewesen. Doch als das Sperrfeuer anhielt, hellte sich der Himmel auf, und die Artillerie war weniger sichtbar. Das stetige Donnern war jedoch immer noch zu hören.

Colonel Paul T. Jiggs war zu seinem Ärger per Kurier zum vorgeschobenen Gefechtsstand der 8th Army befohlen worden. Er hatte befürchtet, Task Force Bengal sollte abgeblasen werden. Doch deshalb hatte »Victor Forward« ihn nicht zu sich befohlen.

Colonel Jiggs eilte jetzt zur Spitze der Kolonne. Dort fand er Craig W. Lowell, der an einem M46 lehnte. Bei dem M46 gab es

Veränderungen, seit Colonel Jiggs ihn am Vortag gesehen hatte.

Der Panzer trug jetzt einen Namen. Auf den Turm war ILSE gemalt. Warum nicht, zur Hölle, dachte Jiggs. Das war der Name von Lowells Frau, Lowell war berechtigt dazu. Aber der Colonel ärgerte sich über den Wimpel an einer der Antennen. Es war der Wimpel der B-Kompanie, gelb und mit einer r-förmigen Markierung am flatternden Ende. In der Originalversion stand darauf »B« und darunter »73«. Die B-Kompanie des 73. Panzerbataillons.

Jemand hatte sorgfältig »Task Force Lowell« auf den Wimpel gemalt.

Nach einer Weile zügelte Jiggs seinen Zorn. Er wußte, wer dafür verantwortlich war. Lowell hatte das nicht getan. Seine Soldaten hatten das gemacht. Seit sie für den Kampfverband ausgewählt worden waren, und besonders seit sich herumgesprochen hatte, daß ihr Kompaniechef, der Duke, das Kommando haben würde, hatten sie die Nase hochgetragen und alle anderen von oben herab behandelt.

Lowell nahm Haltung an und salutierte, als sich Colonel Jiggs näherte. Der Captain war ebenso besorgt, wie Jiggs es gewesen war, daß die Operation in letzter Minute entweder verschoben oder abgeblasen werden könnte. Weshalb sonst war Jiggs zu »Victor Forward« befohlen worden?

»Mir gefällt Ihr Wimpel, Lowell«, sagte Colonel Jiggs.

»Das war nicht meine Idee, Colonel«, erwiderte Lowell verlegen.

»Natürlich nicht«, sagte Jiggs sanft und ließ ihn schwitzen. Er reichte ihm ein versiegeltes Kuvert. »Die Funkunterlagen.«

»Die Operation findet statt?«

»So ist es.«

»Gott sei Dank! Ich hatte große Sorgen, als man Sie zu ›Victor Forward‹ befahl.«

»Und noch etwas, Lowell, was eine Menge erklärt.« Er gab ihm einen Funkspruch-Vordruck. Lowell las.

Der Oberbefehlshaber teilte allen US-Streitkräften in Korea mit, daß am 15. September 1950 um 2 Uhr Teile der 1. US-Marineinfanteriedivision, als Teil des X. US-Korps, unter dem

Kommando von Lieutenant General Edward M. Almond eine amphibische Invasion der Halbinsel Korea bei Inchon in der Nähe von Seoul begonnen hatte.

»Es wird Zeit, daß wir hier abmarschieren«, sagte Lowell.

»Ihr Auftrag ist also ein Ablenkungsmanöver«, sagte Jiggs. »Je mehr Wirbel Sie machen, desto besser.«

»Ablenkungsmanöver! Ich werde gen Seoul fahren!«

»Zuerst versuchen Sie, nach Tschosan zu kommen, Captain Lowell.«

Lowell schaute auf seine Armbanduhr.

»Ich sollte den Befehl zum Abmarsch geben, Colonel.«

»Zuerst nach Tschosan, Captain«, sagte Jiggs.

»Jawohl, Sir.«

Colonel Jiggs reichte ihm die Hand.

»Versuchen Sie, am Leben zu bleiben. Und denken Sie daran, Sie sind nicht George Patton.«

Lowell schaute ihn einen Augenblick an, und dann lächelte er. Er schob zwei Finger in den Mund, pfiff schrill und lenkte die Aufmerksamkeit des Fahrers des M46 hinter seinem auf sich. Dann gab er das Signal »Starten«. Ein Starter mahlte, und die 810-PS-Maschine sprang an.

»Passen Sie auf sich auf, Craig«, sagte Colonel Jiggs und legte ihm die Rechte auf die Schulter. »Ich will Sie und alle anderen lebend zurückhaben.«

Lowell war verlegen und bewegt. Er hatte nicht erwartet, daß Colonel Jiggs Gefühle zeigen würde. Er nickte und stieg auf den M46, den er ILSE getauft hatte.

Das Sperrfeuer hörte genau nach Plan auf. Und genau nach Plan setzte sich die Task Force Bengal in Bewegung.

Lowell fuhr an der Spitze. Seine »Wespen« würde er erst vorausschicken, wenn er ganz hinter den feindlichen Linien war.

Lt. Colonel Jiggs blieb stehen, wo er mit Lowell gesprochen hatte, winkte und erwiderte manchmal einen Gruß, während der Kampfverband an ihm vorbeirollte, Fahrzeug um Fahrzeug, scheinbar endlos.

In diesem Augenblick haßte er Captain Lowell, der seine -

Soldaten in den Kampf führte, während er, Jiggs, zurückbleiben mußte, um einen Feldzug gegen die Sesselfurzer der 8th Army zu führen.

5

57. U.S. Army Field Hospital Gießen, Deutschland

23. September 1950

Major T. Jennings Wilson, Quarter Master Corps, Chef der Gruppe Winter-Feldausrüstung des U.S. Army General Depot Gießen, lag in seinem Einzelzimmer im obersten Stock des Lazaretts seit Tagesanbruch wach, noch bevor man ihm das Frühstück brachte.

Er hatte einen schrecklichen Kater, und das Atmen schmerzte ihn. Entweder hatte er sich einige Rippen gebrochen, als er gegen das Lenkrad geprallt war, oder er hatte sich schlimme Blutergüsse zugezogen. Seine Knie schmerzten ebenfalls. Damit war er vermutlich gegen das Armaturenbrett geknallt.

Major Wilson hatte sich zu erinnern versucht. Er war ein wenig durcheinander. Himmel, jeder in seiner Lage wäre verwirrt, aber er glaubte nicht, daß man eine Blutprobe gemacht hatte, und so drohte vermutlich keine Anklage wegen Trunkenheit am Steuer. Er konnte sich nur vage erinnern.

Nach dem Zusammenstoß war er aus seinem Oldsmobile ausgestiegen und hatte sich den Jaguar lange genug angeschaut, um zu sehen, daß die Fahrerin tot war und daß der Wagen ein deutsches Nummernschild hatte. Es gab nicht viele Krauts mit genug Geld, um einen Jaguar zu fahren, und das bedeutete, daß es die Art Kraut war, die ihm vielleicht vor einem deutschen Gericht die Hölle heiß machen würde. Vor deutschen Richtern. Er fragte sich, ob die deutschen Gerichte Geschworene hatten. Wenn ja, dann würde die Jury wohl aus

Deutschen bestehen, die ihn nicht nur schuldig sprechen, sondern ihn um Abertausende Dollars Schadenersatz schröpfen würden.

Ah, verdammt, dachte er, dafür bezahlst du deine Versicherung. Das ist das Problem der Versicherung, nicht deines.

Sein Problem war es, aus dieser Sache herauszukommen, ohne seine Karriere zu ruinieren. Die Army wurde hysterisch, wenn man einen Unfall mit Deutschen hatte. Das war schlecht für die deutsch-amerikanischen Beziehungen, und die Army machte sich in letzter Zeit wegen der deutsch-amerikanischen Beziehungen in die Hose. Das Größte war, daß sich die Army als »Gast« bei dem deutschen Volk bezeichnete!

Scheiße! dachte Major Wilson. Die Army ist hier, weil sie die Deutschen im Zweiten Weltkrieg besiegt hat.

Immer wieder versuchte er, sich zu erinnern, was passiert war, und als die Militärpolizisten auftauchten, war er ziemlich sicher, daß er davonkommen würde. Gewiß, es würde Probleme geben. Er würde einen neuen Wagen brauchen. Der Olds war völlig demoliert. Und er wußte, daß es Schwierigkeiten mit der Versicherungsgesellschaft geben würde. Die Versicherung mußte natürlich zahlen, aber dann würde sie ihm kündigen.

Und vermutlich hatte er Dolores einen Schrecken eingejagt. Er erinnerte sich, daß der Arzt bei der Untersuchung erwähnt hatte, daß man seine Frau informiert und ihr gesagt hatte, daß sie bis heute mit einem Besuch warten müsse, weil man ihn 24 Stunden unter Beobachtung halten wolle. Dolores wurde manchmal hysterisch, wenn etwas passierte. Sie verstand nicht, daß solche Dinge eben geschehen. Natürlich tat es ihm um die deutsche Frau leid. Keiner ist gern in einen tödlichen Unfall verwickelt. Es war eine gottverdammte Schande, und es tat ihm leid, aber so etwas passiert nun mal, und diesmal war es eben ihm widerfahren.

Er hatte gewußt, daß sich die Militärpolizei mit dem Fall beschäftigen würde. Sie ermittelte bei jedem Unfall. Und bei einem schlimmen Unfall wie diesem schickte man Agenten von der Criminal Investigation Division – CID, die ermittelten.

CID-Agenten waren MP-Sergeants, die Zivilkleidung trugen, bei der Army das Gegenstück zu Polizeidetektiven.

Major Wilson war auch nicht überrascht, daß die CID-Agenten, die in sein Zimmer kamen, die Uniformen von Offizieren trugen. Sie hatten nur die Offiziersinsignien der US-Army auf den Rockaufschlägen. Kein Abzeichen des Rangs und der Truppengattung. Nur die Uniform, die zivilen Angestellten ab der Besoldungsgruppe GS-7 oder höher erlaubt war. Was soll's, dachte Major Wilson, wenn ich ein MP-Sergeant wäre, dann hätte ich mich auch so angezogen.

»Major Wilson?« fragte der ältere der beiden CID-Agenten.

»Das bin ich«, erwiderte Major Wilson.

Der Ausweis eines CID-Agenten, ein Lederetui mit einem Abzeichen und einer plastikumhüllten ID-Card, wurde ihm vors Gesicht gehalten.

»Ich bin Lieutenant Colonel Preston, Major Wilson«, sagte der ältere der beiden CID-Agenten. »Und das ist Agent MacInerney.«

Major Wilson fragte sich flüchtig, ob es ein richtiger Lieutenant Colonel oder nur ein Trick war, mit dem sie die Leute einschüchterten. Er sagte sich, daß es gleichgültig war. Wichtig war für ihn, daß er bei den beiden sehr vorsichtig war.

»Guten Tag, Sir«, sagte Major Wilson höflich.

»Ich nehme an, Sie wissen, weshalb wir hier sind, Major«, sagte Preston. »Wir wollen mit Ihnen über den Unfall reden, den Sie gestern nachmittag hatten.«

»Ich verstehe«, sagte Major Wilson.

»Und ich bin sicher, Sie kennen Ihre Rechte gemäß Paragraph 31. Ich meine, daß Sie nichts auszusagen brauchen, was Sie belasten könnte? Oder, was das anbetrifft, daß Sie überhaupt nicht mit uns zu sprechen brauchen?«

»Ja, natürlich«, sagte Major Wilson. »Ich werde jede Ihrer Fragen beantworten, Colonel. Jede, die ich beantworten kann.«

»Danke für Ihre Kooperation«, sagte Preston. »Ich denke, wenn Sie einverstanden sind, ist es das beste für Sie, uns einfach mit Ihren Worten zu schildern, was geschah. Sind Sie dazu bereit?«

»Ich werde mein Bestes tun, Sir«, sagte Major Wilson.

»Und am besten fangen Sie natürlich mit dem Anfang an«, sagte Preston. »Ich hörte, Sie waren in Bad Hersfeld. Stimmt das?«

»Jawohl, Sir, das stimmt«, antwortete Major Wilson. »Ich war in den letzten beiden Tagen in Bad Hersfeld. Beim G-4 der 14th Constabulary. Ich bin Chef der Gruppe Winter-Feldausrüstung des Depots, und ich war dort, um Informationen über die Anforderungen der 14. für das kommende Jahr zu erhalten.«

»Ich verstehe«, sagte Preston. »Und Sie waren auf der Rückfahrt nach hier, als es passierte?«

»Ich hätte es fast geschafft«, sagte Wilson mit schmerzlicher Miene. »Ja, Sir, ich war auf der Rückfahrt.«

»Wann haben Sie Bad Hersfeld verlassen?«

»Nach dem Mittagessen.«

»Wissen Sie die ungefähre Zeit?«

»Oh, wissen Sie, ich erinnere mich wirklich nicht genau. So gegen 14 Uhr. Es war ein Arbeitsessen.«

»Und Sie sind auf direktem Weg zurückgefahren? Sie haben nirgendwo angehalten?«

»Nein, ich bin auf geradem Weg und ohne Rast durchgefahren.«

»Dann sind Sie einen ziemlich guten Schnitt gefahren, nicht wahr? Der Zusammenstoß erfolgte laut deutscher Polizei um 16 Uhr 30.«

Die Frage beunruhigte Major Wilson. Natürlich hatte er eine gute Zeit herausgefahren. Und das kann man nur durch hohe Geschwindigkeit. Worauf wollten diese Bastarde hinaus? Wollten sie die Kilometer durch die Fahrzeit teilen und ihm dann überhöhte Geschwindigkeit anhängen? Er hatte gehört, daß sie zu so etwas fähig waren. Aber dann dachte er genauer darüber nach. Um ihm auf diese Weise etwas anzuhängen, brauchten sie Zeugen, die beschworen, daß er zu einem genauen Zeitpunkt losgefahren war, und er glaubte nicht, daß jemand beschwören konnte, wann er den Klub in Bad Hersfeld verlassen hatte.

»Ja, Sir«, sagte er, »ich kam ziemlich gut voran. Es gab kaum Verkehr auf den Straßen.«

»Erzählen Sie, was Ihnen von dem Unfall in Erinnerung ist«, schlug Preston vor.

»Nun, ehrlich gesagt, kann ich mich nicht an viel erinnern. Es ging alles so schnell.«

»Sie erinnern sich, wo es passierte?« fragte Preston.

»Ja, natürlich. Vielleicht sechs, sieben Kilometer von Gießen entfernt. Da gibt es eine Reihe von Kurven, ich glaube, S-Kurven werden sie hier genannt. Die muß man wirklich langsam fahren. Nun, Colonel, ich erinnere mich, daß ich in der zweiten oder dritten Kurve war, als aus heiterem Himmel diese Kraut um eine Kurve aus der Gegenrichtung, aus Gießen, kam. Ich meine, in einem Höllentempo. Ein Jaguar. Sie wissen ja, wie diese Krauts rasen, die genug Geld haben, um einen Wagen wie den Jaguar zu fahren.«

»Erzählen Sie weiter.«

»Nun, da gibt es nicht mehr viel zu erzählen. Ich versuchte, ihr auszuweichen, aber sie war auf meiner Straßenseite, und ich konnte nichts mehr tun.«

»Sie sagen, der Jaguar fuhr zu schnell?«

»In einem Höllentempo«, bekräftigte Major Wilson.

»Und wie fuhren Sie?«

»Nun, ich kenne diese Straße, Sir. Ich fuhr nicht schneller als 50 oder 60 Stundenkilometer.«

»Hatten Sie getrunken, Major?«

»Um ehrlich zu sein, ich hatte ein Paar Drinks beim Essen im Klub in Bad Hersfeld. Ich weiß, ich war im Dienst, aber ich hatte anderthalb harte Tage hinter mir.«

»Ein ›Paar‹ sind zwei«, sagte Preston, »wenn man ›Paar‹ großschreibt. Oder meinten Sie ein *paar*?«

»Ich hatte nur zwei Drinks«, sagte Major Wilson.

»Sowohl die Army als auch die deutsche Polizei ermitteln in diesem Unfall, Major Wilson.«

»Nun, das überrascht mich nicht«, erwiderte Major Wilson.

»Warum sagen Sie das?«

»Der Grund liegt doch auf der Hand. Sie holen einen amerikanischen Offizier vor ein deutsches Gericht, einen Amerikaner, der all die teure Versicherung bezahlt, die wir haben müssen, und sie schröpfen uns. Bei meinesgleichen können Sie das kaum als Prozeß bezeichnen.«

»Sie werden einen Prozeß von Ihresgleichen bekommen, Major. Ich denke, daß Sie sich darauf verlassen können.«

»Nun, das ist eine gute Nachricht«, sagte Major Wilson. »Bei einem amerikanischen Kriegsgericht werde ich jederzeit mein Recht bekommen. Wir wissen doch, wie verrückt die Krauts fahren.«

»Ich glaube, ich habe mich nicht richtig ausgedrückt«, sagte Preston. »Sie werden einen Zivilprozeß vor einem deutschen Gericht bekommen. Und eine Verurteilung als Verbrecher vor einem Kriegsgericht.«

»Ich verstehe nicht, Sir.«

»Ihre Geschichte stimmt nicht, Major«, sagte Preston. »Wir haben bereits die Aussage des Kellners im Offiziersklub in Bad Hersfeld. Sie hatten fünf Drinks zum Essen, nicht zwei. Und dann stoppten Sie in Kolbe und tranken im Gasthaus zum Goldenen Hirsch zwei Flaschen Bier, um damit zwei Steinhäger hinunterzuspülen. Man erinnert sich genau an Sie, weil Sie ausfallend wurden, als man Ihnen keinen amerikanischen Whisky servieren konnte.«

»Das bestreite ich natürlich!«

»Lassen Sie mich fortfahren«, sagte Preston eisig. »Der Jaguar fuhr nicht mit überhöhter Geschwindigkeit. Wir wissen das aus zweierlei Gründen. Erstens wissen wir, daß der Jaguar erst ungefähr 100 Meter vor dem Zusammenprall auf die Landstraße fuhr. Da gibt es eine Kreuzung mit einer kleineren Straße, die, wie Sie vermutlich wissen, zum Verpflegungsamt und zum PX führt. Der Jaguar fuhr auf dieser Straße. Wir haben Zeugen. Zweitens fuhr der Jaguar bei dem Zusammenprall im zweiten Gang. Damit kann man kaum im ›Höllentempo‹ fahren, wie Sie es bezeichnet haben. Wir können es natürlich nicht beweisen, aber wir halten es für unwahrscheinlich, daß eine Frau mit einem Kind neben sich ihren Wagen voll ausfährt.«

Ohne sich dessen bewußt zu sein, sagte Major Wilson: »Diese Krauts fahren wie die Verrückten, und jeder weiß das.«

»Auch das stimmt nicht, Major«, sagte Preston. »Die Frau,

die Sie töteten, als Sie mit 120 bis 140 auf der falschen Seite der Fahrbahn um diese Kurve fuhren, war nicht das, was Sie als eine echte ›Kraut‹ bezeichnen können. Sie war eine eingebürgerte amerikanische Bürgerin. Und sie war die Frau eines amerikanischen Offiziers namens Lowell, der in Korea ist.«

Major Wilson blickte Preston voller Entsetzen an.

»Ich hoffe, man hängt Sie, Wilson«, sagte Preston.

»Colonel . . .« sagte der andere CID-Agent in dem Versuch, ihm zum Schweigen zu bringen.

»Ich würde Sie gern selbst anklagen, Sie Dreckskerl«, sagte Preston, der die Kontrolle über sich verlor. »Aber das wird man nicht zulassen. Sie sollten sich jedoch einen guten Verteidiger suchen, denn ich werde tun, was in meiner Macht steht, um Sie nach Leavenworth zu schicken.«

Der andere CID-Agent ergriff Preston am Arm und schob ihn aus dem Zimmer. Major T. Jennings Wilson starrte einen Augenblick lang auf die Tür, die sich hinter den beiden Männern geschlossen hatte, und dann neigte er sich aus dem Bett und übergab sich.

6

Bei Ulsan, Südkorea

25. September 1950

Die L-5 kam aus dem Bergland hinter Kyongdschu und flog über die Hauptnachschubroute, die durch das Tal verlief und jetzt mit Kolonnen von Lastwagen und Artillerie verstopft war. Der Pilot flog über die Berge. Jetzt waren die Truppenmassierungen weniger sichtbar. Statt dicht zusammengezogenem Verkehr gab es kleine Lastwagen-Konvois, einige von Panzern begleitet, einige ganz allein. Hier und dort brannten Feuer. Es hatte einigen Widerstand gegeben. Der Colonel in der L-5 war sich nicht sicher, wieviel Rauch vom Kampf stammte und wieviel von dem, was die Nordkoreaner beim Rückzug in Brand gesteckt hatten.

In der klaren Luft des Morgens konnte er immer seltener die Schauplätze von Kämpfen sehen. Dort unten schwelten russische T-34-Panzer. Die T-34-Panzer waren nicht mehr unbesiegbar, seit man gelernt hatte, wie man damit umgehen mußte. Die Hauptnachschubroute führte jetzt durch das Küstental, das sich bis nach Nordkorea hinauf erstreckt, über Inchon hinaus, wo am 15. September, neun Tage zuvor, General Ned Almond das X. Korps an Land geführt hatte.

Der Colonel schaute auf seine Landkarte. Zwanzig Kilometer nach Pyongtaek und von dort aus etwa ebenso weit bis Habung-ni. Als er aus dem Fenster blickte, sah er einen brennenden M46, doch etwa 100 Meter jenseits davon nicht nur vier schwelende T-34-Panzer, sondern auch die Leichen der Besatzungen. Dort hatte ein Kampf stattgefunden, ein Kampf, der nie in den Geschichtsbüchern verzeichnet werden würde, weil der Krieg ihn überrollt hatte.

Colonel Paul Jiggs sagte sich, daß er das Gefechtsfeld aus der Vogelperspektive sah. Nicht hier, denn hier waren die Ereignisse vorbei, aber auf anderen Gefechtsfeldern würde er ein Flugzeug benutzen, um zu sehen, was geschah, *während* es passierte. Um Truppen zu befehligen, die er sehen konnte, keine Truppen, um deren Anwesenheit an der vermuteten Stelle er beten mußte.

Er hatte die L-5 Lowell zu verdanken, und als Lowell darum ersucht hatte, war Jiggs ehrlich davon überzeugt gewesen, daß ihm die 8th Army etwas husten würde. Panzerbataillonen wurden keine Flugzeuge genehmigt, weder zur Kriegsaufklärung für die Artillerie (Panzerkanonen werden normalerweise auf Ziele eingesetzt, die von der Panzerbesatzung gesehen werden, und deshalb hält man Feuerlenkung aus der Luft für unnötig) noch zum Zweck der Verbindung oder des Personentransports. Er hätte eine Stabsstudie schreiben und darin die Zuteilung leichter Maschinen rechtfertigen können, indem er auf die Größe und den Auftrag des 73. Schweren Panzerbataillons (verstärkt) hingewiesen hätte. Aber das hätte zwei

Wochen Schreibarbeit und ein halbes Jahr Prüfung bedeutet, bis man überhaupt reagiert hätte.

Lowell hatte einen besseren Weg gefunden. Er hatte herausgefunden, daß die Artillerie ein Recht auf Beobachtungsflugzeuge hatte (auf der Basis von 1,5 Maschinen und einem Piloten pro Kampf-Batterie). Auf dieser Basis hatte er ein Gesuch eingereicht, und man hatte es gebilligt, als handele es sich um zwei Tonnen Schokoladeneis.

Jetzt hatten sie die L-5, und sie wurde eingesetzt, um den Kontakt zu halten und Verwundete auszufliegen, seit Task Force Bengal die Front durchbrochen hatte. Seit neun Tagen wütete Lowell hinter den feindlichen Linien. Er war jetzt fast in der Mitte der Halbinsel. Der Funk-LKW war längst in die Luft geblasen worden, und die L-5 war die fast einzige verläßliche Kommunikationsmöglichkeit.

Colonel Jiggs nahm das Mikrofon, überprüfte, ob das Funkgerät auf die richtige Frequenz eingestellt war, und schaltete das Mikro ein.

»Bengal Forward, hier ist Bengal Six. Kommen!«

Zu seiner Überraschung erhielt er sofort Antwort. Er hatte nicht erwartet, gleich beim ersten Versuch Kontakt zu bekommen.

»Wie lauten Ihre Koordinaten, Bengal Forward?« fragte der Colonel.

»Ich glaube nicht, daß ich das über Funk sagen darf«, erwiderte die Stimme, »aber der Duke sagte, als wir hielten, daß wir etwa drei Meilen von Habung-ni entfernt sind.«

»Lassen Sie mich mit Bengal Forward sprechen«, sagte der Colonel. Die verdammten Jungs kapierten nur die Hälfte. Sie sollten nicht die Koordinaten im Funkverkehr sagen, damit der Feind sie nicht an Hand einer erbeuteten Karte damit finden konnte. Und jetzt nannte der Kerl ihre Position auch noch unverschlüsselt!

»Der Duke hilft beim Betanken«, sagte der Funker.

»Können Sie ihm eine Nachricht übermitteln?«

»Roger.«

»Sagen Sie ihm, er soll die augenblickliche Position halten. Hier ist Bengal Six. Haben Sie das?«

»Jawohl, Sir, Colonel, das habe ich«, sagte der Funker.

»Können wir dort oben irgendwo landen?« fragte Colonel Jiggs.

»Ich nehme an, Sie können auf der Straße landen, wenn sie nicht gerammelt voller Panzer wäre«, erwiderte der Funker.

»Dann schaffen Sie die Panzer von der Straße«, sagte Colonel Jiggs geduldig.

»Sie meinen, jetzt gleich?«

»Ja, verdammt, sofort! Wir sind in etwa 15 Minuten dort.«

»Ich werde es dem Duke sagen, Colonel.«

»Tun Sie das, Sohn.« Der Colonel hängte das Mikrofon in die Halterung und neigte sich zur Seite, um weiter nach vorn spähen zu können. Es nutzte nichts. Die Straße war leer und still.

Und dann, nur einen Augenblick später, sah er sie.

25 bis 30 M46 (er hatte 38 losgeschickt) standen zu beiden Seiten der schmalen, unbefestigten Straße. Zwischen den Panzern standen Haubitzen auf Selbstfahrlafetten. Die Kettenfahrzeuge, Panzer und Haubitzen hatten gerade genug Platz auf der Straße gelassen, um die Munitionstransporter und die LKWs mit dem Treibstoff passieren zu lassen. Am Ende der Kolonne waren die M24 zum Schutz der Treibstoff- und Munitions-Konvois.

Die normale Taktik schreibt vor, daß die leichten Panzer zur Erkundung dem Kampfverband vorgeschickt werden. Lowell setzte sie genau entgegengesetzt ein, am Schluß. Es war gut, daß die 8th Army keine Zeit gehabt hatte, sich Task Force Bengal vor dem Abmarsch anzusehen. Sie hätte Zustände bekommen, wenn sie Lowells »Wespen« gesehen hätte, deren Schützen allesamt Freiwillige waren. Die Dreivierteltonner waren mit mindestens einer halben Tonne Munition Kaliber .50 überladen.

Jetzt war Lowell eine Art Held für die 8th Army. Er machte dem Feind höllisch zu schaffen. Der Feind wußte nicht, wohin er flüchten sollte, denn jederzeit konnte er auf Lowells Kampfverband stoßen. Selbst die 8th Army nannte den Kampfverband inzwischen Task Force Lowell, zuerst als Scherz und nun routinemäßig.

Aus der Luft, dachte Jiggs, sieht Task Force Lowell – er korrigierte sich, Task Force *Bengal* – zwar eindrucksvoll aus, aber nicht annähernd so beeindruckend wie beim Passieren der Linien der 24. Division. Das war ein Anblick gewesen, als sie mit röhrenden Motoren in vollem Tempo und mit wippenden Antennen über die Hauptnachschubstraße gedonnert waren! Colonel Jiggs, der jetzt aus der Luft beobachtete, verspürte ein wenig Selbstmitleid bei dem Gedanken, daß er im ersten M46 sein und seine Soldaten führen sollte. Die Versuchung, das Kommando zu übernehmen, war sehr groß gewesen, besonders, als sich die 8th Army es immer wieder anders überlegt und den Auftrag des Kampfverbands immer mehr erweitert hatte. Das waren *seine* Soldaten, und es war nur fair, wenn *er* sie befehligte, kein Junge, der sich für Patton hielt.

Aber es gab zwei unwiderlegbare Fakten: Lowell war ein hervorragender Führer, der förmlich mit den Füßen denken konnte, und er bewies es weiterhin. Außerdem war das, was von Task Force Bengal übriggeblieben war, nicht viel mehr als eine Kompanie. Es war erstaunlich, daß überhaupt soviel übriggeblieben war, aber es blieb die Tatsache, daß es nicht viel war.

Und jemand, ein Offizier mit hohem Rang, mußte zurückbleiben und den Laden schmeißen. Jemand mit Rang mußte dort sein, um LKWs und Treibstoff anzufordern und zu veranlassen, daß viermal zusätzlich Munition und Kraftstoff aus der Luft abgeworfen wurde, weil Lowell schneller und weiter vorgestoßen war, als selbst er es für möglich gehalten hatte. Jiggs Aufgabe war es, am Funkgerät und Telefon zu bleiben und den Leuten seinen brandneuen Silbervogel vorzuführen.

Der Colonel sagte sich, daß keiner – abgesehen von den Beteiligten selbst – je geglaubt hatte, so weit und so schnell vorzustoßen.

Der Führungspanzer der Task Force Lowell bildete den Punkt des weitesten Vorstoßes der 8th Army beim Ausbruch aus dem Brückenkopf von Pusan.

Jetzt gab es am Boden Aktivität. Lastwagen fuhren an und rollten zurück zu den M24-Panzern, die sie auf der Straße zurück nach Pyongtaek schützen würden. Die Panzer wurden angelassen, und bläulicher Rauch stieg auf, als sie dicht zu den Wespen und dem ersten Panzer aufschlossen, um Platz zum Landen für die L-5 auf der Straße zu schaffen.

»Können Sie dort runter?« fragte Colonel Jiggs den Piloten, einen jungen Lieutenant frisch vom Zivilleben aus den Staaten, den Lowell förmlich gekidnappt hatte, als er die L-5 beim IX. Korps aufgetrieben hatte.

»Ja«, sagte der Pilot nachdenklich. Es war nicht respektlos. Im Moment gab er nur die Einschätzung eines Profipiloten wieder, ohne sich bewußt zu sein, daß er wieder bei der Army war. »Ich komme von Norden herunter. Ich hoffe nur, daß der Feind dort oben nicht eingegraben ist. Mit MGs, meine ich.«

Seine Hoffnung erfüllte sich. Sie landeten unbehelligt.

Captain Lowell schlenderte – er lief nicht – zu der L-5, als sie am Ende der Panzerkolonne ausrollte und hielt. Colonel Jiggs stieg aus.

Mit dem M1 über der Schulter salutierte Captain Lowell. Der Gruß kam nahe an eine Anmaßung heran.

Ich weiß, was du denkst, du Bastard, dachte Jiggs. Du denkst, ich bin hier, um deinen Ruhm einzuheimsen, um selbst das Kommando zu übernehmen.

»Wie geht's, Lowell?« fragte der Colonel.

»Wir sind bereit, weiterzurollen, Colonel«, sagte Lowell. »Gibt es irgend etwas Neues?«

»Sie haben wirklich prima Arbeit geleistet, Lowell«, sagte Colonel Jiggs. »Ich weiß das. Und was noch wichtiger ist, die 8th Army weiß das ebenfalls.«

Lowell gab nicht mal eine Antwort.

»Ich habe einiges für Sie, Lowell«, fuhr Colonel Jiggs fort.

Lowells Augenbrauen hoben sich. Er war offensichtlich neugierig, aber er sagte nichts. Colonel Jiggs griff in die Tasche und zog das goldene Eichenblatt eines Majors hervor.

»Dies gehört Charley Ellis«, sagte der Colonel. »Ich soll Ihnen von ihm sagen, daß Sie ihm einen Drink schulden.«

»Das ist nett von ihm«, sagte Lowell. »Ich dachte, er wäre unter den gegebenen Umständen sauer auf mich.«

»Er ist Ihnen dankbar«, bemerkte Jiggs trocken. »Es war ein

genialer Streich, ihn zum Battalion Inspector General zu ernennen, Lowell.«

Lowell lächelte, schwieg jedoch.

»Sie haben dieses goldene Blatt verdient, Lowell«, sagte Colonel Jiggs, aber er schüttelte ihm nicht die Hand und beglückwünschte ihn nicht mit einer förmlichen Ansprache.

»Ist das alles, Sir?« fragte Major Lowell.

»Leider nicht, Major Lowell«, sagte Colonel Jiggs. Sofort war wieder Mißtrauen in Lowells Blick. »Ich mußte eine Entscheidung treffen, ob ich Ihnen das vor dem Herstellen der Verbindung zu unseren Landungstruppen des X. Korps gebe oder danach. Ich entschied mich, es Ihnen so schnell wie möglich zu geben.« Er reichte Lowell ein Fernschreiben. Lowell las.

VORRANGIG

Hauptquartier Europäisches Oberkommando

Folgendes persönlich von General Clay an General Walker, Eighth United States Army Korea.

Bulldog, dringende Nachricht bitte baldmöglichst an Captain Craig W. Lowell, 73rd Heavy Tank, Ihr Kommando, weiterleiten. Zitat Anfang: Bedaure zutiefst, dich informieren zu müssen, daß deine Frau Ilse am 22. September 16 Uhr 30 bei einem Autounfall in der Nähe von Gießen tödlich verunglückte. Peter-Paul unverletzt und bei seinem Großvater. Brief mit Einzelheiten per Luftpost unterwegs. Sharon und ich teilen deine Trauer. Sanford T. Felter, Captain – Zitat Ende. Informieren Sie bitte diesen Offizier, daß ihm das Oberkommando Europa bei dieser persönlichen Tragödie mit allen seinen Möglichkeiten zur Verfügung steht. Zum Schluß, Bulldog, alle Offiziere und Männer des Europäischen Oberkommandos begeistert von Ihrem Ausbruch aus dem Brückenkopf. Beste persönliche Grüße. Unterzeichnet Lucius. Ende der persönlichen Botschaft von General Clay an General Walker.

Von Supreme Commander United Nations Command an General Walker Eighth Army Personal

Bitte übermitteln Sie Captain Lowell das persönliche Beileid von mir und Mrs. MacArthur.

MacArthur
General of the Army

»Oh, verdammt!« stieß Major Lowell hervor.

Der Colonel reichte ihm den Becher seiner Taschenflasche, den er mit Scotch gefüllt hatte.

»Es tut mir leid, Lowell«, sagte Colonel Jiggs.

»Verdammt, sogar General MacArthur tut es leid!«

Tränen rannen über Lowells Wangen. Er trank den Scotch, schnappte nach Luft und hustete. Der Colonel füllte den Becher der Taschenflasche von neuem und hielt ihn Lowell hin. Lowell schüttelte den Kopf. Der Colonel trank den Scotch selbst.

»Alles mit Ihnen in Ordnung, Major?« fragte der Colonel.

»Jawohl, Sir«, erwiderte Lowell. »Alles ist einfach verdammt in Ordnung.«

»Brauchen Sie ein paar Minuten?« fragte der Colonel. »Der Krieg wird warten.«

Lowell antwortete nicht. Er salutierte, machte kehrt und ging zu der Reihe der Panzer. Er hielt den Kopf gesenkt, und der Colonel nahm an, daß Lowell weinte. Aber als Lowell an den Panzern vorbeiging, hob er jedesmal die Hand und gab das Signal »Starten«. Ein Motor nach dem anderen wurde angelassen.

Der Colonel stieg in die L-5 und setzte die Kopfhörer auf.

»Nun gut«, ertönte schließlich Lowells tränenerstickte Stimme aus dem Funkgerät. »Bringen wir diese verdammte Show auf die Straße.«

»Wiederholen Sie bitte diese letzten Worte«, meldete sich jemand.

»Ich sagte, Sergeant Donahue«, ertönte wieder Lowells Stimme, diesmal fast unter Kontrolle, »lassen Sie den Hornisten zur verdammten Attacke blasen!«

Die Dreivierteltonner-Wespen, deren Schützen in ihren improvisierten Gefechtstürmen sofort zur Probe mit den MGs Kaliber .50 feuerten, setzten sich in Bewegung. Der erste Panzer, Lowells M46 mit dem Namen ILSE, folgte. Als er 50

Meter straßenabwärts war, begann der zweite Panzer zu rollen. Colonel Jiggs wartete, bis alle fort waren und sich der Staub genügend gesenkt hatte, so daß der L-5 Pilot starten konnte. Dann neigte er sich vor und fragte den Piloten, wieviel Treibstoff die Maschine noch hatte.

»Etwa für eine Stunde, Colonel.«

»Wir werden zehn Minuten warten und dann abfliegen. So sollten wir genügend Zeit haben, um zu sehen, was passiert.«

Eine halbe Stunde später, in der Luft, stellte Colonel Jiggs die richtige Frequenz ein und nahm das Mikrofon.

»Victor, Victor, hier ist Bengal Six.«

»Ich verstehe Sie, Bengal Six.«

»Nehmen Sie Einsatzbericht auf«, sagte Colonel Jiggs.

»Victor bereit zum Aufnehmen des Einsatzberichts.«

»An Commanding General, 8th Army«, diktierte Jiggs. »Einsatzbericht. Persönlich für General Walker. Task Force Lowell, ich wiederhole, Task Force Lowell, ich buchstabiere, Love, Oboe, Whiskey, Easy, Love, Love, 73rd. Heavy Tank, Major Craig Lowell, vollzog Zusammenschluß mit Einheiten des X. United States Corps um 0832 Uhr bei Osan. Empfehle sofortige Verleihung des Distinguished Service Cross an Major Lowell. Unterzeichnet, Jiggs, Colonel, Commander 73rd Heavy Tank. Haben Sie das?«

»Jawohl, Sir.«

»Okay«, sagte Colonel Jiggs. Und dann wandte er sich an den Piloten. »Jetzt können wir heimfliegen.«

IX

1

Die Farm
Fairfax County, Virginia

28. September 1950

Barbara Waterford Bellmon betrachtete es insgeheim als ›Gammelpause‹. Es war die Zeit des Tages zwischen halb fünf und fünf am Nachmittag, wenn sie sich ein wenig Ruhe und einen guten Schluck gönnte. Sie hatte sich den Tag über um die Probleme der Kinder gekümmert, das Abendessen war in Vorbereitung, und all ihre mütterlichen und haushälterischen Pflichten waren erledigt. Sie duschte, kümmerte sich um ihr Haar und ums Make-up, und dann brauchte sie nur noch zu warten, bis ihr Mann aus dem Pentagon nach Hause kam.

Dann schenkte sie sich für gewöhnlich einen großzügigen Scotch mit nur ein wenig Eis ein, damit sie den Geschmack des Whiskys genießen konnte, ließ sich auf der Couch beim Kamin nieder, breitete die Zeitung aus, zog die Füße unter sich an und las zur Entspannung.

Heute brannte ein Feuer im Kamin. Es wurde gegen Abend schon kühl, und sie mochte ein behagliches Kaminfeuer. Ihr Mann würde in seine Höhle zurückkehren, nachdem er wieder mal einen Tag gegen Drachen und Dinosaurier gekämpft hatte, und von seinem Weibchen am Feuer erwartet werden.

Bob Bellmon kam heim, um etwas zu trinken, eine Mahlzeit und ein Lächeln zu bekommen, und nicht um zu hören, was tagsüber im Haushalt schiefgelaufen war. Barbara war stolz darauf, daß sie eine gemütliche Atmosphäre für ihn schaffen konnte. Er arbeitete immer noch sechzig und mehr Stunden pro Woche am Schreibtisch und tat ihr leid.

Sie hatte einen Gedanken, der sie irgendwie beschämte. Es sah aus, als wäre der Koreakrieg so gut wie vorüber. Das bedeutete, daß Bob keine Chance hatte, dorthin zu kommen und das Kommando über ein Bataillon zu übernehmen. Statt dessen würde er diesen Krieg an einem Schreibtisch im Pentagon aussitzen müssen. War es falsch, ihn deshalb zu bedauern? War es falsch, es für einen Jammer zu halten, daß der Krieg bald vorüber sein würde (MacArthur war mit den Worten zitiert: »Der Feind ist fast besiegt; die Truppen sollten zu Weihnachten daheim sein.«)? Stimmte irgend etwas nicht mit ihr, weil sie wünschte, daß ihr Mann seine Chance bekam, in den Krieg zu ziehen?

Sie blätterte die Seiten der *Washington Post* durch, überflog sie und las, was ihr Interesse weckte. Ihr Blick fiel auf einen längeren Artikel, und sie las ihn.

»Mein Gott!« stieß sie hervor und las den Artikel noch einmal. Dann schüttelte sie den Kopf, lächelte und blickte zur

Decke. Und im nächsten Augenblick sprang sie von der Couch auf, schlüpfte in Freizeitschuhe und lief zur Haustür.

»Bobby!« rief sie. »Ich muß mal eben in den Laden. Ich bin gleich wieder zurück!«

Keine Antwort.

»Bobby!« schrie sie.

Robert F. Bellmon III erwiderte: »Warum schreist du so? Ich habe dich gehört.«

»Wenn ich mit dir rede, dann gib Antwort!«

»Ja, Mutter«, rief Bobby resigniert zurück.

Gott, dachte sie, ganz der Vater!

Sie verließ das Haus und fuhr mit dem Ford-Kombi zum Laden an der vier Kilometer entfernten Straßenkreuzung. Auf einem verschrammten Holztisch vor dem Geschäft waren sieben Exemplare der Washington Post ausgelegt. Barbara kaufte sie alle.

Sie kehrte zurück, betrat das Haus hinten durch die Küchentür, legte die Zeitungen auf den Küchentisch und nahm eine Schere aus einer Schrankschublade.

Sie schnitt aus jeder Zeitung den Artikel aus, den sie gelesen hatte. Dann stapelte sie die Zeitungen ordentlich auf dem Tisch, damit Bobby sie bündeln und zur Papiersammlung der Pfadfinder mitnehmen konnte.

Barbara Bellmon nahm die sieben gleichen Zeitungsartikel und ging damit in die Bibliothek. Dort nahm sie eine Rolle Klebeband und klebte die Artikel auf das ganze Haus verteilt an: Einen Artikel auf das Glas der Haustür und einen auf die Küchentür, falls Bob auf diesem Weg hereinkommen würde. Einen Artikel klebte sie an den Spiegel über der Bar, einen an den Spiegel in der unteren Toilette, falls Bob bei seiner Ankunft sie aufsuchen würde, und den letzten Artikel klebte sie an die Spiegeltür des Kleiderschranks in ihrem Schlafzimmer.

Dann ging sie wieder ins Wohnzimmer, schenkte sich noch einen doppelten Scotch ein, setzte sich auf die Couch und wartete auf Bob.

BERICHT AUS KOREA: Die Soldaten
von John E. Moran.
Kriegsberichterstatter, United Press.

SEOUL, Südkorea (UP) 26. September. Die Welt hat bereits erfahren, daß Lt. General Walton Walkers 8th Army, bis dahin eingeschlossen im Brückenkopf von Pusan, die Verbindung zu Lt. General Ned Almonds X. United States Corps hergestellt hat, im Anschluß an eine brillante amphibische Invasion bei Inchon.

Aber es war keine Armee, die diesen Zusammenschluß südlich der koreanischen Stadt Osan, etwa 50 Meilen südlich von Seoul, schaffte; es war eine Handvoll Soldaten, und dieser Korrespondent war dort, als es geschah.

Ich war beim 31. Infanterieregiment, das sich von Seoul aus südwärts eine zweispurige Schotterstraße hinabbewegte, als wir das vertraute Geräusch von amerikanischen 90-mm-Panzerkanonen hörten. Wir waren überrascht. Es sollten keine Amerikaner näher als 50 Meilen südlich unserer Position sein.

Es war möglich, und unser Regimentskommandeur glaubte es, daß wir das Feuer amerikanischer Kanonen hörten, die vom Feind erbeutet worden waren. In den frühen Tagen dieses Kriegs verloren wir viel Ausrüstung. Es war nur klug, in Verteidigungsstellung zu gehen, und das taten wir.

Und dann tauchten, vielleicht eine Meile straßenabwärts, einige sonderbar aussehende Fahrzeuge auf. Es waren LKWs, die fast völlig mit Sandsäcken bedeckt waren. Unsere Männer durften nicht ohne Befehl schießen. Es waren gute Soldaten, und sie hielten sich an den Befehl.

Die merkwürdig aussehenden Lastwagen kamen in hohem Tempo die Straße herauf, und wir erkannten mit Schrecken, daß sie feuerten. Sie schossen praktisch auf alles und jedes.

»Es sind Amerikaner«, sagte unser Colonel und befahl, daß eine amerikanische Flagge nach vorne gebracht und geschwenkt wurde.

Unterdessen waren Panzer hinter den LKWs aufgetaucht – M46-»Patton«-Panzer. Das hätte jeden beruhigen sollen, doch auf unserer rechten Flanke feuerte ein aufgeregter Soldat mit einer Gewehrgranate auf die LKWs und die Panzer, die sich auf der

Straße näherten. Er traf nicht. Sekunden später donnerte eine 90-mm-Panzerkanone. Der Schütze war besser als unser Mann mit der Gewehrgranate; er traf.

Jetzt war ein Soldat vor unseren Linien. Er hielt das Sternenbanner hoch und schwenkte es wild hin und her. Der Funker unseres Colonels wiederholte aufgeregt: »Feuer einstellen! Feuer einstellen!« ins Mikrofon.

Er wurde verstanden, denn es fiel kein Schuß mehr auf unserer Seite und keiner mehr von der nahenden Kolonne.

Die ersten Fahrzeuge, die unsere Linien passierten, waren Dodge-Dreivierteltonner. Sie waren mit jeweils zwei Maschinengewehren Kaliber .50 bewaffnet, ein MG, wie es sein sollte, auf einer Halterung zwischen den Sitzen, und ein zweites auf einem improvisierten Gefechtsturm hinten auf dem Wagen. Es waren praktisch rollende MG-Stellungen.

Als nächstes kamen drei M46-Panzer. Auf dem Panzer an der Spitze flatterte ein Wimpel mit der Aufschrift Task Force Lowell. Der Name ILSE war auf die Seite des Turms gemalt. Im Turm von ILSE war ein verschmutzter junger Mann. Er scherte mit seinem Panzer nach rechts aus und hielt an. Dann blieb er im Turm, bis der Rest der Kolonne passiert hatte.

Das war eine beeindruckende Kolonne. Es gab weitere M46-Panzer, einige leichte M24, Treibstoff-LKWs, 105-mm-Haubitzen auf Selbstfahrlafetten und normale Army-LKWs. Wir erkannten, daß der verschmutzte junge Mann in dem Turm ein Offizier war, denn einige der Panzerkommandanten und einige der LKW-Fahrer salutierten, als sie an ihm vorbeirollten. Die meisten salutierten jedoch nicht. Die Mehrheit reckte im Vorbeifahren den Daumen hoch, und viele grinsten und riefen anerkennend: »Hey, Duke!«

Als uns die LKWs passierten, konnten wir sehen, daß der »Duke« seine Verwundeten und, ja, seine Toten, dabei hatte. Als diese LKWs vorbeifuhren, salutierte der »Duke«.

Als das letzte Fahrzeug vorbei war, stemmte sich der verschmutzte junge Mann aus dem Turm, griff hinab, zog ein Garand-Gewehr hervor und kletterte von dem Panzer namens ILSE.

Er hatte einen zwei Tage alten Bart und war mit dem

Straßendreck von neun Tagen bedeckt. Der junge Mann suchte unseren Colonel und ging zu ihm. Als er näherkam, sahen wir das goldene Blatt eines Majors auf dem Kragen seines Kampfanzugs.

Er salutierte, ein lässiges, fast anmaßendes Heben seiner rechten Hand in Augenhöhe, kein schneidiger Gruß wie auf dem Paradeplatz oder wie es der Fall gewesen war, als die LKWs mit den Verwundeten und Toten an ihm vorbeigerollt waren.

»Major Lowell, Sir«, sagte er zu unserem Colonel. »Mit Teilen des 73rd Heavy Tank.«

Wir alle hatten von Lowell und seinem Kampfverband gehört, der neun Tage lang zwischen den Linien operiert und der nordkoreanischen Armee auf dem Rückzug die Hölle heiß gemacht hatte. Ich glaube, wir alle erwarteten einen älteren, irgendwie grauhaarigen und im Kampf mitgenommenen Haudegen und nicht diesen verschmutzten jungen Mann.

In diesem Augenblick erfuhr unser Colonel, daß der junge Soldat, der seine Befehle mißachtet und gefeuert hatte, zusammen mit zwei Kameraden in seiner Nähe getötet worden war, als einer von Lowells Panzern das Feuer erwidert hatte. Der Tod eines jeden Soldaten regt einen Offizier auf, und so war es auch bei unserem Colonel.

»Wenn Sie gewesen wären, wo Sie hätten sein sollen, dann wäre das nicht passiert!« sagte unser Colonel.

Der junge Major »Duke« Lowell schaute den Colonel einen Augenblick lang an, und dann erwiderte er: »Was hätten Sie befohlen, Colonel, Rückzug?«

Kurz darauf kam ein Funkbefehl für Major Duke Lowell, und er verließ seinen Kampfverband in Osan. Er war nach Tokio befohlen worden, wo ihm General Douglas MacArthur persönlich das Distinguished Service Cross an die Brust heftete.

Barbara Bellmon hörte den Buick ihres Mannes auf dem Zufahrtsweg. Sie gab vor, fasziniert von der Zeitung zu sein, die ausgebreitet neben ihr auf der Couch lag. Sie hörte, wie dann Bobs Schritte vor der Haustür verstummten, und sie wußte, daß er den Zeitungsartikel las.

Sie hörte ihn ins Haus kommen. Er sagte kein Wort, und sie

hätte ihn um nichts in der Welt angesehen. Sie hörte ihn zur Bar gehen, wo ein anderer der Zeitungsartikel hing, den er nicht übersehen konnte. Sie hörte es gluckern, als er sich einen Drink einschenkte. Bob sagte immer noch nichts.

»Oh, um Himmels willen, Bob«, entfuhr es ihr schließlich. »Sei doch kein Spielverderber! Du hast dich bei Craig geirrt. Gib es endlich zu!«

»Lowell flog nicht nach Japan, um den Orden zu empfangen«, sagte Bob Bellmon. »Er flog dorthin, weil er Sonderurlaub aus familiären Gründen erhielt.«

»Er bekam keinen Orden? Was meinst du mit Sonderurlaub aus familiären Gründen?«

»Er bekam das Distinguished Service Cross, ja«, sagte Bellmon. »Aber ich glaube, das ist ihm gleichgültig.«

»Wovon redest du? Was hat es mit diesem Sonderurlaub aus familiären Gründen auf sich?«

»Am 22. September«, sagte Bob Bellmon, »starb Ilse auf der Heimfahrt vom Einkaufen in der Nähe von Gießen bei einem Autounfall. Ein betrunkener Major rammte ihren Wagen.«

»O mein Gott!« stieß Barbara hervor, und es klang wie ein gepeinigter Aufschrei.

»Sie war auf der Stelle tot«, fügte Bellmon hinzu.

»Und P.P.?« fragte Barbara leise und hielt die Hände vor den Mund.

»Er wurde aus dem Wagen geschleudert und trug ein paar Schrammen davon, aber er lebt.«

»O mein Gott!« wiederholte Barbara. »Was können wir tun?«

»Nicht viel. Ich telefonierte mit dem Grafen, und Felter schickt in unserem Namen einen Kranz zur Beerdigung.«

»Was können wir für Craig tun?«

»Craig ist vermutlich bereits in Deutschland«, sagte Bellmon.

2

Fort Polk, Louisiana

18. April 1951

Major General Ezakiah Black war ein guter Soldat. Wenn er einen Befehl erhielt, sagte er »Jawohl, Sir« und befolgte ihn nach seinen besten Kräften, ohne zu murren. Er hatte den Befehl erhalten, das Kommando über das Ausbildungszentrum in Fort Polk zu übernehmen, und er hatte sich sofort nach besten Kräften bemüht, einen stetigen Strom von Freiwilligen, Wehrpflichtigen und wieder einberufenen Reservisten zu Soldaten zu machen.

Fort Polk war im Zweiten Weltkrieg hastig als Ausbildungscamp errichtet und nach dem Ende des Kriegs in »Bereitschaft« gehalten (praktisch geschlossen) worden.

Als General Black dort eingetroffen war, hatte das Fort wie ein Geistercamp gewirkt. Auf dem Exerzierplatz hatte Unkraut gewuchert, an den Holzgebäuden war die Farbe abgeblättert, und die Schotterstraßen waren kaum noch passierbar gewesen. Es hatte Probleme mit der Elektrizität, den Telefonen, den verfallenen Unterkünften und Verwaltungsgebäuden gegeben.

Einen Monat lang war es eine Herausforderung für General Black gewesen, seine organisatorischen Fähigkeiten zu beweisen und dafür zu sorgen, daß alles in Schuß gebracht wurde und glatt lief. Doch danach war der Dienst zur quälenden Langeweile geworden.

Für den Major General gab es nicht mehr viel anderes zu tun, als den Verlauf des Kriegs in Korea zu verfolgen und ein Auge auf Deutschland zu halten, wo die Russen möglicherweise zuschlagen würden.

General Black begann seine Tage in zwei Abschnitte zu teilen. Die eine Hälfte verbrachte er damit, mit seiner gegenwärtigen Situation zurechtzukommen. Nach dem Mittag plante er dann für die Zukunft. Wenn akute Gefahr von den Russen drohte, dann würde man von ihm erwarten, daß er eine

Panzerdivision aufstellte und ausbildete. Genau das plante er, ziemlich inoffiziell. Er ging die Bestände und Möglichkeiten von Fort Polk durch und legte fest, wo und wie er eine Panzerdivision mit allem Drum und Dran unterbringen würde.

Darüber hinaus schaute er sich nach der Ausrüstung um, die er dafür brauchen würde. Er besuchte, offiziell und inoffiziell, die Depots von Knox, Sill und Benning, um festzustellen, was dort an Ausrüstung lagerte.

Bei der Übernahme des Ausbildungscamps »erbte« er unter anderem einen Army-Piloten. Als ihm Captain Rudolph G. MacMillan als Adjutant vorgeschlagen wurde, wußte er über MacMillan nur, daß ihm die Tapferkeitsmedaille verliehen worden war, daß er es in den Anfangstagen des Koreakriegs zu einer dritten Silberstern-Medaille gebracht hatte und daß Jesus Christus MacArthur persönlich an den Stellvertretenden Stabschef Personal geschrieben und veranlaßt hatte, MacMillan aus dem Krieg herauszuhalten. Das reichte für Black. Ein Soldat, den sie nicht für diesen Krieg haben wollten, brauchte eine Bleibe, und die hatte er MacMillan gegeben.

Sie schickten ihm einen Piloten, jedoch keine Maschine. Sein G-4 hatte ihn informiert, daß augenblicklich keine Maschinen zur Verfügung standen. Man würde Fort Polk Flugzeuge schicken, wenn welche verfügbar sein würden. Black glaubte nicht, daß MacMillan die geringste Chance hatte, Flugzeuge oder Hubschrauber aufzutreiben, aber er gab ihm die Erlaubnis zu versuchen, irgendwo eine zu organisieren.

MacMillan verschwand. Als General Black den G-4 fragte, ob er MacMillan irgendwohin geschickt hatte, war der G-4 ziemlich schockiert.

»Der General weiß nicht, daß Captain MacMillan in der Panamakanal-Zone ist?«

»Nein, das weiß er nicht«, sagte Black und verkniff sich gerade noch, die Frage auszusprechen, die ihn beschäftigte: Panamakanal? Was zur Hölle treibt MacMillan in Panama?

»Captain MacMillan informierte mich, General«, sagte der G-4, »daß er mit VOCG (Verbal Order, Commanding General) in Panama unterwegs ist.«

Nun, Black hatte MacMillan erlaubt, sich nach Flugzeugen

oder Hubschraubern umzuschauen, aber er hatte keinen mündlichen Befehl gegeben, das in Panama zu versuchen. Black fragte sich, warum er MacMillan impulsiv geschützt hatte. Weil MacMillan wegen seiner Tapferkeitsmedaille eine besondere Behandlung verdiente? Oder weil der S-1 so ein verdammter Weichling war?

MacMillan kehrte mit drei Hiller-H23/CE-Hubschraubern aus Panama zurück. General Black wußte nur wenig über Hubschrauber, und später erfuhr er, daß die H23 nicht für solch große Entfernungen bestimmt waren und eigentlich auseinandergenommen transportiert werden sollten. MacMillan hatte die Hubschrauber mit zwei ausgeliehenen Piloten in 150- und 200-Meilen-Flügen via Nicaragua, Costa Rica, Honduras und Mexiko hergeflogen.

Es war die erste Aufregung, die General Black seit langem gehabt hatte, und die Sache amüsierte ihn.

MacMillan hatte erfahren, daß die Hiller-H23-Maschinen, die vom Corps of Engineers (daher die Bezeichnung CE) für kartographische Zwecke umgebaut worden waren, nicht benutzt wurden, weil ihre Piloten und die Kartographen nach Korea geschickt worden waren.

Er hatte es geschafft, die Hubschrauber für »vorübergehende« Benutzung als Luftambulanzen nach Fort Polk zu bekommen. Dann fand MacMillan zwei Hubschrauber-Mechaniker, die versetzt werden konnten, und arrangierte, daß die Hubschrauber dem Lazarett von Fort Polk zugeteilt wurden, wo es unwahrscheinlich war, daß sie entdeckt wurden, und noch unwahrscheinlicher, daß man sie wieder abziehen würde.

Als nächstes erreichte er, daß das Medical Corps zwei Hubschrauber-Piloten zum Fliegen der »Luftambulanzen« zuteilte, und übergab ihnen eine der H23/CE – jetzt ordentlich mit dem Roten Kreuz versehen. Die beiden anderen Maschinen behielt er und deutete an, daß er eine zum Ausschlachten brauchen werde, weil die Beschaffung von Ersatzteilen ein Problem sein würde.

Das war noch nicht alles.

Als nächstes tauchte MacMillan (aus Alaska) mit einer fünfsitzigen Cessna LC-126 auf, einer Maschine, die für

Operationen im »Busch« von Alaska und Kanada bestimmt war. Mit den ersten Geldern für den Koreakrieg hatte die Army ein neues Flugzeug gewünscht, ein weiteres Buschflugzeug, eine DeHavilland of Canada »Beaver«. Sie wurde in Alaska für den Einsatz getestet und bewährte sich hervorragend; Alaska hoffte, wenn man eine der alten LC-126 Fort Polk überließ, würde man später eine »Beaver« nach den Tests behalten dürfen.

Die LC-126, die MacMillan aus Alaska organisiert hatte und von der niemand (weder offiziell noch inoffiziell) etwas zu wissen schien, war ideal für General Blacks Besuche, und die Reisen damit konnten durchgeführt werden, ohne daß er sie genehmigen lassen mußte.

So verbrachte General Black viel seiner Zeit in MacMillans Gesellschaft, besuchte die weiträumigen Manöver und Übungen des Ausbildungszentrums mit dem H23 und reiste mit der LC-126 zu anderen Standorten und den Depots. Er erfuhr vieles über MacMillan, was er zuvor nicht gewußt hatte. Zum Beispiel, daß MacMillan Adjutant des verstorbenen Generals Porky Waterford gewesen war, unter dem er in Europa gedient hatte, und daß MacMillan zusammen mit Waterfords Schwiegersohn Bob Bellmon im selben Kriegsgefangenenlager gewesen war.

General Black fand, daß MacMillan nicht übermäßig mit Intelligenz gesegnet war, aber der Mann wußte, wann er den Mund zu halten hatte, und es gab keinen Zweifel an seinem Organisationstalent. Sie wurden zwar nicht gerade Freunde, doch es entwickelte sich zwischen ihnen ein vertrautes Verhältnis, das weit über die normale Beziehung zwischen einem General und seinem Adjutanten hinausging.

MacArthur schickte Ned Almond mit dem X. Korps nach Inchon, eines der brillantesten Manöver, die General Black je erlebt hatte. General Walker war schließlich aus dem Pusan-Brückenkopf ausgebrochen, und im ersten Manöver Walkers, das General Blacks Billigung fand, hatte er einen Kampfverband, eine M46-Einheit in Bataillonsstärke, hinter die feindliche Front geschickt, die Kommunikations- und Nachschublinien zerstört, den Feind verwirrt und schließlich die Verbindung mit dem X. Korps hergestellt.

Almond und das X. Korps waren am Fluß Jalu gewesen, als die Chinesen in den Krieg eingegriffen hatten. Black und MacMillan waren in Lexington im Fernmelde-Depot gewesen.

Almond hatte am Heiligabend 1950 das X. Korps mit aller Ausrüstung, allen Verwundeten und sogar den Toten vom Strand bei Hamhung abgezogen, nachdem die Chinesen der 8th Army wieder starke Verluste zugefügt hatten. Black und MacMillan hatten den Heiligabend in Prattville, Alabama, im Holliday Inn verbracht, weil sie auf dem Rückflug nach einem »Besuch« des Anniston-Feldzeugdepots wegen des Wetters zur Landung dort gezwungen gewesen waren.

Truman löste MacArthur ab. General Black hatte in diesem Punkt zwiespältige Gefühle. MacArthur hatte natürlich recht. Es gibt keinen Ersatz für einen Sieg. Aber Truman hatte ebenfalls recht. Soldaten haben Befehle auszuführen und sich aus der Politik herauszuhalten.

Im März 1951 erfuhr General Black, daß MacMillan den dritten H23-Hubschrauber nicht ausgeschlachtet hatte, um die beiden anderen Maschinen am Laufen zu halten. Als er darüber nachdachte, sagte er sich, daß er es hätte wissen sollen: Wenn MacMillan ganze Hubschrauber organisieren konnte, dann würde er erst recht Ersatzteile beschaffen können.

Am Samstagmittag, bei einem Bier auf der Veranda von General Blacks Quartier, nach einer Parade der Absolventen der Grundausbildung (der General hatte immer ein schlechtes Gefühl, wenn er die Ausgebildeten stolz vorbeimarschieren sah; in einem Monat würden viele dieser gutaussehenden, gebräunten und gestählten jungen Männer tot sein), erklärte MacMillan dem General, wenn er nichts Wichtiges am Sonntagmorgen, sagen wir um 9 Uhr, vorhabe, dann möchte er ihm etwas zeigen.

Der General hatte am Sonntagmorgen nicht das geringste vor.

Um Punkt 9 Uhr landete MacMillan im dritten der H23/CE-Hubschrauber hinter General Blacks Quartier. Da war etwas an den Kufen der Maschine befestigt, und als sie auf dem Boden war, sah der General, daß es ein luftgekühltes MG Kaliber .30 auf der rechten Kufe und vier Raketenwerfer auf der linken waren.

»Was zur Hölle soll das, Mac?« fragte General Black, stieg jedoch in den Helikopter.

»Die Kavallerie reitet wieder, General«, sagte MacMillan. »Die C-Schwadron der 7. Kavallerie, Second Lieutenant George Armstrong Custer – das sind Sie – hat soeben den Befehl erhalten, zu überprüfen, ob Sitting Bull eine Panzerkolonne um den Little Big Horn River bewegt. Sie und ihr First Sergeant – das bin ich, First Sergeant John Wayne – reiten zusammen.«

»Sie sind verrückt, MacMillan«, sagte General Black, aber er lächelte.

MacMillan zog den Hubschrauber bis etwa 50 Fuß hoch und flug nur etwa zehn Fuß über den Wipfeln der Kiefern des Polk-Naturschutzgebiets zum Ausbildungsplatz für das Entfernungsschätzen.

Obwohl sich das Gelände im Bereich des Schießplatzes befand, war es nicht für Schießübungen bestimmt. Auf dem Gelände standen ausgemusterte Lastwagen und Jeeps und sogar zwei alte M3-Panzer aus dem Zweiten Weltkrieg verstreut zwischen Bunkern, Schützenlöchern und Schützengräben. Bei der Grundausbildung mußten die Rekruten schätzen, wie weit die verschiedenen Ziele von ihren Positionen entfernt waren.

»Geronimo, Geronimo«, ertönte MacMillans Stimme über die Bordverständigungsanlage. »Hier ist Geronimo Forward. Feindliche Kräfte bestehen aus drei Jeeps, drei LKWs und zwei M3-Panzern, entdeckt 1000 Yards vom Little Big Horn. Ich greife den Feind an.«

»Sie sind in Ihrer zweiten Kindheit, MacMillan, wissen Sie das?« sagte General Black.

»Sehen Sie sich das an.« MacMillan flog tief über das Gelände und schwebte etwa 200 Meter von den M3-Wracks entfernt. Plötzlich gab es ein furchterregendes Zischen unter General Black, und ein orangefarbener Blitz folgte. Eine 3,5-Zoll-Rakete raste davon und strich über den M3 hinweg.

»Maggies Schlüpfer, MacMillan«, sagte der General und

bezog sich damit auf die rote Flagge, die auf Schießplätzen geschwenkt wurde, um einen Fehlschuß anzuzeigen.

»Ich hatte nicht sehr viel Übung«, sagte MacMillan. »Hat mich höllisch Zeit und Mühe gekostet, diese Raketen aus dem Artilleriedepot zu klauen.«

Ein zweites Donnern. Eine erneute Rauchwolke.

Diesmal traf die Rakete das Panzerwrack. Der M3 hob sich ein wenig vom Boden und sank dann wieder zurück. In dem Sekundenbruchteil, der dem General zum Zuschauen blieb, bevor MacMillan den Hubschrauber zum Angriff auf den zweiten M3 flog, sah Black ein kraterförmiges Loch in dem M3, genau vor der Fahrerluke. MacMillan traf den zweiten M3 mit den beiden ihm verbliebenen 3,5-Zoll-Raketen. Dann flog er auf die Wracks der alten GMC-LKWs zu.

Das Maschinengewehr Kaliber .30 auf der anderen Kufe begann zu rattern. Das Krachen war überraschend gedämpft, doch General Black hatte das alarmierende Gefühl, daß der ganze Hubschrauber vom Rückschlag vibrierte. Einen Augenblick lang hatte er Angst, aber dann beobachtete er fasziniert die Bahn der Leuchtspurgeschosse vom Hubschrauber aus bis zum alten LKW (jede fünfte Patrone in einem normalen Gurt MG-Munition war ein Leuchtspurgeschoß; an dem stetigen Strom hier erkannte Black, daß MacMillan ausschließlich Leuchtspurgeschosse verfeuerte).

Schließlich war die Munition verschossen, und MacMillan zog den Hubschrauber steil hoch, drehte ab und flog zurück zum nächsten M3. Dort setzte er mit dem H23 sanft auf und wandte sich General Black zu.

»Ich bin nicht der hellste Junge der Welt, General«, sagte MacMillan. »Wie kommt es, daß *ich* diese Möglichkeiten herausfinden mußte?«

General Black gab keine Antwort. Er stieg aus dem Hubschrauber und untersuchte das Einschußloch im M3. Und dann kletterte er impulsiv auf den Panzer, auf den Turm, und stieg hinein. Er hatte kurze Zeit in M3-Panzern in Nordafrika gekämpft, als er technischer Verbindungsoffizier zu den Briten gewesen war und sie am M3 eingewiesen hatte. Die älteren Modelle, wie dieses, waren vernietet. Wenn sie getroffen wurden, brachen sie auseinander, und die Nieten flogen durch das Innere und töteten die Besatzung. Spätere Modelle waren verschweißt. Die Briten hatten den M3 »Priester« genannt, weil er mit der an der Seite montierten Kanone fast wie eine Kanzel in einer Kirche wirkte.

Die M3-Panzer wurden durch die M4-Panzer abgelöst, und letztere hatte Black in Europa befehligt. Und jetzt gab es sie nicht mehr. Der Kampfverband, der von Walker von Pusan aus nordwärts geschickt worden war, hatte M46-Panzer gehabt. Und nun war Bulldog Walker tot. Bulldog starb am Heiligen Abend bei einem Jeep-Unfall in Korea. Und hier war er, Black, im gottverdammten Fort Polk, Louisiana, hatte das Kommando über die Grundausbildung und träumte von einer Panzerdivision, die nicht kommen würde, wie ihm klar war.

In dem M3 stank es nicht so schlimm, wie er gedacht hatte. Es gab Anzeichen für tierisches Leben, vermutlich Eichhörnchen. Er glaubte nicht, daß Ratten in dem Panzerwrack waren.

Black zwängte sich auf den Platz, wo einst der Fahrersitz gewesen war. Die Rakete hatte sauber getroffen. Wenn dies ein einsatzfähiger Panzer gewesen wäre, dann wäre er jetzt nicht mehr funktionsfähig.

General Black stemmte sich hoch und mühte sich ab, um die Fahrerluke mit ihren rostigen Angeln zu öffnen. Er sah einen Jeep über den Platz heranbrausen. Schnell duckte er sich in den Panzer zurück. Laß sie denken, MacMillan ist allein, sagte er sich. Laß Mac sie abwimmeln, und dann können wir heimfliegen, und ich kann über die Verwendung von Hubschraubern nachdenken, die mit Raketen bewaffnet sind.

MacMillan ist gewiß nicht der erste, der auf die Idee kam, Hubschrauber zu bewaffnen, dachte Black. Aber mit dem verdammten Key West Agreement von 1948 waren der Army bewaffnete Flugzeuge verboten worden. 1948 war das Air Corps, zuvor ein Teil der Army, ein separater Truppenteil geworden, und man hatte in Key West die Rollen der Army, der Navy (einschließlich des Marine Corps) und der neuen Air Force festgelegt und abgegrenzt. Die Air Force hatte, logisch genug, die Verantwortung über alles, das fliegt, erhalten. Sie hatte versprochen, die Army aus der Luft zu unterstützen, wenn nötig. Oberflächlich betrachtet war es eine logische Vereinbarung, doch das Dumme daran war, daß die Air Force, nicht die Army, entschied, was die Army an Luftunterstützung brauchte. Und die Air Force war weitaus interessierter daran, ihr Budget für interkontinentale Bomber und Raketen auszugeben, als die Soldaten am Boden zu unterstützen. Die Bewaffnung von Flugzeugen war das alleinige Privileg der Air Force. Die Air Force war nicht bereit, Geld für die Entwicklung bewaffneter Hubschrauber zu vergeuden, wenn sie imstande war, den Feind mit Bombern anzugreifen. General Black war der festen Meinung, daß das Key West Agreement verdammt blöde war.

Er dachte, daß MacMillan möglicherweise der erste war, der tatsächlich Raketen und MGs mit Hubschraubern ausprobierte. Die anderen Leute, die daran gedacht hatten, waren zugleich schlau genug, um das Key West Agreement zu kennen und es nicht zu wagen, dagegen zu verstoßen.

Draußen ertönten ärgerliche Stimmen. Was zur Hölle war da los?

General Black steckte den Kopf aus der Luke. Ein großer, dünner Colonel, an dessen Namen er sich nicht erinnern konnte, machte MacMillan die Hölle heiß. Unerlaubte Benutzung der Anlage, das Feuern auf ein Gelände, auf dem überhaupt nicht geschossen werden durfte, das war völlig und zweifellos gegen die Vorschriften.

»Colonel«, rief General Black aus dem Panzer. Der dünne Colonel, dessen Gesicht immer noch von Zorn verzerrt war, ruckte herum und starrte in die Richtung, aus der die Stimme des Generals ertönt war. Bis er den General erkannte (der seine Mütze im H23 gelassen hatte), starrte er ihn an wie den Komplizen des Idioten, der in seinem Verantwortungsbereich die Sau herausgelassen hatte.

Dann salutierte er, buchstäblich sprachlos. Nie im Leben hätte er erwartet, daß ausgerechnet der Kommandeur aus dem Wrack des M3 klettern würde.

»Ich dachte, es könnte Sie interessieren, sich anzuschauen, was Captain MacMillans Rakete im Innern des M3 angerichtet hat«, sagte General Black im Plauderton. Er stemmte sich aus der Luke und machte dem dünnen Colonel Platz, damit er hineinklettern konnte. Dann sprang er zu Boden.

»Ich habe genug gesehen, Mac«, sagte der General. »Fliegen wir zurück.«

Am 1. Mai 1951 wurde Major General E.Z. Black mitgeteilt, daß er mit Wirkung vom 2. Mai 1951 0001 Uhr als Kommandeur von Fort Polk abgelöst war und mit dem nächstmöglichen Transport zum Hauptquartier Oberkommando Ferner Osten in Tokio geflogen werden würde, um bei der 8. US-Army Kommandierender General des XIX. US-Korps zu werden.

3

Kwandae-Ri, Nordkorea

8. Mai 1951

Master Sergeant Tourtillott, ein stämmmiger Mann Anfang Vierzig mit lockiger grauer Haarmähne, der eine Thompson-Maschinenpistole an der Hüfte hielt, stand an der hinteren Tür des Konferenzraums des XIX. Korps und wartete auf das Auftauchen des Generals. Er wirkte wie das Abbild hündischer Ergebenheit zum Schutz General Blacks – was nicht seine Absicht war, obwohl er dem General tatsächlich ergeben war, denn er diente seit Afrika unter ihm.

Dann kam General Black. Er trug Arbeitsanzug, Panzerfahrerstiefel und eine .45er-Automatik in einem Schulterholster.

»Gentlemen«, rief Master Sergeant Tourtillott. »Der Kommandierende General. Aaach – tung!«

Fünfzig Offiziere erhoben sich und nahmen mit Front zum Vorgesetzten die Grundstellung ein.

General Black – mit den drei Sternen des Lieutenant General

auf den Kragen – betrat den Konferenzraum, gefolgt von Technical Sergeant Carmine Scott.

»Rührt euch, Gentlemen«, sagte Black.

Drei Lehnstühle standen in der Mitte vor der ersten Stuhlreihe. Einer war besetzt vom Stellvertretenden Kommandierenden General, einem Major General, und ein anderer vom Korps-Artillerieführer, einem Brigadier General. Der mittlere der Lehnstühle war offenbar für General Black bestimmt. Black ging zu dem Stuhl und lächelte Sergeant Scott zu.

»General«, sagte er zu dem Brigadier General. »Würde es Ihnen etwas ausmachen, Scotty Ihren Platz zu überlassen? Er macht Notizen für mich, und er muß an meiner Seite sein.«

»Jemand holt dem Sergeant einen Stuhl«, rief der Brigadier General laut und rückte mit seinem Stuhl zur Seite, um Platz zu machen.

»General, Sie müssen genau zuhören, wenn ich rede«, sagte General Black. »Ich sagte nicht, ›Besorgen Sie Sergeant Scott einen Stuhl.‹ Ich bat Sie, ihm Ihren zu geben.«

Dem Korps-Artillerieführer stieg das Blut in die Wangen. In einer Mischung aus Zorn und Kränkung winkte er einem Colonel, seinen Stuhl aufzugeben. Sergeant Scott setzte sich neben den General und zog einen Notizblock und drei Bleistifte hervor.

»Fangen wir an«, sagte General Black.

Der Stellvertretender Kommandierende General ging zu dem bühnenartigen Podium.

»Ich heiße Sie im Namen der Offiziere, Unteroffiziere und Mannschaften des XIX. Korps willkommen, General.«

»Danke«, sagte Black.

Die Lagevorträge, die dazu dienten, den neuen Kommandeur über alle Fakten seines neuen Kommandos zu informieren, dauerten anderthalb Stunden.

Dann und wann neigte sich General Black zu Sergeant Scott und sagte leise etwas zu ihm. Sergeant Scott nickte jedesmal zum Zeichen, daß er verstanden hatte, und schrieb auf dem Notizblock.

Dann stellten sich die Offiziere des Generalstabs nacheinander vor.

Als das vorüber war, erhob sich General Black, ging zum Podium und wandte sich der Versammlung zu.

»Gentlemen«, sagte er. »Ich bin in meinem Herzen ein einfacher Soldat. Als ich Kadett in Norwich war, lehrte man mich, und ich glaubte es, und meine folgende Karriere hat es bewiesen, daß das Wesentliche bei der Führung ist, dafür zu sorgen, daß die Soldaten mit Überzeugung dienen. Soldaten müssen Vertrauen in ihre Offiziere haben. Offiziere erlangen und erhalten dieses Vertrauen auf sehr einfache Weise: Sie belügen niemals ihre Soldaten. Sie verlangen niemals etwas von ihnen, was sie nicht selbst können oder selbst zu tun bereit sind. Und sie genießen niemals leibliche Genüsse, bevor der letzte Private im hintersten Glied ebenfalls diese leiblichen Genüsse hat. Wenn Sie immer daran denken, werden wir bestimmt gut miteinander auskommen.«

Und dann verließ er den Konferenzraum, gefolgt von Master Sergeant Tourtillott und Technical Sergeant Scott.

Ein Offizier des Generalstabs nach dem anderen meldete sich dann in General Blacks Büro. Sergeant Scott gab von seinen Notizen Stichworte, und General Black stellte jedem der Offiziere besondere Fragen und erteilte spezielle Befehle. Er erkundigte sich bei jedem, ob er Fragen hatte. Keiner stellte er Fragen – bis auf den Personal-Stabsoffizier.

»Wir haben anscheinend ein Problem mit Captain MacMillan, Sir«, sagte der Personal-Stabsoffizier.

»Schon? Um Himmels willen, er ist doch erst 72 Stunden hier!«

Der Personal-Stabsoffizier überreichte General Black ein Fernschreiben.

Darin stand, daß Captain MacMillan angesichts seiner Medaillen nicht von neuem den Risiken des Kampfs ausgesetzt werden sollte.

»Tourtillott«, sagte General Black, »holen Sie MacMillan.«

»Er ist unten auf der Landebahn, General«, erwiderte Tourtillott.

»Steigen Sie in einen Jeep und holen Sie ihn«, befahl Black.

Als General Black MacMillan das Fernschreiben gab und einen Blick auf die Miene des Captains warf, vergaß der General seine sorgsam überlegte Ansprache.

»Tourtillott, steigen Sie wieder in den Jeep und holen Sie den Heeresflieger-Kommandeur«, sagte General Black.

»Sie werden diesen Wisch ignorieren, nicht wahr, General?« fragte MacMillan.

»Halten Sie wenigstens einmal die Klappe, Mac«, sagte General Black.

Der Heeresflieger-Kommandeur, ein Colonel, meldete sich zehn Minuten später in makellosem Arbeitsanzug.

»Weshalb haben Sie so lange gebraucht, Colonel?« fragte Black.

»Sir, ich hatte einen ziemlich schmutzigen Fluganzug an«, sagte der Colonel.

»Denken Sie in Zukunft daran, Colonel, wenn ich Sie holen lasse, dann ist es sehr wahrscheinlich, daß ich etwas Wichtigeres im Sinn habe als die Sauberkeit Ihrer Uniform.«

»Jawohl, Sir.«

»Kennen Sie Captain MacMillan?« fragte Black.

»Jawohl, Sir. Ich habe ihn soeben kennengelernt. Er erklärte, welchen Bedarf der General an Hubschraubern hat, Sir.«

»Colonel, haben Sie irgendwelche Flugmissionen, die nicht näher als, sagen wir, fünf Meilen an die vorderste Frontlinie heranreichen?« fragte Black.

»Ich verstehe nicht ganz die Frage, Sir.«

»Denken Sie darüber nach«, sagte General Black gereizt.

»Jawohl, Sir«, sagte der Colonel, und dann, als er darüber nachgedacht hatte, wiederholte er: »Jawohl, Sir. Wir betreiben TWA, Sir. Teeny-Weenie Airlines. Mit dieser Mini-Flugeinheit versorgen wir Relais- und Wetterstationen und einen Außenposten an der Ostküste bei Socho-Ri, der eine südkoreanische Nachrichteneinheit unterstützt.«

»Die beteiligten Flugzeuge beziehungsweise Hubschrauber fliegen nicht näher als fünf Meilen bis an die Frontlinie. Ist das eine korrekte Feststellung?«

»Jawohl, Sir.«

»Erzählen Sie mir etwas über den Haufen, der die südkoreanische Nachrichteneinheit unterstützt«, sagte General Black. »Wie weit ist der von der Front entfernt?«

»Etwa zehn Meilen südlich davon, Sir.«

»Und gibt es irgendeinen Grund, weshalb MacMillan nicht bei ihm bleiben könnte?«

»Nein, Sir. Sie sind mit einer Funkrelaisstation zusammen. Mit einer von uns, meine ich.«

»Okay, Mac«, sagte General Black. »Da haben wir's. Sie quartieren sich bei den Amerikanern an der Ostküste ein. Sie verbringen Ihre Zeit damit, zwischen hier und dort hin und her zu fliegen, kommen niemals näher als fünf Meilen an die Frontlinie heran, entlasten dadurch einen Piloten des Colonels und erlauben mir, den Leuten, die sich Sorgen um Ihre Gesundheit machen, zu versichern, daß Sie in keinerlei Gefahr sind.«

»General, und was ist mit meiner Luftkavallerie?« wandte MacMillan ein.

»Sie haben die Wahl, Mac. Entweder machen Sie diese Versorgungsflüge für den Colonel hier, oder Sie verteilen Hors d'oeuvres im Weißen Haus.«

»Ich bleibe hier, Sir«, sagte MacMillan.

»Ich mache Sie fertig, wenn ich herausfinde, daß Sie irgendwo irgend etwas geflogen haben, was der Colonel Ihnen nicht zu fliegen befohlen hat, und ich mache den Colonel fertig, wenn Sie das tun und er mich nicht darüber informiert. Habe ich mich klar ausgedrückt, Gentlemen?«

»Jawohl, Sir«, sagten MacMillan und der Heeresflieger-Kommandeur wie aus einem Mund.

»Colonel«, sagte Black zum Personal-Stabsoffizier. »Schicken Sie folgendes Fernschreiben an den Stellvertretenden Stabschef Personal: ›Captain Rudolph G. MacMillan ist zu wichtigem, am Kampf nicht beteiligtem Dienst eingeteilt worden.«

X

1

Socho-Ri, Südkorea

22. Mai 1951

Captain MacMillan brauchte drei Tage, um herauszufinden, was in Socho-Ri los war. Es war eine Nachrichteneinheit. Rationen und Unterkünfte stellte das Korps (Kampfgruppe), aber die Einheit war nicht der 8th Army oder dem fast selbständigen X. Korps unterstellt. Sie gehörte zum Supreme Headquarters, United Nations Command.

Das erklärte die Bereitschaft des Heeresflieger-Kommandeurs vom XIX. Korps, eine Beaver-Maschine ausschließlich für die Benutzung durch die 8045. Fernmeldegruppe abzutreten und sie so mit der Qualität der Unterstützung zufriedenzustellen, die sie vom XIX. Korps erhielt, anstatt sich vom Hauptquartier des Oberkommandos über die Schulter blicken zu lassen.

Der Heeresflieger-Kommandeur des XIX. Korps mußte gleichfalls mit der Regelung zufrieden sein, erkannte MacMillan. Denn so stand einer seiner Piloten für andere Aufgaben zur Verfügung.

Die 8045. Fernmeldegruppe hielt die Verbindung zu Nachrichtenagenten in Nordkorea aufrecht – überwiegend Koreaner, jedoch auch ein paar Amerikaner. Das meiste der Kommunikation wurde über Funk abgewickelt. Aber es gab auch einige Botschaften, die durch Boten übermittelt werden mußten. Und manchmal mußte ein Film persönlich überbracht werden. Darüber hinaus mußten die Agenten selbst befördert werden – mit anderen Worten, heimlich auf den Stränden Nordkoreas abgesetzt und zu gegebener Zeit wieder abgeholt und heimgeflogen werden.

In dieser Prozedur sah MacMillan seine Gelegenheit, einen größeren Beitrag zum Krieg zu leisten, als mit einer Beaver zwischen Socho-Ri und dem XIX. Korps hin und her zu fliegen.

Es war ein Hochgefühl, das er fast vergessen hatte, wenn er sich vorstellte, hinter den feindlichen Linien zu sein. Er war es sechsmal gewesen, fünf Fallschirmabsprünge in vom Feind gehaltenes Gebiet und eine Odyssee durch Deutschland, als er aus dem Kriegsgefangenenlager geflüchtet war. Darin war er genausogut wie in irgend etwas anderem.

Er sah keinen Grund, weshalb er nicht mit den Leuten fliegen konnte, die Agenten absetzten und abholten, und während sie ihre Arbeit taten, würde er Eisenbahnbrücken und Tunnel in die Luft blasen und ganz allgemein dem Feind schaden.

Aber da würde es einige Probleme geben.

Wenn General Black davon erfuhr, dann würde er ihn mit dem nächsten Flugzeug zur Flugbereitschaft des Weißen Hauses schicken. Und er hatte Black sein Wort als Offizier und

Gentleman gegeben, nicht näher als fünf Meilen an die Frontlinie heranzufliegen. Folglich konnte er kein Flugzeug benutzen. Aber das wichtige Wort war ›fliegen‹. Als er sein Wort gegeben hatte, war nicht die Rede von ›gehen‹, ›fahren‹ oder ›mit einem Boot fahren‹ gewesen.

Das zweite Problem war der Chef der Einheit. Es war ein Captain des Fernmeldekorps. Der Captain war der Meinung, daß ihm MacMillan als Pilot zugeteilt worden war, und er beurteilte Army-Piloten, wie es die meisten Leute in der Army taten, einschließlich MacMillan: Er hielt sie für Jeepfahrer der Luft. So bemühte sich MacMillan, dem Vorgesetzten klarzumachen, daß er mehr war.

Und dann löste sich das Problem buchstäblich aus heiterem Himmel von selbst. Eine Maschine landete unangekündigt auf der unbefestigten Landebahn, die parallel zum Strand von Socho-Ri verlief. Die Landebahn war nicht auf Karten verzeichnet, und sie sollte auch nicht benutzt werden, aber jetzt landete dort jemand.

MacMillan und der Captain des Fernmeldekorps liefen hin, um zu sehen, wer zur Hölle das sein mochte. Und dann wurde das Kanzeldach der Maschine geöffnet.

»Ich glaube, ich spinne!« rief MacMillan.

»Allmächtiger, der übelste Schotte der Welt«, sagte Lieutenant Colonel Red Hanrahan, der Pilot. Er sprang von der Maschine und schloß MacMillan überschwenglich in die Arme.

Lt. Colonel Hanrahan und MacMillan kannten sich seit Jahren. Hanrahan – damals Second Lieutenant – war der Zugführer des damaligen Corporal MacMillan gewesen, und er hatte mit ihm zusammen in der 82. Luftlande-Division den ersten Fallschirmabsprung gemacht.

Hanrahan hatte dann die 82. Luftlande-Division unter mysteriösen Umständen verlassen. MacMillan hatte erfahren, daß Hanrahan in Griechenland während der deutschen Besatzung für das Office of Strategic Services (OSS), eine Nachrichtenorganisation, gearbeitet und später nach dem Krieg in Griechenland gedient hatte, als Lowell dort gewesen war.

»Was zur Hölle treiben Sie hier, Mac?« fragte Hanrahan.

»General Black schickte mich, damit ich mich vergewissere, daß Ihre Leute hier richtig behandelt werden, Red«, log MacMillan. Er benutzte absichtlich Hanrahans Spitznamen Red anstatt seinen Dienstgrad, in der richtigen Annahme, daß Hanrahan ihn nicht korrigieren und daß der Captain des Fernmeldekorps stark beeindruckt sein würde.

In beiden Punkten hatte er recht.

Als der Captain des Fernmeldekorps das nächstemal einen Agenten absetzen ließ, war MacMillan mit dabei. Der Captain getraute sich nicht, einem »guten Freund« von Colonel Hanrahan, der von Tokio aus für diese Einheit verantwortlich war, diesen Wunsch abzuschlagen.

MacMillan sagte sich, daß diese Einheit bessere Ausrüstung brauchte als den koreanischen Schrott, den sie benutzte. Sie brauchte etwas Schnelles, vielleicht eine Dschunke mit Dieselmotor. Vielleicht mit zwei Dieselmotoren oder sogar ein Motorboot. Er hatte gehört, daß es einige Motorboote im US-Navy-Depot in Yokohama gab. Auf gut Glück flog er zum XIX. Korps und ließ durch den G-2 Dieselmotoren anfordern – er behauptete, im Auftrag der Einheit in Socho-Ri.

Elf Tage später lieferte ein GI-Transporter zwei Dieselmotoren in Socho-Ri ab. Weiter südlich an der Küste gab es eine koreanische Schiffswerft. MacMillan erhielt für eine Wagenladung Benzin in 5-Gallonen-Kanistern eine Dschunke, für die die Koreaner nicht viel Verwendung hatten. Beim XIX. Korps bekam er soviel Treibstoff, wie er anforderte, und niemand stellte Fragen. Für weitere 1000 Gallonen Benzin bauten die Koreaner die Dieselmotoren ein und verstärkten die Dschunke an verschiedenen Stellen, so daß MacMillan sie mit MGs Kaliber .50 ausrüsten konnte.

Einmal begegnete er General Black auf der Landebahn des XIX. Korps.

»Sie halten sich aus allem heraus und machen keine Scherereien, Mac?«

»Jawohl, Sir.«

»Um genauer zu sein, Sie sind nicht näher an die Frontlinie geflogen, als Sie sollten?«

»Um genau zu sein, Sir, ich fliege nie näher als zehn Meilen an die Front.«

Am selben Abend sprengte MacMillan die erste von später über 70 nordkoreanischen Eisenbahnbrücken in die Luft.

2

Kowon, Nordkorea

20. Mai 1951

Das Hauptquartier des IX. U.S. Army Corps, 8th U.S. Army, befand sich in einer Schlucht abseits der Hauptnachschubstraße, etwa 10 km Luftlinie (etwa 23 km per Straße) von der Hauptkampflinie. Der Kommandeur und sein persönlicher Stab waren in Nissenhütten untergebracht, und der Korpsstab und die Versorgungsteile waren in Wellblechgebäuden auf Zementfundamenten einquartiert.

Vier gewaltige Dieselgeneratoren lieferten Elektrizität. Es gab eine Wasser-Reinigungsanlage, eine Wäscherei, zwei Duschräume, und die drei Generäle (der Kommandierende General, der Chef des Stabes und der Korps-Artillerieführer) hatten ihre eigene Messe und separate Duschen.

Es gab einen Behelfslandeplatz sowohl für C-47 als auch für die leichten Maschinen: Stinson L-5, Cessna L-19, Navion L-17, DeHavilland L-20 Beavers und Hiller H23. Die 8404. MP-Kompanie sorgte für Sicherheit, und die 8319. Transport-Kompanie sorgte für den Transport mit Jeeps und leichten Lastwagen. Die 8003. Army Band spielte zweimal am Tag, zum Wecken und zum Zapfenstreich, und sorgte außerdem für Unterhaltungsmusik im Erholungszentrum des IX. Korps, in das Soldaten planmäßig von der Front zu einer eintägigen Erholung gebracht wurden, einschließlich Hamburger und Eiskremsodas.

Mit anderen Worten, es war nach Colonel Thomas C. Minor ein anständiges Hauptquartier, in das er, als Stellvertretender

Stabschef, G-1 (Personal), Ordnung im administrativen Chaos bringen konnte.

Nach Colonel Minors Meinung lag personell vieles im argen. Unteroffiziere und Mannschaften waren auf die schnelle befördert worden, ohne daß man auf ihre Qualifikation oder auch nur ihre Dienstzeit geachtet hatte.

Manche waren als Private und Private First Class von Bord der Schiffe gegangen und nur *fünf Monate* später als Folge einer illegalen Beförderungspolitik zu Master Sergeants und First Sergeants geworden. Das mußte gestoppt werden, und Colonel Minor hatte es gestoppt.

Mit den Offizieren war es seiner Meinung nach sogar noch schlimmer. In den Truppenteilen des IX. Korps wimmelte es von Offizieren, die für ihre Posten völlig unqualifiziert waren oder befördert worden waren, ohne daß man ihre Qualifikation oder ihre Dienstzeit oder beides berücksichtigt hatte.

Andererseits war die Karriere vieler Offiziere, die zuvor ziemlich gut, ja sogar – nach ihren Personalakten zu schließen – hervorragend gewesen waren, durch die Launen ihrer Kommandeure ruiniert worden; man hatte sie ohne Vorwarnung abgelöst.

Colonel Minor hatte während eines Besuchs beim 73. Schweren Panzerbataillon (verstärkt) etwas seiner Meinung nach noch viel Schlimmeres hinsichtlich Ordnung und Disziplin gesehen. Offenbar mit Billigung und bestimmt mit Wissen des Bataillonskommandeurs waren Obszönitäten auf die Türme der Panzer gemalt worden. Es war einfach empörend, und es gab keine Entschuldigung für die Philosophie des 73. Bataillons: MAN SPURT BEI DER 73., ODER ES WIRD EINEM DER ARSCH AUFGERISSEN.

In *diesem* Punkt war der General mit ihm einer Meinung gewesen. Als er das dem General gemeldet hatte, war ihm sofort der Befehl erteilt worden, per Fernschreiben das Bemalen von Armeebesitz mit irgendwelchen Obszönitäten, vulgären Worten oder Bezeichnungen strikt zu verbieten.

Colonel Jiggs' Antwort auf diesen Befehl war am Rande der Gehorsamsverweigerung gewesen. Colonel Minor hatte sich entschieden, *das* nicht dem General zu erzählen. Er wollte warten, bis der General das 73. Bataillon besichtigte und mit eigenen Augen sah, daß Colonel Jiggs nur ein Wort hatte überpinseln lassen.

Da stand immer noch empörend auf den Türmen der M46: MAN SPURT BEI DER 73., ODER ES WIRD EINEM DER XXXXX AUFGERISSEN.

Das zweite, was Colonel Minor beim 73. Bataillon für untragbar hielt und was er nie in dieser Armee für möglich gehalten hatte, war der S-3. Zum einen war der S-3 kaum alt genug, um wählen zu dürfen. Zum anderen kam er von der National Guard. Er hatte nicht die geringste Qualifikation für den Stabsdienst.

Aber dieser idiotische Colonel Jiggs bezeichnete den Wunderknaben als besten S-3, den er je gekannt hatte, und jubelte ihn als hervorragenden Führer im Kampf hoch! Nicht zu fassen! Aber was konnte man schon von einem Offizier erwarten, der 15 Offiziere abgelöst und ihre Karriere ruiniert hatte. Er hatte den Vorstoß aus dem Pusan-Brückenkopf mit Lieutenants als Kompaniechefs und Sergeants als Zuführer durchgeführt, und der gesamte Kampfverband hatte unter dem Kommando dieses Baby-Majors gestanden.

Colonel Minor war der Meinung, daß Colonel Jiggs genauso abgelöst werden mußte, wie er die anderen Offiziere »wegen falscher Einschätzung der Lage im Kampf« abgelöst hatte.

Aber Jiggs hatte Glück gehabt. Sein Durchbruch war dank der Kooperation des Feindes erfolgreich. Ebenso der Rückzug vom Jalu, als die Chinesen eingegriffen hatten. Das 73. Bataillon war glänzend aus dieser Sache herausgekommen. Pures Glück!

Jiggs war ein Hurensohn, das stand für Colonel Minor fest. Als Minor einen qualifizierten Major als S-3 geschickt hatte, war Jiggs nicht dankbar gewesen, sondern hatte angekündigt, er werde persönlich beim Kommandierenden General protestieren.

Zuerst hatte Minor das als leere Drohung betrachtet, aber sein Freund im Generalstab hatte ihm telefonisch mitgeteilt, daß Colonel Jiggs um ein Gespräch mit dem General gebeten hatte und daß der General es ihm gewährte.

Colonel Jiggs war jetzt dort oben beim General, im »Weißen Haus«, und Gott allein wußte, welche Lügen Jiggs dem General erzählte.

Colonel Minor wurde aus seinen trüben Gedanken gerissen, als sein Generalstabs-Telefon klingelte. Der General hatte eine besondere Telefonleitung, die ihn sofort mit seinen Generalstabsoffizieren verband. Wenn er die 1 wählte, dann klingelte das G-1 (Colonel Minors) Telefon.

Colonel Minor meldete sich, bevor es ein zweites Mal klingeln konnte. »Minor, Sir.«

»Kommen Sie zu mir, ja?« sagte der General und hängte ein.

Colonel Minor überprüfte, ob seine Uniform korrekt war, und eilte dann zum »Weißen Haus«.

3

Colonel Jiggs war beim General, als sich Colonel Minor meldete, schneidig salutierte und stillstand, bis ihn der General rühren ließ. Er freute sich hämisch, zu sehen, daß Jiggs seine protzig verzierte .45er in einem zivilen Schulterholster trug. So etwas gefiel dem General nicht. Minor hätte Jiggs mehr Grips zugetraut.

»Sie kennen natürlich Colonel Jiggs, Colonel«, sagte der General.

Jiggs, der äußerst unmilitärisch auf einem der Feldstühle des Generals hockte, traf keine Anstalten, aufzustehen oder Minor die Hand zu reichen, und als Minor auf ihn zugehen wollte, *winkte* der Kerl lässig!

»Ich hatte das Vergnügen«, sagte Jiggs sarkastisch.

»Colonel Jiggs ist ein bißchen besorgt wegen seines S-3«, sagte der General. »Hören wir uns Ihre Meinung dazu an.«

Ein bißchen besorgt, dachte Colonel Jiggs, das ist die Untertreibung des Jahres!

»Ich kann mir nicht vorstellen, weshalb es einen Grund zur Besorgnis geben sollte, Sir. Ich habe für Colonel Jiggs einen voll qualifizierten Major besorgt, der Zweiter seiner Klasse in Leavenworth war. Er ist seit vier Jahren im Rang des Majors, und seine Zuweisung ist zu diesem Zeitpunkt das Richtige für seine Karriere und das Richtige für das 73. Bataillon, das offenkundig einen voll qualifizierten Offizier braucht.«

»Und sagte Ihnen Colonel Jiggs, daß er völlig zufrieden mit seinem S-3 ist?« fragte der General.

»Ich glaube, der Colonel erwähnte etwas in dieser Art.«

»Ich sagte Ihnen, Colonel, daß Lowell der beste S-3 ist, den ich je gekannt habe, daß ich nicht ohne ihn auskommen kann und daß ich mich an den General wenden werde, wenn Sie auf Ihrem Major beharren«, sagte Jiggs. »Machen Sie mir nicht weis, daß Sie unsere kleine Diskussion so schnell vergessen haben, Colonel.«

Jiggs fing einen ärgerlichen Blick des Generals auf und rief sich wieder in Erinnerung, daß er nichts gewinnen würde, wenn er in Wut geriet.

»Er ist nicht qualifiziert, Colonel, ganz gleich wie gut er als Aushilfe . . .«, sagte Colonel Minor.

»Sir«, fiel ihm Jiggs ins Wort. »Major Lowell machte seine Sache so gut, daß wir ihm einen Orden verliehen.«

»Ich halte die Ordensverleihung unter diesen Umständen für etwas fragwürdig«, sagte Colonel Minor.

»Zum Glück für den Major«, sagte Jiggs eisig, »müssen wir uns mit der Entscheidung von General Walker abfinden. *Er* verlieh Major Lowell den Orden.«

»Das mag alles sein . . .« begann Minor.

»Ich habe soeben dem General gesagt«, unterbrach Jiggs von neuem, »daß Lowell für die Art, wie er uns aus Nordkorea herausholte, als die Chinesen kamen, eine Medaille gebührt.«

Er hatte dem General nicht erzählt, daß Major Craig W. Lowell der letzte gewesen war, den er am Jalu zu sehen erwartet hatte. Er hätte seinen letzten Dime verwettet, gleich nach dem Zusammenschluß mit den Landungstruppen, daß er und die US-Army Major Craig Lowell zum letzten Mal gesehen hatten.

Gleich nachdem Lowell Urlaub aus familiären Gründen erhalten hatte und aus Seoul ausgeflogen worden war, hatte

Jiggs Erkundigungen über ihn eingezogen. Lowell hatte viele Freunde an sehr hohen Stellen, und diese Freunde interessierte es überhaupt nicht, daß die Army in einem Krieg war. Sie wollten Lowells sofortige Rückkehr in die Staaten mit dem schnellstmöglichen Lufttransport, und sie wollten seine Entlassung aus dem aktiven Dienst aus familiären Gründen.

Zuerst war Jiggs ein bißchen verärgert gewesen. Die Army kann sich selbst um ihre Dinge kümmern, sagte er sich. Als Lowell in Osan eingetroffen war, hatten bereits alle Räder auf Hochtouren gearbeitet, um einen Offizier, dessen Frau getötet worden war, heim zu seinem Kind zu schicken. Fünf Tage später war Lowell in Deutschland gewesen.

Doch dann wurde Jiggs klar, daß er unter den gleichen Umständen, wenn er die Möglichkeiten gehabt hätte, genau das gleiche getan hätte.

Und dann, noch keinen Monat später, war Major Lowell in sein Zelt in Nordkorea spaziert.

»Sie sollten einen Kameraden wissen lassen, wohin Sie umgezogen sind«, sagte Lowell.

»Was zur Hölle wollen Sie wieder hier?«

»Ich bin zum Dienst hier, wenn Sie mich haben wollen«, sagte Lowell, und da war etwas in seinen Augen, das Jiggs davon abhielt, weitere Fragen zu stellen.

Erst später, kurz bevor die Chinesen kamen, erhielt er eine Antwort. Sie waren eine Stunde mit einer Flasche Scotch allein, und Jiggs fragte Lowell, ob er etwas von Deutschland gehört hatte.

»Ich bekomme jede Woche einen Brief«, sagte Lowell. »Teutonische Tüchtigkeit.»

»Ist Ihr Sohn in guter Obhut?« fragte Jiggs.

»Er ist bei Verwandten«, sagte Lowell. »Er lebt in einem Schloß. In dem Schloß, auf dessen Land seine Mutter beerdigt ist. Und deren Mutter. Und sein Zweig der Familie reicht 500 Jahre zurück.«

Es war nur so aus Lowell herausgeströmt, und Jiggs hatte bei ihm gesessen und zugehört.

Lowells Mutter landete immer wieder in der Nervenheilanstalt. Sein Vater war verstorben. Sein einziger Blutsverwandter war ein Bankier, den er nicht ausstehen konnte. Das einzige Familienleben, wie Colonel Jiggs die Bezeichnung verstand, hatte er mit dem deutschen Mädchen gehabt, das er geheiratet hatte.

»So saß ich da, Colonel«, erklärte Lowell, »wie in einer Gruft. Wie in einem verdammten Boris-Karloff-Film. Mit einer Flasche Scotch. Schaute auf ein Stück Marmor, in das jemand *Ilse Elisabeth Lowell, Gräfin von Greiffenberg, 1929-1950 Requiescat in Pace* eingemeißelt hatte. Meine Frau war hinter diesem verdammten Stück Marmor, und ich dachte, daß ich sie nie, wirklich niemals mehr wiedersehen würde. Und dann, so betrunken ich auch war, hatte ich einen klaren Gedanken: Ich gehörte nicht in diese gottverdammte Gruft. Und ebensowenig gehörte ich in die Staaten, wo mir jeder von meinem verdammten Cousin bis zu meinem Schwiegervater sagte, was unter den gegebenen Umständen das beste für mich sei. Ich erkannte plötzlich, wo ich hingehöre.«

»Sie meinen doch nicht – hierhin?« fragte Jiggs.

»Doch, ist das nicht komisch? Genau das dachte ich.«

»Sie wollen in der Army bleiben?«

»Lachen Sie nicht. Es ist das einzige Heim, das ich je wirklich hatte. Meine einzigen Freunde sind Soldaten.«

»Es gibt schlimmere Wege, das Leben zu verbringen«, sagte Jiggs.

»Das Investment- und Bankgeschäft steht ganz oben auf der Liste dieser schlimmeren Wege. Wie beurteilen Sie meine Chancen, als Berufssoldat angenommen zu werden?«

»Das sollte klargehen«, sagte Jiggs. »Nur wenige behalten ein Distinguished Service Cross. Und nur wenige werden mit 24 Major.«

»Sie glauben, ich kann den Majorsrang behalten?«

»Ich denke, ja«, sagte Jiggs. In diesem Augenblick hatte er sich geschworen, alles in seiner Macht Stehende dafür zu tun. Und jetzt versuchte dieser engstirnige Armleuchter Minor, Lowell schlecht zu machen und ihm den Job zu verderben.

»Meiner Meinung nach«, sagte Colonel Jiggs relativ ruhig, »ist ein Offizier, der seine Fähigkeiten in der Gefahr wie zum

Beispiel beim Rückzug vom Jalu bewiesen hat, weitaus qualifizierter als der Zweitbeste seiner Klasse in Leavenworth.«

Colonel Minors Schweigen war beredt und verriet, daß er dachte: Na, wenn schon!

»Und wo wollen Sie diesen hervorragenden jungen Major einsetzen?« fragte der General.

»Das wirft ein Problem auf, Sir«, sagte Colonel Minor. »Wie Sie darlegten, ist Major Lowell sehr jung. Als allgemeine Personalpolitik ist es nicht ratsam, einen Offizier in eine Position einzusetzen, wo er jünger als seine Untergebenen ist.«

»Was beabsichtigen Sie, mit ihm zu tun, Minor?« fragte Jiggs.

»Ich dachte, ich bringe ihn hierhin, Sir«, sagte Colonel Minor, »und gebe ihm einige Stabserfahrung auf dieser Kommandoebene.«

»*Wo*?« setzte Jiggs nach. Der General blickte ihn gequält an.

»In Verwaltungsangelegenheiten und der Militärregierung«, sagte Colonel Minor.

»Das wird großartig auf seiner Dienstakte aussehen«, sagte Jiggs sarkastisch. »Vom Dienst als S-3 in einer Kampftruppe zu Verwaltungsangelegenheiten.«

Du brauchst gerade von Karrieren zu reden! dachte Colonel Minor. Du hast die Karrieren von Berufsoffizieren durch ihre Ablösung *ruiniert*. »Er gehört zur National Guard und hat in Wirklichkeit keine Karriere.«

»Er hat um Aufnahme als Berufssoldat ersucht, und ich habe seine Aufnahme aus ganzem Herzen befürwortet«, sagte Jiggs.

»Wenn er als Berufssoldat aufgenommen wird, dann als First Lieutenant, vielleicht sogar als Second Lieutenant, in Anbetracht seines Alters . . .«

»In diesem Fall habe ich empfohlen, daß er mit seinem Dienstgrad der Reserve in aktivem Dienst behalten wird«, sagte Jiggs. »Ich will nicht, daß die Karriere dieses Jungen durch eine Dienstzeit als Offizier für Verwaltungsangelegenheiten ruiniert wird.«

»Ich würde kaum sagen ›ruiniert‹«, wandte Minor ein.

»Es interessiert mich wirklich nicht, was Sie kaum sagen würden, Colonel«, sagte Jiggs bissig.

»Nur die Ruhe, Jiggs«, mahnte der General.

»Verzeihung, Sir.«

»Wie lange muß er in Korea dienen?« fragte der General.

»Noch etwa vier Monate, Sir«, antwortete Jiggs. »Er ist zehn Monate hier, vielleicht elf.«

Der General erhob sich unvermittelt und ging zu einer Verbindungstür.

»John, können Sie bitte für eine Minute herkommen«, sagte er. Ein sehr kleiner Major General in gestärktem Arbeitsanzug trat ein. Jiggs sprang auf und stand still.

»John, wir haben ein Problem mit einem Offizier«, sagte der General. »Laut Colonel Minor ist er völlig unqualifiziert, um das zu sein, was Colonel Jiggs von ihm sagt, nämlich der beste S-3, den er je gekannt hat.«

Der kleine General wirkte belustigt.

»Muß ich für eine der beiden Seiten Partei ergreifen, Sir?« fragte er.

»Der betreffende Offizier ist außerdem der junge Kerl, der während des Durchbruchs diese ›Kavallerie-Attacke‹ durchführte. Er hat nur noch etwa vier Monate in Korea zu dienen«, sagte der General. »Jiggs befürchtet, daß eine Dienstzeit in der Verwaltung, wie Minor sie empfiehlt, schlecht auf seiner Dienstakte aussehen würde.«

»Jiggs hat recht«, sagte der kleine General.

»Sie brauchen einen Adjutanten«, fuhr der Kommandierende General fort. »Mal angenommen, Sie kämen mit ihm aus, wären Sie an ihm interessiert?«

»Was denken Sie, Jiggs?« fragte der kleine Major General.

»Ich denke, Major Lowell wäre ein ausgezeichneter Adjutant für den General, Sir.«

»Okay«, sagte der Kommandierende General. »Damit habe ich für heute mein salomonisches Urteil gefällt. Sie beide dürfen gehen.«

»Wann bekomme ich ihn?« fragte der kleine Major General.

»Heute, Sir, wenn Sie möchten«, sagte Jiggs. »Colonel Minor war sehr tüchtig, indem er mir Ersatz für Lowell schickte.«

»Noch eines«, sagte der kleine Major General. »Da ich Sie kenne, Jiggs, muß ich das einfach fragen. Ist er stubenrein?«

»Nicht nur das, Sir, er kann sogar lesen und schreiben. Er schrieb zum Beispiel unser Bataillons-Motto.«

Der kleine General lachte. »Wenn das in die Geschichtsbücher kommen wird, werden Sie es ins Lateinische übersetzen lassen müssen. Der General und ich sprachen gestern abend darüber. Es gehört natürlich zur Stärkung der Moral in die Offiziersanwärterschule. Aber wie wollen Sie das im Handbuch formulieren?«

»Kooperation mit dem 73rd Tank Battalion wird erwartet«, sagte Colonel Jiggs. »Unsere Enttäuschung bei mangelnder Kooperation wird durch ein gewaltsames Eingreifen im Analbereich zum Ausdruck gebracht.«

»War nett, Sie zu sehen, Jiggs«, sagte der kleine General und kicherte. »Kommen Sie mal zum Abendessen herauf.« Er schaute den Kommandierenden General an und erhielt die schweigende Zustimmung, zu gehen.

Jiggs stand still.

»Danke, General«, sagte er.

»Okay, Jiggs«, sagte der Kommandeur. »Ich hoffe, Sie sind zufrieden.«

»Jawohl, Sir. Vielen Dank.« Jiggs salutierte, machte kehrt und verließ das Büro des Generals.

Nun, man gewinnt etwas, und man verliert etwas, dachte Colonel Minor. Das hier war ein Unentschieden.

XI

1

Kwandae-Ri, Nordkorea

18. August 1951

»E.Z., ich hasse es, zu Ihnen wie ein Bataillonskommandeur zu einem übereifrigen, frischgebackenen Lieutenant zu sprechen«, sagte der Oberbefehlshaber zu dem Kommandierenden General des XIX. Korps. »Aber Sie brauchen offenbar eine Belehrung.«

»Bei allem Respekt, Sir, hat der Supreme Commander jemals

die Formulierung gehört ›Der Blinde führt den Blinden‹?« erwiderte Lieutenant General E.Z. Black.

»Wenn der letzte Supreme Commander nur die geringste Andeutung machte, daß ihm irgend etwas gefallen würde . . .«

»Bei allem tiefen Respekt, Sir, Sie sind nicht der letzte Supreme Commander.«

»*Seine* untergebenen Kommandeure überschlugen sich«, fuhr der Oberbefehlshaber fort, »in dem Eifer, ihn glücklich zu machen. Dies ist in einigen Kreisen bekannt als ›fröhlicher und bereitwilliger Gehorsam gegenüber den Befehlen eines vorgesetzten Offiziers‹.«

»Werden Sie sich mit ›ranghöherem‹ Offizier zufriedengeben?« fragte General Black unschuldig.

»Wenn Sie verstehen, daß dies ein Befehl ist, dann werde ich das«, sagte der Oberbefehlshaber.

Sie saßen allein an der Bar der Offiziersmesse des XIX. Korps und tranken 24 Jahre alten Ambassador-Scotch, den der Supreme Commander United Nations Command nach Korea mitgebracht hatte.

»Ich bin erst ein paar Monate hier, Matt«, sagte Lieutenant General E.Z. Black. »Ich bin noch nicht mit Erholungsurlaub dran.«

»Sie sind *vier* Monate hier. Während dieser Zeit hatten Sie sieben Tage pro Woche einen 18-Stunden-Tag. Und Sie sind kein 23jähriger Lieutenant mehr, obwohl Sie sich manchmal wie einer aufführen.«

»Frauen arbeiten von morgens bis abends«, zitierte General Black ein Sprichwort, »aber die Arbeit eines Generals ist niemals getan.«

»Ich weiß nicht, warum ich mit Ihnen streite«, sagte der Oberbefehlshaber. »Nun, Sie haben hier höllisch gut gearbeitet, E.Z., und ob Sie wollen oder nicht, Sie *werden* sieben Tage R & R (rest and recuperation) in Tokio nehmen, bevor Sie wegen Überarbeitung einen Herzinfarkt bekommen. Sieben Tage R & R, das ist ein Befehl.«

General Black nippte an seinem Scotch und prostete dann dem Oberbefehlshaber zu.

»Die Soldaten nennen das B & B – für ›Bumsen und Besaufen‹. Dafür bin ich ein bißchen zu alt.«

»Wie Georgie Patton einst sagte: ›Ein Soldat, der nicht fickt, der kämpft auch nicht‹«, sagte der Oberbefehlshaber.

»Das war nicht Georgie, sondern Phil Sheridan«, korrigierte General Black.

»Ab nächsten Freitag ist für sieben Tage ein Zimmer im Imperial-Hotel reserviert.«

»Warum ab Freitag?«

»Weil Marilyn nicht früher dort sein kann«, sagte der UN Commander.

»Marilyn kommt rüber?« fragte General Black. Marilyn war seine Frau.

»Ich rief sie an. Und ich sagte ihr, daß ich es für meine Pflicht halte, sie darüber zu informieren, daß mir zu Ohren gekommen ist, Sie treiben es mit fernöstlichen Weibern.«

»Das traue ich Ihnen glatt zu, Sie Bastard«, sagte Black.

»Und da Marilyn um die halbe Welt fliegt, um ihre Ehe zu retten, ist es das mindeste, daß Sie nüchtern, rasiert und mit einem Lächeln im Imperial erscheinen.«

»Es wird ein Vermögen kosten, sie hier einfliegen zu lassen«, sagte E.Z. Black.

»Sie knickeriger Hurensohn«, sagte der Oberbefehlshaber. »Sie müssen mehr Geld haben, als ein Säufer Leberpillen hat.«

»Ich weiß nicht, wie das auf die Soldaten wirken wird«, sagte E.Z. Black. »Deren Frauen kommen auch nicht hierher.«

»Sie sind auch keine Lieutenant Generals. Um Himmels willen, E.Z., die Soldaten *lieben* so etwas. *Ihr* General wird als etwas Besonderes betrachtet und darf Besonderes tun. Heutzutage kann man einen einfachen Soldaten von einem General doch fast nur noch dadurch unterscheiden, daß der General für gewöhnlich älter und fetter ist.«

»Das riecht nach Sonderrechten«, beharrte E.Z. Black. »Es *ist* ein Privileg.«

»Lassen Sie das mal meine Sorge sein«, sagte der Oberbefehlshaber, und sein Tonfall verriet Ungeduld. »Wenn Sie nicht reich wären, E.Z., dann würden Sie keinen zweiten Gedanken daran verschwenden.«

»Okay, okay«, gab General Black nach. »Sie haben gewonnen.«

»Ihr Supreme Commander mag nicht immer recht haben, aber er ist immer Ihr Supreme Commander«, sagte der Oberbefehlshaber.

2

Tokio

24. August 1951

General E. Z. Black wurde mit einem 1941er Cadillac (der MacArthurs Wagen gewesen war) am Imperial-Hotel abgeholt, nachdem ein paar Minuten zuvor Mrs. Black mit dem privaten Wagen des UN Commanders, einem Buick, abgeholt und zur Wohnung des Oberbefehlshabers gefahren worden war, wo es eine Cocktailparty mit den Ladies der Offiziere des Hauptquartiers gab.

Der Fahrer fuhr General Black zum Dai Ichi Building, wo ihm ein Militärpolizist von über zwei Metern Größe die Tür aufhielt. Ein Colonel, einer der Adjutanten des UN Commanders, salutierte und lächelte und führte ihn in das Gebäude, durch die Halle und in den Aufzug.

Sie fuhren in den dritten Stock und gingen über einen Flur zu einem Konferenzraum. Stühle für 30 Leute standen um einen riesigen Tisch, aber es waren nur ein paar Personen anwesend. Jemand rief »Achtung!« als E. Z. Black eintrat, was ihm verriet, daß der UN Commander selbst noch nicht anwesend war.

E. Z. Black befahl Rühren. Er versuchte, sich an die Anwesenden zu erinnern. Die einzigen beiden, die er wiedererkannte, waren der G-2 des UNC und ein Colonel, dessen Name ihm nicht einfallen wollte, den er aber als Mann vom Geheimdienst in Erinnerung hatte.

Dann erinnerte er sich an den Namen: Hanrahan. Er hatte

Hanrahan bei einer Party in Jim Van Fleets Haus in Washington kennengelernt. Hanrahan war ihm als Zivilist vorgestellt worden, doch Van Fleet hatte ihn unter vier Augen informiert, daß Hanrahan einer seiner Leute in Griechenland gewesen war und daß er einer der Offiziere der Army war, die zur CIA geschickt worden waren. Ein guter Mann, hatte Van Fleet gesagt. Für Jim Van Fleet war das ein Kompliment von höchstem Rang.

Black ging hinüber zu Hanrahan.

»Hallo, Red«, sagte er. »Nett, Sie wiederzusehen.«

»Es schmeichelt mir, daß sich der General an mich erinnert«, sagte Hanrahan.

»Ich sehe, Sie haben sich weiterverpflichtet«, sagte Black.

Da war ebenfalls ein Captain, ein kleiner Jude, der das Fallschirmspringerabzeichen und die gekreuzten Gewehre der Infanterie trug.

»Warum nehmen Sie nicht Platz, General«, sagte der Adjutant. »Ich bin sicher, daß der General gleich kommen wird.«

Eine hintere Tür wurde geöffnet, und der UN Commander trat ein. Jeder machte ohne förmlichen Befehl Front zu ihm und nahm Grundstellung ein.

»Nehmen Sie Platz, Gentlemen«, sagte der UNC und setzte sich an den Kopf des Tisches. »Howard, besorgen Sie uns Kaffee, und dann sichern Sie den Raum ab«, befahl er.

Ein Master Sergeant, der anscheinend draußen gewartet hatte, rollte einen Servierwagen mit einem silbernen Kaffeeservice herein, und dann verließ er den Konferenzraum und schloß die Tür hinter sich.

»Sind wir alle miteinander bekannt? Hanrahan, haben Sie General Black kennengelernt?«

»Ich kenne Colonel Hanrahan, General«, sagte Black.

»Und kennen Sie Captain Feldman?« fragte der UN Commander.

»Felter, Sir«, korrigierte der Captain. »Guten Tag, General.«

»Bevor ich das Wort an Colonel Hanrahan gebe«, sagte der UNC, »möchte ich offiziell erklären, daß diese Besprechung

Top Secret/Mulberry ist. Jeder Anwesende ist hiermit darüber belehrt worden.«

Was zur Hölle ist »Mulberry«? fragte sich General Black.

Hanrahan erhob sich. »Um gleich zum Kern der Sache zu kommen, General Black, ich befürchte, wir werden Ihnen eine Ihrer Einheiten wegnehmen müssen.«

»Welche Einheit ist das?«

»Die 8045. Fernmelde-Abteilung«, sagte Hanrahan.

General Black brauchte einen Augenblick, bis er diese Abteilung einzuordnen wußte. Schließlich fiel ihm ein, daß er dort MacMillan versteckt hatte. Das waren die Leute an der Ostküste bei Socho-Ri, die Funkrelaisstation, deren Besatzung irgendwelche Operationen des südkoreanischen Geheimdienstes unterstützte.

»Auch bekannt als ›MacMillans schwimmender Zirkus‹«, sagte Colonel Hanrahan.

»Sie kennen Mac, nicht wahr, Colonel?« General Black lächelte. »Ich brachte es nicht übers Herz, ihn heimzuschicken. So schickte ich ihn dort rüber.«

»Ich fand es sehr interessant, General Black«, sagte der UNC trocken, »daß ich praktisch nichts über Ihre kleine Operation wußte, bis mich Colonel Hanrahan darauf aufmerksam machte.«

»Es war kaum der Rede wert, um den General damit zu behelligen«, sagte General Black. »Ein paar Offiziere, eine Handvoll Männer, die vermutlich, da ich ihn hier jetzt sehe, Colonel Hanrahan helfen, wenn sie nicht mit dem Dienst in der Relaisstation beschäftigt sind.«

»Diese Männer haben nicht nur Hanrahan ›geholfen‹, wie Sie es nennen, E.Z.«, sagte der UNC.

»Ich befürchte, ich kann Ihnen nicht mehr folgen, Sir«, bekannte Black.

»Sie meinen, Sie wissen nicht, daß Eisenbahntunnel und Brücken in die Luft gejagt wurden?«

»Nein, Sir, das wußte ich nicht«, sagte Black. Dieser verdammte MacMillan! Er hätte wissen sollen, daß MacMillans Schweigen ein Beweis dafür war, daß er nicht ganz akzeptiert hatte, auf Eis gelegt worden zu sein.

»Und was ist mit der Motor-Dschunke, E.Z.?« fragte der UNC, der offensichtlich Blacks Unbehagen genoß. »Wußten Sie davon?«

»Ich weiß, daß er ein Boot von der Navy bekam«, sagte Black etwas stockend. MacMillan hatte bei ihm die Erlaubnis eingeholt, ein Boot von der Navy zu organisieren, um »leichter herumzukommen«.

Hanrahan lächelte breit.

»Aber Sie wußten nichts von Task Force Able, oder, E.Z.?« fragte der UNC.

»So ist es, Sir. Man erklärte mir das Boot als logistische Zweckmäßigkeit. Wenn die Fernmeldeabteilung und die Koreaner unter einem gemeinsamen Kommando wären, dann hätten sie es leichter mit dem Nachschub.«

»Ein Überredungskünstler, dieser Major MacMillan, nicht wahr?« sagte der UNC trocken.

»Von einem Major habe ich ebenfalls nicht gehört«, bekannte General Black. »Als letztes hörte ich, daß MacMillan Captain ist.«

»Das kam soeben durch, General«, sagte Hanrahan. »Mac weiß ebenfalls noch nichts davon.«

»Ich bekenne mich schuldig und unterwerfe mich der Gnade des Gerichts«, sagte General Black. Er spürte, daß er bis zum Hals in dieser Sache drinsteckte, und er fragte sich, was das alles zu bedeuten hatte, was MacMillan getan hatte, um all diese Aufmerksamkeit zu erlangen.

»General«, sagte Black, der sich entschlossen hatte, reinen Tisch zu machen. »Ich war vermutlich zu nachsichtig mit MacMillan.«

»Tatsächlich?« Der UNC lächelte sonderbar.

»Jawohl, Sir. Verflixt, er ist im Grunde ein Berufssergeant vom alten Schlag. Er ist ein guter Offizier, aber ich glaube, daß er glücklicher als First Sergeant in Scofield Barracks wäre. Es würde ihn umbringen, wenn er heimgeschickt werden würde, um im Weißen Haus als Held herumgezeigt zu werden. Er war mit Porky Waterfords Schwiegersohn in einem deutschen Kriegsgefangenenlager. Er erhielt die Tapferkeitsmedaille und eine Ernennung zum Offizier, und er erhielt, als der Krieg hier anfing, einen weiteren *Silverstar*, seinen dritten. Wenn ich ihn bevorzugt behandelt habe, dann bekenne ich mich schuldig. Aber ich würde es vermutlich morgen wieder tun. Ich verstehe nicht, wie dies alles bis zu Ihnen gedrungen ist.«

»Und was ist mit den chinesischen Dschunken, E.Z.?« fragte der UNC. »Wußten Sie davon ebenfalls?«

»Ich weiß von einer«, sagte Black. »Bis jetzt dachte ich, es wäre ein Nachschubboot für die Koreaner.«

»Er hat zwei, wie mich Colonel Hanrahan informierte«, sagte der UNC. »Und er hat eine dritte Dschunke im Bau. Er hat dafür mit Benzin bezahlt. Haben Sie eine Ahnung, wie MacMillan an genug Benzin kommen konnte, um drei seetüchtige, schnelle, mit Dieselmotoren angetriebene Dschunken zu kaufen?«

»Nein, Sir, ich habe keine Ahnung.«

»Ich bin wirklich beeindruckt, General«, sagte der UNC, »von dieser Demonstration Ihrer festen Hand auf der Nachschub-Pipeline.«

»Wie General Black sicher weiß«, sagte Colonel Hanrahan, »betreiben die Koreaner eine Geheimdienstoperation von Socho-Ri aus. Der springende Punkt ist, daß die Geheimdienst-Operation in Wirklichkeit ein Ablenkungsmanöver für eine andere geheime Operation ist.«

»Ich verstehe das überhaupt nicht«, sagte General Black.

»Unter dem Vorwand, Agenten auf niedriger Ebene einzuschleusen, haben wir wichtigere Leute eingeschleust und wieder zurückgezogen.«

»Ich verstehe immer noch nicht«, gab Black zu.

Hanrahan dachte kurz nach, bevor er antwortete.

»Ich glaube, es schadet nichts, wenn ich Ihnen sage, daß wir mit den Chinesen über deren Streitkräfte in Nordkorea Kontakt haben«, sagte Hanrahan. »Weiter kann ich wirklich nicht gehen, General.«

»Okay«, sagte Black. »Ich kann mir ein ungefähres Bild machen.«

»So war MacMillan eines dieser Probleme, die manchmal passieren«, sagte Hanrahan. »Als ich ihn dort fand, dachte ich als erstes, ihn dort so schnell wie möglich herauszuholen. Ich kenne Mac seit langem, General. Ich wußte, daß er niemals dort herumsitzt und sich lange damit zufriedengibt, Verpflegung hin und her zu fliegen.«

»Nein, das ist nicht gerade seine Art«, stimmte General Black zu.

»Und dann kam mir in den Sinn, ihn ein wenig gewähren zu lassen«, sagte Hanrahan. »Je mehr Unruhe er stiftete, je mehr Aktivität herrschte, desto größer war die Chance, daß unsere Leute in der allgemeinen Verwirrung unentdeckt bleiben konnten. Sie können mir folgen, Sir?«

»Ja«, sagten General Black und der UNC wie aus einem Munde. Black war sich nicht ganz sicher, an wen Hanrahan seine Frage gestellt hatte.

»So bin ich zu einem guten Teil für MacMillans Erfolg verantwortlich«, sagte Hanrahan. »Ich verschaffte ihm zum Beispiel indirekt die Dschunken und die Motoren.«

»Ich verstehe«, sagte der UNC.

»Jetzt sind uns die Dinge leider ein wenig aus der Hand geglitten«, erklärte Hanrahan. Er wählte offenbar jedes Wort sorgfältig. »Zu einem Zeitpunkt, an dem unsere Operation in einer kritischen Phase ist.« Er legte eine Pause ein, bevor er weitersprach. »Wir schickten ein U-Boot zur Küste, um einen unserer Agenten aufzunehmen. Eine Mannschaft in Schlauchbooten sollte das erledigen. Sie hatten gerade den Strand erreicht, als MacMillan etwa 100 Meter entfernt einen Eisenbahntunnel in die Luft jagte.«

»Und Ihre Leute wurden verwundet?« fragte General Black.

»Nein, sie blieben unversehrt«, sagte Colonel Hanrahan. »Der Agent, den wir auflesen wollten, hatte genug Verstand, um sich in die Büsche zurück zu verdrücken, als der Tunnel in die Luft flog. Und es gab natürlich einen Alternativplan für seine Aufnahme. Aber als das U-Boot zurückfuhr, befürchtete die Besatzung, daß sie gegen die Nordkoreaner oder das, was der Kommandant als ›Piraten‹ bezeichnete, kämpfen mußte.«

»Okay«, sagte General Black, »ich habe kapiert. Colonel, Sie haben mein Wort, sobald ich an ein Funkgerät komme, wird MacMillans Privatarmee aufgelöst, und Captain – *Major* –

MacMillan wird mit dem nächsten Flugzeug in die Staaten geflogen.«

»Das ist nicht das, was wir im Sinn haben, General«, sagte Hanrahan.

»Nicht?«

»Es hat starken Widerstand vom Außenministerium gegen unseren Einsatz von U-Booten gegeben. Die Weltöffentlichkeit ist anscheinend gegen U-Boote. Man befürchtet wohl, daß die Gegenseite die Versenkung eines U-Boots vortäuschen könnte, was uns schlecht aussehen ließe.«

»Fahren Sie fort«, sagte General Black.

»Nach dem Zwischenfall, als der U-Boot-Trupp genau in dem Augenblick eintraf, an dem MacMillan einen Tunnel in die Luft jagte, überzeugte die Regierung – gelang es dem Außenministerium, uns den Einsatz von U-Booten bei jeder weiteren Operation dieser Art verbieten zu lassen.«

»Ich verstehe«, murmelte General Black.

»So bleibt uns nur MacMillan mit seinen Dschunken«, sagte Colonel Hanrahan.

»Sie werden also MacMillan und seine Dschunken und was Sie sonst noch brauchen übernehmen?« fragte der UNC.

»Wir werden die Leitung der MacMillan-Operation übernehmen, General«, sagte Colonel Hanrahan. »Die Operation wird fortgeführt fast wie gehabt, jedoch unter unserer Aufsicht. MacMillan wird so weitermachen wie bisher, doch unter anderen Prioritäten. Das Einsetzen und Zurückziehen unserer Leute bekommt Vorrang. So einfach ist das.«

»Ich verstehe«, sagte General Black.

»Nachdem ich mit der Tatsache konfrontiert wurde, daß U-Boote für uns nicht mehr verfügbar sind, denke ich, daß die Regierung vielleicht recht hat. MacMillan kann zum Beispiel mit 20 Mann losfahren und mit 19 zurückkehren, also einen Agenten am Strand zurücklassen oder einen Mann an Bord nehmen, wenn er eine Brücke in die Luft jagt, und das Risiko, entdeckt oder auch nur verdächtigt zu werden, ist viel geringer als beim Einsatz eines U-Boots. Die Chinesen sind clever. Sie wissen, daß man keine U-Boote einsetzt, wenn es nicht um etwas sehr, sehr Wichtiges geht.«

»Halten Sie MacMillan für fähig, das für Sie durchzuführen?« fragte General Black.

»Da kommt Captain Felter ins Spiel«, erklärte Hanrahan.

General Black hatte sich gefragt, welche Rolle der kleine Jude spielte, an dessen Hand er zu seiner Überraschung einen West-Point-Ring gesehen hatte.

»Wir lassen einen Funktrupp mit modernster Ausrüstung aus den Staaten kommen«, fuhr Hanrahan fort. »Wir werden eine direkte Verbindung zwischen Washington und Captain Felter haben, und Felter kann die Befehle an MacMillan weitergeben.«

»Ich habe eine unhöfliche Frage«, sagte General Black, »und sie ist nicht persönlich gemeint, Captain Felter, glauben Sie mir. Aber wenn diese Operation so wichtig ist, wie Sie sagen, Colonel, ist Captain Felter dann nicht ein wenig jung für all diese Verantwortung?«

»Washington will einen der eigenen Männer vor Ort haben, General«, erklärte Colonel Hanrahan.

»Weshalb trägt er eine Army-Uniform, wenn er zu Ihnen gehört?« fragte General Black.

»Captain Felter betrachtet sich als Soldat, General«, antwortete Colonel Hanrahan etwas schroff. »Wie ich hat er eine zivile Anstellung bei dem Dienst, dem wir zugeteilt sind, abgelehnt. Ich ließ mir Captain Felter aus Deutschland schicken. Ich kann mir keinen Offizier denken, der besser für diese Operation qualifiziert wäre. Captain Felter war mit mir in Griechenland.«

»E.Z.«, sagte der UNC und beendete den Wortwechsel, »der wahre Grund dieser Besprechung und meiner Anwesenheit hier ist es, Ihnen die Wichtigkeit von Hanrahans Mission klarzumachen. Und Ihnen zu sagen, was man mir sagte, als uns Colonel Hanrahan ›zugeteilt‹ wurde, nämlich, daß Hanrahan bekommt, was er haben will.«

»Jawohl, Sir«, sagte General Black. »Ich verstehe, Sir.« Er wandte sich an Felter. »Sie können alles bekommen, was wir haben, Captain. Und wenn Sie irgendwelche Schwierigkeiten mit MacMillan haben, wie es vermutlich der Fall sein wird, dann informieren Sie mich.«

»Ich komme schon mit Major MacMillan zurecht, Sir«, sagte Captain Felter überzeugt.

3

Kwandae-Ri, Nordkorea

30. August 1951

Captain Sanford T. Felter, der die gekreuzten Flaggen des Fernmeldekorps trug (diesmal ohne Infanteriekampfabzeichen, Fallschirmspringerabzeichen und den West-Point-Ring), flog mit Lt. General E.Z. Black nach Korea, nachdem der Erholungsurlaub des Generals zu Ende war. General Blacks L-17 Navion erwartete sie in Seoul, und von dort aus flogen sie zum XIX. Korps.

General Blacks Adjutanten warteten auf der Landebahn. Der zweite Adjutant erhielt den Befehl, Captain Felter mit Arbeitsanzügen auszustatten und ihn bis spätestens 16 Uhr zum Büro des Generals zu fahren. General Blacks erster Adjutant erhielt den Befehl, mit MacMillan bei der 8045. Fernmelde-Abteilung Kontakt aufzunehmen und dafür zu sorgen, daß er spätestens um 15 Uhr 30 im Büro des Generals sein sollte.

Dann ging General Black in sein Quartier und zog seinen Arbeitsanzug an. Er hatte seiner Frau ein Taschentuch stibitzt – er fragte sich, ob das irgendwie pervers war. Er schnüffelte das Parfüm, wickelte das Taschentuch sorgfältig in Zellophan ein und steckte es in seine Brusttasche. Er fragte sich, wie lange das Parfüm duften würde.

Dann ließ er sich von seinem G-3 zwei Stunden lang berichten, was während seiner Abwesenheit geschehen war. Anschließend wartete MacMillan auf ihn. Als sie durch das Vorzimmer von General Blacks Büro gingen, war Captain Felter bereits da, mit Arbeitsanzug und nagelneuen Kampfstiefeln.

Der sieht aus wie die israelische Version vom traurigen Landser, dachte General Black.

»Sie elender Hurensohn«, sagte General Black in seinem Büro zu MacMillan. »Sie haben mich nicht nur zu einem dreisternigen Armleuchter vor dem Supreme Commander und vor einem Profi-Gespenst namens Hanrahan gemacht, sondern Sie haben auch Ihr Wort gebrochen, das Sie mir gegeben haben. Sie haben mir versprochen, nicht näher als fünf Meilen an die Frontlinie zu gehen!«

»Ich sagte, ich würde nicht näher als fünf Meilen an die Frontlinie *fliegen*«, erklärte MacMillan ziemlich lahm.

»Kommen Sie mir nicht mit solchen blöden Spitzfindigkeiten. Das ist eine beschissene Ausrede, und das wissen Sie. Ich meinte, und das wußten Sie genau, daß Sie Ihren Hintern aus der Feuerlinie heraushalten sollen.«

»Verdammt, General«, brach es aus MacMillan heraus, der sich jetzt schämte, weil er erwischt worden war, »ich werde als Soldat bezahlt. Nehmen Sie die verdammte Medaille und lassen Sie mich zu einer Fronteinheit.«

General Black war es nicht gewohnt, daß ein sehr viel jüngerer Major so mit ihm sprach, noch dazu einer, der noch nicht einmal wußte, daß er Major war. Black stieg Zornesröte ins Gesicht, doch dann wurde ihm klar, daß nicht nur irgend etwas falsch an einer Personalpolitik sein mußte, die einen Offizier nur aus dem Kampf heraus befahl, weil er sich zuvor hervorragend im Kampf bewährt hatte, sondern daß er auch unter den gleichen Umständen genauso gehandelt hätte wie MacMillan. Vielleicht nicht so gut, dachte General Black, aber ich hätte es versucht.

»Sie hätten mir wenigstens die Sache von dem verdammten U-Boot erzählen können, Mac«, sagte General Black, nahm eine Flasche 24 Jahre alten Ambassador-Scotch aus seiner Schreibtischschublade und schenkte zwei Gläser voll. Dann blickte er zu MacMillan auf. »Warum haben Sie mir nichts davon gesagt?«

»Nun, ich dachte mir, der General hat schon genug am Hals«, erwiderte MacMillan.

»Ihre Eskapaden sind den höchsten Stellen bekannt geworden«, sagte General Black. Er und MacMillan hoben die Gläser, tranken, behielten den Scotch einen Augenblick genüßlich im Mund und schluckten ihn dann hinunter, gleichzeitig, als hätten sie es zusammen geprobt. »Gott, das ist guter Whisky«, sagte der General.

»Es tut mir wirklich leid, wenn ich Sie in Schwierigkeiten gebracht habe, General«, sagte MacMillan. »Ehrlich. Ich hätte nicht gedacht, daß jemand dahinterkommen würde.«

»Meinen Glückwunsch«, sagte General Black und schenkte von neuem ein.

MacMillan schaute ihn verwirrt an.

»Sie sind zum Major befördert worden, Mac«, sagte Black.

»Ehrlich?« fragte MacMillan erfreut und überrascht.

»Der UNC gibt uns eine Parade«, sagte Black. »Sie bekommen das goldene Blatt angeheftet, und ich werde mit der Großen Armleuchter-Medaille mit gekreuzten Schwertern und Diamanten ausgezeichnet, weil ich mich von einem Scheißer wie Ihnen verarschen ließ.«

»Wir sind also nicht in Schwierigkeiten.« MacMillan entspannte sich und grinste.

»Sie kennen Colonel Hanrahan?« fragte der General.

»Jawohl, Sir.«

»Hanrahan ist so beeindruckt von Ihrer kleinen Operation, daß er Sie übernimmt.«

»Und was wird aus mir?«

»Haben Sie zufällig diesen Captain im Vorzimmer sitzen sehen? Der kleine, der wie die Personifizierung des traurigen Landsers aussieht?«

»Er heißt Felter«, sagte MacMillan. »Ich habe ihn nie kennengelernt, aber ich weiß, wer er ist. Er ist dick mit Red Hanrahan befreundet. Und auch mit Bob Bellmon. Was hat Felter mit der Sache zu tun?«

»Sie arbeiten ab sofort mit ihm«, erklärte General Black.

»Der ist doch von der CIA! Seit wann beteiligt sich die CIA beim Sprengen von Brücken?«

»Wer sagte was von CIA? Ich habe nichts davon erwähnt.«

MacMillan zuckte mit den Achseln. »Hanrahan arbeitet für die CIA.«

»Hanrahans Leute werden Ihre Operation als Tarnung für sich benutzen«, sagte General Black. »Ihre Leute einschleusen und wieder herausholen.«

»Ist das alles?«

»Deren Mission hat Vorrang«, sagte General Black. »Sie erhalten Ihre Befehle von Captain Felter.«

»Damit komme ich schon klar. Ich hatte befürchtet, Sie setzen mich hinter einen Schreibtisch.«

»Das sollte ich«, sagte General Black. »Wenn Sie draufgehen, weil Sie John Wayne spielen, Mac, dann reißt man mir den Arsch auf.«

»Ich habe nicht vor, draufzugehen«, sagte MacMillan.

»Passen Sie auf sich auf, mehr sage ich nicht. Es ist mein Ernst, Mac. Ich will nicht erklären müssen, weshalb ich zuließ, daß der Träger der Tapferkeitsmedaille erschossen wurde.«

»Jawohl, Sir. Ist das alles, was Sie für mich haben?«

»Nicht ganz«, sagte der General. Er gab MacMillan die Flasche mit dem Rest des 24 Jahre alten Ambassador-Scotch.

MacMillan ging dann ins Vorzimmer zu Captain Felter.

»Ich glaubte, Sie zu kennen«, sagte er und hielt ihm die Hand hin, »aber ich war mir nicht sicher, ob ich es zugeben sollte.«

»Nett, Sie kennenzulernen, Major«, sagte Felter und schüttelte ihm die Hand.

»Das mit dem Major wissen Sie auch schon, wie?«

»Ich hörte von Ihrer Beförderung. Meinen Glückwunsch.«

»Ja, so ist das. Wenn man die Klappe geschlossen und die Nase sauber hält, kann man einer Beförderung gar nicht entgehen«, sagte MacMillan.

»Ich traf Colonel Bellmon und seine Frau in Washington. Sie baten mich, Sie zu grüßen, wenn ich Sie sehe. Ich sagte ihnen, daß ich kaum damit rechne.«

»Ja, ich wette, daß Mrs. Bellmon mich grüßen ließ«, sagte MacMillan. »Und da wir gerade von alten Kumpels sprechen, ich sah neulich einen Freund von Ihnen. Lowell. Hätten Sie je gedacht, daß dieser Bastard Major wird?«

»Ich hörte, daß er einer ist.«

»Er wurde soeben Adjutant des Chefs des Stabes IX. Korps.«

»Sie haben gehört, was mit Ilse passierte?« fragte Felter.

»Mit wem? Oh, Sie meinen, diese Kraut, die er heiratete. Ich konnte den Namen noch nie behalten. Ja, ich habe davon gehört. Harte Sache.«

»Ja«, sagte Felter. »Harte Sache.«

»Ich habe eine Beaver auf dem Flugplatz«, sagte MacMillan. »Wann immer Sie fliegen wollen.«

»Ich bin bereit, wenn Sie es sind.«

»Ich möchte beim PX vorbeischauen und Majors-Abzeichen kaufen«, sagte MacMillan. »Mehr habe ich nicht zu erledigen. Wenn Sie Zeit haben, könnten wir zum IX. Korps rüber und Lowell besuchen. Würde etwa eine Stunde dauern.«

»Ich möchte ihn natürlich gern wiedersehen«, sagte Felter, »aber ich glaube nicht, daß wir Zeit dazu finden. Oder daß es eine gute Idee wäre, selbst wenn wir genügend Zeit hätten.«

MacMillan erkannte die Zurechtweisung.

»Hey«, sagte er, »schon kapiert. Aber entspannen Sie sich. Außer meinen Leuten wissen nur ein paar andere, was wir tun. Es heißt, daß wir eine Funkrelaisstation sind. Meine Jungs erzählen das, wenn sie zum IX. Korps oder zum PX gehen oder ein Steak essen oder was immer. Ich will damit sagen, daß ich mir bei meiner Mission ebenfalls nichts in den Weg kommen lasse.«

»Verzeihung«, sagte Felter nach einer kurzen Pause. »Bei meiner Art Arbeit neigt man dazu, paranoid zu werden.«

4

Socho-Ri, Südkorea

30. August 1951

Eine Stunde später, als die Dunkelheit hereinbrach, stieß MacMillans L-20 DeHavilland Beaver aus der Wolkendecke hinab und landete auf einer unbefestigten Straße etwa 50 Meter vom Japanischen Meer entfernt bei der Ortschaft Socho-Ri.

Die Bewohner des Dorfes waren evakuiert worden. Die Steinhäuser mit Strohdach waren ausgeräuchert und als Quartiere übernommen worden. Die drei amerikanischen Offiziere, 27 Unteroffiziere und Mannschaften und sieben koreanische Offiziere belegten die sieben besten Häuser, wovon eines als Messe, Bar und Durchgangsquartier diente. Diese Gebäude waren von Stacheldrahtrollen umgeben.

Der ranghöchste koreanische Offizier, Major Kim Lee Dong, war Lieutenant in der Kaiserlich Japanischen Armee gewesen und hatte lange in China gedient. Unter anderem war er für die Verpflegung verantwortlich. Er hatte aus über 200 koreanischen Frauen, die sich freiwillig als Personal gemeldet hatten, 40 Frauen ausgewählt, denen klar war, daß Mitglieder einer Eliteeinheit mehr von ihrem Versorgungspersonal erwarteten als Kochen, Waschen und das Sauberhalten der Hütten. Wenn sie ihre Aufgaben zufriedenstellend erledigten, dann bekamen sie nicht nur dreifache Verpflegung, über die sie frei verfügen konnten, sondern auch zusätzliche Bezahlung.

Als MacMillan das Kommando über die Task Force Able übernahm, sorgte er dafür, daß das koreanische militärische Personal – Offiziere, Unteroffiziere und Mannschaften – amerikanische Verpflegung erhielt. Da Task Force Able als Kampfeinheit an der Front betrachtet wurde (MacMillan hatte auch für diese Festlegung gesorgt), erhielt jeder auf der Verpflegungsliste anderthalb Rationen plus eine Ration Zigaretten, Toilettenpapier, Schokoladenriegel und sogar Schreibpapier und Briefumschläge. Es gab eine Sonderration von zwei Dosen Bier pro Tag.

Obwohl der Appetit der Amerikaner gemessen an koreanischem Standard unglaublich war (das Frühstück von Task Force Able bestand zum Beispiel aus Fruchtsaft, Kaffee, Milchkonzentrat, Haferflocken, Eiern, Schinken, Speck, Biskuits, Toast, Butter, Marmelade und frischem Obst), blieb genug Essen übrig, um das Küchenpersonal mit einer zusätzlichen Einkommensquelle über den Schwarzen Markt zu versorgen.

Ein koreanischer Fahrer holte MacMillan und Felter mit einem Jeep ab und fuhr sie zum Klub des Camps.

Der Klub war überfüllt mit amerikanischen Unteroffizieren und Mannschaften, überwiegend Sergeants und alle etwas älter als die Teenager, die den Großteil der Mannschaften in Korea bildeten. Diese Männer waren an der Bar. Ein Captain und ein Warrant Officer saßen an einem Tisch, der für Offiziere reserviert war, und tranken Bier und Bourbon.

»Gentlemen«, sagte MacMillan, »dies ist Captain Felter, der uns als Berater zugeteilt wurde, und ich bin, falls Sie es noch nicht wissen sollten, Major MacMillan, Ihr neuer Stabsoffizier-Chef.«

Er sagte es laut genug, damit jeder im Klub es hören konnte, und alle kamen zu ihm, um zu gratulieren.

»Ich nehme an, ich muß all euch durstigen Bastarden einen ausgeben«, sagte MacMillan. »Hoffentlich habt ihr Biersäufer nicht plötzlich das Verlangen nach Scotch.«

»Willkommen, Captain«, sagte der Captain, der am Tisch gesessen hatte. »Willkommen bei MacMillans Schwimmendem Zirkus.«

Felter fühlte sich sonderbar bewegt. Er brauchte einen Augenblick, um dieses Gefühl zu analysieren, es zu erklären zu versuchen, während er dem Captain und dem Warrant Officer die Hand schüttelte. Dann wußte er, was es war: Er fühlte sich hier überhaupt nicht fremd. Er glaubte, wieder in Jannina zu sein, bei der 24th Royal Hellenic Mountain Division als US-Militärberater in Griechenland. Es war, als wäre er nicht in einem unbekannten Dorf mitten im Niemandsland gelandet, sondern heimgekehrt.

»Ich werde Felter bei mir einquartieren«, sagte MacMillan. »Was bedeutet, daß Sie bei mir ausziehen müssen, Paul.« Die Miene des Captains zeigte Überraschung. »Die *Beratung*, die Felter uns geben wird, ist eine, die wir befolgen müssen«, fügte MacMillan hinzu. »Verstehen Sie?«

»Ich möchte nicht, daß der Captain aus seinem Quartier auszieht«, sagte Felter.

»Es ist mir ein Vergnügen, Captain«, sagte der Captain. »Außerdem schnarcht MacMillan.«

Ohne zu fragen brachte ein koreanisches Mädchen in

Arbeitsuniform der Army eine Literflasche Asahi-Bier und ein Glas und stellte beides vor MacMillan hin.

Felter sprach Koreanisch mit dem Mädchen. Sie war sichtlich überrascht und kicherte und hielt die Hand vor den Mund. Dann trippelte sie davon und kam einen Augenblick später mit einer Flasche Weißwein zurück. Felter dankte ihr auf Koreanisch.

»Ich bin beeindruckt, Felter«, sagte MacMillan. »Es gibt nicht viele, die Koreanisch sprechen.«

»Ich komme zurecht«, erwiderte Felter bescheiden.

Eine Schiebetür wurde geöffnet, und ein massiger Captain der Fernmeldetruppe, gefolgt von einem schlanken Warrant Officer, trat ein.

»Wer zur Hölle ist das?« Der Captain, der sein Quartier verloren hatte, sah Felter fragend an. Es gab nur wenige Besucher in Socho-Ri, und keine willkommenen.

Die Neuankömmlinge schauten sich um, sahen die Offiziere am Tisch und gingen zu ihnen.

»Was kann ich für Sie tun, Captain?« fragte MacMillan nicht sehr freundlich.

»Hallo, Captain«, sagte der Warrant Officer und streckte Felter die Hand hin. »Schön, Sie wiederzusehen.«

Felter erhob sich, gab dem Warrant Officer die Hand und sagte ihm, daß er sich ebenfalls über das Wiedersehen freue. Für MacMillan war offensichtlich, daß Felter nicht die geringste Ahnung hatte, wer der Mann war.

»Wir suchen Captain Felter«, sagte der Captain. »Ich sehe, wir haben ihn gefunden.«

»Kann ich Ihnen irgendwie helfen?« fragte Felter.

»Ich habe zwei Funkwagen für Sie«, sagte der Captain.

»Ah, ja«, sagte Felter. »Ich hatte sie nicht so schnell erwartet.«

»Ich habe Befehle, um 20 Uhr auf Empfang zu gehen«, erklärte der Captain. »Können Sie mir sagen, wo ich aufbauen soll?«

»Ich weiß wirklich nicht.« Felter schaute zu MacMillan.

»Mr. Davies ist mein Fernmeldeoffizier«, sagte MacMillan. »Vielleicht kann er Ihnen helfen.«

»Ich brauche einen Platz, um einige Antennen zu installieren«, sagte der Captain.

»Zeigen Sie ihm, wo, Davies«, sagte MacMillan. Davies erhob sich, und auch Felter stand auf. Sie verließen den Klub. Der neu eingetroffene Warrant Officer setzte sich auf den Stuhl, den Davies verlassen hatte.

»Ich bin Chiffrierer«, sagte er. »Ich habe glücklicherweise keinen blassen Schimmer von Antennen. Hey, Süße, bring mir ein Bier, ja?«

»Ich nehme an, Sie bleiben bei uns?« fragte MacMillan fast sarkastisch.

»So sieht es aus, Major«, sagte der Chiffrierer.

»Mac«, sagte der Captain, »wer zur Hölle ist dieser kleine Jude?«

»Ich sagte es schon«, erwiderte MacMillan, »er ist als Berater hier. Von oben.«

»Aber wer *ist* er?«

»Das kann ich Ihnen sagen, Captain«, warf der Warrant Officer des Chiffrierdienstes ein. »Das ist Maus Felter.«

»Und was soll das bedeuten?« fragte MacMillan.

»Das ist ein übler, kleiner Hurensohn. Ich empfehle Ihnen, Captain, ihn nicht hören zu lassen, daß Sie ihn als kleinen Juden bezeichnen.«

»Warum sagen Sie, daß er übel ist?«

»Ich war mit ihm in Griechenland. Glaube nicht, daß er sich an mich erinnert. Aber ich habe ihn nicht vergessen.«

»Und was hat er Übles in Griechenland gemacht, das Sie so beeindruckt hat?« fragte MacMillan.

»Ich bin mir nicht sicher, ob ich darüber reden soll«, sagte der Warrant Officer.

»Verdammt, Sie haben damit angefangen, und jetzt führen Sie es zu Ende«, sagte MacMillan scharf. Er war äußerst neugierig geworden.

»Nun, wir hatten einen Captain, der einige Griechen, die auf einem Hügel festsaßen, nicht rauspauken wollte«, erzählte der Warrant Officer. »Der Feind feuerte mit Mörsern auf die Straße. Und die Maus war der Ansicht, daß er es zumindest versuchen sollte. Da war ein junger amerikanischer Lieutenant mit den Griechen auf dem Hügel.«

»Der Name des Jungen war Lowell, nicht wahr?« sagte MacMillan.

»Ja. Sie wissen Bescheid?«

»Weiß das nicht jeder, der länger als zwei Wochen bei der Army ist?« entgegnete MacMillan. Er hatte nur geraten und ins Schwarze getroffen.

»Ich bin neun Jahre, sechs Monate und vier Tage bei der Army, Major, Sir«, sagte der Captain. »Und ich weiß nichts darüber.«

»Erzählen Sie es ihm«, sagte MacMillan. Er war dankbar, weil er nun selbst den Rest der Geschichte hören würde.

»Als der Captain die Nerven verlor und sich nicht nur weigerte, auf den Hügel raufzugehen, sondern es der Maus auch verbot, blies ihn die Maus mit einer Thompson weg«, sagte der Warrant Officer. »Einfach so.« Er imitierte das Hämmern einer Maschinenpistole.

»Tatsächlich?« fragte der Captain.

»Tatsächlich«, bekräftigte der Warrant Officer. »Legen Sie sich nicht mit dem an, das ist ein ganz übler Bastard.«

Ohne daß es Major MacMillan bewußt wurde, war Captain Sanford T. Felter soeben bei ihm gewaltig im Ansehen gestiegen.

5

Es dauerte über drei Stunden, um die erforderlichen Antennen zu installieren. Felter blieb dabei, bis die Verbindung hergestellt war. Dann sorgte er dafür, daß die Unteroffiziere und Mannschaften Essen und Unterkünfte erhielten. Anschließend ging er in den Klub und fragte, ob er ein Ei-Sandwich oder sonst etwas haben könne. Als er gegessen und eine Cola getrunken hatte, erklärte er, daß es ein langer Tag gewesen sei und er schlafen gehen wolle. Er bat darum, daß ihm jemand sein Quartier zeige.

MacMillan rief die Kellnerin, die zuvor bedient hatte und mit der Felter Koreanisch gesprochen hatte. Er gab ihr durch Zeichen zu verstehen, daß sie Felter begleiten sollte.

Felter folgte dem Mädchen in ein Haus mit Strohdach. Dort zeigte sie ihm, wo die Latrine und die Dusche mit Warmwasser hinter dem Haus waren. Er dankte ihr, ging auf die Latrine und duschte anschließend. Dann setzte er sich an den zusammenklappbaren Schreibtisch und nahm seinen Füllfederhalter, um Sharon einen Brief zu schreiben.

Plötzlich war hinter ihm Bewegung. Aus irgendeinem Grund erschrak Felter. Er warf sich seitwärts vom Stuhl, rollte sich auf dem Boden ab, und als er aufsprang, hielt er seine .45er-Colt-Automatik gespannt in der Hand.

Dann sah er das koreanische Mädchen. Sie trug nicht mehr den Arbeitsanzug der Army. Jetzt hatte sie ein dünnes Nylonhemdchen an; es war so kurz, daß er ihr Nylonhöschen und das schwarze Schamhaar darunter sehen konnte.

Er hatte sie erschreckt. Sie schrie auf.

»Du hast mir einen Schreck eingejagt«, sagte Felter und legte die Pistole auf den Schreibtisch. »Es tut mir leid.«

»Es tut mir leid«, sagte das koreanische Mädchen. »Ich wollte dich nicht verärgern.«

»Du hast mich nicht verärgert. Kann ich etwas für dich tun?«

»Gefalle ich dir nicht?«

»Oh.« Felter verstand endlich. »Ich habe eine Frau.«

»Hier?«

»Nein, in Amerika.«

»Aber hier brauchst du eine Frau.«

»Ich brauche keine«, sagte Felter.

»Möchtest du vielleicht einen Jungen?« fragte sie. »Ich gehe fragen . . .« Sie sprach jetzt Englisch.

»Du kannst Koreanisch mit mir reden«, sagte Felter.

»Wenn du mich nicht willst, wird mich der Major wegschikken«, sagt sie.

»Nun, du sagst Major MacMillan, ich hätte verlangt, daß du dich um mich kümmerst. Sag ihm das.«

»Du bist ein feiner Gentleman«, sagte sie. »Ich werde mich sehr gut um dich kümmern.« Sie machte einen tiefen Knicks und zog sich dann zurück.

Felter setzte sich an den Schreibtisch und begann zu schreiben.

Liebste Sharon,
hier bin ich nun in Korea. Ich habe das Kommando über eine kleine Funkstation am Japanischen Meer erhalten. Sie ist weit von der Front entfernt, und so bin ich überhaupt nicht in Gefahr. Das einzig Schlechte hier ist der Mangel an einer Toilette im Haus. Es gibt eine Dusche im Haus, aber die Toilette ist hinten im Hof.
Es ist eine kleine Einheit, die hier in der Funkstation Dienst tut und für den Transport von Leuten und Nachschub entlang der Küste sorgt. Hier gibt es zwei chinesische Dschunken wie die, die Du auf den Postkarten siehst, und ich hoffe, morgen oder übermorgen mit einer zu fahren. Ich werde morgen mehr schreiben, nachdem ich die Möglichkeit hatte, mich hier umzusehen. Jetzt möchte ich schließen, weil es ein langer Tag war und ich sehr müde bin. Du und unser Kind fehlen mir sehr. Viele Küsse für euch beide. Dein Dich liebender

Sandy

P.S. Hier ist ein Major namens MacMillan, der Craig kennt. Er erzählte mir, daß Craig jetzt Adjutant des Chefs des Stabes IX. Korps ist. Ich möchte Craig gern sehen, aber es ist ein weiter Weg von hier aus, und ich weiß noch nicht, ob ich in der nächsten Zeit den Ausflug zu ihm machen kann. Ich freue mich darüber, daß Craig nicht mehr an der Front ist.

XII

1

Kowon, Nordkorea

23. August 1951

Major General John J. Harrier, Chef des Stabes IX. Korps, zog das Blatt Papier aus der Schreibmaschine seines Sergeant Majors, warf einen schnellen Blick auf das Getippte, nahm einen Bleistift aus der Halterung, die auf den Ärmel seiner gestärkten Arbeitsanzugsjacke genäht war, und schrieb »Ich liebe Dich. Dein Johnny« an den Fuß der Seite. Er spannte einen Briefumschlag in die Schreibmaschine und adressierte ihn an seine Frau. Dann faltete er den Brief und steckte ihn in das Kuvert. Er warf den Brief in den Postkasten auf dem Schreibtisch des Sergeant Majors und stand auf.

Harrier öffnete eine Dose Schlitz-Bier, trank sie leer und warf die leere Dose in den Papierkorb. Dann schaute er auf seine Armbanduhr. Es war fast 23 Uhr. Er hatte gehofft, vom Bier schläfrig zu werden. Das war nicht der Fall.

Vielleicht hilft ein kleiner Spaziergang zur nötigen Bettschwere, sagte er sich. Der Kommandierende General und der Chef des Stabes besuchten im Wechsel mitten in der Nacht die Operationszentrale des Korps. Heute war Harrier an der Reihe, durchzuschlafen. Es hatte keinen Sinn, sozusagen dienstfrei zu haben und zwei- oder dreimal mitten in der Nacht aufzuwachen. Er wollte sich erst schlafen legen, wenn er müde war.

General Harrier nahm seinen Pistolengurt aus weichem Leder und die Colt .32 ACP-Automatikpistole und schnallte sich den Gurt mit der Waffe um. Dann ging er ins Vorzimmer. Der Offizier vom Dienst sprang auf.

»Bleiben Sie sitzen«, sagte General Harrier. »Ich mache noch einen kleinen Spaziergang vor dem Schlafen. Gegen Mitternacht sollte ich in meinem Quartier sein.«

»Jawohl, Sir«, sagte der Offizier vom Dienst. »Gute Nacht, General.«

General Harrier ging den Hügel hinab vom »Weißen Haus« über den Pfad, der an der »Colonel's Row« vorbeiführte.

»Colonel's Row«, waren eigentlich zwei Reihen von Ein-Mann-Zelten, insgesamt 20, in denen die 14 Colonels des IX. Korps und die sechs Adjutanten der drei Generäle des Korps untergebracht waren, die Adjutanten zum Komfort der Generäle, nicht als Privileg der Adjutanten.

Als General Harrier an den Zelten vorbeispazierte, hörte er zu seiner Überraschung das schnelle Klappern einer Schreibmaschine. Er machte das Zelt ausfindig, aus dem das Klappern und schwacher Lichtschein drangen; die anderen Zelte waren dunkel, ihre Bewohner waren entweder im Dienst oder in einem der Kasinos. Das Klappern der Schreibmaschine kam aus dem Zelt seines Junior-Adjutanten, Major Craig W. Lowell.

Was den Adjutanten anbetraf, so war Major Lowell ein zweischneidiges Schwert. Harrier hatte das sofort geargwöhnt, als er ihn zum erstenmal gesehen hatte. Erstens hatte sich Lowell nicht sofort zum Dienst gemeldet, wie Colonel Jiggs es angekündigt hatte.

Harrier erinnerte sich.

Sechs Tage nach der Besprechung im Büro des Kommandierenden Generals zwischen Jiggs (nach Harriers Meinung ein ausgezeichneter Offizier) und Minor (ein ausgezeichneter Schreibtischarbeiter, natürlich notwendig, aber nicht das, was General Harrier unter einem richtigen Soldaten verstand) über Minors völlig blöde Absicht, Lowell zur Erledigung von Verwaltungsangelegenheiten einzuteilen.

»Ich erwartete Sie vor einigen Tagen, Major«, sagte Harrier, als Lowell schließlich auftauchte.

»Sir, es dauerte einige Zeit, um meinen Ersatz einzuweisen.«

Damit machte Lowell klar, daß für ihn die Einweisung des S-3 eines Panzerbataillons an der Front wichtiger war als der Posten eines Adjutanten. Das stimmte, aber die meisten Offiziere hätten sich in aller Eile zum Dienst bei einem General gemeldet.

Darüber hinaus war Lowell in nicht ganz korrekter Uniform eingetroffen. Wegen der im koreanischen Sommer nahezu unerträglichen Hitze um die Panzer herum hatte Jiggs' Bataillon (mehr eine Kampfgruppe), die besondere, inoffizielle Erlaubnis, die Jacke des Arbeitsanzugs über der Hose und die Ärmel aufgekrempelt zu tragen. Lowell hatte sich nicht nur so gekleidet gemeldet, sondern auch statt Pistolengurt und einer .45er in einem vorgeschriebenen Schulterholster eine deutsche Luger in einem nicht vorgeschriebenen Schulterholster getragen. Auf dem Holster war eine glänzende Messingschnalle mit den Worten GOTT MIT UNS angebracht.

Bevor er Lowell für den Rest des Tages entlassen hatte, damit er sich eingewöhnen und sich ordentlich kleiden konnte, hatte Harrier ihm Ansprache Drei gehalten, in der er die Rolle des Adjutanten beim Militär aufgezeigt hatte, von den Tagen, in denen sie Offizierssoldaten zu Pferde gewesen waren, bis zur Gegenwart, in der die Aufgaben des Adjutanten eines Generals zweierlei Zweck hatten: Sie sollten die Offiziere im Generalsrang von lästigen Einzelheiten entlasten und zugleich einen gründlichen Einblick in die Pflichten und Verantwortlichkeit von Generälen erhalten.

Am nächsten Tag hatte Lowell – in korrekter Uniform – kurz als Harriers Erster Adjutant gedient. Am selben Tag war Lieutenant Colonel Edmund Peebles vom 35. Infanterieregiment eingetroffen, um General Harriers Erster Adjutant zu werden. General Harrier hatte gleich vorausgesehen, daß die beiden Männer nicht zusammenpaßten.

Colonel Peebles war Infanterist, West Pointer und 38 Jahre alt. Er hatte kein Kommando über ein Infanterie-Bataillon erhalten, und er nahm – zu Recht – an, daß der Dienst als Stellvertretender Kommandeur im Regiment nicht so viel Pluspunkte zur Beförderung brachte wie das Kommando über ein Bataillon. Sein Dienst als Erster Adjutant von General Harrier war fast seine letzte Chance, um Full Colonel zu werden. Peebles wußte, daß er niemals das Kommando über ein Regiment bekommen würde, aber er war bereit, sich in einer Stabstätigkeit den Silberadler des Full Colonels zu verdienen.

Er wußte, daß man den General von seinen Talenten in einer Stabsposition überzeugen konnte, indem man diese voll ausfüllte. Und das erreichte man offenbar am besten, indem man den Zweiten Adjutanten völlig mit den niederen Pflichten beschäftigt hielt, damit er keine Chance hatte, sich als Stabsoffizier zu beweisen.

Unglücklicherweise, jedoch unvermeidlich, sah Major Lowell seinen direkten Vorgesetzten Lieutenant Colonel Edmund Peebles mit den Augen eines Kommandeurs und erkannte bei ihm wie die anderen Vorgesetzten zuvor die Dinge, die verhindert hatten, daß ihm ein Kommando übergeben worden war. Peebles war ein guter Offizier, vorausgesetzt, jemand sagte ihm, was er zu tun hatte. Er war nicht in der Lage, wichtige Entscheidungen schnell zu treffen, oftmals sogar überhaupt nicht.

Darüber hinaus war Lowell hinreichend mit Selbstbewußtsein gesegnet. Er war schließlich ein 24jähriger Major. Er sah seine Rolle als Adjutant von General Harrier als Teil Zwei der Funktion eines Adjutanten: zu sehen, wie die höheren Ränge des Stabes arbeiteten, als Vorbereitung auf den Tag, an dem er selbst Sterne tragen würde. Lowell hielt es für unter seiner Würde, die Reiseroute oder eine Gästeliste für ein Dinner auszuarbeiten oder gar dafür zu sorgen, daß der Jeep des Generals makellos sauber war. Wenn Peebles ihm solche Pflichten zuteilte, delegierte Lowell sie an Lieutenants und Sergeants.

Lowell – der Duke – war bei den Soldaten beliebt. General Harrier hatte viele Geschichten über ihn gehört. Bei Lt. Colonel Peebles war das ganz anders. Er war offenbar einer derjenigen Offiziere, deren Philosophie als Vorgesetzter auf dem Glauben basierte, daß ein Offizier von Untergebenen Gehorsam erwarten kann und daß die meisten guten Kommandeure von ihren Soldaten gehaßt und gefürchtet werden (eine weitverbreitete Ansicht, genährt von George Patton, von Harrier jedoch nicht geteilt). Harrier wußte ebenfalls, daß Peebles sich mächtig über Lowells Soldaten ärgerte, besonders über die Offiziere, die sich die Mühe machten und Lowell aufsuchten, um sich zu verabschieden, wenn sie versetzt wurden oder heimkehrten.

Es war notwendig geworden, Major Lowell unter Colonel Peebles' Kommando wegzubekommen, bevor es Schwierigkeiten gab. Harrier hatte die Aufgabenbereiche der beiden getrennt und dafür gesorgt, daß ein Sergeant Major die einfachen Pflichten für Lowell erledigte. Lowell würde ohnehin bald heimkehren, und Harrier wollte vermeiden, daß es zuvor noch einen Zusammenstoß mit Peebles gab.

General Harrier fragte sich neugierig, was Lowell zu dieser späten Stunde in seinem Zelt auf der Maschine schreiben mochte. Der General bog vom Kiespfad ab, ging zu Lowells Zelt und trat ein.

Lowell saß nur in Unterhose vor einer Schreibmaschine. Seine Finger flogen förmlich über die Tasten, und im ersten Moment dachte General Harrier, daß Lowell einen Brief schrieb. Dann erkannte er, daß der Schein trog. Lowell tippte etwas ab. Es waren Blätter mit Durchschlagpapier in der Schreibmaschine, und allerlei offiziell aussehende Dokumente waren auf dem Klapptisch und auf Lowells Feldbett verteilt, das er neben die Schreibmaschine gerückt hatte.

General Harrier schaute einen Augenblick lang zu, und dann sagte er leise: »Wir haben Schreiber für solche Arbeiten, wissen Sie?«

Lowell stand sofort auf.

»Verzeihung, Sir. Ich wußte nicht, daß Sie es sind. Ich dachte, es wäre Colonel Peebles.«

»Was zum Teufel treiben Sie hier?« fragte Harrier und ging zur Schreibmaschine, um zu sehen, was Lowell getippt hatte.

»Das ist die Stabsstudie, die Sie veranlaßt haben, Sir«, sagte Lowell.

»Ich bin gerührt von Ihrem Eifer«, bemerkte der General trocken.

»Sie sagten, so schnell wie möglich, Sir.«

»Ich meinte damit, daß Sie den Schreibern Dampf machen«, sagte General Harrier. »Nicht, daß Sie es selbst tippen.«

»Nun, Sir, um ehrlich zu sein, ich habe einige Änderungen an Ihrer Studie vorgenommen. Während die Schreiber Ihre tippen, schreibe ich meine. Es war meine Absicht, beide Studien dem General zur Entscheidung vorzulegen, Sir.«

»Sie haben *verbessert*, was ich Ihnen gab, Lowell?« fragte der General. »Habe ich das richtig gehört?«

»Da gab es verschiedene Punkte, die der General vielleicht übersehen hat, wie ich dachte«, erwiderte Lowell.

»Warum erzählen Sie mir nicht mehr darüber?« sagte der General mit trockenem Sarkasmus. »So könnten Sie sich vieles Tippen sparen.«

Die Heeresfliegerei, um die es bei dieser Studie ging, hatte sich ganz einfach entwickelt. Gemäß den Stärke- und Ausrüstungsnachweisen gab es sowohl Flugzeuge als auch Hubschrauber nur in taktischen Einheiten. L-5- und L-19-Maschinen wurden dem Korps als Luft-Jeeps für Kurierdienste zugeteilt, zur Landvermessung aus der Luft, zum Einsatz als Ambulanzen.

Seit dem Zweiten Weltkrieg hatten einige Offiziere erkannt, daß es andere Verwendungen für leichte Flugzeuge und

Hubschrauber gab. Patton hatte ein ganzes Infanterie-Bataillon über den Rhein gesetzt, jeweils einen Mann auf dem Rücksitz der zweisitzigen L-5-Maschinen.

Als der Koreakrieg begonnen hatte, war der Bedarf an immer mehr Luftfahrzeugen in der Army sofort offenkundig geworden. Der Kommandierende General des X. Korps in Inchon, General Ned Almond, hatte sich einen Hubschrauber von den Marines ausleihen müssen, um damit in Korea herumzufliegen.

Bis jetzt war die Lösung des Problems inoffiziell. Es gab weitaus mehr Maschinen und Pistolen, als die Stärke- und Ausrüstungsnachweise auswiesen. Sie wurden einfach als »Überschuß« geführt.

Eine Zeitlang hatte General Harrier die Sache offiziell machen wollen, aber er hatte nichts unternommen, bis man ihm Lowell zugeteilt hatte. Der Junge kam mit einem guten Ruf als S-3. Okay, sollte er sich der Sache annehmen. Lowell sollte aus General Harriers detaillierten Aufzeichnungen die letzte Version der Stabsstudie erarbeiten, und Harrier wollte nur noch unterzeichnen und das Papier auf die bürokratische Reise zum Pentagon schicken.

Angesichts der Tatsache, daß Major Lowell der offen verkündeten Ansicht war, die Army besitze nur wenige uneingeschränkt fähige Stabsoffiziere (mit ein paar Ausnahmen wie ihm), überraschte es General Harrier nicht, daß Lowell einige Veränderungen bei seinen Argumenten und Vorschlägen gemacht hatte. Harrier war sich ebenso im klaren darüber, daß es nur wenige Majore gab, die nicht glaubten, bessere Lösungen für ein Problem zu haben als diejenigen, die ein General vorschlug. So überraschte es General Harrier nicht, daß Lowell versuchen würde, die Arbeit eines Mannes zu »verbessern«, der alt genug war, um sein Vater sein zu können, und der zum Offizier geboren worden war.

Was General Harrier überraschte, als er Lowells Version der Stabsstudie las, war die Tatsache, daß Lowell die ursprünglichen Vorschläge und Argumente dazu *tatsächlich* verbessert hatte. Es war eindeutig eine hervorragende Stabsarbeit, und Harrier erkannte das.

Es gab jedoch auch einige Punkte, in denen Lowell völlig irrte, und Harrier wies darauf hin.

»Wir nehmen Ihre Version«, sagte Harrier schließlich. »Wie geändert. Lassen Sie das tippen.«

»Jawohl, Sir.«

»Um ehrlich zu sein, Lowell – und ich bin mir darüber im klaren zu riskieren, daß Sie die Nase noch höher tragen –, das war ausgezeichnetes klares Denken. Vielleicht sind Sie doch nicht so unfähig, wie Colonel Minor meint.«

»Danke, Sir.«

»Ich meinte das, wie ich es sagte, Lowell. *Lassen* Sie es tippen. Alle Arbeit und kein Spiel, das macht Lowell zu einem lustlosen Jungen. Gehen Sie in den Klub und trinken Sie einen.«

»Eigentlich tat ich das hier, General, um mich vom Klub fernzuhalten«, sagte Lowell.

»Wieso?«

»Gut, daß ich nicht reich bin«, witzelte Lowell. »Sonst könnte ich mich leicht betrinken.«

Harrier war besorgt. Jiggs hatte ihm von Lowells Frau erzählt. Am Tag, an dem er sich mit Task Force Lowell eine Fußnote in den Geschichtsbüchern verdient hatte, am Tag, an dem er mit 24 Jahren Major geworden war, hatte man ihm per Fernschreiben mitgeteilt, daß er Witwer geworden war. Vielleicht hing er seither an der Flasche und sorgte sich deswegen.

»Aber Sie *sind* reich«, sagte General Harrier. »Ich erhielt gerade erst den Bericht von Ihrer Sicherheitsüberprüfung als Geheimnisträger. Eine faszinierende Lektüre.«

Lowell schwieg.

»Sie machen sich einen Ruf als Abstinenzler, als Streber«, sagte General Harrier. »Das könnte Ihrer Karriere genauso schaden wie die Tatsache, reich zu sein. Vieles vom Geschäft wird an der Bar in einem Offiziersklub abgewickelt. An der Bar können Sie einem anderen sagen, daß er ein Scheißer ist, und damit ungestraft durchkommen. In einem Büro ist das nicht möglich.«

»Jawohl, Sir«, sagte Lowell.

»Ihr Problem, Lowell, wenn Sie in der Army bleiben, liegt

nicht darin, daß Sie Ihre Pflicht tun müssen«, sagte Harrier. »Sie werden Ihre Meinung verbergen müssen, daß die meisten Armleuchter sind.«

Lowell sagte nichts dazu.

»Die meisten sind das auch«, fügte General Harrier hinzu. »Aber Sie sollten sie das nicht wissen lassen.« Er lächelte den jungen Offizier an. »Gute Nacht, Lowell.«

»Gute Nacht, General.«

2

General Harrier verließ Lowells Zelt und spazierte zurück zum ›Weißen Haus‹ und den Quartieren der Generäle. Dann entschied er sich, noch nicht schlafen zu gehen. Er war nicht müde. Er ging zu dem mit Sandsäcken verstärkten Bunker des G-3. Der MP vom Dienst stand mehr oder weniger aufrecht und mit der Thompson in der richtigen Haltung auf Wache, anstatt mit der MPi auf dem Schoß auf den Sandsäcken zu sitzen, und Harrier wußte, daß jemand von Rang drinnen war.

»Guten Abend, Sir«, sagte der MP und salutierte schneidig.

»Guten Abend, Sergeant«, erwiderte Harrier und trat ein. Drinnen waren die Geräusche eines Dieselgenerators und das Rattern eines Fernschreibers zu hören. Der G-2 und G-3 waren anwesend und ebenfalls der General.

»Schlaflosigkeit«, erklärte Harrier sein Auftauchen. »Morgen nacht werde ich kaum die Augen offenhalten können.«

Er ging zu der gewaltigen Lagekarte, und einer der G-2 Sergeants erklärte ihm, was vorging. Nicht viel. Mit Ausnahme von einigem lästigen, periodisch auftretendem Artilleriefeuer auf die Stellungen der 45. Division herrschte Ruhe an der Front.

Die Bürokraten sind jedoch an der Arbeit, dachte General Harrier. Der Fernschreiber ratterte immer noch. Harrier wandte sich um und schaute darauf. Der General beobachtete ebenfalls den Fernschreiber, und vermutlich war da etwas im Gange. Der General wartete, bis die Botschaft vollständig übermittelt war, dann riß er den langen Streifen aus dem Fernschreiber. Er trug das Fernschreiben zu einem der beiden Polsterstühle gegenüber der Lagekarte, nahm Platz und las das lange Fernschreiben, das auf gelbem Papier ausgedruckt war.

General Harrier ging zu dem anderen Polsterstuhl, setzte sich und wartete geduldig, bis der General das Fernschreiben zu Ende gelesen hatte. Der General schnaubte, fluchte und blickte ungläubig auf den langen Papierstreifen. Was immer es sein mochte, dem General gefiel es nicht. Schließlich reichte er Harrier das Fernschreiben über den kleinen Tisch zwischen den Polsterstühlen.

»Als ich G-3 war«, sagte der General, »zog ich mit einem kürzeren Befehl eine ganze Infanteriedivision von Nordafrika nach Sizilien ab.«

Harrier warf einen Blick auf das Fernschreiben in seinen Händen.

LETZTE REISEROUTE: WAYNE BAXLEY AND HIS ORCHESTRA UNITED SERVICE ORGANISATION TROUPE.

Harrier las weiter. In scheinbar endlosen Einzelheiten waren die Mitglieder der USO-Truppe nach Alter, Geschlecht und entsprechendem Rang aufgeführt, vom niedrigsten Bühnenarbeiter, dessen Privilegien denen eines Lieutenants während des Dienstes in Korea entsprachen, bis zu Mr. Wayne Baxley und Miß Georgia Paige, dem Filmstar, die als VIPs behandelt werden würden. Das bedeutete, daß sie Quartier und Transport erhielten, wie es normalerweise Major Generals vorbehalten war. Dann war in 15minütigen Zeitabschnitten aufgeführt, wo die Tourneetruppe vom Moment der Landung auf dem K1-Flugplatz bei Pusan bis zum Rückflug nach Tokio, 13 Tage später von K16 (Kimpo) bei Seoul, sein würde.

Aber der General war noch nicht fertig. »Darüber hinaus hege ich ernsthafte Zweifel daran, daß diese Show-Truppen tatsächlich für irgend jemanden gut sind.«

»Sir?« fragte General Harrier, um höflich zu sein. Der General wollte Zuhörer haben.

»Der angebliche Zweck dieser USO-Truppen ist die Hebung der Moral bei den Truppen«, sagte der General.

»Ich dachte, die Soldaten sollen an die Mädchen erinnert

werden, die sie in der Heimat zurückgelassen haben«, sagte General Harrier. »Und für die sie angeblich kämpfen wie für Mamas Apfelkuchen.«

»Sie werden an Mädchen erinnert, das stimmt«, räumte der General ein. »Und wenn man es genau nimmt, dann ist das verdammt grausam, vielleicht sogar pervers.«

Harrier stellte überrascht fest, daß der General das anscheinend ernst meinte.

»Sie bringen diese Mädchen hier rüber, lassen sie auf der Bühne herumhüpfen, mit gerade soviel Kleidung, daß sie einer Verhaftung entgehen, und das erinnert diese gesunden, scharfen Soldaten an Mädchen. Und dann sagen wir ihnen, anschauen dürft ihr, aber nicht anfassen. Das ist grausam *und* pervers.«

»So hatte ich das wirklich noch nicht gesehen«, bekannte Harrier.

»Hinsichtlich der Kosten wäre es billiger, es wie die Franzosen zu machen.«

»Nach dem, was ich gehört habe«, sagte General Harrier und lachte, »kam Paul Jiggs ebenfalls auf diese Lösung.«

Es war die Rede von dem französischen Brauch, den Truppen an der Front Bordelle zu liefern, und es gab Gerüchte, daß in den Ambulanzen des 822. Sanitätszugs, der zu Jiggs' 73. Bataillon gehörte, mehr warme Frauenkörper zur Front transportiert worden waren als Verwundete von der Front fort.

»Schämen Sie sich, General«, sagte der General. »Das waren freiwillige eingeborene Krankenschwestern, die den Soldaten soviel Trost geben, wie sie können.«

Es folgte allgemeines Kichern und Lachen sowohl der Sergeants als der Colonels und Generäle.

»Gut zu wissen, daß ihr Jungs nicht über das sprecht, was ihr hier hört«, sagte der General. »Es bricht mir immer das Herz, wenn ich einen Sergeant mit einem M1 über der Schulter ums Depot patrouillieren lassen muß.«

Die Sergeants lachten.

»Wie ist das nun?« fragte der General einen der Sergeants. »Haben die Soldaten etwas Gutes von diesen USO-Shows?«

»Selbst wenn man nur anschauen darf, dann ist das besser als gar nichts, General«, antwortete der Sergeant.

»Okay, dann liege ich also falsch«, sagte der General.

»General«, sagte der G-2-Sergeant, ein dünner Mann Anfang 30. »Wissen Sie, was die Soldaten ärgert? Daß die Frauen bei den Offizieren landen. Ich meine, in Offizierskasinos.«

»Verdammt, das ist nicht mein Fehler. Sie sagen uns, wo wir sie beköstigen sollen«, sagte der General. Er wies auf das Fernschreiben. »Man schreibt uns sogar vor, welche Offiziere wir als Eskorte einzuteilen haben. Haben Sie das gesehen, Harrier? Paragraph 23. Oder irgendwo in dieser Reihe.«

General Harrier fand Paragraph 23 und las:

23. Um der Tourneetruppe auf der Rundreise den Aufenthalt zu erleichtern, wird jedes Korps (und die Kampfgruppe XIX. Korps) einen Offizier, bevorzugt einen Adjutanten im Dienstrang Major oder höher, als Begleitoffizier für die Tourneetruppe einteilen, während sie im Bereich des betreffenden Korps ist. Dieser Offizier wird sich bei dem Begleitoffizier der Wayne-Baxley-Truppe melden (Col. Thomas B. Dannelly oder dessen Stellvertreter), und zwar zwei Tage vor der planmäßigen Ankunft der Tourneetruppe bei dem betreffenden Korps (bzw. der Kampfgruppe XIX. Korps) und wird der Tourneetruppe bis zur Abreise von dem betreffenden Korps (bzw. der Kampfgruppe XIX. Korps) zugeteilt bleiben.

»Was halten Sie davon?« fragte der General. Harrier reichte das Fernschreiben dem G-3, der seiner Meinung nach entweder zu höflich war, um danach zu fragen, oder es über Harriers Schulter gelesen hatte.

»Verzeihung, Charley«, sagte General Harrier, und dann antwortete er auf die Frage des Generals. »Ich nehme an, General, daß der Druck dringender militärischer Pflichten unsere Adjutanten bedauerlicherweise unabkömmlich für andere Aufgaben macht, ganz gleich, wie wichtig diese anderen Aufgaben auch sein mögen.«

»Was schlagen Sie vor?« fragte der General.

»Können wir nicht irgendeinen anderen . . .«

»Nein«, unterbrach der General. »Wissen Sie, daß nach solchen Dingen tatsächlich eine Manöverkritik gemacht wird?

Und wenn wir keinen unserer Adjutanten abgeben, dann wird es heißen, daß wir gegen Paragraph Soundso verstoßen haben, und irgendein Hurensohn von Sesselfurzer wird nichts Besseres zu tun haben, uns durch einen Vermerk zu einer Stellungnahme für unsere Gründe aufzufordern. Wir hätten nur Ärger. Es ist unproblematischer, ihnen einen Adjutanten zuzuteilen.«

»Jawohl, Sir«, sagte Harrier.

»Halten Sie mir nur diese Leute fern, wenn sie hier sind, Harrier«, sagte der General.

»Von Ihnen fern, Sir?«

»Ein anderer Paragraph darin ›empfiehlt dringend‹, daß die befehlshabenden Generäle diese Leute beim Abendessen unterhalten. Ab sofort fällt die Unterhaltung von Filmstars und Bandleaders in die Verantwortung des Chefs des Stabes, General.«

»Jawohl, Sir«, sagte Harrier, der Chef des Stabes.

»Bringen Sie diese Leute einfach her und wieder weg, ohne Schnörkel«, sagte der General.

»Jawohl, Sir«, sagte Harrier. »Sir, der Chef des Stabes hat es stets für seine Pflicht gehalten, den Kommandierenden General auf Fakten aufmerksam zu machen, die dem Kommandierenden General vielleicht nicht bekannt sind.«

»Zum Beispiel?«

»Bezieht sich der Befehl des Generals auch auf Georgia Paige, Sir?«

»Die Dame, die immer ohne Büstenhalter herumläuft?« erkundigte sich der General.

»Jawohl, Sir.«

»Was ist mit der?«

»Wünscht der Kommandierende General wirklich, auf die Gelegenheit zu verzichten, dieses anatomische Terrain persönlich zu erkunden?«

Der General lachte.

»Der Chef des Stabes ist hiermit davon in Kenntnis gesetzt, daß der Kommandierende General im Grunde seines Herzens wie ein 19jähriger Soldat des Korps ist. Wenn er es nicht haben kann, dann will er auch nicht, daß es ihm vor den Augen herumwogt.«

»Hat der Chef des Stabes die Erlaubnis des Kommandierenden Generals, sich das Wogende anzusehen, Sir?«

»Sie sollten sich schämen, Harrier«, sagte der General und lachte von neuem. »Halten Sie nur diese Titten von mir fern.«

»Jawohl, Sir.«

General Harrier nahm einen Bleistift aus der Tasche und neigte sich über den Stapel Fernschreibpapier.

Er schrieb: »Aktion durchzuführen durch: Maj. Lowell. Harrier.«

Er hielt das Fernschreiben hoch, und der Fernmeldeoffizier kam zu ihm und nahm es entgegen. Major Lowell war der jüngste und rangniedrigste Offizier unter den sechs Adjutanten. Die Rangniedrigeren mußten die Drecksarbeit erledigen.

Allmächtiger, dachte General Harrier, wie ich Lowell kenne, ist der glatt fähig, Hand an diese herrlichen Titten der Miß Georgia Paige zu legen! Sie hatte wirklich ein hinreißendes Paar. General Harrier hatte ihr Bild auf den Plakaten, mit denen Wayne Baxley und sein Orchester angekündigt wurden, eingehend betrachtet. Er war noch nicht so alt.

Es war ein impulsiver, pietätloser Gedanke gewesen. Und dann kam ihm ein Gedanke, der ihn etwas ernüchterte. Vielleicht war eine Frau genau das, was Lowell brauchte. Lowell hatte keinen Erholungsurlaub genommen. Seit dem Urlaub aus familiären Gründen, den er gleich nach dem Tod seiner Frau genommen hatte, war er in Korea. War es Pflichtergebenheit? Harrier glaubte es nicht, Lowell befürchtete vermutlich nur, daß er die Kontrolle über sich verlieren könnte. Er fraß alles in sich hinein. Das konnte nicht immer so weitergehen. Vielleicht brachte ihn eine Frau auf andere Gedanken.

Ah, Unsinn, sagte sich Harrier. Diese Leute kommen nicht hier rüber, um sich von den Soldaten ficken zu lassen. Sie sind hier, um die Soldaten zu unterhalten, und noch mehr, um ihre Namen in die Zeitungen zu bekommen.

Die Chancen, daß Major Craig Lowell oder irgendein anderer Soldat mit Georgia Paige oder einem der übrigen Mädchen der

Tourneetruppe schlafen konnte, waren vermutlich die gleichen, als wenn er eine Eintrittskarte bezahlte, um sie im Paramount-Kino in New York zu sehen. So an die zwei Millionen zu eins.

3

Kwandae-Ri, Nordkorea

30. August 1951

Als Lieutenant General E.Z. Black sein Büro verließ und das Büro des SGS (Secretary of the General Staff) des XIX. Korps (Kampfgruppe) betrat, sah er diesen Offizier, einen 35jährigen Major, der sich mit einem anderen Offizier unterhielt, der gerade alt genug aussah, um Lieutenant zu sein, jedoch das goldene Blatt des Majors trug.

Das weckte General Blacks Neugier ebenso wie die Tatsache, daß der junge Major ein unübliches Holster mit einer deutschen Luger darin trug. Und dann, als der SGS General Black sah, die Unterhaltung beendete und aufstand, und als der junge Major stillstand, sah Black, daß der junge Offizier sehr interessante Insignien trug, die zweisternigen Insignien des Adjutanten und die dreieckigen Insignien der Panzertruppen mit der Zahl 73, wo die Ziffer der Panzerdivision hingehörte.

»Weitermachen«, sagte General Black. »Ich kann warten. Kümmern Sie sich nur um den Major.«

»Sir«, sagte der SGS. »Ich informierte soeben den Major, daß wir keinen Major MacMillan haben.«

»Und?« sagte General Black.

»Und ich fragte den Major, ob er auf Befehl von General Harrier fragt, und er sagte mir, daß es eine persönliche Frage ist.«

»Was wollen Sie von MacMillan, Major?« fragte General Black.

»Er ist ein alter Freund von mir, Sir«, antwortete Lowell. »Ich dachte, er wäre Ihr Adjutant, Sir.«

»Das war er«, sagte General Black. »Aber ich befürchte, er ist nicht abkömmlich. Ich kann ihn benachrichtigen, wenn Sie möchten, daß Sie hier waren, um ihn zu sehen.«

»Danke, Sir«, sagte Lowell. »Es ist nicht wichtig. Ich bin nur zufällig hier und wollte die Möglichkeit nutzen, ihn wiederzusehen.«

»Kommt General Harrier her?« erkundigte sich General Black.

»Nein, Sir. Nicht, daß ich wüßte.«

»Sie sind nur gekommen, um Mac zu sehen?«

»Nein, Sir. Ich bin hier wegen der USO-Truppe.«

Der junge Major war offensichtlich alles andere als freudig erregt, jetzt Babysitter von Filmstars zu sein. Verständlich. Er war ein Panzeroffizier.

»Wie lange sind Sie beim 73rd Heavy Tank?« fragte General Black.

»Seit fast elf Monaten«, erwiderte der junge Major.

»Dann waren Sie an der Task Force Lowell beteiligt?«

»Jawohl, Sir«, sagte der junge Major mit einem sonderbaren Lächeln.

»Nun, wenn Sie heimkehren«, sagte General Black tröstend, »dann können Sie sich daran erinnern und das Babysitten bei der USO-Truppe vergessen.«

»Jawohl, Sir.«

»Sie haben mir etwas voraus«, sagte General Black. »Sie kennen meinen Namen, aber ich weiß Ihren nicht.« Er hielt dem jungen Major die Hand hin.

»Lowell, Sir.«

»Sie sind Lowell? *Dieser* Lowell?«

»Jawohl, Sir. Ich führte den Kampfverband, wenn Sie das meinen.«

»Was tun Sie dann als Adjutant?« fragte General Black.

»Ich hatte nur noch ein paar Monate Dienst, und als man einen qualifizierten S-3 schickte, fand Colonel Jiggs für diese Zeit eine Heimat für mich.«

»Und jetzt spielen Sie Babysitter für die USO-Truppe? Menschenskind!«

Lowell schwieg.

»Ich nehme an, Sie haben diese Leute noch nicht empfangen?« fragte General Black.

»Doch, aber nur kurz, Sir. Um 18 Uhr trifft eine Kompanie hier ein, die den Transport des Gepäcks und Materials der Truppe übernehmen wird. Die Air Force holt die Filmstars morgen um 7 Uhr 45 ab.«

»In diesem Fall haben Sie Zeit für eine Tasse Kaffee«, sagte General Black. »Ich las den Bericht nach Ihrer Aktion. Sie machten vielen Leuten Kopfzerbrechen, weil Sie M24er als Schutz des Nachschubs einsetzten und gepanzerte LKWs an der Spitze der Kolonne fahren ließen.«

Er gab dem SGS einen Stapel Papiere.

»Sorgen Sie dafür, daß ich in der nächsten Stunde nicht behelligt werde«, sagte er zum SGS und winkte dann Major Lowell in sein Büro.

General Black langweilte sich. Wenn man ihm schon kein Kommando über eine Panzereinheit gab und – weil er zu alt war – erst recht kein Kommando über eine Panzereinheit in einem klassischen Einsatz, dann war das nächstbeste, indirekt daran teilzunehmen. Er wollte mit diesem jungen Offizier reden, der voller Saft und Mumm war und bewiesen hatte, daß es selbst im Atomzeitalter noch einen Platz für Soldaten gab, die wie einst kühne Kavallerie-Attacken ritten.

Bei 24jährigem Ambassador-Scotch saß General Black dann mit Major Lowell zusammen und ließ sich von den »Wespen« und der Task Force Lowell erzählen.

4

Als Miß Georgia Paige den blonden jungen Major sah, der mit dem Kommandierenden General das Offizierskasino betrat, bestätigte sich ihr Gefühl, das sie bei der ersten, einminütigen Begegnung mit Major Lowell gehabt hatte: Der Mann war etwas Besonderes.

Lowell hatte sich während des Lunchs bei Colonel Dannelly gemeldet, dem Offizier, der die Tourneetruppe begleitete. Lowell hatte sie lange genug angeschaut, wie Georgia fand, um enttäuscht festzustellen, daß sie diesmal einen Büstenhalter unter ihrer Khakibluse trug. Das war das erste, was die Männer überprüften. Die Idee, auf einen BH zu verzichten, war ein Geniestreich von Tony Ricco, ihrem Presseagenten. Die Idee hatte sie auf die Titelseite von *Life* gebracht, noch bevor ihre Karriere einen Punkt erreicht hatte, an dem *Life* ihr überhaupt irgendwelche Aufmerksamkeit geschenkt, geschweige denn ihr Bild auf der Titelseite gebracht hätte.

Es war ihr ein bißchen peinlich gewesen, als Tony ihr im Studio vor all diesen Leuten zugerufen hatte, sie solle gegen die Brustspitzen blasen, damit sie hart wurden, aber das war wirklich der Grund, weshalb das Foto für Furore gesorgt hatte, als es der Presse zugeschickt und später für die Werbung benutzt worden war. *New York Times* und *Chicago Tribune* würden das Bild nicht veröffentlichen, ohne die Brustspitzen zu retuschieren, die steif durch die Bluse stießen, aber Tony hatte es verstanden, auch daraus Kapital in der Presse zu schlagen.

Georgia war sich völlig im klaren darüber, daß jeder Mann als erstes an ihre Brüste dachte, wenn er sie sah. Der gutaussehende junge Major hatte sich in diesem Punkt nicht von den anderen Männern unterschieden, doch irgend etwas war anders bei ihm. Nachdem er festgestellt hatte, daß sie einen BH trug, hatte er ihr einfach keine Aufmerksamkeit mehr geschenkt.

Er hatte sogar Colonel Dannellys Einladung abgelehnt, Platz zu nehmen und am Lunch teilzunehmen. Er hatte gesagt, daß er einen Freund besuchen möchte, wenn das möglich sei. Georgia war enttäuscht gewesen, und das hatte sie überrascht. Was zur Hölle änderte das? Himmel, es gab genug gutaussehende junge Männer in ihrem Leben, von denen einige tatsächlich Frauen mochten. Was ist schon ein Soldat? hatte sie sich gesagt.

Sie war neugierig darauf gewesen, den General kennenzulernen. Ihr Vater hatte ihr erzählt, daß er einer der legendären Generäle des Zweiten Weltkriegs war, einer der Panzergeneräle unter einem gewissen Waterford (von dem sie nie etwas gehört hatte) und Patton (von dem jeder gehört hatte). Und dieser General setzte im Gegensatz zu den anderen anscheinend alles daran, eine Begegnung mit der Tourneetruppe zu vermeiden. Das hatte Wayne wütend gemacht. Wayne Baxley war sehr von sich überzeugt, ein Star, der Leiter des seiner Meinung nach besten Orchesters Amerikas, der es als sein Anrecht betrachtete, von den Militärs hofiert zu werden. Georgia fragte sich, ob dieser General wirklich so beschäftigt gewesen war, wie seine Lakaien gesagt hatten, oder ob er einfach Wayne Baxley und die anderen »Stars« gemieden hatte. Es war sogar fraglich gewesen, ob er sich an diesem letzten Abend sehen lassen würde.

Aber da war er, und der junge Major war bei ihm, und es war für Georgia offensichtlich, daß Colonel Dannelly sich keinen Reim darauf machen konnte.

»Es ist mir ein Vergnügen, Sie kennenzulernen, Mr. Baxley«, sagte der General. »Wir freuen uns, Sie bei uns zu haben.«

Wayne Bayley triefte von Charme und erwiderte, daß er immer versuche, alles für die Jungs in Uniform zu tun, was ihm nur möglich sei. Er erzählte dem General, daß sein Freund Bob Hope ihm gesagt habe, er sei Nummer zwei hinsichtlich der Meilen, die er gereist sei, um die Jungs in Uniform zu unterhalten. Georgia fragte sich, ob der General ihm diesen Blödsinn glaubte. Zum einen bezweifelte sie, daß sich Bob Hope in der Öffentlichkeit mit Wayne Baxley zusammen sehen ließ, und zum anderen war sie überzeugt davon, daß Baxley ihn bei einer tatsächlichen Begegnung mit »Mr. Hope« angeredet und ihn so hofiert hätte, wie dieser General von seinen

Untergebenen behandelt wurde. Schließlich hörte Wayne mit seinem Gefasel auf und stellte sie vor.

»Und das, General, ist das Traummädchen jedes GI – Georgia Paige«, sagte Wayne. Es überraschte Georgia, daß er keinen Applaus forderte.

»Angenehm, Miß Paige«, sagte der General. Er schaute nicht auf ihren Busen, um zu sehen, ob sie einen BH trug oder nicht.

Dann sagte der General: »Ich nehme an, Lowell, Sie haben unsere Gäste kennengelernt?«

»Jawohl, Sir«, sagte der gutaussehende junge Major.

Er sah sie an und schaute sofort weg, als wäre es ihm peinlich, ertappt worden zu sein. Georgia schenkte ihm eines ihrer herzlichsten Lächeln, aber es war zu spät. Lowell schien die Steine des Kamins im Offizierskasino zu zählen.

Ein Sergeant kam mit einem Tablett voller Getränke.

Der General nahm ein gefülltes Glas, und dann neigte er sich zu dem Sergeant und sagte ihm leise etwas ins Ohr. Georgia belauschte es schamlos. »Sorgen Sie dafür, daß Major Lowell neben mir sitzt«, sagte der General. Der Sergeant nickte.

Einen Augenblick lang fragte sich Georgia, ob der General etwas mit dem jungen Major hatte. Der junge Mann war hübsch genug. Doch dann verbannte sie den Gedanken und rief sich in Erinnerung, daß dies die Army war und nicht das Showbusineß und daß die Army keine Schwulen duldete. Wayne hatte die Homos der Show-Truppe ermahnt, nichts bei den Soldaten zu versuchen, und er hatte harte Konsequenzen angedroht, wenn einer dennoch ausflippen sollte.

Beim Dinner saß Georgia zwischen zwei Generälen. Der eine war Black, von dem ihr Vater erzählt hatte, und der andere war ein Major General (zwei Sterne), einen Rang niedriger als Black. Der junge Major saß an der anderen Seite von General Black, und Wayne Baxley hatte seinen Platz neben dem anderen General. Wayne wurde fast völlig von beiden Generälen ignoriert, sogar als er auf »betrunkenen italienischen Harmonikaspieler« mimte und seine Kalauer zum besten gab.

Der General plauderte während des Essens über Panzer und irgendeinen Kampfverband, und der andere General hörte zu. Der junge Major hatte Mühe, den Blick auf den General zu richten – und von ihr fort –, woraufhin sie sich besser, jedoch zugleich ein wenig beunruhigt fühlte. Wußte er, daß sie interessiert war, oder war ihm endlich bewußt geworden, daß sie ein Filmstar war?

Nach dem Dinner trat Dannelly natürlich so schnell wie möglich auf den Plan, als sie bei Brandy und Kaffee an der Bar standen. Georgia blieb bei dem General, weil offenkundig war, daß Major Lowell dort gewünscht wurde. Sie war überrascht, als ihr klar wurde, wie sehr er an der Seite des Generals erwünscht war. Als Colonel Dannelly »vorschlug«, daß Lowell vielleicht gern nach der letzten Show beim Abbau der Bühne zuschauen wolle, damit er sehen könne, was alles für die Tournee gebraucht wurde, verwarf der General die Idee sofort.

»Ich bin sicher, daß er in seinem Alter kein Major wäre, wenn er nicht wüßte, wie Lastwagen beladen werden«, sagte General Black. »Und wenn Sie ihn entbehren können, wäre ich Ihnen dankbar, denn wir haben unsere Unterhaltung noch nicht beendet.«

»Gewiß, Sir«, sagte Dannelly. »Verzeihung, Sir.«

»Wie alt sind Sie, Major?« hörte sich Georgia fragen. »Sie sehen ein bißchen jung für einen Major aus.«

»Vierundzwanzig«, antwortete Lowell.

»Allmächtiger«, sagte General Black. »Ich wußte, daß Sie jung sind, aber nicht *wie* jung.« Dann schaute er Georgia an. »George Armstrong Custer war mit 21 Jahren Brigadier General, Miß Paige. Aber das war während des Bürgerkriegs. Heutzutage gibt es sehr wenig 24jährige Majors. Praktisch *überhaupt* keine 24jährigen.« Das Thema faszinierte ihn anscheinend. Er wandte sich wieder an Lowell. »Jiggs gab Ihnen das *Blatt* nach der Task Force Lowell?« fragte er.

»Zwei Stunden vor dem Herstellen der Verbindung mit der Landungstruppe«, sagte Lowell.

»Oh, Sie waren bei der Task Force Lowell, Major?« fragte Colonel Dannelly.

»Deshalb nannte man sie Task Force Lowell, Colonel«, bemerkte General Black sarkastisch.

»Was ist Task Force Lowell?« erkundigte sich Georgia.

»Dieser junge Mann, Miß Paige«, erklärte General Black,

»nahm M46-Panzer und etwas Artillerie und setzte sie als Kampfverband ein, wie man es mit einer solchen Truppe tun sollte. Diesen Kampfverband führte er hinter die feindlichen Linien, zerstörte die Verbindungswege des Feindes und jagte seine Depots und Brücken in die Luft, und das neun Tage lang. Phil Sheridan hätte es nicht besser machen können.«

Georgia hatte keine Ahnung, wer Phil Sheridan war. Aber es war offensichtlich, daß der General – aus anderen Gründen – genauso beeindruckt von diesem blonden jungen Mann war wie sie.

Der junge Major spürte Georgias Blick, schaute sie an und wurde rot.

Plötzlich kam Georgia Paige in den Sinn: Als diese Leute über George Armstrong Custer sprachen, dachten sie nicht an Errol Flynn in einer Rolle, sondern an eine wahre Person. General Black, der ganz offensichtlich beeindruckt von dem jungen Major war, hatte General Patton *tatsächlich* gekannt und unter ihm gekämpft. Der junge Mann, dem das Blut in die Wangen stieg, wenn er sie anschaute, hatte *wirklich* getan, was der General über seine Taten erzählt hatte: Er hatte die Verbindungswege des Feindes zerstört und Depots und Brücken in die Luft gejagt.

Georgia erhielt eine Bestätigung, als sie dann vom Offizierskasino aus zur Freilichtbühne gingen, wo der letzte Auftritt im Bereich des XIX. Korps stattfinden würde.

»Nun, das erklärt seine Arbeit als Adjutant«, sagte Colonel Dannelly.

»Der blonde Junge, meinen Sie?« fragte Wayne Baxley. »Ich bekam nicht viel von dieser Unterhaltung mit.«

»Was sagten Sie, Colonel?« fragte Georgia.

»Ab und zu gibt es mal einen herausragenden jungen Offizier«, erklärte Dannelly. »Einen, von dem man weiß, daß er General werden wird. So gibt man ihm Missionen, um ihn auszubilden. Die Arbeit als Adjutant des Generals ist eine davon.«

»Sie meinen, man kann sich diesen Jungen anschauen und sagen, daß er General werden wird?« fragte Wayne ungläubig.

»Er ist bereits auf halbem Weg dorthin«, sagte Colonel

Danelly. »Ich komme mir wie ein Dummkopf vor. Ich hätte wissen sollen, wer das ist.«

Mitten in ihrem Auftritt (ein paar Minuten hitziger Dialog mit Wayne Baxley, wobei sein ›Humor‹ hauptsächlich aus lüsternen Anspielungen und übertriebenem Starren auf ihre Brüste bestand, gefolgt von drei Liedern, bei denen sie in einem unglaublich tief ausgeschnittenen Kleid über die Bühne tänzeln und zeigen konnte, daß sie die Berühmte ohne BH war) schaute Georgia in die Kulissen und sah dort Lowell im Halbdunkel stehen.

Sie sang den Rest des Lieds für ihn, schaute ihn über das Mikrofon hinweg an und fragte sich (der Gedanke schockierte sie irgendwie), ob er so gut fickte wie kämpfte. Normalerweise dachte sie so etwas nicht, und selbst wenn sie sich körperlich von irgendeinem Mann angezogen fühlte, dachte sie nicht an Wörter wie ›ficken‹. Es wurde ihr klar, daß sie ein bißchen Angst vor ihm hatte. Als sie jetzt darüber nachdachte, glaubte sie nicht mehr, daß er 24 war. Man hatte Dannelly auf den Arm genommen. Sie war 23. Er mußte älter sein; wie sonst war es möglich, daß er ihr das Gefühl gab, ein dummes, kleines Mädchen zu sein?

Als Georgia ihren Auftritt beendet hatte, war Lowell von der Bühne verschwunden, und sie sah ihn an diesem Abend nicht mehr, obwohl sie sich bis spät in die Nacht hinein im Offizierskasino herumtrieb und hoffte, er würde auftauchen.

Er ließ sich auch nicht beim Frühstück blicken, und als sie Dannelly fragte, wo er sei, erklärte er ihr, daß Lowell zum IX. Korps vorausgeflogen sei, um sich zu vergewissern, daß die LKWs mit dem Bühnenmaterial und all dem Gepäck der Truppe sicher eingetroffen waren.

Schließlich landete die C-47 auf der Rollbahn des IX. Korps, und Georgia sah aus dem Fenster der Maschine und hielt Ausschau nach Lowell. Er saß auf der Motorhaube eines Jeeps. Als sich die Tür des Flugzeugs öffnete und die Blitzlichter der Fotografen aufzuckten, stand er abseits. Ihre Blicke trafen sich. Georgia lächelte. Sie hatte ein sonderbares Gefühl in der Magengrube. Und tiefer.

Er weiß es, dachte sie. Und es sollte mir peinlich sein, aber das ist es nicht.

Beim Mittagessen, als sie einen Augenblick allein waren, erkannte Georgia, daß sie ihn von den anderen weglocken mußte. Sie hatte eine Idee.

»Ich habe noch nie einen Panzer aus der Nähe gesehen«, sagte Georgia mit einem gewinnenden Lächeln.

»Die sind alle an der Front«, erwiderte Lowell. »Dorthin dürfen Sie nicht.«

»Bitte«, sagte sie. Aus irgendeinem verdammten Grund war es für sich wichtig.

»Ich werde sehen, ob ich einen Panzer herbekommen kann, damit Sie ihn besichtigen können.«

»Ich danke Ihnen.«

Dann berührte Georgia ihn zum ersten Mal. Sie legte ihre Hand für einen Augenblick auf seinen Unterarm. Er fühlte sich warm und muskulös an.

Craig Lowell war sehr unerfahren mit Frauen, was mit Ausnahme von Captain Sanford T. Felter, seinem besten Freund, keiner glauben würde. Gewiß würde keiner der Männer des 73. Bataillons glauben, daß der Duke in seinem Leben nur mit zwei Frauen Sex gehabt hatte. Es hatte mal Sex auf einem Segelboot gegeben, am Nachmittag kurz bevor man ihn vom Harvard College gefeuert hatte. Er war so erregt gewesen, als er ihr endlich die weißen Shorts und den Schlüpfer ausgezogen, als er endlich gesehen hatte, wie ein Mädchen wirklich nackt aussieht, daß es ihm schon beim zweiten Stoß gekommen war.

Dann kam er nach Deutschland, wo Frauen zu dieser Zeit buchstäblich für eine halbe Schachtel Schokoladenriegel oder eine Packung Lux-Seife aus dem PX zu haben waren. Craig Lowell blieb keusch, weniger aus moralischen Gründen als aus Furcht davor, sich eine Geschlechtskrankheit zu holen. Die Army hatte im Walter Reed Army Medical Center einen farbigen Lehrfilm gedreht, auf der Station, in der Patienten behandelt wurden, die am dritten Stadium der Syphilis litten. Viele Filmmeter zeigten eiternde offene Geschwüre an den Geschlechtsorganen. Der 18jährige Private Craig W. Lowell wurde von dem Film überzeugt. Er fand sexuelle Entspannung durch Selbstbefriedigung, wobei er an das Mädchen vom College dachte und sich in Erinnerung rief, wie es ausgesehen und sich angefühlt hatte, als es ihm für vielleicht eine halbe Minute ganz gehört hatte.

Und dann kam Ilse. Beim ersten Versuch mit ihr bekam er keine Erektion. Aber schließlich klappte es, er verliebte sich in Ilse, und wenn man 19 und verliebt ist, betrügt man nicht das geliebte Mädchen. Nicht einmal, wenn man später in Griechenland als Offizier bei der 24. Royal Hellenic Mountain Division dient und Frauen zur Verfügung sind, die sich um die Offiziere kümmern.

Und gewiß nicht, wenn man ein Offizier und Gentleman und ein Mitglied der Episkopalkirche und derzeit in einem Krieg ist. Als glücklich verheirateter Ehemann und Vater ist man sich des Sexualtriebs bewußt und weiß, wie schwer Enthaltsamkeit ist. Vielleicht arrangiert man, daß eine Gruppe koreanischer Frauen vom Arzt des Bataillons untersucht wird, damit die Unteroffiziere und Mannschaften ein wenig Vergnügen haben, aber man selbst hat nichts mit diesen Koreanerinnen. Als Offizier und Gentleman und treuer Ehemann und Vater macht man es in ein Papiertaschentuch und schämt sich ein bißchen, weil man sich dabei seine Frau vorstellt.

Und wenn einem dann an einem regnerischen Nachmittag mitgeteilt wird, daß die Ehefrau tot ist, dann hat man keinerlei Verlangen mehr. Dann sagt man sich, daß das Ding nur noch zum Pinkeln da ist, daß es vielleicht nie wieder funktioniert. So ist es besser, denkt man, was soll's, wir hatten mehr als drei Jahre zusammen. Lowell hatte gewußt, daß es zu schön war, um wahr zu sein. Aber er hatte gedacht, *er* würde sterben, irgendwo hier in Korea, nicht die geliebte Frau.

Nach Ilses Tod dachte er nicht mal mehr an Frauen. Er war überzeugt, daß er niemals mehr an Frauen denken würde.

Und dann neigte sich Georgia Paige vor, um etwas vom Tisch zu nehmen, eine halbe Minute nachdem er sie kennengelernt hatte, und er sah das Weiß ihres Büstenhalters, und alles kam wieder. Der Anblick der Fotos von ihr, auf denen ihre Brustspitzen hart gegen den Stoff der Bluse stießen. Das

Wissen, daß sie da waren, nur eine Armlänge entfernt, gleich unter dem weißen BH.

Und was unter ihrem Höschen war, dessen Umriß sich unter der engen Khakihose abzeichnete.

Ein Teil seines Verstands sagte ihm, daß er ein verdammter Narr war. Sie war ein berühmter Filmstar, und was sollte sie schon mit ihm im Sinn haben, besonders nachdem sie wußte, wie alt er war. Vielleicht wäre ein Annäherungsversuch erfolgreich gewesen, wenn sie ihn für 30 gehalten hätte. Aber er sagte sich: Wenn sie dich fickt, dann treibt sie es mit jedem, und der einzige Unterschied zwischen ihr und den koreanischen Huren besteht darin, daß sie weiß ist und nicht nach *Kimchi* riecht.

»Ich versuchte, einen Panzer aufzutreiben«, sagte er später nach Georgias Bitte. »Es sind keine in Reserve, die ich bekommen kann.«

»Sie meinen, es gibt überhaupt keinen verfügbaren?«

»Ich meine, daß sie kaum eine Pause haben, und ich wollte keinen herbefehlen, der vielleicht heute nacht gebraucht wird. Das hier ist Krieg und keine Party.«

Das war ihm herausgerutscht. Verdammt, dachte er, was ist nur mit dir los? Sie ist kein Sergeant, den man so einfach abkanzeln kann.

»Verzeihung«, sagte er.

»Ich hätte nicht fragen sollen. Es tut mir leid.«

»Es ist ja nur ein großer Traktor mit Verkleidung«, sagte er. »Nichts als ein großes Stahlding auf Ketten. Sie versäumen überhaupt nichts.«

»Ich möchte sehen, was Sie tun«, sagte Georgia. Ihr Herz schlug heftig.

»Tut mir leid«, sagte er.

»Bringen Sie mich dorthin.«

»Das kommt überhaupt nicht in Frage«, sagte er.

Sie steckte ihr zu Zöpfen geflochtenes Haar auf. Im Jeep gab es zwei Stahlhelme und zwei Ponchos. Georgia fuhr. Die Militärpolizisten achteten nicht sonderlich auf Jeepfahrer, sagte Lowell.

Sie näherten sich der Front, und er faltete das Verdeck des Jeeps hinunter, klappte die Windschutzscheibe flach hinab auf die Haube und zeigte Georgia, wie sie den Poncho über das Lenkrad drapieren sollte. Der Regen prasselte auf den Helm. Sie fuhren im Schrittempo einen sanft ansteigenden Berghang hinauf. Der Himmel wurde von orangefarbenen Streifen erhellt. Lowell erklärte ihr, daß sie von Leuchtspurmunition stammten und daß jedem Leuchtspurgeschoß vier Geschosse folgten, die sie nicht sehen konnte.

Ein Soldat mit einer Maschinenpistole im Anschlag trat ihnen in den Weg.

»Wer zur Hölle sind Sie?« fragte er, und dann salutierte er. »O Mann, Major! Wir hätten nicht gedacht, Sie hier oben wiederzusehen.«

»Sie haben mich auch nicht gesehen. Okay?«

»Jawohl, Sir.«

»Wo ist die Baker Company?«

»Gleich hier«, antwortete der Soldat. »Sie sind mittendrin.«

Über ihnen war ein Geräusch wie von einem Güterzug.

»Das sind ihre verfickten Achtzöller«, sagte der Soldat. »Die verdammten Schwanznuckler versuchen festzustellen, wie nahe sie herankommen können. Diese Hurensöhne!«

Dann schaute der Soldat neugierig im schwachen rötlichen Licht der abgeschirmten Taschenlampe zu Georgia.

»Allmächtiger, das kann doch nicht wahr sein!« sagte er und starrte Georgia ungläubig an.

»Deshalb haben Sie mich nicht gesehen, okay?« sagte Lowell.

»Hey, Miß Paige«, sagte der Soldat. »Tut mir leid, daß ich so ordinär gesprochen habe, aber hier hätte ich Sie verdammt – äh – Verzeihung – am wenigsten erwartet.«

»Schon gut«, sagte Georgia.

»Sie möchte einen Panzer sehen«, sagte Lowell. »Wo ist Blueballs?«

»Der zweite unten in der Reihe. Bringen Sie Miß Paige zum Kompanie-Gefechtsstand?«

»Wenn ihr Jungs den Mund halten könnt«, sagte Lowell.

»Hölle, Major, Sie wissen doch, daß wir das können!«

»Verlassen Sie nicht Ihren Posten«, sagte Lowell. »Ich werde Sie später ablösen lassen.«

Im Gefechtsstand gaben sie Georgia Kaffee und Doughnuts und entschuldigten sich, daß sie keine Milch hatten. Jemand hatte eine Schachtel Blitzbirnen, und so versammelten sie sich, so viele wie möglich, für Gruppenaufnahmen mit Georgia, bis die Blitzbirnen verbraucht waren.

Und als jeder von der Baker Company des 73. Bataillons entweder Miß Paige die Hand geschüttelt, ein Autogramm oder ein Küßchen auf die Wange bekommen hatte, führte Lowell Georgia wieder in den Regen hinaus und zeigte ihr Blueballs. Das war der Name, den er genannt hatte, wie sie sich erinnerte. Und da war er, in gelber Farbe auf den Turm gemalt: BLUEBALLS.

»Was für ein Name!« sagte Georgia. Wie kann man einen Panzer nur ›Tripper‹ nennen, dachte sie.

»Er hieß früher anders«, sagte Lowell. »Aber dann sagte der Colonel, daß wir Namen mit B zu benutzen haben.«

»Wie hieß er vorher?«

»Das habe ich vergessen«, sagte Lowell. Und dann fügte er hinzu: »Ilse.«

»Wer ist Ilse?« fragte Georgia alarmiert. »Ihr Mädchen?«

»Ich war mit einem Mädchen namens Ilse verheiratet.«

»Verzeihung.«

»Sie ist tot. Sie kam bei einem Autounfall ums Leben.«

»Während Sie hier waren?« Georgia wußte es irgendwie.

»Ja.«

»Oh, mein Lieber«, sagte sie. »Es tut mir so leid.« Sie legte die Hand auf seinen Arm.

Die Besatzung kletterte aus Blueballs heraus, und dann half man Georgia, hinaufzuklettern.

Lowell stieg als erster ein, umfaßte Georgias Hüften und hob sie in den Panzer. Drinnen war es schmutzig und stank nach verbranntem Pulver und Öl. Georgia sah 90-mm-Geschosse, MG-Munition und Lederhelme.

»Dies war Ihr Panzer?« fragte sie.

»Ja. Von Pusan bis zum Jalu.« Es war tiefer Stolz in seiner Stimme.

»Blueballs?« fragte sie.

Sie sah im Schein der Beleuchtung, daß er wieder rot wurde.

»Aus dem Grund, den ich denke?« fragte sie.

Er gab keine Antwort. Sie berührte seine Wange.

»Wir verschwinden besser von hier«, sagte er. »Man wird uns vermissen.«

Er legte wieder die Hände um ihre Hüften und hob sie halbwegs aus dem Turm. Sie spürte, daß seine Hände zitterten.

»Warte«, sagte sie, und dann fand sie auf irgend etwas mit den Füßen Halt und riß sich wild ihre Khakibluse auf und streifte den BH von den Brüsten. Dann ließ sie sich wieder in den Tank hinabgleiten, bis ihre Brüste in Höhe seines Gesichts waren und er an ihren berühmten Brustspitzen saugen konnte.

XIII

1

Kowon, Nordkorea

5. September 1951

Miß Georgia Paiges gute Absichten, Privatleben und Berufsleben streng voneinander zu trennen, schwanden dahin, als sie an der Tür der C-47 stand, mit der sie und die anderen Mitglieder der Wayne-Baxley-Tourneetruppe nach Seoul und schließlich, via Tokio, nach Hause geflogen wurden.

Bekleidet mit einem Khakihemd (fast bis zum Bauchnabel

aufgeknöpft), mit Khakihose und einer Arbeitsmütze auf dem Kopf, lächelte sie, winkte für die Fotografen und wandte sich schließlich um, um geduckt in die Maschine zu steigen. Doch dann machte sie kehrt, sprang aus der Maschine und rannte weinend in die Arme eines makellos gekleideten jungen Majors. Sie umarmte ihn leidenschaftlich, barg das Gesicht an seiner Brust und schaute dann zu ihm auf, um ihn zu küssen.

Die hundert oder mehr Soldaten, die sich zur Abreise der Tourneetruppe versammelt hatten, klatschten Beifall, pfiffen und stießen Hochrufe aus. Wayne Baxley schaffte es schließlich, aus der C-47 und zu Georgia zu gelangen, wobei er für die Fotografen ein breites »Ist das nicht rührend?«-Lächeln aufsetzte, womit er in Wirklichkeit jedoch seinen Zorn verbarg, weil er wußte, daß die Fotos von Georgia beim Knutschen und Küssen dieses gottverdammten Lowell das gefundene Fressen für die Zeitungen sein würden, und nicht die Aufnahmen, die er selbst gemacht hatte.

Endlich schaffte er es, Georgia wieder an die Tür der Maschine zu bringen. Tränen rannen über Georgias Wangen, während sie Major Lowell eine Kußhand zuwarf und stumm mit den Lippen die Worte formte: »Ich liebe dich.«

Und dann zog Wayne Baxley sie in die Maschine, und die Tür schloß sich. Bald darauf rollte die C-47 in Startposition und startete.

Es war das erste Mal, daß es zwischen dem jungen Offizier und dem jungen Filmstar zu einem mündlichen Bekenntnis von Liebe kam. Sie hatten jedoch nach Georgias unbezähmbarem Verlangen, Lowell ihre Brüste im Turm von Blueballs zu zeigen, des öfteren ihre körperliche Begierde gestillt. In dieser Nacht hatten sie in Lowells Zelt an der Colonel's Row auf dem engen Feldbett Sex gehabt. Sie hatten kaum mehr als insgesamt eine Stunde Schlaf gefunden, denn immer wieder hatte einer den anderen aus leichtem Schlaf geweckt, und dann hatte das Liebesspiel von neuem begonnen, und sie waren anschließend vereinigt wieder erschöpft eingeschlafen.

Um 4 Uhr schlich sich Georgia zurück in die VIP-Nissenhütte auf dem Hügel, vorbei an einem der Wachtposten, der breit und wissend grinste. Der Posten war wie die Unteroffiziere und Mannschaften der Meinung, wenn Georgia schon mit irgendeinem Offizier schlief, dann war Major Lowell derjenige, der es verdiente. Der Duke hatte Klasse.

Um 5 Uhr 30 trug Major Lowell ein Tablett mit Toast, Kaffee und Marmelade aus dem Offizierskasino zu der VIP-Nissenhütte, für den Fall, daß eine der VIPs früh erwacht war und Frühstück wollte. Nur eine VIP war wach, und die war nicht an Toast und Kaffee interessiert. Sie kam frisch aus der Dusche, und um 5 Uhr 35 gaben sich Georgia und Major Lowell auf dem etwas breiteren und bequemeren Bett im VIP-Quartier ihrer Leidenschaft hin.

Um 6 Uhr 15, als der Kommandierende General nach seinem morgendlichen Studium der Lagekarte das Kasino betrat, fand er Major Lowell und Miß Paige dicht beieinander beim Frühstück vor und sah auf Major Lowells Hals ein Mal, das sehr nach einem Knutschfleck aussah.

Um 10 Uhr 30 gab die Wayne-Baxley-Truppe eine Vorstellung beim 8077. MASH für alle Einheiten in diesem Bereich. Eine zweite Show auf derselben Bühne fand um 14 Uhr 30 für die Soldaten des 223. und 224. Infanterieregiments der 40. US-Infanteriedivision und deren Unterstützungsverbände, die 555. Infanterie-Kampfgruppe und das 73. Schwere Panzerbataillon (verstärkt) statt. Das 73. Bataillon wurde seinem Ruf gerecht, wie der Captain meldete, den Colonel Minor entsandt hatte, um »die Dinge im Auge zu behalten«.

Viele vom 73. tranken, berichtete der Captain, und lange nachdem die Vorstellung vorüber war, fand man vier Militärpolizisten, die gefesselt und ihrer Hosen beraubt waren. Die MPs hatten den Fehler begangen, den Panzerbesatzungen Vorhaltungen wegen des Biers und Whiskys zu machen.

Das 73. Bataillon hatte einen Panzer zu der Vorstellung geschickt – nur der Himmel wußte, warum –, und die Obszönität, die auf den Turm gemalt war (»Blueballs«) würde bestimmt in den Pressefotos erscheinen, denn Miß Paige hatte zuvorkommend zugestimmt, mit den Männern des 73. und vor deren Panzer für Fotos zu posieren. Für Colonel Minor war noch schlimmer, daß sie ein großes handbeschriebenes Transparent hochgehalten hatten, auf dem stand: »Georgia Paige kann jederzeit mit unserem Kanonenrohr spielen.«

Colonel Minor gelangte realistisch zu dem Schluß, daß es noch schlimmer hätte kommen können. Seit Colonel Jiggs nach Hause zurückgekehrt und Major Lowell im Hauptquartier des Korps war (die beiden waren von einem Colonel und einem S-3 ersetzt worden, die auf strenge Disziplin achteten), waren die Dinge wesentlich besser als zuvor, selbst wenn man das Trinken von Bier und Whisky, den vulgären Namen des Panzers und das ebenso verwerfliche Transparent in Betracht zog.

Weder Miß Paige noch Major Lowell erschienen an diesem Abend im Kasino zum Abendessen, aber sie tauchten in dem Caravan des Generals auf, der als Garderobe der Stars benutzt wurde, als die Tourneetruppe an diesem Abend am Ort des neuen Auftritts vor Truppen der 24. Infanteriedivision eintraf.

Am letzten Tag im Bereich des IX. Korps gab es nach den beiden Shows am Tag keine Abendvorstellung. Nachdem sich die Truppen satt gesehen hatten, war es nur recht und billig, daß auch die hohen Tiere unterhalten wurden. Die Tourneetruppe trat im Kasino für die Stabsoffiziere auf. Diejenigen, die gehofft hatten, Miß Paige persönlich kennenzulernen, wurden jedoch enttäuscht. Sie verschwand sofort nach ihrem Auftritt, angeblich wegen Kopfschmerzen.

Gerüchte machten die Runde, daß der Adjutant des Chefs des Stabes, dieser junge Major, es mit Georgia trieb, aber das wurde allgemein von den Stabsoffizieren ausgeschlossen. General Harrier, und ganz zu schweigen vom Kommandierenden General Harrier, würden so etwas nicht hinnehmen, und warum sollte eine wie Georgia Paige einen niedrigen Major ranlassen?

Der General, der drei Stunden nach der Abreise der Wayne-Baxley-Truppe das Büro des Chefs des Stabes betrat, lächelte herzlich den jungen Adjutanten an und bemerkte höflich, daß er ein bißchen abgeschlafft aussehe. »Haben Sie genug Schlaf gehabt, Lowell?«

Zweiundzwanzigmal, dachte Lowell. So oft mit Sicherheit. Vielleicht waren es auch 23 oder 24 Nummern. Manchmal gleich zwei hintereinander. Er hatte die Übersicht verloren, obwohl er sich an jedes Mal zu erinnern versuchte. O Mann, er hätte nie gedacht, daß er es so oft bringen könnte. Aber Georgia hatte ihn nur zu berühren brauchen, und das Ding war wie eine Feder hochgeschnellt, von neuem einsatzbereit.

Um 15 Uhr am Tag der Abreise der Tourneetruppe sagte General Harrier Major Lowell, daß er offenbar rund um die Uhr gearbeitet habe. Er solle sich einfach für den Rest des Tages aufs Ohr legen und am nächsten Morgen mit offenen Augen zum Dienst kommen.

Lowell lag auf seinem Feldbett, halb dösend, halb träumend von Georgia, aber er fand keinen Schlaf. Und um 20 Uhr kam er auf die Erde zurück. Er zog sich an und ging zum »Weißen Haus«, um zu arbeiten. Es war erstaunlich, wieviel verdammter Schreibkram sich in fünf Tagen ansammeln konnte.

Gegen Mitternacht hatte Lowell die Arbeit aufgearbeitet. Er ging zu seinem Zelt und entkleidete sich. Dann wurde ihm klar, daß er nicht müde war und noch etwas zu trinken brauchte, wenn er sich nicht lange schlaflos im Bett herumwälzen wollte. Von Alkohol wurde er meistens schläfrig. Aber es gab nichts Alkoholisches im Zelt. Er würde rausgehen müssen, um einen Schlummertrunk zu nehmen. So zog er sich einen frischen, gestärkten Arbeitsanzug an und machte sich auf den Weg zum Generalskasino.

Dann wurde ihm klar, daß er nicht dorthin wollte. General Harrier war vielleicht dort, und Harrier hatte ihm gesagt, er solle sich schlafen legen. Oder der General war dort, und dessen unschuldige Bemerkung, ob er genug Schlaf bekommen hatte, war überhaupt nicht unschuldig gewesen. Er wollte weder den General noch einen der Adjutanten sehen, besonders nicht Peebles. Blieb noch das Kasino für Stabsoffiziere.

Dorthin wollte er jedoch ebenfalls nicht. Zu dieser Stunde würden dort nur noch betrunkene Stabsoffiziere sein, die Majors und Lieutenant Colonels, die am nächsten Tag wirklich nichts zu tun hatten, wozu sie einen klaren Kopf brauchten. Und bei ihnen mußte man damit rechnen, daß sie den Adjutanten des Chefs des Stabes anschwärzten, um sich an noch höheren Stellen Liebkind zu machen.

Zur Hölle damit! Lowell ging weiter zum Kasino für die anderen Offiziere. Dort würden seine Saufkumpane Lieutenants und Captains und ein paar Majors sein, die diese Gesellschaft den höheren Kreisen im Stabsoffiziers-Kasino vorzogen.

Ein gewaltiger Schwarzer saß allein an der Bar bei einem Drink.

Lowell trat hinter ihn und sagte mit tiefer Stimme: »Ich mag wirklich nicht mit häßlichen Niggern trinken.«

Captain Philip Sheridan Parker IV zuckte zusammen und verharrte einen Augenblick lang starr. Dann wandte er sich auf dem Barhocker langsam nach rechts, und sein Gesicht zeigte kalten Zorn. Lowell war schnell zur anderen Seite aus Parkers Gesichtsfeld gewichen. Parker fuhr nach links herum.

»Jesus, das darf doch nicht wahr sein!« stieß Phil Parker hervor. Er packte Lowell an den Ohren und gab ihm einen schmatzenden Kuß auf die Stirn. »O Gott, ein *Major*! Wie zur Hölle hast du das geschafft?«

»Ich habe gemogelt«, sagte Lowell.

»Was zum Teufel machst du hier?« fragte Parker, während Lowell sich auf den Barhocker neben ihm setzte.

»Ich mische mich unters gemeine Volk. Wie geht es dir, King Kong?«

»Wie geht's Ilse und P.P.?«

»Ilse ist tot, Phil.«

Er schämte sich, als ihm klarwurde, daß er in den letzten 96 Stunden überhaupt nicht an Ilse oder P.P. gedacht hatte.

»O Gott!« stieß Parker betroffen hervor. »Wie ist das passiert?«

»Autounfall in Deutschland. Im September. Vor fast einem Jahr.«

»Du hättest mir schreiben sollen«, sagte Parker ärgerlich. »Verdammt, das ist schrecklich.«

»So ist das Leben«, sagte Lowell.

»Und du bist zur Army zurückgekehrt?«

»Ich war hier, als es geschah. Ein besoffener amerikanischer Major rammte ihren Wagen.«

»Mein Gott, Craig, du weißt, wie leid mir das tut!«

»Ja, danke«, sagte Lowell.

»Vor einem Jahr?« fragte Parker. »Du warst voriges Jahr hier?«

»Ja. Meine Dienstzeit hier ist bald vorbei. Und jetzt habe ich einen Grund, um heimzukehren. Ich habe jemand, zu dem ich heimkehren kann.«

»Du bist beim 73.?« fragte Parker sanft.

»Ja.«

»Ich hätte wissen sollen, daß *du* es warst«, brummte Parker. »Aber ich fragte herum, und man sagte mir, daß der Kommandeur dieser Kampfgruppe ein Major war, und in meiner Unschuld sagte ich mir, daß du unmöglich Major sein kannst.«

Lowell mochte darüber nicht reden, und er wollte ebensowenig Parkers Mitleid wegen Ilse. Er fühlte sich sehr unbehaglich.

»Wie lange bist du schon hier?« fragte er.

»Von Beginn an«, antwortete Parker. »Ich hatte die ersten M4A3-Panzer in Korea.«

»Kompaniechef?«

»Panzerkompanie, 24. Infanterie«, sagte Parker. »Und ich war so stolz, als ich Captain wurde. Ich hätte wissen sollen, daß du mir um einen voraus bist.«

»Nur eine natürliche Anerkennung meines Genies.«

»Aber du bist nach Hause geflogen – als es passierte, meine ich?«

»Ich flog nach Deutschland«, sagte Lowell. »Es stellte sich heraus, daß Ilses Vater tatsächlich Oberst, also Colonel, und ein Graf ist. P.P. ist bei ihm.«

Phil Parker war natürlich neugierig. Es dauerte lange, bis Lowell wieder das Thema wechseln konnte.

»Du hast mir nicht erzählt, was du hier treibst. Wenn meine Dienstzeit hier schon fast vorüber ist, hätten sie dich doch schon längst wieder nach Hause schicken müssen.«

»Es gibt einen Kriegsgerichtsprozeß«, sagte Parker.

»Und du machst da mit? Großartig, dann werden wir einige Zeit zusammen sein. Ich bin Adjutant vom Chef des Stabes.«

»Ich mache nicht mit«, sagte Parker. »Ich bin der Angeklagte.«

»Was? Was hast du denn getan?«

»Man wirft mir Verstoß gegen Paragraph 92 vor.«

Lowell kramte in der Erinnerung. »Paragraph 92 ist Mord, Vergewaltigung«, sagte er schließlich. »Was ist passiert, Phil? Hat es sich irgendeine Krankenschwester anders überlegt?«

»Ich bin des Mordes angeklagt«, sagte Parker.

»Wenn das ein Witz sein soll, Phil, so fehlt mir die Pointe.«

»Kein Witz, Craig.«

»Willst du mir erzählen, was los war?«

»Nicht so gerne.«

Lowell nahm die Flasche von der Bar.

»Ich nehme die mit, Sergeant«, sagte er zu dem Kellner. »Setzen Sie sie auf meine Rechnung.«

»Major, das können Sie nicht machen«, sagte der Kellner.

»Sergeant, das *darf* ich nicht, meinen Sie. Es ist ein Unterschied zwischen ›nicht dürfen‹ und ›nicht können‹.« Er ergriff Phil Parkers Arm. »Gehen wir, King Kong.«

»Wohin?«

»Zu meiner Unterkunft.«

Als sie in Lowells Zelt waren, gab Parker ihm das Dokument. »Wenn sie sich entschieden haben, einen vors Kriegsgericht zu stellen, dann müssen sie einen wissen lassen, was sie einem vorwerfen«, erklärte er.

Lowell las, was die Criminal Investigation Division ermittelt hatte.

CPL Francis F. Young, RA 32777002, früher der ›I‹-Kompanie, 24. Infanterieregiment, 24. Division zugeteilt, wurde im Lazarett in Tokio, wo er in Behandlung ist, befragt. Young sagte aus, daß er am 14. Juli 1950 bei Sangju, Republik Korea, während eines Rückzugsmanövers gesehen hat, daß ein ›Panzeroffizier‹ Lieutenant Ralph J. Roper, Kompanie-Führer der ›I‹-Kompanie, mit einem ›Sechsschüsser‹ erschoß. Roper befand sich zu diesem Zeitpunkt auf dem Rückzug. Ropers Soldaten wurden zur Front zurückgeschickt. Es wurde bewiesen, daß Captain Parker (seinerzeit Lieutenant) zu diesem Zeitpunkt in der Nähe war und als persönliche Waffe einen Colt .45 ACP Modell 1917 trug. Young, dem ein Foto von Parker gezeigt wurde, war jedoch nicht in der Lage oder nicht willens, Parker eindeutig als den Offizier zu identifizieren, der Roper erschoß.

First Lieutenant D. Stevens, 0498666, Panzerkompanie, 24. Infanterieregiment, wurde im Lazarett in Tokio, wo seine Brandverletzungen behandelt werden und er zugleich in nervenärztlicher Behandlung ist, befragt, und er sagte folgendes aus: Am 16. September 1950 diente er in der Nähe von Tonghae, Republik Korea, als Besatzungsmitglied eines M4A3-Panzers als Ladeschütze unter dem Kommando von First Sergeant Amos T. Woodrow, RA 36901989.

Die Panzerkompanie des 24. Infanterieregiments unter dem Kommando von Parker hatte an einem erfolglosen Angriff gegen den Feind bei Fonghae teilgenommen. Nach einem ersten Durchbruch durch die feindlichen Linien machten schwerer Mörser- und Artilleriebeschuß es unmöglich für das 2. Bataillon, 24. Infanterieregiment, ein Reisfeld zu durchqueren und die Panzerkompanie zu unterstützen, die unter Parkers Kommando stand.

Parker hatte Funkverbindung mit dem 2. Bataillon, und Stevens konnte mithören. Parker informierte das 2. Bataillon, daß er die Kontrolle über ehemalige feindliche Positionen habe und sie halte, bis das 2. Bataillon zu ihm stoßen werde. Stevens bezeichnet Parkers Einschätzung der Sicherheit seiner Position als unvertretbar. Er sagte aus, daß die Kompanie unter starkem Artillerie- und Mörserbeschuß war und daß es nur noch eine Frage der Zeit war, bis alle beteiligten Panzer zerstört wurden. Das 2. Bataillon riet Parker über Funk zum Rückzug und erklärte, daß ein zweiter Versuch im Anschluß an Artillerie-Sperrfeuer unternommen werden würde.

In diesem Augenblick wurde ein Panzer unter dem Kommando von SFC Richard M. Ogleby von feindlichem Artilleriefeuer getroffen und seine rechte Kette und die Funkantenne zerstört. Der Panzer blieb jedoch kampffähig, wenn auch unbeweglich, und führte den Feuerkampf gegen den Feind weiter. Die Beschädigung von SFC Oglebys Panzer wurde Parker über Funk von Woodrow gemeldet. Parker befahl Woodrow, seinen Panzer zu verlassen, zu dem manövrierunfähigen Panzer vorzudringen und der Besatzung zu befehlen, den beschädigten Panzer zu verlassen. Woodrow führte den Befehl aus, und Stevens übernahm das Kommando über diesen Panzer. Woodrow wurde auf dem Weg zu dem beschädigten Panzer von Mörserfeuer getötet.

Stevens meldete Parker über Funk, daß Woodrow gefallen war. Parker befahl daraufhin Stevens, mit seinem Panzer loszufahren, um Woodrows Leiche zu bergen, und dann weiter zu dem beschädigten Panzer zu fahren, um dessen Besatzung rauszuholen.

Stevens meldete, daß seiner Einschätzung nach Parkers Befehl Selbstmord war, und er bat um Überprüfung. Parker wiederholte den Befehl. In diesem Augenblick hörte Stevens einen Funkbefehl an Parker mit, mit der ihm Absetzen zur Ausgangslinie befohlen wurde. Stevens ging davon aus, daß dieser Befehl Parkers Befehl an ihm aufhob, und befahl dem Fahrer, nach rückwärts aus der Stellung auszuweichen. Der Fahrer war Sergeant Quincy T. Arrans jr., RA 14375502, ein erst kürzlich zugeteilter Ersatz.

Stevens sagte aus, daß Parker, als er das Absetzen bemerkte, über Funk sagte: »Halten Sie die Stellung, Sie feiger Hurensohn, oder ich blase Sie weg!« — oder Worte in diesem Sinn. Stevens versuchte, diesen Befehl Arrans zu übermitteln, aber vermutlich wegen eines Defekts der Bordsprechanlage hörte Arrans den Befehl nicht und fuhr weiter zurück.

Sekunden später wurde Stevens' Panzer getroffen, nach Stevens' Annahme von einem HEAT-Geschoß, das Parker abgefeuert hatte. Es traf die rechte Kette hinten, und Fragmente drangen in den Motorraum, zerfetzten Treibstoffleitungen und setzten den Panzer in Brand. Arrans konnte aus dem brennenden Panzer steigen, wurde jedoch wenige Minuten später von Mörserfeuer getötet. Stevens erlitt beim Aussteigen aus dem Panzer Verbrennungen zweiten und dritten Grades an über 25 Prozent seines Körpers. Er erstickte die Flammen an seiner Kleidung und suchte Schutz in einem Graben.

Ungefähr zu diesem Zeitpunkt nahm das feindliche Artillerie- und Mörserfeuer so stark ab, daß sich der Kommandeur des 2. Bataillons zu einem zweiten Angriff entschloß, der erfolgreich war. Stevens wurde von Sanitätern des 2. Bataillons entdeckt und halb bewußtlos zum 8048. MASH evakuiert.

Sergeant Lowell G. Dabney, RA 35189632, Panzerkompanie 24. Infanterieregiment, wurde im Kriegslazarett in Tokio, wo seine Wunden behandelt werden, die er im selben Kampf erlitt, befragt. Dabney war der MG-Schütze des Woodrow-Stevens-Panzers. Er sagte aus, daß er hörte, wie Parker Woodrow befahl, Stevens aus dem Panzer zu dem beschädigten Panzer zu schicken, und daß sich Stevens weigerte, Woodrows Befehl auszuführen, woraufhin Woodrow den Panzer verließ und Dabney das Kommando überließ.

Als Woodrow getroffen wurde, stieg Dabney laut seiner Aussage aus dem Panzer, um zu helfen, so gut er konnte.

In dem Moment, in dem er aus dem Panzer hinaus war, setzte dieser zurück und wurde Sekunden später von feindlichem Mörserfeuer getroffen und geriet in Brand.

Die Untersuchung des Panzers, der nach dieser Aktion geborgen wurde, ergab zweifelsfrei, daß er von einem HEAT-Geschoß, möglicherweise amerikanischer Herstellung, getroffen wurde.

Versuche von Agenten der CID, weitere Informationen von anderen Mitgliedern der Panzerkompanie des 24. Infanterieregiments zu erhalten, waren erfolglos. Offenbar hat keiner sonst den besagten Funkverkehr gehört, oder wenn jemand Kenntnis davon hat, ist er nicht zur Aussage bereit. Captain Parker hat von seinem Recht auf Aussageverweigerung laut Paragraph 31 Gebrauch gemacht.

La Royce J. Wilson
Colonel, Corps of Military Police
Provost Marshal

Lowell las ein zweites Schriftstück, das im Auftrag des Kommandeurs des IX. Korps vom G-1, Thomas C. Minor, unterzeichnet war.

. . . in Anbetracht der Leistungen des betreffenden Offiziers in Korea – einschließlich einer Beförderung zum Dienstgrad Captain, der Verleihung der Silberstern-Medaille und des

Verwundetenabzeichens – wurde ihm die Möglichkeit angeboten, unter Berücksichtigung von AR 615-365 aus dem Dienst auszuscheiden.

Der betreffende Offizier hat sich geweigert, seinen Abschied einzureichen.

Ein Ausschuß von Offizieren, der gemäß Paragraph 31 des Kriegsgesetzes einberufen wurde, hat die Anschuldigungen gegen den betreffenden Offizier geprüft und empfohlen, ihn vor dem Kriegsgericht des Mordes und versuchten Mordes anzuklagen.

Dieses Hauptquartier wird den betreffenden Offizier vor ein Kriegsgericht stellen.

»Scheiße«, sagte Lowell, als er zu Ende gelesen hatte. »Warum zur Hölle hast du nicht deinen Abschied genommen?«

»Ich bin Soldat, Craig«, erwiderte Philip Sheridan Parker IV.

»Und unschuldig, nicht wahr?«

»Sie haben die genauen Fakten«, sagte Parker. »Oder fast.«

»Und du willst dich verurteilen lassen?«

»Ich werde hinnehmen, was auch immer passiert.«

»Warum nimmst du nicht deinen Abschied, wenn du nicht kämpfen willst?«

»Weil ich lieber für das, was ich getan habe, unehrenhaft entlassen werde, als daß die Leute denken, ich nahm meinen Abschied, weil man herausfand, daß ich ein Dieb oder ein Schwuler war – oder man mich aus irgendeinem anderen Grund meinen Abschied nehmen ließ.«

»Du könntest im Gefängnis Leavenworth landen, ist dir das klar?«

»Das habe ich in Betracht gezogen.«

»Nun, das darf nicht passieren«, sagte Lowell. »Wir müssen einfach diesen Kriegsgerichtsprozeß gewinnen.«

»*Wir*?« Parker lachte.

»Verdammt, wenn du nach Leavenworth kommst, dann stünde ich ja ganz allein gegen das System«, sagte Lowell. »Ich will nicht ganz allein sein.«

»Und du siehst bereits eine Möglichkeit, wie der Prozeß vor dem Kriegsgericht gewonnen werden kann?«

»Nein. Aber ich weiß bereits, wen ich fragen muß.« Er sah

Parker an, und ihre Blicke trafen sich, und beide waren verlegen vor Emotion.

»Himmel«, sagte Lowell schließlich. »Das ist das Dumme mit euch jungen Offizieren. Da läßt man euch auch nur eine halbe Minute aus den Augen, und schon reitet ihr euch in die Scheiße.«

2

Beverly Hills, Kalifornien

9. September 1951

Als die PanAm DC-6 vor dem Terminal des Los Angeles International ausrollte und Wayne Baxley aus dem Fenster die Reporter von Presse und Fernsehen zu der Maschine hetzen sah, erkannte er mit Bitterkeit, daß Georgia Paige ihm mit der Szene vor dem Abflug vom IX. Korps die Schau gestohlen hatte.

Natürlich galt das Interesse der Reporter nicht ihm, sondern diesem verdammten Weibsstück. Inmitten der Reportermeute stand der Presseagent dieser Nutte und schwenkte eine Ausgabe der *Los Angeles Times* über dem Kopf. Die *Times* brachte dasselbe Foto, das er in der *Honolulu Reporter-Gazette* gesehen hatte, als sie dort aufgetankt hatten, ein Foto über drei Spalten, das Georgia Paige mit Tränen auf den Wangen in den Armen eines Soldaten zeigte.

Wayne Baxley sah die Schlagzeile vor seinem geistigen Auge: GEORGIAS ABSCHIED VON IHREM GI. »*Georgia*«, verdammt nochmal, als ob jeder sie nur mit dem Vornamen kannte. Zweimal verdammt, der Scheißkerl war auch kein GI, sondern ein dreimal verdammter Offizier. Die Geschichte in der Zeitung von Honolulu hatte es sogar noch schlimmer gemacht:

IRGENDWO IN NORDKOREA, 7. September *(AP) –*

Er war einer von den Hunderten kampfmüder GIs, die aus den Schützengräben und Sandsackbunkern dieses von Schlachten verwüsteten Lands kamen, um sich von Georgia Paige zu verabschieden, die nach der Unterhaltung der Truppen heimflog. Dann wurde die Schauspielerin, deren Bild hier in jedem Schützengraben bewundert wird, zu einem ganz einfachen amerikanischen Mädchen, das sich weinend in die Arme ihres GIs warf, der hierbleiben und kämpfen muß, während sie in das ›Land des großen PX‹ heimkehrt, wie die GIs unsere Heimat bezeichnen.

Es gab Jubel und Applaus und viele mit Tränen gefüllte Augen in den vom Kampf erschöpften Gesichtern, als sich das Mädchen, vor dem alle GIs träumen, verzweifelt an einen von ihnen klammerte. Wayne Baxley, dessen Band ein Teil der Paige-USO-Truppe war, mußte schließlich die jungen Liebenden trennen und Georgia ins Flugzeug bringen. Georgia wandte sich an der Tür der Maschine zu einem letzten Blick zu ihrem GI um, und dann schloß sich die Tür, und der GI verschwand in der Menge, bevor jemand seinen Namen erfahren konnte.

Es war keine ›Band‹, verdammt noch mal! Es war das *Wayne Baxley Orchestra*. Und es war nicht die USO-Truppe dieser Fotze, sondern die *Wayne Baxley Orchestra Troup*. Georgia war nichts als ein Anhängsel!

Wayne Baxley hatte Mühe, ein Lächeln aufzusetzen, als er sich einen Weg durch die Reporter und Fotografen bahnte. Er verweigerte Interviews und bat die Jungs um Verständnis. Es war ein langer Heimweg von Korea, und er und das Orchester waren müde.

Er kannte sich gut genug, um zu wissen, daß er sich bei einem Interview dazu hätte hinreißen lassen können, dem Reporter zu sagen, was er von dieser Pflaume mit den dicken Titten hielt, die ihm die Publicity klaute.

In der vom Studio geschickten Limousine, auf der Fahrt nach Beverly Hills, neigte sich Miß Georgia Paiges Presseagent Tony Ricco vor und küßte Miß Georgia Paige auf die Wange.

»Ich bin stolz auf dich, Baby«, sagte er. »Wie zur Hölle hast du das mit den Tränen geschafft?«

»Halt die Schnauze«, sagte Miß Paige ärgerlich.

»Was ist denn mit dir los?« fragte Mr. Ricco. »Nun erzähl mir nicht, daß du wirklich heiß auf diesen Typ warst.«

»Ich war heiß auf ihn«, sagte sie. »Okay?«

Mr. Ricco hob abwehrend die Hände, wie um sich vor einem Angriff zu schützen.

»Wie lange dauert es, einen Film entwickeln zu lassen?« fragte Miß Paige.

»Ein, zwei Tage«, sagte Ricco. »Was für einen Film?«

»Das kannst du schneller als in zwei Tagen erledigen, und zwar noch heute, Tony.« Sie gab ihm den Film.

»Was soll das überhaupt? Ein Bild von Mr. Glückspilz?«

»Ja, und es sind persönliche Aufnahmen. Laß sie entwickeln und gib sie mir. Craig wird schon wütend genug über diese Geschichte in den Zeitungen sein.«

»Warum sollte er wütend sein?« fragte Tony ehrlich verblüfft.

»Das würdest du nicht verstehen«, erwiderte Georgia.

»Stell mich auf die Probe.«

»Er ist nicht nur ein GI«, sagte Georgia. »Er ist ein Offizier.«

»Gut, daß das nicht in den Zeitungen stand«, meinte Tony. »Es ist besser, wenn Mr. Glückspilz ein einfacher Soldat ist.«

»Ich möchte, daß du die Leute auf den Fotos zählst und mir für jeden zwei Abzüge machen läßt. Ich versprach das dem Jungen, der uns fotografierte.«

»Was immer du möchtest, Baby«, sagte Tony.

»Und erledige das noch heute«, sagte Georgia. »Bei all dem Geld, das ich für Werbefotos ausgebe, können die Leute *sofort* für mich arbeiten.«

»Ich werde mich darum kümmern.«

Als das erste Foto fertig war, sah Tony, daß er etwas Besonderes hatte. Zum einen war die Aufnahme gestochen scharf und in einem perfekten Ausschnitt, was vermutlich pures Glück war. Zum anderen waren die Fotos direkt an der Front gemacht worden. Da stand ein Schild: *Von hier an sind Sie unter feindlicher Beobachtung.* Und die GIs sahen wie *Kampf*soldaten aus, wie Frontsoldaten, die nicht ganz glauben konnten, daß Georgia Paige bei ihnen war.

»Marty«, rief Tony ins Fotolabor. »Mach mir noch einen Satz davon. Von jedem einen Abzug in Postkartengröße.«

Dann ging er zum Telefon und rief das Los-Angeles-Büro von *Times-Life* an.

»Bob«, sagte er, »wie würde es dir gefallen, die Exklusivrechte an erstklassigen Farbfotos von Georgia an der Front zu bekommen?«

3

Socho-Ri, Südkorea

10. September 1951

Major Craig Lowell behauptete nicht, daß er in offiziellem Auftrag von Major General Harrier handelte. Man nahm das einfach an, als Lowell auf der Rollbahn auftauchte und erklärte, daß er einen Major beim XIX. Korps holen müsse und daß er besser einen Hubschrauber benutzte, falls es keine Landebahn für eine L-19 gab.

Ein halbes Dutzend Piloten saßen in Bereitschaft herum.

»Fortin«, sagte der Einsatzoffizier zu einem der Piloten, »fliegen Sie Major Lowell hin, wo er hin will.«

Es war nicht schwierig, MacMillan zu finden. Er war ebenfalls Pilot, und sie alle kannten einander. Als sie auf der Landebahn des XIX. Korps landeten, schickte Lowell den Hubschrauber-Piloten los, um zu fragen, wo MacMillan war. Der Pilot kehrte zwei Minuten später zurück.

»Er ist auf einer Start- und Landebahn an der Ostküste, Major«, sagte er. »Aber Sie haben vermutlich eine Sondererlaubnis, um dort zu landen.«

»So ist es«, sagte Lowell. »Fliegen wir hin.«

Eine halbe Stunde später landete die H23 in Socho-Ri. Ein Technical Sergeant mit einer Schrotflinte fuhr in einem Jeep zum Hubschrauber und informierte sie höflich, daß sie sich auf

Sperrgebiet befanden. Wenn sie eine Panne hätten, fügte er hinzu, würde er irgendwelche Nachrichten ausrichten, aber sie könnten die Start- und Landebahn nicht verlassen.

»Ich bin hier, um Major MacMillan zu besuchen«, sagte Lowell.

Der Sergeant erklärte mit perfekt ausdrucksloser Miene, daß es in Socho-Ri und Umgebung niemand namens MacMillan gab.

»Ich habe keine Zeit für Ihre beschissene Geheimniskrämerei, Sergeant«, sagte Lowell. »Ich weiß, daß MacMillan hier ist. Und jetzt steigen wir in diesen Jeep, und Sie fahren mich zu MacMillan.«

Der Sergeant musterte Lowell einen Augenblick lang eingehend und nachdenklich, und dann traf er seine Entscheidung und wies mit der Schrotflinte zum Jeep.

Der Sergeant fuhr in ein kleines Dorf, das von zwei Rollen Stacheldraht umgeben war. Es gab Wachtposten mit Thompson-MPis und Schrotflinten, aber sie stoppten den Jeep nicht, als er durch das Tor in der Stacheldrahtumzäunung fuhr.

Sie hielten vor dem größten der Steinhäuser, die Strohdächer hatten.

»Hierhin wollen Sie, Major«, sagte der Sergeant.

Lowell stieg aus dem Jeep und betrat das Haus. Darin waren einige Unteroffiziere und ein Warrant Officer, und Lowell sah einen Tisch mit Funkgeräten, die nicht zum Standard gehörten.

»Major«, sagte der Warrant Officer, »ich glaube, Sie sollten nicht hier sein.«

»Wo ist der befehlshabende Offizier?« fragte Lowell. Der Warrant Officer wies auf eine geschlossene Tür. Lowell ging hin, klopfte an und öffnete die Tür, ohne auf eine Antwort zu warten.

»Da will ich doch verdammt sein!« sagte er, als er den Mann am Schreibtisch sah.

»Hallo, Craig«, sagte Captain Sanford T. Felter und nahm die Hand von der .45er Colt-Automatik, die auf dem Schreibtisch neben einer Aktenmappe mit der roten Aufschrift TOP SECRET lag.

Die beiden Männer schauten sich einen Augenblick lang stumm an.

»Du solltest eigentlich nicht hier sein«, sagte Felter dann. »Aber ich nehme an, das weißt du.«

»Wenn ich gewußt hätte, daß *du* hier bist, dann wäre ich eher hergekommen«, sagte Lowell.

»Ja.« Felter lachte. »Das glaube ich. Deshalb ließ ich dich nicht wissen, daß ich hier bin.«

»Ich hatte nie Gelegenheit, dir richtig zu danken für das, was du getan hast, als Ilse . . .«

»Es ist kein Dank nötig, Craig«, sagte Felter. »Das weißt du.«

»Ich stehe in deiner Schuld«, sagte Lowell, »vergiß das nicht.«

»Wie geht es dir, Craig?«

»Gut«, sagte Lowell. »Ehrlich gesagt, ich habe mich in einen Filmstar namens Georgia Paige verliebt. Aber ich glaube, jetzt ist nicht der richtige Zeitpunkt, um dir davon zu erzählen.«

»Craig«, sagte Felter ernst. »Du solltest wirklich nicht hier sein. Du solltest nicht mal etwas von diesem Ort wissen.«

»Komisch«, sagte Lowell. »Ich dachte, wir wären in diesem Krieg auf derselben Seite.«

»Du verstehst nicht«, sagte Felter.

»Ich verstehe, daß du ein Spion bist«, sagte Lowell. »Aber mach dir keine Sorgen. Ich habe selbst einen Sicherheitsbescheid der Stufe ›Streng geheim‹.«

»Es wäre besser, wenn *ich* dich besucht hätte.«

»Ich bin hier, um MacMillan zu besuchen«, sagte Lowell. »Du bist ein unerwarteter Bonus.«

»Was willst du von ihm?« fragte Felter ziemlich kühl.

»Ein Freund von mir kommt vors Kriegsgericht«, sagte Lowell.

»Und du glaubst, MacMillan könnte ihn mit einem seiner gerissenen kleinen Tricks davor bewahren?« fragte Felter sarkastisch und fast ärgerlich.

»Ja. Das hoffe ich«, sagte Lowell. »MacMillan ist der raffinierteste Trickser in der Army.« Er ärgerte sich zunehmend über Felter.

»Ich weiß, was du denken wirst, aber ich muß dir sagen, daß du ohne MacMillan auskommen mußt, Craig.«

»Willst du mir sagen, warum?«

»Weil das, was wir hier tun, wichtiger ist als dein Freund, der Schwierigkeiten hat«, sagte Felter. »Und du kennst mich gut genug, um zu wissen, daß ich das nicht sagen würde, wenn ich es nicht wüßte.«

»Wenn ich nicht verzweifelt wäre, dann wäre ich nicht hier.«

»Tut mir leid, Craig«, sagte Felter. »Es ist eine Sache von höchster Priorität.«

»Mein Freund ist angeklagt, einen Offizier erschossen zu haben, der sich weigerte zu kämpfen. Du weißt, wie das manchmal passiert.« Sie schauten sich lange in die Augen.

»Du kannst mit MacMillan reden«, sagte Felter schließlich, und Lowell erkannte, daß es eine Entscheidung war, über die es keine Diskussion geben würde. »Aber du wirst ihn nicht darin verwickeln. Ich will nicht, daß man durch ihn auf uns aufmerksam wird. Hast du das verstanden?«

Felter rief einen der Sergeants und befahl ihm, Lowell zu MacMillan zu bringen. MacMillan war an Bord einer der Dschunken, die Lowell vor der Landung des Hubschraubers gesehen hatte. Aus der Luft hatte die Dschunke wie jede andere ausgesehen. Jetzt sah er, was es wirklich war. Am Bug und am Heck waren MGs Kaliber .50 an Deck auf Podesten installiert. An den Masten gab es Funkantennen, und durch eine offene Luke sah Lowell große Dieselmotoren.

MacMillan saß mit drei Koreanern achtern in der Kabine, und alle drei inspizierten sorgfältig Patronengurte mit MG-Munition. MacMillan wirkte weder erfreut noch überrascht, als er Lowell wiedersah. Er erhob sich und öffnete eine Flasche 12 Jahre alten Scotch. Und dann sprach er aus, was er dachte: »Allmächtiger, wie alt sind Sie, 23?«

»24«, sagte Lowell. »Beschissen für Sie, mich als Major zu sehen, nicht wahr, Mac?«

»Ja, das kann man wohl sagen«, erwiderte MacMillan. »Ein weiter Weg vom Golfplatz in Bad Nauheim, nicht wahr, Private First Class Lowell?«

»Ich hätte nie gedacht, Captain MacMillan, Sir«, entgegnete Lowell ein wenig verärgert, »daß Sie als Pirat enden würden.«

»Lassen wir das. Was wollen Sie, Lowell?« Aber bevor Lowell eine Antwort geben konnte, fügte MacMillan hinzu: »Felter erzählte mir das mit Ihrer Frau. Mein Beileid, Lowell. Was haben Sie mit dem Kind gemacht?«

»Der Junge ist in Deutschland. Sein Großvater kam aus Rußland heim.«

»Ich schrieb meiner Frau, und Roxy schrieb zurück, ich solle ihr Ihre Adresse schicken. Bin nie dazu gekommen, aber Roxy möchte Hilfe anbieten. Brauchen Sie irgend etwas?«

»Nicht für den Jungen«, sagte Lowell. »Aber ein Freund von mir ist in Schwierigkeiten. Sie erinnern sich an den großen Kerl, mit dem ich in Knox zusammen war?«

»Sie meinen den großen Nigger?«

»Man stellt ihn vors Kriegsgericht«, erklärte Lowell.

»Weswegen?«

»In den ersten Kriegstagen hier blies er einen Infanterie-Offizier weg, der nicht kämpfen wollte.«

MacMillan trank einen Schluck Scotch, bevor er etwas dazu sagte. »Ich hörte von solchen Fällen von Feigheit«, sagte er, »bei Leuten, von denen es keiner glauben würde.«

»Ich brauche Hilfe«, sagte Lowell.

»Zunächst einmal sagten Sie, er ist *angeklagt*, diesen Typen weggeblasen zu haben. Sie sagten nicht, daß er es auf dem Rasen vor dem Weißen Haus mit dem Präsidenten als Zeugen getan hat.«

»Als ich zum erstenmal darüber nachdachte, war ich versucht, zu telefonieren und einen Anwalt aus den Staaten kommen zu lassen. Doch dann sagte ich mir, daß ihn das vielleicht schuldig wirken läßt. Und dann dachte ich an Sie.«

»Sie brauchen keinen teuren Anwalt für den Prozeß«, sagte MacMillan. »Das verärgert nur das Gericht. Erst später, bei der Berufung, brauchen Sie die wirklichen Rechtsverdreher.«

»Das klingt, als würde man ihn mit ziemlicher Sicherheit schuldig sprechen.«

»Und – ist er das?«

»Er hat getan, was sie ihm zur Last legen.«

»Das heißt nicht zwangsläufig, daß er verurteilt werden wird«, sagte MacMillan. »Aber Sie müssen daran denken, daß ein Kriegsgericht im allgemeinen weiß, was man von oben erwartet. Wenn der General, der das Gericht zusammentreten läßt, Ihren Freund hängen sehen will, dann wird er vermutlich schuldig gesprochen.«

Lowell fluchte.

»Nun, das ist nicht so tragisch«, sagte MacMillan. »Selbst wenn man ihm die Todesstrafe verpaßt, wird sie nicht vollstreckt; abgesehen von Vergewaltigern und kriminellen Typen hat die Army seit dem Bürgerkrieg nur einen Mann hingerichtet. Vermutlich und als Schlimmstes kann ihm passieren, daß das Kriegsgericht ihn schuldig spricht, ihn zum Tode oder zu Lebenslänglich verurteilt, um klarzumachen, daß man nicht herumlaufen und Leute erschießen darf, und der General wandelt bei der Überprüfung die Todesstrafe in Lebenslänglich um oder Lebenslänglich in 20 Jahre, und bei guter Führung wird er in vielleicht fünf, sechs Jahren entlassen.«

»Wie können wir ihn überhaupt aus dem Gefängnis heraushalten?« fragte Lowell. »Die Kosten spielen keine Rolle, Mac.«

»Geld nutzt hier nichts«, sagte MacMillan. »Vielleicht später. Das beste ist, Sie suchen irgendeinen Reserveoffizier, der Advokat und wirklich sauer ist, weil er wieder eingezogen wurde, und dem eine Karriere bei der Army oder seine Beurteilung scheißegal ist. So einen Mann brauchen Sie als Verteidiger für Ihren Freund. Er könnte Glück haben. Und selbst wenn er keins hat, kann ein guter Zivilanwalt bei der Berufung im allgemeinen etwas erreichen. Irgend jemand versaut bestimmt etwas bei dem Schreibkram, und er findet einen Formfehler.«

Sandy Felter tauchte auf der Dschunke auf, als MacMillan und Lowell den Rest des 12 Jahre alten Scotchs tranken. Lowell fragte sich, ob Felter wirklich gekommen war, um ihn zur Start- und Landebahn zurückzufahren, nachdem er jetzt hier fertig war, oder ob er gekommen war, um ihn wissen zu lassen, daß seine Zeit um war. Doch auf dem Weg zum Hubschrauber sagte Felter offensichtlich ehrlich: »Hey, es tut mir leid, daß ich dich so empfangen habe.«

»Vergiß es.«

»Was wir hier tun, ist wichtig«, sagte Felter, »das kommt zuerst.«

»Mit anderen Worten, ›war nett, dich zu sehen, aber komm nicht wieder‹?«

»Ja.«

»Ich werde nicht wiederkommen.«

»Ich hoffe, dein Freund kommt davon«, sagte Felter.

»Aber in Wirklichkeit juckt es dich so oder so nicht, nicht wahr?«

»Stimmt, es juckt mich nicht, wenn du es schon sagst.«

»Und wenn ich es an seiner Stelle wäre?« fragte Lowell.

»Ich weiß es nicht«, sagte Felter ehrlich.

»Wenn du es wieder tun müßtest, Sandy, würdest du wieder diesen Captain Sowieso erschießen wie damals in Griechenland?«

Felter bedachte ihn mit einem unglaublich kalten Blick, fast voller Haß und gewiß voller Verachtung.

»Du verstehst nicht«, sagte er. »Ich tat es nicht, um dich zu retten. Ich tat es, weil dieser Offizier meine Mission störte.«

»Ja, Sandy, ich glaube, ich verstehe dich nicht«, sagte Lowell. Er hielt ihm die Hand hin, und sie schüttelten sich die Hände und lächelten einander an, aber es war wie zwischen Fremden.

XIV

1

Kowon, Nordkorea

15. September 1951

Major Craig W. Lowell war sich darüber im klaren, daß er nicht nur auf der Schwarzen Liste von Major General John J. Harrier war, sondern zur größten persona non grata des Chefs des Stabes des IX. Korps geworden war.

Mit anderen Worten, die Schwierigkeiten, in denen er war, waren nicht halb so groß wie die, in die er noch geraten würde.

Er war sich nicht sicher, ob er leicht verrückt geworden war oder ob das Gegenteil stimmte, daß er endlich zur Vernunft gekommen war, aber fest stand, daß es ihm gleichgültig war.

Im Augenblick hatte es für ihn den Anschein, daß sich die Army, die Anfälle wegen der Ereignisse bei Georgias Aufenthalt beim Korps bekam, ziemlich kindisch aufführte. Moral und Anstand waren verletzt worden, und er war der Schuldige.

Ein Blitzstrahl in Form eines dicken Kuverts, gesiegelt und gestempelt und per Kurier, war vom Pentagon eingetroffen und persönlich dem Kommandeur des IX. Korps übergeben worden.

Der Kommandeur hatte das dicke Kuvert geöffnet und den Chef des Stabes zu sich befohlen, und beide hatten feierlich ein kleines Blatt Notizpapier betrachtet, dessen Briefkopf die Flagge eines Vier-Sterne-Generals zeigte, die in der Brise flatterte.

Die Nachricht war kurz: »Der Inspekteur des Heeres wünscht Ihren Kommentar zu dem beiliegenden Artikel auf den Seiten 73-78 des *Life*-Magazins.

Life war irgendwie in den Besitz des ganzen Films gelangt, den Georgia beim 73. Bataillon verknipst und dann in die Staaten mitgenommen hatte. *Life* zeigte Georgia auf einer ganzen Seite in Panzerfahrer-Kombination bei einer Gruppe von Panzersoldaten. Da standen acht Mann, sechs Mannschaftsdienstgrade und zwei Offiziere, einschließlich Major Craig W. Lowell. Hinter ihnen war der Panzer mit der Aufschrift BLUEBALLS.

Es waren scharfe Fotos, und der Name »Blueballs« war deutlich zu lesen. Ebenfalls das, was die Soldaten der Baker Company – in Verspottung der Air Force, die Abschüsse auf die Seiten der Flugzeugrümpfe malte – auf den Turm des Panzers gemalt hatten: Acht Umrisse von russischen T34-Panzern, mit einem X darüber, um anzuzeigen, daß Blueballs acht T34 abgeschossen hatte (fünf davon, als der Panzer unter dem Namen ILSE nordwärts gerollt war, und drei unter späteren Kommandanten). Da waren ebenfalls Ochsenkarren gemalt, koreanische *papa-san-Opas*, und Leute in Rollstühlen, mit einem X durchgestrichen, um anzuzeigen, daß sie ebenfalls erledigt worden waren.

In das Foto eingedruckt war in großen Lettern: GEORGIA PAIGE BESUCHT DIE FRONT.

Die Bildunterschrift lautete: Den weltberühmten Busen verborgen unter einer kugelsicheren Weste, die langen Haare zu Zöpfen geflochten, stahl sich Hollywoods heißester neuer Star von der USO-Truppe fort, die Soldaten im rückwärtigen Korpsgebiet unterhielt, um dieses Panzerbataillon an der Front ›irgendwo in Nordkorea‹ zu besuchen.

Die anderen fünf Fotos zeigten Miß Paige, während ihr ein unrasierter GI Bourbon in den Becher ihrer Feldflasche einschenkte; wie Georgia ein Autogramm auf eines der Fotos mit den berühmten erigierten Brustwarzen schrieb; wie Georgia einen Soldaten küßte, während sich hinter ihm eine Schlange anstellte, und wie ihr zwei eifrige Soldaten von dem ›Tripper-Panzer‹ herunterhalfen. Ihre Khakibluse war nicht richtig zugeknöpft, als hätte Georgia sie gerade erst angezogen und nur flüchtig geschlossen. Lowell war auf den meisten Fotos zu sehen, schaute sie manchmal an, als gebe sie Milch, und dabei trug er seine deutsche Luger in dem Schulterholster, auf dem die GOTT-MIT-UNS-Gurtschnalle schimmerte.

Lowell wurde zu General Harrier befohlen, um sich für seine Sünden zu verantworten. Es war eine lange Liste.

»Es steht anscheinend völlig außer Frage, Major Lowell, daß Sie in Verletzung der Vorschriften und mit weniger Verstand, als man von einem Corporal erwartet, diese Frau zur Front mitnahmen.«

»Nein, Sir«, sagte Lowell, »ich meine *ja*, Sir. Ich nahm sie mit dort hinauf.«

»Was haben Sie sich dabei gedacht?«

Er konnte dem General kaum sagen, was er sich wirklich dabei gedacht hatte.

»Ich bedaure, daß ich Sie in Verlegenheit gebracht habe, Sir.«

»Das reicht nicht, Lowell. Ich kann mich nicht erinnern, jemals so sehr von den Taten eines meiner Offiziere beschämt worden zu sein.«

»Bei allem Respekt, Sir, ich sehe nicht ein, wie meine Taten Sie beschämen können.«

Ich bin schließlich ein verdammter Major, und ich glaube nicht, daß man von Major Generals erwartet, ihre Majors am Händchen zu halten.

»Da sind Sie, und alle Welt sieht, daß Sie eine nicht genehmigte Waffe in einem nicht genehmigten Schulterholster tragen, auf dem ein Nazi-Motto steht!«

Gott mit uns, ein NAZI-Motto? *Glaubt der das wirklich?*

»Und vor einem Panzer mit einer obszönen Aufschrift.«

»Ich wiederhole, Sir, daß ich bedaure, Sie in Verlegenheit gebracht zu haben.«

»Und ich wiederhole, Major, *daß das nicht reicht!«*

»Jawohl, Sir. Was verlangt der General von mir als Wiedergutmachung, Sir?«

»Halten Sie nur Ihren verdammten Mund«, sagte General Harrier. »Wenn ich eine Antwort will, dann sage ich das!«

Es folgte eine lange Pause.

»Was ich wirklich am liebsten möchte, Lowell«, sagte General Harrier schließlich, »das ist Ihre Verurteilung vor einem Kriegsgericht für ein Benehmen, das sich für einen Offizier und Gentleman nicht schickt!«

Ich frage mich, wo es in Amy-Vanderbilt-Benimmbuch heißt, daß nicht gentlemanlike ist, was ich getan habe.

»Wenn sich jedoch die Presse hier herumtreibt, dann wäre das Ergebnis nur noch peinlicher für die Army.«

Da hast du verdammt recht. Die Army würde sich wirklich lächerlich machen, wenn sie versuchte, mich vors Kriegsgericht zu bringen.

»Sie sind als mein Adjutant abgelöst«, sagte General Harrier. »Ihr Verhalten wird in Ihrer Beurteilung vermerkt werden. Bis Sie weitere Befehle erhalten, bleiben Sie in Ihrem Zelt mit Ausnahme zu den Mahlzeiten. Sie werden heute zwischen 20 und 20 Uhr 30 herkommen und Ihren Schreibtisch leer räumen. Abgesehen davon will ich Sie hier nicht wieder sehen. Sie sind entlassen.«

»Jawohl, Sir«, sagte Lowell. Er salutierte, machte kehrt und ging zu seinem Zelt.

Als er an diesem Abend zurückkehrte, um seinen Schreibtisch auszuräumen, sah er, was der General dem Inspekteur des Heeres geschrieben hatte. Der Brief war mit Schreibmaschine getippt und auf den Schreibtisch des Adjutanten gelegt worden, damit der neue Adjutant ihn am Morgen als erstes dem General zur Unterschrift vorlegen konnte.

Headquarters IX Corps
APO 708
San Francisco, Cal.
16. Sept. 51

Sehr geehrter Herr General Malloy,
der Kommandierende General hat mich gebeten, auf Ihre Notiz bezüglich des Artikels in LIFE zu antworten. Mein zweiter Adjutant, Major Craig W. Lowell, war der Begleitoffizier für die Baxley-USO-Truppe, während sie im Bereich des IX. Korps war.

Major Lowell, der das Kommando bei der Task Force Lowell während des Ausbruchs aus dem Pusan-Brückenkopf und dem Herstellen der Verbindung mit dem X. Korps hatte, wie Sie sich vielleicht erinnern, ist ein verantwortungsbewußter Offizier, der nicht das Leben von Miß Paige (oder irgendeiner anderen Zivilperson) gefährdet, indem er sie in eine Situation bringt, wo die Gefahr feindlicher Aktion bestehen könnte.

Als die Baxley-Truppe vor Soldaten einschließlich des 73. Bataillons in der Nähe des 8077. MASH auftrat, brachten einige Soldaten der B-Kompanie des 73. Bataillons ohne besondere Erlaubnis einen der Panzer der B-Kompanie von der Front in den Bereich des 8077. MASH. Ich kann nur annehmen, daß diese Soldaten hofften, von Ihrem früheren Kompaniechef die Erlaubnis zu erhalten, mit Miß Paige für Fotos zu posieren; jedenfalls ist das offenbar passiert. Beigefügt sind Fotos von Miß Paige, dem Panzer und Soldaten der B-Kompanie. Diese Fotos wurden zu dieser Zeit geknipst und sind nicht in LIFE veröffentlicht worden.

Sowohl die nicht genehmigte Bewegung des Panzers und der sehr fragwürdige ›Humor‹ der Beschriftung und der Symbole auf dem betreffenden Panzer wurden mir vom G-1 des IX. Korps, Colonel Thomas C. Minor, zur Meldung gebracht. Ich füge eine Kopie seiner Meldung bei, einschließlich Fotografien des betreffen-

den Panzers, zusammen mit der Kopie meines Schreibens an den Kommandeur des 73. Bataillons, in dem ich ihm befohlen habe, unverzüglich alle Symbole entfernen zu lassen außer den acht T34, deren Abschuß offiziell als Verdienst angerechnet wird.

Wir haben natürlich, wie Sie wissen, keine Kontrolle über das, was das LIFE-Magazin oder irgendeine andere Publikation veröffentlicht. Dennoch liegt die Verantwortlichkeit für diesen bedauerlichen Zwischenfall eindeutig bei mir. Ich habe Major Lowell darüber belehrt, daß die Bevorzugung von Soldaten seiner ehemaligen Einheit unklug und ungebührlich war.

Ich stehe natürlich für alle weiteren diesbezüglichen Fragen zur Verfügung.

Mit freundlichen Grüßen
John J. Harrier
Major General

Lowell überprüfte seine Uniform. Die Insignien des Adjutanten waren fort, und die gekreuzten Kavallerie-Säbel auf einem M46-Panzer waren wieder da. Die Luger und das Schulterholster hatte er in seinem Spind eingeschlossen. Er trug jetzt den Standardgurt mit dem Standardholster. Lowell sagte sich, daß er in der perfekten Uniform eines Offiziers war, der auf seine Verwendung im IX. U.S. Korps wartete.

Er ging den Hügel hinauf zum ›Weißen Haus‹ und betrat das Büro des Secretary of the General Staff.

Der SGS, ein normalerweise freundlicher und soeben zum Colonel beförderter Offizier, sagte: »Ich dachte, Sie haben den Befehl, in Ihrem Quartier zu bleiben, bis man Ihnen etwas anderes befiehlt.«

»Jawohl, Sir.«

»Ich schickte Ihnen vor einer Stunde einen Marschbefehl für die Rückkehr in die Heimat«, sagte der Colonel.

»Sir, ich habe Zweifel, welchen der beiden Befehle ich befolgen soll«, sagte Lowell. »Und ich bin zur Klarstellung zu Ihnen gekommen.« Dann legte er einen Brief auf den Schreibtisch des SGS. Der Brief war unterzeichnet von First

Lieutenant Bennington T. Morefield, der ihn informierte, sich als Zeuge der Verteidigung im Fall *Vereinigte Staaten von Amerika gegen Captain Philip S. Parker IV* verfügbar zu halten.

2

Kowon, Nordkorea

16. September 1951

Major General John T. Harrier ging ins Büro des Kommandierenden Generals und schloß die Tür.

»Major Lowell hat das Korps nicht verlassen, Sir«, sagte er. »Er ist als Zeuge in Captain Parkers Kriegsgerichtsprozeß vorgeladen.«

Der General dachte einen Moment darüber nach und fragte dann: »Als Zeuge für die Verteidigung?«

»Jawohl, Sir.«

Auch darüber dachte der General einen Augenblick lang nach. Dann sagte er: »Ich glaube, es ist eine gute Idee, John, wenn Sie dem Prozeß beiwohnen. Ich möchte natürlich jeden Verdacht auf Einflußnahme auf den Ausgang des Prozesses vermeiden. Aber ich finde es richtig, daß jeder Betroffene sich bewußt wird, daß dieser Fall von besonderem Interesse ist. Ich möchte nicht, daß der Prozeß durch das unvernünftige Verhalten von irgend jemand gestört wird.«

»Jawohl, Sir.«

»Was zur Hölle hat Lowell mit diesem Prozeß zu tun? Ich wußte nicht mal, daß er und Parker miteinander bekannt sind.«

»Ich weiß es nicht, Sir.«

»Halten Sie mich auf dem laufenden«, sagte der General.

Trotz seiner Behauptung, ›jede Einflußnahme auf den Ausgang des Prozesses zu vermeiden‹, gab es für Harrier keinen Zweifel, daß der General Parker hängen sehen wollte. Er fragte sich, warum. Irgendein persönliches Gefühl, daß

Parker Bestrafung verdiente? Rassismus? Es mußte *irgend etwas* sein, denn sonst hätte er jeden anderen Offizier ins Hauptquartier schicken können, um ›auf dem laufenden‹ gehalten zu werden.

Wenn der Chef des Stabes in den Gerichtssaal kam, würde das Gericht den offensichtlichen Schluß ziehen, daß der General nach seiner Entscheidung, Parker vor das Kriegsgericht zu bringen, jeden gemeldet haben wollte, der versuchte, die von ihm gewünschte Verurteilung zunichte zu machen.

Harrier ging vom ›Weißen Haus‹ aus den Hügel hinab und betrat das Gebäude mit dem Schild: RUHE! GERICHT TAGT. Zwei Militärpolizisten standen vor dem Gebäude und salutierten, und zwei weitere drinnen zogen die Tür des Gerichtssaals für Harrier auf.

Harrier trat ein und versuchte, so unauffällig wie möglich hinten im Raum zu bleiben. Das ist wie der Versuch, einen Elefanten unter einer Tulpe zu verstecken, dachte er.

Er war überrascht von der Anfangsphase des Prozesses. In jüngeren Jahren war er Verteidigungsanwalt gewesen, und er hätte nicht die beiden Offiziere als Jurymitglieder abgelehnt, die Lieutenant Bennington T. Morefield ablehnte. Es waren ein Colonel und ein Lieutenant Colonel, und beide trugen das Infanterie-Kampfabzeichen. Er, Harrier, hätte diese beiden Offiziere zugelassen, weil sie vermutlich einem anderen Frontoffizier wohlgesonnen waren.

Und er war überrascht über Lieutenant Morefields Taktik. Er hatte erwartet, daß der Verteidiger praktisch bei allem, was die CID-Agenten aussagten, Einspruch erhob und sich auf weit hergeholte Paragraphen und Gesetzestexte berief, die über die Kenntnisse der Offiziere des Kriegsgerichts hinausgingen.

Morefield tat jedoch nichts dergleichen. Er focht die Fakten überhaupt nicht an. Für das Gericht konnte es keine Frage geben, daß Captain Parker tatsächlich den Offizier des 24. Infanterieregiments erschossen hatte, der es nicht fertiggebracht hatte, seine Stellung zu halten und zu kämpfen. Die Fakten, wer auf den Panzer geschossen hatte – die zweite Anklage –, waren sogar noch klarer, und General Harrier war überrascht darüber, daß Morefield nicht einmal versuchte, Zweifel zu säen, wie es Harrier an seiner Stelle getan hätte.

Doch dieser Lieutenant gab praktisch zu, daß Parker tatsächlich den Panzer abgeschossen hatte!

Harrier erkannte, daß Morefield dem Gericht nur deutlich machte, daß die Unteroffiziere und Mannschaften, die als Zeugen geladen waren, nur äußerst ungern gegen Parker aussagten und eine hohe Meinung über ihn hatten.

Er stellte jedem der Zeugen die gleiche Frage: »Nun, mir ist klar, daß keiner in den Kampf will, aber wenn es die Umstände erfordern, daß Sie in den Kampf zurückgehen müssen, Umstände, bei denen diese Ereignisse angeblich passierten, würde es Ihnen in irgendeiner Weise widerstreben, unter Captain Parker zu dienen?«

Und die Antwort war stets die gleiche: »Nein, Sir.«

»Selbst wenn die Anschuldigungen gegen Captain Parker stimmen?«

»Nein, Sir. Oder ja, Sir. Ich meine, Captain Parker ist ein guter Offizier.«

»Sie hätten keine Angst davor, daß Captain Parker durchdrehen und eine Waffe auf Sie anstatt auf den Feind richten könnte?«

»Nein, Sir, diese Angst hätte ich nicht.«

Später verlas Morefield Berichte vom Kampfgeschehen, die ein deutliches Bild von Verwirrung, Chaos und Feigheit auf dem Schlachtfeld zeichneten und in denen an Beispielen erwähnt wurde, daß die Panzerkompanie des 24. Infanterieregiments ihre Stellungen gehalten hatte, als sich der Rest des Regiments »ohne Befehle zurückgezogen hatte«.

Ein Punkt für die Verteidigung, dachte Harrier.

Die nächste Runde ging jedoch verloren, wie Harrier fand. Colonel Howley, der Regimentskommandeur, setzt sich nicht für Parker ein, wie er es hätte tun sollen. Howley hatte keine Anklage gegen Parker erhoben. Das war der verdammte Kommandeur der Militärpolizei gewesen. Entweder hatte Howley zu dieser Zeit nicht gewußt, was Parker getan hatte – was äußerst unwahrscheinlich war –, oder er hatte es gewußt und stillschweigend gebilligt, weil die Lage es erforderte. In diesem Fall hatte er eine moralische Verpflichtung, Parker zu helfen. Colonel Howley verlor jedoch die Nerven, als er im Zeugenstand war. Wenn er die Absicht gehabt hatte, Parker zu nutzen, so versagte er. Er bezeugte nur, daß Parker ein guter Kompaniechef war.

Beim Kreuzverhör tat er das Chaos, die Verwirrung und Feigheit als Übertreibung ab. Er befürchtete, daß es auf ihn ein schlechtes Bild wirft, sagte sich Harrier. Colonel Howley erklärte, er könne sich keine Situation vorstellen, in der er oder irgendein anderer Kommandeur im Kampf gezwungen sein würde, einen Offizier auf dem Gefechtsfeld zu erschießen.

(Drei Jahre später würde General Harrier im Personalberater-Ausschuß für die Wahl von Brigadier Generals sitzen und in geheimer Abstimmung ein »Nein« für Colonel Howley abgeben. Ein einziges »Nein« reicht aus, um einem Offizier den Stern eines Generals zu versagen.)

»Die Verteidigung ruft Major Craig Lowell auf«, sagte Lieutenant Bennington T. Morefield sanft.

Zum erstenmal kam Harrier in den Sinn, daß die Offiziere des Militärgerichts Lowells Erscheinen falsch auslegen konnten. Sie konnten sich sagen, daß er mit seinem Segen und dem der Führung zum Prozeß kam. Harrier sah, daß die Mitglieder des Gerichts Lowell von oben bis unten musterten, als fragten sie sich, ob sein Erscheinen tatsächlich eine Botschaft von oben war.

Lowells Gruß vor dem Kriegsgericht hätte einem Kadetten von West Point zur Ehre gereicht. Seine Uniform war frisch gestärkt, und seine Stiefel glänzten. Das Infanterie-Kampfabzeichen mit Stern funkelte auf seiner Brust.

»Major Lowell«, sagte Lieutenant Morefield. »Sie sind als Leumundszeuge in diesem Fall vorgeladen. Sie kennen den Angeklagten? Und wenn, würden Sie bitte auf ihn zeigen?«

Lowell wies auf Parker.

»Halten wir für die Akten fest, daß Major Lowell auf den Angeklagten gezeigt hat«, sagte Morefield. Dann wandte er sich an Lowell. »Major, Sie wissen nicht, was an den besagten Daten geschah?«

»Nein, Sir.«

»Sie wissen nicht mehr über die tatsächlichen Ereignisse, als ich weiß, als die Offiziere des Gerichts wissen, als mein verehrter Kollege, der Ankläger, weiß, stimmt das?«

»Jawohl, Sir.«

»Wir alle versuchen hier heute, die Fakten in diesem Fall zusammenzutragen. Und wenn wir die Fakten haben, können wir sie abwägen und entscheiden, ob Captain Parkers Handeln abträglich für die militärische Ordnung und Disziplin war oder nicht.«

»Einspruch!« rief der Ankläger und sprang auf. »Wir versuchen, zu ermitteln, ob der Angeklagte des Mordes laut Paragraph 92 schuldig ist oder nicht.«

Der Vorsitzende des Gerichts blickte nachdenklich drein.

»Einspruch stattgegeben«, sagte er. »Das Gericht wird bei seinen Überlegungen Lieutenant Morefields letzte Äußerung ignorieren.«

»Bei allem Respekt, Sir, ich möchte die Aufmerksamkeit des Gerichts auf Paragraph 92 des Article of War lenken, der festlegt, daß Mord und ebenfalls Vergewaltigung Straftaten sind, die schädlich für die militärische Ordnung und Disziplin sind. Soll ich den Paragraphen vorlesen, Sir?«

»Wir können selbst lesen, danke«, sagte der Vorsitzende eisig, und als er den Paragraphen gelesen hatte: »Ich verstehe nicht ganz, worauf Sie hinauswollen, Lieutenant.«

»Sir«, sagte Morefield langsam und vorsichtig. »Der Kongreß hat in seiner Weisheit entschieden, daß die Bundesgesetze, die das Verhalten der Zivilbevölkerung regeln, nicht für das Militär anwendbar sind. Daher das *Manual for Courts-Martial* von 1928 und die vorausgehenden *Articles of War*. Der Unterschied, Sir, liegt darin, daß Mord, um dies als Beispiel zu benutzen, nach dem Gesetz des Bundes und den Gesetzen der verschiedenen Staaten als ein Verstoß gegen – eine allgemein gängige Formulierung – ›Ruhe und Frieden‹ der Gemeinschaft betrachtet wird. Militärische Straftaten dagegen, wie es der Kongreß sorgfältig klarmacht, sind Aktionen, die der militärischen Ordnung und Disziplin schaden.«

»Ich halte das für Unsinn«, sagte der Ankläger. »Mord ist Mord.«

»Wollen Sie mir sagen, Lieutenant Morefield«, sagte der Vorsitzende des Gerichts, »daß Mord manchmal gerechtfertigt ist, um die militärische Ordnung und Disziplin aufrechtzuerhalten?«

»Ich sage, Sir, daß eine Aktion, die notwendig ist, um die militärische Ordnung und Disziplin aufrechtzuerhalten, keine Straftat sein kann.«

»Das ist völliger Blödsinn, und das wissen Sie!« sagte der Ankläger heftig. »Solch eine absurde Argumentation habe ich noch nie gehört!«

»Dem Einspruch wird stattgegeben«, sagte der Vorsitzende.

»Sir, bei allem Respekt, die Verteidigung beantragt einen Einspruch für das Protokoll, und damit die Berufungsinstanz alle Fakten deutlich vor sich hat, sollte es in dieser 1. Instanz zu einer Verurteilung kommen, ersucht die Verteidigung höflich darum, daß der Gerichtsschreiber aus dem Protokoll meine Erklärung vorliest, den Einspruch dagegen, meine Widerrede und die letztendliche Entscheidung des Gerichts.«

Der Gerichtsschreiber las alles noch einmal vor.

Verdammt gerisssen, dachte Harrier. Morefield verschaffte dem Gericht eine weitere Möglichkeit, seine Worte zu überdenken. Und da war die geschickte Drohung einer Überprüfung durch die nächste Instanz.

General Harrier hatte sich gefragt, warum Captain Parker darum ersucht hatte, daß er als Verteidigungsanwalt Lieutenant Morefield vom Judge Advocate General's (JAG) Corps, 45. Division, zugewiesen erhielt.

Was immer Parker auch sein mochte, er war nicht dumm, und es mußte einen guten Grund geben, daß er um einen bestimmten Lieutenant ersucht hatte, obwohl er irgendeinen der Majore und Lieutenant Colonels vom IX. Corps JAG Office als Verteidiger hätte auswählen können.

General Harrier hatte diskrete Nachforschungen über Lieutenant Morefield angestellt und erfahren, daß er als ein gerissener Typ der Harvard Law School galt. Er war Deputy U.S. Attorney in New York gewesen, bevor er zum Dienst eingezogen worden war, wo er sich in Fort Polk, Louisiana, bald den Ruf erwarb, daß er seine Mandanten herauspaukte.

Lieutenant Morefield war mit der Empfehlung nach Korea geschickt worden, daß ihn sein Werdegang und seine Erfahrung für den Dienst als Ankläger qualifizieren.

Harrier erzählte keinem, was er über Parkers Verteidiger herausgefunden hatte. Wenn der JAG des IX. Korps seinen Job richtig gemacht hätte, dann wäre Morefield hier als Ankläger eingeteilt worden, wo er zu den Divisionen hätte geschickt werden können, um in schweren Fällen die Anklage zu vertreten. Daß der JAG es jetzt mit diesem gewieften Harvard-Anwalt zu tun hatte, war sein eigener Fehler.

Darüber hinaus war General Harrier der Meinung, daß der Angeklagte tatsächlich ein Recht auf die bestmögliche Verteidigung hatte. Insgeheim hoffte Harrier, daß Parker freigesprochen wurde, obwohl ihm klar war, daß die Chance gering war. Zum einen war Parker offenbar schuldig im Sinne der Anklage, und zum anderen waren die Offiziere des Gerichts sich nur zu bewußt, daß der General der Meinung war, er sollte schuldig gesprochen werden, als Abschreckung für andere.

»Ich danke Ihnen für Ihre Nachsicht, Sir«, sagte Morefield.

»Fahren Sie fort, Lieutenant«, sagte der Vorsitzende ungeduldig.

»Major Lowell«, sagte Morefield, »ich sehe, Sie tragen das Infanterie-Kampfabzeichen mit einem Stern, was bedeutet, daß es Ihnen zweimal verliehen wurde.«

»Jawohl, Sir.«

»Sie erhielten beide Auszeichnungen als Offizier?«

»Jawohl, Sir.«

»Was folglich bedeutet, daß Sie bei zwei verschiedenen Anlässen Truppen im Kampf befehligten?«

»Jawohl, Sir.«

»Wo?«

»Hier und in Griechenland«, sagte Lowell.

»Hatten Sie jemals das Kommando über eine Panzerkompanie?«

»Jawohl, Sir.«

»Sie waren der Kommandant von Task Force Lowell, dem Kampfverband, mit dem Sie einen Zusammenschluß mit dem

X. Korps erreichten, als die 8th Army aus dem Pusan-Brückenkopf ausbrach?«

»Jawohl, Sir.«

»Ich hörte ebenfalls, daß Sie mit der Distinguished Service Medal für Ihre Verdienste als S-3 des 73. Bataillons während des Rückzugs vom Jalu im Dezember 1950 ausgezeichnet wurden.«

»Jawohl, Sir.«

»Dann haben Sie also Kampferfahrung im Angriff *und* im Rückzug?«

»Jawohl, Sir.«

»Ich hörte ebenfalls, daß Ihnen die zweithöchste Tapferkeitsmedaille von der griechischen Regierung verliehen wurde, der Orden von St. Georg und St. Andreas, weil Sie in Griechenland Ihren Dienst weit über Ihre Pflichten hinaus erfüllt haben. Stimmt das ebenfalls?«

»Jawohl, Sir.«

»Waren Sie in Griechenland ein Panzerkommandant, hatten Sie das Kommando über eine Panzereinheit?«

»Nein, Sir.«

»Was haben Sie in Griechenland befehligt?«

»Ich war Berater bei einem griechischen Regiment.«

»Aber Sie wurden ausgezeichnet für Ihre Leistungen als Chef einer Infanteriekompanie, nicht wahr?«

»Jawohl, Sir.«

»Wie kam es dazu, Major?«

»Ich übernahm das Kommando, als der griechische Offizier fiel, Sir.«

»Und Sie führten Soldaten, die Sie nach Ihren Befehlen gar nicht zu führen brauchten? Und das so gut, daß deren König Sie auszeichnete?«

»Ich erhielt einen Orden«, sagte Lowell, offensichtlich verlegen.

»Sie könnten also mit Recht als ein junger Offizier bezeichnet werden, dessen Erfahrung als Führer im Kampf ebenso wie seine persönliche Tapferkeit dafür gesorgt haben, daß er in einen Dienstgrad befördert wurde, der für jemand seines Alters ungewöhnlich hoch ist. Wäre das eine faire Feststellung?«

»Einspruch!« sagte der Ankläger. »Die Anklage stellt einvernehmlich fest, daß Major Lowell ein hervorragender, tapferer junger Offizier ist. Aber sie sieht keinen Zusammenhang mit diesem Fall.«

»Danke«, sagte Morefield aalglatt. »Major, ich möchte Ihnen eine hypothetische Frage stellen: Können Sie sich auf dem Gefechtsfeld, inmitten von ›Chaos, Verwirrung und Feigheit‹, um die Formulierung der Berichte zu benutzen, eine Situation vorstellen, in der die Aufrechterhaltung von militärischer Ordnung und Disziplin eine sofortige Exekution erforderlich macht?«

»Einspruch!« rief der Ankläger.

»Jawohl, Sir, das kann ich«, antwortete Lowell.

»Einspruch stattgegeben«, sagte der Vorsitzende des Kriegsgerichts. »Das Gericht wird die letzte Frage des Anwalts der Verteidigung und die Antwort darauf nicht bei seinen Überlegungen berücksichtigen.«

»Ich habe keine weiteren Fragen«, sagte Morefield sanft. »Ihr Zeuge.«

Der Ankläger war überrascht, als ihm der Zeuge überlassen wurde. Er hatte damit gerechnet, Morefield wollte weiterhin den Eindruck erwecken, daß der Kampf außergewöhnliche Maßnahmen erforderte. Aber er erhob sich und ging zu Lowell.

»Wir kennen einander, Major, nicht wahr?« fragte er.

»Jawohl, Sir.«

»Ich bin ein bißchen verwirrt, Major«, sagte der Ankläger. »Ich hatte den Eindruck, daß Sie Adjutant von General Harrier seien.«

»Das bin ich nicht mehr, Sir.«

»So?«

Lowell schwieg.

»Warum sind Sie nicht mehr Adjutant von General Harrier, Major?«

»Ich glaube, daß man mich für liederlich hält«, sagte Lowell.

Harrier sagte sich, daß diese Frage des Anklägers ein Schuß war, der nach hinten losgegangen war. Er sah unterdrücktes Lächeln auf den Gesichtern einiger Mitglieder des Gerichts. Es hatte sich herumgesprochen: Lowell war in Schwierigkeiten, weil er den Filmstar gebumst hatte. Das war natürlich eine Sünde, aber eine harmlose im Vergleich zu der Aufzählung von Lowells militärischen Tugenden, die Morefield dem Gericht aufgezeigt hatte.

›Ein Soldat, der nicht fickt, kämpft auch nicht!‹ Phil Sheridan, dachte Major General John Harrier.

»Mit anderen Worten sind Sie trotz des Bilds, das Lieutenant Morefield von Ihnen als hervorragendem Offizier gemalt hat, von Ihrem Dienst als Adjutant des Generals abgelöst worden, weil Sie nicht in der Lage waren, Ihre Pflichten zufriedenstellend zu erfüllen?«

»Ich glaube nicht, daß sich der General Sorgen wegen der Erfüllung meiner Pflichten machen mußte«, bemerkte Lowell trocken.

Einer der Offiziere des Gerichts brach in Gelächter aus. Andere kicherten. Der Ankläger erkannte schließlich, daß er in die falsche Richtung marschierte, und wechselte das Thema.

»Ich möchte Sie folgendes fragen, Major«, sagte er. »Möchten Sie diesem Gericht einreden, daß Sie persönlich einen Offizier oder einen einfachen Soldaten auf der Stelle hinrichten würden, wenn Sie das Gefühl hätten, daß er Ihren Maßstäben im Kampf nicht gewachsen ist?«

»Das habe ich nicht gesagt, Captain«, erwiderte Lowell. »Wir sprechen nicht von meinen Maßstäben.«

»Was genau haben Sie denn gesagt?«

»Lassen Sie bitte meine Frage und Major Lowells Antwort darauf aus dem Protokoll vorlesen«, sagte Morefield und erhob sich.

So geschah es.

»Nun zurück zu meiner Frage, Major«, sagte der Ankläger. »Würden Sie – ja oder nein – jemand persönlich auf der Stelle erschießen, Offizier oder einfacher Soldat?«

»Es würde mir widerstreben, Sir«, antwortete Lowell. »Aber um Ihre Frage zu beantworten: Wenn durch die Feigheit von jemandem mein Auftrag oder das Leben meiner Männer gefährdet sein würde, ja, dann würde ich es tun.«

»Ich möchte Ihnen vorhalten, daß jemand, der sich anmaßt,

das Gesetz in die eigenen Hände zu nehmen, untauglich ist, die Uniform eines Offiziers der US-Army zu tragen.«

»Einspruch!« sagte Morefield.

»Stattgegeben«, sagte der Vorsitzende. »Das war keine Frage, sondern eine Feststellung.«

»Ich habe keine weiteren Fragen an diesen – *Offizier*«, sagte der Ankläger. Er sprach das Wort aus, als wäre es etwas Obszönes.

»Ein paar Fragen als abermalige Vernehmung des Zeugen«, sagte Morefield. »Major Lowell, Sie haben anscheinend keinen Zweifel, daß Sie – wie es die Anklage formulierte – auf der Stelle jemanden unter den beschriebenen Umständen exekutieren würden. Ist das eine philosophische Einstellung, die Sie angenommen haben, oder basiert das auf Erfahrung?«

»Es basiert auf Erfahrung, Sir«, sagte Lowell.

»Erläutern Sie das.«

»Ich war einmal in einer Lage, in der ich der Nutznießer solch einer Entscheidung war«, sagte Lowell. »Ein Offizier hatte den Befehl, meine Einheit zu entlasten. Er entschied sich dagegen. Sein Stellvertreter war gezwungen, ihn zu erschießen und das Kommando zu übernehmen.«

»*Gezwungen*, ihn zu erschießen?«

»Jawohl, Sir. Wenn er es nicht getan hätte, wären wir überrannt und aufgerieben worden. Wichtiger noch, *zwei* Aufträge wären gescheitert. Unsere auf dem Hügel und sein Auftrag, uns zu unterstützen. Er mußte es tun.«

»Und was geschah mit dem Offizier, der zu dieser Handlung gezwungen war?«

»Nichts«, sagte Lowell. »Er dient gegenwärtig.«

»Mr. President«, sagte der Ankläger zum Vorsitzenden des Kriegsgerichts. »Ich . . .«

»Moment mal«, unterbrach der Vorsitzende. »Ich kann nicht zulassen, daß Sie eine durch nichts gestützte Erklärung von solch schwerwiegender . . .«

»Mr. President, Major Lowell steht unter Eid«, sagte Morefield.

»Major Lowell, Sie haben eine Anschuldigung gegen die gesamte Disziplinstruktur der Army gemacht«, sagte der

Vorsitzende. »Ich frage Sie jetzt nach dem Namen des Offiziers, der das Gesetz in eigene Hände nahm, und ich frage Sie, ob er für dieses Gericht erreichbar ist. Befindet er sich in Korea?«

»Sir«, sagte Lowell, »er ist in Korea. Aber ich werde nicht seinen Namen preisgeben.«

»Was sagen Sie da?«

»Ich bin außerstande, Ihnen seinen Namen zu nennen«, sagte Lowell.

»Außerstande oder nicht bereit?«

»Ich lehne es mit allem Respekt ab, die Frage zu beantworten, Sir«, sagte Lowell. »Mit seiner Aktion rettete er mir das Leben. Das kann ich ihm schlecht vergelten, indem ich ihn in die gleiche schwierige Lage bringe, in der Captain Parker ist.«

»Sir«, sagte der Ankläger ärgerlich zum Vorsitzenden. »Ich beantrage höflich, daß der Zeuge den Befehl erhält, die Frage zu beantworten.«

Der Vorsitzende des Kriegsgerichts schaute Lowell lange an und musterte dann die Gesichter der Offiziere am Tisch.

»Das Gericht«, sagte er schließlich und mit Entschiedenheit, »wird bei seinen Überlegungen nichts berücksichtigen, was Major Lowell bezüglich seiner persönlichen Erfahrung in einer Kampfsituation gesagt hat, in der ein Offizier angeblich einen anderen Offizier erschoß.«

Das war's, sagte sich General Harrier. Parker wird davonkommen. Parker und Lowell wirken als gute Führer, die den Mut hatten, etwas Häßliches zu tun, das getan werden mußte. Der Ankläger wirkt im Vergleich zu ihnen wie ein Nichtkämpfer, der etwas ausgräbt, das begraben bleiben sollte.

Der General wird sauer sein, dachte Harrier.

Der kann mich mal, sagte er sich dann. Von allen Offizieren, unter denen John Harrier in seiner militärischen Laufbahn gedient hatte, hatte der General es ihm am schwersten gemacht, ein loyaler Untergebener zu sein. Der General war einer derjenigen, die zu hohem Rang gekommen waren, indem sie alles Unangenehme und jeden Fehler auf andere abgewälzt und die Erfolge anderer als ihre ausgegeben hatten.

Bei diesen Gedanken wurde General Harrier wirklich ärgerlich. Dieser verdammte Hurensohn hatte nicht mal den Mumm gehabt, Lowell zu sich zu befehlen und ihn zu vergattern. »Schaffen Sie ihn aus dem Korps raus, John«, hatte er gesagt. »Ohne Aufsehen. Und da er einer von Ihren Leuten ist, antworten *Sie* dem Inspekteur des Heeres.«

Dieser Bastard wollte die Karriere dieses Jungen wegen ein paar Fotos in einem verdammten Magazin opfern.

3

In Major Lowells Zelt fand eine Siegesfeier statt. Lieutenant Bennington T. Morefield hatte schließlich genug Whisky intus, um seine Gedanken auszusprechen.

»Ich hoffe, euch beiden ist klar, daß ihr in der Army erledigt seid«, sagte er offen heraus. »Es sei denn, ihr wollt die Zeit bis zu eurem Ruhestand mit einem Idiotenjob nach dem anderen verbringen.«

»Glauben Sie, daß es so schlimm ist?« fragte Parker überrascht.

»Darf ich ganz offen reden?« fragte Morefield und sprach weiter, ohne auf eine Antwort zu warten. »Was Sie anbetrifft, Captain, so sind Sie kein verläßlicher und verantwortungsbewußter Nigger mehr. Von heute an sind Sie der Nigger-Captain, der mit Hilfe eines gewieften Anwalts vor dem Kriegsgericht bei einer Mordanklage davongekommen ist.«

»Ich habe mich nie für etwas anderes als für einen Nigger-Captain gehalten«, sagte Parker. »Damit kann ich leben. Mein Vater verbrachte 30 Jahre als Nigger-Offizier. Ich habe keine Illusionen.«

»O doch, die haben Sie, Sie blöder Scheißer«, sagte Morefield. »Sie glauben, Sie können es schaffen, wenn Sie sich nur ein bißchen mehr bemühen als alle anderen. Sie glauben, weil Ihr Vater das tat und Colonel wurde, können Sie es ebenfalls schaffen und vielleicht sogar General werden, ›weil sich die Zeiten geändert‹ haben.«

»Ich wurde freigesprochen, oder?«

»Sie wurden nicht schuldig gesprochen. Das ist der Unterschied. Lowell und ich haben Sie freibekommen. Das heißt nicht, daß man Sie für unschuldig befunden hat. Keiner bezweifelt, daß Sie diese Leute umgebracht haben. Sie werden niemals mehr ein anderes Kommando bekommen, und Lowell ebensowenig.«

»Sie verstehen anscheinend nicht«, sagte Parker. »Wir haben uns beide als Kompaniechef bewährt.«

»Sie haben damit nichts bewiesen«, widersprach Morefield. »Sehen Sie das denn nicht? Daß ich diese Leute überzeugen konnte, daß man Sie nicht für etwas einlochen sollte, was sie selbst mal tun könnten, bedeutet nicht, daß man Ihnen jetzt auf die Schulter klopft. Sie hatten Mitleid mit Ihnen, das ist alles. Und wenn jemand als Bataillonskommandeur ausgewählt wird, dann wird man jeden außer dem Nigger in Betracht ziehen, der die Leute umlegte, als er eine Kompanie hatte, und deswegen fast im Bau gelandet wäre. Sehen Sie das nicht ein?«

Weder Parker noch Lowell sagte etwas. Morefield sprach weiter.

»Und Sie, Major, glauben Sie wirklich, die Army gibt einem Offizier ein Kommando, der vor dem Kriegsgericht erklärte, daß er nichts Falsches daran finden kann, Leute zu erschießen, die ihm in die Quere kommen?«

Immer noch keine Antwort.

»Ihr versteht mich nicht, was?« sagte Lieutenant Morefield. »Okay, vergeßt, was ich gesagt habe.«

»Ich glaube, Sie verstehen uns nicht, Morefield«, sagte Parker.

»Stellen Sie mich auf die Probe«, sagte Morefield sarkastisch.

»Ich bin mir nicht sicher, ob ich das erklären kann«, sagte Parker. »Es klingt so einfach, aber es ist schwierig zu verstehen. Wir sind Soldaten, der Duke und ich. *Soldaten.* Wir verdienen unseren Lebensunterhalt damit, Leute im Kampf zu führen. Wir machen das gut. Und darum geht es bei der Army – Leute im Kampf zu führen.«

»Begreift doch, daß nicht mehr zählt, was ihr vielleicht könnt«, sagte Morefield. »Man wird euch keine Chance mehr geben.«

»Ich habe zufällig ein bißchen mehr Vertrauen in die Army«, sagte Parker.

Morefield erwiderte nichts. Er schüttelte nur den Kopf. Es gab nichts mehr zu sagen. Und dann fiel ihm doch noch etwas ein.

»Seht es so«, sagte er. »Ihr seid eine Gefahr für die Army, ihr beide, genau wie die Jungs, die euch im Weg waren, eine Gefahr für die Army waren. Der Unterschied besteht darin, daß man euch nicht erschießen muß, um euch loszuwerden. Man wird euch auf irgendeinen Scheißjob abschieben, und das mit Vergnügen. Aber man wird dafür sorgen, daß ihr keine Gefahr mehr für die Army darstellt. Das solltet ihr mir glauben.«

Verdammt, dachte Craig Lowell, er hat recht. Er sieht die Army viel klarer, als Phil sie sieht. Das traurige ist, daß ich sie jetzt ebenso sehe wie er. Es wird Zeit, daß ich nach Hause gehe und erwachsen werde.

Er erkannte traurig, daß die Heimkehr in Wirklichkeit das Letzte war, was er wollte, selbst wenn Georgia Paige in Los Angeles auf ihn wartete.

XV

1

Demokratische Volksrepublik Korea

2 Uhr 5, 16. November 1951

Die Dschunke lag ruhig im Wasser, etwa anderthalb Kilometer von dem verlassenen nordkoreanischen Küstenstreifen entfernt. Obwohl der Wetterbericht das Gegenteil vorausgesagt hatte, war die Nacht wolkenlos, und der Schein des Halbmonds war viel heller als erwartet.

Captain S.T. Felter, bekleidet mit einem schwarzen Taucheranzug, schaute stumm zu, während zwei Rettungsboote für jeweils acht Mann aufgepumpt wurden. Die Schlauchboote waren gelb, damit sie bei allen Lichtverhältnissen optimal zu sehen waren, und ihre Gestalter und Hersteller hatten gute Arbeit geleistet. Alle Versuche, die gelbe Farbe zu übermalen, waren gescheitert; die Farbe blätterte sofort ab.

Von weiblichen Mitgliedern der koreanischen Armee waren Decken genäht worden, eine Art Schonbezüge aus schwarzer Baumwolle. Die Decken wurden über die gewölbten Seiten der Rettungsboote gehängt und an den Seilschlingen und den Tauen befestigt, die dazu dienten, daß Schiffbrüchige an Bord klettern konnten.

Als die Rettungsboote aufgepumpt und verhüllt waren, wurden sie vorsichtig über die Seite der Dschunke zu Wasser gelassen. Zwei koreanische Marineinfanteristen ließen sich an Tauen hinabgleiten und kletterten in die Boote. Als nächstes wurden zwei Lastwagen-Batterien mit einem Seil hinabgelassen, die auf Sperrholzplatten befestigt waren.

Schließlich wurden die Elektromotoren, die fast lautlos arbeiteten, von der Dschunke hinabgelassen und auf den schaukelnden Booten angebracht. Ein dritter koreanischer Marineinfanterist, der einen Taucheranzug trug und dessen Gesicht geschwärzt war, rutschte am Seil hinab in eines der umgebauten Rettungsboote.

»Sie sollten sich besser noch mehr um den Mund herum schminken«, sagte Rudolph G. MacMillan zu Captain Sanford T. Felter, der ›die Maus‹ genannt wurde, wenn auch nur hinter seinem Rücken.

Die Maus verteilte die Farbe mit den Fingern um den Mund herum.

»Besser?«

»Ja«, sagte MacMillan.

Die Maus trat an die Reling der Dschunke und ließ vorsichtig zwei Walkie-talkies in die Boote hinab. Dann folgten die Waffen – zwei Automatik-Karabiner, deren Schäfte verkürzt waren, eine Thompson-Maschinenpistole Kaliber .45 ohne Kolben und ein Winchester-Gewehr Modell 1897, zum Schießen mit Gewehrgranaten. Jede Waffe war in Plastik gehüllt.

Felter wandte sich um und schaute MacMillan an. Dann zuckte er mit den Achseln. Es gab wirklich nichts zu sagen. Er ließ sich am Seil hinab in eines der Boote gleiten. Ein Klicken übertönte das Plätschern des Wassers, das gegen die Dschunke schlug. Dann begann leise ein Elektromotor zu summen. Wasser wirbelte unter dem Heck der Boote.

Als die Boote um den Bug der Dschunke herumfuhren, lagen die vier Mann Besatzung flach auf dem Bauch, so daß nichts über den Seiten der Boote zu sehen war.

MacMillan ging zum hohen Heck der Dschunke und verfolgte den Weg der Boote so lange er konnte durch das Nachtglas. Er konnte sie viel länger sehen, als er es wünschte. Er war fast sicher, das Phosphoreszieren der Wellen zu sehen, die an den Strand brandeten. Er hatte das beklemmende Gefühl, daß irgend etwas schiefgehen würde.

MacMillan betrat die Kabine, schloß die Tür und zündete sich eine Zigarette an. Er rauchte nervös, drückte die Zigarette schon nach drei Zügen aus und ging wieder hinaus. Er spähte von neuem durch das Nachtglas und fragte sich, ob er die beiden Boote tatsächlich immer noch sehen konnte oder ob er sich das nur einbildete.

Etwa 50 Meter vom Strand entfernt ertönte ein erneutes Klicken, und das Summen der Elektromotoren verstummte. Zwei der koreanischen Marineinfanteristen, die wegen ihrer Größe ausgewählt worden waren, glitten lautlos ins Wasser und versuchten den Grund mit den Füßen zu ertasten. Einer der Männer hob den Arm gerade über den Kopf und stieß sich auf den Grund hinab. Nur seine Hand blieb über der Wasseroberfläche.

Felter ließ sich langsam ins Wasser gleiten und flüsterte auf koreanisch: »Ein bißchen weiter ans Ufer sollte reichen.«

Sie schoben die Gummiboote weitere zehn Meter auf den Strand zu. Der koreanische Marineinfanterist konnte jetzt mit dem Kopf über Wasser auf dem Grund stehen. Felter war immer noch völlig unter Wasser. Er schwamm ein paar Züge, versuchte es von neuem und schwamm noch ein Stück näher an Land. Dann konnte er ans Ufer waten. Er blickte über die

Schulter. Der koreanische Marineinfanterist, der ihn begleiten sollte, war zu seiner Linken, ein paar Schritte hinter ihm.

Als sie sich dem Strand näherten, knickte Felter immer tiefer in den Knien ein, so daß nur sein Kopf über Wasser ragte. Gegen Ende war er fast in Hockstellung.

Felter schaute am Strand auf und ab, und dann signalisierte er dem koreanischen Marineinfanteristen, daß er folgen sollte. Felter erhob sich langsam aus dem Wasser, und ohne den Fuß ganz aus dem Wasser zu ziehen, damit es kein verräterisches Plätschern gab, ging er aus dem Wasser und auf den Strand. Er lief durch den Sand in einen schmalen Einschnitt zwischen den Dünen. Es war nur ein Sandstreifen von fünf Metern bis zu den Dünen. Die Dünen bestanden mehr aus Fels als aus Sand; die Granitberge von Korea stießen auf das Japanische Meer.

Felter ging hinter einem Felsbrocken in Stellung und wickelte die Winchester aus. Er zog den Hahn mit dem Daumen zurück. Felter hörte das Klicken, als der koreanische Marineinfanterist seine Waffe auf Feuerbereitschaft überprüfte.

Felter zog den Ärmel seines nassen Taucheranzugs hoch und warf einen schnellen Blick auf das Leuchtzifferblatt seiner Armbanduhr. Sie waren 15 Minuten zu früh. Es machte ihm angst, so lange am Strand warten zu müssen, aber die Erfahrung hatte gezeigt, daß der Agent, den es aufzunehmen galt, aufgab und es an einem anderen Tag von neuem versuchte, wenn bei seinem Eintreffen niemand am Treffpunkt auf ihn wartete.

Es war besser, früher da zu sein. So war das Risiko der gesamten Operation geringer. Diese Operation war wichtig. Sie brachte einen rotchinesischen Oberst heraus, der Chef des Stabes bei einem rotchinesischen Generalleutnant war. Der rotchinesische Generalleutnant war zu der schmerzlichen Erkenntnis gelangt, daß Mao Tse-tung nicht Chinas Retter war und daß seine stalinistische Politik der Ausrottung der Mittelklasse so falsch, so sündhaft, so unnütz war, wie es die Stalins gewesen war.

Man nahm an, daß der Generalleutnant von Nutzen sein würde.

Felter hörte das Geräusch eines Jeepmotors.

Ein *Jeep*?

Er kroch um den Felsen herum, bis er in beide Richtungen über den schmalen Sandstreifen spähen konnte.

Das Licht der verdunkelten Scheinwerfer eines Jeeps näherte sich auf dem Strand.

Felter kroch zurück hinter den Felsbrocken.

Bei diesem verdammten Mondschein, sagte er sich, haben sie sich entschieden, per Fahrzeug mit abgedunkelten Scheinwerfern am Strand zu patrouillieren, ohne das Risiko einzugehen, von See aus gesehen und beschossen zu werden.

Und dann wurde Felter klar, daß es hell genug war, um die Spuren im Sand zu sehen!

Der Jeep war jetzt nahe genug heran, und die Besatzung sah, daß der Sand aufgewühlt war. Der Jeep stoppte. Bremsen quietschten; die Bremsen des Jeeps mußten repariert werden.

»Dort drüben«, sagte jemand auf koreanisch.

»Ich melde das dem Leutnant«, sagte ein anderer.

Scheiße, sie haben Funk! durchfuhr es Felter.

»Jetzt!« flüsterte er.

Er und der koreanische Marineinfanterist feuerten fast gleichzeitig. Grellgelbes Mündungsfeuer blitzte aus der Mündung des Gewehrs. Felter schoß zweimal, um sicherzugehen. Einer der Koreaner schrie vor Schmerzen. Felter feuerte ein drittes Mal, und der Schrei verstummte abrupt.

Die Maus trat auf den Jeep zu, um sich zu vergewissern, daß alle tot waren. Er stürzte. Er hatte keine Kontrolle über sein linkes Bein. Er fiel gegen das Heck des Jeeps und stürzte zu Boden. Das Gewehr fiel in den Sand, und Felter dachte: »Jetzt kann ich die ganze Nacht das verdammte Ding reinigen!«

Plötzlich wurde ihm bewußt, daß sein Bein wie abgestorben war. Er tastete hinab. Seine Hand berührte etwas Feuchtes und Warmes. Er hielt die Hand vors Gesicht. Blut.

Der koreanische Marineinfanterist neigte sich über ihn.

»Was ist los?« fragte er.

»Ich bin getroffen worden«, sagte Felter.

Er konnte nur von dem koreanischen Marineinfanteristen getroffen worden sein. Ein schaftloser Karabiner mit Automatikfeuer war unberechenbar.

»Verschwinden wir?« fragte der Koreaner. Es war wirklich eine Frage, keine Bitte.

»Wenn unser Mann irgendwo hier in der Nähe war, dann hörte er die Schüsse«, sagte Felter. »Er wird nicht kommen.«

Der koreanische Marineinfanterist nickte.

Felter klammerte sich am Jeep fest und zog sich hoch. Sein Blick fiel dabei auf die linke hintere Stoßstange. Darauf stand: 1 CAV. Die Hälfte der Fahrzeuge der Nordkoreanischen Armee war von der 1. Kavallerie erbeutet worden. Gottverdammte 1. Kavallerie! dachte Felter. Er richtete sich auf und machte einen Schritt aufs Meer zu. Dann noch einen, und dann krachte er in den Sand.

Schmerzen stachen durch sein Knie, und er schrie auf. Der Koreaner kam zu ihm zurück. Seine Miene verriet eine stumme Frage. Die Befehle waren klar. Verwundete mußten erschossen werden, damit sie nicht in nordkoreanische Hände fielen. Tote können nicht durch Folter zu Antworten gezwungen werden.

»Hilf mir ins Wasser«, sagte Felter. »Vielleicht kann ich schwimmen.«

Er schämte sich ein wenig. Er selbst hatte den Befehl gegeben, daß Verwundete eliminiert werden mußten. Jetzt traf es auf ihn zu, und er war nicht bereit, sich daran zu halten.

Der Koreaner packte ihn unter den Achseln, hob ihn an und hastete unbeholfen mit ihm zum Wasser. Felter kroch wie eine Krabbe durchs seichte Wasser, bis er tief genug war und das Wasser ihm Auftrieb gab.

Er erinnerte sich, daß er das Gewehr auf dem Strand liegengelassen hatte.

Ohne zu denken, trat er mit beiden Beinen Wasser. Er schrie auf, schluckte Wasser und würgte. Er gelangte in eine etwas aufrechte Position, hielt den Kopf über Wasser und holte Luft. Und dann warf er sich wieder ins Wasser und schwamm auf die Boote zu. Er biß sich auf die Lippen, um nicht wieder zu schreien. Der Wellengang bewegte sein Knie – er wußte, daß er ein Geschoß ins Knie bekommen hatte –, und die gebrochenen Knochen rieben aneinander.

Flüchtig sah er den koreanischen Marineinfanteristen, der mit kräftigen Stößen von ihm wegschwamm. Das dürfte er eigentlich nicht tun, dachte Felter ärgerlich. Er müßte mich töten, bevor er mich verläßt.

Es war ihm übel, und er hätte am liebsten einfach aufgegeben, doch er überwand diesen Drang mit purer Willenskraft. Er schwamm nur mit den Armen und versuchte dabei die Beine zusammenzupressen, in der Hoffnung, dadurch das verwundete Knie ruhigzuhalten.

Er wollte wenigstens in tiefes Wasser gelangen. Dann würde er ertrinken, wenn er ohnmächtig werden würde.

Das verdammte daran war jedoch, daß Sharon weiter hoffen würde, wenn man ihn als vermißt meldete. Wenn dieser Bastard von Korcaner getan hätte, was ihm befohlen worden war, dann würde Sharon Bescheid wissen und nicht vergeblich hoffen.

Der Schmerz wurde noch schlimmer, so unglaublich das auch war. Felter schrie, und Wasser drang in seinen Mund, und er spürte, daß er jeden Augenblick das Bewußtsein verlieren würde. Und dann packte ihn etwas am Haar und riß an seinem Kopf. Er fragte sich, ob es ein Hai war. Es gab Haie in diesem Meer, und Haie werden von Blut angezogen. Wenn man von einem Hai gebissen wird, soll man es nicht spüren, dachte er.

Etwas zog an seinem Knie. Es *muß* ein Hai sein, dachte er. Sie beißen Menschen mehrmals hintereinander. Er fragte sich, wie lange es bis zu seinem Tod dauern würde.

Felter spürte, daß er langsam, aber unaufhaltsam in eine Ohnmacht trieb.

Er übergab sich. Es war, als erbreche er alles, was er jemals gegessen hätte. Das bedeutete, daß er noch nicht tot war. Plötzlich nahm er den unverkennbaren Geruch vom Gummi eines Boots wahr. Er erkannte, daß er in einem Schlauchboot war, das Gesicht gegen die gewölbte Seite drückte und mit Erbrochenem besudelt war.

Felter wälzte sich auf den Rücken. Er schrie wieder, als er das Knie bewegte.

Und dann war ein Feuerwerk am Himmel, ein helles, weißes Licht.

O Scheiße, Leuchtmunition. Jetzt erwischen sie die Dschunke auch noch.

Er hörte jetzt das Krachen von Mörsern, das Pfeifen niedergehender Geschosse, nahm einen Lichtblitz und ein irgendwie gedämpftes Donnern wahr, als sie explodierten.

O Gott, ich hoffe, die Dschunke ist außer Schußweite.

Er hörte die Dieselmotoren aufröhren, deren Schalldämpfer ausgeschaltet waren. Es war jetzt unsinnig, leise zu sein. Jetzt ging es ums Entkommen.

Das Röhren wurde lauter und lauter. Felter drehte sich wieder, in die Richtung des Geräuschs, und er schrie von neuem, als er das Knie bewegte, und diesmal tauchte er nicht mehr aus der Schwärze auf. Er spürte noch, wie sie sich über ihm schloß und ihn einhüllte. Dann nahm er nichts mehr wahr.

2

Als MacMillan die Leuchtmunition sah, die dazu diente, das Gefechtsfeld zu beleuchten, war sein erster Gedanke, daß es amerikanische war. Er hatte genug amerikanische Leuchtmunition gesehen, um welche zu erkennen. Dann wurde ihm klar, daß es Leuchtmunition sein mochte, die in den USA für die Army hergestellt worden war, daß sie jedoch nicht von US-Soldaten abgefeuert worden war.

MacMillan fluchte. Er spähte durch das Nachtglas und suchte die Uferlinie ab. Genau in dem Augenblick, in dem die erste Granate etwa 70 Meter entfernt auf der Wasseroberfläche explodierte, entdeckte er das kleine Boot.

MacMillan betätigte den Hebel, mit dem die Schalldämpfer abgeschaltet wurden, und gab Gas. Die Dieselmotoren röhrten auf.

»Runter mit den verdammten Segeln!« schrie er.

Die Segel verlangsamten die Dschunke, bremsten durch den

Luftwiderstand, anstatt zu helfen, wenn er die Dschunke auf Hochgeschwindigkeit brachte.

Wenn du auf eine Sandbank aufläufst, wird das das Ende sein, dachte er. Dennoch zögerte er nicht eine Sekunde, den Versuch zu unternehmen, Felter und den koreanischen Marineinfanteristen vom Strand zu holen.

Eine zweite und dritte Granate schlugen ein. Die erste landete an der Stelle, an der die Dschunke noch eine halbe Minute zuvor gewesen war, die zweite landete in ihrem Kielwasser.

Er drehte das Steuer nach links, dann nach rechts und fuhr dann wieder auf geradem Kurs.

Die Koreaner hatten Schwierigkeiten mit der Takelage.

»Kappt die verdammten Taue!« brüllte MacMillan. In diesem Augenblick fiel das erste Segel. Das zweite folgte Sekunden später.

Jetzt geht es schneller, dachte MacMillan.

»Soll ich übernehmen?« fragte der koreanische Marineinfanterist, der nominell der Kapitän der Dschunke war.

»Ja«, sagte MacMillan. »Wir kommen in Fahrt. Sie verstehen?«

Der Koreaner sah ihn mit seinen dunklen, ausdruckslosen Augen an. Er nickte.

MacMillan trat vom Steuerrad weg. Er ging zu einer Munitionskiste, die mit einem Schloß versehen war. Er schloß die Munitionskiste auf, öffnete sie und entnahm ihr ein Kuvert. Er riß es auf. Darin war ein Deckblatt mit dem Stempel TOP SECRET. Darunter befanden sich Befehle für den Notfall. Dies war eindeutig ein Notfall.

MacMillan fand, was er suchte. Dann ging er zum Funkgerät, stellte die angegebene Frequenz ein und nahm das Mikrofon.

»Mulberry, Mulberry«, rief er. »Hier Balaclava, Balaclava. Kommen.«

Er war überrascht, als sich Mulberry sofort meldete.

»Hier Mulberry – kommen!«

»Kondition Gelb«, sagte MacMillan. »Kondition Gelb.« (Das bedeutete, daß die Operation entdeckt worden war.)

Das Stampfen der Dieselmotoren stoppte. Sie liefen nur noch im Leerlauf. Was zum Teufel war da los?

Und dann nahm das Stampfen wieder zu, und MacMillan spürte, daß die Dschunke langsamer wurde. Der koreanische Marineinfanterist hatte den Rückwärtsgang eingelegt und ließ die Motoren jetzt auf vollen Touren laufen, um die Dschunke zu stoppen. Offenbar versuchte man, Felter und den Koreaner aus dem Wasser zu ziehen.

Trotz des Röhrens der Dieselmotoren hörte MacMillan das Mörserfeuer. Er duckte sich unwillkürlich, als er das Pfeifen einer Granate hörte und wußte, daß sie ganz in der Nähe einschlagen würde.

Sie landete auf der Backbordseite. Wenn dort das Schlauchboot war, dann war es für Felter und den koreanischen Marineinfanteristen das Ende.

Zwei weitere Granaten schlugen im Wasser ein. MacMillan hörte das Pfeifen der Splitter.

Warum zur Hölle dauerte es so lange, Felter und den Marineinfanteristen an Bord zu holen?

Er sah, daß der Transportkorb, den er bei der Navy geschnorrt hatte, hinabgelassen wurde. Einer der beiden, *mindestens* einer, war getroffen worden.

Da war wieder das Pfeifen von Granaten.

Die ersten beiden gingen vorbei. Die dritte landete auf dem hohen Vordeck und blies das MG und die koreanischen Marineinfanteristen weg, die es bedient hatten.

»Balaclava, hier Mulberry«, ertönte es aus dem Funkgerät. Sie hatten offenbar verstanden. »Kondition Gelb. Brauchen Sie Unterstützung? Kommen.«

Welch eine blöde Frage!

»Mulberry, Mulberry, hier Balaclava«, sagte MacMillan ins Mikro. »Kondition Orange. Ich wiederhole, Kondition Orange.« (»Kondition Orange« bedeutete »Unter Beschuß, brauche Unterstützung«.)

Der Transportkorb der Navy war jetzt an Bord. MacMillan lief hin, um zu sehen, wen es erwischt hatte. Drei Granaten schlugen dort ein, wo die Dschunke noch vor Sekunden gewesen war. Die Nordkoreaner an den Mörsern hatten einfach noch keine Dschunke gesehen, die so manövrieren konnte. Andernfalls wäre die Dschunke längst getroffen worden.

In dem Transportkorb war Felter, der bewußtlos war und schlimm aus einer Wunde am Knie blutete. Er hatte sich erbrochen und sich in die Hose gemacht, und er stank; MacMillan wurde es bei dem Gestank von Urin, Kot und Erbrochenem fast schlecht.

Sie waren jetzt weiter auf See hinaus, die Dieselmotoren röhrten, und die Dschunke pflügte durch die Wellen. Bald würden sie vor den Mörsern in Sicherheit sein. Aber das bedeutete keine völlige Sicherheit. Die Nordkoreaner verfolgten sie vielleicht mit Patrouillenbooten oder Flugzeugen, und wenn die Dschunke in Reichweite von Küstenartillerie war, würde man sie weiter unter Feuer nehmen.

MacMillan band Felter mit einer Aderpresse das Bein ab, befahl einem Koreaner, die Aderpresse zu halten, und lief zum Ruderhaus.

»Raus auf das verdammte Meer!« befahl er und wies auf die offene See hinaus.

Dem koreanischen Kapitän gefiel das nicht. Er hätte es vorgezogen, an der Küste entlangzufahren, fort von den nordkoreanischen Patrouillenbooten. Aber er tat, was ihm befohlen wurde, und es blieb ihm nicht viel Zeit, um zu überlegen, ob MacMillans Entscheidung falsch oder richtig war.

Drei weitere Granaten trafen die flüchtende Dschunke. Eine landete mittschiffs, und Splitter trafen den Kapitän in den Bauch, zerfetzten seine Wirbelsäule und traten aus dem Rücken aus.

MacMillan wurde von Splittern der gleichen Granate getroffen.

Aus seinem linken Oberschenkel wurde ein Stück herausgefetzt, und an seiner Stirn klaffte plötzlich ein tiefer Riß. Er mußte sich das Blut aus den Augen wischen, um das Mikrofon sehen zu können.

»Mulberry, Mulberry«, rief er ins Mikro. »Hier Balaclava, Balaclava. Kondition Rot. Ich wiederhole, Kondition Rot.«

»Kondition Rot«, war die Kodebezeichnung für »Schiff beschädigt, in unmittelbarer Gefahr zu sinken«.

Dann humpelte MacMillan zum Steuerrad. Während er sich einen Verband um den Oberschenkel schlang, steuerte er die Dschunke auf das Japanische Meer hinaus.

3

USS Charles Dewey, DD 404
Breitengrad 41° 17″ Längengrad 129° 21″

2 Uhr 35, 16. November 1951

»Ambrose«, sagte der Funker, »Hier Hammerhead. Kommen.«

›Ambrose‹ war der heutige Funkkode für den Zerstörer *Charles Dewey*, DD 404, der zum Zerstörergeschwader K-06 gehörte und den Decknamen Hammerhead hatte.

»Hammerhead, hier Ambrose. Kommen«, meldete sich der Funker des Zerstörers.

Dann nahm er den Einsatzbefehl auf.

Er lautete: AUSFÜHRUNG FALL BALACLAVA.

Es war 2 Uhr 35. Der Kapitän war in Unterwäsche. Er war aus dem Schlaf gerissen worden. Der Kapitän ging zu seinem Safe und stellte die Kombination ein. Er öffnete den Safe und nahm einen Vinylbeutel mit Reißverschluß heraus. Ein halbes Dutzend versiegelte Kuverts war darin. Er blätterte sie durch, bis er auf das Kuvert mit der Aufschrift BALACLAVA stieß. Dann riß er das Kuvert auf. Da war ein Deckblatt mit der Aufschrift TOP SECRET. Er hob das Deckblatt an. Dann ging er zur Bordsprechanlage.

»Sparks?«

»Ja, Sir.«

»Gehen Sie auf 225.35 Megahertz. Melden Sie sich mit Florence Nightingale. Stellen Sie Kontakt mit United Parcel her. Stellen Sie die Position von United Parcel fest.«

»225.35 Megahertz, verstanden, Skipper«, sagte der Funker. Er sprach ins Mikrofon: »United Parcel, United Parcel, hier Florence Nightingale. Kommen.«

Keine Antwort. Er wiederholte den Ruf. Diesmal meldete sich jemand.

»United Parcel, hier Florence Nightingale«, sagte der Funker. »Wie ist Ihre Position? Ich wiederhole, wie ist Ihre Position? Kommen.«

»Florence Nightingale, Fox Item Item George Fox Able. Ich wiederhole, Fox Item Item George Fox Able.«

»Verstanden, Fox Item Item George Fox Able«, sagte der Funker. »Auf Empfang bleiben.«

Der Kapitän, immer noch in Unterwäsche, lief aus seiner Kabine zur Brücke. Er drückte auf einen handtellergroßen Messingknopf bei der Tür des Durchgangs. Sofort schlug eine Klingel an.

Der Funker, der am Steuerbord-Kompaß gelehnt hatte, richtete sich auf und stellte das Mikrofon an.

»General Quarters, General Quarters«, sagte er. »Dies ist keine Übung. Dies ist keine Übung!«

Der Kapitän schaute auf seinen Kartentisch. Der Wachoffizier zeigte ihm ihre Position mit den Spitzen seines Zirkels.

»Steuern Sie eins drei null«, befahl der Kapitän.

»Eins drei null, jawohl, Sir«, wiederholte der Steuermann und drehte das Ruder nach Backbord.

Der Kapitän gab weitere Befehle, die in den Maschinenraum übermittelt wurden.

Der Zerstörer krängte hart. Der Kapitän verlor fast das Gleichgewicht. Er gewann es wieder und ging zur Bordsprechanlage.

»Sparks, informieren Sie United Parcel, daß Florence Nightingale mit voller Kraft unterwegs ist. Geschätzte Ankunft eine Stunde und fünf Minuten.«

»Aye, aye, Sir. Skipper, sie melden, daß sie brennen und die Maschine an Kraft verliert.«

»Okay, Sparks, danke«, sagte der Kapitän.

»Jemand in Schwierigkeiten?« fragte der Deckoffizier. »Sie

haben es gehört«, erwiderte der Kapitän. »Ich ziehe mich jetzt an.«

»Die See ist glatt, Skipper«, sagte der Deckoffizier. »Sie können in die Boote gehen.«

»Ich zweifle daran, daß ein hölzernes Segelschiff mit dem Aussehen einer Dschunke irgendwelche kleinen Boote hat«, sagte der Kapitän. »Ich hoffe, die können alle schwimmen.«

4

Kwandae-Ri, Nordkorea

2 Uhr 40, 16. November 1951

Bei einem der 16 Fernschreiber in der Fernmeldezentrale des XIX. Korps (Kampfgruppe) schlug eine Klingel an, und sofort wurde eine Serie von Kauderwelsch auf eine Rolle gelbes Fernschreibpapier und auf ein Band ausgeschrieben, das seitlich aus der Maschine quoll. Einer der diensthabenden Fernschreiber wartete, bis etwa ein halber Meter perforiertes Band aus der Maschine hing. Dann riß er das Band sorgfältig ab und ging damit zu einer anderen Maschine. Er schob das Band in eine Öffnung, drückte auf einen Knopf und schaute zu, während die Maschine das Band schluckte. Einen Augenblick später begann die Maschine zu rattern.

OPERATIONAL IMMEDIATE
TOP SECRET MULBERRY
FOR JADE SIX PERSONAL
BALACLAVA MELDET SITUATION ORANGE.
VORBEREITUNGEN FÜR UNTERSTÜTZUNG
TREFFEN.

»Captain«, sagte der Operator. Der Offizier vom Dienst, der an seinem Schreibtisch *Stars and Stripes* gelesen hatte, legte die

Zeitung hin und ging zum Entschlüsselgerät. Der Operator ging zum ratternden Fernschreiber, riß ein weiteres Stück perforiertes Band ab und gab es zum Entschlüsseln ins Entschlüsselgerät. Die Maschine klapperte von neuem los.

OPERATIONAL IMMEDIATE
MULBERRY BUSH NUMBER 2
BALACLAVA MELDET SITUATION ORANGE

Der Captain nahm einen Telefonhörer ab und wählte eine Nummer.

»Black«, antwortete eine Stimme nach dem zweiten Klingeln. Jesus, der Kommandierende persönlich! Der Captain fragte sich, ob er sich verwählt hatte.

»General, ich versuchte, Colonel Newburgh zu erreichen«, sagte er. »Hier ist die Fernmeldezentrale, Captain Tailler.«

»Worum geht's, Captain?«

»Wir haben hier ein Mulberry Operational Immediate erhalten, Sir. Colonel Newburgh hat befohlen, in diesem Fall informiert zu werden.«

»Okay, Captain«, sagte Lt. General E.Z. Black. »Vielen Dank. Ich komme sofort. Versuchen Sie, Colonel Newburgh in der G3-Operationszentrale zu erreichen.«

General Black betrat die Fernmeldezentrale. Einen Augenblick später traf Colonel Newburgh ein, der nach Meinung der Soldaten mit seinem silbergrauen Schnurrbart und dem ebenso grauen Kraushaar wie ein Modell für die Anzeige einer Whiskyfirma im *Esquire* aussah. Der Fernmeldeoffizier reichte General Black die beiden Fernschreiben. Black las sie und gab sie an Colonel Newburgh weiter.

Der Fernschreiber begann wieder zu rattern. Der Operator zog schließlich ein 30 cm langes perforiertes Band aus der Maschine und gab es in die Entschlüsselungsmaschine ein.

OPERATIONAL IMMEDIATE
MULBERRY BUSH NUMBER 5

BALACLAVA SECHS VERWUNDET AM BEIN UND KOPF.
BALACLAVA FÜNF VERWUNDET AN BEIN UND GESICHT.

»Balaclava 6 ist Felter, nicht wahr?« sagte General Black.

»Jawohl, Sir«, sagte Colonel Newburgh. »MacMillan ist Balaclava 5.«

»Dieser verdammte Kerl!« sagte General Black.

Nur Sekunden später traf das nächste Fernschreiben ein. Darin wurde mitgeteilt, daß USS Dewey DD-404 unterwegs nach Point Charles war und in einer Stunde und fünf Minuten voraussichtlich am Ziel sein würde.

»Nehmen Sie Verbindung mit diesem Zerstörer auf«, sagte General Black. »Erkundigen Sie sich, ob sie einen Arzt an Bord haben. Machen Sie das unverschlüsselt. Das Entschlüsseln kostet zuviel Zeit.«

Einer der Fernmelde-Sergeants setzte sich an den Funkfernschreiber und tippte schnell ein:

VON JADE
AN HAMMERHEAD
FRAGE: HAT BALACLAVA ARZT AN BORD?
GEZEICHNET BLACK LT GEN

»Wenn sie keinen Arzt an Bord haben«, sagte General Black, »welche Möglichkeiten haben wir dann noch? Holen Sie den Heeresfliegeroffizier hier rauf, Carson.«

Colonel Carson Newburgh nahm den Telefonhörer ab und wählte eine Nummer aus der Erinnerung. Niemand meldete sich. Er wählte eine andere Nummer.

»Hier ist Colonel Newburgh«, sagte er, als die Verbindung zustande kam. »Wo ist Colonel Young?« Es gab eine Antwort, und dann sagte Newburgh: »Bitte wecken Sie ihn und bitten Sie ihn, sofort zu mir in die Fernmeldezentrale zu kommen.«

Das nächste Fernschreiben traf ein. Darin wurde mitgeteilt, daß Balaclava 6 (Felter) viel Blut Gruppe AO verlor.

»Carson, kümmern Sie sich darum«, befahl General Black.

Colonel Newburgh nahm den Hörer eines der Telefone ab und wählte die 1. Ein Telefonist meldete sich.

»Verbinden Sie mich mit Massachusetts 6«, sagte der Colonel.

HAMMERHEAD AN JADE SIX
USS DEWEY HAT SANITÄTSOFFIZIER AN BORD.
KEINE INFORMATIONEN ÜBER VERFÜGBAREN BESTAND BLUTKONSERVEN AO.
SCHLAGE SCHNELLSTMÖGLICHE TRANSFUSION VOR.

»Hier spricht Carson Newburgh, Doktor. Ich möchte, daß Sie genügend Blut A und AO für die Behandlung zweier Schwerverwundeter mit einem Jeep sofort zum Jade-Flugplatz bringen. Schicken Sie auch einen Stabsarzt mit, wenn Sie einen verfügbar haben«, sagte Colonel Newburgh zum Kommandeur des MASH, das die nächstliegende Division des XIX. Korps (Kampfgruppe) versorgte.

Colonel Daniel Young, der Flugoffizier des XIX. Korps, traf außer Atem in der Fernmeldezentrale ein. Er ging zu Colonel Newburgh und meldete sich.

»Young«, rief General Black quer durch den Raum. »Um wieviel Uhr ist Sonnenaufgang?«

»Um 4 Uhr 42, Sir«, antwortete Young. General Black schaute auf seine Armbanduhr.

»Sir«, sagte Colonel Young. »Ich brauche nur zum Landen Tageslicht. Ich kann jederzeit abfliegen.«

»Carson, zeigen Sie Young, wo er hinfliegen muß«, sagte General Black.

»Jawohl, Sir.«

5

Point Charles

4 Uhr 5, 16. November 1951

»Skipper«, sagte der Deckoffizier, und der Kapitän schaute auf den Radarschirm.

»Gehen Sie auf eins fünfundzwanzig«, befahl der Kapitän.

Der Deckoffizier meldete Vollzug.

»Ich sehe viel Rauch, Skipper«, sagte er.

»Und wir sind noch fünf Meilen entfernt.«

»Captain?« meldete sich der Fernmeldeoffizier über Lautsprecher.

»Nur zu!«

»Fernschreiben von Jade, Sir. Hubschrauber mit Blutkonserven und Stabsarzt an Bord unterwegs. Geschätzte Ankunftszeit 30 Minuten.«

»Bestätigen Sie den Empfang, Sparks, und informieren Sie unseren Arzt.«

»Aye, aye, Sir.«

6

Der Zerstörer drehte bei. Die Maschinen liefen rückwärts. »Da will ich doch verdammt sein«, stieß MacMillan hervor. »Da kommt die verdammte Kavallerie!«

Er saß auf dem Deck neben Felter. Das Heck der Dschunke brannte. Es waren nicht viele Flammen zu sehen, nur viel dichter fettiger Rauch vom brennenden Dieseltreibstoff. Aus irgendeinem Grund brannte er einfach, anstatt zu explodieren oder sich auch nur auszubreiten, und MacMillan fragte sich flüchtig, warum das so war.

Es waren nur noch sechs Leute am Leben. Er und Felter waren verwundet, Felter ziemlich schwer, er relativ leicht, und die anderen waren unverletzt, sofern man eine verbrannte Hand nicht als Verwundung zählte.

Die Dschunke lag manövrierunfähig im Wasser, und es hatte den Anschein, daß sie langsam sank, obwohl MacMillan es nicht mit Sicherheit sagen konnte.

MacMillan rüttelte Felter leicht an der Schulter. Er wollte ihm sagen, daß ein Zerstörer auf sie zuhielt. Felter wachte auf, bewegte sich und schrie.

MacMillan hatte die Spritze bereit und setzte sie ihm. Sie wirkte schnell. Er warf die leere Spritze ins Wasser, und dann nach kurzem Zögern auch die drei vollen, die er in der Hand hatte. Er hatte Felter ein paar Injektionen geben wollen, wenn das Feuer sie erreicht hätte. Genug, damit er die Flammen nicht spüren würde.

Der Zerstörer ragte über ihnen auf, so nahe, daß MacMillan ernsthaft besorgt war, sie würden gerammt werden und im letzten Moment ertrinken.

Und dann kamen Männer an Strickleitern herab. Sie trugen diese albern aussehenden Schwimmwesten und Rettungsgürtel. Einer der Männer war ein Offizier, der sich seine saubere gestärkte Uniform mit Teer oder etwas anderem beschmutzte, das an der Strickleiter haftete.

»Hier rüber«, sagte MacMillan.

»Ich bin von der Dewey«, sagte der Navy-Offizier.

»Haben Sie einen Arzt an Bord?«

»Ja, den haben wir.«

»Sie sollten sich schnell um ihn kümmern«, sagte MacMillan und wies auf Felter. »Er ist doch ziemlich schlimm dran.«

»Sie sehen auch nicht gerade gut aus, Sir«, sagte der Navy-Offizier.

»Mir geht's gut«, sagte MacMillan, erhob sich und – wurde ohnmächtig.

Er erwachte in einem Bett. Am Schlingern des Zerstörers erkannte er, daß sie nicht fuhren. Seine Hosenbeine waren abgeschnitten worden, und er hatte einen Verband am Bein, obwohl er immer noch dreckig war.

Notverband, während sie an Felter arbeiten, sagte er sich. Er betastete seine Stirn und stellte fest, daß sie ebenfalls verbunden war.

MacMillan setzte sich im Bett auf und bemerkte, daß er durch eine offenstehende Tür sehen konnte. Die Dschunke brannte immer noch und war etwa 300 Meter entfernt. Er schwang die Füße aus dem Bett, stemmte sich auf und schaffte es bis zur Tür, als gerade ein Arzt, ein Stabsarzt der Army, nicht der Navy, hereinkam.

»Was zur Hölle ist mit Ihnen los?« fragte der Arzt. »Zurück ins Bett mit Ihnen!«

»Warum fahren wir nicht?«

»Sie erhielten soeben Befehle, die Dschunke zu versenken«, erklärte der Stabsarzt.

Es freute MacMillan, daß fünfmal mit der 5-Zoll-Kanone des Zerstörers gefeuert werden mußte, bis die Dschunke endlich kenterte und im Japanischen Meer versank.

Erst dann erlaubte er, daß der Stabsarzt sein Bein und seine Wunden untersuchte.

»Sie haben nichts von Felter erwähnt«, sagte er, während der Stabsarzt die Wunde am Bein säuberte. »Bedeutet das, er hat es nicht überlebt?«

»Er ist sehr schwer am Bein verletzt«, sagte der Stabsarzt, »aber er wird durchkommen.«

»Wohin fahren wir jetzt?«

»Nach Pusan«, antwortete der Arzt. »Zum Lazarettschiff *Consolation*.«

»Bin ich so schwer verwundet?«

»Nein. Überhaupt nicht. Sie werden noch ein wenig Schmerzen bekommen. Schließlich haben Sie ein großes Stück Fleisch verloren, aber überwiegend Fettgewebe. Keine Muskeln, meine ich. Sie hatten Glück.«

»Und warum muß ich dann auf ein Lazarettschiff?«

»Weil General Black befohlen hat, daß ich Ihnen nicht das geringste erlauben darf, was Ihre Genesung in irgendeiner

Weise stören könnte, damit er Sie so schnell wie möglich in eine Maschine stecken und in die Staaten schicken kann.«

MacMillan brach in schallendes Gelächter aus.

7

Pusan, Südkorea

9 Uhr, 17. November 1951

Das Navy-Lazarettschiff *U.S. Consolation*, das ein großes Rotes Kreuz auf beiden strahlendweißen Seiten trug, ankerte im Hafen von Pusan.

Major Rudolph G. MacMillan, in Lazarett-Pyjama und einem Morgenmantel, beobachtete, wie eine Barkasse von Pier eins auslief und auf das Lazarettschiff zuhielt, um anzulegen. Zwei Matrosen in makellos weißer Uniform und ein Lieutenant standen am Landesteg. Die Matrosen machten das Boot am Landesteg fest, und der Lieutenant streckte dem Passagier die Hand entgegen. Der Passagier sprang ohne Hilfe auf die Plattform. Der Lieutenant salutierte.

»Willkommen an Bord der *Consolation*, General«, sagte er. »Der Captain erwartet Sie.« Er wies die Treppe hinauf.

Lt. General E.Z. Black stieg forsch die Treppe hinauf, gefolgt von einem Adjutanten.

Als er den oberen Treppenabsatz erreichte, bliesen sechs Matrosen auf langen, schmalen Messingpfeifen.

General E.Z. Black lächelte und salutierte.

Ein Navy-Captain in weißem großen Dienstanzug, komplett mit Degen, und ein Navy-Captain in weißem großen Dienstanzug ohne Degen, traten zwei Schritte vor und salutierten.

»Erlaubnis, an Bord zu kommen, Sir?« fragte General Black.

»Erlaubnis erteilt«, sagte der Captain mit dem Degen. General Black salutierte schneidig zu der Nationalflagge, die achtern am Flaggenmast flatterte. Dann salutierte er wieder vor den beiden Captains. Er entdeckte MacMillan und lächelte, was MacMillan erleichterte.

»Glauben Sie nicht, ich bin hier, um Sie zu besuchen, Sie ungehorsamer Hurensohn«, sagte General Black. Mit MacMillans Welt war alles in Ordnung. Wenn der General wirklich wütend gewesen wäre, dann hätte er sich eisig formell verhalten.

»Willkommen an Bord, General«, sagte der Captain mit dem Degen, ein wenig verwirrt von den Worten des Generals an den Major. »Wir haben nicht oft die Ehre, einen ranghöheren Offizier der Army an Bord zu haben.«

»Vielen Dank«, sagte General Black. »Sie wissen, warum ich hier bin?« Er wartete nicht auf eine Antwort. »Ich will sicherstellen, daß nichts Major MacMillans sofortige Rückkehr in die Staaten verhindert. Und ich will nach Captain Felter sehen.«

»Felter hat Probleme, General«, sagte MacMillan ernst.

»Welche Probleme?« Der General stellte die Frage an den Captain ohne Degen.

»Es ist nicht mehr viel von seinem Knie übrig, Sir. Nach Konsultation sind wir zu dem Schluß gekommen, daß eine Amputation des Beines angezeigt ist.«

»Ich bedaure, das zu hören«, sagte General Black.

»Felter will nicht amputiert werden, General«, sagte MacMillan.

»Was heißt das, er will nicht amputiert werden?« fragte General Black scharf.

»Er sagt, er will es darauf ankommen lassen und nicht zulassen, daß ihm das Bein amputiert wird«, erklärte MacMillan. »Ich mußte ihm versprechen, Ihnen das zu sagen.«

»Was zur Hölle erwartet er von mir? Was soll ich denn tun?« Black fühlte sich äußerst unbehaglich.

»Bei dem Verlust von Gliedmaßen gibt es ein psychisches Problem«, sagte der Kommandant des Lazarettschiffs.

»Ich dachte mir, daß es ein Problem geben würde«, sagte General Black. »Aber ist ›psychisch‹ das richtige Wort?«

»Ich weiß nicht, wie ich es anders bezeichnen soll«, sagte der Navy-Arzt. »Captain Felter ist augenblicklich geistig verwirrt.«

»Weil er nicht will, daß ihm das Bein abgenommen wird, ist er verrückt? Wollen Sie das sagen?«

»Natürlich glauben wir ihm nicht, General«, erwiderte der Kommandant des Lazarettschiffs. »Und es würde unsere Entscheidung nicht beeinflussen, wenn wir ihm glaubten. Aber er hat mir persönlich und jedem anderen beteiligten Sanitätsoffizier mit dem Tode gedroht, wenn wir die Amputation vornehmen.«

»Wenn Captain Felter Ihnen mit dem Tode droht, dann würde ich das sehr ernst nehmen«, sagte General Black.

»Ich hatte gehofft, Sir, daß Sie vielleicht mit ihm sprechen.«

»Gibt es keine Möglichkeit, sein Bein zu retten?«

»Nicht hier, Sir. Vielleicht im San Diego Naval Hospital. Nur vielleicht. Der Fall ist äußerst kompliziert.«

»Aber es besteht eine Chance, daß in San Diego sein Bein gerettet werden könnte?«

»Ich bezweifle, daß jemand dieses Knie wiederherstellen kann, General. Bestenfalls würde sein Bein für den Rest seines Lebens steif sein.«

»Ich hätte lieber ein steifes Bein als überhaupt keins«, sagte General Black. »Warum schicken wir ihn nicht nach San Diego?«

»Das ist gegen die üblichen Praktiken, Sir.«

»Was meinen Sie mit üblichen Praktiken?«

»Wir sind hier voll ausgerüstet als Kriegslazarett. Wir sind für solche Behandlungen zuständig.«

»Aber Sie sagten mir soeben, daß sein Bein in San Diego gerettet werden könnte«, sagte General Black.

»Ich sagte, daß man es dort *vielleicht* schaffen könnte«, erwiderte der Captain. »*Wenn* er dort wäre. Aber er ist nicht dort. Er ist hier, und es ist gegen unsere Praxis, Patienten zwischen Einrichtungen mit gleichem Potential zu überweisen.«

»Niemals in 29 Jahren Militärdienst habe ich solch einen kompletten Scheiß gehört«, sagte General Black. Sein Adjutant zuckte zusammen. MacMillan lächelte. Beide hatten schon E.Z. Blacks Zorn erlebt.

»General, es besteht kein Grund zu . . .«

»Halten Sie den Mund, Captain«, sagte E.Z. Black. »Wenn ich noch weiteren Scheiß von Ihnen hören will, dann drücke ich Ihren Kopf wie einen Pickel aus.« Er wandte sich an seinen Adjutanten.

»Übergeben Sie MacMillan Ihre Pistole.« Der Adjutant befolgte den Befehl.

»Wenn irgendeiner dieser Schlachter näher als fünf Schritte an Felter herankommt, erschießen Sie ihn, Mac«, befahl Black. Wieder wandte er sich an den Adjutanten. »Sie fahren mit dem Boot zurück, gehen an Land und telefonieren mit dem United Nations Command. Sie sagen den Leuten dort, daß ich hier an Bord dieses schwimmenden Schlachthofs zwei Offiziere habe, die ich unverzüglich per Luft zum US-Army-Kriegslazarett auf Hawaii verlegt haben will. Haben Sie das verstanden?«

»Jawohl, Sir.«

»Und dann kommen Sie hierher zurück und sorgen persönlich dafür, wenn nötig mit Waffengewalt, daß Felter und MacMillan in das Flugzeug gebracht werden.«

»Jawohl, Sir.«

»Ich werde einen offiziellen Bericht über diesen Fall machen, General Black«, sagte der Captain ohne Degen.

»Ich auch«, sagte Black, »und wenn ich mit Ihnen fertig bin, Sie bleichgesichtiger Hurensohn, dann wird Ihnen nicht mal mehr erlaubt sein, ein Heftpflaster auf den Pickel eines Soldaten zu kleben. Sie werden wieder im Wohlfahrtskrankenhaus in Havanna sein und in der Abteilung für Geschlechtskrankheiten syphiliskranke Huren behandeln. Wo Sie, verdammt noch mal, offenbar hingehören.«

Er wandte sich an MacMillan.

»Ich nehme an, Sie wissen, wo ich Felter finden kann, Mac?«

»Jawohl, Sir.«

»Bringen Sie mich hin.«

»Es wäre mir eine Ehre, den General zu begleiten«, sagte der Kommandant des Lazarettschiffs. Er hatte seinen Zorn wieder unter Kontrolle, nachdem ihm eingefallen war, daß er an diesem Morgen in der Zeitung *Stars & Stripes* gelesen hatte, daß der Präsident General Black für seinen vierten Stern empfohlen hatte.

»Sie Pfeife bleiben mir aus den Augen«, schnarrte General Black. »Gehen Sie voran, Mac.«

»Gleich hier entlang, General«, sagte Major MacMillan.

XVI

1

Los Angeles, Kalifornien

2. Januar 1952

Der Page des Beverly-Wilshire-Hotels stellte die beiden Seesäcke sofort in die Drehtür, wo sie aus dem Weg waren und bequem nach draußen getragen werden konnten. Nach der Einschätzung des Pagen blieb der Besitzer in der etwas zerknitterten Kleidung nicht im Hotel. Der Mann hatte sogar zugegeben, daß er kein Zimmer reserviert hatte.

Andererseits würde man an der Rezeption versuchen, ihn unterzubringen. Die Hotelleitung bemühte sich, für Militärangehörige zu tun, was in ihrer Macht stand. Der Page wußte, daß der große gutaussehende Mann zum Militär gehörte, denn auf seinen beiden Seesäcken standen in schwarzer Farbe sein Name und der Dienstgrad.

Der Page sah, daß ›CAPT‹ mit schwarzer Farbe übermalt und ›MAJ‹ hinzugefügt worden war. MAJ XXXX C W Lowell 0-495302.

»Kann ich Ihnen irgendwie dienen, Sir?« fragte der Angestellte an der Rezeption. Er fand den jungen Mann ziemlich interessant. Sein Tweedjackett und die graue Flanellhose waren unordentlich und verknittert, als hätte er darin geschlafen, aber es war keine billige Kleidung. Und der Mann sah ein bißchen mitgenommen aus, als ob er die Nacht durchgezecht oder nicht geschlafen hätte. Aber er sah gut aus.

»Haben Sie noch was frei für mich?«

»Sie haben nicht reserviert?« Es war mehr eine Feststellung als eine Frage.

»Nein, ich habe nicht reserviert«, sagte er. »Ich hätte gern eine Suite. Für mindestens eine Übernachtung. Vielleicht auch für länger.«

»Ich befürchte, da ist nichts mehr zu machen, ohne Reservierung, Mr. . .«

»Lowell, C.W. Lowell. Major C.W. Lowell.«

»Ja, natürlich, *Major*. Verzeihen Sie.« Der sieht nicht alt genug aus, um ein Major zu sein, dachte der Hotelangestellte. Aber in Uniform sieht er vielleicht prächtig aus. Welch ein süßer Bengel! »Lassen Sie mich sehen, was ich für Sie tun kann.« Der Hotelangestellte lächelte warm. Er überprüfte seine Eintragungen. »Ich habe eine Stornierung. Ein schönes Zimmer im vierten Stock nach vorne heraus.«

»Wenn es das beste ist, was Sie haben«, sagte Lowell.

Guter Gott, dachte er, muß man in diesem Laden ein Schwuler mit falschem englischem Akzent und dem Duft eines Blumenladens sein, um einen Job als Angestellter an der Rezeption zu bekommen?

Der Hotelangestellte rief den Pagen und trug ihm auf, Major

Lowells Gepäck zu nehmen und ihn zu Zimmer 407 zu führen. Dann überprüfte er das Anmeldebuch, um zu sehen, woher Major Lowell stammte. Die Eintragung sagte ihm überhaupt nichts.

»C.W. Lowell, Maj USAR, c/o The Adj Gen. The Pentagon, Wash DC«, stand da, und als Zweck seines Aufenthalts in Los Angeles waren ›persönliche Gründe‹ eingetragen.

Der Page war angenehm überrascht von dem neuen Gast des Beverly-Wilshire-Hotels. Er hatte zwei Dollar Trinkgeld erwartet, einen Dollar pro Gepäckstück. Statt dessen bekam er einen Zwanzig-Dollar-Schein von einer dicken Rolle Zwanzigern (Der Page war bei der Army gewesen und nahm – zu Recht – an, daß Major Lowell gerade erst Sold erhalten hatte; die Army zahlte in Zwanzig-Dollar-Noten).

»Ich habe vieles zu erledigen«, sagte Major Lowell. »Und nicht viel Zeit. Als erstes brauche ich eine Flasche Scotch, entweder Johnny Walker Black oder Ambassador, und etwas Soda. Reicht ein Zwanziger dafür?«

»Ich werde mich sofort darum kümmern, Sir«, sagte der Page und nahm hastig den Zwanziger.

»Ich muß mit der Natur Zwiesprache halten«, sagte Lowell und wies zum Badezimmer. »Sollte ich noch dort drin sein, wenn Sie den Scotch bringen, dann warten Sie, ich habe noch mehr für Sie zu tun.«

Als Lowell das Badezimmer verließ, war der Page noch nicht zurückgekehrt. Lowell leerte seine Hosen- und Jackentaschen, zog sich bis auf die Unterwäsche aus, setzte sich aufs Bett und griff nach dem Telefon. Der Page trat ein.

»Öffnen Sie die Flasche und schenken Sie mir einen leichten ein«, sagte Lowell. Am Telefon sagte er: »Verbinden Sie mich bitte mit Mr. Porter Craig bei Craig, Powell, Kenyon & Dawes, Wall Street 22 in New York City. Ich bleibe am Apparat.«

Der Page öffnete die Flasche mit 12 Jahre altem Ambassador, schenkte ein, gab Soda dazu und reichte dem Major das gefüllte Glas. Lowell nahm zwei der 20-Dollar-Scheine, die er achtlos aufs Bett geworfen hatte.

»Lassen Sie Jackett und Hose bügeln«, sagte er zum Pagen und gab ihm das Geld. »Es ist mir zehn Bucks wert, daß das sofort geschieht. Wie Sie das mit dem Reinigungsdienst teilen, liegt an Ihnen. Der Rest ist für eine Kiste guter Zigarren, Upmann Amatistas, wenn der Tabakwarenhändler diese Sorte hat. Wenn nicht, nehmen Sie irgendwelche guten kubanischen Zigarren, vielleicht Ring Size 47. Wenn es die nicht gibt, dann nehmen Sie irgendwelche anderen kubanischen. Je länger, desto besser.«

»Upmann Amatistas«, sagte der Page. »Je länger, desto besser. Jawohl, Sir.«

Lowell wandte seine Aufmerksamkeit wieder dem Telefon zu. Es klingelte.

»Craig, Powell, Kenyon & Dawes, guten Tag.«

»Ferngespräch für Mr. Porter Craig.«

»Bedaure, Mr. Craig ist augenblicklich nicht anwesend.«

»Stellen Sie fest, wo er ist«, sagte Craig Lowell.

»Darf ich fragen, wer anruft?«

»Craig Lowell.«

»Sir, wenn Sie mit dem Teilnehmer am anderen Ende der Leitung zu sprechen wünschen, muß ich Ihnen die Vermittlung als Anruf berechnen«, sagte die Stimme der Telefonistin.

»Okay, okay. Wo ist Mr. Craig?«

»Bedaure, Sir. Mr. Craig ist in einer Konferenz und kann nicht gestört werden.«

»Sagen Sie ihm, daß ich am Apparat bin«, verlangte Lowell.

»Bedaure, ich kann ihn nicht stören, Sir. Er hat mir genaue Anweisungen gegeben.«

»Verdammt, Frau, Sie sagen ihm, daß ich mit ihm sprechen will!«

»Einen Moment, Sir.«

»Hier spricht Lucas. Ich bin Mr. Porter Craigs Verwaltungsassistent. Mit wem spreche ich?«

»Mit Craig Lowell. Verbinden Sie mich mit ihm.«

»Einen Augenblick, bitte, Mr. Lowell.«

Es folgte eine Pause, und dann ertönte eine Stimme mit dem etwas nasalen, leicht gekünstelten Tonfall eines Wall-Street-Investmentbankiers, der die St. Mark's School, Harvard College, und die Harvard School of Business Administration absolviert hatte.

»Craig! Wie geht es dir, Junge?«

»Mensch, du bist schwerer ans Telefon zu bekommen als Gott.«

»Das Mädchen im Büro hat erst vor kurzem hier angefangen, Craig. Sie wußte nicht, wer du bist. Du brauchtest sie wirklich nicht so anzuschnauzen.«

»Porter, ich hatte in den letzten 12 Stunden genug Scheiße für den Rest meines Lebens. Ich brauche keine weitere von dir.«

»Wo bist du, Craig?«

»In Los Angeles. In einem Mini-Zimmer im Beverly Wilshire.«

»Du bist also in der Heimat. Willkommen daheim, Junge.«

»Ich brauche hier ein paar gute Beziehungen, Porter. Wen haben wir hier draußen?«

»Welche Art Beziehungen?«

»Ich brauche zum Beispiel die nicht im Telefonbuch verzeichnete Nummer eines Filmstars«, sagte Craig.

»Das kann arrangiert werden, dessen bin ich sicher. Irgendein besonderer Filmstar?«

»Ich habe dich gefragt, wen wir hier draußen haben.«

»Ist dir das wirklich ernst mit der Telefonnummer des Filmstars?«

»Todernst.«

»Dann ist Ted Osgood der richtige Mann. Er hält ein Auge auf unsere Beteiligung beim *Untergang von Karthago* bei den Magnum Studios.«

»Wie groß ist unsere Beteiligung an dem Film?«

»Wenn du die Tonnen Papier gelesen hättest, die ich dir geschickt habe, dann wüßtest du es.«

»Ich hatte anderes zu tun.«

»2,5 Millionen; 37,5 Prozent.«

»Das ist der Junge, den ich haben will.«

»Nun, der ist ganz in der Nähe vom Beverly Wilshire. Ruf ihn an und sag ihm, wer du bist, und er wird dir bestimmt jede Telefonnummer besorgen, die du haben möchtest.«

»Vielleicht meldet er sich auch nicht am Telefon«, sagte Lowell. »*Du* rufst ihn an und sagst ihm, wer ich bin. Sag ihm, er soll mit dem Management reden, damit ich aus dieser kleinen Bude rauskomme, und dann soll er mir einen Wagen besorgen und mich aufsuchen. Er findet mich entweder auf meinem Zimmer, in der Bar oder beim Frisör unten im Hotel.«

»Ich werde ihn sofort anrufen. Sonst noch etwas? Wann kommst du in den Osten?«

»Hast du beim Öffnen unseres Schließfachs meinen Reisepaß gefunden?«

»Ja, ich erinnere mich, ihn gesehen zu haben.«

»Dann nimm ihn heraus und überprüfe, ob er noch gültig ist. Wenn nicht, laß ihn verlängern.«

»Craig, ich glaube, das mußt du selbst erledigen.«

»Porter, arrangier das. Ruf deinen verdammten Senator an.«

»Es wird aber bestimmt ein paar Tage dauern«, sagte Porter Craig. »Ich nehme an, du willst nach Deutschland.«

»Natürlich will ich das.«

»Darf ich fragen, was du dann in Los Angeles treibst?«

»Das darfst du nicht, Porter. Ich möchte diesen Mr. Osgood in spätestens einer Stunde hier haben.«

»Ich werde mein Bestes tun«, sagte Porter Craig. »Du wohnst natürlich bei uns, wenn du in New York bist.«

»Ich werde dich wissen lassen, wann ich eintreffe.«

»Brauchst du Geld?«

»Vermutlich«, sagte Lowell. »Ich nehme an, dein Osgood kann einen Scheck für mich einlösen.«

»Natürlich.«

»So long, Porter.«

2

Mr. Theodore Osgood, Vizepräsident der Abteilung Freizeit und Unterhaltung der Craig, Powell, Kenyon & Dawes Inc., fuhr mit einer Limousine, die ihm die Magnum Studios zur Verfügung gestellt hatten, zum Beverly-Wilshire-Hotel. Mr. Osgood wollte vermeiden, daß Mr. Craig erfuhr, daß er sich während seines Aufenthalts in Kalifornien auf Kosten der Firma einen Chrysler LeBaron gemietet hatte.

Mr. Osgood sprach als erstes mit Mr. Hernando Courtwright, dem Hotelier, und machte ihm klar, daß Major Lowell sofort zumindest eine Suite und nach Möglichkeit eine der besten erhielt. Er klärte Mr. Courtwright auf, daß Major Lowell wie Porter Craig ein Enkel des Begründers von Craig, Powell, Kenyon & Dawes war, dessen Erbe zu gleichen Teilen zwischen ihnen aufgeteilt worden war.

Mr. Courtwright ging mit Mr. Osgood zum Friseurgeschäft, wo sie geduldig warteten, bis Major Lowell fertig war, und dann stellten sie sich vor. Mr. Courtwright entschuldigte sich für die Panne der Rezeption – manchmal machten die Angestellten unverzeihliche Fehler – und informierte Major Lowell, daß sein Gepäck bereits in Penthouse 3 gebracht worden war.

Mr. Osgood berichtete, daß ein Wagen auf dem Weg zum Beverly Wilshire war und daß er sich die Freiheit erlaubt hatte, ein Jaguar Coupé zu bestellen, weil Mr. Craig keine besonderen Wünsche geäußert hatte.

Dafür erntete Mr. Osgood einen ziemlich schmerzlichen Blick, was für ihn eine Bestätigung von Mr. Porter Craigs Ankündigung war, daß Craig Lowell manchmal ein sehr schwieriger Hurensohn sei und mit Samthandschuhen angefaßt werden müsse. Einen Moment lang war er überzeugt, daß Lowell mit dem Jaguar nicht zufrieden war. Doch schließlich nickte der schwierige Hurensohn und sagte: »Danke.«

»Wie ich hörte, sind Sie vielleicht etwas knapp an Bargeld«, sagte Osgood als nächstes. »Nun, ich bin zwar sicher, daß das Hotel Ihren Scheck annehmen wird . . .«

»Aber selbstverständlich«, sagte Mr. Courtwright.

»Es wurde keine Summe erwähnt«, fuhr Mr. Osgood forrt, »und deshalb rufe ich, wenn Sie möchten, unsere Korrespondenzbank an – die eigentlich, wie Sie wissen, mehr ein Tochterunternehmen ist – und kündige an, daß Sie vielleicht vorbeischauen.«

»Ich brauche nur etwas Taschengeld, danke.«

»Und dann, hörte ich, ist da die Sache mit der nicht verzeichneten Telefonnummer.«

»Georgia Paige«, sagte Lowell. Er fühlte sich wie ein verdammter Narr. Er hatte einfach vorausgesetzt, daß die Nummer im Telefonbuch stand, und als er nach dem Flug von Tokio aus der Maschine gestiegen war, hatte er Georgia anrufen und ihr sagen wollen, daß er in den Staaten war. Da gab es eine Nummer, aber sie war nicht im Telefonbuch aufgeführt, und die Vermittlung gab die Nummer nicht preis. So hatte er ein Telegramm zu dem Haus in Beverly Hills geschickt und Georgia mitgeteilt, daß er daheim war, sie gebeten, ihn zu jeder Tages- und Nachtzeit in Fort Lewis, im Quartier für durchreisende Offiziere, anzurufen. Er hatte die Nummer hinzugefügt. Es war kein Anruf gekommen.

So sagte er sich, daß er unangekündigt in Los Angeles eintreffen und einfach mit einem Taxi zu Georgias Haus fahren würde. Sie hatte ihm recht ausführlich geschrieben, welche Art Willkommensgruß er erwarten konnte, wenn sie wieder zusammen sein würden. Auf dem Flug von Seattle nach L.A. hatte er in diesem Szenario geschwelgt. Sich vorgestellt, wie sie bekleidet sein würde. Wie schnell er ihr die Sachen ausziehen würde und wo. Und was dann folgen würde.

Als er beim Haus in Beverly Hills eintraf, war niemand dort außer einem mexikanischen Paar, beide etwa gleich groß und um die 150 Kilo schwer, beide ohne Englischkenntnisse. Sie verstanden einfach nicht, als er mit Gesten klarzumachen versuchte, daß Georgia seine Geliebte war und er mit ihr telefonieren wollte. Den Taxifahrer hatte er bereits bezahlt, und der Mann war weggefahren, und so hatte er zu Fuß gehen und sein Gepäck schleppen müssen. Nach etwa zwei Kilometern kam ein Streifenwagen vorbei, und nachdem sie mehr oder weniger höflich auf einem Beweis bestanden hatten, daß er tatsächlich ein Offizier der US-Army war und kein Dieb, der jemand das Silber und die Juwelen geklaut hatte und in den großen Seesäcken wegschleppen wollte, hatten sie ein Taxi für ihn bestellt.

»Sie hätten nur zu fragen brauchen«, sagte Mr. Courtwright,

nahm den Telefonhörer ab und bat, mit seinem Sekretariat verbunden zu werden.

»Und wenn Osgood nicht aufgetaucht wäre, dann hätten Sie höflich geantwortet, daß ich mich verpissen soll«, erwiderte Lowell.

»Major Lowell ist soeben von Korea heimgekehrt«, führte Osgood als mildernden Umstand für seine Ausdrucksweise an.

Courtwright lächelte und schrieb Georgia Paiges Telefonnummer, die ihm sein Sekretariat besorgt hatte, auf seine Visitenkarte.

»Sie ist nicht zu Hause, Major Lowell«, sagte Theodore Osgood.

»Sie drehen *Unbeantwortete Gebete*. Ich kam am Studio vorbei, als ich vom Parkplatz wegfuhr.«

»Können Sie mich zu ihr bringen?« fragte Lowell.

»Ja, natürlich«, sagte Osgood. »Ich rufe vorher an und lasse schon einen Passierschein für das Filmgelände ausstellen.«

Osgood rief nicht aus dem Friseurladen an. Er benutzte das Haustelefon in der Halle, rief bei den Magnum Studios an und sagte seinem dortigen Gegenstück, daß Craig Lowell, mit dem der Umgang ziemlich schwierig war, ins Studio kommen würde, um Miß Georgia Paige zu besuchen. Er hätte keine Ahnung, warum.

Als der bestellte Wagen eintraf, war Lowell nicht überrascht. Der gottverdammte Jaguar war identisch mit dem, den Ilse gehabt hatte. Er hatte ihn impulsiv nach Marburg an der Lahn versenden lassen, weil sie diesen Wagen so sehr gemocht hatte. Sie hatte diesen Wagentyp gefahren, als sie von dem betrunkenen Quartiermeister gerammt worden war.

»Major Lowell«, sagte der Mann, der ihn am Tor des Filmgeländes erwartete. »Ich hatte noch keine Gelegenheit, Sie kennenzulernen, und ich freue mich, jetzt Ihre Bekanntschaft zu machen. Ich bin John Sanderland, Magnums Vizepräsident, Finanzabteilung.«

»Ich sehe, Sie verbrachten einige Zeit in Philadelphia, Mr. Sanderland«, sagte Lowell. Sanderland trug die Anstecknadel des ehemaligen Studenten der Wharton School of Business der Universität von Pennsylvania.

»War da nicht jeder?« fragte Sanderland.

»Ich war in der '49er Klasse«, sagte Lowell.

»Hey, Kumpel«, sagte Sanderland erfreut. »Ich in der '40er.«

Vielleicht ist Major Lowell gar nicht so schwierig, wie Osgood das angekündigt hat, dachte er.

Sie fuhren auf den Parkplatz. Es war Lowells erster Besuch in einem Filmstudio. Er war irgendwie enttäuscht, als er sah, daß es mehr wie eine Fabrik wirkte. Dann wurde ihm klar, daß es im Grunde ja auch so etwas wie eine Fabrik war, eine Fabrik, in der Illusionen hergestellt wurden.

Über der Tür eines der Gebäude, die wie Lagerhäuser wirkten, leuchtete eine rote Lampe, und ein Mann, der wie ein pensionierter Cop in einer privaten Polizeiuniform aussah, stand mit verschränkten Armen davor. Lowell hatte genug Filme über Hollywood gesehen, um zu wissen, was die rote Lampe bedeutete: Drinnen wurde gedreht.

Als die rote Lampe erlosch, trat der Wachmann jedoch nicht zur Seite, um den Weg freizugeben, wie Lowell erwartet hatte.

»Geschlossene Gesellschaft«, erklärte er. »Sie müssen einen Passierschein haben.«

»Ich bin Vizepräsident dieser Gesellschaft«, sagte Sanderland.

»Das bezweifle ich nicht, Mister«, sagte der Wachmann. »Aber Sie brauchen trotzdem einen Passierschein. Hier kommt niemand sonst rein.«

Sanderland stöhnte, aber sie mußten in Lowells Wagen zurück zum Verwaltungsgebäude fahren und sich Passierscheine ausstellen lassen. Als sie wieder beim Studio waren, leuchtete von neuem die rote Lampe, und sie mußten zehn Minuten in der heißen Sonne warten, bis die Lampe erlosch.

»So lange haben die nicht gedreht«, sagte Sanderland ärgerlich, während er die schwere schalldichte Tür öffnete. »Sie wollten nur nicht gestört werden.«

»Was zur Hölle ist das?« schrie ein Mann mit schriller Kastratenstimme, als sie das Studio betraten.

Lowell, der nach Georgia Ausschau gehalten und sie soeben in dem großen überfüllten Raum entdeckt hatte, erschrak. Dann wurde ihm bewußt, daß der Schreihals auf ihn wies.

Jetzt sah der aufgeregte Schwule Sanderland.

»Was, *verdammte Scheiße*, wollen *Sie* hier?« brüllte er mit Kastratenstimme. »Und wer, *verdammte Scheiße*, ist dieses verdammte Arschloch da?« Er wies von neuem auf Lowell.

Lowell schaute zu Georgia. Sie wirkte wie auf der Flucht. Kein Wunder, wenn dieser Blödmann so unflätig herumkeifte.

»Wenn du dich nicht in deiner Wortwahl mäßigst, du verdammter Scheißer, dann wasche ich dir dein verdammtes dreckiges Scheißmaul«, sagte Lowell.

»Wer auch immer dieser Wichser sein mag, Sanderland«, sagte der kleine dünne Schreihals, »er soll aus meinem Szenenaufbau verschwinden!«

Ohne sichtliche Mühe packte Lowell den dünnen Mann, zog ihn herum, marschierte mit ihm zu einem roten, mit Wasser gefüllten Löscheimer, der an der Wand befestigt war, und stopfte seinen Kopf hinein.

Ein Mann im Straßenanzug war zu Beginn des Zwischenfalls zur Tür geeilt. Jetzt winkte er zwei stämmige Arbeiter heran. Sie hielten den dünnen Mann zurück, als Lowell ihn freigab.

»Was zur Hölle ist hier los?« fragte der dünne Mann Sanderland.

»Major Lowell«, erwiderte Sanderland, »dies ist Mr. Berman, der Produzent dieses Films. Mr. Berman, Major Lowell ist von Craig, Powell, Kenyon & Dawes, und es scheint ihm nicht zu gefallen, daß Ihr Regisseur ihn als Wichser bezeichnet.«

»Ich gehe, Sanderland«, kreischte der dünne Schwule. »Ich gehe. Basta. Ich habe es satt!« Die Arbeiter ließen ihn gehen, und er stürmte durch die Studios davon.

»Ich sage nicht, daß es eine schlechte Idee war, ihn zu baden, Major«, sagte Mr. Berman. »Ich hoffe nur, es ist Ihnen klar, was uns diese Geste kostet.«

»Ich habe keine Ahnung«, bekannte Lowell. »Aber wieviel auch immer es kostet, ich werde es mit Freuden bezahlen.«

»Das glaube ich nicht«, sagte Mr. Berman. »Es wird zwei Tage dauern, bis unser Regisseur das Gefühl haben wird, daß ihn die Muse wieder ausreichend küßt und er seine Kunst wieder aufnehmen kann. Wir haben ein Budget von 39 500 Dollar pro Tag. Sind Sie wirklich bereit, fast 80 000 Dollar für das Vergnügen zu bezahlen, ihm das Maul zu waschen, so dreckig es auch sein mag?«

»Tut mir leid«, sagte Lowell, und er kam sich wie ein Dummkopf vor.

»Darf ich höflich fragen, was wir während der Dreharbeiten für Sie tun können?« fragte Berman sarkastisch.

»Ich bin gekommen, um Georgia Paige zu besuchen«, erklärte Lowell.

»Tatsächlich? Darf ich fragen, warum?«

»Wir sind befreundet«, sagte Lowell.

»Nun, in *diesem* Fall«, sagte Berman spöttisch, »sollten Sie rüber zu ihrer Garderobe gehen. Sie hat dank Ihnen augenblicklich nichts anderes zu tun, als Freunde zu unterhalten.« Berman wies zu einem kleinen Caravan an der Rückwand des Gebäudes.

Lowell bemerkte, daß aller Blicke auf ihn gerichtet waren, als er sich in Bewegung setzte, um zu dem Caravan zu gehen. Er hörte, daß Berman Sanderland fragte, wer er, Lowell, wirklich war, und bekam noch einen Teil von Sanderlands Antwort mit. Dann explodierte etwas hinter ihm, und aus reinem Reflex warf er sich zu Boden. Er konnte nicht dagegen an. Noch im Fallen wurde ihm klar, was da explodiert war: Eine Glühbirne war irgendwo von oben heruntergefallen.

Beschämt und wütend rappelte er sich auf und schaute nach oben. Ein stämmiger Mann stieg eine Leiter herab und blickte besorgt drein.

»Hey, das tut mir leid«, sagte er.

»Bestimmt ebenso, wie es mir leid tat, daß ich diesen Armleuchter in den Eimer getaucht habe.«

»Nein«, sagte der Mann. »Hey, ich meine das ehrlich. Ich ließ die Birne als Gag fallen, um Sie hochleben zu lassen. Ich wußte nicht, daß Sie so darauf reagieren.«

»Da haben Sie mich erwischt, Sie Bastard«, sagte Lowell lächelnd. »Sie haben mich wirklich sauber reingelegt.«

»Sie sahen so geschockt aus wie unser Regisseur, als Sie ihn in den Eimer tauchten«, sagte der Mann.

Lowell schaute über die Schulter des Beleuchters. Da stand Georgia und sah ihn ungläubig an.

»Mein Gott«, stieß sie hervor, »bist *du* das?« Sie eilte auf ihn zu, und er nahm sie in die Arme. Sie hob das Gesicht zu ihm, und er küßte sie. Ihre Lippen waren warm, aber der Kuß war nicht so leidenschaftlich, wie er es auf der Lande- und Startbahn beim IX. Korps gewesen war. Er erinnerte sich, daß er damals das heftige Pochen ihres Herzens gespürt hatte. Jetzt preßte sie sich nicht so fest an ihn, daß er ihren Herzschlag spüren konnte, und sie schlang auch nicht die Arme um ihn wie vor dem Abflug vom IX. Korps.

Das war nicht die Umarmung, die er sich vorgestellt hatte.

Sanderland kam zu ihnen.

»Du hättest mir sagen sollen, daß du Major Lowell kennst, Georgia. Dann hätte ich dich anders behandelt.«

»Wieso?« fragte sie. Es verwirrte sie offensichtlich, daß Lowell Sanderland kannte.

»Ich hätte dich mit größerem Respekt behandelt und dir weniger Geld geboten.«

»Wovon zum Teufel redest du?«

»Du hast mir oftmals erzählt, daß du gern einen der Geldsäcke aus New York kennenlernen möchtest«, sagte Sanderland. »Um ihm Bescheid zu stoßen. Hier ist deine Chance.«

»Will er mich auf den Arm nehmen?« fragte Georgia und sah Lowell fragend an. Dann dachte sie darüber nach. »Ich habe das Gefühl, daß er mir die Wahrheit sagt.«

»Macht das was aus?« fragte Lowell.

»Er *muß* die Wahrheit sagen. Sonst hättest du nicht hier in die Dreharbeiten hereinplatzen können. Warum hast du dich nicht angekündigt?«

»Ich habe versucht, dich zu erreichen. Ich konnte zwei Tage früher weg, als ich dachte.«

Georgia wechselte das Thema wegen etwas Wichtigerem.

»Wo ist Derek?« fragte sie.

»Der ist nach Hause gegangen«, erklärte Sanderland.

»Was heißt das, ›nach Hause gegangen‹?« fuhr sie ihn an und äffte seinen Tonfall nach. »Wir sind noch nicht fertig.«

»Dein Freund wusch ihm den Kopf«, sagte Sanderland. »In einem Löscheimer.«

»Ich glaube nichts von dieser Unterhaltung.« Georgia lächelte jetzt und zeigte ihre perfekten Zähne. »Verdammt noch mal, wovon redet ihr?«

»Derek gab schmutzige Äußerungen vor deinem Freund von sich, und dein Freund wusch ihm das Maul, indem er Dereks Kopf in einen Eimer mit Wasser tunkte«, erklärte Sanderland.

Georgia Paige sagte sich sofort, daß das stimmen mußte.

»Großartig!« stieß sie ärgerlich und sarkastisch hervor. »Großartig! Vielen Dank!«

Sie sah Lowell einen Augenblick lang finster an, und dann durchquerte sie schnell das Aufnahmestudio und ging zu dem Caravan, der ihr als Garderobe diente.

»Jetzt sind wir quitt«, sagte Sanderland. »*Das* kostet Sie einiges.«

»Sie können mich mal«, knurrte Lowell und ging zu dem Caravan. Er klopfte an, aber es kam keine Antwort. Da stieß er die Tür auf und trat ein. Georgia lag mit gespreizten Beinen auf einer Chaiselongue und hatte die Hände hinter dem Kopf verschränkt. Lowell ging zu ihr und schaute auf sie hinab.

»Es tut mir leid«, sagte er.

»Du verstehst das nicht«, sagte sie. »Ich habe den ganzen Tag für diese Szene gearbeitet. Und dann komme ich nicht dazu, sie zu spielen!«

»Es tut mir wirklich leid«, sagte Lowell.

Sie schaute zu ihm auf, lächelte und breitete die Arme aus. Sie drückte ihn flüchtig an sich. Er wollte sie fest in die Arme nehmen, doch sie schob ihn sanft, aber bestimmt zurück.

»Nicht hier«, sagte sie. »Laß uns von hier verschwinden.«

Er konnte ihr nicht mal beim Umkleiden zusehen. Eine grauhaarige Frau kam ohne anzuklopfen in den Caravan, bedachte Lowell mit einem giftigen Blick und wies mit dem Daumen zur Tür. Georgia brauchte eine Viertelstunde zum Umkleiden, und in dieser Zeit betrat und verließ ein stetiger Strom von Leuten die »Garderobe«, während Lowell draußen herumstand.

Er mußte ihr zu ihrem Haus in Beverly Hills folgen. Er fuhr mit dem Jaguar hinter einem Cadillac des Magnum Studios her. Georgias Haus war schon fast als Palast zu bezeichnen.

Plötzlich erwachte der Bankier in ihm. So lange war Georgia noch nicht erfolgreich. Er hatte in einer Fanzeitschrift gelesen, daß Georgias Vater in Ohio im Versicherungsgeschäft tätig war und daß Georgia nach Auftritten in Schauspielen an der University of Ohio mit dem Filmgeschäft begonnen hatte. Ihr Aufstieg war, laut Fanzeitschrift, ›kometenhaft‹ gewesen. Das bedeutete, daß sie erst vor kurzem viel Geld verdient hatte und daß diese Riesenvilla nur theoretisch ihr gehörte. Das Geld dafür war vermutlich von der Bank von Beverly Hills gekommen.

Sie waren an dieser Bank vorbeigefahren. Die Häuser in Beverly Hills verdienen viel größere Grundstücke, als sie haben, dachte Lowell. Vor seinem geistigen Auge sah er das Tor von Broadlawns, dem riesigen Anwesen, das er geerbt hatte, und den langen Zufahrtsweg. Er gelangte zu dem Schluß (und gestand sich beschämt ein, daß er snobistisch war), daß Beverly Hills ganz allgemein gesagt eine teure Wohnsiedlung war. Klein Popelsdorf für die Neureichen.

Als sie schließlich ins Haus gingen, waren ein halbes Dutzend Leute anwesend, einschließlich eines Mannes, den Georgia als ihren Presseagenten vorstellte und den Lowell auf den ersten Blick nicht ausstehen konnte. Es dauerte sehr lange, bis sie die Leute loswurden, und der Presseagent blieb am längsten.

Und dann erklärte Georgia, daß sie Hunger habe und daß Consuela, vermutlich die 150-Kilo-Mexikanerin, nicht da sei. So fuhren sie zur Villa Friscati am Sunset Boulevard. Ein stetiger Strom von Leuten schaute an ihrem Tisch vorbei, und alle ignorierten Lowell, nachdem sie herausgefunden hatten, daß er Soldat war.

Um halb zehn an diesem Abend kam es endlich zum Sex mit Georgia, aber es war nicht so, wie es in Korea gewesen war. Anschließend warf sie ihn sozusagen hinaus, indem sie erklärte, daß Derek vielleicht trotz des Zwischenfalls am nächsten Tag drehen wolle. Das bedeute, daß sie um halb fünf aufstehen müsse, und sie brauche ihren Schlaf.

»Wann wirst du mit diesem Film fertig sein?«

Sie sagte es ihm. In sechs Wochen, vielleicht in sieben. Als sie seine Miene sah, fragte sie, ob etwas nicht in Ordnung war.

»Ich hatte gehofft, du würdest in ein paar Tagen mit mir nach Deutschland fliegen.«

»Deutschland? Warum willst du nach Deutschland?« Und dann erinnerte sie sich. »Ah ja. Dein kleiner Sohn ist dort. Das hatte ich ganz vergessen.«

Sie ließen sich nichts anmerken. Sie diskutierten ruhig und logisch darüber. Er würde nach Deutschland fliegen und erledigen, was es hinsichtlich des kleinen Jungen zu erledigen gab. Und unterdessen würde der Film fast fertig sein oder vielleicht sogar ganz, wenn niemand Dereks Kopf in einen Wassereimer tauchte. Und dann würden sie einige Zeit zusammensein und richtig über alles reden können.

Als er um Viertel nach zehn an diesem ersten Abend in der Heimat Georgias Haus verließ, wußten sie jedoch beide, daß sie sich selbst etwas vorgemacht hatten.

3

Walter Reed US. Army General Hospital Washington, D.C.

16. Februar 1952

Sharon und Sandy Felter hatten Craig Lowells Besuch erwartet, seit die Blumen eingetroffen waren. Die Blumen waren Nelken für 50 Dollar, die in ein großes Hufeisen gesteckt waren. Das Gesteck nahm eine ganze Ecke in Sandys Krankenzimmer ein.

Craig traf am folgenden Samstag ein, gegen 16 Uhr. Er trug die große Ausgehuniform mit all seinen Auszeichnungen. Sandy war überrascht darüber. Normalerweise trug Lowell nur sein Infanterie-Kampfabzeichen. Sandy war von neuem von der Erkenntnis begeistert, daß Lowell aussah, wie ein Offizier aussehen sollte.

»Du kleiner Bastard«, sagte Lowell zur Begrüßung. »Ich dachte, ich hätte dich gelehrt, wie man sich duckt. Was ist passiert?«

»Ich dachte, der Mann sagte ›steh auf‹«, erwiderte Felter. »Und so stand ich auf, anstatt mich zu ducken. Und hier bin ich.«

Sie schüttelten sich die Hände. Sharon stand neben Lowell, und ganz natürlich legte Lowell den Arm um ihre Schultern. Sharon lehnte sich an ihn.

»Ich wußte nichts davon«, sagte Lowell. »In Knox lief mir MacMillan über den Weg. Er erzählte es mir.«

Felter nickte.

»Und wie geht es dir?« fragte Lowell unbeholfen.

»Ich bin in therapeutischer Behandlung, wie sie es nennen«, sagte Felter. »Einmal am Morgen und einmal am Nachmittag baden sie mich, und dann quälen sie mich.«

Sharon löste sich unvermittelt von Lowell und ging zum Nachttisch. Sandy war verlegen.

»Sieh mal«, sagte sie. Sie überreichte Lowell eine mit Leder bezogene Schatulle. Lowell öffnete den Deckel und sah das Distinguished Service Cross. Er las das dazugehörige Dokument.

. . . während der Zeit vom 30. August bis 16. November 1951 hat MAJOR FELTER (damals Captain) während militärischer Operationen von höchster Wichtigkeit unter Einsatz seines Lebens wiederholt Tapferkeit bewiesen und sich weit über seine Pflichten hinweg eingesetzt. Seine Taten machen ihm und der U.S. Army Ehre. Er trat von New Jersey aus in den Militärdienst ein . . .

Lowell faltete das Dokument, legte es in die Schatulle zurück und schloß den Deckel.

»Sie haben dir also das goldene Blatt gegeben«, sagte Lowell. »Das kannst du brauchen.«

»Wie kannst du so reden?« warf Sharon zornig ein. »Das klingt, als wärst du neidisch, Craig!«

»Warum sollte er neidisch sein?« sagte Felter. »Er hat doch selbst eins.«

»Es ist mir gleichgültig, ob er eins hat oder nicht«, sagte Sharon. »Du solltest dich nicht über eine Auszeichnung lustig machen, Craig!«

»Oh, ich bin stolz auf Sandy«, sagte Lowell. »MacMillan erzählte mir alles.«

»Das ist nicht dein Ernst«, sagte Felter.

Lowell strahlte ihn an. »Doch.«

»Der verdammte Kerl!«

»Er ist der Ansicht, daß wir auf derselben Seite sind, Sandy.«

»Das hat nichts damit zu tun«, sagte Felter.

»Nun, du könntest ihm einen schriftlichen Tadel schicken«, sagte Lowell.

»Du weißt, was Sandy in Korea gemacht hat, Craig?« fragte Sharon.

»Klar weiß ich das. Ich bin ein Major der U.S. Army. Man erzählt mir alles.«

»Dann sag es mir«, bat Sharon. »Sandy will nicht darüber reden. Er schrieb nur, daß er bei einer Funkstation arbeitete, und als nächstes kam Colonel Hanrahan zu mir nach Hause und teilte mir mit, daß er hier ist.«

»Nun, Sharon . . .« begann Lowell.

»Verdammt, Craig!« unterbrach Felter.

»Zunächst einmal hat er prächtig dafür gesorgt, daß die Quote der Geschlechtskrankheiten bei den Soldaten sank.«

Sharon errötete. »Aber Craig!«

»Und dann brachte er jeden in der Einheit dazu, für das Rote Kreuz zu spenden. Die Army ist wirklich an einer 100-Prozent-Spende für das Rote Kreuz interessiert.«

»Erzähl mir etwas von dir«, sagte Felter, um das Thema zu wechseln.

»Wie geht es P.P.?« fragte Sharon.

»Peter-Paul ist bei seinem Großvater«, sagte Lowell. »Ich war 30 Tage in Marburg.«

»Und wie geht es ihm?«

»Er ist von Kraut-Aristokraten umgeben, die ihm vielleicht im Laufe der Zeit verzeihen, daß er ein halber Amerikaner ist.«

Sharon sah beunruhigt aus, und Lowell bemerkte es.

»Da ist eine ganze Familie für P.P., Tanten und Onkel, Cousins und Kusinen ersten und zweiten Grades. Und noch wichtiger – Frauen. Wie zur Hölle kann ich mich besser um ihn kümmern?«

»Sandy und ich haben darüber gesprochen«, sagte Sharon. »Wir möchten P.P. haben, wenn du dich dazu entschließen könntest. Du weißt, daß wir ihn lieben.«

»Allmächtiger, du weißt, was das für mich bedeutet«, sagte Lowell bewegt. »Aber ich glaube, es ist so am besten, wie es ist. Ihr habt eure eigenen Kinder, und ich weiß noch nicht, was ich tun werde. Dort ist er in seiner Familie. Sie sorgen dafür, daß er nicht verlernt, Englisch zu sprechen. Ich will damit sagen, daß man sich gut um ihn kümmert.«

»Ich verstehe«, sagte Sharon. »Wenn du vielleicht wieder heiratest . . .«

»Du bist dir dessen anscheinend sehr sicher«, sagte Lowell scherzhaft.

»Du bist sogar noch jünger als Sandy«, sagte Sharon. »Du wirst wieder heiraten.«

»Ich möchte dich warnen, Lady, wenn du dich als Kupplerin . . .«

»Diese Warnung beeindruckt mich nicht«, unterbrach Sharon. »Du solltest wieder heiraten.«

»Das finde ich nicht«, sagte Lowell überraschend fest.

Sharon ließ das Thema fallen. »Ich möchte P.P. gern wiedersehen. Hast du ein neues Foto von ihm?«

Während sie sich P.P. auf den Armen seines Vaters ansahen, sagte Sandy: »Ich habe schon mal gefragt, was machst du jetzt?«

»Es wird dich entzücken, Major, daß ich mein bestes Benehmen an den Tag lege – du siehst die Medaillen – und mich stark bemühe, den besten Eindruck auf meinesgleichen und meine Vorgesetzten zu machen.«

»Was ist deine Arbeit?«

»Ich schlage beim Advanced Officer's Course Zeit tot, bis ich rauskomme.«

»Ich dachte, du willst zum aktiven Heer?« fragte Sandy. »Hast du dich anders entschieden?«

»*Man* hat sich anders entschieden«, sagte Lowell. »Das Gesuch ist noch nicht beantwortet worden. Sie suchen vermutlich noch nach den richtigen Worten, um es abzulehnen.«

»Warum sollten sie es ablehnen?«

Lowell antwortete, als zitiere er: »Obwohl dieser Offizier hervorragende Fähigkeiten als Kompaniechef bewiesen hat, ist offensichtlich, daß er bisweilen impulsiv und ohne angemessene Abwägung aller betreffenden Fakten handelt. Es bleibt zu hoffen, daß er mit zunehmender Reife zu der gefestigten Persönlichkeit wird, die für das Kommando eines Bataillons erforderlich ist. Bis dahin kann der Unterzeichner ihn jedoch nicht guten Gewissens für ein solches Kommando empfehlen.«

»Wer hat dir das angetan?« fragte Felter beunruhigt.

»Das ist die Beurteilung, die ich von Seiner Exzellenz, dem Kommandierenden General des IX. Korps erhielt.«

»Was hast du denn angestellt? Hat es irgend etwas mit dem Kriegsgerichtsprozeß deines Freundes zu tun?«

»Das wird dich nur langweilen«, sagte Lowell. »Reden wir über etwas anderes.«

»Was hast du getan?« beharrte Felter.

»Ich sagte vor dem Kriegsgericht, daß es meiner Ansicht nach tatsächlich Umstände gibt, die einen Offizier berechtigen, einen anderen Offizier aus dem Verkehr zu ziehen«, sagte Lowell. »Der Kommandierende General hatte entschieden, daß er meinen Freund im Gefängnis haben wollte. Er war pikiert, als mein Freund ungestraft davonkam, und gab mir die Schuld daran.«

»Ich hörte von dem Freispruch«, sagte Felter. »Aber keine Einzelheiten. Was passierte mit ihm?«

»Er ist jetzt mit mir in Knox. Captains und Lieutenants, die so gut wie keinen Schuß gehört haben, der im Ernst abgefeuert wurde, lehren uns nach dem Handbuch, wie man Panzerkompanien führt.«

»Das ist offensichtlich eine Verschwendung deiner Zeit«, sagte Felter. »Aber ich glaube, daran kannst du nichts ändern.«

»Das glaube ich auch.«

»Und so hast du dein Gesuch um Übernahme in das aktive Heer zurückgezogen? Meintest du das, als du sagtest, du schlägst Zeit tot, bis du rauskommst?«

»Nein. Ich sagte mir, laß sie sich winden bei dem Versuch, mich abzulehnen. Ich erfüllte jedes einzelne Kriterium und noch ein paar mehr. Ich gebe ihnen nicht mal die Chance, zu sagen, daß ich nur mäßige Leistungen auf dem Lehrgang brachte. Ich bekomme nur Bestnoten, was schwieriger ist, als ich geglaubt hatte.«

»Du hattest nie Schwierigkeiten mit dem Lernen«, sagte Felter.

»Wir hatten letzte Woche ein interessantes Problem in der Klasse«, erzählte Lowell. »Ein brandneues. Als die 8th Army in Korea aus dem Pusan-Perimeter ausbrach, soll eine verstärkte Panzerkompanie als gemischte Kampfgruppe losgeschickt worden sein, um die Verbindungen des Feindes zu zerstören und die Verbindung zum X. Korps, das bei Inchon gelandet worden war, herzustellen. Es war eine ziemliche Herausforderung, konstruktive Kritik zu üben, um die Operation noch zu verbessern. Ich dachte bisher, sie wäre beim ersten Mal richtig durchgeführt worden.«

»Das soll wohl ein Witz sein«, sagte Sharon.

»Nein.« Lowell schüttelte den Kopf. »Aber nur um zu beweisen, wie kooperativ ich bin, machte ich eine lange Liste mit Verbesserungen. Wenn ich irgendeine davon in die Tat umgesetzt hätte, dann hockte ich immer noch 50 Meilen von Pusan entfernt und versuchte Verbindung zu Unterstützungseinheiten und -diensten aufzunehmen.« Er lachte und fügte hinzu: »Besonders wenn ich darauf gewartet hätte, bis mir der Geheimdienst Informationen über die Stärke der angreifenden Einheiten gegeben hätte.«

»Das klingt wie etwas von Frank Kafka«, sagte Sandy mitfühlend. »Nun, was *wirst* du tun?«

»Ich kann dir nur sagen, was ich *nicht* tun werde«, erwiderte Lowell. »Ich werde nicht in die Bank zurückkehren. Abgesehen davon habe ich wirklich keinen Plan.«

»Wann bist du fertig mit dem Lehrgang?«

»In fünf Monaten. Aber reden wir von dir. Wie geht es mit dir weiter?«

»Ich bin fürs War College ausgewählt worden«, sagte Sandy Felter.

»Und was machst du anschließend?«

»Dann arbeite ich hier«, sagte Sandy. »Wir haben ein Haus in Alexandria gekauft. Auf Rentenbasis.«

»Und welche Arbeit machst du hier?«

»Das gleiche wie bisher.« Sandy war anzusehen, daß er sich unbehaglich fühlte.

In Lowells Augen leuchtete es auf, und Sandy Felter glaubte den Grund zu wissen: Lowell war auf die Idee gekommen, sich beim Geheimdienst zu bewerben.

Sie ließen das Thema fallen und sprachen von anderen Dingen.

Zwei Monate später, kurz vor Felters Entlassung aus dem Hospital, kam ein Agent vom CIC zu ihm ins Walter Reed, wies sich aus und erklärte, daß er Ermittlungen über den Charakter eines gewissen Major Craig Lowell führe, der Major Felter als Referenz angegeben hatte.

»Können Sie ihn ohne Einschränkung für eine Position empfehlen, die großes Verantwortungsbewußtsein und Autorität erfordert?«

»Das kann ich, und das tue ich«, sagte Felter. »Aber ich glaube zu wissen, worum es bei diesen Ermittlungen in Wirklichkeit geht, und die Antwort auf die wirkliche Frage: ›Würde Major Craig Lowell überhaupt etwas als Geheimdienstoffizier taugen?‹ lautet: ›Nein, das würde er nicht‹.«

»Das ist ziemlich stark, Major«, sagte der CIC-Agent. »Worauf basiert Ihr Urteil?«

»Ein Geheimdienstoffizier darf nicht impulsiv sein«, sagte Felter. Als er die Worte ausgesprochen hatte, fühlte er sich wie ein Scheinheiliger. Er selbst hatte mehrmals impulsiv gehandelt. Wer war er, um Lowell zu kritisieren?

»Anders formuliert«, sagte er. »Ein Geheimdienstoffizier muß wissen, wie er seinen impulsiven Drang zügelt. Dieses Charakteristikum trifft nicht auf Major Lowell zu.«

»Diese Art Dinge werden von den Leuten entschieden, die sein Gesuch prüfen, Major«, sagte der CIC-Agent. »Sie werden wissen wollen, was Sie von ihm als Offizier halten. Sie werden entscheiden, ob er das Zeug zu einem guten Nachrichtenoffizier hat oder nicht.«

»Ich bin einer der Leute, die in diesen Ausschüssen sitzen«, sagte Felter. Er drehte sich im Krankenbett, öffnete ein Necessaire und nahm ein abgegriffenes Lederetui heraus. Er öffnete es und zeigte es dem CIC-Agenten.

»Das wußte ich nicht über Sie, Major«, sagte der CIC-Agent.

»Es gibt auch keinen Grund, daß Sie das wissen sollten«, sagte Felter. »Wenn Sie Ihren Bericht schreiben, vergessen Sie nicht, zu erwähnen, daß ich Ihnen meine dienstliche Verwendung gesagt habe, und fügen Sie hinzu, daß es besonders schwierig für mich war, zu erklären, daß Major Lowell nicht für den Nachrichtendienst empfohlen werden kann. Er ist mein bester Freund.«

Der CIC-Agent nickte.

»Und wenn Sie sich das nächste Mal wünschen, Sie könnten mit dem Ermitteln von Hintergründen Schluß machen und statt dessen richtige Geheimdienstarbeit leisten, dann denken Sie an dieses Gespräch.« Felter sah den CIC-Agenten an. »Dies ist nicht die einzige Entscheidung, die ich treffen mußte, bei der ich mich ein wenig schäme.«

4

Fort Knox, Kentucky

17. Mai 1952

Major Craig Lowell nickte nur, als er vom Adjutanten der Student Officer Company der Armor School (SOC-TAS) erfuhr, daß sein Gesuch um Aufnahme in das aktive Heer gebilligt worden war und daß er – vorausgesetzt, er bestand eine vorherige Gesundheitsuntersuchung – mit Wirkung vom 24. Juli 1950 als First Lieutenant aufgenommen galt und den aktiven Dienst als Reserveoffizier im Rang eines Majors fortsetzen konnte.

Sein Gesuch um die Aufnahme in den Geheimdienst war noch nicht beantwortet worden. Gewiß hatte Sandy viel Gutes über ihn gesagt, und außerdem hatte er, Lowell, die Erfahrung aus der Dienstzeit in Griechenland als Pluspunkt. Der Job beim Nachrichtendienst würde bestimmt wesentlich besser sein als die Rückkehr in die Bank.

Sein Gesuch um Aufnahme in den Nachrichtendienst kam zurück mit dem Vermerk: »Gegenwärtig sind keine Stellen für einen Offizier mit Ihrer Qualifikation frei und werden in voraussehbarer Zukunft auch nicht frei sein. Deshalb wird von einer Wiederbewerbung abgeraten.«

Er schluckte das.

Captain Philip Sheridan Parker IV schloß den Advanced Officer's Course 52-16 als Lehrgangsbester ab. Er erhielt als Geschenk die Nachbildung eines Kavalleriesäbels aus dem Bürgerkrieg und eine einjährige freie Mitgliedschaft in der Armor Association. Er wurde Fort Devens, Massachusetts, zugeteilt. Dort wurde er stellvertretender Offizier für Wohnungsangelegenheiten der Soldatenfamilien.

Major Craig Lowell, der mit den Noten 0,5 Punkte hinter Captain Parker lag (3,93 Parker und 3,88 dementsprechend Lowell, von möglichen 4,0) wurde der Militärakademie Bordentown, New Jersey, zugeteilt, wo er als Stellvertretender Heeresberater des Junior Reserve Officer Training Corps an der privaten Militärhochschule für Jungen eingesetzt wurde.

XVII

1

New York City, N.Y.

16. Oktober 1952

Als Porter Craig, Präsident und amtierender Vorsitzender von Craig, Powell, Kenyon & Dawes, aus dem Luncheon Club im 38. Stock des Morgan Guaranty Trust Building, wo er mit seinem Cousin, Major Craig W. Lowell, zu Mittag gegessen hatte, in sein Büro zurückkehrte, setzte er sich hinter seinen Schreibtisch und drehte den Lederlehnsessel zu dem riesigen

Fenster, das auf Manhattan Island und den Hudson River hinausblickte. Er legte die Füße auf die marmorne Fensterbank und faltete die Hände wie zum Gebet.

Dann drehte er unvermittelt den Lehnsessel herum, drückte auf den verborgenen Knopf an seinem Schreibtisch, der ein verstecktes Mikrofon im Feuchthaltebehälter für Zigarren einschaltete, und wies seine Sekretärin an, so schnell wie möglich eine telefonische Verbindung mit dem Senator herzustellen.

»Porter Craig, Senator«, sagte er, als die Verbindung schließlich zustande gekommen war. »Danke, daß Sie meinen Anruf angenommen haben. Ich weiß, welch vielbeschäftigter Mann Sie sind.«

Der Senator erwiderte, es sei für ihn immer ein Vergnügen, mit seinem guten Freund zu sprechen, und er fragte, wie er seinem besten Mann in der Wall Street zu Diensten sein könne.

»Ich habe soeben mit meinem Cousin Craig Lowell zu Mittag gegessen«, sagte Porter Craig. »Lassen Sie mich klarmachen, daß dieser Anruf meine Idee ist, nicht seine. Ich bin mir ziemlich sicher, daß er wütend sein würde, wenn er auch nur argwöhnen würde, daß ich weitergebe, was er mir erzählte, oder wenn ich mich irgendwie in seine Angelegenheiten einmische.«

»Ich erinnere mich an den Namen«, sagte der Senator. »Er war vor fünf oder sechs Jahren in der Army in Griechenland. Wurde verwundet und so was wie ein Held, nicht wahr?«

»Das ist er.«

»Ihr Großvater bat mich damals, über seine Verfassung herauszufinden, was ich konnte. Ich war natürlich gern zu Diensten und konnte ermitteln, wie schwer seine Verwundung war und in welchem Lazarett er lag. Was ist jetzt mit ihm?«

»Er ist im Begriff, bei der Army seinen Abschied zu nehmen«, sagte Porter Craig. »Ich wäre natürlich froh, ihn hier bei mir in der Firma zu haben – er hat Wharton absolviert und ist ein smarter Junge, und ich kann wirklich nicht verstehen, weshalb er überhaupt in der Army blieb, aber . . .«

»Offenbar blieb er«, fiel ihm der Senator ins Wort. Er ahnte allmählich den Grund des Anrufs.

»Und er machte sich dort ziemlich gut, das muß ich sagen. Er ist Major, was für jemand in seinem Alter äußerst ungewöhnlich ist, wie man mir sagte.«

»Ich erinnere mich, er war fast noch ein Junge, als er in Griechenland war.«

»Er ist auch jetzt kaum mehr als ein Junge«, sagte Porter Craig. »Er ist 25.«

»Wirklich außergewöhnlich.«

»Er ist gerade erst aus Korea zurückgekehrt«, fuhr Porter Craig fort. »Sieht wie ein junger Patton aus. Er hat das Distinguished Service Cross und den Silver Star und Gott weiß was sonst. Es ist kaum noch Platz für die Orden auf seiner Uniform.«

»Wirklich außergewöhnlich«, wiederholte der Senator. Er wünschte, Porter Craig würde endlich zur Sache kommen.

»Ich nehme an, das ist es, was mich genug erzürnt, um Ihnen dies zur Kenntnis zu bringen«, sagte Porter Craig. »Ich finde, daß ihm bei allem, was er für die Army getan hat, mehr gebührt, als man ihm offenbar zubilligt.«

»Fahren Sie fort«, sagte der Senator.

»Er erzählte mir, daß er im Begriff ist, seinen Abschied zu nehmen.«

»Sagte er, warum? Ich kann mir denken, daß er bei seiner Personalakte eine brillante Karriere vor sich haben sollte.«

»Ich habe den Verdacht, daß er ein bißchen zu schnell aufgestiegen ist«, sagte Porter Craig. »Vielleicht gibt es da einige Neider.«

»Es würde mich überraschen, wenn es keine gäbe«, sagte der Senator. »Er steht doch gewiß über diesen Dingen?«

»Er nannte als Grund für sein voraussichtliches Ausscheiden aus der Army, daß er den Eindruck hat, man zieht ihn für eine weitere Förderung nicht mehr in Betracht.«

»Warum denkt er das?«

»Wegen der Verwendung, zu der man ihn eingeteilt hat.«

»Und welche ist das?«

Porter Craig ließ sich nicht aus dem Konzept bringen. Er kam erst zur Sache, wenn *er* das wollte.

»Und nach meiner Einschätzung wird nicht nur Craig

schäbig von der Army behandelt. Er hat soeben die Army School in Fort Knox als Klassenzweiter absolviert. Der Klassenbeste wurde in Massachusetts Offizier für Wohnungsangelegenheiten, Senator, so unglaublich das auch klingen mag. Craig, der Zweitbester war, wurde der Militärakademie Bordentown zugeteilt, wo er den Befehl über einen Sergeant hat, der den kleinen Jungs beibringt, wie sie marschieren sollen.«

»Das klingt nicht sehr befriedigend für einen intelligenten jungen Major«, sagte der Senator. »Und ebensowenig nach einem sorgfältigen Umgang mit Steuergeldern.«

»Ganz meine Meinung, Senator«, sagte Porter Craig. »Deshalb mein Anruf. Ich möchte nicht um bevorzugte Behandlung bitten, und Craig selbst würde das erst recht nicht tun. Aber ich glaube nicht, daß ich um bevorzugte Behandlung bitte, wenn ich Ihnen zur Kenntnis bringe, was ich für eine empörende Verschwendung von Steuergeldern halte.«

Und rein zufällig hältst du Cousin Craig davon ab, wieder heimzukommen und die Hälfte von Craig, Powell, Kenyon & Dawes für sich zu beanspruchen, dachte der Senator.

»Sie wissen nicht zufällig die Nummer des Lehrgangs, den er in Fort Knox absolvierte, oder?« fragte der Senator.

»Nein, die weiß ich leider nicht.«

»Nun, die kann ich herausfinden. Sie werden wieder von mir hören, Porter. Ich verstehe die Situation. Manchmal muß man das Militär zur Ordnung rufen.«

»Wie ich schon sagte, ich erbitte keine Sonderbehandlung für meinen Cousin«, beteuerte Porter Craig.

Der Senator war verärgert und konnte sich nicht länger zurückhalten. »Aber wenn es arrangiert werden kann, ihn in der Army zu halten, wäre das fein, nicht wahr?«

Es folgte eine lange Pause.

»Das trifft so ziemlich den Kern, Senator«, sagte Porter Craig schließlich.

»Ich werde mich bemühen, auf das Pentagon einzuwirken und für Sie zu tun, was ich kann, Porter«, sagte der Senator. »Versuchen Sie unterdessen, Ihrem Cousin auszureden, seinen Abschied zu nehmen.«

2

Washington, D.C.

19. Oktober 1952

Der Senator traf den Stellvertretenden Inspekteur der U.S. Army bei einer Cocktailparty und einem Essen zu Ehren des Senators von Iowa, das im Occidental Restaurant gegeben wurde.

»Sagen Sie, General«, sagte der Senator und legte brüderlich einen Arm um die Schulter des Stellvertretenden Inspekteurs, »wie entwickelt sich Ihr neues Personalsystem? Klappt es wie am Schnürchen, oder versuchen Sie immer noch, Bäcker aus Besenbindern zu machen und umgekehrt?«

Der Stellvertretende Inspekteur der U.S. Army wußte, daß die Frage nicht nur so als Blabla dahergesagt war.

»Soweit ich weiß, Senator«, erwiderte er, »funktioniert das System sehr gut.«

»Der richtige Offizier am richtigen Platz, wie?«

»Wir versuchen, unser Bestes zu geben«, sagte der Stellvertretende Inspekteur.

»Und wie oft klappt das?«

»Wie wäre es mit 99 Prozent?«

»Was Sie nicht sagen!«

»Haben Sie etwas Besonderes im Sinn, Senator?« fragte der Stellvertretende Inspekteur.

»Ich frage mich, wie es mit dem Schulsystem steht.«

»Und was fragen Sie sich da, Sir?«

»Ob es wirklich all das Geld wert ist, das es den armen Steuerzahler kostet.«

»Nun, wenn ein Mann, den wir bekommen, keinen LKW fahren kann und wir LKW-Fahrer brauchen, dann müssen wir ihn als LKW-Fahrer ausbilden. So einfach ist das.«

»Ich dachte mehr an die Schulen auf Offiziersebene. Zum Beispiel an die Advanced Officer Courses. Sind die AOC wirklich nötig?«

»Absolut.«

»Und Sie können die Absolventen dementsprechend einsetzen, ihnen eine Aufgabe zuweisen, für die sie ausgebildet wurden?«

»Das können wir, und das tun wir.«

»Was Sie nicht sagen!«

»Jawohl, Sir.«

»Und nachdem sie ausgebildet sind, kommt jeder an den richtigen Platz?«

»Nach meinem besten Wissen, Senator«, sagte der Stellvertretende Inspekteur. Er fragte sich, worauf der Senator hinauswollte.

»Wenn wir Poker spielten, General«, sagte der Senator, »würden Sie dann auf dieses Blatt setzen? Oder würden Sie versuchen, ein paar bessere Karten zu kaufen?«

»Ich habe alle Karten, die ich brauche, danke, Senator«, sagte der Stellvertretende Inspekteur.

»Ich gehe mit«, sagte der Senator. Er wandte sich an den Adjutanten des Stellvertretenden Inspekteurs, einen grauhaarigen Colonel: »Nehmen Sie Ihr kleines Notizbuch zur Hand, Sohn.«

»Ich habe keinen Einsatz gehört«, sagte der Stellvertretende Inspekteur mit einem breiten Lächeln, das nur eine Spur von Anspannung verriet.

»*Sie* behaupten, daß Sie Offiziere entsprechend ihren Fähigkeiten und ihrer teuren Ausbildung, die der Steuerzahler für sie ermöglicht hat, so einsetzen, daß der Steuerzahler den bestmöglichen Gegenwert für seine Investition erhält«, sagte der Senator. »*Ich* wette, daß Sie das *nicht* tun.«

»Aber was ist der Einsatz?«

»Ah, es ist nur eine Wette aus Spaß zwischen Freunden«, sagte der Senator. »Und jetzt lassen Sie uns herausfinden – um nur mal ein Beispiel herauszugreifen –, wie Sie die beiden besten Offiziere ihres Lehrgangs beim letzten Advanced Officer Course in Fort Knox eingesetzt haben. Der letzte Lehrgang war, glaube ich, Nummer 52-16.« Er wandte sich wieder an den grauhaarigen Adjutanten. »Schreiben Sie das mit, Sohn, damit wir uns später alle daran erinnern. Es würde mich sehr interessieren, wer die beiden Offiziere sind, welche Beurteilung sie haben, was ihre derzeitigen Aufgaben sind und warum sie dazu eingeteilt wurden.«

»Haben Sie das, Dick?« fragte der Stellvertretende Inspekteur seinen Adjutanten.

»Jawohl, Sir.«

»Geben Sie mir das schriftlich, General«, sagte der Senator. »Sie sind ein glattzüngiger Teufel, wissen Sie, und ich habe bei Ihnen immer den Eindruck, Sie hätten etwas gesagt, was Sie gar nicht gesagt haben.«

3

Fort Devens, Massachusetts

25. Oktober 1952

Zusätzlich zu den Pflichten mußte der Stellvertretende Offizier für Wohnungsangelegenheiten der Soldatenfamilien in Fort Devens als Assistent des Offiziers arbeiten, der für den Offiziersklub zuständig war. Der Klub-Offizier selbst, ein Major vom Transportkorps, deckte einen feinen Tisch, wie man so sagt, aber er war nicht gut im Führen der Bücher. Diese Aufgabe war gerade der richtige Job für einen Nigger-Captain, der den Offizierslehrgang in Fort Knox als Lehrgangsbester bestanden hatte.

Als vier Telefonanrufe, genau im 45-Minuten-Intervall, vergeblich gewesen waren und Captain Philip Sheridan Parker IV in seinem Junggesellenquartier nicht zu erreichen gewesen war, war der Anrufer peinlich berührt. Verlegen, weil er nicht eher auf den Gedanken gekommen war, bat er den Telefonisten für Ferngespräche, zu versuchen, Captain Parker im Offiziersklub zu erreichen.

Dann hörte er die Geräusche einer Bar aus dem Telefonhörer.

»Offiziersklub, Hauptbar, Sergeant Feeney, Sir.«

»Ferngespräch für Captain P.S. Parker«, sagte der Telefonist.

»Ich bin mir nicht sicher, ob er hier ist«, sagte der Sergeant.

»Suchen Sie ihn«, forderte der Anrufer mit gepreßter Stimme.

»Wie bitte?« fragte der Sergeant-Barkeeper.

»Ich sagte, *suchen Sie ihn*«, wiederholte der Anrufer.

»Darf ich fragen, wer da spricht, Sir?«

»Hier ist Colonel Philip Sheridan Parker«, sagte der Anrufer.

Er mußte lange warten, und dann war das Klicken eines Nebenanschlusses zu hören, als der Hörer abgenommen wurde.

»Captain Parker, Sir.«

»Sie können aus der Leitung gehen, Sergeant«, sagte Colonel Parker.

Die Hintergrundgeräusche aus dem Barraum verstummten.

»Hey, Dad, wie geht es dir? Ist irgend etwas nicht in Ordnung?« fragte Phil Parker besorgt.

»Ist das Telefon relativ sicher, oder kann da mitgehört werden?«

»Niemand sonst ist in der Leitung, wenn du das meinst. Du klingst aufgeregt, Dad. Ist was passiert?«

»Hast du dir überlegt, ob du deinen Abschied nimmst?«

Phil Parker zögerte einen Moment mit der Antwort. »Ich habe mit dem Gedanken gespielt«, sagte er. »Aber ich habe noch nichts in dieser Richtung unternommen.«

»Freut mich, das zu hören«, sagte Colonel Parker.

Phil erwiderte nichts darauf.

»Hast du getrunken?«

»Nein, aber das ist ein Gedanke, mit dem ich wirklich gespielt habe.« Und dann verstand er den Grund der Frage. »Oh. Zusätzlich zu meinen anderen Pflichten fungiere ich als Stellvertretender Kluboffizier. Ich habe an den Büchern gearbeitet. Deshalb bin ich hier. Nicht, um mich zu besaufen.«

»Ich schlage vor, daß du eine Zeitlang nichts hinsichtlich eines Abschieds unternimmst«, sagte Colonel Parker.

»Dad, ich habe nicht vor, mein Leben damit zu verbringen, mir die Beschwerden von Soldatenfrauen anzuhören, die sich über Fettflecken auf Küchenwänden empören. Und ich habe ebensowenig vor, Whiskyflaschen und A-1-Soße in Offiziersklubs zu zählen. Ein ehemaliger Klassenkamerad ist in Boston im Reedereigeschäft. Er hat mir eine Menge Geld und die Chance angeboten, ein paar Jahre in Afrika zu leben.«

»Du bist Soldat«, sagte der Vater.

»Allmählich bekomme ich ernsthafte Zweifel daran«, erwiderte Phil Parker.

»Heute nachmittag rief mich ein Offizier an, mit dem ich in Europa diente. Ich kann dir seinen Namen nicht nennen.«

»Und?«

»Dieser Offizier ist ebenfalls Soldat«, sagte Colonel Parker. »Er machte mir klar, daß deine Lage nicht ganz so hoffnungslos ist, wie du vielleicht denkst.«

»Es herrscht ein Mangel an Kluboffizieren«, sagte Phil Parker sarkastisch.

»Zweierlei wird demnächst passieren«, sagte Colonel Parker. »Du wirst demnächst, das heißt in ein paar Wochen, von Fort Devens versetzt werden.«

»Im Ernst? Und wohin komme ich?«

»Das hat er nicht gesagt«, antwortete Colonel Parker. »Aber er sagte – und das ist der zweite Punkt –, daß dir eine Möglichkeit geboten wird, durch die deine Karriere wieder auf das richtige Gleis kommt.«

Phil Parker schwieg.

»Ich will dich nicht mit rührseligen Geschichten von unangenehmen Posten langweilen, die ich hatte«, sagte Colonel Parker. »Du bist ein erwachsener Mann. Du wirst deine Entscheidungen selbst treffen müssen. Ich möchte jedoch vorschlagen, mit all deinen Überlegungen drei Monate lang abzuwarten.«

»Du sagst mir nicht, wer dich anrief?«

»Ich sage dir nur, daß er ein General ist, für den ich großen Respekt habe. Und den ich auch mag, wenn das für dich dazugehört.«

»Ich kann nicht verstehen, woher er weiß, daß ich daran denke, meinen Abschied zu nehmen«, sagte Phil Parker. »Ich habe bei keinem etwas davon erwähnt.«

»Der General und ich kennen uns sehr lange, Phil. Er hat mir mal ausgeredet, meinen Abschied zu nehmen.«

»Okay, Dad, ich werde eine Weile warten.«

»Ich soll dir von deiner Mutter sagen, daß die junge Lady auf dem Foto sehr hübsch ist.«

»Und was denkst du?«

»Ich habe mich gefragt, ob es etwas zu bedeuten hat, daß du das Foto überhaupt geschickt hast.«

»Sie ist wirklich etwas Besonderes«, sagte Phil Parker. »Ich lernte sie in der Oper kennen.«

»Wer hat euch miteinander bekannt gemacht?«

»Willst du das wirklich wissen?« Phil Parker lachte. »Weißt du, Dad, ich bin einfach zu ihr hinspaziert und habe ihr meine Visitenkarte überreicht. Nachdem sie mir Namen und Adresse verraten hatte, versprach ich ihr, sie anzurufen. Ihrem Begleiter gefiel das überhaupt nicht. Aber er war nicht groß genug, um mit Gewalt zu reagieren.«

»Frechheit siegt«, sagte Colonel Parker und lachte leise.

»Sie ist Pathologin«, sagte Phil. »Was hältst du davon?«

»Doktor der Medizin?«

»Von der Harvard Medical School«, sagte Phil. Sein Vater hörte eine Spur von Stolz aus dem Tonfall seines Sohnes heraus.

»Ich bin beeindruckt«, sagte Colonel Parker. Dann fügte er offen heraus hinzu: »Was glaubst du, wie sie sich als Offiziersfrau machen würde?«

»Weil sie den Doktor hat, meinst du?«

»Weil sie eine Negerin ist.«

»Das heißt jetzt ›Schwarze‹, Dad.«

»Du hast doch darüber nachgedacht?«

»O ja«, sagte Phil Parker. »Ihre Eltern halten nicht viel von Soldaten.«

»Nur wenige Leute halten viel davon«, sagte Parker.

»Das muß ich auch in meine Überlegungen mit einbeziehen, Dad.«

»Das Nachdenken über eine Ehe ist die einzige Ausnahme von der Regel, daß jede Aktion besser ist als keine«, bemerkte Colonel Parker.

»Ich werde dich wissen lassen, was passiert«, sagte Phil Parker.

»Übereile nichts, Philip«, sagte sein Vater. »Was immer du auch im Leben tust, übereile nichts.«

4

Bordentown, N.J.

23. Oktober 1952

Die Militärakademie Bordentown war stolz auf die medizinische Versorgung in Routine- und Notfällen, die sie dem Kadettenkorps angedeihen ließ. Das Arztpersonal bestand aus einem Vollzeit-Arzt im Titularrang eines Majors und vier staatlich geprüften Krankenschwestern, eine mit dem Titularrang Captain und drei mit dem Titularrang First Lieutenant.

Da gerade kein Mitglied des Kadettenkorps mit irgendeiner Krankheit von Jungen in der Nachpubertät oder Teenagerzeit im Krankenrevier lag, brauchte Evelyn Wood R.N. (Registered Nurse; staatlich geprüfte Krankenschwester) nicht im Krankenrevier mit den acht Betten zu bleiben. Statt dessen mußte sie in Bereitschaft auf dem Campus bleiben und die Telefonzentrale und den Offizier vom Dienst auf dem laufenden halten, wo sie zu erreichen war.

Ihre blütenweiße, gestärkte Uniform lag sorgfältig gefaltet auf ihrem rot linierten Schwestern-Cape, ihre Unterwäsche lag auf der Uniform, und alles zusammen befand sich auf einem der beiden Polsterstühle, mit denen jedes der Schlafzimmer im Stabsquartier 2 eingerichtet war.

Evelyn Wood selbst kauerte nackt auf dem Bauch zwischen den Beinen von Major Craig W. Lowell, dem Offizier vom Dienst, der ebenfalls verpflichtet war, auf dem Campus zu bleiben und den Mann in der Telefonzentrale auf dem laufenden zu halten, wo er zu erreichen war.

Das Telefon klingelte. Beim ersten Klingeln griff Lowell hinab und entfernte sanft, jedoch bestimmt Schwester Woods Mund von seinem Glied, und dann drehte er sich zur Seite und nahm den Hörer ab.

»Offizier vom Dienst, Major Lowell.«

Evelyn verstand seine Besorgnis, aber sie hätte sich wirklich große Mühe gegeben, ihm das Ding nicht abzubeißen. Leicht pikiert sagte sie sich, daß er wenigstens »entschuldige mich« hätte sagen können.

Evelyn Wood hatte Major Craig Lowell gesehen, als er sich vor einer Woche für das Herbstsemester zum Dienst gemeldet hatte. Sie war nicht gerade stolz darauf, wie weit sie hatte gehen müssen, um dorthin zu gelangen, wo sie jetzt war, aber andererseits gab es in Bordentown und Umgebung nicht so viele gutaussehende alleinstehende Männer, die einen roten Lincoln Continental fuhren, und es waren besondere Maßnahmen erforderlich gewesen.

Zuerst war er einfach nicht an ihr interessiert gewesen. Sie hatte gehofft, eine Chance zu bekommen, ihn kennenzulernen, ihm mehr oder weniger allein zu begegnen, irgendwo auf dem Campus, im Kino oder sonstwo, aber sie hatte ihn nur in den Stabsquartieren gesehen, und dann hatte er sie wie Luft behandelt.

So hatte sie ihm im Krankenrevier aufgelauert, als er Offizier vom Dienst war und auf seiner Runde im Dienst zweimal das Krankenrevier überprüfen mußte. Sie hatte ihm gesagt, da er ohnehin aufbleiben müsse, könne er nach dem Ende ihres Dienstes um Mitternacht zu ihr ins Zimmer kommen, und sie würde ihm eine Tasse Kaffee geben.

Er war nicht vorbeigekommen. Statt dessen hatte er in ihrem Quartier angerufen und sie aufgefordert, in seines zu kommen, es sei denn, sie hätte tatsächlich nur Kaffee im Sinn.

Das war wirklich demütigend gewesen, im Morgenrock über den Flur zu gehen, ein schamloses Eingeständnis, daß sie beide Sex wollten, anstatt eine Freundschaft anzufangen, die vielleicht in erblühende Liebe überging und erst dann – vielleicht - in Sex. Sie war wirklich versucht gewesen, umzukehren und ihm telefonisch zu sagen, daß er zur Hölle gehen sollte.

Evelyn war jedoch zu ihm gegangen, und zehn Minuten danach hatte sie in seinem Bett gelegen, und Himmel, da war er Spitze! Als sie erst einmal angefangen hatten, war ihr klargewesen, daß es so wirklich besser war als der andere, lange Weg. Es war etwas sehr Aufregendes daran, keine falsche Scham zu zeigen und sich nicht zu verstellen. Wenn sie scharf gemacht war, dann ging *alles*, und alles, was sie tun wollte, war wunderbar mit ihm.

Sie fand heraus, daß er Witwer mit einem kleinen Sohn war, und der Gedanke an eine plötzliche Familiengründung hatte sie beunruhigt, bis ihr dann klargeworden war, daß er nicht im Traum daran dachte, ihr einen diesbezüglichen Vorschlag zu machen.

Manchmal führte er sie aus, an ihren beiden freien Nächten. Dann fuhren sie nach Trenton, und einmal waren sie in Philadelphia gewesen. Er brachte sie an wirklich feine Plätze und besuchte mit ihr die teuersten Lokale, als spiele Geld keine Rolle für ihn. Es wäre alles noch schöner gewesen, wenn sie auch an den Wochenenden frei gehabt hätte, aber das war nun mal nicht der Fall, und sie konnte wirklich nicht erwarten, daß er auf dem Campus blieb, wenn er dienstfrei hatte. Er fuhr immer noch jedes Wochenende nach New York oder sonstwohin.

Evelyn Wood konnte nur hoffen, daß ihre Beziehung allmählich reifen würde. Sie wußte, daß Craig sie mochte.

»Sind Sie das, Craig?« fragte eine Frauenstimme. Sie klang vertraut, doch er konnte sie nicht einordnen.

»Wer ist da?«

»Enttäuschend, daß Sie sich nicht erinnern«, sagte sie. »Ich bin Barbara Bellmon.«

»Da will ich doch verdammt sein!«

»Was machen Sie?« fragte sie. »Können Sie reden?«

»Klar. Worum geht es?«

»Eigentlich möchte Bob mit Ihnen reden.« Er hörte sie sagen: »Craig ist am Apparat, Schatz.«

»Wie geht es Ihnen, Lowell?« sagte Bob Bellmon einen Augenblick später.

»Prima, Colonel«, antwortete Lowell. »Darf ich Ihnen

gratulieren? Ich sah im *Army-Navy Journal*, daß man Ihnen endlich Ihren Silbervogel gegeben hat.«

»Danke«, sagte Bellmon steif. »Sehr freundlich von Ihnen.«

»Womit kann ich Ihnen dienen, Colonel?« fragte Lowell leichthin. Er freute sich über Bellmons Unbehagen.

»Nun, Ihr Name kam heute beim Mittagessen zur Sprache.«

»In meinen Ohren hat's nicht geklingelt. Was wurde denn über mich gesagt?«

»Nach Meinung des Offiziers, mit dem ich zu Mittag aß . . .«

»Wer war das, Colonel?« fragte Lowell.

»Das kann ich Ihnen nicht sagen«, wich Bellmon aus. »Ein ranghoher Offizier, der irgendwie wußte, daß ich Sie kenne.«

»Und was hatte dieser anonyme, ranghohe Offizier über mich zu sagen?«

»Er ist der Ansicht, daß es eine Überreaktion auf diese Sache mit Ihnen und dem Filmstar gab.«

»Sie reden von meiner dienstlichen Beurteilung?«

»Ja, natürlich.«

»Diese Beurteilung war die Quittung für meine Aussage für Phil Parker vor dem Kriegsgericht.«

»Das ist nicht die Geschichte, die ich hörte.«

»Nun, Bob, das *ist* die Geschichte.«

»Ihr Fall ist, wie Ihnen vermutlich bekannt ist, einem sehr ranghohen Offizier vorgetragen worden, und zwar von einem Ihrer politischen Freunde.«

»Ich weiß wirklich nicht, wovon Sie reden.,«

»Sie streiten es ab?«

»Ja, ich streite es ab. Ich habe mit dem Gedanken gespielt, mit einem Senator zu sprechen – mein Cousin hat einen in seiner Westentasche – und mir die Erlaubnis zu holen, vorzeitig meinen Abschied zu nehmen, aber bis jetzt habe ich noch nicht mit ihm gesprochen.«

An diesem Punkt dachte er an Porter Craig.

»Mein Cousin hat vielleicht irgend etwas unternommen, aber ich nicht, Bob, das können Sie mir glauben.«

Es folgte eine Pause.

»Wie dem auch sei«, fuhr Bellmon dann fort, »Ihr Fall wurde einem ranghohen Offizier von einem Senator vorgetragen.«

»Dem ranghohen Offizier, mit dem Sie zu Mittag aßen, nicht wahr?«

»Ich habe mit seinem Adjutanten zu Mittag gegessen«, sagte Bellmon.

»Und?«

»Wie ich schon sagte, er meint, daß es eine Überreaktion auf die Sache in Korea gab.«

»Ich wünschte, Sie kämen zur Sache«, sagte Lowell offen.

»Sie werden in Kürze nach Sill versetzt werden«, sagte Bellmon. »Zu einer Aufgabe, die mehr Ihrer Erfahrung und Ihren Fähigkeiten entspricht.«

Jetzt legte Lowell eine Pause ein, bevor er etwas erwiderte.

»Und was ist mit Phil Parker?« fragte er.

»Phil Parker wird ebenfalls nach Sill versetzt.«

»Wie nett. Danke für Ihren Anruf. Ich weiß das zu schätzen.«

»Sie brauchen sich nicht bei mir zu bedanken«, sagte Bellmon. »Ich wurde praktisch gezwungen, Sie anzurufen, weil wir so alte Freunde sind.«

»Was soll ich machen, Bob«, brauste Lowell auf, »um in Ihrer Gunst zu steigen? Mir die gottverdammte Medaille verdienen? Die Story in Korea hat zwei Seiten, ob Sie das glauben oder nicht!«

»Hört auf, ihr beiden«, sagte Barbara Bellmon ärgerlich, offenbar über einen Nebenanschluß. »Craig, Bob sagte mir wiederholt, daß Sie seiner Meinung nach unfair in Korea behandelt wurden. Er ist gar nicht so gegen Sie eingenommen, wie er tut.«

»Ich entschuldige mich, Lowell«, sagte Bellmon.

»Ich entschuldige mich, *Craig*«, korrigierte Barbara Bellmon ihren Mann.

»Ich entschuldige mich, Craig«, sagte Bellmon gehorsam.

»Jetzt bin ich verlegen«, sagte Lowell. »Sie brauchen sich nicht bei mir zu entschuldigen, Bob. Ich weiß, daß ich Ihnen auf die Nerven gehe. Ich kann nichts dafür.«

»Mein Vater ging ihm ebenfalls auf die Nerven, Craig«, sagte Barbara. »Da sind Sie in guter Gesellschaft.«

»Das stimmt, das stimmt«, sagte Bob Bellmon. »Porky Waterford war von der gleichen Art wie Sie, Lowell.«

»*Craig*«, korrigierte Barbara von neuem.

»Ich bin Colonel«, widersprach Bellmon. »Er ist nur ein lausiger Major. Ich kann ihn anreden, wie ich will.«

Es war ein Scherz, und alle drei lachten. Dann sprachen sie von P.P., und Lowell versprach, auf dem Weg nach Sill bei der Farm vorbeizuschauen. Schließlich verabschiedeten sie sich, und er legte auf.

Er rollte sich auf den Rücken.

»Was hatte das alles zu bedeuten?« fragte Evelyn Wood. Sie lächelte ihn an, schaute an seinem Körper hinab und begann ihn zu streicheln.

»Ich bin im Begriff, aus dem Gefängnis auszubrechen«, erklärte Lowell.

»Ich weiß nicht, wie du das meinst«, sagte Evelyn. »Gehst du irgendwo anders hin?«

»Richtig.«

»Wohin?«

»Fort Sill, Oklahoma.« Er lächelte glücklich. »Aber jetzt was anderes: Wo waren wir stehengeblieben?«

Sie nahm ihn wieder in den Mund. Verdammt, dachte sie, ich hätte wissen sollen, daß es so ausgeht.

XVIII

1

The Artillery School
Fort Sill, Oklahoma

Neujahr 1953

Die U.S. Air Force führt ihr Erbe zurück auf die Flugabteilung der Fernmeldetruppe in den Tagen vor dem Zweiten Weltkrieg. Die Entstehung der Heeresfliegerei geht zurück auf den Bürgerkrieg, als Thaddeus Lowe die Army mit Ballons versorgte, aus denen das Artilleriefeuer der Union gegen die Konföderierten Nordvirginias beim Angriff auf Washington geleitet wurde. Der Großteil der Maschinen der Army im Zweiten Weltkrieg, es waren fast ausschließlich Piper L-2 oder Stinson L-5, wurden der Artillerie zum selben Zweck zugeteilt – zum Leiten von Artilleriefeuer aus der Luft.

Deshalb war es nur natürlich, daß die Artillerie die Ausbildung der Piloten übernahm. Auf dem ausgedehnten Areal von Fort Sill wurden Artilleriebeobachter zur gleichen Zeit ausgebildet wie die Kanoniere.

Sowohl als selbständige Batterie als auch als Teileinheit gepanzerter Verbände ist ein großer Teil der Artillerie der U.S. Army als Selbstfahrlafette ausgelegt, das heißt, die Kanone ist auf das Fahrgestell von Panzern montiert.

Major Craig Lowell fand nichts wirklich Ungewöhnliches daran, daß er dem Büro des G-3 (Planung und Ausbildung) des Army Artillery Center Fort Sill zugeteilt wurde. Das war die Art Position, die ihm zustand. Er war ein Panzeroffizier mit S-3-Erfahrung. Er kannte sich mit Kettenfahrzeugen aus und konnte die Leute lehren, damit umzugehen und sie instandzuhalten.

Ebensowenig überraschend, nur ein angenehmer Zufall, war für ihn, daß Phil Parker ebenfalls Sill zugeteilt wurde. Auch für ihn war es eine logische Position. Parker wurde Technischer Offizier für Kettenfahrzeuge in der Abteilung ›Artillerie auf Selbstfahrlafette‹ der Artillerieschule. Seine Aufgabe bestand darin, sicherzustellen, daß genügend Selbstfahrlafetten verfügbar waren, um die vom G-3 geplanten Ausbildungsaufträge durchführen zu können.

Sie waren nicht bei den Panzertruppen, aber es war das Zweitbeste. Die Offiziersunterkünfte, die BOQ's, waren gräßlich. Der ständige Wind blies den Sand von Sill in die kleinsten Ritzen. Die Vorschriften verboten, daß unverheiratete Offiziere außerhalb der Kaserne wohnten. Dieses Privileg war den Offizieren mit Angehörigen vorbehalten, für die keine Unterkunft im Fort zur Verfügung stand.

Es war allerdings eine Frage der Auslegung. Sie waren prinzipiell nicht auf das Fort beschränkt, doch sie erhielten keine Wohnungszulage, weil ja Offiziersquartiere im Fort zur Verfügung standen.

An seinem dritten Tag in Fort Sill, nachdem sich Lowell die Hotels und Mietwohnungen in der Nähe angeschaut und festgestellt hatte, daß sie fast so schlecht wie die Offiziersquartiere waren, erfreute er einen Verkäufer von ›Lawton Realty‹, indem er 5000 Dollar auf das Musterhaus der Firma anzahlte, genug, um schnell eine Hypothek bei der First National Bank von Lawton zu erhalten. Dann gab er dem Verkäufer einen zweiten Scheck für die Möblierung, die eine Art Leihgabe von ›Oklahoma Home Furnishings‹ war.

Jetzt fehlte nur noch der Kauf von Bettwäsche, Handtüchern und dergleichen und der Einkauf im Lebensmittelladen

Die Nachbarn hoben überrascht die Augenbrauen. Zuerst, als die Nachbarsfrauen kamen und Geschenke für die Frau des Hauses mitbrachten und feststellten, daß es keine gab, und dann, als ein hünenhafter schwarzer Captain ebenfalls einzog.

Die beiden sahen zwar nicht wie Schwule aus, aber heutzutage konnte man ja nie wissen.

Es gab einiges Gerede in dieser Richtung bis zum nächsten Freitag. Da kam eine große, elegant gekleidete Schwarze mit einem Taxi und lächelte beim Anblick des hufeisenförmigen Blumenarrangements an der Tür und einer Schleife, auf der stand: »WILLKOMMEN IM WILDEN WESTEN, ANTOINETTE«.

Antoinette hatte einen Hausschlüssel per Post erhalten, denn Phil Parker konnte sich tagsüber nicht freinehmen und sie deshalb nicht vom Flughafen abholen.

Antoinette war trotz der Einwände ihrer Eltern, daß ordentliche Mädchen, ob mit Doktortitel oder nicht, keine Tausende Meilen weit fliegen, um die Wochenenden mit einem Soldaten zu verbringen, hergekommen. Sie war ein häufiger Gast in diesem Haus. Antoinette war auch dort, als am Neujahrsnachmittag der Anruf kam. Ebenso anwesend war Harriet Albright, die Assistentin des stellvertretenden Direktors der First National Bank von Lawton. Harriet, eine rothaarige Geschiedene, war entzückt von der Aussicht gewesen, in Major Lowells Haus ›einige Steaks anbrennen zu lassen‹. Sie hatte von der Morgan

Guaranty Trust – bei der sie sich wegen der Hypothek über Lowell erkundigt hatte – erfahren, daß er unbegrenzt kreditwürdig war. Harriet war begeistert. Es hatte sie nicht einmal abgeschreckt, als er sie darauf hingewiesen hatte, daß sein Hausgenosse ein Schwarzer war und als Gast dessen Verlobte, ebenfalls eine Schwarze, anwesend war.

Harriet hatte nie Vorurteile gehabt, und es gab nicht viele Junggesellen in der Gegend, die der Vizepräsident der Morgan Guaranty Trust als ›enorm reich‹ bezeichnen würde.

Craig Lowell war in der Küche mit Antoinette und hatte soeben ihre ›Pommes frites d'Alsace‹ probiert, als das blaßgelbe, farblich zur Tapete passende Telefon klingelte.

Craig war beim vierten Martini, und er fühlte sich so gut wie lange nicht mehr.

Er nahm den Hörer ab und meldete sich. »Hallo.«

»Major Lowell, bitte«, sagte eine Stimme, die nach Militär klang.

»Welche Nummer möchten Sie?« fragte Lowell. Er hatte nicht vor, zum Fort zu fahren und irgend etwas zu erledigen, was verdammt gut bis Montagmorgen warten konnte.

»Ich habe die Nummer von der Auskunft erhalten«, sagte der Anrufer. »Sind Sie das, Lowell?«

»Jawohl, Sir.«

»Mein Name ist Roberts. Wir haben einen gemeinsamen Bekannten, Bob Bellmon.«

»O ja, Sir.«

»Ich suche Sie und Captain Parker seit Donnerstag«, sagte Roberts. »Ich nehme an, er wohnt dort bei Ihnen?«

»Ja, Sir.«

»Meine Frau und ich möchten Sie besuchen, Major«, sagte Roberts, und sein Tonfall verriet, daß es kein gesellschaftlicher Besuch war. »Würde es Ihnen in einer Stunde passen?«

»Können Sie mir verraten, worum es geht – Colonel, oder?«

»Lieutenant Colonel«, sagte Roberts. »Ich bin der stellvertretende Fliegeroffizier des Forts.«

»Colonel, wir sind mitten – äh – kurz vor dem Abendessen.«

»Dann gebe ich Ihnen anderthalb Stunden«, sagte Colonel

Roberts. »Die Adresse ist doch 2340 Bubbling Creek Lane, nicht wahr?«

»Es ist das Haus mit den Schildern ›VERKAUFT‹ und ›Möbliertes Musterhaus‹«, erklärte Lowell.

Antoinette lachte, als er auflegte.

»Warum läßt du die Schilder dran?« fragte sie.

»Die sind besser zu finden als eine Hausnummer, oder?«

Antoinette lachte von neuem. »Jedesmal, wenn ich meinen Kindertraum habe, euch beide aus der Army herauszulotsen und euch zu etwas Anständigem zu machen, habe ich diesen Alptraum: Ich sehe das ZUM VERKAUF/VERKAUFT-Schild und erinnere mich daran, daß ihr beiden nicht ganz stubenrein seid, gesellschaftlich, meine ich. Es ist vermutlich gut, daß meine Eltern noch keinen von euch beiden kennengelernt haben.«

»Du mußt wissen, daß der Kongreß Phil und mich zu Gentlemen erklärt hat.« Craig klopfte Antoinette auf den Po, ging ins Zimmer zu Phil, der Martinis mixte, und erzählte ihm von dem Anruf.

Eine Stunde und 15 Minuten nach dem Anruf stiegen Lt. Colonel William Roberts und seine Frau aus ihrem Mercury-Coupé und gingen zur Tür des Hauses 2340 Bubbling Creek Lane. Colonel Roberts drückte auf die Klingel, und er und seine Frau hörten die ersten acht Noten von ›Be It Ever So Humble‹. Mrs. Roberts kicherte.

Lowell öffnete die Tür. Er trug Polohemd und Freizeithose.

»Colonel Roberts, nehme ich an«, sagte er.

»Ihre Türglocke ist ja *entzückend*«, sagte Mrs. Roberts mit einem breiten Lächeln.

»Warten Sie, bis Sie die Tapete in der unteren Toilette sehen«, sagte Lowell. »Es ist eine künstlerische Wiedergabe dieser berühmten kleinen Statue in Belgien, dieser kleine Junge beim – na, Sie wissen schon, was.«

»Phantastisch!« Sie und Craig Lowell lächelten sich an.

»Bitte treten Sie ein«, sagte Lowell. Roberts schüttelte ihm die Hand, sagte jedoch kein Wort.

Captain Philip Sheridan Parker IV, der mit Dr. Antoinette Ferguson auf der Couch saß, stand auf.

»Ich kann einfach nicht fassen, wie groß der süße kleine Philip geworden ist«, sagte Mrs. Roberts.

»Wie bitte?« fragte Parker.

»William hat mich auf seinem Rekrutierungsausflug als Beweis mitgenommen, daß er wenigstens mit jemand Freundlichem verheiratet ist«, sagte sie. »Ich kannte Sie in Riley vor dem Krieg. Meine Familie und Ihre schreiben sich immer noch Weihnachtskarten. Ich bin – ich war – Jeanne Whitman.«

»Oh, gewiß!« sagte Parker und lächelte breit. »Wie geht es Ihrem Vater?«

»Fein. Und Ihrem? Meine Eltern sind in Carmel.«

»Meine sind immer noch bei Riley.« Phil wandte sich zu Antoinette um. »Mrs. Roberts, darf ich Ihnen Dr. Antoinette Ferguson vorstellen? Und dies ist Mrs. Albright.«

»Doktor der Medizin?« fragte Colonel Roberts. »Oder der Philosophie?«

»Ich bin Pathologin«, sagte Antoinette.

»Und Harriet ist Bankier«, sagte Lowell. »Das sollten Sie nicht unerwähnt lassen, wenn Sie Phils Mutter schreiben.«

»Unsere Nachbarn bezeichnen dieses Haus als ›Palast der Ehrbarkeit‹«, bemerkte Phil Parker.

»Darauf möchte ich wetten«, sagte Colonel Roberts.

»Nun, da der Small talk vorbei ist, schlage ich vor, Jeanne, daß du die Ladies mit Geschichten aus der Old Army ergötzt, während ich mit diesen beiden rede.«

»Es tut mir wirklich leid, Ihre Party zu stören«, sagte Jeanne Whitman-Roberts, »aber Bill ist nicht zu stoppen, wenn er sich etwas in den Kopf gesetzt hat.«

»Können wir irgendwo ungestört reden?« fragte Roberts.

»Möchten Sie etwas zu trinken?« erkundigte sich Lowell.

»Ich befürchte, Sie hatten bereits zuviel«, erwiderte Roberts unverblümt.

»Und ich wollte mindestens noch einen heben, Colonel«, sagte Lowell kühl. »Phil und ich haben das dritte Schlafzimmer als eine Art Büro hergerichtet. Folgen Sie mir.«

Er nahm den Krug mit Martini, schenkte ein Glas ein und hielt es Roberts hin. Roberts zögerte, gab schließlich nach und nahm das Glas. Lowell bot Phil ebenfalls einen Martini an. Phil lehnte mit einem Kopfschütteln ab. Dann schenkte sich Lowell selbst einen Martini ein und ging vor Roberts die Treppe hinauf.

»Okay, Colonel«, sagte Lowell, als Roberts auf dem einzigen Sessel in dem Zimmer Platz genommen hatte. »Worum geht es?«

»Ich habe einige Fragen an Sie«, sagte Roberts. »Und ich bitte Sie um offene Antworten.«

Phil und Craig nickten.

»Was halten Sie im großen und ganzen von Heeresfliegern?« fragte Colonel Roberts.

Phil Parker zuckte mit den breiten Schultern. »Nicht viel. Ich meine, ich habe früher nie viel davon gehalten. Und wenn ich jetzt darüber nachdenke, halte ich immer noch nicht viel davon. Ist das offen genug, Colonel?«

»Lowell?« fragte Roberts, ohne eine Antwort zu geben.

»Ich habe mich immer gefragt, warum die Army meint, das Kommando über einen Panzer im Wert von einer halben Million Dollar und über eine Besatzung von vier bis fünf Mann einem Sergeant übergeben zu können – und daß andererseits ein Lieutenant oder Captain – oder sogar ein Major – nötig ist, um eine zweisitzige Maschine im Wert von 15 000 Dollar zu fliegen.«

»Mit anderen Worten, Sie halten nicht viel von Heeresfliegern oder von der Heeresfliegerei?«

»Sie wollen eine offene Antwort? Okay. Es gibt offenbar einen Platz für Flugzeuge in der Army. Gott weiß, daß nichts besser für die Überwachung einer Marschkolonne ist. Ich habe selbst Flugzeuge benutzt. Ich habe mich sogar gefragt, warum zur Hölle man diese kleinen Maschinen nicht mit Raketen bewaffnen kann. Vielleicht sogar Hubschrauber. Sie wären gute Panzer-Killer. Aber das ist nicht geschehen. Army-Piloten sind eine Sammlung von Jeepfahrern der Luft, die Air Force spielen.«

»Sie halten nicht viel von dem typischen Army-Piloten, das wollen Sie damit sagen?«

»Nichts für ungut, Colonel. Aber Sie haben danach gefragt. Und das ist meine Antwort. Ich denke in diesem Punkt wie

Phil. Ich halte nicht viel von Army-Piloten, und ich frage mich, warum sie Offiziere sein sollten.«

»Viele Heeresflieger lassen allerhand zu wünschen übrig«, sagte Roberts. »Eine Reihe davon sind Offiziere, die bei ihrer Truppengattung in Schwulitäten kommen, das Werbeplakat am Schwarzen Brett lesen und sich als Army-Piloten melden, weil ihnen keine andere Wahl bleibt und sie sonst aus der Army fliegen würden.«

»Eilt uns unser Ruf voraus, Colonel?« fragte Lowell.

»Ich weiß allerhand über Sie beide«, sagte Roberts. »Auch das Schlechte.«

»Und da wir das Gütesiegel im Scheißebauen haben, sind Sie hier, um uns als Army-Piloten anzuwerben?« fragte Lowell herausfordernd. »Ich glaube nicht, daß ich ganz so beschissen bin, Colonel, trotzdem vielen Dank.«

»Halt die Klappe, Craig«, sagte Phil Parker scharf. »Der Colonel ist unser Gast. Wir hatten nicht mit Besuch gerechnet, Colonel. Wir haben getrunken.«

»Deshalb sollten Sie nicht vergessen, daß man von Ihnen das Benehmen eines Offiziers und Gentleman erwartet.« Roberts sah Lowell finster an, als warte er auf eine Entschuldigung. Es kam keine.

»Der Pilotenlehrgang der Heeresflieger-Abteilung der Artillerieschule besteht aus 32 Offizieren«, sagte Roberts nach langer, lastender Stille. »Wenn während der ersten beiden Wochen der Flugausbildung Offiziere aus irgendeinem Grund aus dem Lehrgang ausscheiden, ist Fort Sill berechtigt, diese Offiziere durch qualifizierte Offiziere zu ersetzen, die bereits in Fort Sill anwesend sind. Der Ausbildungsplan muß fortgesetzt werden ohne Rücksicht auf die Zahl der anwesenden Offiziere bei der Ausbildung, wie Sie verstehen werden, Major Lowell.«

»Und Sie haben zufällig gerade zwei Ihrer Flugschüler verloren, nicht wahr?« fragte Phil Parker.

»Nun, es tut mir leid, daß Sie sich umsonst bemüht haben, Colonel«, sagte Lowell, »aber bevor ich Taxifahrer der Lüfte werde, nehme ich meinen Abschied.«

»Zur Zeit stehen in Fort Sill 19 Offiziere auf der Warteliste«, sagte Roberts unverzagt. »Bereit und willens, die Flugausbildung zu beginnen.«

»Und warum wollen Sie dann uns haben?« fragte Phil Parker.

»Weil Sie, Captain Parker, mir als solider und verläßlicher Offizier aus einer langen Ahnenreihe von Soldaten beschrieben wurden, der in Korea unfair behandelt wurde.«

Parker erwiderte nichts darauf. Roberts schaute Lowell an.

»Und Sie, Lowell, möchte ich haben, weil ich weiß, was im Dossier des CIC über Sie steht.«

»Ich verstehe nicht«, sagte Lowell.

»Sie haben politischen Einfluß auf höchsten Ebenen«, sagte Colonel Roberts, »und Sie werden ihn behalten, ganz gleich, welche Partei vorübergehend an der Macht ist, weil Sie durch Erbschaft, nicht im geringsten durch irgendwelche eigenen Verdienste, unverschämt reich sind.«

»Ich habe nicht versucht, meine finanzielle Stellung in irgendeiner Weise zu benutzen, um in der Army irgendwelche Sonderrechte zu erhalten.« Lowell sagte es langsam und betont, und Parker, der das bei ihm als Anzeichen auf Zorn kannte, schaute ihn besorgt an, denn er befürchtete einen Wutausbruch.

»Sie wurden von Ihrem Dienst bei der Bordentown Military Academy durch den Stellvertretenden Inspekteur des Heeres entbunden, auf Ersuchen des Senators von New York.«

»Das hat man mir als *vollendete Tatsache* präsentiert«, sagte Lowell. »Mein Cousin hat das arrangiert. Er will mich nicht in New York haben.«

»Das glaube ich Ihnen«, sagte Roberts. »Aber niemand sonst wird das glauben. Und ich stelle fest, Sie beschwerten sich nicht darüber, daß Sie eine Sonderbehandlung erhalten.«

»Oh, Scheiße!« stieß Lowell hervor. »Ich hätte wissen sollen, daß so etwas dabei herauskommt!«

»Es ist kein Weltuntergang«, sagte Roberts.

»Wenn Sie darüber Bescheid wissen, Colonel, dann wird es in der ganzen verdammten Army bekannt sein.«

»Ihr politischer Einfluß macht Sie attraktiv für mich«, sagte Roberts. »Ich war nicht sonderlich beeindruckt von diesem effekthaschenden Vorstoß von Pusan aus. Sie hatten Glück, daß Ihnen dabei nicht der gesamte Kampfverband draufging.«

»Colonel«, sagte Lowell, »reden Sie nicht über Task Force Lowell. Ich war dort, und Sie waren das nicht, und es war der richtige Einsatz von Panzern in dieser Lage.«

»Sie sind gerne Kommandeur, nicht wahr?« fragte Roberts. »Ein Jammer, daß Sie nie wieder ein Kommando bei der Panzertruppe bekommen werden.«

»Sie scheinen sich dessen viel sicherer zu sein, als ich das bin, Colonel«, sagte Lowell.

»Sie glauben mir nicht?« sagte Roberts. »Und wie steht es mit Paul Jiggs? Würden Sie ihm glauben? Oder Bob Bellmon?«

»Haben Sie mit ihnen geredet?«

»Die beiden haben versucht, Sie mir zu verkaufen, Major. Und Sie, Lowell, sind sehr gut darin, sich selbst zu verkaufen, ob mit politischem Einfluß oder nicht.«

Lowell sah ihn nur an. Sie starrten sich in die Augen. Schließlich hob Roberts den Telefonhörer ab.

»Vermittlung, geben Sie mir Colonel Paul Jiggs im National War College, Washington, D.C.«

Lowell neigte sich zum Telefon und unterbrach die Verbindung.

»Es überrascht mich ein bißchen, daß Colonel Jiggs das politische Geschäft zur Sprache gebracht hat.«

»Ich sollte Ihnen das nicht sagen, denn Sie sind arrogant genug«, sagte Roberts. »Aber ich durchdringe anscheinend endlich Ihre Schicht von Einbildung, und ich will das Risiko eingehen. Jiggs sagte, daß Sie ein hervorragender Führer im Kampf, ein hervorragender S-3 und ein dreisterniger Klugscheißer sind. Er sagte, daß Sie mit Glück aus dem Klugscheißer herauswachsen könnten, und daß ich sowohl Führer als auch Planer brauche und nicht viele Freiwillige bekommen werde.«

»Sie wollen damit sagen, daß ich ein Kommando über Heeresflieger bekommen kann?« sagte Lowell. »Welches? Das Kommando über einen verstärkten Zug Piper Cubs?«

»Wie wäre es mit einer Staffel Panzerabwehrhubschrauber mit Raketen?«

»Sie sind ein Träumer, Colonel«, sagte Lowell. »Die Air Force würde das nicht zulassen.«

»Ich sehe ganze Divisionen, die völlig von Heeresfliegern transportiert und unterstützt werden«, sagte Roberts. »Das ist mein Traum.«

»Eine Armada von L-19, Beaver und H13-Maschinen am Himmel«, sagte Lowell sarkastisch.

»Ich sagte doch, halt die Klappe«, mahnte Phil Parker.

»Da redet mein Verstand, nicht der Alkohol«, sagte Lowell.

»Okay«, sagte Roberts. »Ziehen wir Bilanz. Zur Zeit, Major Lowell, sind Sie ein Offizier, der viel zu jung für Ihren Dienstgrad ist und eine Beurteilung hat, die ihm den Rest seiner Karriere am Hals hängen wird. Es besteht keine Aussicht, *nicht die geringste,* daß Sie *jemals* das Kommando über ein Panzerbataillon erhalten, und Sie sind klug genug, um das zu wissen, wenn Sie nüchtern sind. Und wenn die Zeit kommt, daß eine Beförderung zum Lieutenant Colonel erwogen wird – wenn Sie so lange durchhalten – und es die Wahl zwischen Ihnen und einem Offizier gibt, in dessen Beurteilung nicht steht, daß er impulsiv handelt und nicht für ein Kommando empfohlen werden kann, dann wissen Sie, wer befördert werden wird.«

»Sie haben auch meine Beurteilung gelesen, was?«

»Ja, das habe ich.«

»Wer wird schon einen Offizier befördern, der zehn Jahre lang eine Piper Cub geflogen hat?« fragte Lowell.

»In zehn Jahren wird die Army keine Piper Cubs mehr haben«, sagte Roberts. »Und wenn man anfängt, Kommandeure von Heeresflieger-Bataillonen auszuwählen, dann wird man sie aus den Reihen der Piloten auswählen müssen. Nach Ihren eigenen Worten halten Sie die meisten Heeresflieger für Armleuchter und Außenseiter. Bei dieser Konkurrenz brauchten Sie vielleicht nicht vom jüngsten Major in der Army zum ältesten zu werden, Lowell.«

»Was springt für Sie dabei heraus, Colonel?« fragte Lowell.

»Das habe ich schon gesagt. Sowohl Bob Bellmon als auch Paul Jiggs haben Sie als besten G-3 gepriesen, den ich bekommen kann. Das und der politische Einfluß.«

»Sie sagen immer ›ich‹«, warf Phil Parker ein. »Das klingt, als gehörte Ihnen die Heeresfliegerei.«

Roberts bedachte ihn mit einem kalten Blick.

»Zur Zeit bin ich einer der drei Offiziere in aktivem Dienst, die im ersten Lehrgang waren, dem ›Lehrgang vor Nummer 1‹, bevor die Lehrgänge für Verbindungspiloten numeriert wurden. Die anderen beiden stehen kurz vor der Pensionierung. Zur großen Überraschung meiner Lehrgangskameraden, die alle meinten, ich hätte meine Karriere weggeworfen, bin ich mit ihnen befördert worden. Und im Augenblick bin ich einer der wenigen Leute mit der Vision einer luftmobilen Army. Ja, Captain. Ich nehme an, Sie können sagen, daß ich mich gewissermaßen als Besitzer der Heeresfliegerei fühle.«

»Glauben Sie wirklich, daß Sie damit durchkommen?« fragte Lowell.

»Ich hoffe es«, erwiderte Roberts. »Ich arbeite ziemlich hart daran.«

»Was denkst du, Phil?« fragte Lowell.

»Er kann überzeugend reden, nicht wahr?« sagte Captain Philip Sheridan Parker IV in breitem Südstaaten-Slang. »Er wäre ein *ausgezeichneter* Sargverkäufer. Bei ihm klingt es, als *brauche* man *unbedingt* die teuerste Eiche.«

»Ich muß vieles tun, was mir nicht gefällt«, brach es wütend aus Roberts hervor, »aber ich lasse mich nicht von Arschlöchern wie Ihnen verspotten!«

»Colonel, Sie haben mich wirklich zum Nachdenken gebracht, was mich überrascht«, sagte Lowell. »Ich möchte mir die Sache überlegen. Wann müssen Sie eine Antwort haben?«

»Auf der Stelle, verdammt!« sagte Roberts immer noch wütend und mit rotem Gesicht.

»Ich muß an meinen Vater denken«, sagte Phil Sheridan. »Er sagte, daß ich den gleichen Fehler gemacht habe, den viele Leute begehen.« Sowohl Lowell als auch Roberts schauten ihn verständnislos an. »Er sagte, daß Panzertruppen keine Kavallerie sind, und er sagte, daß auf dem Schlachtfeld immer ein Platz für Kavallerie sein wird.«

»Was zum Teufel soll das bedeuten?« fragte Roberts.

»Er sagte, auf dem Berg Sinai wurde nicht in Stein gemeißelt, daß die Kavallerie auf einem Pferd sitzen muß«, erklärte Parker. »Was du zuvor sagtest, Craig. Bewaffnete Hubschrauber. Was ist das anderes als Kavallerie, eine schnelle, leicht bewaffnete Streitkraft, die nicht auf Straßen beschränkt ist?«

»Du findest, der Mann hat gewonnen?« fragte Lowell.

»Was wird als nächstes aus mir?« sagte Parker. »Hier kann ich kaum weiterkommen, und es gibt nicht viele solcher Posten für Offiziere mit meinem Dienstgrad. Planen Sie mich ein, Colonel.«

»Nicht so stürmisch«, sagte Lowell. »Diese Sache muß gründlich überlegt werden. Wenn wir das versauen, Phil, mein Junge, dann sind wir wirklich erledigt. Wie schnell brauchen Sie unsere Antwort, Colonel?«

»Sofort, verdammt«, sagte Roberts. »Ich brauche morgen um 8 Uhr zwei Mann auf dem Flugplatz. Entweder Sie oder sonst jemand.«

»Nun, in diesem Fall«, sagte Lowell, »brauche ich noch einen Martini.«

»Was für eine Antwort ist das?« fragte Colonel Roberts.

»Das heißt«, erklärte Captain Philip Sheridan Parker IV mit breitem Grinsen, »Achtung, Heeresflieger! Hier kommen der Duke und King Kong!«

Roberts war immer noch wütend. »Ich hoffe, ihr beiden Bastarde denkt nicht, ihr tut mir einen Gefallen«, sagte er. Aber er stand auf und reichte beiden die Hand.

2

Antoinette wirkte nicht beeindruckt, als sie nach der Unterredung mit Colonel Roberts herunterkamen und ihr sagten, daß sie ins weite Himmelsblau abheben würden, und zwar schon am nächsten Morgen um 8 Uhr. Doch als sie von Martinis zu leichter Weinschorle übergingen, entwickelte sie sich zu einer Zicke, wie Lowell fand.

Als Harriet schließlich heimging, wurde es noch schlimmer

mit Antoinette. Und dann, überraschend für beide, mixte sie einen Krug Martinis, und auf eine diesbezügliche Frage hin erklärte sie, daß sie in der Stimmung sei, mindestens einen Krug Martini und vielleicht auch zwei zu trinken.

»Darf ich fragen, weshalb?« fragte Phil.

Sie trank den Martini, den sie eingeschenkt hatte, bevor sie eine Antwort gab.

»Weshalb? Ha, das ist eine gute Frage!« Sie kicherte.

»Allmächtiger, du bist betrunken«, sagte Phil.

»In vino veritas«, bemerkte Antoinette.

»Ergo sum«, sagte Lowell.

»E pluribus unum!« fügte Parker hinzu. Er und Lowell lachten.

»Geh zur Hölle, Phil!« fuhr Antoinette ihn zornig an. Und dann begann sie zu weinen.

»Was ist los?« fragte Phil halb ärgerlich, halb betroffen.

»Entschuldigt mich, Kinder«, sagte Lowell. »Der kleine Craig muß in die Heia.«

»Du bleibst!« befahl Antoinette.

»Was zur Hölle habe ich getan?« murrte Craig, setzte sich jedoch wieder.

»Ich habe es satt«, sagte sie.

»Was hast du satt, Schätzchen?« fragte Phil.

»Ein verdammter Tramp zu sein, der dir von einem Camp ins andere folgt.«

»Tut mir leid, daß du das so siehst«, sagte Phil.

»Ich bin nicht wie dein rothaariger Tramp, Craig.«

»Harriet? Hey, Mädchen, wenn Harriet das Problem ist, dann ist es gelöst. Ich konnte sie selbst nicht mehr ertragen«, sagte Lowell. »Und jetzt darf ich ins Bett gehen?«

»Nein«, sagte Antoinette. »Das meinte ich nicht. Ich wollte sagen, daß es so nicht weitergehen kann. Ich muß mich entscheiden.«

»Wieso?«

»Jedesmal, wenn ich hier rauskomme, rede ich mir ein, daß ich euch die Army ausreden und euch zu mir nach Boston holen kann. Und jedesmal passiert nichts.«

»Und es wird auch nichts passieren, Toni«, sagte Parker weich. »Ich bin Soldat. Das ist mein Beruf.«

»Und ich bin Doktor«, sagte sie. »Das ist mein Beruf.«

»Und das läßt sich nie miteinander vereinbaren?« fragte Phil.

Sie sah ihn an. Tränen rannen ihre Wangen hinab. Sie nickte. »So ist es.« Sie schluchzte.

»Ich hab' jetzt genug von diesem sentimentalen Scheiß«, sagte Lowell und erhob sich.

»Paß bloß auf!« sagte Parker ärgerlich.

»Entweder liebt sie dich und will dich heiraten und dir Kinder gebären oder nicht. So einfach ist das. Ihr beide könnt euch meinetwegen die ganze Nacht deswegen beharken, aber wenn sie hysterisch wird, dann schütte ihr um Himmels willen einen Eimer Wasser über den Kopf. Ich brauche etwas Schlaf.«

Craig Lowell stürmte aus dem Zimmer und lief die Treppe hinauf.

Fünf Minuten später klopfte es an seine Tür. Captain Philip Sheridan Parker IV und Miß Antoinette Elaine Ferguson, Doktor der Medizin, wollten ihm als erstem sagen, daß sie den heiligen Bund der Ehe schließen wollten.

»In ein paar Wochen, Craig«, erklärte Phil. »Nur eine kleine Feier. Meine Verwandten und Tonis Leute, das ist schon alles. Du bist natürlich auch dabei.«

»Aber nicht Harriet?«

»Nein«, sagte Antoinette, neigte sich vor und küßte ihn. »Nicht Harriet.«

»Ich nehme an, das bedeutet, daß ich mir eine andere Bleibe suchen muß, nicht wahr?« sagte Lowell.

»Dies ist dein Heim, du Dummkopf«, sagte Parker.

»Ich mache euch einen guten Preis, wenn ihr mir ein Zimmer vermietet«, sagte Lowell. »Dieses hier.«

3

Fort Sill, Oklahoma

14. Januar 1953

Kaplan (Lt. Colonel) James Jackson Glober, ›Bruder Jack‹, Fort Sills ranghöchster Militärgeistlicher, war ein Baptist aus Daphne, Alabama. Er vertrat natürlich den ›Sittenkodex seiner Heimat‹, wie er es bezeichnete, aber er bildete sich etwas darauf ein, daß er seine Gefühle für Schwarze bei sich behalten konnte. Sie waren schließlich alle Gottes Kinder, und hier war nicht Daphne, Alabama, sondern die U.S. Army. Es gab keinen Platz für Rassenvorurteile in den Streitkräften der Vereinigten Staaten, und er bemühte sich stets nach besten Kräften, Bigotterie zu verdammen.

Das hatte er gesagt, und er wußte wirklich nicht, wie er es besser für den hochnäsigen Nigger hätte formulieren können.

Seine Tür und sein Herz hatten ihm offengestanden, und er war bereit gewesen, für ihn genau den gleichen Gottesdienst abzuhalten wie für irgendeinen Protestanten unter seiner militärischen Herde, ungeachtet der Hautfarbe.

Er hatte versucht, ihm zu erklären, daß die Ehe ein Sakrament ist, das nicht leichtfertig und nicht ohne viele Gebete eingegangen werden sollte. Er hatte ihm gesagt, daß er regelmäßig Eheberatungsstunden gebe und sich freuen würde, wenn er den Captain und seine junge Lady für die nächste dieser Stunden einplanen könne.

»Kaplan, ich will nur, daß Sie mir sagen, wann ich die Kapelle in den nächsten fünf Tagen haben kann. Ich sorge für einen eigenen Geistlichen, und ich bin nicht im geringsten an Eheberatung interessiert. Ich habe mir selbst lange Zeit hinreichend Gedanken über diese Ehe gemacht.«

»Aber hat das auch Ihre junge Frau?«

»Meine ›junge Frau‹, Kaplan, ist Doktor der Medizin, und sie hat sich die Sache noch mehr überlegt als ich.«

»Captain«, hatte Bruder Jack gesagt, »meine Eheberatungsstunden haben die begeisterte Unterstützung des Generals. Es ist offizielle Politik hier, daß Offiziere, Unteroffiziere und Mannschaften ermuntert werden, daran teilzunehmen, bevor sie die Verantwortung einer Ehe eingehen.«

»Bei allem Respekt, Kaplan, wann kann ich die Kapelle haben?« Der Nigger hatte nicht einmal versucht, seine Ungeduld zu verbergen.

Bruder Jack wäre nicht überrascht gewesen, wenn die Zukünftige des schwarzen Captains eine Weiße gewesen wäre. Es gab eine gewisse Klasse weißer Frauen, hauptsächlich Yankee-Intellektuelle, die großen schwarzen Kerlen wie diesem regelrecht nachliefen. Aber sie war auch Nigger. Zwei Tage später hatte sie die Heiratspapiere im Büro abgeliefert, nachdem er dem schwarzen Captain gesagt hatte, daß er diese Papiere sehen müsse, bevor er die Kapelle einem zivilen Geistlichen überlassen könne. Gutaussehende Frau, dachte Bruder Jack. Offenbar mit einem guten Schuß Araber- oder Weißen-Blut. Keine dieser breitgesichtigen, plattnasigen Dschungelweiber. Vielleicht war sie wirklich Doktor. So hatte sie jedenfalls die Papiere unterschrieben.

Dann begannen sich Dinge abzuspielen, die Bruder Jack wirklich beunruhigten. Wenn auch die Liberalen die Dinge abwickelten und die Gepflogenheiten bei der Army ruinierten, so wollte er auf jeden Fall vermeiden, daß man ihm vorwarf, auf Schwarzen herumzuhacken.

Als erstes passierte folgendes: Er spazierte in die Kapelle, und dort lungerte der Adjutant des Generals herum. Als er ihn fragte, was er für ihn tun könne, sagte der Adjutant des Generals, der General hätte ihm nur befohlen, in die Kapelle zu gehen und dafür zu sorgen, daß die Dinge perfekt abliefen.

Bruder Jack konnte schlecht den General anrufen und fragen, worüber er sich Sorgen machte, aber nur um sicherzugehen, rief er alle seine Gehilfen zusammen und ließ sie die Kapelle von oben bis unten wienern. Es war natürlich nicht nötig, aber eine Kapelle kann nie zu sauber sein.

Als nächstes geschah folgendes: Mrs. Roberts, die Frau des Chefs der Heeresflieger, kam in die Kapelle und schnüffelte herum. Sie sagte ihm, daß hier ein alter Freund von ihr getraut werden würde und daß sie alles erstklassig wünschte.

Er war wirklich nicht überrascht, als sich herausstellte, daß der Freund der schwarze Captain war.

Bruder Jack rechnete damit, daß der zivile Geistliche, der die Trauung vornehmen würde, Kontakt mit ihm aufnehmen würde, doch das war nicht der Fall. So rief Bruder Jack den Vorsitzenden der Lawton Ministerial Association an, bei der er Mitglied war, und fragte ihn, wer ein wahrscheinlicher Kandidat unter den farbigen Geistlichen war, der einen farbigen Offizier und dessen Verlobte trauen würde. Er erhielt drei Namen und rief bei allen dreien an, doch sie hatten nie etwas von einem Captain Parker gehört.

Am Morgen der Hochzeit ging Bruder Jack zur Kapelle, nur um sicherzugehen, daß alles in Ordnung war. Da stand eine 155-mm-Kanone auf Selbstfahrlafette, eine Long Tom auf einem Panzerfahrgestell, vor der Kapelle! Er wußte nicht, was los war. So ging er zu dem Fahrer und fragte ihn, was er da trieb, und der Fahrer erklärte ihm, ihm wäre nur befohlen worden, das Ding zur Kapelle zu fahren, dort würde ihn der Adjutant des Generals erwarten.

Und dann ging es erst richtig los. Zwei Lastwagen, vollbeladen mit Blumen, trafen aus Lawton ein. Sofort begann Mrs. Roberts die ganze Kapelle mit Blumen zu schmücken. Um ihr zu zeigen, daß er keine Vorurteile hatte, tat Bruder Jack das, was sich anbot: Er half ihr dabei. Und damit war er noch beschäftigt, als er sah, daß das Portal der Kapelle geöffnet wurde und ein Major mit umgeschnalltem Säbel hereinkam.

»Ich habe die Säbel, Kaplan«, sagte der Major. »Wo ist der Verurteilte?«

Der Name des Majors war Green, und er sagte, daß er Präsident des örtlichen Vereins der Norwich-Absolventen sei und verdammt wünsche, daß man ihm ein wenig mehr Zeit gelassen hätte. Auf die Schnelle könne er nur zwölf Offiziere auftreiben, ihn inbegriffen. Bruder Jack hatte nie etwas von Norwich gehört, und er wußte nicht, wovon der Mann redete, und darüber hinaus hatte Major Green ganz offenkundig einen gebechert. Die Schnapsfahne war auf drei Meter zu riechen.

Und dann kam der nächste Schlag für Bruder Jack. Von neuem öffnete jemand das Portal, und ein Major General kam in die Kapelle. Bruder Jack sah als erstes die Sterne und dann die silbernen Kreuze auf der Uniform. Es gibt nur einen Mann in der U.S. Army, der die beiden Sterne eines Major Generals und die Kreuze Christi trägt: Der Chief of Chaplains – der oberste aller Militärgeistlichen und somit auch Bruder Jacks oberster Chef.

Mrs. Roberts eilte auf ihn zu und küßte ihn auf die Wange.

›Father Dan‹, nannte sie ihn, obwohl Bruder Jack wußte, daß er ein Mitglied der Episkopalkirche war, keines der römisch-katholischen Kirche, die mit Father angesprochen wurden. »Ich freue mich, daß Sie kommen konnten.«

»Nicht nur das, ich komme stilvoll«, sagte der Chief of Chaplains. »E.Z. ist ebenfalls hier.«

»Wo?«

»Die Bar im Club hat geöffnet«, sagte er. »Wo sonst?« Dann sah er Bruder Jack. »Ich überfalle Sie wirklich ungern auf diese Weise, Chaplain«, sagte er, »aber ich war zusammen mit dem Colonel, das heißt mit Colonel Parker, im Zweiten Weltkrieg, und ich taufte den Bräutigam, und da halte ich es für meine Pflicht, ihn zu trauen.«

»Es ist uns eine Ehre, Sie hier zu haben«, sagte Bruder Jack. »Kann ich irgend etwas für Sie tun?«

»Sie können hinterher die Schweinerei saubermachen«, sagte der Chief of Chaplains heiter. »Ich kenne diese Kapelle. Ich war hier stationiert. Die Orgel ist neu, weil die alte zu meiner Zeit hier einmal im Monat auszufallen pflegte.«

Dann trafen die ersten Gäste ein. Dabei war der Offizier, den der oberste Militärgeistliche als ›E.Z.‹ bezeichnet hatte. E.Z. entpuppte sich als der kürzlich ernannte Stellvertretende Inspekteur der U.S. Army, General E.Z. Black.

Der Stellvertretende Inspekteur der U.S. Army roch so stark nach Schnaps wie Major Green.

Alles was recht ist, sagte sich Bruder Jack später, man muß zugeben, daß die sehr kurze Trauungszeremonie der Episkopalkirche große Klasse hat, selbst wenn der Geistliche keine große Gelegenheit hat, Braut und Bräutigam auf ihre Verpflichtungen gegenüber Gott und der Gemeinschaft zu ermahnen.

Und ihm gefielen wirklich die Offiziere, die nach der Trauung vor der Kapelle Spalier standen und ihre Säbel über die Frischvermählten hielten. Er hatte nicht herausfinden können, was diese Norwich-Vereinigung war, aber er hatte sich notiert, sich danach zu erkundigen. Vielleicht konnte er sie ständig für diese Säbelschau bekommen. Das gab der Sache einen schönen militärischen Anstrich.

Die 155-mm-Kanone auf Selbstfahrlafette war eine Katastrophe, wie es Bruder Jack schon vorausgesehen hatte. Zuerst, als das Ding angelassen wurde, machte es so viel Krach, daß man die Orgelmusik während der Schlußhymne nicht hören konnte. Dann erschreckte sich die Braut, als der Bräutigam mit ihr hinaufkletterte. Und als sie damit zum Offiziersklub fuhren, bekam ihr Hochzeitskleid Flecken von Schmierfett.

Und wie Bruder Jack befürchtet hatte, riß das Fahrzeug mit seinen Ketten den Straßenbelag vor der Kapelle und auf dem ganzen Weg zum Offiziersklub auf, wo eine Party stattfand, die man, im nachhinein betrachtet, nur als wüstes Besäufnis bezeichnen konnte.

Er konnte jedoch zu niemandem irgend etwas Diesbezügliches sagen. Denn der Stellvertretende Inspekteur der U.S. Army, ein Vier-Sterne-General, der offenbar zu tief ins Glas geschaut hatte, hatte dem Vater des Bräutigams (einem Colonel im Ruhestand, wie Bruder Jack erfahren hatte) zugerufen: »Komm, Phil, das ist vermutlich unsere letzte Chance!« Und dann hatte er den Fahrer und Kommandanten der 155-mm-Kanone auf Selbstfahrlafette von dem Kettenfahrzeug herunterbefohlen und das frischgetraute Paar persönlich zum Empfang im Offizierskasino gefahren.

ENDE DES ZWEITEN BUCHES

Band 13 221

Wolfgang Kohlhaase

Der Bruch

Deutsche Erstveröffentlichung

Berlin. Nachkriegszeit. Schwarzmarkt. Aufstiegsträume. Männer und Frauen und ihre Suche nach Reichtum und Glück. Das Leben ist schwer, aber die Lage alles andere als ernst.

Drei Männer brechen in eine Bank ein, drei andere Männer machen sich auf die Suche nach ihnen. Die Einbrecher sind lange im Fach, die Polizisten erst ein paar Monate. Zwei Jungen laufen einem Mädchen nach, um Tango zu lernen, und geraten in den Tanz um die Million, die nicht mehr ist, was sie früher war. Arbeit lohnt selten, Tätigkeit immer, sagt Bruno Markward zu Bubi, der Maurer lernt und ihm hilft, ein Loch durch die Decke zu stemmen.

BASTEI LÜBBE